24,50€

Stadtplan Laupheim

Miriam Eberhard

Die Unentwegten

Eine Familiengeschichte

Mit einem Vorwort von Hermann Bausinger

KLÖPFER&MEYER

Autorin und Verlag danken dem Förderverein Schwäbischer Dialekt e.V.
für seine freundliche Unterstützung.

ISBN 978-3-940086-85-3

Lektorat: Melanie Wohlfahrt, Tübingen
Umschlaggestaltung: Christiane Hemmerich Konzeption
und Gestaltung, Tübingen
Herstellung: Horst Schmid, Mössingen
Satz: CompArt, Mössingen
Druck und Einband: Pustet, Regensburg

Mehr über das Verlagsprogramm von Klöpfer & Meyer
finden Sie unter *www.kloepfer-meyer.de*

Für meine Großmütter
Paula Schuler-Thiel und Theresia Eberhard
und meine Großväter
Friedrich Thiel und Hans Eberhard

und für Die, die ihren eigenen Weg gehen
und sich gegen jede Form von Diktatur zur Wehr setzen.

Inhalt

Eine Epoche im Spiegel von Familiengeschichten 9

Vorwort von Hermann Bausinger

Politik und Gesellschaft I 15

Die Nazis ✧ Jungmädchen und Jungvolk ✧ Die Juden ✧ Enteignung ✧ »Kristallnacht« ✧ KZ ✧ Fluchthilfe 1 ✧ Krieg ✧ Schwarzhören ✧ Der »Umsturz« ✧ Die Alliierten ✧ Fluchthilfe 2

Privatleben und Familie 89

Der Vater ✧ Die Mutter als Tochter – Familie Schuler ✧ Die Mutter als Mutter – Familie Thiel ✧ Die Eltern ✧ Die Geschwister ✧ Eine Hildegard und ein kleines Gräbchen ✧ Großfamilie

Politik und Gesellschaft II 147

Die Nachkriegszeit – Elend und Frieden

Haushalt und Werkstatt 155

Von draußen rein: Anschaffen – Aufsammeln – Einkellern – Verhungern ✧ Drinnen: Die Kälte – Die Wärme – Die Katastrophe ✧ Nebendran: Holzvergaser – Feuerstühle – Werkstattkinder

Freizeit und Spiel 197

Der Schlosspark ✧ Im Winter ✧ Im Färbergässle ✧ Zweibeiner – Vierbeiner ✧ Die Musik ✧ Die darstellenden Künste ✧ Jahrmarkt ✧ Zirkus ✧ Tanzen ✧ Schwarze Fahrten – Gefahrenscheine ✧ Das erste Mal verliebt ✧ Auf Reisen

Politik und Gesellschaft III 253

Auf – Auf – Auf! Aufschwung – Aufbau – Aufarbeitung!

Schule und Ausbildung 267

Realität – Alte Antworten ✧ Traum und Sehnsucht – Neue Fragen

Politik und Gesellschaft IV 293

Neue Fronten – Neue Pakte – (K)Alter Krieg!

Religion und Feste 299

Die Kirche ✧ Der Glaube ✧ Die Evangelischen ✧ Bei katholischen Jugendgemeinschaften ✧ Taufe – Namenstag – Erstkommunion – Firmung ✧ Nikolaus ✧ Weihnachtszeit ✧ Silvester und Neujahr ✧ Sternsingen ✧ Blasiussegen und Lichtmess ✧ Fasching ✧ Fackelfeuer ✧ Fastenzeit – Karwoche – Ostern ✧ Christi Himmelfahrt ✧ Mai ✧ Pfingsten ✧ Fronleichnam ✧ Der Herbst: Kinderschreckbräuche – Erntedank – Rosenkranz – Allerheiligen – St. Martin

Politik und Gesellschaft V 347

Die Achtundsechziger – Heiße(r) Sommer!

Leben früher und heute 355

Nachwort 367

Nachweise 378

Eine Epoche im Spiegel von Familiengeschichten

Vorwort

In einem fürstlich-hohenzollerischen Forsthaus kommt 1893 Friedrich Wilhelm Thiel auf die Welt. Als er kaum ein Jahr alt ist, stirbt die Mutter. Er wird zu Bauern gegeben, die ihn aufziehen und für die er bald arbeitet. Weitgehend ist er auf sich gestellt; nach der Schulzeit lernt er als Motorschlosser. Im Ersten Weltkrieg bestimmt dies seinen Einsatz; der Wunsch, zu den Fliegern versetzt zu werden, wird ihm verweigert. Und es bleibt die Basis für den Lebensunterhalt; die Weiterungen hängen eng damit zusammen: Er hat nicht nur eine Werkstatt, sondern handelt auch mit Motorfahrzeugen und Fahrrädern, er macht technische Erfindungen, und er baut nicht nur Rennwagen, sondern nimmt auch erfolgreich an großen Rennen teil. Wahrscheinlich hat dies den Weg gebahnt zu seiner Heirat; er verbindet sich mit einer Kaufmannstochter aus vornehmem Haus, die sich in den zehn Jahre älteren Mann verliebt hat, aber ihre eigenen Ansprüche nicht zurückstellt. In der Ehe herrscht naturgemäß eine starke Spannung, aber die Schar der Kinder – innerhalb von wenig mehr als zwei Jahrzehnten sind es 14, von denen 12 am Leben bleiben – hält die Familie zusammen; gemeinsam steht sie die schwierigen Zeiten vor dem Zweiten Weltkrieg, im Krieg und in der Nachkriegszeit durch. Erst als Friedrich Wilhelm Thiel schon auf die 70 zugeht, verlässt er das Haus und zieht weg, bricht aber die Verbindung zu der Familie nicht ab.

Miriam Eberhard, der wir dieses Buch verdanken, ist eine Enkelin. Sie entschließt sich eines Tages, der Familiengeschichte und damit den Lebensverhältnissen in einer von dramatischen Entwicklungen charakterisierten Epoche näherzukommen. Immer wieder führt sie stundenlange Gespräche mit ihrer Mutter und mit deren Geschwistern; die Kinder von Friedrich Wilhelm und Paula Thiel sind alle noch erreichbar für sie, und fast alle lassen sich bereitwillig auf die Gespräche ein, die von Miriam Eberhard elektronisch aufgezeichnet und danach niedergeschrieben werden. Die Arbeit zieht sich über Jahre hin; ein Band von 900 eng geschriebenen DIN-A4-Seiten steht am Ende.

Am vorläufigen Ende – denn er kann nur ein Zwischenergebnis sein. Miriam Eberhard, die im Hauptberuf Schauspielerin ist und ihre mühsame Recherche »nebenbei« betrieben hat, bleibt mit ihren Plänen zunächst in ihrem Metier. Sie denkt an einen Film oder an ein Theaterstück: Vorhang auf, und da sitzen ihre Interviewpartner und -partnerinnen, erinnern sich, rekonstruieren Vergangenheit und streiten über sie. Aber die Vergangenheit würde so nur aufgerufen, und es ginge zu viel verloren; das ausgedehnte Material ist über eine einzelne Aufführung kaum zu vermitteln. So entstand die Idee zu dieser Buchfassung, die insofern die Inszenierung beibehält, als sie die erhobenen Gespräche nicht in getrennten Monologen präsentiert, sondern unter wechselnden Leitthemen zusammenführt. Das Buch ist im Wesentlichen chronologisch gegliedert. Die Gewährspersonen äußern sich jeweils zum gleichen Zeitabschnitt oder Themenkreis. Manchmal hat man bei der Lektüre den Eindruck, man folge der Dokumentation einer Talkshow; aber Miriam Eberhard hat der Versuchung widerstanden, den Anschein einer Diskussion zu wecken – die Erzählungen und Stellungnahmen mussten ja getrennt erhoben werden. So stehen Monologe nebeneinander, die sich oft ergänzen, nur selten wiederholen, aber manchmal widersprechen. Das kann man zwar auch bei Talkshows erleben; aber hier ist es die zwangsläufige und unvermeidliche Folge des komplizierten Entstehungsprozesses. Und es ist eine Konsequenz, die nicht nur negativ zu sehen ist: Die befragten Zeitzeugen reagieren nicht aufeinander, aber sie tragen ihre Erinnerungen und Meinungen unbeeinflusst von den anderen vor.

Entstanden ist so ein Buch, für das sich keine plausible Gattungsbezeichnung anbietet. Es handelt sich um ein vielstimmiges literarisches Konzert; Miriam Eberhard fungiert nicht nur als Herausgeberin gesammelten Materials, sondern sie hat im Zuge der Auswahl und Ordnung behutsam eingegriffen. Und es handelt sich um eine historische Dokumentation, die nicht zu einer eindeutigen Geschichtsinterpretation führt, aber dank der vielen Perspektiven auch viele Fragen aufwirft und das Interesse wachhält an einer zeitlich vergangenen, aber in vieler Hinsicht noch sehr gegenwärtigen Epoche.

Die Historiker haben ihren Auftrag lange mit der Forderung von Leopold Ranke definiert, zu zeigen, *wie es eigentlich gewesen*. Es gab zwei Varianten, um dieser Forderung scheinbar zu genügen. Das eine war der Rückzug auf sicher bezeugte Ereignisse und Fakten, das andere die Ausrichtung geschichtlicher Darstellungen an vorherrschenden Ideologien wie in der nationalistischen Einfärbung der Historie im 19. und teilweise noch im 20. Jahrhundert. Nur allmählich wuchs die Einsicht, dass Rankes »*eigentlich*« ein schwieriges Problem aufwirft.

Man erkannte, dass die Wahrheit der Geschichte immer nur in perspektivischen Brechungen zugänglich ist und dass zu dieser Wahrheit auch die Perspektive von unten gehört, also die Sichtweise derjenigen, die Geschichte sehr viel weniger gestalten als erleiden. Im Zuge dieser Erkenntnis wurde *Oral History*, direkt mündlich erhobenes Geschichtswissen von Zeitzeugen (auch wenn sie nicht im Zentrum von Entscheidungen standen), zu einem wichtigen Teilgebiet der Geschichte.

Dabei ist *Oral History*, der die hier vorgestellten Erinnerungen und Rekonstruktionen zuzuordnen sind, nicht unbedingt ein sicherer Weg, die verborgenen Strukturen geschichtlichen Wandels zu entdecken; sie ist eher ein Mittel, allzu sicher gezogene Entwicklungslinien in Frage zu stellen. Was Zeitzeugen erzählen, macht vielfach deutlich, wie vieldeutig sich die Erinnerung gestaltet, wie kompliziert die Einschätzung des Gewesenen auch für die ist, die dabei waren (vielleicht sogar: gerade für die) – aber auch, wie komplex in der Sache die erinnerte Wirklichkeit tatsächlich war. Dies geht aus den folgenden Texten hervor.

Die Erzählerinnen und Erzähler präsentieren die Bilder, die sie sich von der erlebten Vergangenheit gemacht haben, aber in die Bilder sind Wertungen eingeschrieben. Dabei treten nur-negative und nur-positive Charakterisierungen zurück, es wird kaum mit harten Kontrasten operiert. Wo es doch einmal der Fall ist, kommt es zu einer Korrektur durch die Äußerungen der andern, die ihre Sichtweise zur Geltung bringen. Es gibt ein paar unbestreitbare Fakten, aber sie kommen in unterschiedlichen Facetten und oft in sehr verschiedenartiger Beleuchtung zum Vorschein. Als Leser gewinnt man nicht primär ein eindeutig konturiertes Bild von den Abläufen in der geschilderten Epoche, vielmehr wird man durch die wechselnden Perspektiven hineingezogen in deren Spannungsfelder.

Die Widersprüchlichkeit und Spannung kommt aber nicht nur durch den kontinuierlichen Perspektivwechsel zustande; sie ist auch in die objektive historische Realität eingeschrieben. Das beginnt bei den Personen, die im Mittelpunkt der Erinnerungen stehen. Der Vater, dessen Autorität in all den rekonstruierenden Berichten spürbar ist: ein Teufelskerl, der sich nichts von außen diktieren lässt, der grundsätzlich seinen eigenen Weg sucht und der doch der katholischen Kirche mit ihren Vorschriften und Ritualen verbunden bleibt. Ein strenger Erzieher seiner Kinder, für den aber auch viel Freiheit in die Erziehung einbezogen ist. Ein Mann, der leidenschaftlich seine Ziele verfolgt und den der Jähzorn packt, wenn etwas nicht nach seinem Kopf geht, aber völlig flexibel in seiner steten Hilfsbereitschaft. Und die Mutter: absorbiert durch die Arbeit für die kleinen Kinder, die fast im jährlichen Abstand aufeinander folgen, aber immer aufgeschlossen für künstlerische Dinge. Besorgt um den Weg der größer werdenden Kinder, aber taub gegen die Gymnasiums-Empfehlungen der Lehrer, die ihr nichts zu sagen haben; zum *Fabrikmensch* dürfen die Kinder aber auch nicht werden. Sie hat, respektlos schwäbisch, gesagt: *einen Grattel*, vergisst nie, dass sie etwas Besseres ist, aber ihr Mittagstisch ist grundsätzlich offen für alle Freundinnen und Freunde ihrer Kinder. In ihrer großen Kinderzahl sieht sie ein Geschenk an die Kirche, aber sie tritt auch in einen heimlichen Wettstreit mit Nachbarsfrauen, die ebenfalls kinderreich sind. Das von den Nationalsozialisten gestiftete Mutterkreuz nimmt sie nach einigem Hin und Her an, um kein Aufsehen zu erregen; aber sie denkt nicht daran, es zu tragen – die Kinder spielen damit.

Der Nationalsozialismus nimmt naturgemäß in den Erinnerungen einen großen Raum ein. Rund die Hälfte der geschilderten Zeit war geprägt durch die nationalsozialistische Herrschaft und die fatalen Folgen ihrer Ideologie, die auch das Leben in der Provinz beeinflussten und die bis in den familiären Alltag hinein wirkten. Dazu kommt als Besonderheit, die erwähnt werden muss: Ort der Handlung ist *Laupheim*, und Laupheim hatte eine der größten jüdischen Gemeinden im deutschen Südwesten. Ihre Geschichte, mit zahlreichen Unternehmensgründungen in der zweiten Hälfte des 19. Jahrhunderts, wird oft stellvertretend für die Bedeutung der jüdischen Kultur in Deutschland angeführt; und auch die Vertreibung und Vernichtung der jüdischen Bevölkerung wird oft am Beispiel Laupheims erörtert. Dabei spielen sicher auch herausgehobene Einzelschicksale eine Rolle – wie das des aus Laupheim stammenden und immer mit der Stadt verbundenen amerikanischen Filmmagnaten und Hollywoodgründers *Carl Laemmle* oder das der *Gretel Bergmann*, einer Laupheimer Leichtathletin, der trotz überragenden Leistungen die Teilnahme an den Olympischen Spielen von Berlin verweigert wurde.

Die von Miriam Eberhard aufgenommenen Berichte bieten naturgemäß keinen Überblick über diese exemplarische Lokalgeschichte. Man muss bei den hier abgedruckten Berichten aus der NS-Zeit beachten, dass es sich um Kindheitserinnerungen oder um indirekt vermitteltes Wissen handelt. Aber man bekommt doch den sicheren Eindruck, dass sich die christliche Bevölkerungsmehrheit von den Anfang der 1930er Jahre noch in Laupheim lebenden Einwohnern jüdischer Konfession nicht feindselig distanzierte, dass freilich eine gewisse Distanz und manchmal auch Unsicherheit vorhanden waren. Die brutale Verfolgung wurde von den meisten in einer Mischung aus Angst und Abscheu erlebt. Offener Widerstand oder wenigstens offener Widerspruch war die Ausnahme – und eben dafür steht Friedrich Wilhelm Thiel. Das Niederbrennen und Niederreißen der Laupheimer Synagoge nimmt in den Berichten all seiner Kinder, die dieses Ereignis miterlebt haben, einen zentralen Platz ein, und immer wird die mutige Haltung des Vaters hervorgehoben, der seine Ablehnung nicht für sich behielt. Und auch die Berichte über Hilfsaktionen des Vaters – mehrmals brachte er mit dem Auto Eigentum von jüdischen Bürgern oder diese selbst über die Grenze in die Schweiz – sind sicher nicht frei erfunden.

Eindeutigkeit ist aber auch in diesem Bereich nicht gegeben. Erinnerungen an die Zeit im Jungvolk oder bei den Jungmädchen werden in den Berichten mit positiven Vorzeichen versehen; in diesen Organisationen verdeckten pfadfinderhafte Erlebnisse und Prinzipien den ideologischen Hintergrund – man denkt an das Engagement der Geschwister Scholl in solchen Jugendgruppen. Aber auch der Vater Thiel war organisiert. Er gehörte zu den ganz frühen Parteimitgliedern, weil er von Hitler eine soziale Wende erhoffte. Nach der Machtergreifung wurde seine Distanz zum Nationalsozialismus immer größer, und er gab schließlich sein Parteibuch zurück. Nach dem Krieg stellte sich heraus, dass er formal noch immer Mitglied der NSDAP war: Der Laupheimer Ortsgruppenleiter der Partei hatte seinen Austritt nicht weitergemeldet, um ihn vor Schaden zu bewahren. Bei der offiziellen Entnazifizierungsaktion sorgte dies für Irritationen, allerdings nur für kurze Zeit; man wusste in Laupheim von der Integrität des Mannes und von seiner selbstlos praktizierten Hilfsbereitschaft.

Der Einblick in die vielfältigen Spannungen einer Epoche, das Nacherleben eines von harten äußeren Bedingungen, aber auch von inneren Wertkonflikten bestimmten Alltags – das ist der eigentliche Gewinn, der aus der Lektüre zu ziehen ist. Man sieht die historische Realität von verschiedenen Seiten, erkennt übereinstimmende Befunde und aufregende Widersprüchlichkeiten. Man denkt sich automatisch in die Sichtweise der Sprechenden hinein – auch wenn man ihnen nicht mit der gleichen Empathie begegnet wie Miriam Eberhard. Sie hat eine eigene Art der Familiensaga zuwege gebracht, ohne falsche Heroisierung, aber mit Aufgeschlossenheit und Respekt. Familiengeschichte läuft meistens unter dem Stichwort *Ahnenforschung*, und dabei denkt man an die ehrgeizige Darstellung von Stammbäumen, die sich mindestens bis in die Zeit Luthers erstrecken sollten, vielfach aber wenig lebendiges Wissen vermitteln. Was hier vorgestellt wird, ist eine andere Art der Ahnenforschung: bestimmt vom intensiven Interesse am Leben der nächsten Vorfahren, die selbst zu Wort kommen oder in den Erinnerungen noch ganz gegenwärtig sind.

Hermann Bausinger

Politik und Gesellschaft I

Die Nazis

Wir waren 'ne politische Familie, weil unser Vater ein Mann war, der gesehen hat, wie die Leute unter der großen Arbeitslosigkeit leiden. 1929 bis 33 kamen die Arbeitslosen oft zu uns zum Betteln, allein. Das waren saubere, ordentlich gekleidete Männer, die von Tür zur Tür gingen und um ein Almosen gebeten haben. Wenn's geklingelt hat, ging die Mutter hin und ich mit drei Jahren war dabei. Und da hat man ein, zwei, drei, fünf Pfennig gegeben, das muss man sich heute mal vorstellen. Sechs Millionen Arbeitslose! Das war reinste Verzweiflung dieser Menschen. Unser Vater hatte zum Glück Arbeit. Und dann kam's zum »Dritten Reich«: Die Weimarer Republik hat nicht geklappt, da war ich noch ein Kleinkind. Das war sehr traurig: Die Parteien konnten sich nicht einigen, und daraufhin kam dieser Hitler und wollte die sozusagen aufmischen und einen neuen Staat ins Leben rufen und diesem neuen Staat auch ganz andere Dimensionen geben. Er war ja größenwahnsinnig! Aber zunächst ist es besser geworden, die Leute hatten Arbeit, haben verdient und konnten normal leben. Die Berufstätigen sind mit KdF, »Kraft durch Freude«, von Staats wegen und zu sehr preiswerten Bedingungen in Urlaube gefahren mitm Schiff. Und Hitler hat seine Propaganda gemacht und unser Vater hat ihm zunächst geglaubt und ist in diese Partei eingetreten. Er war einer der Ersten in der Partei, zu Beginn in den zwanziger Jahren, als Hitler anfing, langsam Fuß zu fassen. Der Vater war ein so genannter »Alter Kämpfer«. Der ist in Württemberg No. 665 als Parteimitglied gewesen, hatte eine ganz niedrige Mitgliedsnummer. Dafür hat er sich eine Uniform machen lassen. Diejenigen in der NSDAP, unter den PGs, den Parteigenossen, die eine senfgelbe Uniform mit Reiterhosen und Koppel trugen, nannte man »Goldfasanen«. In der NSKK, der motorisierten Truppe, Nationalsozialistisches Kraftfahrkorps, war der Vater auch mal 'ne Zeitlang. Deren Uniform war 'n helleres Braun-Beige, irgendwie 'ne schmutzige Farbe. Die Gestapo war nicht an der Uniform ersichtlich. Bei Versammlungen der NSDAP in der Stadt

Elvira

war unser Vater dabei und hat manchmal auch selber gesprochen auf 'nem Platz auf 'nem Podest, hat Propagandareden für den Hitler gehalten. Der Vater war eben zunächst überzeugt, dass ein Sozialstaat errichtet wird, wo man ein gewisses soziales Sicherheitsnetz hat und versorgt ist. Und irgendwann hat er »Mein Kampf« gelesen und da standen auch Thesen drin von der Judenvernichtung und vom »unwerten Leben«, Thesen, die ihm nicht gefallen haben.

Fritz Eine meiner frühesten Erinnerungen ist das mit meinem Vater, wie er heimkam. Er war Kreispropagandaleiter bis 34. Da war noch eine Parteiversammlung im Gasthof Zum Kreuz oder im »Deutschen Haus«. Und er ist heimgekommen, hat furchtbar geschimpft, ist mit einer ungeheuren Wut im Bauch hoch ins Schlafzimmer, hat seine Uniform ausgezogen und hat die nie mehr angelangt, bis der Krieg zu Ende war. Das hat mich so beeindruckt! Da war ich drei Jahre alt, das war das einzige Mal, dass ich meinen Vater in Uniform gesehen habe.

Emmerich Ich hab meinen Vater in dieser Uniform nie gesehen, die hab ich immer nur im Schrank hängen sehen.

Christa Die hat der überhaupt nie angezogen. Die war am Kriegsende noch nagelneu.

Fritz Als junger Mensch ist der da dazugestoßen mit seinem Idealismus. Aber er hat eben gesagt: »I hab für a demokratisches Deutschland mich eingesetzt und it für a Diktatur!« Die hat er immer gehasst!

Elvira Dann hat er sich um 180 Grad gedreht mit seiner Meinung und hat sie auch nicht verheimlicht. Das war schon mutig! Das war auch gefährlich in dieser Zeit! Wir haben oft Angst gehabt, dass er irgendwann nach Dachau abgeholt wird.

Die Mutter *Bei Versammlungen konnte sich mein Mann, dem eine leitende Stellung in der Partei zugeteilt war, mit den inzwischen zwielichtigen Vorträgen nicht mehr vereinbaren und gab seiner gegenteiligen Meinung Ausdruck. Als er eine Rede hielt, wurde laut gestritten, ihr Inhalt war zu kritisch. Man wurde zusehends auf ihn aufmerksam. Als die Juden erbarmungslos durch die Stadt getrieben wurden, schrie er die Ausführenden an, ob sie es auch mit ihrem Gewissen vereinbaren könnten, mit Menschen so umzugehen! Damit war es natürlich mit seiner Parteizugehörigkeit endgültig aus. Er wurde beobachtet und von solchen, denen er in Geschäftsangelegenheiten reichlich behilflich war, ohne jeden Grund angezeigt.*

Er wollte dann 35 aus der Partei austreten, weil er sich nicht mehr mit dem, was Hitler und seine Schergen getan haben, identifizieren konnte, aber daraufhin hat ihm jemand gedroht. Der Ortsgruppenleiter Einlasser hat ihm erklärt, dass das für ihn und seine Familie zu gefährlich ist. Der Vater ist aber stur geblieben und wollte partout austreten. Er hat dem Ortsgruppenleiter schließlich einfach sein Parteibuch gegeben, aber der hat es nicht ausgehändigt, sondern den Krieg über behalten und hat's nicht weitergesagt. Er hat dem Vater auch ohne sein Wissen, um ihn zu decken, seinen Mitgliedsbeitrag bei der NSDAP weiterbezahlt, damit ihm nichts passiert. Der Vater wusste das gar nicht und er ging auch zu keiner Versammlung mehr. Der Vater dachte, er sei ausgetreten. Elvira

Der Vater war Kommunist. Der war kein Nazi. Der Vater hat den Kommunismus praktiziert. Der wollte alle gleichstellen. Albert

Und meine Mutter hat das alles gewusst! Fritz

Man konnte aber nicht groß drüber sprechen, man hat nicht gewusst, was die andren Kinder daheim erzählen und was die Eltern dann tun. »Passet auf Kinder«, hieß es immer, »redet it so viel, vor alle Dinge, was mir im Haus mitnander redet. Feind hört mit!« Gleichzeitig ist die Mutter zu dieser Ehrung für die Mütter ab acht Kindern mit dem Mutterkreuz in Gold schriftlich eingeladen worden. Der »Stifter« des Mutterkreuzes war der Hitler. Elvira

Und die Mutter war ja auf den Adolf nicht gut zu sprechen. Albert

Die Verleihung hat der Ortsgruppenleiter am Muttertag durchgeführt. Das Kreuz hat man an 'nem Band getragen und das hat der Trägerin auch Vorteile eingebracht. Denen musste in öffentlichen Verkehrsmitteln 'n Sitzplatz angeboten werden, auf Ämtern und Behörden wurden sie bevorzugt behandelt, die Hitlerjugend ist angehalten worden, diese ausgezeichneten Mütter auf der Straße mit dem Hitlergruß zu grüßen. Elvira

Aber die Mutter hat ja kein Blatt vor den Mund genommen … Lotte

… und hat übern Hitler gesagt: »Der Ma, der Verbrecher, macht bei koim vo meine Kinder Pate!« Die hat das Mutterkreuz offiziell abgelehnt. Albert

Das war sehr gefährlich, aber das hat sie wenig gejuckt. Christa

Dann wollten sie sie abführen! Haben sie angebrüllt: »Bist du es wert, den Namen ›Mutter‹ zu tragen?« Albert

Lotte Die Dummen, die haben zu ihr gesagt: »Etzt isch's vorbei mit dir!« Und ein Konrektor, der bei der NSDAP war: »Jetzt hilf dir selbst, so hilft dir Gott!«

Albert Und dann – das hat sich rumgesprochen – ist der Stadtrat hingestanden: »Ihr werret doch it a Mutter mit soundso viel Kinder, wo scho wieder schwanger ischt, abführe!«

Beim Siegfried hat sie das Mutterkreuz halt angenommen und hat Redeverbot gehabt. Aber die hast du nie gesehen mitm Mutterkreuz, sie hat's nie angezogen. Nichts.

Elvira Das hat sie in den Schrank reingelegt und hat's nie getragen. Das Mutterkreuz hat meine Mutter nie hingetan, hat sie sich absolut geweigert. Sie mochte den Hitler und das ganze System nicht. Sie hat mitm Hitler nichts am Hut gehabt.

Lotte Die Nazis hätten der Mutter bei allem geholfen. Wir hätten bestimmt 'n Haus gekriegt. Sie hat's verweigert. Sie hat von den Nazis nichts akzeptiert. Sie hat gesagt, sie will von den Nazis kein Dienstmädchen. Das war auch richtig so, sonst wär sie schon in deren Krallen gehangen.

Albert Aber bei uns, wenn wir »Ritterles« gespielt haben mit Schwert und Holzschild und Zeug, hat der Sieger das Kreuz rumgekriegt. Mit dem Mutterkreuz haben wir Buben gespielt.

Fritz Uns, die wir Kinder waren in Oberschwaben, war dieser Nationalsozialismus als Belastung nicht bewusst. Das war in unserem Denkvermögen überhaupt noch nicht vorhanden. Man hatte andere Dinge im Kopf. Uns war zwar schon als Jungschülern klar, dass man das, was der Vater oder die Mutter entsprechend formuliert, nicht ausm Haus tragen und nicht draußen auf der Straße erzählen darf, weil sie dann eventuell ins KZ kommen, die Zusammenhänge konnte man in dem Alter allerdings nie verstehen. Aber mitgekriegt haben wir das. Darum wundert es mich, dass so viele Offiziere und die Intelligenz über dieses System, das die Leute umgebracht hat, nicht im Bilde gewesen sein sollen und dieses System mitgetragen haben. Das hat nicht der Hitler allein gemacht.

Wir haben gewusst: Spitzel! Es gab Leute, die nachts durch die Straßen gegangen sind und bei Wohnungen von Leuten, die nicht »in der Linie standen«, an der Wand gehorcht haben, was die sprechen im Haus, und das dann gemeldet haben. Das hat's viel gegeben.

Und je älter man wurde, desto mehr hat man – viele nicht, aber wir, weil der Vater zuhause immer drüber gesprochen hat – allmählich schon erkannt, wo's hingeht! Später hat man begriffen, dass das nicht alles gut und ehrlich ist. Dass da eine Ideologie dahinter steckt, die »Arisierung«. Man kann doch nicht einfach Menschen ausrotten aus irgendeinem fadenscheinigen Grund!!! Das geht doch nicht!!! Man konnte aber nichts dagegen machen, weil man Angst hatte. Weil man stante pede im KZ gelandet wär. Diese Kraft hatte man auch nicht und dazu war man ja viel zu jung! Die meisten haben's nicht begriffen. Auch der Krieg und die pausenlose Propaganda war 'ne Lüge! Die Plakate, die Wochenschauen! Da ist man wütend geworden und hat Angst gehabt! Elvira

Man wusste, wer Nazi war, das war bekannt. In so 'ner kleinen Stadt, die waren auch Geschäftsleute und Handwerker, musste man trotzdem miteinander leben. Die Laupheimer Nazis waren außerdem nicht so versessen, toleranter. In Laupheim lief das auf 'ner sehr ruhigen Ebene ab. Man wusste: »Man sollte eigentlich Nazi sein, aber wenn man's nicht ist, ist's auch nicht schlimm«, weil man durch das Katholische und das Ländliche sehr stark geprägt war. Alte Traditionen, die nicht so schnell umzukippen waren. Manche Großbauern waren richtige Nazis, weil sie 'n Vorteil dadurch hatten. Es gab Frauen, die richtige Nazifrauen waren, im Auftreten, im Stechschritt, arrogant. Mit denen hat man wenig Begegnung gehabt. So präsent waren die nicht. Der normale Bürger war präsenter. Das war keine durchuniformierte Gesellschaft. Christa

Überzeugte Nazis hab ich gekannt, aber ich bin auf Distanz gegangen und hab gar keine Konfrontation aufkommen lassen. Das war mir zuwider, weil sie mir auch zu dumm waren. Das waren solche, die gespürt haben, jetzt können sie endlich mal Macht ausüben. Gestapo war gefährlich. Gestapo gab's in Laupheim nicht, aber die kamen zu uns von Ulm und überall. In Laupheim wurden die Leute vor allem von Parteimitgliedern denunziert. Der Terror, die Gefahr hat sich im Alltag bemerkbar gemacht. Es gab die Gestapo, das wusste man. Und dass Hitler und seine Schergen brutal und willkürlich vorgehen, wenn ihnen was nicht passt. Die hatten auch selber Angst, dass ihr System kaputtgeht, wenn die Leute nicht spuren. Man hat terrorisiert. Man wusste, wer ein dicker Nazi war. Man musste aufpassen, was man sagt und tut. Es wurde denunziert! Es war 'ne Gewaltherrschaft! Elvira

Emmerich Manche Leute waren in folgender Form Spitzel: »I woiß ebbes!« Wichtigtuer! Biedermänner! Aber das war denen nicht bewusst, was sie anrichten. Die überzeugten Nazis hat man strenger betrachtet. Nur - es hat ja viele Nazis gegeben, die keine Nazis waren. Die wenigsten Nazis waren radikal. Wenn sich jemand in 'nem Amt schlecht benommen, dich bissig angeschwätzt hat, das sind die Beamten mit Macht, die dich ausgespielt haben. Wenn sie keine Lust hatten, hatten sie keine Zeit. Das ist heut genauso! Unangenehme Typen. Willkür. 's hat überzeugte Nazis gegeben, die aber nicht bösartig waren. 's hat harmlose Nazis gegeben. Und's hat richtig derbe, üble Nazis gegeben. Aber der Hitler hat sich für München und Berlin interessiert, Laupheim war als Nazistadt als solches harmlos.

Lotte Auf den Ämtern waren Leut, die man gekannt hat. Meine Mutter ist ja Laupheimerin gewesen, die Schulers waren bekannt, waren jemand. Die Beamten haben sich gar nicht getraut, uns Probleme zu machen.

Elvira Ein Gang zum Amt in der Nazizeit, die Dokumentenbeschaffung, war für 'n Normalbürger nicht so schwierig. Aber wir konnten ja sowieso nicht ins Ausland reisen, da brauchte man eben eine Genehmigung und die hat man nicht gekriegt. Wir waren eingesperrt. Unsere Jugend ist uns dadurch eigentlich genommen worden. Wir wussten zwar von den Möglichkeiten nichts, aber ich wär gern als Au-pair ins Ausland gegangen.

Unter uns Schülern wurde ja auch oft gesagt: »Oh nein, des und des Buch darf ma it lese!« Aber diese zensierten Schriften konnte man gar nicht kaufen und man hat sich auch gar nicht getraut, sich solche Bücher oder Zeitschriften und Aufsätze von jüdischen Schriftstellern, von Regimegegnern, von Kommunisten zu besorgen, die unter Verbot der Nazis standen. Noch dazu hieß unsere Mittelstraße, die Hauptstraße, auf einmal Adolf-Hitler-Straße. Aber da konntest du nichts machen! Das wurde durchgeführt und damit aus. Da hätt jede Protestkundgebung die ganze Gruppe ins KZ gebracht. Heut demonstriert man dagegen, wenn's einem nicht passt. Und der Vater wollte sein Parteibuch zurückgeben! – Nicht nur wegen der Juden, es ging nachher auch um die Kirche.

Fritz Aus unserem katholischen Kindergarten am Pudelhauser Berg wurden die Reutemer Klosterschwestern 1937 entlassen. Dann kamen staatliche Kindergärtnerinnen von den Nazis. Und von da ab ist keins von uns mehr in den Kindergarten gegangen. Christa war die Letzte. Zu meinem Leidwesen hat man mich da rausgenommen, da hast du einfach was gelernt. Da waren wir dann daheim oder sind sonst irgendwo umeinandergestreift. Von den Klosterfrauen hat man noch 'ne Betreuung gehabt, aber das war kein richtiger Kindergarten mehr. Von den Eltern aus durften wir da nicht mehr hingehen. Für diejenigen, die hingestanden, also für ihre Überzeugung eingestanden sind, hat das schon was geheißen. Es sind einige Familien da gewesen, die sich mehr an der Kirche als am Nationalsozialismus orientiert haben.

Es durfte in der Schule kein Religionsunterricht mehr erteilt werden. Der wurde von der Kirche übernommen. Wir sind daraufhin ins Gemeindehaus und da haben die Pfarrer Religionsunterricht gehalten. Über dieses Gesetz haben sich alle aufgeregt, aber der Unterricht wurde vom Hitler verboten. Elvira

Die Reichsregierung hat dem Allmächtigen eine Kirche gebaut. Sie will damit ihre Dankbarkeit für seine Mitwirkung am Sieg über Frankreich ausdrücken. Folgende Widmungen werden angebracht:
Von Goebbels: Der erste Geist im Dritten Reich dem dritten Geist im Himmelreich.
Von Göring: Von Mir.
Von Hitler: Dem Allmächtigen – Sein Führer.
(Auf das Erzählen von Flüsterwitzen stand im »Dritten Reich« die Todesstrafe.)

Die kirchliche Jugendarbeit ist nicht nur behindert worden, die hat einfach nicht mehr existiert. Aber das hast du nur indirekt empfunden, du hast das gar nicht registriert, weil du automatisch im Jungvolk warst, das war 'n Ersatz. Aber beim Jungvolk hat man über solche Dinge nicht geschwätzt. Man hat kein Wort verloren über Kirche, Kommunion und Rosenkranz. Emmerich

Das lief nebeneinander her, die Kirche und die Jungmädle, das war keine Schwierigkeit. Die sind ja alle in die Kirche gegangen bei den Jungmädle. Christa

Die kirchlichen Jugendgruppen haben wir unter anderem Namen, unter anderen Vorgaben durchgeführt. Das durfte eigentlich nicht sein, aber da haben wir uns keine Beschränkung auferlegen lassen. Diese hartgesottenen Nazis gab es in Laupheim an den zuständigen Stellen allerdings auch gar nicht. An anderen Orten war man in dem Moment Elvira in Lebensgefahr, aber die haben wir nicht so sehr gespürt. Besser so, sonst hätten wir nur Angst gehabt. Aber es wurde immer wieder gegen die Kirche gestänkert und gehetzt.

Lotte Die Geistlichen mussten halt aufpassen, dass sie nicht zu kritisch werden. 's kommt immer drauf an, welche Fanatiker du um dich rumhast.

Emmerich Der Pfarrer musste bei der Predigt natürlich schon jedes Wort auf die Goldwaage legen.

Fritz In der Kirche kam es vor, dass aufgeschrieben wurde, wer da dabei ist. Und von außerhalb sind oft Nazis oder HJ-ler angerückt, die die Katholischen nach der Kirche abgepasst und 'ne Prügelei angefangen haben.

Lotte Aber bei der Taufe sind die Eltern immer vorne durch die Stadt rauf zur Kirche, dass die Nazis auch ja sehen, dass wir zur Taufe gehen.

Elvira Nun kam bei uns bald jedes Jahr 'n Kind zur Welt und die meisten wurden schon gleich nach der Geburt im Krankenhaus getauft. Aber ein Mal wurde eines oben in der Stadtpfarrkirche getauft. Und aus reinem Protest hat der Vater dieses Kind im »Dritten Reich« höchstpersönlich aufm Kissen vorne durch die Stadt zur Taufe getragen. Damit die Leute sehen, dass er seine Kinder taufen lässt, dass er der Kirche nicht fernsteht.

Lotte Meine Mutter hat sich ziemlich weit vorgewagt, mein Vater auch. Da hat schon Mut dazugehört, bei seiner Linie zu bleiben! Als die Mutter mal ins Schuhgeschäft gegangen ist, war ich mit. Der Laden gehörte 'ner Frau, die vorher fromm und christlich war. Trotzdem hat die gesagt: »So, etzt hängt ma's Kreuz ab!« Das sind genau die, die nachher auch gleich wieder anders sind. Das ist die Angst. Vorher zur Kirchentür reingerannt wie keine Zweiten und, als es vorbei war, genauso wieder vorne an den Altar gegangen. Aber die Leut wird's immer geben. Man darf nicht meinen, das sei was Besonderes. So sind die Menschen, die feige sind und sich selber nie kennenlernen und das, was im Menschen eigentlich ist, wenn man Mut hat!

Emmerich 's gibt viele Katholiken, die einfach nur Katholiken sind, weil sie katholisch aufgezogen wurden. Die sind nicht aus Überzeugung katholisch.

Fritz Die Nazis haben die Umbenennung »Julfest« für Weihnachten und »Frühlingsfest« für Ostern auch nicht selbst kreiert. Das sind alte Ausdrücke von den Germanen, von unseren Vorfahren. Die Nazis wollten ja ’n Staat mit lauter »edlen« Menschen haben. Aber das waren nicht unsere Begriffe.

Elvira

Das haben wir gar nicht beachtet. Wir sind in einer katholischen Region aufgewachsen und bei uns war’s Weihnachten und war’s Ostern und die Feste wurden im christlichen Sinne gefeiert. Außer bei wenigen, die aus der Kirche ausgetreten waren, aber von solchen Sachen haben sich die Katholiken nicht beeinflussen lassen. Diese neue Nazisprache wurde übern Rundfunk verkündet und da haben wir auch die Propaganda gehört. ’s deutsche Radio haben wir aber nicht so viel angedreht. Und die Mutter hat immer gesagt: »De Mischt abschalte!!!«

Christa

Unser Vater hat die Hitlerreden ständig angehört, um sich zu informieren, um zu wissen, was der andere macht. Die Nazis haben auch mit Megaphonen Parolen ausm Lautsprecherwagen in die Stadt gerufen. Und Meldungen, Ankündigungen von Festen, Aufrufe von Freiwilligen oder später im Krieg Ansagen, dass der Sieg bald naht.

Elvira

Die Frontmeldungen hat man sonst in der Wochenschau gesehen. Aber die haben ja sowieso nur gelogen. Und wir mussten uns das auch in der Schule anhören. Wenn Goebbels oder Hitler gesprochen haben, mussten schon in der Volksschule zwei oder drei Schulklassen in einem Klassenzimmer zusammenkommen und dann wurde ein Volksempfänger aufgestellt. Vorneweg kam ein nationalsozialistischer Eingangschoral und zum Deutschlandlied hinterher mussten wir aufstehen, jawohl, und mitsingen. Und daraufhin mussten wir Kinder, wo wir doch von nichts ’ne Ahnung hatten, mussten wir uns dieses Geschrei und diese schlimmen Dinge anhören, die Hitler von sich gab und die Goebbels von sich gab. Wir haben das nicht verstanden, dieses Gezeter. Das haben wir uns halt angehört. Und nach Beendigung der Rede gingen wir alle wieder in unsere Klassenzimmer. Ja, das war schon ’n Wahnsinn, das »Heil-Hitler«-Getöse!!!

Christa

Wir mussten halt zum Unterrichtsbeginn »Heil Hitler« schreien und ’n Hitlerlied singen. Ein Mal hat gereicht. Ich hab das gar nicht geschnallt. Aber es haben sich viele Lehrer geweigert, das zu verbreiten. Die waren selber nicht so überzeugt. Die haben ihren normalen Unterricht gemacht und das war oft sehr gefährlich für die Leut. Und nachher waren sie im Krieg.

Elvira

Die Lehrer haben’s mit der Ideologie gar nicht so richtig versucht, sie konnten uns nicht beeinflussen. Die waren auch mit ihren Kollegen loyal, haben niemanden verpfiffen. Das war noch die alte Garde. Der Lehrer Geray, Direktor unsrer Oberschule, ist sehr lang nicht in die Partei eingetreten. Eines Tages haben sie ihm die Pistole auf die Brust gesetzt: »Entweder Sie treten in die Partei ein oder Sie verlieren Ihren Posten!« Dieser Mann hatte vier Kinder. Schließlich ist man seiner Familie auch verpflichtet. Da waren die Frauen noch wenig berufstätig. Er musste in die Partei und hat's Parteiabzeichen immer unterm Revers getragen. Und wenn's nötig war, hat er's oben draufgesteckt. Der Englischlehrer war dagegen, der Biolehrer war dafür, der wurde aber dann eingezogen, der Mathelehrer hatte da 'ne höhere Position, aber der hat auch niemanden verpfiffen.

Emmerich Von den Lehrern ist keine Nazi-Ideologie gekommen, man hat halt »Heil Hitler«, nicht »Grüß Gott«, gesagt.

Fritz Und wenn's in die Ferien gegangen ist, mussten sich die ganzen Schüler vorm Schulhaus zusammenstellen und die hitlerische Nationalhymne singen.

Karl Für uns war das mitm Grüßgottsagen schwierig, weil den Lehrer Schmer hattest du sogar über die Straße rüber zu grüßen: »Heil Hitler, Herr Oberlehrer Schmer!« Aber beim Lehrer Surrhimmel – der hat 'n Durchschuss gehabt, Backe, Zunge und drüben wieder raus, der hat 'n bisschen undeutlich gesprochen – wenn du da in die Klasse reingekommen bist mit »Heil Hitler«, hat der dich am Kragen gepackt, dich rumgedreht und gesagt: »Naus! Komm rei und sag ›Servus‹! Und wenn du it woischt, wie ma grüßt, no sag i dir des!« Der war mutig. Bei dem durftest du nichts sagen vom Hitler. Ganz am Ende vom Krieg war das für uns junge Leut 'n dummes Gschichtl. Da hast du nicht gewusst, wem du was tun sollst, bei wem du dich wie verhalten sollst.

Göring sagt zu Goebbels: »Ich habe bemerkt, dass die Leute sich nicht mehr mit ›Heil Hitler‹ grüßen. Wie wäre es, wenn wir zur Abwechslung mal wieder ›Guten Tag‹ propagieren?« Darauf Goebbels: »Ausgeschlossen, solange unser geliebter Führer lebt, wird es keinen guten Tag geben!«

Fritz Einige Lehrer sind nach der Machtübernahme mitmarschiert, weil sie ihren Arbeitsplatz sichern wollten. Die wussten ja ganz genau, wenn sie gegen das Regime etwas sagen, werden sie strafversetzt oder sind ihren Arbeitsplatz los oder weiß Gott, was da alles passiert ist.

’n neutralen Unterricht kann man ja trotzdem betreiben. Manche Lehrer haben mitgemacht, manche haben versucht, die Schüler zu beeinflussen.

Ja, es gab Lehrer, die uns das Nazizeugs beibringen wollten. Lotte

Der Lehrer Hauschildt, der ist ’n Vollnazi gewesen. Der hat im Unterricht immer ausm Ersten Weltkrieg von der Kavallerie erzählt, gell. Wenn man bei dem angefangen hat vom Krieg, dann war die Stunde gelaufen. Der war halt alt. Der war eigentlich kein Nazi, sondern Militarist. Wenn die Obrigkeit gerufen hat, ist der rum- und strammgestanden. Und deshalb ist er vielleicht auch Nazi geworden, weil er einfach Soldat war in seiner inneren Einstellung. Der hat gemeint, mit seiner Schrotflinte kann er noch den Krieg gewinnen, als die Franzosen gekommen sind. Die Begeisterung zum Soldaten hatte der. Das waren die braven Nazis, aber die haben auch dazu beigetragen, dass der Hitler überhaupt an diese Macht gelangt ist. Fritz

Mein Lehrer Alpschlager war Panzerfahrer. Der hat kurz nachm Krieg immer bloß erzählt. Ha, der hat die halbe Welt gekannt. »Alpen-Reiter« haben wir ihn nachher genannt. Bei dem Unterricht, der hat bloß von den Städten und Ländern erzählt und vom Krieg. Das war so ’n richtig fanatischer Panzerfahrer. Und ein Mal in der Woche, am Mittwoch, hat der seine Montur angehabt, so ’ne braune Hose und ’ne lange Unterhose – zur Erinnerung. Und hinten haben immer die Zipfel rausgehangen, von der Unterhose die Schnürle da gebaumelt. Das hat der nicht gemerkt. Dann bin ich immer ganz vorne in die erste Bank reingehockt, und wenn der durch den Mittelgang nach hinten spaziert ist, hab ich mir klammheimlich die Bändele geschnappt und hab sie ihm hinterhergetragen. Und hinten bin ich in die letzte Bank reingehockt. Der ist noch drei, vier Schritte weitergelaufen, hat sich umgedreht und ist wieder nach vorne marschiert. Ich – ihm nachgeschlichen und hab sie ihm wieder nach vorne transportiert. Ich bin immer hinterdrein. So hab ich den jeden Mittwoch durch die Gegend kutschiert! Karl

Dann haben wir eine christliche Frau aus Essen gekriegt, strafversetzt, Fräulein Hummer. Die hat mir mal geholfen. Da hab ich gesagt: »Des isch a Sauerei, dass ma de russische Kriegsgefangene nur Unkraut zum Esse gibt!« Wir haben mit anderen Klassen zusammen zum Kochen für die Russen Brennnesseln gepflückt und in der Lagerküche Fritz abgegeben. Das ist von der Schule ausgegangen, war aber freiwillig. Und das haben wir am Anfang gar nicht so mitbekommen, irgendwie ist einem's Licht aufgegangen, dass die nur Brennnesseln kriegen. Ich bin halt so 'n Kerl gewesen und hab halt rebelliert, dass man so was tut. Daraufhin ist das vors Rektorat, zum Rektor Blöcker, gekommen. Irgendjemand hat mich da angezeigt. Dann hat man mich ausm Klassenzimmer geholt, warum ich das behaupten würde. Das sei doch nicht so, dass die Brennnesseln schlecht wären, sondern das sei doch eine Delikatesse. Hat man mir erzählt und klargemacht. Und meine Klassenlehrerin war da dabei und die hat das da runtergespielt.

Die russischen Gefangenen mussten schwer arbeiten, aber das mussten die deutschen Arbeiter auch. Deutsche und Russen waren da zusammen beschäftigt. Die sind nicht schlecht behandelt worden. Ich bin halt der Meinung gewesen: »Mit de Gefangene soll ma genauso gut umgange wie mit de Deutsche!« Aber die Russen mussten so schwer arbeiten, das war Schwerstarbeit! Gewisse Lehrer sind auch mitschuld, dass das Regime so entstanden ist.

Die Elvi hat im Gymnasium 'n Berichtsheft, ein Kriegstagebuch geführt, Informationen aus den Zeitungen genommen und das Buch angelegt. Da hat der Vater 'n bisschen geholfen. Das ist dermaßen kritisch gewesen, die Wahrheit wurde dargestellt, die Dinge wurden beim Namen genannt. Wir hatten immer Angst, dass eines Tages die Gestapo in der Schule steht und sie mitnimmt!

Elvira Ich hatte keine Angst. Ich war einfach ehrlich, so hab ich's empfunden.

Wir wussten, dass es Widerstand gibt. Genau erfahren haben wir das durch die hingedrehten Nachrichten über die Exekutionen in der Zeitung und im Radio. Der Widerstand war ein Gegengewicht, das uns gestärkt hat. Dass es nicht immer so bleibt, wie's ist und dass auch andere dagegen sind: »Oh, do gibt's no meh! Die Menge könnt no wachse!«

Und in Gesprächen ergab sich, dass man sich als geistesverwandt begriffen hat. Man hatte dann Leute, wo man offen reden konnte. Die Stadt war klein, man kannte sich. Die Eltern sind den Leuten, den Gleichgesinnten, auch schon vorm Hitler begegnet. Wir wussten das vom Gefühl oder durch deren Tätigkeit. Aber jeder hat aufgepasst, jeder war vorsichtig. In einer Diktatur hat man auch spezielle Fähigkeiten erworben, wie doppelt zu denken.

Vom Widerstand hat man erfahren durchs Schwarzhören, »man« nicht, nur wir, Einzelpersonen. Das Attentat auf Hitler, der 20. Juli ist von den Nazis entsprechend verwertet, vor aller Welt ausgeschlachtet, der Stauffenberg als Verbrecher und »Volksverräter« hingestellt worden, der den Tod verdient hat. Unser Vater hatte Informationen über den Widerstand. Aber der musste sehr vorsichtig sein. Wir haben die Wahrheit gekannt. Fritz

Jungmädchen und Jungvolk

Bei den Jungmädchen war ich bis zum Kriegsende. Die Gruppen waren nach Alter aufgeteilt und wir hatten jede Woche mittwochs oder Sonntagfrüh im Vereinsheim, teilweise in den Schulen so ein Treffen. Von oben, vom BDM, von der Kreisjugendführerin aus Biberach hat man Vorschrift gekriegt, was an dem Tag zu tun ist, und die hatte das wieder von höheren Stellen. Aber vor denen hab ich nie Angst gehabt. Ich hab mich da auch nie geäußert. Und so Propagandavorträge hat man gar nicht ernstgenommen. Auch Abwesenheit war nicht schlimm, wir waren eine große Familie, das war immer ein guter Entschuldigungsgrund. Elvira

Das kam drauf an, ob das nachverfolgt worden ist. Der Dienst war ja 'ne verpflichtende Zusammenkunft, aber das ist lose gehandhabt worden. Fritz

Wir haben gesungen, wir haben Geschichten erzählt, wir haben gebastelt, wir haben Ausflüge um die Stadt rum gemacht, wir haben im Krieg Heilkräuter und Tee gesammelt für den Führer und sein Volk und mussten das abliefern, Zinnkraut und Kamille für die Soldaten und Brombeerblätter als Ersatz für schwarzen Tee, weil's den nicht mehr gab. Elvira

Wir mussten in ganzen Gruppen Kartoffelkäfer abpflücken, weil die Kartoffelpflanzen von den Käfern befallen wurden, und die mussten abgelesen werden, damit die nicht das Kartoffelkraut weggefressen haben. Da hatte man so 'ne Pappschachtel, wo man die reingetan hat und dann wurden sie verbrannt. Christa

Elvira Wir haben bei Turnlehrern sehr viel Sport getrieben, auch Gymnastik und Tanz und Schnitzeljagd. Jedes Jahr war ein Sportfest. Und das war schön!!! Das war Freizeit! Die Jungmädchenuniform war besonders schön, da haben wir uns gefühlt, da waren wir wer! Wir haben so wenig Wechsel in der Kleidung gehabt. Die Uniform musste man sogar selber zahlen, die hat der Staat nicht gezahlt. Ich weiß gar nicht, wie das alles ging.

Hitler befiehlt per Radio allen Deutschen, die sich seiner neuen Gesetzgebung nicht fügen wollen, zum Reichstagsplatz zu kommen. Dort seien bereits die Galgen aufgerichtet, an denen sie gehenkt werden sollen. Die Reaktion der Deutschen: »Müssen wir das Seil selber mitbringen oder wird es gestellt?«

Die Uniform war aus Velvet, so helleres Goldbraun, so 'ne kurze Jacke, und den blauen Rock hat man an die Bluse geknöpft, damit man ihn nicht verloren hat. Wenn Feste waren bei der Organisation, gab's Kundgebungen, Aufmärsche und Fahnenappell. Da musste man exerzieren. »Zack, zack, in Reih und Glied stellen! Fahne vorneweg und hoch! Fahne auf den Rücken!« Wir haben Wimpel gehabt und die Älteren schon ihre Standarten oder Fahnen. »Stillgestanden, Augen links, Augen rechts!« Ein Drill! »Ein Schritt vor!« Das lief alles militärisch ab. Wir mussten im Gleichschritt marschieren und Marschlieder singen, ideologisch eingefärbt. Das Lied vom Walter Flex und »Bomben gegen Engeland«. Menschenskind, die Melodien waren eigentlich immer recht eingängig. Wir haben auch teilweise überhaupt keine Vorstellung vom Inhalt dieses Liedes gehabt. Aber von der Ideologie her hat man das überhaupt nicht angesehen. Uns hat einfach das, was wir getan haben, Spaß gemacht. Im Krieg wurden zusätzlich noch irgendwelche Siegesfeiern veranstaltet, aber dafür hat man kein schulfrei gekriegt. Nur an Hitlers Geburtstag und am Ersten Mai. Bei den Jungmädchen hat man den Hitlergeburtstag am 20. April und den Ersten Mai gefeiert. Da waren alle Erwachsenen und Kinder dabei und die ganze Stadt war beflaggt. An manchen Häusern gab's extra Fahnenhalter oder im Garten 'ne Fahnenstange. Und wenn was war, war alles beflaggt.

Emmerich War ja Vorschrift! Unsere Fahne haben wir nicht rausgehängt, das hat die Mutter gehasst.

Der Erste Mai war bei den Nationalsozialisten der »Tag der Arbeit«, den hat der Hitler eingeführt. Der Vater hat auch zwei, drei Mal die Maiumzüge organisiert. Am Ersten Mai 34, eh unser Vater aufgehört hat, war ich »Zwergenkönigin«. Ich hatte 'n weißes Voilekleidchen an und ab dem Knie fiel ein Volant nachm andern bis aufn Boden. Und dazu ein Krönchen, herrlich! 'n späterer Klassenkamerad von mir war mein Prinz. Wie ich da so ganz ehrwürdig vornewegschreite! Ich war ein Mal dabei, dann nicht mehr, weil der Vater in der Partei in 'n Hintergrund getreten ist. Anschließend kam Krieg, dann hat's auch nicht mehr stattgefunden. Das Laupheimer Kinder- und Heimatfest, das Stadtfest im Sommer mit Umzügen von der Schule aus, kam im Krieg auch nicht mehr zustande. Die Leute zum Organisieren waren nicht mehr da und dem Regime hat das Fest nicht gepasst. Elvira

Beim BDM war ich nicht mehr, obwohl ich bei Kriegsende schon achtzehn war, weil da alles zum Glück durcheinanderging. Zum Schluss war ich die oberste Gruppenführerin von allen Jungmädchengruppen in der Stadt. Und ich hab nur das getan, was unbedingt sein musste. Fähnleinführerin war ich. Eine geflochtene Schnur von der Achselklappe in einem Bogen bis zum mittleren Blusenknopf hatte ich. Ich wurde gefragt, ob ich Führerin werden will und ich hab gedacht: »Ja, ich mach des sehr bewusst!« Meine Vorgängerin hat die Dienste nämlich immer so angesetzt, dass wir nicht zu den kirchlichen Veranstaltungen gehen konnten. Und ich hab die Termine so gelegt, dass wir gehen konnten. Das war ja direkt gegen das System, das war gefährlich.

Wenn die Nazis befohlen haben: »Am Mittag trifft ma sich zur Jugendgruppe!«, während Kirche war, hat die Elvi in ihrer Schar gesagt: »Noi, mir gehnt zerscht in d Kirch und mir fanget erscht a, wenn d Kirch rum ischt!« Die Nazis haben oft die Termine so gelegt, dass die Christen nicht in die Kirche konnten. Aber das hat die Elvi gemanagt, dass die Kinder zuerst in die Kirche gehen konnten und erst nachher zu den Jungmädchen mussten. Und das haben die Nazis mit der Zeit gemerkt, ziemlich am Schluss. Das war natürlich schon nichts! Also, für die! Lotte

Ich war auch bei den Jungmädle, aber ich bin oftmals nicht gegangen. Ich bin ja kaum irgendwo hingekommen. Bei uns Jüngeren war's noch nicht so streng mitm Fehlen. Ich hatte auch keine Uniform, wir

Kleinen haben das noch nicht gehabt. Das Nazizeugs hast du da gar nicht so wahrgenommen. Das war Freizeit für uns.

Fritz Wenn ich, auch schon bevor ich in die Schule gekommen bin, irgendwo 'ne Musikkapelle gehört hab oder 'n F.Z., 'n Fanfarenzug von der Hitlerjugend, bin ich losgezogen und bin mitmarschiert, egal, wo die hingelaufen sind. Und das sind dann wieder Erlebnisse, die man …, dadurch, dass man da ja Entscheidungen treffen muss …, da hat Musik gespielt und dann musst du dich aufraffen, obwohl du grad irgendwo bequem hockst, und dann rennst du den Marktplatz runter, gell, und dann kommen die da raufmarschiert und du marschierst mit und gehst dahin, wo die auch hingehen. Und die haben so Geländespiele gemacht und ich als Knirps bin immer irgendwo zwischendrin gewesen. Wenn irgendwo was los war, war ich meistens dabei, gell.

Das Jungvolk war Pflicht. Zur Aufnahme musste man höchstens den Lebenslauf vom Hitler schreiben, Pimpfenprobe hat's nicht gegeben. Ich war beim Spielmannszug und hab getrommelt. Da hatte ich nur 'n braunes Hemd mit Schultersymbolen vom F.Z., 'n Fahrtenmesser hab ich keins vermögen, konnte ich mir nicht leisten. Und wenn man Dienst gehabt hat oder bei Aufmärschen, ist man als Kompanie den Marktplatz runtermarschiert und voraus ist der Fanfarenzug gelaufen.

Emmerich Der Fanfarenzug, das war schon was Besonderes!

Fritz Wir mussten jeden vierten Sonntagmorgen um acht zum Dienst im Gasthaus Raben beim »Ersatzgottesdienst«, einer Scheinveranstaltung, spielen. Das ist von den Nazis bewusst so festgesetzt worden, dass die Leut nicht in die Kirche gehen konnten. So was haben die Nazis ja gern gemacht. Und wenn wir nicht zur Kirche gegangen sind, hat's Zoff gegeben mit der Mutter und mitm Vater. Wir mussten eben vorher zur Kirche gehen. Beim F.Z. haben wir gesungen: »Es schmettern die hellen Fanfaren, vorwärts, vorwärts, Jugend kennt keine Gefahren …«, Nazilieder. Da gab's keine Vorträge, keine nationalsozialistische Indoktrination. Der Jungzugführer, der hat auch keinen Druck ausgeübt, in keiner Form. In der Volksschule und in der Oberschule waren so Heime eingerichtet, da ist schon politisch erzogen worden, aber da war ich nicht oft dabei. Ich musste beim F.Z. üben, im Musikraum in den Schulen und viel im Freien, ich hab keine Zeit für Ideologie gehabt. In der HJ war ich nicht. In der Hitlerjugend und im BDM war man erst ab vierzehn Jahren.

Aber Ideologie war das überhaupt nicht. Wir haben doch nicht gewusst, wer der Hitler ist. Das hat man wohl gehört, aber was das für 'ne Bewandtnis hat, das hat keinen interessiert. Das ist ja das, was irgendwie welche behaupten, sie hätten das schon von klein auf gewusst ... Für uns war das Spiel! Wir sind da mit Begeisterung hingegangen! Da waren Geländespiele organisiert und weiß Gott was alles.

So 43 hat's in den Sommerferien Zeltlager gegeben, 'n Ertüchtigungslager in Engstingen bei Münsingen auf der Schwäbischen Alb. Der Emmerich war auch mit. Vom Jungvolk aus durften wir da hin, grad, weil wir so 'ne große Familie waren. Das Aufsichtspersonal waren junge Damen vom BDM, schon die nächste Stufe. Da ist man auf den Wehrdienst vorbereitet worden. Jeden Morgen nachm Wecken wurde man zum Appell beordert und abgezählt. Etwa hundertfünfzig Jugendliche haben drei Wochen zur Erholung Schießen gelernt. Wanderungen, Sport, Gemeinschaftsspiele gemacht und zum Baden gegangen.

Mit der Lotte war ich vorm Krieg mal zwei Wochen in Ferien in 'nem Heim in Jagstfeld, auch von den Nazis aus. Aber da war ich noch nicht in der Schule. Da sind wir mitm Schiff aufm Neckar gefahren. Und die Seife hat da so wunderbar gerochen! Das war faszinierend für uns! Seife war knapp zu dieser Zeit! Wir haben daheim bloß Kernseife gehabt, aber nicht so 'ne feine Seife!

Wir waren mal drei Wochen im Lager Klein-Engstingen, hundertfünfzig Kinder, in Baracken geschlafen, Doppel- und Dreistockbetten. Ein Mal haben sie bei uns 'n Stückchen Schwarzbrot vorm Fenster gefunden. Und du durftest nichts wegwerfen, du musstest den Teller leer essen. Daraufhin haben wir – die ganze Baracke – drei Tage Sparessen gekriegt und mussten exerzieren: Hinlegen! – Aufstehen! – Zehn Kilometer marschieren! Das war Nazi hoch drei! Jede Sekunde war fixiert und geplant: Zahnradbahn! – Schwimmen! – Wandern! Gegen die HJ gibt's aber auch nichts einzuwenden, wenn das nicht parteipolitisch so ausgetreten worden wär. Zunächst als Kinder war das gar nicht so schlecht. Da war's eigentlich gut! Das Jungvolk war 'ne sehr positive Erfahrung! Es ist was geboten worden. Hast 'ne tolle Uniform angehabt! Im Grunde genommen haben die Nazis das Ganze von den Pfadfindern übernommen. Die ganzen Hitlerjugendlieder waren alles katholische Pfadfinderlieder, auf den Buchstaben genau. Emmerich

Bei Veranstaltungen hat man Nazilieder gesungen. Du hast deine schwarze, kurze Hose angehabt und dein braunes Hemd, 'n schwarzes Halstuch und 'n Lederknoten drauf und 'n Fahrtenmesser und dann war man stolz! Das Knotenzeug haben die Pfadfinder auch alles vorher schon gehabt. Besonders gut waren die regelmäßigen Sportveranstaltungen aufm Sportplatz! Bei den Sportfesten hat man uns getrimmt wie beim Kommunismus. Bloß ist das bei uns nicht so zur Auswirkung gekommen, weil im ländlichen Raum jeder jeden kennt. Sport hat's ja nur noch über die Partei gegeben. Aber dieselben Lehrer und Trainer, die vorher Lehrer und Trainer waren, waren ja in der Nazizeit auch noch Lehrer und Trainer. Da hat sich intern nichts verändert.

Fritz Als Abzeichen gab's nur Sportabzeichen. Die musste man extra machen. Ich hab auch eins gemacht.

Emmerich Und beim Jungvolk hat man schöne Spiele ausgerichtet! »Jäger und Gendarm« oder »Fahnenkampf«. Die Hälfte von der Gruppe ist bergauf, die andere bergab, und dann hat man um die Fahne gekämpft, die man um den Bauch hatte. Die hat man kassiert und gewonnen. Ich bin immer gerannt. Das war toll!!! Jede Woche hast du deinen Heimabend gehabt. Es gab 'ne Modellfluggruppe, die haben Segelflieger gebaut. Oder man hat was vorgelesen, aber nicht nazimäßig. Mit etwas strengeren Regeln. In Kriegszeiten ist das extremer geworden. Bei den Vorträgen sind dir die Errungenschaften von der SS, Partei, Parteitag in Nürnberg, Sportolympiade 36 serviert worden, aber nicht als wüste Hetze, sondern so, wie man mit jungen Gruppen umgeht, sauber und fair. Und gefehlt hast du sowieso nur, wenn was war, weil du bist ja auch gern hingegangen. Das war 'ne schöne Gruppenzusammenkunft, freiwillig, Freizeit. Du hast dich nicht gefühlt wie in der Schule. Auch der Leiter war super, 'n stinknormaler Gruppenführer!!! Ab der HJ und dem BDM ist der Ernst des Lebens losgegangen!!! Wie wenn du Soldat an der Front bist! Der Fritz und ich waren grade an der Grenze. Vom Alter her hat sich das von selber erledigt, weil der »Umsturz« gekommen ist. Aber bei uns: Da warst du stolz und da hat man dich auch gut behandelt. Das war wie gezüchtet, Ordnung, streng, da brauchst du kein Nazi sein, das wär heut noch gut. Das war eben in dem Moment 'ne gute Sache, wenn das Elternhaus nicht auch schon durch die Nazis so aufgedreht war. Die waren auch

Menschen. Dass die Nazizeit keine gute Zeit war, darüber braucht man nicht diskutieren. Aber »Grüß Gott – Heil Hitler!« hat ja zunächst die ganze Welt fasziniert! Der Hitler hat 'ne ganz geschickte Sache gemacht. Bis du das gemerkt hast, konntest du dich schon nicht mehr wehren, sonst bist du erschossen worden.

Christa

Ich war kurz bei den Jungmädchen. Man musste ja, sobald man zehn war. Ich war die Letztc von uns. Das war 'ne ganz normale Freizeit. Da war was los! Man war in 'ner Gemeinschaft, man ist gewandert, man hat Theater gespielt. Das war schön! Unsere Treffen waren mitten in der Stadt in 'nem Haus, das später Arbeitsamt wurde. Ein Mal jede Woche, vierzehn bis sechzehn Uhr. Wir hatten keine Vorträge, nur Exerzierspiele. Aber wir mussten auch zu den Propaganda-Veranstaltungen: Immer am letzten Schultag vor den Ferien gab's Ansprachen und Aufmärsche. Da mussten wir strammstehen, in Reih und Glied laufen und Lieder mit Naziparolen singen. Wir haben aber gar nicht gewusst, worum's geht und wir kannten in dem Alter den politischen Hintergrund gar nicht. Das sollte so 'ne Art Schulung sein fürs kommende »Reich«, aber wir haben das ja nicht begriffen. Wir haben uns allerdings nicht frei geäußert. Wir waren so schüchtern und ängstlich, da hätte man nie was gesagt. Man war gehorsam bis zum Anschlag. Aber dort war eben die Jugend. Das waren Gruppen wie heut 'ne katholische Jugendgruppe. Es gab gar nichts anderes als Jungmädel. Und diese Feste, das war imponierend! Da hat man dann »Heil Hitler« und 'n Lied gesungen und Fahne geschwungen. Dann war so richtig was los! Und schön rot beflaggt. Und wenn alle so gleich angezogen waren, das war auch ganz spannend! Meine Uniform hab ich ausgeliehen, aber die war zu groß, ich hatte keine eigene. Die war anfangs nicht verpflichtend. Innerhalb von 'nem bestimmten Zeitraum sollte man die anschaffen. Ich hatte so 'n weißes Hemd, aber so 'n Lederknoten und so 'n braunes Tuch hatte ich noch nicht. Das war ganz wichtig! Das hat man erst gekriegt, wenn man sich bewährt hat. Ich hätte gern 'ne Uniform gehabt, aber ich war 'n bisschen jung und dann war inzwischen der Krieg aus.

Die Juden

Elvira Laupheim ist 'ne Judenstadt. Durch die Juden geprägt. Eine der größten jüdischen Landgemeinden in Deutschland vor dem Krieg. Laupheim hat in den dreißiger Jahren etwa 6.000 Einwohner gehabt, davon einige hundert jüdische Mitbürger, die waren als Unternehmer, Beamte, Arbeiter und in freien Berufen tätig, anständige, reelle und geachtete Leute.

Lotte Laupheim war 'n kleines Städtle und da haben 'n paar Fabrikanten's Sagen gehabt, bevor die Nazis kamen. Und die Arbeiter hat man rausgeschmissen aus der Arbeit, wenn sie nicht beinah umsonst gearbeitet haben. Da hat die Mutter immer gesagt: »D Chrischtejude send schlimmer als d Jude selber!« Wir Christen stammen ja auch vom Judentum ab. Weil die Leute gehetzt haben: »Die Jude handlet und gucket, dass se immer no was krieget. Die send bloß aufs Geld aus!« Aber das hat meine Mutter eben nicht gesagt. Die Juden haben vis-à-vis im Gasthaus Pflug im Stall hinten's Vieh dringehabt und die Viehhändler haben's verkauft. Und dann hat's immer geheißen: »Ach, aber noch ein Täubchen, noch ein Täubchen!« Das wollten sie noch dazu verkaufen. Wir Kinder haben halt zugeguckt. Die Juden waren für uns nichts Schlimmes. Man hat wohl gesagt: »D Jude send Händler, do muescht vorsichtig sei, die leihet de Leut's Geld!« Aber die waren nicht anders als die Nichtjuden auch, bloß haben die Leut 'n Hass gehabt, weil die Juden weitergekommen sind. Die haben einander geholfen, jedem geholfen, damit er hochkommt, aber die Christen haben einander nicht geholfen. Dann ist man neidisch auf die andren gewesen. Das ist die ganze Situation, die sich da abgespielt hat. Der pure Neid. Wir hatten keinen Neid. Ich kannte 'n Dienstmädchen von dem großen Warenhaus Morgenthau, 'n katholisches, lediges Fräulein, Theresia, eine sehr nette, fröhliche Frau. Die war bis zum Schluss immer bei ihnen. Die hat gesagt: »Weihnachte, des isch's Schönschte! Was mir krieget an Gschenke und was mir verdienet, do könnet die in de Fabrike bloß gucke!« Bei den Juden ist es den Dienstmädchen wirklich am besten gegangen. Die waren alle gut dran.

Elvira Unser Vater hatte Kundschaft von den Juden. Das waren honorige Geschäftsleute, das kann man nicht anders sagen.

Die Juden, die Viehhändler, sind alle als Kunden zu meinem Vater in die Werkstatt gekommen. Sonst hat niemand 'n Auto gehabt. Emmerich

Der Vater hat alle Juden gekannt und wir haben zu unsrer Zeit bei denen auch noch eingekauft: Schuhgeschäft, Weinhandlung, Viehhandlung, Hopfenhaus Hollunder, Haarfabrik. Und nachher haben's andere übernommen. Mit den Juden, mit diesen großen Firmen und Geschäften sind wir aufgewachsen. Lotte

Das ist dann aber Schlag auf Schlag gegangen, ganz plötzlich!!! Dass die Juden mit den gelben Sternen rumlaufen! Beim Fräulein Renzi, Emerenzia Dochle, in der Nachbarschaft hat 'ne Jüdin gewohnt, 'ne schlanke, große, ernste Frau und die hat plötzlich den gelben Stern drangehabt. Emmerich

Bloß mit den Kindern in unserm Alter haben wir nichts mehr zu tun gehabt. Die Kinder haben wir nie gesehen. Die waren in Internaten, weil das meistens ziemlich betuchte Leute waren. Sie waren bloß in den Ferien da. Oder sind in ihre eigene Schule gegangen. Wir sind an der Judenschule vorbeigelaufen, damit wir die überhaupt gesehen haben. Lotte

Wir haben in der Schule keine jüdischen Schüler bei uns gehabt. Ich bin mit Judenkindern nie so in Verbindung gekommen, nie. Ich weiß nicht, wo die waren. Fritz

Mit den Judenkindern haben wir erstaunlicherweise keinen Kontakt gehabt. In unserm Winkel haben keine Judenkinder gewohnt. In der Kapellenstraße und aufm Judenberg war's Hauptviertel, da weiß ich gar keine Kinder. Die Juden sind auch vor 40 entweder schon geflohen oder deportiert worden. Danach waren die Leut alle weg. Emmerich

Jüdische Freunde hatte ich nicht, in unserem Alter waren keine da. Und nachher waren sie weg. Elvira

Da hat's auch noch 'n jüdischen Tabakhändler Morgenthau am Marktplatz gegeben mit 'ner kleinen Fabrik hinterm Haus, das früher mal den Schulers gehört hat. Die Tochter, Bertlinde Scheßlitz, ihre Schwester und sie selber war 'ne Freundin von unserer Mutter. Ist später Ärztin geworden in Berlin, nach New York emigriert und hat 'n Buch geschrieben. Die waren verwandt zum Albert Einstein, der kam aus Ulm. Ein Morgenthau war Musikkritiker in München, das war der Onkel von denen. Dorthin sind die immer in Ferien. Die haben schräg gegenüber vom ehemaligen Schuler-Hauptanwesen ihr Haus und so 'n nettes Gärtle gehabt, 'n niederen Eisenzaun, so spitzig. Wenn Christa man da drübergeklettert ist, musste man aufpassen. Aber innen war's 'ne richtige Wildnis und ganz viele Bäume, das war so romantisch! Über das Zäunchen sind wir immer rüber. Und die waren bald weg. Die waren dann plötzlich nicht mehr da.

Lotte Und in das Kaufhaus Morgenthau aufm Marktplatz sind wir immer vorne rein und hinten konnte man 'ne Metalltüre hochziehen und drunter war die Mischte, die Abfallgrube. Und wenn die geleert war, sind wir reingerannt und haben »Fangerles« gespielt. Aber die haben nie geschimpft.

Fritz Zu Morgenthaus bin ich reingekommen, Morgenthaus kannten wir persönlich, der Vater hat Kontakt gehabt mit denen. Von denen hab ich meinen Schulranzen geschenkt gekriegt. Brauner Ranzen mit 'ner Klappe drüber. Das war 'n älterer Schüler, ein Morgenthau, der woanders zur Schule ging, dem bin ich nie begegnet. Und ich bin in die erste Klasse gekommen und der Vater hat erzählt, dass ich noch 'n Schulranzen brauch. Das war kurz vor der Pogromnacht.

Emmerich Am rechten Zeigefinger oben hab ich 'ne Narbe, 'n richtigen Haken. Meine Mutter hat jede Woche zwei Mal gewaschen. Und an dem Riesenholzzuber war 'ne Kurbel mit zwei Walzen dran zum Drehen, die's Wasser aus der Wäsche gepresst hat. Das war bevor ich in die Schule gekommen bin. Und ich steh da und guck und fass in die zwei Zahnräder rein und die zerdrücken meinen Finger. Das hat man dann im Krankenhaus verbunden. 's war Frühjahr, 'n richtig schöner Sonnentag. Die Stadtarbeiter haben die Kanäle gereinigt und ich hab zugeguckt. Und wie ich dastand – dick verbundene Hand, unten im Pullover drin, damit's niemand sieht, weil ich mich geschämt hab – sind Morgenthaus hergefahren. Das Ehepaar Morgenthau ist immer miteinander gekommen und die haben 'n Opel-Super-6 Baujahr 36 gehabt, das war zu der Zeit eins von den größten und teuersten Autos in der Klasse. Die sind auch immer zu uns in die Werkstatt gekommen. Und die sind da reingefahren und die Frau Morgenthau hat sofort gesehen, dass ich da was hab: »Ja, Emmerich, was hoscht du do?« Dann haben sie das halt bedauert und sind gegangen. Nach 'ner Weile ist sie wiedergekommen und hat mir 'ne echte Ledertasche in Schulranzenformat mit Tragegriff und voll mit Bonbons gebracht. Die hab ich von der zum Schulanfang gekriegt.

Aus lauter Übermut haben wir nachm Rosenkranz bei den Juden manchmal Streichhölzchen in die Klingeln gesteckt. Das haben die witzig genommen. Elvira

An der Straße vom Marktplatz zum Friedhof hat's viele alte, jüdische Leutle gegeben mit kleinen Läden. Die haben wir alle gekannt. Bei denen haben wir geklingelt und sind weggerannt. Das haben wir aber auch bei den Unseren gemacht. Dann sind sie rausgekommen: »Lausbuebe, send r wieder do?« Wir haben da keine Probleme gehabt. Wir wussten: »Des send d Jude, die ghöret zu uns!« Lotte

Wenn die Dienstmädchen waschkörbeweise aufm Judenberg ihre Matzen geholt haben, hätten wir gern mal probiert, aber wir sind nie drangekommen. Die hat nur ein Bäcker zu dieser Zeit gebacken. Und dann war's vorbei. Elvira

Manchmal haben wir Matzen gekriegt. Das war für uns's Höchste! Und nachher hat's geheißen: »Etzt hent se ihr Oschterfescht.« Da haben sie das ungesäuerte Brot gegessen an Passah. Lotte

Rund um den Judenfriedhof ist 'ne hohe Mauer. Jetzt wollten wir immer über diese Mauer gucken. Und dann musste einer die Räuberleiter machen. Aber das war unheimlich, weil unsere Mutter uns Sachen erzählt hat, da haben wir's mit der Angst zu tun gekriegt. Elvira

Uns hat man immer erzählt, was da alles an Geistern passiert. Und wenn einer endlich das Glück gehabt hat, da drüberzugucken, hast du nachher 'n total schlechtes Gewissen gehabt. Es war gar nichts auf dem Friedhof, aber man wusste nicht, was jetzt geschieht. Wenn 'ne Beerdigung war, haben wir uns auch hingeschlichen und geguckt, was da vorgeht. Das ging wie 'n Lauffeuer durch die Kinderschar: »Im Judefriedhof isch a Leich, im Judefriedhof isch a Leich!« Und alle sind auf den Judenfriedhof gerast. Das Tor war auf und da war 'n Sarg drin. Wir haben nichts anderes gesehen als den Sarg. Aber das war ganz, ganz aufregend! Christa

Ich bin gern heimlich übers Mäuerle geklettert, weil ich den Judenfriedhof faszinierend fand! Dieses Bewachsene! Die Steine gucken alle in eine Richtung. Wenn du reinkommst, gucken die dich alle an! Siegfried

Die Juden waren ganz normale Bürger, nur haben die ihre Feste anders und zu anderen Zeiten gefeiert als wir. Man wusste zum Beispiel: »D Jude hent ihren Sabbat. Und do lässt ma die in Ruh. Do kommet Elvira die it ins Geschäft und ma ka au it zu ihne in d Gschäft gange.« Auf jeden Fall wusste man: »Am Samstag derf dr Jud it arbeite.« Und das hat man alles respektiert. Genauso wie die Juden unsere Feiertage respektiert haben. Wenn wir Fronleichnamsprozession hatten, haben die Juden und auch die Evangelischen die Straßen gesäumt und den Zug ehrwürdig verfolgt. Und wir hatten einen fantastischen Kirchenchor. Die haben an Ostern immer vom Händel das »Oratorium« gesungen. Die Kirche war gerammelt voll, da waren Juden da, da waren Evangelische da. Darüber hat man sich gefreut!

Lotte Und sogar am Heiligen Abend sind bei uns immer viele Juden in der Messe gewesen. Da hast du nicht gedacht: »Die derfet it rei.« Die haben auch sehr viel Gutes getan und gespendet. Laupheim hat gewonnen durch die Hautevolee, durch das Image von den Juden. Die gehobenen Familien kamen aus Ulm, Studierte, und die haben ein Flair mitgebracht, auch was Mode anbetrifft.

Die Mutter *Meine Freundin Selma Wertheimer, ein jüdisches Mädchen, das ebenfalls unsere Mädchen-Mittelschule besuchte, an der alle Konfessionen zugelassen waren, gestand mir einmal ihr Interesse an unserer Religion und meinte bei einem Spaziergang: »Man sollte uns doch wenigstens zuhören lassen!« Es war nämlich leider üblich, dass die Andersgläubigen während des katholischen Religionsunterrichtes das Klassenzimmer auf eine Stunde verließen.*

Intelligent und klug war Selma, auch sagte man das den jüdischen Kindern gerne nach. Ich liebte ihre Schönheit und auch die Noblesse ihrer hübschen Kleider! In Laupheim bürgerte sich zusehends mehr Eleganz ein. Die Juden, die mit vieler Herren Länder Handel trieben, gaben unserer kleinen Stadt einen gewissen Elan!

*Von den in Laupheim wohnhaften jüdischen Personen ist in der NS-Zeit unter anderen umgekommen (Angaben nach den Listen von Yad Vashem): Selma Wertheimer *1902, ermordet 1944 in Auschwitz.*

Fritz Man hat bei uns nie negativ über die Juden gesprochen. Das hat's überhaupt nicht gegeben, dass man irgendwo 'n Judenhass gehabt hat, sondern die Juden waren für uns Menschen, die genauso waren wie wir. Verändert hat sich das eigentlich erst nach der »Kristallnacht«, wo man eben bewusst miterlebt hat, dass die Juden andere Menschen sein sollen. Aber da hat man keinen Hass gehabt. »Jud Süß«, 'n Hetzfilm gegen Juden, das hat man gehört, der ist sehr stark propagiert worden.

Den mussten die Erwachsenen sich angucken. Aber das waren die Älteren in der Schule, die sich da haben ideologisieren lassen. Die Hitlerjungen haben den Spruch gehabt:

»Wer z Laupe kauft a Kueh
Und z Sulmetinge's Heu dazue
Und a Weib nimmt von Disse
– der isch drei Mol bschisse!«

Wer in Laupheim kauft 'ne Kuh und in Sulmetingen's Heu dazu und ein Weib nimmt von Risstissen – der ist drei Mal beschissen! Die Viehhändler in Laupheim waren Juden, die Wiesen in Sulmetingen sauer und die Frauen in Risstissen besonders hässlich. So haben sie das gesagt. Weil die Juden als Händler aufgetreten sind und die, die hitlerisch waren, sich mit denen nicht abgegeben haben. Und die Judenkinder haben sie auch nicht mitspielen lassen. Da haben sie 'n Aber dagegen gehabt.

Christa

Bei uns wurde nie über die Juden geschimpft, weil unsere Mutter auch jüdische Freundinnen gehabt hat.

Enteignung

Elvira

Ab 1934 kam die Enteignung der Juden. Danach konntest du bei denen nicht mehr einkaufen, weil die keine Geschäfte mehr hatten. Ihr ganzer Besitz wurde konfisziert, Geschäftshäuser, Privathäuser, Bankkonten fielen an den Staat. Der Hitler hat das Geld für die Rüstung gebraucht. Die anderen Sachen wurden den Parteigenossen angeboten, für 'n Ei und 'n Butterbrot oder für 'n Margarinebrot, wie ich immer sag. Es lief in Laupheim auch einiges ganz übel. Der Duz hat damals 24.000 Reichsmark bezahlt für das riesengroße Konfektionshaus Morgenthau, so wurde erzählt. Viele haben gar nichts bekommen, nur ihr Leben. Das hat man unter der Hand gehört. Unser Vater hat alles mitgekriegt. Und das hat ihm überhaupt nicht gefallen. Er hat uns informiert, er wusste alles. Da hat sich auch die halbe Stadt drüber aufgeregt, das war ja Diebstahl, das war hanebüchen, aber man durfte nichts sagen, das war sehr gefährlich!

Lotte

Die schönen Villen von den Juden sind verkauft oder beschlagnahmt worden. Da hat der Vater gesagt: »Dem Soundso hent se etzt au alles weggnomme.« Da sind Nazis reingekommen! Aber wir haben nichts ausgeplaudert. Das war gefährlich, wenn wir was geschwätzt haben. Wir mussten ja schweigen. Verschwiegenheit war's erste Gebot! In dem Alter hab ich schon gedacht: »Oh je, wenn dr Vater au gscheit gwese wär. Warum hot dr Vater den Jud it gfrogt, ob mir mit unsrer Familie it neikönnet, und wenn se zrückkommet amol, dass se's wieder krieget?!« Dann hätten wir 'n gescheites Haus gehabt für so viel Kinder und die hätten gewusst, wir sind drin. Bloß, dass ihr Sach bei Leuten ist, die sie mögen.

»Kristallnacht«

Elvira Die »Kristallnacht«, das war ein Fanal, wie in ganz Deutschland die Synagogen angezündet wurden und die jüdischen Mitbürger behandelt wie der letzte Dreck. Unser Vater hat die Feuerwehr gehört und mich um Mitternacht ganz aufgeregt geweckt: »Kinder, Kinder, 's Krankenhaus brennt! Komm, da müssen wir helfen!« – weil die Synagoge auf dem Weg zum Krankenhaus stand. Und ich – das war nicht weit von uns – natürlich schnell in die Klamotten und nichts wie weg. Als wir zur Straße in Richtung Krankenhaus eingebogen sind, haben wir gesehen, dass es die Synagoge war, die lichterloh brannte. Da standen Menschenmassen, wie die Heringe in der Büchs standen die Leute. Und die Feuerwehr durfte nur links und rechts die Häuser der »Arier« sozusagen schützen, damit die nicht in Brand gerieten. Es durfte kein Wasserstrahl in die Synagoge. Eine Rotte SA-Männer, Nazis aus Ulm und Biberach, mit Gewehren und Knüppeln bewaffnet, hatte sich aufgestellt. Und sobald einer der Feuerwehrmänner seine Spritze auf die Synagoge richtete, ist er von diesen vermeintlichen »Herrenmenschen« mit den bösesten Drohungen bedacht worden.

In der Menge haben wir endlich gehört, was geschehen ist. SA-Männer hatten Benzinkanister in und um die Synagoge ausgegossen und rundum Feuer gelegt – sekundenschnell stand das ganze Gebäude in Flammen. Alle Juden ausnahmslos wurden aus den Häusern geholt, die jüdischen Mitbürger. Die Männer mussten ihre Jacketts und

Schuhe ausziehen und – teilweise unter Knüppelschlägen – pausenlos um die Synagoge laufen. Es war bitterkalt, die Erde war hartgefroren und die Juden lagen im Nassen und haben geweint und um Wasser gebettelt. Und das Wasser ist die Kandel, die Gosse runtergelaufen. Die Synagoge stand ja aufm Berg. Wir sind nicht gewichen, aber die Leute haben keinen Ton gesagt, sonst hätte man die von der Stelle weg nach Dachau befördert. Es war nur immer ein Gemurmel und kein Mensch konnte verstehen, dass so was passiert. Aber in der dicht gedrängten Menge auf der Straße hat man schon gespürt, wie's brodelt. Ein stummer Protest lag da in der Luft. Es war eine Atmosphäre voller Zündstoff. Keiner wollte glauben, dass Menschen zu solchen Grausamkeiten fähig sein können. Manche konnten auch nicht mehr an sich halten und haben ihre Wut und Empörung in ohnmächtigem Zorn herausgeschrien. Die SA-Leute drohten ihnen mit Abführen und Einsperren. Keiner unter den Zuschauern hätte aber den Nebenmann verraten. Und niemand wich von der Stelle. Die Bürger wussten allerdings, dass sie nichts wagen konnten, denn die SA hatte Schießbefehl, falls das Volk aufmucken sollte. Und trotz dieses stummen und standhaften Protestes hatten alle auch Angst. Das ist wohl eine vollkommen natürliche Regung, wenn man solche Gräueltaten sehen muss. Gegen so menschenverachtende Verbrechen ist einfach nicht anzukommen gewesen. Man hat gedacht: »Endlich können sie im Schutz von Hitlers Uniform zeigen, dass sie Macht haben, und um sie auszuüben, ist ihnen jedes Mittel recht!«

Aber da war die Nacht noch lange nicht zu Ende. Gegen Morgen hat die SS und die SA die Juden ohne Schuhe und ohne Jackett in der Kandel durch die Stadt getrieben in die Schranne, 's Markthaus. Hierher hatte man schon die Frauen und Kinder aus ihren Häusern geholt und dort gleich noch alles zusammengeschlagen und kaputtgemacht, Fenster, Türen, Auslagen. In der Schranne wurden die jüdischen Mitbürger weitergeplagt und gefoltert und dann auf LKWs »verladen« und abtransportiert.

Und wir mussten morgens wieder in die Schule. Als wir nach Hause gelaufen sind, haben wir gesehen: In den jüdischen Geschäften haben sie die Scheiben eingeschlagen, Hakenkreuze drauf oder »Juda verrecke«! Das war ganz, ganz beängstigend und schlimm! Noch Tage danach war die Stadt wie gelähmt. Mit meinem Vater hab ich die ganze Nacht bis zum Morgen in der Menschenmenge gestanden, hab mitgelitten und still für mich geweint. Das war grausam, das war furchtbar! Das konnte man überhaupt nicht verstehen! Das waren Menschen, die haben niemandem etwas angetan. Die sind genauso ihrer Arbeit nachgegangen wie die so genannten »Arier«. Man hat sich total ohnmächtig gefühlt, schon als Mädchen mit elf Jahren!

Lotte In der Pogromnacht im November 1938 haben wir im Kinderzimmer geschlafen. Wenn man da die Fensterläden aufgemacht hat, konnte man durch den Schlosspark direkt zur Synagoge sehen. Der Vater ist nachts aufgestanden und hat immer gesagt: »Heut Nacht isch's so unruhig! Was isch au in der Stadt los? Des isch so unruhig. Was isch au in der Stadt los? I muss amol gucke!« Und dann ist er raus und hat geguckt. Und hat das dann mitgekriegt, was da hinten los ist. Morgens um fünf ist er heimgekommen, hat uns Große geweckt und hat die Fensterläden aufgemacht: »Kinder, gucket do naus!« Das war eine Zeit, wo die Blätter von den Bäumen längst unten waren. Und die, die schon in die Schule gegangen sind, das waren die Elvi, der Fritz und ich, hat er anschließend mitgenommen: »Kinder, des müsset ihr sehe, was heut Nacht passiert ischt. Des isch's Schlimmschte, was passiere kann. Des isch dr Anfang vom Zweite Weltkrieg!« Das war ein Feuer! Und da ist der vor die Hitlerischen, die Nazis, die an der Synagoge rumstanden, hingestanden und hat das laut gesagt: »Was ihr do machet, isch a Sauerei!« Mutig war er.

Und nachher sind wir in die Schule gegangen. Ich war in der zweiten Klasse. Das war Wahnsinn! Als wir von der Schule heimgekommen sind, haben wir gesehen, wie sie schon mit den Lastern an jedes Judenhaus hin sind. Die einfachen, alten Leutchen, alle auf die Karren gezogen. Die anderen sind ja weg gewesen. Wir sind halt hinterhergerannt, haben geguckt, was die machen. Die haben die Leute hochgezogen und alle forttransportiert. Und die Juden haben geweint und geschrien. Und du musst das erleben, du hast die Leute gekannt, hast ja gar nicht richtig gewusst, was los ist. »Und vo jetzt ab«, hat der Vater gesagt, »ghör ich nicht mehr dazue!« Er hat gesagt: »Für mi isch des erledigt!« Man hat ja oft nicht gewusst: »Kommt was oder isch was?« Das war schon 'n Schock, die Pogromnacht!

Am Friedhof draußen war 'n kleines Haus, da hat ein Zigeuner gewohnt, der Lippert. 'n starker Mann und seine Schwester ganz mager.

Und die Hühner sind halt in der Küche rumgesprungen und aufm Tisch gesessen, und Alteisen hat er gesammelt mit seinem Bruckenwagen und ist immer durch die Gegend gefahren. Sehr nette, einfache Leut. Wenn der Lippert gekommen ist, sind wir hinterhergerannt, haben geguckt, ob wir Alteisen für ihn haben. Und plötzlich hat's geheißen: »'s Lipperts hent se gholt!« Die Figur hat uns gefehlt. In unserem Kinderbild war die da. Der Mann und seine Familie. Vielmals denk ich an diese Menschen, die ich als Kind kennengelernt hab, meine Erlebnisse davon hab und plötzlich hieß es: »Die send weg!« Was sie da gemacht haben, das war einfach eine Katastrophe! Und das waren alles rechtschaffene Leut! Die haben einfach dazugehört!

Fritz

Morgens zwischen sechs und sieben hab ich zum Fenster rausgeguckt, dass ich den roten Himmel seh. Die Elvi war schon angezogen. Aber ich durfte nicht ausm Haus, das war also nicht drin. Als es Tag war, haben wir Schule gehabt. Da hat man so indirekt mitbekommen, dass da etwas passiert ist, was eigentlich nicht passieren dürfte. Das ist halt an uns vorbeigelaufen wie 'n Film, gell.

Emmerich

Ich hab mit eigenen Augen gesehen, wie die Synagoge abgebrannt ist. Mit fünf! Mein Vater hat mich, 's war dunkel, an der Hand mitgenommen. An der Synagoge den Hang runter bis über die Straße rüber sind die Laupheimer Juden Hand in Hand hautnah nebeneinander gestanden, mit den gelben Sternen links drauf, und mussten zugucken, wie ihre Kirche abbrennt. Aber ich hab gar nicht gewusst, was los ist. Ich konnte das gar nicht registrieren, um was es da geht. Ich hab bloß Feuer und Rauch gesehen und diese vielen Leute und die Feuerwehr, die nicht gelöscht hat. Wenn's gebrannt hat, haben auch sonst immer viele zugeguckt, unabhängig von der »Kristallnacht«. Am andren Tag hab ich beobachtet, wie die Feuerwehrleute die noch stehenden Mauern von der Synagoge umgerissen haben. Da wurde die Straße gesperrt, weil sie die Giebelseite angeseilt und runtergezogen haben. Dann ist die Wand auf die Straße gefallen.

Christa

Von einem Fenster konnte man rausgucken und hat die Flammen gesehen. Und der Vater ging nachts los mit den andern. Und ich wär auch gern mit und ich durfte nicht mit! Und die sind ganz aufgeregt wiedergekommen. Und am nächsten Tag hat die Synagoge immer noch geglüht und geraucht. Wir Kinder sind die Kapellenstraße raus, wo die Judengeschäfte waren. Da haben sie alles kaputtgeschlagen, überall die Fenster eingeschlagen und die Klappläden weggerissen, sah also übel aus! Und die Juden haben uns so Fladenbrot gegeben. In einem Laden stand 'ne Jüdin, lauter Geld lag rum und alles war kaputt. Und die heulte und ich hab gesehen, dass der 'n Finger fehlt. Das hat mich so beelendet, weil ich gedacht hab: »Der hent se 'n Finger abgschlage!« Aber der war vorher schon weg.

Karl Mit drei Jahren bin ich am Fenster gestanden und hab gesehen, wie die Synagoge hinten gebrannt hat.

Herta Meine Mutter stand mit mir am hinteren Fenster im Schlafzimmer, die Flammen von der Synagoge schlugen über die Dächer hoch und sie sagte: »Jetzt vernichten sie das jüdische Gotteshaus!« Da war ich eineinhalb Jahre alt. Ob das möglich ist, dass ich mich daran erinnere? Weiß ich nicht.

KZ

Elvira Wir haben's gewusst, wir haben's ja gewusst. Wir wussten das, weil unser Vater die Informationen immer irgendwo hergebracht hat. Wir, die Ältesten, wurden aufgeklärt. Und ich hab ja auch erlebt, wie sie die Juden in Laupheim abgeholt haben. Wir wussten, dass es Dachau und andere Konzentrationslager gab. Was die Konzentrationslager bedeuten, hat der Vater uns erklärt: dass Leute verhaftet werden, die dem Regime nicht gefallen, die eben nicht in der Linie marschieren, wie Hitler und seine Kollegen es wollten, und die irgendetwas sagen, was denen nicht passt oder die von Mitbürgern denunziert werden. Und wenn jemand geistig Widerstand geleistet hat, wurde er unter irgendeinem Vorwand – der konnte noch so verlogen sein – abgeführt ins KZ und dann war er drin. Ich wusste auch, dass die in Gasöfen getötet wurden, wir Großen, Lotte, Fritz und ich, wir wussten das. Ich hab da sehr genau hingehört, wenn der Vater was erzählt hat. Das war hochinteressant und lebensgefährlich, das zu wissen. Und mein Vater hat uns sehr genau gesagt, dass das nicht in Ordnung ist und nicht zum Guten führen kann und auch, dass man den Krieg nicht gewinnen kann auf diese Art und Weise. Unser Vater hat uns aber genau instruiert:

»Kinder seid still, erzählt nix!« Wir hörten, wie man überall aufgepasst hat, dass man kein falsches Wort sagt, weil man wusste: »Sonst kommt ma ins KZ!« Man glaubt es nicht, was ich für Ängste ausgestanden hab. Wir haben den Mund gehalten. Da hätten wir uns eher die Zunge abgebissen, als nach außen irgendwas erzählt, was wir wussten. Aber wir wussten's! Wir fanden es schlimm und grausam und unmenschlich und konnten es nicht verstehen!

Das mitm Vergasen hat uns der Vater erzählt. Wir haben in jedem Fall von Dachau gewusst. Elvi, Lotte und ich, der Emmerich schon nicht mehr. Was in den KZs ablief, hat man gewusst. Wenn man bei so 'nem Gespräch in der Nähe gestanden ist, hat man natürlich auch absichtlich die Ohren aufgesperrt. Da sind immer bestimmte, ganz zuverlässige Personen gekommen und haben das erzählt. Die Gleichgesinnten haben sich gefunden. Leute, die ihre Meinung gesagt haben von ihrer christlichen Einstellung her. Schuhmacher Redlich, Schreiner Brück, Friseur Anhalt, von denen wusste man, dass sie keine Nazis waren. Eindeutig Anti-Nazis! Im »Deutschen Haus« haben sich die Nazis getroffen. Die Anti-Nazis konnten sich nirgends versammeln, die wären ja eingesperrt worden. Andere sind auch gekommen und haben ständig die neuesten Witze gebracht. Menschen, die gleich gedacht haben, verschiedene Leute, die lose zusammengekommen sind. Wenn einer von denen mitm Fahrrad plötzlich bei uns im Hof gestanden ist, wusste der Vater: »Etzt woiß der wieder 'n neue Witz!« Das war ein Spaß, aber ein gefährlicher Spaß. Und wenn die gekommen sind, bin ich auch in die Nähe, weil's mich interessiert hat. In jeder Diktatur braucht man politische Witze, um überleben zu können. Fritz

Brief einer deutschen Arbeiterfamilie an ihre Verwandten im Ausland: »Uns geht es gut. Hitler führt uns einer besseren Zukunft entgegen. Edgar, der das Gegenteil behauptet hat, wird morgen beerdigt.«

's hat auch oppositionelle Lieder gegeben: »Schlag den Nazis die Schädel entzwei«, »Hei, wenn die Fahrtenmesser blitzen und die Hitlerjungen flitzen«, »Wir sind die Herren der Welt«. Aber so viel haben wir gewusst, die Elvi, die Lotte und ich, dass man das nicht vermarkten darf auf der Straße. Richtig bewusst geworden, dass da Juden verfolgt werden, ist mir das allerdings erst so 42, 43.

Emmerich Mein Vater hat mit Sicherheit davon gewusst. Aber wir als Kinder – nein, man hat nicht mal gewusst, dass es KZs gibt.

Christa Wir haben was mitgekriegt, weil unser Vater Bescheid wusste. Aber die ganze Tragweite haben wir nicht begriffen. Der Vater wusste, dass Juden, politische Häftlinge, Behinderte vergast wurden. Der hat ja Geheimsender abgehört. 'ne Freundin von mir hatte 'ne behinderte Schwester, die in Weissenau zur Pflege war. Die wurde auch vergast. Damals kam die Nachricht, dass sie halt gestorben ist. Die Wahrheit hat man erst lang nachm Krieg erfahren.

Elvira Wir wussten, dass Menschen aus »Irrenanstalten« geholt und nach Grafeneck gebracht und verbrannt wurden. Die Heime für »unwertes« Leben, für geistig oder körperlich Behinderte oder für psychisch Kranke, nannte man »Irrenhäuser«. Die wurden bei uns im schwäbischen Oberland meistenteils getragen von Klöstern. Nachdem Hitler beschlossen hatte, dieses »unwerte« Leben zu vernichten, wurden die Menschen in russisch-grünen Kastenwägen abgeholt und in Grafeneck auf der Schwäbischen Alb verbrannt. Und bis sie da hinkamen, waren sie schon tot, weil die Auspuffgase in den Wagen geleitet wurden. So ein Kastenwagen fuhr auch durch Laupheim. Unser Vater hat die Fahrzeuge öfter gesehen und er hat's auch von den Klosterfrauen gehört, weil er dort dauernd was repariert hat.

Fritz Zu den Behinderten haben wir immer Kontakt gehabt. Hürbel, Liebenau, Schussenried oder Heggbach, da sind die im Kloster herumgelaufen. Sonntags zum Ausflug sind wir hingefahren. Der Vater hat viele Leute gekannt.

Christa Aufm Land gab's in jedem Haus 'n Studierten und 'n Behinderten. Die hat man halt mitlaufen lassen. Das kam vom Most, den man den Säuglingen eingeflößt hatte, damit sie still sind.

Elisabeth 's hat noch viel mehr »Deppen« in jedem Dorf gegeben, Down-Kinder und Missgebildete mit Klumpfüßen oder krummen Beinen. Das konnte man noch nicht so behandeln, die medizinische Betreuung war ja noch nicht so gut. Aber da hat man bei uns daheim nicht gelästert oder gespottet. Die haben einem leidgetan.

Christa Warum wir nichts dagegen getan haben, das ist 'ne Frage, die man so nicht stellen kann. Von unseren Altersgenossen hat 'n ganzer Teil nichts, wirklich nichts mitbekommen, weil ihre Eltern das so unterm Tisch gehalten haben. Man musste sich ganz still verhalten, sonst passiert was. Die Angst hat die Leute runtergedrückt. Sie haben ihren Kindern nichts gesagt. Unser Vater hat's uns halt gesagt. Die haben auch nicht mitgekriegt, was bei uns in der Stadt mit der Judenverfolgung los war. Man hat nie gewusst: »Wann wird man von irgendeinem denunziert?« Das war 'ne bedrohliche Atmosphäre! Da hat jeder um sein Leben gezittert. Und man hätte auch gar nichts machen können, man war total machtlos. Wo sollte man einen Behinderten hintun? Wo solltest du 'n geistig Behinderten hintun, der Pflege braucht? Die waren total ausgeliefert! Das konnte man nicht, das ging gar nicht, das war absolut nicht drin! In Laupheim waren außerdem überhaupt nicht die Leut vorhanden, das so aufzuziehen wie die »Weiße Rose«. Den einen oder anderen hätte man verstecken können, wenn man Platz hatte, auf die Gefahr hin, dass man erwischt wird. Aber dazu gehörte sehr viel Zivilcourage. Das haben auch etliche gemacht. Aber gleichermaßen hatte man ja noch seine Kinder und seine Familie und musste überlegen: »Wem steh ich jetzt näher?«

Fluchthilfe 1

Und daraufhin sind diverse jüdische Mitbürger ins Ausland gegangen und es wurde für die Juden immer schlimmer. Sie haben dann auch den Judenstern gekriegt und all solche »Scherze«. Elvira

Und der Vater hat zum Beispiel eben die Morgenthaus, das war eine tolle Familie, die hat er bei Nacht und Nebel mit deren Limousine in die Schweiz gefahren, über die Grenze gebracht. Die waren sehr gut zu ihren Angestellten, richtige Herrschaften, freundlich und hilfsbereit. Auf jeden Fall hat er die Leute in Sicherheit gebracht. Das war für ihn lebensgefährlich, aber da hat er gar nicht drüber nachgedacht.

Kalendereintrag Paula Schuler-Thiel
Fam. E.R. Morgenthau: Operation Blitzschlag

37, 38 haben die Morgenthaus und die Hollunders schon ihre Wertsachen in die Schweiz und nach England fortgebracht, mit großen Kisten. Riesenkisten aus Holz, so groß wie der Raum. Da haben die alle ihre Lotte guten Sachen, wertvolle Bilder reingetan. Als wir vorne auf die Straße gegangen sind, haben wir's vor dem großen Kaufhaus gesehen, wie sie das Sach eingeladen haben. Für die Hollunders ist der Vater 37 nach Zürich gefahren mit ihrem Auto. Da war ich in der ersten Klasse und da hätt ich mitdürfen. Und vor lauter Freude, dass ich auch mal irgendwo mitdarf, hab ich Fieber gekriegt. Dann konnte ich nicht mit.

Mein Vater hat 37, 38 auch ein paar Mal für die Morgenthaus, bevor die gegangen sind, das Sach in die Schweiz geschmuggelt. Den Juden hat man ja ab 1938 die Führerscheine und Zulassungspapiere weggenommen. Der Vater ist oftmals in die Schweiz gefahren. Der hat da keine Angst gehabt. Die Juden sind vorm Pogrom in letzter Minute geflohen. Das waren nur die reichen Leut. Die einfachen Leut unter den Juden haben das gar nicht geglaubt, dass es brenzlig wird.

Christa Es war mal so eine unterschwellige Angst. Es hieß: »Ma darf's gar it sage!« Der Vater hat eben Juden aus der Stadt nach Stuttgart auf den Flughafen gebracht und hatte 'n Unfall. Das ging schließlich ganz glimpflich aus. Das wurde ganz, ganz, »hhuuh«, ganz vertuscht, aber da hab ich schon eine Angst aufgebaut: »Wenn der etzt it wiederkomme wär!« Der hat da etliche gerade noch außer Landes gebracht, bevor sie festgenommen wurden. In der Stadt waren viele, die sie denunziert haben. Das war eine Flucht, bevor die Grenzen ganz zu waren. Die haben ja schon ab 1937 keine Auslandspässe mehr bekommen. Da mussten die bei Nacht und Nebel alles stehen- und liegenlassen und gehen. Und wenn jetzt ein Nichtjude denen noch zur Flucht verhilft, dann wär der genauso ins KZ gekommen.

Karl Der Vater hat die Juden in die Schweiz transportiert, das hat der oft gemacht. Da mussten die sich unten ins Auto legen. Denen an der Grenze hat er 'ne Flasche Schnaps gegeben und dann ist er rüber. Der war sehr sozial eingestellt. Der hat viel gedreht und gemacht.

Elisabeth Der Vater hat auch Monstranzen, Kirchen- und Klosterinventar vor den Nazis gerettet und über die Schweizer Grenze gebracht. Die brauchten Gold, um den Krieg zu finanzieren. Der Vater hat mit 'ner Gruppe Untergrundarbeit geleistet. Mit Funkapparaten haben die die Nazis abgehört und mitbekommen, wann die die Juden abholen. Dann sind die in der Nacht in die Häuser und haben die gewarnt: »Los! Sofort raus!« Es gab einige Menschen, die geholfen und ihr Leben aufs Spiel gesetzt haben.

Der Vater hat Juden in die Schweiz gebracht. Also, er hätte – egal zu welchen körperlichen oder sonstigen Lasten – ohnehin jedem geholfen. Wenn er jetzt mit einem Streit gehabt hätte und der wär nachher aus der Stadt rausgefahren und es wär ihm irgendetwas passiert, dann hätte der Vater geholfen – egal unter welchen Gefahren für ihn. Und wenn er dabei vor die Hunde gegangen wäre. Fritz

Es gab Querelen, weil unser Vater politisch aktiv gegen Hitler war. Der war ja immer politisch aktiv. Dann hat er noch zwei, drei Anhänger gehabt, aber die mussten sehr vorsichtig sein. Das konnten die nicht offiziell machen, sondern nur verdeckt. Christa

In der Reparaturwerkstatt, die im Krieg nicht mehr benützt wurde, standen nur ein paar Autos drin. Und in diesen Autos, im Führerhaus, hat der Vater einen Flüchtling, einen Polen, versteckt gehabt. Der war nicht bekannt mit uns, der war in Not, 'n Kriegsgefangener in Zivil, und der Vater hat ihn gefunden und versteckt. Da hat mich der Vater mitten im Krieg hingeschickt, um ihm ein Brot zu bringen. Das war eine ganz geheimnisvolle Atmosphäre! Erst gucken: »Sieht mich jemand, wie ich in diese Werkstätte reinschleiche?« Und dann diesen Menschen angucken: »Was ist das wohl für einer?« Und der war ganz zurückhaltend und leise und hat gelächelt, weil ich ihm was bringe. Und ich hatte auch überhaupt keine Angst! Der war aber nicht lange bei uns. Als mein Vater für ihn einen Fluchtweg ausfindig machen konnte, ist er abgezwitschert. Wir haben nichts ausgeplaudert. Herta

In der Nähe von Laupheim war ein »Irrenhaus«, wie man früher sagte, Hürbel. Und die Nonnen waren völlig verzweifelt, weil sie diese Menschen nicht schützen konnten. Der Vater hat das erfahren und hat auch die Schwerbehinderten und geistig Behinderten gerettet. Ich weiß nicht, wie er immer diese Verbindungen gekriegt hat. Er hat dann seine oder irgendwoher organisierte Busse vollgeladen und hat die in einer Nacht-und-Nebel-Aktion in die Schweiz gebracht. Das waren ein paar Aktionen, aber jedes Mal natürlich verdammt gefährlich! Wenn die ihn erwischt hätten, die hätten ihn liquidiert oder ins KZ gesteckt.

Krieg

Elvira Der Kriegsausbruch am 1. September 1939 kam durchs Radio. Und unser Vater hat schon vorher in der »Kristallnacht« in die Menge vor der brennenden Synagoge reingeschrien: »Des isch a Zeiche des kommenden Krieges.« Und ich hab gedacht: »Etzt holen's 'n ab!« Aber es ist nichts passiert. Er hat immer wieder gesagt: »'s gibt Krieg, 's gibt Krieg!«

Und dann ist durchs Radio gekommen, dass sie Polen überfallen haben und dass jetzt Krieg ist. Unser Vater hat uns das gleich erzählt. Und am andern Tag in der Schule: »Es ist Krieg!« Das war furchtbar! Die Väter sind reihenweise eingezogen worden, haben ihre Marschbefehle gekriegt und wehe, wenn sich einer geweigert hat! Der ist sofort standrechtlich erschossen worden. Öffentlich. Und die ganze Stadt: »Krieg, Krieg, um Gottes Wille, Krieg!« Alle hatten Angst: »Was kommt auf einen zu?« Es waren auch Männer dabei, die schon's zweite Mal in den Krieg gezogen sind. Da war ich zwölf Jahre alt. Da denkt man: »Was wird bloß???« Man hat überhaupt keine Vorstellung, wie der Krieg abläuft. Man hatte Angst, nicht wegen 'ner Attacke auf Deutschland, sondern um den Vater und um alle, die man kannte und die fortmussten. Die Angst, dass man nichts zum Essen hat, dass man belagert wird, kam erst später. Polen war weit weg. Außerdem hieß es: »In sechs Tag isch der Krieg aus.« Von wegen! Dann sind sie in die Tschechei einmarschiert. Und dann fingen sie an, in Frankreich einzumarschieren. Und dann ging's nach Russland. Und also ist die Angst noch größer geworden. An die Bombardierung hat man am Anfang noch gar nicht gedacht, um Gottes Willen!

Über die Stadt sind – ich höre das Geräusch heute noch – die großen Pulks der Kampfflugzeuge geflogen, die München und Augsburg bombardiert haben. Die Geschwader gingen ziemlich hoch in Formation über uns weg, drei, vier Mal in der Woche, und das war ein Gedröhne in der Luft, dass die Erde gezittert hat. Jedes Mal zwanzig, dreißig Bomber, vollbeladen mit Munition. Und das waren laute Motoren zu der Zeit, riesenschwere Maschinen. Die haben große Bomben, Splittergeschosse, Brandbomben geschmissen. Luftminen von oben runter, die haben einen Luftdruck erzeugt, dass die Leut gestorben sind. Und dann wurde Alarm gegeben und wir mussten den Berg rauf ins Schloss in 'n Luftschutzkeller. Der wurde einem genau zugewiesen. Von der Partei, vom Luftschutzwart, welcher Bezirk der Stadt wo hinmuss. Die Sirenen waren aufm Rathaus und am Schloss Kleinlaupheim so verteilt, dass man's überall hört. Ein schriller Heulton, der hochgegangen ist. Drei Mal kurz war Voralarm und drei Mal lang und grell war Hauptalarm, also Kelleralarm. Ein Mordsalarm! Der ist einem durch Mark und Bein gegangen. Wir hatten permanent Köfferchen bereit für das Notwendigste. Und jetzt: So viele Kinder – nachts – die Sirenen heulen. Immer zwei sind zusammen gegangen. Die Herta und die Gertrud sind jedes Mal zusammen gegangen und haben noch 'ne Wolldecke über sich rübergeschlagen, weil sie auch Angst hatten, und hatten dann die Meinung, da sieht sie keiner. Da sieht sie da oben der Flieger nicht. Die Angriffe waren meistens nachts. Und wir mussten den Schlossberg hochschnaufen mit Kinderwagen und 'n kleines Kind an der Hand und 'n Köfferchen noch. Und wir sind natürlich hochgerannt, weil wir alle Angst hatten! Und da saßen wir drin, mal 'ne halbe Stunde, mal vier, fünf Stunden, mal 'ne ganze Nacht. Vier Mal in der Woche und dann wieder vierzehn Tage gar nicht. Gegen Kriegsende wurd's immer häufiger. Alle haben gebetet, geredet, versucht zu schlafen oder mit den Kindern gespielt. Da hat man pure Angst gehabt! Zum Essen hat man nichts mehr mitgenommen. Da waren Nottoiletten, das war alles da. Kalt war's, Wolldecken haben wir mitgeschleppt, uns warm angezogen. Wenn irgendwo eine Erschütterung war, war der Strom auch mal weg, in dem Moment haben wir eben Kerzen angezündet. Irgendwann war Entwarnung, ein langer Ton, anschließend ging man wieder nach Hause. Und nichtsdestotrotz musste man um acht Uhr in der Schule sein. War alles kein reines Vergnügen!

Das ist 'ne schöne Anstrengung gewesen da hoch! Ein Mal – das hat sonst niemand gesehen, weil ich ganz allein mit 'nem kleinen Kind war – hab ich gesehen wie an 'nem Fallschirm jemand dranhängt. Wahrscheinlich auch abgeschossen worden. Lotte

In dem Schlosskeller war's interessant! Die Mutter ist eigentlich nie reingegangen. Hat gesagt, sie kommt, ist aber meistens nie gekommen. Hat gesagt: »Passiert nix!« Wir haben uns da unten auch nicht geängstigt! Da sind noch mehr andre Leut gesessen.

Emmerich Der Bunker war keine gute Sache. Die Sirene direkt vorm Haus hat dich ausm vollen Schlaf gerissen, und das musste schnell gehen und die Kinder, die brüllen und schreien, und müde war man! Aber die Eltern haben dich gepackt und wie 'n Gepäckstück mitgenommen. Da warst du auf Dampf … anziehen … rennen … Das ging alles wie im Hurra! Aber kaum dass du eingeschlafen warst, hast du wieder Entwarnung gehabt und das Ganze von vorn.

Christa Im Luftschutzkeller standen Liegen drin und Bänke und da konnte man richtig wohnen. Wir hatten alle, so hergerichtet, kleine Taschen, was man als Kind halt tragen konnte, und hatten da das Nötigste drin. Und wenn nachts der Alarm losging, wusste jeder, was er tun muss. Und 'n paar Kinder von der Nachbarschaft kamen auch noch dazu, weil die Mütter nicht mitkonnten. Dann ist man um eins, zwei oder morgens um vier den Berg rauf und in den Luftschutzkeller. Und da ist man gehockt und hat gewartet. Manchmal bist du grad oben gewesen, kam Entwarnung, konntest du wieder zurück.

Karl Im Alten Schloss im dritten Stock unten haben wir logiert, immer wenn Alarm war. Das war mal 'ne Brauerei, die Mälzerei. Die Gerste ist da früher geröstet worden. Und wir sind durch alle Löcher geschlüpft, bis wir festgestellt haben, dass über uns Bierfässer gelagert sind. Wenn die oben 'ne Bombe reingeworfen hätten, ha, wären wir im Bier ersoffen, gell. Und darum, instinktmäßig, haben wir mit der Kerze geguckt, wie's um die Gegend bestellt ist. Da waren 'n paar so Durchbrüche, da sind wir durchgeschlüpft und plötzlich haben wir 'n Geheimgang entdeckt und sind hinten an der Quelle im Schlosspark rausgekommen. Da war so 'ne Metalltür, 'n Notausgang, den hast du aber von außen kaum gesehen. Da konnten wir bloß auf den Knien raus.

Fritz Ich war selten im Bunker, ich war immer unterwegs. Man wollte sich halt nicht im Keller aufhalten.

Herta Da war wieder Fliegeralarm und eines von den Kleinen lag hochfiebernd im Bett. Alle andren waren schon oben im Schloss. Dann war's ganz gefährlich geworden. Man hat an den Sirenen gehört, dass wieder irgendein Geschwader sich nähert. Und du hast auch ein Gehör entwickelt. Wir haben die Bomber schon ganz früh gehört, das dumpfe Wabern in der Luft, das immer näher kam. Aber man wusste ja nie, wo die Bomben fallen. Dann hat die Mutter gesagt, sie kann so

’n hochfieberndes Kind nicht mitnehmen, sie muss zuhause bleiben. Die Mutter hat sich immer wieder geweigert, da hochzugehen. Dann hat sie mir ’ne geweihte Kerze in die Hand gegeben – ich war vielleicht sechs –, hat die angezündet und gesagt: »So, jetzt gehst du ganz langsam da hoch. Du weißt, wo’s hingeht und so bist du beschützt!« Und ich bin ganz allein, es gab keine Straßenlaternen, den Berg hoch, am Schlosspark vorbei, mit meiner Kerze und bin oben gut angekommen. Ich bin mit ganz viel Angst losgezogen und hab aber auf irgendetwas sehr vertraut: »Es kann dir nichts passieren!« Das hat mir die Mutter mitgegeben: »Die geweihte Kerze schützt dich!« Diese bedrohliche Dunkelheit um mich herum und nur dieses eine Flämmchen in der Hand war eine ganz ambivalente Situation!

Unterm Krieg waren die Mitternachtsmessen an Weihnachten verboten. Die Reutemer Klosterschwestern vom Krankenhaus und vom Spital haben als Einzige in Laupheim die Mitternachtskirche gefeiert, weil die haben eine Kapelle gehabt. Die war so gefüllt, dass, wenn dir schlecht gewesen ist, du konntest nicht umfallen. Und wir durften da auch immer rein, dadurch, dass mein Vater im Krankenhaus dauernd präsent war. Wenn was kaputt war, hat man halt den Vater Thiel geholt. Und diese Kapelle war ja nicht so groß. Die war gerammelt voll und geheizt, die vielen Leut, das Weihrauchzeug, das war schon gewaltig! Dann ist es vorgekommen – du bist nachts um halb zwei heimgelaufen, ’s hat zwischen fünfzehn und zwanzig Grad minus und so hoch Schnee gehabt – dann sind die Bomberschwärme aufgetaucht. Das sind mondhelle Nächte gewesen Ende Dezember. Da haben wir 298 Flugzeuge gezählt in 4.000 Meter Höhe. Wenn’s so kalt ist, ist auch der Himmel absolut klar, glasklar. Diese Heilige Nacht ist eben glockenhell. Und die sind da oben rumgebrummt mit einem ganz penetranten, dunklen, dumpfen Geräusch: »Wwhwwhwwh!« Und sind geflogen in Dreier- und Neuner-Pulks, aber die haben sich keinen Millimeter verändert. So präzis sind die geflogen, dass du gemeint hast, die sind zusammengeschweißt. Und haben ausgesehen, als ob sie fünf Zentimeter groß wären. Dann bist du in der vollen Weihnachtsstimmung da raus. Niemand hat was gesprochen, weil man von der Feierlichkeit noch so eingenommen war. Da hat meine Mutter bloß gesagt: »Wen trifft’s heut wieder?« Das war das Einzige, was man bis nach Hause gesprochen hat. Da bist du so ergriffen und beeindruckt Emmerich noch, das Hochamt, der Weihrauch, unheimlich feierlich alles – und dann kommen die Bomber!

Lotte Ein Mal saßen wir am helllichten Tag in unsrer Scheune, da konnte man durch 'n Schlitz rausgucken. Der Fritz wollte grad rausgehen und sieht den Tiefflieger. Dann ist er schnell wieder rein. Die haben sogar auf ihn geschossen. Aber das war für uns interessant!

'n anderes Mal sind wir mitm Bruckenwägele und Säcken raus in den Bastelwald, wo der Flugplatz ist und haben Tannenzapfen und Holz gesammelt fürs Heizen. Drei, vier Säcke voll. Da waren auch die Schützengräben für die Flugpiloten. Und plötzlich kam Alarm! Wir haben den Wagen stehenlassen und sind in den Graben rein. Aber wir wollten ja die Sachen schnell übers Loch bringen! Also haben wir die Säcke runtergeschmissen und den Wagen durch den Graben und alles wieder rauf. Wir waren so fertig und glücklich, dass wir gesund heimgekommen sind! Dann hat man wieder was zum Brennen gehabt.

Herta 1943, 44 sind die Tiefflieger bei Tag über uns geflogen, ganz tief. Die Mutter ist zuhause geblieben bei den Kleinen und die Großen haben mich mitgenommen, auch der Fritz war dabei. Wir waren aufm Weg in den Bunker – schon Fliegeralarm –, gingen zu dritt auf dem freien Fußweg, 'ne Strecke ohne Bäume. Und die Christl hat gerufen: »Hinlegen!«, und sofort sind wir alle »platsch« aufn Boden. Mussten uns so in die Abwasserrinne werfen, das hatte man uns gesagt. So was wie Todesangst. Da konnte man sogar die Piloten sehen. Wir wussten, dass die Flieger auf Menschen schießen, die auf der Straße rennen. Wir lagen am Straßenrand und haben gewartet, bis die Tiefflieger vorbei waren.

Emmerich Die Verwundeten hat mein Vater gefahren. Die sind in Verletztenzügen angekommen, aus den Waggons raus und im Krankenwagen ins Krankenhaus geschafft worden. Und wir sind am Krankenhaus gestanden, haben zugeguckt und uns die Zeit vertrieben. Die schwerverletzten Soldaten – da hast du als Kind gezittert.

Elvira Die Gefallenen wurden in der Kirche verkündet und jeden Sonntagnachmittag war Andacht für die getöteten Soldaten.

Lotte Am Flugplatz ist das Militär mit der Musik gelaufen und hat die beerdigt. Wir Kinder sind halt hinterhergerannt.

Fritz Jeden Tag sind Meldungen in der Zeitung gestanden, Todesanzeigen auf der letzten Seite: »Für Führer, Volk und Vaterland geopfert!« Und von deren Dienststellen wurde das den Angehörigen mitgeteilt. Fast jeden Tag waren Anzeigen in der Zeitung.

Das war Mundpropaganda zu neunzig Prozent. 1945 hat's in Laupheim 6.000 Einwohner gegeben, jeder hat jeden gekannt. Emmerich

Von den getöteten Soldaten hat man durch die Totenehrung aufm Friedhof erfahren. Christa

Eines Tages, am 17. Dezember 1944, kam Ulm dran. Und die Amerikaner und die Engländer haben ausgemacht, was an Kunstdenkmälern nicht bombardiert werden sollte. Zu dieser Ausnahme gehörte auch das Ulmer Münster. Elvira

Das Ulmer Münster konnten wir vom Schlossberg sehen. Und von da aus haben wir abends am Luftschutzkeller den Bombenangriff auf Ulm beobachtet. Emmerich

Ich war oben mitm Vater. Der Vater blieb als Luftschutzwart meistens draußen und ich dabei. Das war einer, der neugierig war und keine Angst hatte! Und dann ging er raus und hat geguckt, was los ist. Und ich hinterher. Und von da oben haben wir gesehen, wie der Fliegerpulk um dieses Münster Leuchtmarkierungen abwarf. Man nannte sie »Christbäume«. Die sahen aus wie kleine Fallschirme mit elektrischen Kerzen dran. Die wurden gesetzt, und in diesen Kreis durfte nicht gebombt werden. Und von Laupheim aus haben wir die zwanzig Kilometer Luftlinie genau gesehen, wie die Bomber kamen und wie's rot wurde am Horizont. Da oben auf der Höhe hat man den Feuerschein am Horizont gesehen. Und das war vielleicht schon ein Gefühl, wenn diese Pulks über die Stadt flogen! Da hat die Erde gebebt. Elvira

Als der Angriff auf Ulm erfolgt ist, hatte ich 'ne Freundin aus Oldenburg. Ausgebombte. Und wir sind immer abgehauen ausm Luftschutzkeller. 's war 'ne klare Nacht und man sah über den Wald weg, wie die Flieger Ulm bombardierten. Aber das war alles unheimlich spannend! Hochspannend! Ich hab gar nicht gewusst, was los ist. Was das bedeutet, konnten wir uns nicht vorstellen. Ich hatte auch nicht so 'ne große Angst vorm Krieg. Ich wusste ja nicht, was da passiert. Christa

Meine schlimmste Erinnerung ist die Bombardierung von Ulm. Wie die Flugzeuge über Laupheim wegjagten, während wir nachts in den Bunker mussten. Ich war mit den Geschwistern unterwegs. Es war ganz dunkel, nirgendwo brannte ein Licht und ich hatte so Angst! Und auf einmal haben wir die schweren Bomber gehört. Am Ton hat Herta man gemerkt, ob die beladen waren. Wenn er ganz tief war, so 'n brummender Ton, waren sie beladen. Wenn er höher war, sind sie auch schneller geflogen. Das sind große Ängste gewesen! Wir wussten ja nicht, ob die jetzt Laupheim bombardieren oder weiterfliegen.

Oberhausen, 19.12.44

Liebe Paula mit Familie!

Schnell mussten wir alle unser molliges Heim in Ulm verlassen. Anselmle und ich sind in Oberhausen, siebenundzwanzig Kilometer weg von Neu-Ulm. Im Zimmerchen, in welchem wir sind, stehen zwei Betten, ein Tisch, ein Schrank, aber leider kein Ofen. Liebe Paula, ich hatte im Sinn, über die Feiertage mit Anselmle zu Dir zu fahren, unterdessen kam am Sonntag solch ein Angriff. – Meine Eltern sind bei meiner Schwester in Jettingen. Meine Schwägerin hat mein Luciele bei sich, leider weiß ich nicht, wo sie sind. Ich habe furchtbares Herzweh. – Könnt Euch ja denken, wie ich auf meinen Stefan warte. Und wie wird auch er in Sorge sein. Und mein Mann benötigt doch doppelt Ruhe und Pflege, wenn er aus dem Feld kommt. Für ihn ist es sehr schwer. Ich würde sehr gerne über die Feiertage bei Euch sein, aber Stefan könnte unterdessen kommen und ich bin nicht da. Liebe Paula, gar nichts haben wir mehr. Alles ist abgebrannt bis auf die Grundmauern, die ganze Altstadt bis neunzig Prozent gar nicht zu beschreiben. Anselmle sagt immer zu mir, Muttile, wann kommt Christkindle? Es ist gut, dass er es noch nicht versteht, und doch weint er immer und sagt, komm, wir gehen heim. Ich warte nur noch bis Stefan kommt und dann sehe ich schon, was er dazu meint. Hier bin ich ganz fremd und fremd ist arm. – Von Neu-Ulm fährt man bis Senden, dann umsteigen, dann bis Weißenhorn. Und dann eine Stunde laufen bis Oberhausen. Wir haben schon sehr Heimweh. Soeben haben wir Alarm. Überall ein Elend. Nun, liebe Paula, Dir und Deiner Familie recht ruhige, gesunde Feiertage und alles Gute senden Euch allen Litta und Anselmle.

Auf Wiedersehen

Lotte Der Onkel Stefan war mitten in Ulm da hinten am Fruchtkasten beim Münster ansässig. Das hat alles lichterloh gebrannt, 100.000 Bomben haben die auf Ulm geschmissen, 'n Feuersturm in der Altstadt, das war nachher so kaputt. Den Feuerschein hat man bis Sigmaringen, Reutlingen und Friedrichshafen gesehen. Die haben alles verloren. Die Frau vom Onkel Stefan, Tante Litta, hat immer Anfälle markiert, wenn sie was wollte. Dann ist die plötzlich umgefallen. Eine, die schon alles tut, wenn sie nur ihr Sach gekriegt hat. Sie ist in der Zeit nachm Krieg mit den Amerikanern losgezogen. Die hat Pelzmäntel und Zeug gehabt. Sie ist schon versorgt gewesen. Und ich bin dauernd nach Ulm gefahren und hab ihnen was zum Essen gebracht, die Mutter hat uns hingeschickt. Dann bin ich rüber in das alte Viertel und hab die Kanne voll Brühe und noch Fleisch der Frau vom Onkel Stefan gebracht. Damals waren die Lebensmittel so knapp. Bis uns mal aufgegangen ist, dass es der Tante gar nicht so schlecht geht. Der Onkel Stefan war im Krieg. Und als er heimgekommen ist, hat er seine Frau erwischt, wie sie 'n andren hat. Sie hat ihn fortgeschickt und daraufhin ist er nach Laupheim gekommen und hat 'ne Zeitlang bei uns auf der Bühne, also aufm Dachboden, gewohnt.

Ulmer Ausgebombte hatten wir in Laupheim sonst nicht viel. Stuttgarter allerdings wohl – und die haben schon mal anders gesprochen. Die haben 'n anderen Dialekt als wir, die singen so. Und grad die aus Dortmund und Bielefeld haben sowieso 'ne ganz andere Sprache. Die waren auch anders angezogen und frisiert, die hatten kein einfaches Leben bei uns. Die aus Bremen und ausm Rheinland, die sind verspottet worden, die sind nicht angekommen. Die hatten alle andere Frisuren, 'n anderes Benehmen, 'ne andere Sprache. Wir Schwaben waren ja in der Überzahl. Die wurden überall und auch in der Nachbarschaft einquartiert und sind mit uns in die Schule. Die Leute, die Haus und Wohnung hatten, mussten 'n Zimmer abgeben. Das wurde pro Quadratmeter berechnet. Wenn's einigermaßen ging, sind sie nachm Krieg wieder heim. Das waren ja keine Flüchtlinge, die konnten ja wieder zurück. Christa

In Ulm und Stuttgart haben wir auch Ersatzteile geholt. Die Versorgung war miserabel, darum war Stuttgart wie Ulm für uns 'n wichtiger Ort. Und überall genau's Gleiche: Die Leute sind in ihren Städten einquartiert worden, in sämtlichen Sälen, Kinos, Theatern, Turnhallen, oder zu ihren Verwandten aufs Land gezogen. Zu uns nach Laupheim sind 'n paar hundert Stuttgarter Leut zu fremden Leuten evakuiert worden. Dann hat man geguckt, wer Platz hat und man war auch dazu bereit. Da brauchst du nicht fromm sein. 'n normaler Mensch Emmerich hat da gesagt: »Do mueß ma helfe!« Da ist man auch nicht so anspruchsvoll gewesen. Viele haben noch in ihrem Haus im Keller gewohnt, dass man wenigstens unter Dach war, haben geguckt, dass es nicht reinregnet, dass man überhaupt 'ne Wand noch gehabt hat. Winters hat man ausm Schutt das ganze Holz rausgeholt zum Heizen. Das ist 'ne ganz natürliche Reaktion vom Einzelnen, dass man aus dem, was momentan da ist, das macht, was machbar ist.

Elvira Meine Klassenkameraden mussten an die Flakgeschütze zur Luftabwehr gegen die Bomber, wurden abkommandiert, ohne groß ausgebildet zu sein. Wer sich gewehrt hat, wurde erschossen. Einer aus meiner Klasse blieb übrig, alle anderen mussten zur Flak. Die Flakhelfer für Laupheim kamen aus Biberach, die wurden immer in andere Städte geschickt. Nachts mussten sie arbeiten und tagsüber gingen sie bei uns in die Schule. Und zum Schluss wurden sie zum »Volkssturm« eingezogen.

Fritz Die, die zwei Jahre älter waren, hat der RAD, der Reichsarbeitsdienst, einkassiert. Die sind noch anders ausgebildet worden. Wir selber waren für den Krieg zu jung. Uns konnte man noch nicht zum »Deutschlandbefreien« einsetzen. Wir mussten nicht zum RAD und nicht zur Wehrmacht, wir sind durchgeschlüpft. Und später auch nicht mehr zur Bundeswehr. Wir gehörten zu den Weißen Jahrgängen, Gott sei Dank! Dass man vielleicht hätte in den Krieg ziehen müssen, daran hat man überhaupt noch nicht gedacht!

Karl Mein Jahrgang wär bald fällig gewesen, sich in die Schützengräben reinzustellen, die wir selber gezogen haben. Da sind wir grad noch davongekommen.

Fritz Als man in der Schule Schützengräben gebaut hat, musste man ja nicht im Klassenzimmer sitzen, sondern man hat draußen neben der Schule Splittergräben gegraben und mit Holz ausgeschlagen. Das hat uns mehr Spaß gemacht, gell! Für den Fall eines Angriffs, wenn man nicht mehr heimkam. Aber wenn Voralarm war, wurden die Schüler meistens schon heimgeschickt. Nur – die Flieger sind manchmal erschienen, da hast du gar keine Vorwarnung gehabt. Und in dem Augenblick hätte man dann in diese Stollen reingemusst.

Christa Im Schulhof haben sie Laufgräben – einen Meter fünfzig tief und mit Weiden an der Wand verkleidet – ausgeschachtet und anschließend haben wir Alarmübung gehabt. Das war spannend, da war der halbe

Morgen schon rum! Das Zapfenstreichblasen nachts um zwölf war auch immer spannend! Von der Kaserne aufm Flugplatz kamen die deutschen Soldaten zum gusseisernen Brunnen am Marktplatz und einer hat den Zapfenstreich geschmettert. Das war für die Soldaten, die Ausgang hatten, und dann mussten die schleunigst anrücken. Das hat man bei uns gehört und dann sind wir noch heimlich raus.

Am Flugplatz draußen standen unterm Krieg die Offiziersbaracken von den Deutschen. In 'nem Schlafzimmer von 'nem Offizier hing 'n gigantisches Modellflugzeug mit Motor und das hätten wir bekommen um achtzig Packungen Zigaretten. Und mein Vater hat ja nicht geraucht und hatte 'ne Zuteilung für Tabak und die haben wir abgestaubt. Das hat der nicht gemerkt. Bei uns ist alles gegangen. Siebzig Packungen haben wir zusammengebracht. Aber das Flugzeug haben wir nicht gekriegt. So streng war der. Emmerich

Da hat's Luftschutzwarte gegeben, die haben das dermaßen ernstgenommen und zum Lebensinhalt gemacht und aufgepasst und Leut verpfiffen. Es mussten da und da und da, an genau benannten Stellen, vorschriftsmäßig in den Häusern Zinkeimer mit Wasser stehen. Die Luftschutzpumpe wurde in den Eimer gestellt und dann musste man pumpen und dann konnte man löschen. So viel hat das alles nicht gebracht. Und wenn's nun 'n ganz Überkorrekter war, musste man in der Nachbarschaft regelmäßig zusammenkommen und Übungen machen, damit man das lernt, wie man mit dem Gelumpe da umgeht. Die Luftschutzwarte waren deshalb öfters Ziel von Spott. Da hat's auch spezielle Luftschutzwartwitze gegeben, ich kenn halt bloß einen. Witze kann ich mir nicht merken. Elvira

No. 1: Der Lautsprecherwagen des Luftschutzwarts fährt durch Laupheim und verkündet: »Am Sonntag um sieben Uhr früh ist Luftschutzübung. Wenn es um sieben regnet, findet die Übung um elf statt. Wenn es um elf Uhr aber immer noch regnet, findet die Übung trotzdem um sieben statt.«
No. 2: Der Luftschutzwart gibt dem neuen Nachbarn nach dem Bombenangriff das Merkblattformular mit seiner Unterschrift zurück: »Sie haben da einen i-Punkt vergessen!« Der Nachbar bittet: »Ergänzen sie ihn doch, bitte!« »Nein«, erwidert der Luftschutzwart, »es muss dieselbe Handschrift sein!«

Laupheim wurde nur Tage vor Kriegsende auch bombardiert, aber draußen, außerhalb der Stadt. Den Flugplatz hat man unter Beschuss Fritz genommen. Da haben die Baracken und die Flugzeughallen gebrannt. In der Stadt ist nichts passiert.

Emmerich Der Flugplatz war hin, ein Wohnhaus hat gebrannt und einer ist am Westbahnhof ums Leben gekommen, den haben sie mit den Tieffliegern erwischt.

Lotte Da hat der Fritz geholfen zu löschen, 'n Bub mit dreizehn Jahren, als er grad im Städtle Milch geholt hat. Das sind die Thiels: Wenn irgendwo was ist, sind sie die Ersten, die helfen.

Siegfried Als es auf dem Flugplatz gebrannt hat, wurde der Vater gebraucht und hat mich mitgenommen. Das war gespenstisch! Der Vater ist ausgestiegen und ich bin im Auto sitzen geblieben und hatte Angst, er kommt nicht wieder. Das hat ziemlich lange gedauert. Und als er endlich kam, war ich wahnsinnig froh und hab gesagt: »Jetzt müssen wir aber gleich nach Hause.«

Fritz Wenn die Tiefflieger auftauchten, bin ich natürlich schon in den Keller, das war gefährlich! Die Tiefflieger waren Jagdflieger, leichtere Maschinen als die schweren Bomber. Die Bomberformationen sind auch höher geflogen. Engländer oder Amerikaner. Aber als der Flugplatz bombardiert wurde, war ich gerade mit der Christa mit zwei Fünf-Liter-Kannen beim Milchholen und da kam der Angriff, als wir noch am oberen Marktplatz unterwegs waren. Wir haben plötzlich die Flugzeuge gesehen und dass bombardiert wird. Und da waren auch einzelne Jagdflieger dabei, die direkt in die Stadt reingefeuert haben. Mit Bordkanonen, die im Flugzeug eingebaut sind, mit Geschützen, mit denen sie die feindlichen Flugzeuge abgeschossen haben. Da hat man die Piloten in den Flugzeugen drinsitzen sehen, so weit unten waren die. Wir konnten nur noch hinter Bäume stehen und warten, bis das vorbei war. Und dann sind wir heim.

Christa Da sind der Fritz und ich schnell unter die Kastanien, das war 'n schöner, großer Platz, und schon kam 'n Tiefflieger, hat ihm in die Kanne reingeknallt und schlagartig spritzte die Milch aus den Löchern. Die haben bei uns den Heeresflugplatz beballert und in der Stadt dann halt noch 'n bisschen auf die Leut geschossen. Das war 'n ganz sonniger Tag. Und 'ne Stunde später stand ich schon wieder im Hof und hab den Tieffliegern zugeguckt. Da hat mich der Nachbar Ursprung am Genick gepackt und reingezogen. Mich hat das geärgert, weil das so spannend war!

Die Amis und die Briten haben auch Flugblätter abgeworfen und Störungsstreifen, wie Lametta, runtergelassen. Dadurch hat man nicht mehr richtig verstanden, was da im Radio stattfindet. In die Radiosendung sind Geräusche eingeflochten gewesen. Fritz

Ich hab abgeworfene Flugblätter gesehen. Da ist nichts Böses draufgestanden, weil die haben ja für den Frieden geworben. Bloß für dich war das was Böses! Das ist ja normal, als Kind den Zettel in die Hosentasche zu schieben, aber das war 'ne Katastrophe! Wenn der Lehrer gesagt hat: »Wa hoscht du do? Gib des her!«, und die Erwachsenen, die das mitgekriegt haben: »Wirf's weg!!!«, das war was, wo man Angst gehabt hat. Den Wisch durftest du nicht lesen, das war verboten!!! Emmerich

Als sie den Flugplatz im Visier hatten, hab ich Milch geholt. Hinterm Gasthof Mohren ist noch 'n anderer Luftschutzkeller gewesen. Da hat mich 'n Luftschutzwart reindelegiert. Dann hab ich gedacht: »Ha, Menschenskind, wenn du do hocke bleibscht und do hobe kommt d Decke rab, no siehscht au alt aus! Do gohscht besser naus!« Hab ich mein Kännle voll Milch geschnappt und bin abgehauen. Bin ich losgelaufen Richtung Rosengarten, da stand so 'ne Reihe Zierbäume, die so spitzig hochwachsen. Bin ich aufs Mäuerle gesprungen und hab mich in so 'nem Baum versteckt, weil grad die Tiefflieger gekommen sind. Dann hat's genäschelt und gebätscht und getan – gerauscht und geprasselt und gekracht! Denk ich: »Ha, was isch etzt los?« Und plötzlich ist über mir im Baum 'n Messer von so 'nem Fallschirmspringer dringesteckt. Ich hab mir das Messer geschnappt und bin weiter. Karl

Im Tankholzwerk Firma Nothnagel haben unterm Krieg russische Kriegsgefangene gearbeitet, Stück fünf oder zehn oder fünfzehn. Im Werk, in 'nem Lager, haben die Russen auch gewohnt. Die wurden von Soldaten bewacht, sonst wären die ja weggelaufen. Aber das war nicht so streng gehandhabt. Man hat nicht das Gefühl gehabt, dass die gefangen waren. Und die haben abends von Hand Modellflugzeuge geschnitzt aus Holz, mit Tragflächen und Propellern, die Schriften aus gebügelten Strohhalmen geklebt. Das waren wunderbare Kunstwerke! Dann haben uns die Russen die Flugzeuge gezeigt, 'n bisschen Deutsch konnten die, und gesagt, wir würden die kriegen um 'n Laib Brot oder Zucker. Was wir daheim Brot gestohlen haben! Und die Russen haben uns schon gekannt. Wenn wir gekommen sind, standen sie schon da und haben gewartet und gewunken. Wir haben die ganze Emmerich

Bühne voll Flugzeuge gehabt. Und Spielzeug, Zügle aus Holz für die Geschwister gekriegt.

Wir haben allerdings schon geguckt, dass die Wächter uns nicht sehen. So clever waren wir schon. Offiziell ist der Umgang mit Kriegsgefangenen ja verboten gewesen. Das wurde aber nicht so hart durchgeführt. Bei der Gärtnerei Springauf war 'n belgischer Priester als Gefangener. Mit Springaufs hat mein Vater 'n guten Kontakt gehabt. Die hatten schon Motorackermaschinen, die nie gelaufen sind, und die hat mein Vater immer repariert. Und die Springaufs waren auch Katholiken. Die sind alle gut mit ihren kriegsgefangenen Arbeitern umgegangen. Wir haben genauso Kriegsgefangene gehabt, die bei den Bauern gearbeitet haben. Kriegsgefangene, da hat niemand was dagegen gehabt. Die waren in den Familien regelrecht integriert.

Lotte Zu uns sind die Kriegsgefangenen ständig auf Besuch gekommen. 'n Geistlicher, der durfte frei rumlaufen, der hat sogar Messe gehalten. Und beim Herlitz, der Rüstungsfirma in Burgrieden, waren sogar Russinnen beschäftigt: 40, 42 hab ich Blinddarmentzündung gehabt und bin ins Krankenhaus gekommen. Ich konnte kaum aufstehen, das war am Platzen. Aber wenn ich raus bin, hab ich gesehen, wie sie die Soldaten gebracht haben. Die haben geheult und geschrien. Und einer hat zur Nacht gebrüllt: »Schlag mi tot!« vor Schmerzen. Bin ich aufgestanden und hab die Treppe runtergeschaut, wie sie die ausgeladen haben mit verbundenen Stümpfen. Papierbinden hat's da bloß gegeben. Neben mir lag eine Russin mit fünfzehn, Blinddarmentzündung. Als Zwangsarbeiterin aus der Fabrik in Burgrieden gebracht worden, operiert und dann gestorben, weil's schon geplatzt war. Ist neben mir gestorben. Das vergess ich nie. Nebendran bin ich bei dem Kind gestanden und hab gedacht: »Des isch a Mädle so weit weg von dohoim!« Keine Eltern dabei und die musste da sterben!

Schwarzhören

Elvira Und dann fing der Vater im Krieg auch noch an, mit dem Ausländische-Sender-Abhören, heimlich, still und leise, um sich zu informieren über die Situation, wie's vom Ausland aus gesehen und beobachtet wird. Und er ist in seinen Vermutungen eigentlich nur bestätigt worden. Den BBC aus London, da hat er bloß den einen reinkriegt. Die haben in deutscher Sprache gesendet für die Deutschen. Da sind wir während 'm Krieg aus den Ängsten gar nicht mehr rausgekommen. Das Radio – kein Volksempfänger, das war nicht groß, so 'n Röhrenradio, mit 'nem Volksempfänger hatte man ja absichtlich nur begrenzten Empfang, das ging gar nicht –, das stand beim Vater aufm Nachttisch oben im Schlafzimmer. Alle Fenster hat er zugemacht, sich stundenlang unter die Bettdecke gelegt und so eine Lautstärke, dass nur er es gehört hat. Manchmal ist man denunziert worden. Unser Vater hatte Glück.

Die Nachrichten in Deutschland waren so richtig immer auf Sieg ausgerichtet und für Hitler und gegen alle Feinde. 's ganze Ausland rund um Deutschland rum, das waren alles »schlimme Brüder«. Aber mein Vater hat ja gewusst, was wirklich los ist. Da hat er gehört, dass die Franzosen im Anmarsch sind und die Amerikaner.

Lotte

Man hat schon gewusst, was läuft. Der Vater hat unterm Krieg auch mit Luftwaffenoffizieren vom Flugplatz, einem Leutnant, schwarzgehört. Die sind mit Motorrädern gekommen und haben gesagt, sie kommen zum Reparieren. Dann haben sie erzählt, was sie wieder abgehört haben, was läuft an der Front. In der Werkstatt haben die gefunkt. Der alte Kasten hat mehr gekrächzt als funktioniert. So 'n Krächzer! Das Radio vom Vater, oh, das war gestört, so lange, bis er mal wieder was reingekriegt hat. Und die Mama hat gesagt: »Gott, hör auf!« Die Kiste hat gebrummt und gebrummt und plötzlich hat man den Sender gehört. Und auf einmal kam dieser Leutnant nicht mehr. Dann sagt der Vater mal: »Dem wird au nix passiert sei! Den hent se verdwischt!« Der ist auch nie mehr gekommen. Das war kurz vor Kriegsende noch, so 44. Wir haben Glück gehabt, dass sie den Vater nicht geholt haben. Der hat uns Kindern gesagt: »In Russland goht dr Krieg retour, unsre Deutsche verlieret. Aber ihr derfet niemand was erzähle.« Dann hab ich zum Kaplan gesagt: »Herr Kaplan, Sie brauchet koi Angscht han! 's goht nemme lang, no hemmir de Krieg verlore. No simmir befreit!« Dann hat er gesagt: »Oh Lotte, sei bloß still! Wenn des ebber erfährt, die holet dein Vater!« Dann hab ich gesagt: »Aber i wollt's doch Ihne bloß sage, dass Se koi Angscht meh han brauchet!« Wir waren unheimlich mutig! Und wir haben genau gewusst, wie's in

Russland ist. Das war uns alles klar! Aber das haben wir als Kinder geheim gehalten, weil wir daheim nichts anderes gelernt haben als »Nix naustrage!«. Da sind wir schon geimpft gewesen auf gut Deutsch. Da waren wir eine verschworene Gemeinschaft. Der Vater hat immer gesagt: »Kinder, wenn amol ebber kommt, i gang hinte beim Klofenschter naus und hau ab. Bloß dass r's wisset.« Wir haben viel gewusst, aber wir wussten: »Mir müsset schweige!« Das Klofenster war im ersten Stock und bloß so klein. Das kam mir oft im Traum, dass er abhaut, wenn sie ihn verfolgen.

Herta Die Eltern standen auf der Schwarzen Liste der Nationalsozialisten, weil sie besonders beobachtet wurden, damit sie ihre Meinung ändern. Die waren denen ein Dorn im Auge. Aber die Nazis sind nicht aktiv geworden, weil es eine kinderreiche Familie war. Ich kann immer noch die SS-Stiefel hören, weil die ein paar Mal bei uns im Haus erschienen sind. Ich wusste: »Da gibt's 'ne Absprache zwischen meinen Eltern, dass der Vater hinten durchs Waschküchenfenster abhaut, damit die Mutter nicht weiß, wohin, und sich nicht verplappert. Und dann passiert uns nix!« Ich wusste einfach, dass er in Gefahr ist.

Die Mutter *Als der Krieg im Gang war, lief mein Mann mehr in Angst als in Ruhe herum. Es kam nun öfters vor, dass eine Abordnung auftauchte, um ihn an die Front zu dirigieren. Vor unserem Haus fragten diese Männer jedes Mal eines unserer im Hof spielenden Kinder: »Wie viel Geschwister seid ihr?« Und nur der Tatsache, dass es eine größere Kinderschar war, hatte es mein Mann zu verdanken, dass er nicht sofort mitgenommen und an vorderste Front transportiert wurde. Jedes Mal zogen die Beauftragten ab mit der Äußerung: »Wenn der so viele Bälger hat, können wir nichts machen!«*

Christa Wir haben schon gelernt, dass man nichts weitererzählt. Aber das war unheimlich spannend, dass man das gewusst hat! Meine zwei Freundinnen und ich, wir sind immer vorne am Marktplatz gestanden nach der Schule. Diese Väter haben auch Geheimsender gehört und auch in der Familie was gesprochen. Die wussten Bescheid und ich auch. Und da haben wir diskutiert, das waren ja die vertrauten Freundinnen: »Woischt du scho? Heut Nacht isch des mit der V2 passiert!« »Jo, die hot durch de Rand vom Weltraum durchgschlage!!!« Die vierzehn Meter lange Geheimwaffe, die Überschallrakete, die sie von der Ostsee, von der Insel Usedom gegen England geschossen haben. »Jo, und so riesige Halbschale und so Tanks send do dranne! Die müsset die

Eigsperrte im KZ in Saulgau baue.« »Jo genau, und woischt was? Des ghört zu Dachau, des isch a Außelager vo Dachau!!!« »Und d Amerikaner hent die Fabrik no gar it gfunde!!! D Nazis bringet die Tanks bloß ganz, ganz leise nach Dora nauf. Zum Fertigbaue und zur Vergeltung!« »Moinscht du etwa, dass d Amerikaner gar it bald zu uns kommet und d Nazis uns am End mitm Sieg überrumplet?« »Du, in Saulgau hent se ganz früher au mol Hexe verbrannt, hot mei Vater gsagt.« Wir waren kleine Mädchen, aber wenn uns jemand zugehört hätte, unsre Väter wären alle ins KZ gekommen.

Der »Umsturz«

Die letzten Tage vor Kriegsende waren voller Angst: »Was kommt auf uns zu? Was machen die fremden Truppen?« Und auch voller innerer Freude, dass der Krieg zu Ende ist, dass Hitler nicht gesiegt hat! Das wären ganz, ganz schlimme Zeiten geworden! Elvira

Es hat überall 'n »Volkssturm« gegeben: Rentner und alte Frauen und kleine Kinder. Und man hat an allen Einfahrten in Laupheim Panzersperren aufgestellt. Bei uns waren das Bäume und Pfosten und Vierkanthölzer. Hüben und drüben hat man 'n Loch reingegraben und hat die Blockaden drei Meter hoch aufgebaut. Da konnte man 'n Querholz reinlegen, dann war die Straße abgesperrt. Aber der Panzer brauchte nicht mal Gas geben und das Ding war weggedrückt! Emmerich

Und dann hieß es: »Wenn ma die Blockade it wegmacht, bschießet se d Stadt.« Und es waren kaum mehr Männer da. Der Luftschutzdienst und die letzten Nazis hatten Anweisung, die Stadt zu verteidigen. Aber das war absolut sinnlos. Darauf haben die Frauen 'n paar Tage vor der Kapitulation 'n Aufstand gemacht und die ganzen Blockaden weggeräumt. Christa

Beim »Umsturz« hab ich zwei Tage nicht geschlafen. Da hab ich überall geguckt, wo was los war, gell. Im Schloss ging's zwei Stockwerke nach unten in die Mälzerei. Das war riesig. Die Gerste konnte man dort sonst einlagern. Und am Kriegsende wurde das umfunktioniert als Lagerstätte für den deutschen Luftwaffenstützpunkt in Laupheim. Fritz 'n Tag oder zwei vorm »Umsturz« sind da auf Anordnung des Militärs von uns Fliegerschuhe aus Fell, beheizbare Pilotenstiefel und auch komplette Kombinationen, Uniformen, Luftwaffenausrüstungen zusammengepackt und von der Armee verschickt worden. Wenn du das gesehen hast, ist dir's Wasser im Mund zusammengelaufen, verglichen mit dem Schuhwerk, das wir sonst hatten!

Lotte Und der Fritz hat bemerkt, dass man da nachts immer was ablädt oder was holt. Und da war ja niemand mehr da. Dann hat der mal die Sache inspiziert und hat gesehen: »Do send Schueh, do isch karierte Bettwäsch, do isch Leine und Butterschmalz!«

Karl Ha, in der Mälzerei drin, da hast du auch Kerzen gefunden, da hast du Seife gefunden, da haben die gestapelt gehabt: karierte Stoffballen, Konservenbüchsen, Fünfzig-Kilo-Kisten Lebensmittel. Und ich hab 'n Sack Zucker gefunden! Den hat mir einer geklaut. Mein Vater hat den Schlüssel gekriegt, er soll das Zeug da unter Schutz nehmen und hätte das ganze Zeugs verbrennen und sprengen müssen. Und dann hat er gesagt: »Des vertoil i an alle Leut!« Mein Vater hat die Löcher aufgemacht. Hat den Schlüssel einem von der Stadt weitergegeben: »Plünderet do drobe und nehmet alles raus!« Jeder konnte holen, was er wollte, die ganze Stadt. Also hat man die Tore aufgemacht und die Leut von Laupheim reingelassen. Da bin ich natürlich auch reingestürmt und – dazwischengekommen. Da standen 'n paar Fässer Rotwein nebeneinander und ich häng an 'nem großen Weinfass dran mitm Kreuz zum Fass. Und der ganze Pulk Menschheit ist auf mich zu. Die Leut sind alle die Treppe rauf und ich hab mich nicht mehr wehren können. Die hätten mich zerdrückt, ha jo. Und irgendein Soldat hat 'n Gewehr genommen, hat die ganzen Leute zurückgetrieben und gesagt: »Bue, wo willscht na?« »Do naufsteige!« »Also, guet!« Wir sind die Treppe rauf und oben stand 'n Sack Zucker. Und da ich schon immer klein war und sowieso erst zehn Jahre, hätt ich den gar nicht tragen können. Dann hab ich gedacht: »Herkoles aber au, irgendwie muescht den Zuckersack hoimbringe!« Und wie ich die Treppe rauflauf, kommt einer von oben runter und hat meinen Zuckersack aufm Buckel. Dann hab ich gedacht: »Wenn i 'n it krieg, no sollscht 'n du au it han!« Bin ihm hinterdreingelaufen, hab's Messer rausgezogen – wir haben immer 'n schönes Klapp- oder Springmesser in der Hosentasche gehabt – und hab dem seinen Ballast untenrum aufgeschnitten. Bis der die Stiege unten war, hat er keinen Zucker mehr im Sack gehabt. Boshaft war man auch noch!

Drei Kartons Butterschmalz und zwei Fass Wein haben wir gekriegt. Wir haben 'n Riesenloch gegraben, der Emmerich und ich, neben dem Wohnzimmer draußen. Und da drin hat man den Wein, das Essen und die Ausweise versteckt, das Zeug verschoben, weil man Angst gehabt hat: »Des nehmet d Alliierte uns weg!« Die deutsche Polizei war ja damals so schwach, die hätte nichts verhindern können. Nachher, als der »Umsturz« vorbei war, hat man das Loch wieder aufgemacht und das Zeug umgetauscht, das zum Umtauschen war. Der Wein war nicht zum Umtauschen, den haben wir schon selber getrunken. Also, ich hab immer 'n Schläuchle in der Tasche gehabt, damit konnte ich jederzeit ans Fass ran und direkt vom Fass trinken. Das zweite Fass war in der Werkstatt in der Ecke versteckt. Der Wein war zu kühl zum direkt Trinken. Fritz

Aber das ist ziemlich schnell gegangen. Als das Lager leer war, war wieder Ruhe im Schloss. Vorher war das sehr gefährlich. Die Nazis konnten jeden standrechtlich erschießen, der da mitmachte, Vorräte an die Bevölkerung zu verteilen. Aber das war kurz vorm Einmarsch. Da haben die Nazis's Weite gesucht.

Monatelang haben wir Küchle gegessen von dem Butterschmalz, bis es uns zu den Ohren rausgelaufen ist. Karl

Maggi-Suppen – solche Eimer! Die hat man natürlich mit nach Haus genommen. Aus den Wolldecken hat man Mäntel und Jacken gemacht. Wir hatten alle nichts mehr. Elvira

An der Tür vom Schloss, da hab ich's erste Mal den »Feind« gesehen. Der »Feind«, da sind immer 'n paar miteinander gelaufen, ständig mit 'ner MP im Anschlag, »Kanonenfutter« hat man bei uns gesagt. Wir sind im Schlosspark ganz hinten bei der Quelle gestanden und haben »Sieben Schwaben« gespielt. Dann sind wir den Hang rauf: »D Siebe Schwobe kommet do!«, haben wir geschrien und »brrrommm«. Dann war's 'ne Weile ruhig und dann ist's wieder losgegangen: »brrrrrommmm«. Dann war's wieder ruhig und dann hat wieder die Erde gebebt. So sind die mit den Panzern von hinten reingekommen. Und bis ich ans Schloss raufgekommen bin, steht einer mit der Maschinenpistole im Anschlag, Mütze über sich runter, vor unserem Keller. Heiland, so Marokkaner waren das. Da hab ich's erste Mal den Karl

»Feind« gesehen. Ich hab ihn gestupft, angestupst, hab ihn an den Hosen gezogen, hab gesagt: »Bischt du vielleicht dr Feind?« Hat er gesagt: »Jo.« Darauf sind wir miteinander die Treppe runter, nebenher hab ich vom »Feind« gleich noch 'n paar an die Gosch gekriegt, dass ich durch die Gegend geflogen bin. Jeden, den die erwischt haben, der 'n Käpple aufhatte mit 'nem Hakenkreuz dran, haben sie an die Gosch geschlagen, 's Käpple abgenommen und weggeworfen. Die waren da drauf getrimmt. Ha, aber wir waren ja Kinder. Kinder waren für sich stolz: »Ha, des ghört meim Vater!«

Christa Das war spannend, das war spannend, wie die Panzer übern Marktplatz fuhren! Und wir sind rausgerannt und haben geschrien: »Die Franzosen kommen!« Das waren Marokkaner, da haben wir's erste Mal Schwarze gesehen. Das war bedrohlich! Man hat ja nicht gewusst, was passiert.

Lotte Die haben von 'ner großen Fabrik einen hohen Angestellten geholt, der ist 'n Nazi gewesen, vorne aufn Panzer draufgesetzt und sind so durch die Stadt gefahren.

Emmerich Am Tag X sind wir im Keller gehockt. Man hat schon gewusst, dass der Einmarsch vor der Haustür ist. Das hab ich alles nur als Turbulenzen erlebt. Einmarschiert sind die abends, das war schon dämmerig, als ich die Ersten gesehen habe. Montag. April 45. Schießereien gab's ganz wenig. Das sind nur die letzten Tage gewesen, wo sie den Laupheimer Flugplatz angegriffen haben. Da sind auch 'n paar Bomben gefallen und die Tiefflieger sind über die Stadt weg und haben im Tiefflug »ppffffrrrrt« gemacht. Ein Schuss ist bei mir am Kopf vorbeigestreift: Als der Teufel losgegangen ist, das sind die letzten Stunden gewesen, sind wir ins Schloss in unseren Bunker rauf am helllichten Tag. Da sind wir am Weg aufm Boden gelegen, hüben und drüben achtzehn Meter hohe Kastanienbäume, da haben die nicht reingesehen. Dann haben die Tiefflieger geschossen und ich hab bloß eins mitgekriegt: – »Pffft« – hat was regelrecht am Kopf vorbeigepfiffen. Das wird halt 'n verfehlter Schuss gewesen sein. Dann sind wir ins Schloss rauf und waren von da an im Keller und sind nicht mehr rausgekommen.

Herta Ganz tief im Schlossbrauereikeller drunten zwischen den großen Bierfässern.

Emmerich Es war schon Nacht – mindestens acht, neun – und wir laufen gerade unten den Kelleraufgang rauf, dann sind oben Franzosen und Marokkaner gestanden, den Stahlhelm auf, eingemummt, in der vollen Kriegsausrüstung, mit entsicherter, scharfer Maschinenpistole im Anschlag, und haben uns plötzlich eingekreist und uns direkt wieder in den Keller reingedrängt. Dann haben wir blöd aus der Wäsche geguckt und die Mutter hat uns am Genick gepackt und in den Keller runtergezogen.

Herta

So ganz Schwarze waren das. Da hab ich zum ersten Mal einen schwarzen Menschen gesehen. Ich hab gedacht: »Was ist denn das?«

Emmerich

Wir waren in dem Keller unten achtzig Leut oder noch mehr. Und wenn dann zehn Soldaten kommen, muss man ja ungeheuer vorsichtig sein: Die hatten geladene Pistolen – alles entsichert –, da kann's gleich knallen! Aber das ist beinahe harmlos verlaufen. Die haben uns nichts getan. Die sind einfach plötzlich dagestanden, haben kontrolliert und sind wieder gegangen.

Herta

Die haben nach deutschen Männern und Soldaten gefahndet, die sie gefangen nehmen konnten oder abgehauen waren. Das haben sie aber nicht geschafft. Die Männer in unserm Keller waren so gekonnt versteckt.

Emmerich

In dem Moment hast du geguckt, dass du dein Leben rettest. Jeder! So 'n Invasor muss ja auch selber Angst haben, dass jeden Augenblick was in die Luft geht, logisch! Die müssen in jedes Loch! Die haben Meter für Meter mit drei, sechs Mann durchforstet.

Mein Vater war als Luftschutzwart in der Färbergasse. Dann sind die Panzer in die Stadt reingekommen. Mein Vater stand aufm Marktplatz und auf einmal war er eingekreist von diesen Soldaten mit Maschinenpistole. Und das war der Augenblick, wo die jeden erschossen haben, der sich rührte. Krieg!!! Und der belgische Kriegsgefangene, der Pfarrer von der Gärtnerei Springauf, ist dazugekommen, hat das gesehen, konnte fließend Französisch und hat denen klargemacht, dass sie den Mann freilassen. Hat meinen Vater geschnappt und hat 'n mitgenommen.

Elvira

Wir sind nicht mehr ausm Haus raus. Schon aus lauter Angst und von den Eltern aus durften wir tagelang nicht mehr ausm Haus. Die Ersten, die einmarschiert sind, waren Marokkaner aus Frankreich. Und vor denen hatten wir alle eine Heidenangst. Wir Mädchen. Die waren wirklich gefährlich! Da hat uns die Mutter, die Ältesten, rauf aufn Dachboden in 'ne Ecke, mit 'ner Decke zugedeckt und gesagt: »Und's Kleinste nehm ich aufn Arm, denn die Franzosen mögen Kinder gern!«

Emmerich Und daheim ist das gleiche Procedere wie im Schloss vor sich gegangen. Die Franzosen sind mit den Panzern bis vor unsere Haustür gefahren. Dann sind die ins Haus reingestürmt, vier oder fünf, alle vollbepackt und wollten das Haus durchsuchen. Und die Franzosen – das waren marokkanische Franzosen, lauter so kleine Leut – preschen die Stiege rauf. Und die Mutter kann Französisch, die war ja in der höheren Schule, und bleibt oben ganz mutig stehen und sagt, sie sollen still sein. Denen sind schier die Augen rausgeflogen, weil die Tür aufgeht und jemand mit ihnen Französisch spricht. Und sie hat ja gewusst, dass die Franzosen kleine Kinder mögen. Geht voraus, macht das Kinderzimmer auf, und da stehen sechs Bettchen, eins nachm anderen, so hübsche, schmiedeeiserne Bettchen, weiß gestrichen. Die Mutter hat alles wunderhübsch genäht, mit Voilestoffen hochgebunden und Volants. Und alles blitzsauber. Und ein höhergestellter Offizier hat in das Kinderzimmer da reingeguckt – der hat 'n Schrei, 'n Befehl auf Französisch, rausgelassen! Die sind die Stiege unten gewesen und alle waren draußen, so schnell hast du nicht gucken können, »husch«! Bin nebendran gestanden. Wie du da angespannt bist! Das kriegst du alles eigentlich nur im Unterbewusstsein mit. Und »zack«, die rennen die Stiege runter. Man muss sich das alte Bauernhaus vorstellen, so eine Treppe! Da bist du, wenn du dick gewesen bist, selber schon nicht mehr rauf- und runtergekommen! Und da sind die gestanden und meine Mutter oben dran. Meine Mutter hatte eine unheimliche Willenskraft und das war auch eine von ihren Stärken. Das war was, was unheimlich positiv war. Die hat eine entsprechende Ausstrahlung gehabt, die hat nicht rumgebrüllt. Die war nicht eine Frau, die's Kreischen angefangen hat und zickig gewesen ist. Das hat Hand und Fuß und Wirkung gehabt. Den Moment vergess ich nie!

Elvira Irgendjemand hat sich dann beim Stadtkommando beschwert und dann waren die ganz schnell weg. Die Marokkaner wurden weggeschafft und dann ging das ganz gut.

Lotte Die Mutter hat zu denen gesagt: »Wenn ihr irgendjemand ebbes dent, ringsrum, und die Leut it in Rueh lasset, bin i morge früh in der Kommandantur und sag, was ihr astellet!« Und die sind alle abgezogen. Die Kommandeure aus sieben verschiedenen Nationen sind ja später bei uns aus- und eingegangen. Und die Soldaten sind nachher »zur Mama« gekommen und dann hat sie sie verpflastert, mit Pflästerchen behandelt, wenn sie verletzt waren vom Schlittenfahren hinten runter.

Als kleines Mädchen hatte man keine Angst, aber es gab entsetzlich viele Vergewaltigungen. Als so Soldaten samt schwarzen Marokkanern zu uns nach Hause kamen, hat die Mutter die Elvi und die Lotte geschnappt, in den Küchenofen gegriffen und die mit Asche eingerieben, dass sie ganz schwarz und hässlich ausgesehen haben. Und dann hat sie sie hinter den Kisten aufm Dachboden versteckt. Wir standen unten an der Türe, die Mutter hat die Kleinsten auf den Arm genommen und ich am Rockzipfel. Und sie hat ganz ruhig mit denen gesprochen, obwohl sie sie bedroht haben. Die wollten das Auto haben und haben ihr die Pistole auf die Stirn gesetzt. Dann sind sie wieder abgezogen. Ich stand daneben und hab das gar nicht begriffen. Ich fand das nur unglaublich spannend, dass die Mutter so ruhig geblieben ist und gesagt hat, sie hat nichts – bloß 'ne Menge Kinder! Herta

Aber die Franzosen haben in einzelnen Städten extrem gewütet, in Freudenstadt zum Beispiel, wo ich später im Krankenhaus gearbeitet hab. Da hat, wenn ich die Anamnese erhoben habe, fast jede Frau schon freiwillig von ihrer Vergewaltigung erzählt. Das muss unaussprechlich schlimm gewesen sein.

Wenn die Elvi aufgetaucht ist mit ihren Korkenzieherlocken – die Elvi hat was gleichgesehen, was hergemacht. Auf ihre Töchterle hat meine Mutter aufgepasst, da ist sie schon hingestanden. Emmerich

Die Alliierten haben oft die Frauen bedrängt. Und wenn mein Vater das mitgekriegt hat – der ist in jedes Haus reingestürmt – hat die betrunkenen Soldaten zur Raison gebracht. Der kannte einfach die ganzen Offiziere und konnte sagen: »Wenn ihr it sofort geht, meld ich des beim Kommandanten!!!« Wo's gefährliche und brenzlige Situationen gab, war unser Vater zur Stelle. Oft hat der sein Leben aufs Spiel gesetzt. Das war auch bekannt in Stadt und Land. Die Eltern haben sich weder vor Tod noch Teufel gefürchtet! Elisabeth

Unser Vater ist sehr diplomatisch mit den Soldaten umgegangen. Die haben ihn auch nicht eingesperrt, obwohl sie zunächst viele Männer eingesperrt haben, weil sie glaubten, die seien alle Nazis. Herta

In den letzten Tagen und ersten Wochen war 'ne enorme Unruhe und alles war aufgeregt. Die Spannung – du hast nie gewusst, wen du vor dir hast, ob dir jetzt einer's Hämmerle draufhaut, weil man sozusagen Emmerich das Feindvolk war. Immer hat jeder 'ne Maschinenpistole bei sich gehabt. Es gab niemanden mehr, keinen Bürgermeister, an den man sich wenden konnte. Die deutsche Polizei war außer Kraft gesetzt. Krankenhäuser, Wasserwerke, Strom wiederum, das musste ja momentan weiterlaufen! Das musste jemand machen, ob er Nazi war oder keiner! Und den Kollaps von der Lebensmittelversorgung hat man insofern ebenso wenig gespürt, als man ja von vorneherein auf Reserve eingestellt war. Jeder hat sich zusätzlich versorgt, sonst hätt's Geld nicht gereicht! Da war in der Hinsicht überhaupt kein plötzlicher Zusammenbruch zu bemerken!

Die Alliierten

Emmerich Und dann ist der nächste Tag da gewesen und alles war gespannt. Die Situation hat sich trotzdem relativ schnell normalisiert. Die Soldaten sind sehr fair mit der Bevölkerung umgegangen. Wir als Kinder haben uns angeschlichen und sind um die Panzer rumgestiegen und dann hat man von den Franzosen 'ne Tafel Schokolade gekriegt. Besatzungsmacht für Kinder war super! Die waren richtig freundlich! Am andren Tag war plötzlich alles anders. Vom Feind zum Freund! Aber's sind halt überall Panzer gestanden, die ganze Stadt vollgestopft mit Militär. Das hat noch nach Monaten zum Tagesbild gehört. Mitten aufm Marktplatz war 'ne Feldküche im Freien. Da drumrum sind die Soldaten gesessen in voller Kampfausrüstung und mit Stahlhelm und haben ausm Feldgeschirr rausgegessen. Und vor jedem Panzer waren Soldaten, die aufm Boden biwakiert und Feuerchen gemacht und gekocht oder Maschinengewehre hergerichtet und geputzt haben. Die sind im Kriegseinsatz gewesen!

Albert Die haben aufm Marktplatz ihre Panzer gewaschen. Da waren so Hydranten. Und wir haben zum ersten Mal 'n Neger gesehen. Und die Büchsenschokolade hast du immer gekriegt. Aber die Mütter haben die kleinen Kinder zurückgehalten. Die hatten Angst, dass die Kinder den Soldaten zu nah kommen. Aber die Soldaten haben Kinder gerngehabt.

Die Strom- und Wasserversorgung florierte, bei uns war ja nichts kaputt und die Alliierten wollten auch, dass es weiterging. Die Geschäfte hatten offen und es wurde verkauft. Auf den Ämtern war ein Chaos. Das musste alles erst wieder ins Lot gebracht werden. Elvira

Von den Besatzungsmächten selbst aus ist es allerdings im ersten halben Jahr noch sehr turbulent zugegangen. Photoapparate, Radios, Möbel, Teppiche, Porzellan, alles, Getreide, Kartoffeln, Vieh, was du willst, Bier, Heu, Stroh hatte man abzuliefern. Jeder Haushalt musste 'n neuen Anzug abgeben. Auf Anordnung der Alliierten! Zusätzlich die Plünderungen: Schmuck, Fahrräder wurden geraubt. Da ist am Anfang zudem 'n Haufen Ungeziefer rumgelaufen. Die Russen waren 'n Pack, die Polen waren Rabauken, die haben auch gestohlen, dass es schlimmer nicht gegangen ist. Die sind gekommen und haben dir's Motorrad weggenommen, so Zeugs. Das ist immer wieder vorgekommen. Wir haben direkt nachm »Umsturz« 'n Holzfällertrupp von Frankreich gehabt, der bei uns die Wälder abgeholzt hat. Das Holz ist alles nach Frankreich gekommen. Da hat's 'n Kapo gegeben, den Chef, das war auf gut Schwäbisch so 'ne Drecksau von Mensch. Und der ist gekommen und hat gesagt, er möchte unseren Hotchkiss beschlagnahmen. Dann ist meine Mutter vor den hingestanden, hat die französische Kommandantur angerufen und dann war das Ding ganz schnell geregelt. Wenn du da Angst hast, bist du weg vom Fenster. Dafür hat man keinen Kraftfahrzeugbrief gebraucht, man ist ohne Zulassung gefahren. Da ist es halt immer drunter und drüber gegangen. Wenn was gewesen ist, hat man aber die französische Kommandantur angerufen, innerhalb von Minuten sind die dagestanden und haben den Wind reingelassen, mein lieber Mann, da sind die im Boden verschlupft! Verkrochen! Im ersten halben Jahr ist es furchtbar zugegangen. Emmerich

Die haben gesucht, wo sie übernachten könnten, vor allem das. Wir wollten die bloß nicht im Haus haben. Haben in Privathäusern Unterkunft gesucht. Und dabei haben sie auch gerne mal was mitgehen lassen. Unsere Mutter hat aber immer die Kleinen vorgeschickt und so hat das ausgesehen, als hätten wir keinen Platz bei so vielen Kindern. Christa

Das ist noch 'ne Weile gegangen mit den alliierten Soldaten, dass die bei uns daheim kontrolliert haben. Und dann hing plötzlich 'n Zettel an der Haustür dran. Wenn welche gekommen sind, die haben geguckt und – »ffffütttt« – wieder umgedreht. Karl

DEFENSE de PILLER – PLÜNDERN VERBOTEN
Favorable aux Alliés
Ordre de l'Officier Français, Commandant d'Armes
Amtsstempel und Unterschrift: Régiment de Chasseurs d'Afrique
Le Capitaine Commandant

Emmerich Aufgrund von unserer Werkstatt waren wir aber immer im Mittelpunkt. Die Alliierten sind alle zu uns gekommen. Und damit war auch die Ahndung von Fraternisierungen für uns kein Thema. Es gab sonst niemanden, der denen ihre Karren repariert hat. Da hast du vier Nationalitäten innerhalb von Minuten auf einem Haufen dastehen gehabt. Die haben natürlich kein Deutsch gesprochen, ha woher wa, keine Spur. Das versteht man immer, wenn der Karren nicht läuft. Ich hab gewusst, wo ich gucken muss. An 'nem kleinen Motorrädle von 'nem Offizier war der Kupplungszug kaputt. Den hab ich mit zwölf in 'ner Affengeschwindigkeit repariert und das hat den so beeindruckt, dass er sich selber nicht mehr gefunden hat. Dann hat er mich in den »Mohren« eingeladen und da hab ich 'ne Limonade und Bonbons gekriegt. Der Stadtkommandant ist mitm Adler-Trumpf-Junior mit 'nem gebrochenen Federstab von Paris vom Urlaub zurück bis nach Laupheim gefahren, weil's da hat niemand machen können. Dann ist er zu uns gekommen und hatte am andern Tag wieder 'n repariertes Auto. Dementsprechend ist auch dein Image. Das hat jeder gewusst. Die Holzfäller haben wir öfters mit unserm Holzgaser nach Rheinfelden gefahren, wenn die auf Urlaub nach Frankreich gegangen sind. Unterwegs haben sie vom Auto aus Hasen geschossen und sich dabei fast in die Füße reingeballert. Ein Mal hat's plötzlich 'n Hopser gegeben, da haben sie versehentlich den Kotflügel erwischt. Ich war froh, dass der Reifen noch ganz gewesen ist. Das hat man halt wieder zugeschweißt.

Fritz Nachm Krieg gab's ja gar kein Material. Da hat man halt auch dauernd Möglichkeiten gesucht, gerade um die Reifen zu flicken, damit man überhaupt fahren konnte. Das war 'ne ganze Kostbarkeit! Und zwar haben wir nachm »Umsturz« Flugzeugtanks abmontiert, die Hülle abgezogen und verwertet. Im Wald am Flugplatz waren neue deutsche Heeresflugzeuge abgestellt. Die haben die Alliierten nicht beschlagnahmt. Da haben viele einfach Teile weggeschraubt. So 'n

Tank war aus Aluminium und der ist ummantelt gewesen mit schönem Leder. 'n sehr wertvoller, dünner Bezug! Da haben wir Lederhosen draus machen lassen. Und wenn man das abgeschält hat, war zwischen Tank und Leder 'ne dicke Schicht Gummi drin. Zuerst als Außenverkleidung Leder, dann das Gummi, das hat nicht am Leder geklebt, und innen der Tank. Wenn so 'n Flugzeug abgeschossen wurde, ist das aufgequollen und dadurch war das Loch wieder zu, damit das nicht abstürzt. Und die Gummimasse haben wir mitgenommen. Die konnte man anmachen mit Benzin und zu 'ner Klebelösung verrühren, um die Autoreifen wieder in Ordnung zu bringen. Damit hat man den Flicken bestrichen und dann beschwert bis das trocken war, bis das angezogen hatte, den Reifen reingemacht und wieder aufgepumpt. Bloß hat das nie lang gehalten. Wenn die Reifen richtig heiß geworden sind vom Fahren, war die Luft wieder weg. Und diese Aluminiumtanks haben ausgesehen wie 'n Boot. Die haben wir oben aufgeschnitten und 'n Paddelboot draus gemacht. In der Zeit haben wir geholfen, die Wälder aufzuräumen. Und beim Bergen haben wir auch noch 'n Schlauchboot gefunden, mitgenommen, aufgepumpt und sind damit auf der Rottum und sogar am Bodensee gepaddelt.

Unmittelbar nachm »Umsturz« standen überall, in den Wäldern, so weit das Auge gereicht hat, ringsrum verlassene Militärfahrzeuge, deutsches Militärgut, Maschinen, Autos, LKWs, Omnibusse, Motorräder, Boote, Panzer, Waffen. Minen hab ich nie gesehen, aber Handfeuerwaffen und Panzerfäuste haben wir aufgesammelt. Meine Mutter hat immer gesagt: »It nagange! Do könntet sich no welche versteckt halte!« Mein Vater hat fürs Bergungsamt hunderte Fahrzeuge zusammenchauffiert. Emmerich

Direkt nachm Krieg wurde ein so genanntes Bergungsamt gegründet. Da hat man in der ganzen Umgebung die Waffen eingesammelt. Die Menschen hatten keine Arbeit, so war das kein Problem, Leute zu bekommen. Überall, wo die Wehrmacht sich am Schluss aufgehalten hat, musste man die Wälder reinigen, den Schrott entfernen. Und diese Sachen wurden beim Bergungsamt sortiert und entsprechend entschärft. Im Hopfenhaus Hollunder, da war 'n Lager, hat man's abgegeben. Danach ist das Zeug irgendwo verschachert worden. Und wir sind von der Stadt zum Transport beauftragt worden, weil wir 'n Lastwagen hatten. Nach der Schule konnten wir mitfahren und haben Fritz entweder geholfen oder gesehen, was da alles eingesammelt wurde. Wenn irgendwo was los war, ist man halt mitgegangen. Nicht um zu arbeiten, sondern – das war spannend!!!

Und da lag im Wald 'n Motorrad.

Emmerich Der Fritz und ich haben 47, 48 ein DKW-Motorrad, Baujahr 44, hergerichtet. Das hat der Konstanzer Metzger Kaspar gekauft – der hat's bloß nicht gekriegt.

Da ist zuerst bloß der Rahmen und der Motor unter den Kastanienbäumen gestanden. Mit vielen anderen Fahrzeugen. Und das graue DKW-Motorrad haben wir uns geholt. Das war angekettet, also haben wir's mitm Schneidbrenner losgeschweißt.

Fritz Vom Bergungsamt haben wir das graue Motorrad mit Reichsmark erworben. 'n Motorrad, das aber zerlegt war, da waren keine Räder dran.

Emmerich Die hat der Radiomechaniker Niedlich vorher schon abmontiert gehabt und der hatte die Teile alle im Keller. Innerhalb von acht Tagen hat der Fritz alles dagehabt, der hat das Zeug von dem Niedlich hergezaubert. Der Niedlich hatte zwei linke Hände, gebraucht hat er's nicht, dann haben wir's gekriegt. Dann haben wir 'n komplettes Motorrad gehabt. Ja, gut. Jetzt haben wir das auf der Bühne – da haben wir gewohnt, der Fritz und ich – unter der Schräge versteckt und unterm Bett und haben das in der R-Marks-Zeit mitten im Schlafzimmer etappenweise mit der Lötlampe abgebrannt und den Motor ausgebaut.

Und dann hat der Vater das Motorrad verkauft an den Metzger von Konstanz. Und mein Vater verkauft dem das Motorrad um 'ne Kiste Wurst und Fleisch und Zeugs. Bis wir das gemerkt haben, war alles schon vernichtet. Gegessen. Jetzt haben wir gesagt: »Wa demmir?« Motorrad wollten wir ja nicht hergeben.

Jetzt haben wir in der Werkstatt 'n großes Tankholzlager gehabt, das war immer so halb, dreiviertel voll mit Tankholz. Dann haben wir bei Nacht das Tankholz rausgescharrt, komplett, und haben das zerlegte Motorrad hinter das Tankholz dahinten reingetan. Auf einmal war's Motorrad verschwunden.

Jetzt hat der Metzger ja aber's Motorrad schon bezahlt gehabt und die Wurst war schon gegessen und's Fleisch. Also, haben wir irgendwo 'n altes Triumph-Motorrad geholt, Baujahr 35, an dem hat der Kolben gefehlt. Den Kolben hat man nie irgendwo herbekommen, das war gar nicht möglich zu der Zeit. Und dann haben wir das

Schleh

Triumph-Motorrad eben einfach nach Biberach zum Lackieren gebracht. Das ist mit Hand lackiert worden, rot, total rot. Da hat's 'n Viehhändler gegeben, den Pfuhler, das waren zwei Brüder. Der Fone war der Hampelmann und der andre war der Chef. Und bei dem Fone hab ich 'n Mordsstein im Brett gehabt, der hat halt zu mir gesagt »dr Emmeram«. Der hat mich ab und zu mit nach Biberach genommen aufn Viehmarkt. Und dann hab ich gesagt: »Du, Herr Pfuhler, des Motorrad muss uff Biberach zum Lackiere.« »Ha«, hat der gesagt, »koi Problem.« Haben wir das Motorrad in den Viehwagen eingeladen, haben das nach Biberach gebracht, hat der Lackierer gesagt: »In vierzeh Tag kascht des wieder hole.« Der hat das auch liniert und hat 'n Emblem, das DKW-Zeichen, mit der Hand draufgemalt, blitzsauber alles. Genau in die Zeit ist die Währungsreform reingefallen. Im Juni 48. Pro Person hat man da vierzig DM gekriegt. Da waren wir die reichsten Leut in Laupheim. Das Motorrad haben wir gebracht in der R-Marks-Zeit und geholt haben wir's in der D-Marks-Zeit.

Also, dann war wieder Mittwoch, Konstanzer Metzger ist angerückt, hab ich zum Pfuhler gesagt: »Herr Pfuhler, mir könntet doch mol gucke, ob des Motorrad fertig ischt.« Hat er gesagt: »Steig ei, gucke mir.« Dann sind wir zu dem Lackierer gegangen. Vierzig DM hat das gekostet. Wo hätten wir die vierzig DM hergebracht? Dann hat der Fone gesagt: »Die vierzg Mark, die kriegscht du von mir, des zahl i!« Ich hab das Motorrad bezahlt, mittags um zwei waren wir wieder in Laupheim, abends um sechs war das Motorrad fahrbereit. Fast.

Als der Metzger von Konstanz gekommen ist, haben wir gesagt: »'s Motorrad isch nemme do!« Aber er würde das dafür kriegen, da würde bloß der Kolben fehlen. Hat er gesagt, das sei ihm egal, 'n Kolben kriegt er schon. Motorrad eingeladen – gegangen – Motorrad war gerettet. Haben wir natürlich mehr Glück als Vaterlandsliebe gehabt, gell. Dann haben wir unser Motorrad wieder ausgescharrt und hergerichtet. Den Motor zusammengebaut, am Hinterrad 'ne Federung montiert und lackieren lassen – schön in Rot! Haben wir das bei Nacht im Schlafzimmer auf der Bühne oben zusammengeschraubt. Am anderen Morgen ist es gelaufen. Auf jeden Fall haben wir ein nagelneues, super Motorrad gehabt! Das war dann auch die Sensation in der Stadt!

Fritz Wir haben das halt verschwinden lassen. Im Tankholz. In jedem Fall hat der Vater seitdem nicht mehr versucht, das Motorrad zu bekommen. Das ist auch gar nicht auf ihn zugelassen gewesen, das ist auf mich zugelassen gewesen, als wir's ganz zusammengebaut haben. Nach den Besitzverhältnissen hat der gar nicht gefragt, ha nein. Das, was im Haus gemacht worden ist, hat auch ihm gehört. Aber da war das Motorrad ja noch gar nicht fertig, als er das da zugesagt hat. Da hat der kein Recht gehabt, mit dem Ding irgendwas anzufangen.

Und dann da unterm Dach, in diesem Hohlraum da drin, das war voller Benzinkanister. Und unter unseren Betten war auch lauter Benzin. Für unser Motorrad. Wir haben den Franzosen immer die Autos gemacht, der Emmerich und ich. Und weil wir so kleine Burschen waren, hat das denen gefallen und darum haben wir von denen immer 'n Kanister Benzin gekriegt. Da hat's damals Zwanzig-Liter-Kanister gegeben. Und da haben wir das dann alles aufgefüllt, gestapelt und haben den Benzinturm da drin gelagert. Da oben war die Zeitbombe! Der ganze Betriebsstoff – und ist nie was passiert! Wir hatten auch unten im Keller lauter Diesel, den ganzen Keller voll, der Vater.

Und da war unterhalb vom Dach das Klo, ein angebautes Plumpsklo. Es kam der Winter und unten in der Klogrube war alles eingefroren. Das muss man sich mal vorstellen, in so 'ner großen Familie geht's Klo nicht mehr, das war 'ne Katastrophe! Und der Kurt – »Goißekurti« hat man bloß gesagt –, der ist mehr bei uns als daheim gewesen. »Goißekurti« hieß der, weil er's immer mit den Geißen gehabt hat. Die sind überall in den Gärten gewesen und der hat die immer geärgert und getriezt. Die hatten so was nicht zuhause, die waren sehr vornehme Leut.

Karl Und das Kurti – Ingenieur Kipfs Kurti drüben – Bekleidungshaus, ganz akkurat – hat schon immer gespitzt. Dann hat der, weil das alles zugefroren war – da ist nichts mehr gegangen – dann hat der da unten Treibstoff und Dieselöl reingeschüttet, noch 'n paar Büschel Stroh reingestellt und das Ganze angezündet. Zum Auftauen, damit die Scheiße nicht angestanden ist. Und auf einmal hat's 'n Schlag getan – »wwommm« – und dann hast du gewusst: »Etzt isch dr Pfropfe nab!« Das war für den das Höchste, bei uns das Klo wieder aufzufrieren! Das Feuer war höher als das ganze Haus.

Fritz Und oben war die ganze Bombe mit Benzin. Darum sagen wir ja: »'n guten Schutzengel haben wir schon gehabt.«

Da war immer Kirbe! Immer was los! Aber bei uns hat schon jeder gefackelt, jeder gezündelt, da ist nie was passiert. Da hat man keine Feuerwehr gebraucht, nichts! Wir sind schon bereit gestanden! Wir waren schon gewappnet! Albert

'S Klo, wo's runtergeplumpst ist. Ich bin nie gern auf das Klo gegangen! Ich hab immer Angst gehabt, die Bretter brechen runter! Oder der Verschlag nach oben war offen, dann haben die Balken immer gekracht und du hast gedacht, da ist wer oben auf der Bühne. Und hast wieder Angst gehabt, aufs Klo zu gehen! Das hast du alles so in dich reingedrückt! Wenn die Witterung umgeschlagen hat, hat's gestunken. Das war zwar bei allen Plumpsklos so, aber im Winter war's saukalt. Lotte

Und dann sollte der Bauer kommen mitm Güllewagen und abpumpen. Ich hab immer gesagt: »Ihr müsset die Gülle raushole lasse. Dr Winter kommt, wenn des gfriert! Des muss raus!« »Ha, des roicht no!« Und eines Tages kam wieder 'n ganz strenger Winter, nicht so lang nachm Krieg. Und wenn die da runtergemacht haben, der Urin und Stuhl ist beinah alles gleich angefroren. Und deshalb ist das nicht auseinandergegangen, der Brei ist immer höher geworden. Du hast ja runtergesehen in das Loch. Das ist immer höher und höher geworden. Dann hab ich gesagt: »Do ka koi Wage meh komme, der ka jo gar nix mache. Und die Kinder könnet it amol meh uffs Klo sitze!« Keiner hat was gemacht. Schließlich bin ich mit 'nem Bunsenbrenner hin, hab's Klo weggemacht, hab mich auf den Boden gelegt und hab das Klo aufgefroren, damit's zerläuft. Was da hätte passieren können! Das ist oft passiert, dass Leute dabei umgekommen sind!

Aber im Sommer, wenn's warm war, das war noch viel schlimmer. Da bin ich mit Salzsäure dann zu Werke gegangen. Hab ich reingeleert. Die ganze Schüssel sind Würmer hochgekommen, da hast du dich gar nicht getraut, hinzusitzen und du hast nicht gewusst, wie. Daraufhin bin ich in die Werkstatt rübergegangen und hab Salzsäure geholt und hab die oben reingeleert. Chemische Keule! Du hast nicht mehr gewusst, wie. Raphael

Klopapier war Zeitungspapier! Klopapier!!! – Erstens wär's zu teuer gewesen und zweitens hat man das Klopapier aus Zeitungen geschnitten! Das war üblich. Elvira

Kleine Vierecke ausgeschnitten. Und dann hat irgendeiner mal wieder vergessen, 's Klofenster zuzumachen – dann hat's reingeweht. Dann ist Albert der Schnee auf deinen Papierle gelegen. Dann hat man halt mitm nassen ..., ja, wir haben damals schon nasses Papier gehabt zum Arschputzen. Wir waren ja weit voraus der Zeit! Dann hast du wieder 'n paar schwarze Striemen drangehabt. Aufm Arsch konntest du dann Zeitung lesen.

Emmerich Das Klo war am Haus angehängt, außenstehend angemauert. Der Wind ist von drei Seiten gekommen. Das war kein WC, sondern da hat man mitm Wasser ausm Eimer gespült. Runtergelaufen und in der Waschküche Wasser geholt. Und unsere Güllegrube, 'n Schacht mit dicken Dielen drauf, haben die Bauern zwei, drei Mal im Jahr für fünf Mark geleert. Dieser Kloanbau war auf der Grube aufgebaut, die Schöpfstelle direkt nebendran. Und der Bauer hat das mit 'ner Kelle von Hand rausgeschöpft. Das war richtig schwere Arbeit. Der brauchte eine Stunde, um ein Fass zu füllen. Und musste mindestens drei Mal fahren, bis das Loch wieder leer war, sonst hätt's ja nicht so lang vorgehalten. Und der hat das dann als Dung auf die Felder gestreut.

Fritz Jedenfalls, das Benzin brauchten wir ja für das rote Motorrad.

Emmerich Der Fritz und ich, wir haben dreißig Kanister Benzin unter der Bettlade im Schlafzimmer gehabt, damit's der Vater uns nicht abstaubt. Der hätt's wieder hergeschenkt, der hat ja nichts dafür genommen!

Fritz Das ist aber dann nicht gegangen, weil das irgendjemand dem Vater gemeldet hat, dass da überall alles voller Benzin ist. Und der Vater hat das Benzin nachher Kanister für Kanister geholt und den Leuten gegeben. Ich – wenn ich so was gehabt hab, dann hab ich das vermarktet. Das heißt, dann hab ich Mehl eingetauscht. Für das, was wir zum Weggeben hatten, hab ich immer was eingetauscht für die Familie – und der Vater hat's einfach hergegeben. In jedem Fall war von dem Benzin nachher nichts mehr da. Ab Juni 48 konnte man ja Benzin kaufen so viel man wollte. Da haben wir also schon Sprit gehabt, aber kein Geld. Da war's immer knapp, ja. Und vorher haben wir Sprit gehabt, aber da hatte noch keiner 'n Führerschein. Und wenn wir das Motorrad fertiggemacht hätten, bevor wir den Führerschein hatten, dann wär's wirklich auch wieder verschenkt worden um 'n paar Pfennige. Aber als ich dann den Führerschein hatte und das Motorrad fertig war, ist nichts mehr passiert.

Emmerich Zur Franzosenbesatzungszeit, schon 45, 46, sind die mit ihren ganzen Karren immer zu uns zum Instandsetzen gekommen, weil sie's selber nicht konnten. Der französische Koch ist auch dauernd zu uns gekommen, entweder mitm Jeep oder mitm großen, braunen Mercedes-170V, 'n Dienstwagen. Im Gasthaus Zum Lamm war die Küche für die Franzosen, speziell fürs Militär und für die Prominenz, für hochrangige Soldaten. Und bei dem Koch durfte ich auch immer mitm Auto fahren, der hat nicht gefragt, wie alt ich bin. Und ich war schon klein, aber der Garnisonskoch war noch kleiner als ich. Und wenn der gekommen ist, hat das die ganze Nachbarschaft auch mitgekriegt. Das Erste, was er geschrien hat: »Hallo, wo isch Jungchef?« Das hat er so laut geschrien, dass's keiner überhören konnte. Der hat mich auch regelmäßig mitgenommen, wenn er bei der französischen Einkaufszentrale in Biberach zum Einkaufen war. Dann hab ich immer so 'ne Wurst gekriegt, 'ne Schinkenwurst oder 'ne geräucherte Bierwurst, so 'ne runde. Oder 'n Päckchen Butter oder Butterschmalz.

Dann ist er mal wieder gekommen und hat geschrien: »Wo isch Jungchef?« »Ja, Jungchef isch eingsperrt!«, hat's geheißen. Was ist passiert? Der Fritz, der Anhalts Goggi und ich sind mitm Tempo-Dreirad, 'n dreirädriger Lieferwagen, in die Stadt gefahren. Und ich bin gefahren. Da war ich zwölf und hab grad noch's Pedal erreicht. Wer kommt? Die Polizei! Also, haben sie uns gestoppt, uns rausgeholt und in die Polizeiwache mitgenommen. Dann ist natürlich der Countdown gelaufen. Neben den Amtszimmern war hinten 'ne Gefängniszelle mit Gittern, voll mit Fahrrädern. Da hat man uns eingesperrt. Dann mussten wir drei da drin Fahrräder putzen. – Zehn Minuten ist das gegangen. Dann ist der Koch in die Revierwache reingekommen und hat da auch durch den Gang durchgeschrien: »Wo isch Jungchef?« Dann haben die schön die Türen aufgemacht und der hat uns mitgenommen! Dagegen haben sie keine Macht gehabt zu der Zeit. Gegen den haben die sich nicht gewehrt. Der Franzosenkoch hat uns rausgehauen.

Die fremde Regierung nach dem Krieg und die Demokratie hab ich als totale Befreiung erlebt. Es gab die Sperrstunde, es gab die innerdeutschen Grenzen bis 1953, aber man hat sich trotzdem erlöst gefühlt. Obwohl: Die Besatzung war Besatzung, das hat einem auch nicht ganz gepasst. Da hat man schon gedacht: »Hoffentlich ganget se bald!«, und hat achtgegeben, dass man mit denen im Alltag nicht in Konflikt gerät. Wir wussten: »Es isch etzt notwendig, dass se do Elvira send und se hent uns befreit. Aber wenn se wieder ganget, simmir au froh!«

Lotte Die fremde Besatzung hat uns gar nicht gestört. Wir waren frei: »Endlich muss ma nemme heimlich due!«

Herta Die Haltung der Bevölkerung zu den Alliierten ist ganz schnell ins Positive umgeschlagen. Die Leute haben denen zugejubelt und haben gerne die Gaben angenommen.

Christa Das war unheimlich spannend, wie das jetzt weitergeht mit den Franzosen! Es ging 'ne neue Ära los!

Emmerich Die Nachkriegszeit war 'n richtiges Erlebnis: Wir waren erst französisch, dann kurz amerikanisch und dann wieder französisch besetzt. Ulm und Stuttgart waren amerikanisch. Und als die Gebiete aufgeteilt wurden, haben die Laupheim zuerst Ulm zugeordnet und nachher wieder zurückgeordnet zum Kreis Biberach. Biberach war immer französisch. Das hat damit zu tun, dass Laupheim ursprünglich 'n eigenes Oberamt, 'n eigener Kreis war. Weniger mit den Alliierten als mit der Bezirkseinteilung.

Christa Zwischendurch hat uns die amerikanische Besatzungsmacht beehrt. Da war eine Hungersnot. Und die Amis waren bestens versorgt. Die haben immer Schokolade, Schoko in 'ner Dose, sehr koffeinhaltig, und Nescafé-Beutel in Portionen gekriegt. Und wenn du von denen 'n Schokoripple erwischt hast, das war 'n Hochgenuss! Aber die hatten strenge Anweisung, dass sie nichts an die Bevölkerung abgeben dürfen, auch wenn sie was übrighaben. Die hätten ja Handel treiben können. Da gab's 'ne große Aufregung drum, dass sie das nicht mehr durften. Das Zeug haben sie dann verbrannt, Benzin drübergegossen. Und das waren noch gute Sachen. Aber die haben so viel gekriegt, dass sie das gar nicht gebraucht haben. Aufm Sportplatz hatten die 'ne Sandgrube zum Springen. Da haben die durch die Bank alle ihre sämtlichen, überschüssigen Lebensmittel verscharrt. Und wie die das da reingeschmissen haben – das haben wir gesichtet. In dem Moment, wo die weg waren, sind wir schleunigst da drumrum und haben das wieder ausgebuddelt. Wir hatten Hunger! Und der berühmte Duft von dem Nescafé, der angebrüht worden ist, das war wie eine neue Welt! Der hängt mir heut noch in der Nase.

Elisabeth Der Fridolin, 'n GI, der war stationiert bei den Amerikanern und hat uns oft Essen mitgebracht, Kasernenbrot in runden Dosen, goldgelben Käse und Trockenmilch. Der Fridolin war uns 'ne große Stütze! Der kam wahnsinnig gern zu uns, weil er Heimweh hatte. 'n Riesenkerl, der musste immer ganz gebückt reinkommen. Der hat nur gebrochen Deutsch gesprochen, aber wir konnten uns verständigen. Der Fridolin war glückselig, wenn er sich zu uns aufs Bänkle neben den Küchenofen setzen durfte.

Elvira

Zwischen Laupheim und Ulm war die so genannte Demarkationslinie zwischen französischer und amerikanischer Zone. Und wenn wir nach Ulm wollten, brauchten wir jedes Mal 'n Tagespass für die Grenze, 'ne richtige Grenze mit Schlagbaum. Und abends hatte man wieder zurück zu sein. Die Passierscheine musste ich in der französischen Kommandantur, 'n Büro unten in 'nem Privathaus – die Räume sind von denen einfach konfisziert worden –, ausstellen lassen, für den Tag, für 'n paar Tage. Und das kostete Gebühr: Für einen Tag eine RM, fürn Monat zwanzig. In diesen kahlen Büroräumen saßen die in Uniform. Die waren da ja dermaßen misstrauisch auch, aber durchsucht haben die einen nicht, die hat man ja irgendwann gekannt. Ansonsten ist da keiner raus- und reingekommen ohne Kontrolle, schon allein wegen Waffen. Die Militärangehörigen haben zwar Deutsch gesprochen und waren freundlich, aber wenn wir was brauchten, bin ich hingegangen oder die Mutter oder auch der Vater. Ich konnte Englisch und die Mutter Französisch. Und dann ist einem auf 'nem Formular 'n Fahrbefehl, ein »ordre de circulation«, erteilt worden.

Emmerich

Wir waren ein selbständiger Betrieb, für jeden Tag, für jede Fahrt brauchten wir 'n neuen Passierschein. Für 'n paar Tage gab's die auch, aber wenn man spontan den Fußballverein von Laupheim nach Biberach zum Kicken bringen wollte, musste man wieder hin. Zu der Zeit haben die Franzosen in Achstetten 'n Haus beschlagnahmt gehabt. Da war die Kommandantur drin, 400 Meter entfernt von der Grenze zur amerikanischen Zone. Und die Franzosen hatten 'n 200er-BMW-Motorrad, das sie auch immer zu uns zum Richten gebracht haben. Da hab ich natürlich mit zwölf, dreizehn auch 'ne Probefahrt gemacht. Da war ich mal wieder so richtig übermütig und bin mitm BMW-Motorrad auf Achstetten und natürlich an die Schranke hin. Jetzt sind da Stück fünf deutsche Polizei gestanden und genauso viel Franzosen. Dann haben mir die Franzosen schön auf die Schulter geklopft und die Polizei musste zugucken, wie ich heimgefahren bin.

Herta Manchmal hatte mein Vater einen Pass. Einerseits hatte er eben eh gute Beziehungen zu den Franzosen – die kannten ihn – und kam auch einfach so durch die Grenze. Andererseits hatte man immer Angst: »Schafft der Vater's jetzt oder nicht?« Die Nichtexistenz von Grenzübertrittserlaubnissen konnte bei Verdacht nämlich Beeinträchtigungen bis zur Schikane bedeuten.

Lotte Nachher ist's besser geworden mit den Pässen, aber am Anfang war's ganz streng an der Grenze!

Fluchthilfe 2

Christa Nachm Krieg wurden die deutschen Soldaten, die beim Einmarsch abgehauen oder aus den Kriegsgefangenenlagern zurückgekommen sind und keinen Entlassungsschein hatten, von den Franzosen und den Amerikanern gleich in Gefangenschaft genommen.

Elvira Manche waren auch von den Amerikanern schon entlassen, aber bei uns waren eben die Franzosen. Und damit die Franzosen sie nicht wieder einbuchteten, was oft, oft, oft passiert ist, sind sie immer nur nachts weitergezogen, um nach Hause zu kommen. Und da haben wir oben auf der Bühne einige Soldaten durchgeschleust, junge Kerle, lauter fremde Leut bei uns versteckt, damit sie nicht in Kriegsgefangenschaft geraten. Die konnten bei uns übernachten und haben was zu essen gekriegt und in der nächsten Nacht sind sie wieder weitergezogen.

Fritz Die haben auch zum Teil bei uns in der Werkstatt gearbeitet. Ein Mal haben wir sieben deutsche Soldaten gleichzeitig bei uns gehabt. Da hat sich kein Mensch drum gekümmert. Das hat ohnehin niemand gemerkt. Die waren beim Arbeiten ja in Zivil. Die mussten sich halt umziehen. Und sobald es ungefährlich war, sind sie in ihre Heimatorte gegangen.

Verschiedene haben wir mit unserem Holzgasbus dann in ihre Heimatorte gefahren, wenn sie nicht gar so weit weg waren. Es ging bloß entweder um die Zonengrenze, also darum, dass sie überhaupt über die Grenze kommen oder dass die Franzosen die wenigstens nicht sehen, wenn sie in unserer Zone daheim waren. Außerdem wollte jeder, wenn er gefangengenommen worden ist, lieber zu den Amerikanern als zu den Franzosen, weil die sehr streng mit den Gefangenen umgegangen sind. Das war schwierig als Soldat, sich zu stellen. Und bei der Anmeldung zuhause haben die Kommunen schon gewusst, wie sie's machen müssen, dass die nicht in Gefangenschaft geraten. Wer deutsche Soldaten beherbergte, wurde erschossen. Aber das war aus Unbefangenheit, das war uns nicht bewusst. Das war auch nur in den ersten Wochen gefährlich.

Emmerich

Auf meinen Vater ist direkt nachm »Umsturz« jemand zugekommen, dass im Kloster Sießen drei deutsche Soldaten Unterschlupf gefunden haben, von der Kölner Gegend und von Norddeutschland oben. Die Soldaten waren auf der Flucht Richtung amerikanische Zone, Richtung Ulm. Die haben gesagt: »Do isch d Entlassung viel oifacher und vor alle Dinge sicherer.«

Christa

Jetzt hätten die Soldaten somit über die französische Besatzungsgrenze gesollt. In Laupheim hatten die Sießener Klosterschwestern 'ne Station. Unser Vater musste oft mit denen nach Sießen, weil kein Zug fuhr. Das war umständlich und die hatten immer viel Gepäck. Und jetzt hat er gesagt, er müsste mal wieder nach Sießen, weil er die drei Soldaten abholen und über die Grenze bringen muss. Der Vater hat sich auch oft Autos ausgeliehen. Und zu diesem Zweck nun eben 'n kleinen LKW, 'n 1,5-Tonner mit 'ner Plane drüber. Die Klosterfrauen haben im Kloster nicht viel gehabt. Darum hat man Kartoffeln und Äpfel mitgenommen und hinten auf die Ladefläche querrum 'ne Bank und Apfelkisten davorgestellt. Und dann hat man die drei Soldaten unter die Klosterschwestern aufm Bänkle verfrachtet. Die haben ihre Röcke ausgebreitet und dann saßen sie da. Vor denen stand alles Mögliche. Und zwei oder drei von uns kleineren Kindern haben über die Ladefläche hinten rausgeguckt. Wir sind immer genau instruiert worden, was wir tun müssen. Unser Vater hat gesagt: »Ihr send etzt do a bissle frech, gell, und gucket so!«, weil Kindern haben sie nichts getan. In Stetten mussten wir über die alliierte Grenze, dann war's die amerikanische Zone. Und als wir an die Passkontrolle kamen, wollten sie sehen, was er aufm Auto hat. Dann sagt mein Vater: »Sehet r jo! D Schweschtre vo Sieße und Kartoffel!« »Jo, dann isch guet!« Und entsprechend sind wir weitergefahren. Der Vater ist sowieso kaum kontrolliert worden, weil man sich gekannt hat. Über der Grenze drüben in Ulm hat man die Männer rausgelassen. Und die sind von da noch zig Kilometer heimgelaufen. Das war aber trotzdem alles immer mit 'nem Risiko verbunden! Die Franzosen hätten sich nicht so leicht abschütteln lassen!

Gut, dass die Franzosen nicht bemerkt haben, dass die Klosterschwestern mit ihrem Obst in die falsche Richtung fuhren.

Emmerich Die französische Kontrolle war zuerst in Stetten und dann in Achstetten. In Dellmensingen war's die amerikanische Zone. Abstand von den zwei Kontrollen: zwei Kilometer.

Lotte Wir haben mal eine Flüchtlingsfrau mit vier Kindern oben auf der Bühne drin gehabt. Die mussten weiter Richtung Stuttgart und wollten im Geheimen über die Grenze, weil sie keine Papiere hatten. Dann hat die Mutter gesagt: »Ganget amol und gucket, ob am Bahnhof a Familie isch mit vier Kinder und bringet's hoim!« Die Frau hat von ihrem Mann nichts gewusst, der war im Krieg. Die haben bei uns vier Wochen gelebt, bis der Vater sie über die Grenze mitnehmen konnte. Die Eltern sind sowieso so gewesen, dass sie geholfen haben, wo's nur geht.

Privatleben und Familie

Der Vater

Der Vater stammte als Förstersohn von Schloss Lindich auf der Alb in der Nähe von Hechingen. Herta

Der Großvater Thiel war Fürstlich-Hohenzollerischer Förster in Staatsdiensten. Also ein honoriger Mann, da gibt's gar nichts dagegen. Elvira

Als der Großvater und die Großmutter Thiel geheiratet haben, ist die Tante Rosa, die älteste Tochter, schon unterwegs gewesen. Zu der Zeit war das noch 'ne schlimme Sache! *In Glatt am Neckar bekam der Förster seine erste Stelle. Schließlich wurde er Fürstlich-Hohenzollernscher Förster auf Schloss Lindich. Sie bewohnten das schönste Forsthaus mit dem schönsten Forst. Das Haus mit vierzehn Zimmern, Saal und Säulen am Eingang, war fürstlich wie das Jagdschloss daneben. Gerade gegenüber dem Schloss ist Friedrich geboren.* Die Großmutter Magdalena ist 1894 verblutet am sechsten Kind, obwohl der Arzt gekommen ist, am Kindstod gestorben. *Der Arzt riss ihr die Nachgeburt weg, weil er wieder zum* Lotte

Förster Emmerich Thiel
(1861–1921)

Fest wollte, wo man ihn weggeholt hatte. Der Arzt und der Förster, die einzigen Studierten in der Umgebung, tauschten für gewöhnlich Zeitungen aus. Die Hebamme hatte Schweigepflicht. Als der Arzt tot war, erzählte sie es einer Förstertochter. Alles aus dem ganzen Umkreis kam zu der Riesenbeerdigung. Da war unser Vater ein Jahr alt. Und damals war das üblich, dass die noch mal geheiratet haben mit ihren vielen Kindern. Das waren ja zum Schluss auch fünfzehn Kinder. Die älteste Tochter hat dann die Geschwister erzogen. Darum war sie auch später immer noch 'ne Anlaufstation für die. In dem Riesenhaus auf Lindich hatten sie oft Einladungen. Und die zweite Frau musste immer kochen, wenn die Jagden waren und jedes Jahr haben sie 'n Kind gehabt. Und dann hat er getobt, wie unser Vater, der hatte auch den Jähzorn. Der Förster war 'n verwöhntes Büble. Er hat nur eine Schwester gehabt, die schon jung gestorben ist. Und der Vater vom Förster wirkte als Schulthess, Bürgermeister und Konsul-Ratsherr in der Trierer Gegend. *Der Förster wollte Arzt werden. Da er aber so krumme Hände hatte, konnte er das nicht. Diese Hände hat er stark an einige Kinder vererbt. Die Wälder, die der Förster angelegt hatte, waren perfekt und liniengerade, wie es früher Mode war.* Der Förster hat dort außerdem's Sagen gehabt über die Landknechte, die Forstgehilfen. Damals bestand ja noch die Hierarchie. 'ne harte Zeit. Und im Familiären hat sich das eben im Sinn des Patriarchen geltend gemacht. Das war aber damals der Normalfall. Das war nichts Unübliches. Vierzehn Hunde haben die gehabt. Die Rehe sind an den Gartenzaun gekommen. Sie haben sogar welche aufgezogen, wenn die Rehmutter gestorben ist. Da war auch viel Selbstversorgung. Gemüse vom Garten und's Fleisch vom Wild. *Im Winter hatten die Knechte keine Arbeit bei den Bauern, so dass sie im Wald schuften mussten. Aber viele Bauern nützten die Knechte so aus, dass sie nichts Warmes zum Anziehen hatten und Hunger litten. Da ging der Förster Thiel aber den Bauern energisch ans Leder, sie täten so fromm und seien gleichzeitig Ausbeuter! Wenn der Förster mal von seinen vielen Bienen Honig schleuderte, durften die Kinder die Waben auslecken. Der Förster hat auch den ersten fahrbaren Bienenstand erfunden und das Patent darauf bekommen. Des Försters Spruch war immer, dass seine vielen Kinder seine Altersversorgung seien, was gar nicht eintraf.* Seine zweite Frau hat Probleme bekommen mit den vielen Kindern, war überfordert, fing an zu saufen und ist allein im Wald gesessen. Und die Kinder

Magdalena Thiel, geb. Roth (1868-1894)

vom Förster mussten alle in die Fremde gehen, weil die Eltern's nicht mehr geschafft haben. *Der Lehrer Munter wilderte. Förster Thiel wusste es und deckte ihn. Die anderen eifersüchtigen Förster sagten es dem Fürsten. Daraufhin bekam Förster Thiel einen ganz einfachen Forst und wurde nach Heiligenwald im Schwarzwald versetzt.* Der Vater ist weggegeben worden von seinem Vater, als seine Mutter gestorben ist. Er war halt auch noch klein. Da hat man ihn zu Bauern gebracht, zu den Schnitzlers in Langenhart zwischen Messkirch und Sigmaringen.

Da musste er natürlich mitarbeiten und morgens Gott weiß wann aufstehen. Da gab's kein Brot umsonst. Da war er mehr Knecht als Pflegekind. Elvira

Aber bei den Schnitzlers ist's dem Vater gut gegangen. Er hat sie gemocht. Die haben ihn später bei Pfullendorf auf 'nem großen Bauernhof mit Landmaschinenbetrieb und Pferdezucht die Ausbildung als Schlosser lernen lassen. Lotte

Unser Vater hat dann im Ersten Weltkrieg gedient. Er war bei der technischen Abteilung als »Etappenhase«, die Soldaten, die nicht an die kämpfende Front mussten, hinter der Front im Land. Er hat immer Glück gehabt. Elvira

Stellv. Generalkommando – XIII. (Königl. Württ.) Armeekorps, Stuttgart, 21. September 1917, Herrn Emmerich Thiel, Förster – Das stellvertretende Generalkommando bedauert sehr, Ihrem Antrag vom 2. ds. Mts. auf Versetzung Ihres Sohnes Friedrich zu einer Flieger Abt. zurzeit nicht entsprechen zu können, da Ihr Sohn als tüchtiger Motorenschlosser beim Kriegsbekleidungsamt insbesondere bei den Instandsetzungsarbeiten der Lastkraftwagen sehr notwendig gebraucht wird. V. s. d. st. G.K., J.A., Oberstleutnant

Fritz Als man den König von Württemberg abgesetzt hat, gehörte er zur Schutzwache in Stuttgart, einer Kompanie, die beauftragt war, den König zu schützen. Vorher war er irgendwo eingesetzt, wo er die Heeresfahrzeuge repariert hat. Die sind damals noch sehr anfällig gewesen.

Herta Der Vater hat ganz viele Sachen gemacht. Der hat zum Beispiel in Stuttgart eines der ersten Kinos eröffnet, das Kino Kuckuck, und die ersten Filme vorgeführt, bevor er die Mutter kennengelernt hat. Und wie das dann lief, ist ihm was anderes eingefallen. Lauter so Sachen hat er gemacht, so ganz spontan.

Fritz Über die Firma Steiger im Nachbarort, in Burgrieden, ist der Vater in den zwanziger Jahren nach Laupheim gekommen. Laupheim war für damalige Verhältnisse weit weg von Stuttgart. Kraftfahrzeugsmechaniker hat's zu der Zeit aber wenig gegeben. Und er hörte, dass da was gemacht wird, was ihn interessiert und ist denen empfohlen worden. Nachm Ersten Weltkrieg bist du überall hingegangen, wenn du 'ne Stelle gekriegt hast. Bei Steiger wurden Rennwagen gebaut und der Vater ist als ausgebildeter Motorenspezialist gleich in die Versuchs- und Rennabteilung gekommen. Das hat er also voll beherrscht.

Herta Dann ist er bei Steiger auch noch Rennfahrer geworden, hat damit Geld verdient, in Monza zum Beispiel, und Siege eingefahren. Die Mutter hat immer gestrahlt, wenn sie davon erzählt hat. Das hat ihr gefallen, dass er Rennfahrer war, da hat sie glänzende Augen gekriegt.

Elvira Die Mutter wollte nicht, dass der Vater vom Rennenfahren erzählt. Vielleicht war's Eifersucht, weil sie dann nichts vorzuweisen hatte. Sie konnte ja selber nie Auto fahren. Der Vater wollte immer, dass sie 'n Führerschein macht, aber sie hat ihn nie gemacht.

Fritz Der Vater ist Rennen gefahren am Nürburgring, Solitude, Targa Florio, Mille Miglia, Avus und zu der Zeit hat überhaupt fast niemand 'n Auto gehabt. Als die auf die Welt kamen, da hat's ja noch gar keine Autos gegeben. Für die war das eine tolle Sache, überhaupt irgendwo hinzukommen! Aber er ist nicht nur selber Rennen gefahren, sondern ist auch als Rennmonteur dabei gewesen: technischer Beifahrer. Mitm Fahrer Kaufmann ist er immer im Team gefahren. Da musste er die Motoren frisieren und betreuen. Und bei den Rennen haben die auch noch keine solchen Boxen gehabt, wie sie's heut haben, sondern zwischen 1920 und 30 haben die noch einfache Bedingungen gehabt gegenüber später. Der Mechaniker war ja fast noch wichtiger, weil die Autos ständig kaputt waren. Selbst die normalen Autos haben da nicht lang gehalten. Die Reifen sind alle hundert Meter kaputtgegangen, dann mussten die wieder aufbocken. Das waren ja noch unbefestigte Straßen, das heißt, wenn da 'n spitzer Stein rumlag, sind die wieder gestanden. Und obendrein sind die dauernd heiß gelaufen, musste dauernd Wasser nachgefüllt werden. Nachm Zweiten Weltkrieg war das immer noch so.

Emmerich

Rennenfahren in den Zeiten von meinem Vater war was ganz anderes! 'n Wettkampf auf abgesperrten Straßen von A nach B mit der höchsten Geschwindigkeit. Wer die schnellste Zeit hat. Die Formel Eins hat sich daraus entwickelt. Offizielle Rennen mit aufgemotzten Autos, von 80 auf 120 PS auffrisiert. Mit normalen Autos hättest du da von der Leistung und von der Straßenlage her gar nicht fahren können. Das waren hundsmiserable Straßen! Wie die gehüpft sind! Dabei waren die schnell, die sind auch schon mit 160 Stundenkilometern gefetzt. Und obwohl das da noch viel gefährlicher und schwieriger war: Bremse, Lenkung, Straßenlage! Die waren schon Pioniere!

Christa

Der Vater ist mal mitm Steiger beim Bodenseerennen gewesen. Das war 'ne Sternfahrt München-Zürich in den zwanziger Jahren, 24, 25. Da hat er gesagt, da kommt er durch Singen. Und daraufhin ist die Verwandtschaft, seine Schwester Rosa samt Familie, pünktlich vorne an der Ecke gestanden. Und dann ist der Vater gekommen in führender Position mit weißer Staubkappe und weißen Handschuhen – das war so 'n langgestrecktes Auto, wo man weit nach hinten reinsitzen konnte –, ist in Führung liegend an denen vorbeigeschossen und hat der begeisterten Menge, den sechs Verwandten, huldvoll gewunken. Und ist dann aber leider geradeaus weitergefahren, wobei jetzt eben dort hätte rechts abgebogen werden sollen nach Zürich. Und die ersten

Friederich Thiel sen. (rechts) im Steiger-Rennwagen, Hockenheim-Ring 1921

drei sind ihm auch noch hinterhergefahren. Vor lauter Aufregung und Begeisterung hat er die Abfahrt verpasst. Hat vergessen, abzubiegen. Dann ist er geradeaus, anstatt rechts rum. Das hat er vorne an der Unterführung gemerkt und ist wieder umgekehrt, hat 'n Schlenker vollführt. Also – ruck, zuck war er wieder da – und hat immer noch Dritter gemacht.

Elisabeth Der Vater hat auch im eigenen Auto immer aufs Gas gedrückt. Da war 'ne unglaubliche Sicherheit da, dass nichts passiert, weil er sehr gut gefahren ist!

Elvira Und in dieser Zeit hat er die Mutter kennengelernt. Auf jeden Fall war er ein blendend aussehender Mann. Also, rein vom Äußeren her haben sie gut zusammengepasst, aber irgendwo waren sie doch … naja. Der Vater hatte ab 1924, 25 eine Werkstatt in Laupheim in 'ner Lagerhalle vom Stammhaus Schuler am Marktplatz, im Haus der anderen Großeltern. Ab 1934, 35 hat er mitm Nothnagel von Großschafhausen als Kompagnon zusammen 'ne Werkstatt geführt. Diese Werkstatt hat er dann aufgegeben und ging 1935, 36 zu Magirus, 'ne große LKW-Firma in Ulm, arbeiten. Und ab 36 hat er sich wieder 'ne eigene Werkstatt mit Fahrradhandel in dem Stadel vom Haus Färbergasse, unserem späteren Wohnhaus, eingerichtet. Unterm Krieg war die aber offiziell wieder zu.

Der Vater wurde einberufen. Es war auch nicht viel da zum Reparieren, gell. Die Privatleut hatten ja keine Autos mehr. Die Nazis haben alle Privatautos einkassiert, um den Krieg zu gewinnen und da konnte niemand fahren, nur Taxi, Rotkreuz, Polizei und Bus, Arzt, Hebamme, Stadtverwaltung und die Sprit hatten. Im Krieg hatten wir nur Fahrräder. Fritz

Im Zweiten Weltkrieg wurde er als Fahrer bei 'ner Sanitätskolonne zum Roten Kreuz eingezogen, musste nicht an die Front, weil wir schon 'n ganzer Stall voll Kinder waren. Da war er 'ne Zeitlang weg, irgendwo in Deutschland, und danach war er Fahrer und Sanitäter fürs Krankenhaus Laupheim. Elvira

Und dann ist er entlassen worden aus der Wehrmacht, auch, weil er so 'ne große Familie hatte, und wurde dienstverpflichtet zur Firma Herlitz nach Burgrieden rüber. Dieselben Gebäude, wo früher Steiger-Autos gebaut wurden – Steiger hat in der Weltwirtschaftskrise pleite gemacht – waren bis zum Kriegsende 'ne Rüstungsindustrie. Da hat man Federbeine, Einzelteile fürs Fahrwerk von Flugzeugen, gebaut. Er war 'n hochklassiger Fachmann und handwerklich unheimlich geschickt. Emmerich

Und dort hat er gearbeitet den ganzen Krieg durch. Zunächst hatte er 'n festes Einkommen, aber wie gesagt, das hat grad so gereicht. Krösusse konnten wir nicht sein. Wir mussten sehr sparsam leben, weil jedes Jahr kam noch 'n Kind dazu und somit musste eingeteilt werden. Elvira

Und in der Hitlerzeit hat man 'n ganz deftiges Kindergeld gekriegt. Da war man abgesichert. Und mein Vater hat auch nebenher gearbeitet, schwarz. Emmerich

Nachm Krieg hat der Vater die Werkstatt im Färbergässle wieder aufgemacht mit Angestellten. Aber das hat er auch nicht so hingekriegt, wie wenn man das mit 'nem klaren Konzept aufbaut. Er war ein guter Techniker! Und das haben die Amerikaner, die Franzosen sofort spitzgekriegt, als die mit den Panzern in Laupheim einzogen. Wenn sie jemanden brauchten, hieß es: »Ja, des woiß dr Herr Thiel!« Und die waren so überrascht, dass der sich sofort in Panzer hat reindenken können und die reparieren. Die Amerikaner wollten, dass er mit nach Amerika geht, seine Family mitnimmt und da drüben in der Industrie für Panzer arbeitet. Aber das war überhaupt keine Frage, dass das der Vater nicht macht. Nebenher hat er die Lizenzen für alle oberschwä- Herta bischen Buslinien gekriegt und da hätte er ein Riesengeschäft draus machen können. Aber er war nicht geschäftstüchtig. Der hat immer so herumspintisiert mit seinen Erfindungen. Und wenn ihm was gelungen war so halb, dann war er schon ganz glücklich und hat nicht geguckt: »Wie muss so was denn weitergehen?«

Elvira Jedenfalls, der Friedrich, der Rennfahrer, der war alles andere als lottrig, mein Lieber! Der war ungeheuer begabt, technisch. Der Vater war ein technisches Genie, da gibt's überhaupt kein Vertun! Der Vater wusste sofort, was an einem Motor kaputt ist. Der konnte den Vergaser einstellen. Der konnte den Motor auf den geringsten Verbrauch einstellen. Der hat bloß mitm Schraubenzieher an irgendeinem Schräubchen gedreht, dann war das in Ordnung. Und er konnte arbeiten wie ein Berserker. Heut tauscht man 'n Motor aus, da wird gar nicht mehr drüber gesprochen. Damals - wenn jemand seinen Wagen schnell wieder brauchte, hat er bis in die Nächte reingeschuftet. Und dafür hat er gar nichts genommen. Wenn ein Hilfsarbeiter mit seinem Mopedchen kam und gesagt hat: »Herr Thiel, was bin i denn schuldig?«, konnte der sagen: »Ach, des koschtet nix, Sie hent jo au nix!« Das war die »soziale« Einstellung unseres Vaters. Aber Vater Thiel war technisch überdimensional begabt. Er hat technische Zeichnungen gemacht, obwohl er das niemals gelernt hat. Er war ein Tüftler, er hat Nacht für Nacht und Sonntag für Sonntag an seinem Reißbrett Motoren gezeichnet, seine Ideen zu Papier gebracht wie einer, der's gelernt hat. Und da hat er etwas erfunden:

Die Lamellen in den Flugzeugturbinen sind immer wegen der hohen Hitze abgebrannt. Da hat er die Kühlung für die Lamellen entwickelt. Den Plan hat er während des Krieges ans Luftfahrtministerium in Berlin geschickt. Und sie haben ihn so 43 nach Berlin eingeladen, das vorzutragen und zu erklären. Das war natürlich fürn Vater Thiel ungeheuerlich – er wird nach Berlin zum Luftfahrtministerium eingeladen!

16.12.43 16 Uhr 50 ab Laupheim über Ulm
17.12.43 8 Uhr 02 an Berlin Hbhf.
Besprechungen über die Erfahrungen und Versuche mit Herrn Dipl.-Ing. Borstenberger
17.12.43 22 Uhr 05 ab Berlin Hbhf.
18.12.43 13 Uhr 45 an Laupheim

Und da haben sie ihm die Zeichnung auch abgenommen. Gleich am 17. Dezember 43 hat der Reichsminister für Rüstung, der Speer, die Produktion des Düsenjägers Me 262 angekurbelt. Eines Tages kriegt der Vater 'n Brief, dass man aus dem Entwurf nichts machen kann. Die haben die Grundkonstruktion schon verwendet in den neuen Düsenflugzeugen. Aber er hat nichts dafür bekommen. Die haben ihn faktisch einfach abserviert und haben gedacht: »So, Thiel, des isch prima, was du do bringscht! Des könne mir guet brauche!« Und da hat 'n anderer seinen Reibach damit gemacht.

Emmerich

Der Vater hat sich zeitlebens mit vielen Sachen befasst. Mit Drehschiebern, mitm Kohlenstaub als Brennstoff für den Motor. Außerdem wollte er 'n Verbrennungsmotor erfinden, der nicht auf fossile Mittel zurückgreift, sondern auf Wasser.

Fritz

Er hat 'ne kostensparende Antriebsmaschine entwickelt, die weniger Betriebsstoff braucht. Da hat er damals schon dran gedacht. Das war immer sein Hauptziel.

Emmerich

'n neuartigen Kreiskolbenmotor, bei dem der Kolben im Zirkel läuft statt vertikal. 'n Motor, auf dem Prinzip vom Malteserkreuz aufgebaut. 'n rotierender Kolben müsste nicht mehr stehenbleiben und das wär 'n Vorteil. Aber dieses Problem ist bis heute nicht gelöst.

Elvira

Ein ganz einfacher Mechaniker, der ungeheuer praktisch veranlagt war, aber kaufmännisch der letzte Heuler, mehr als eine Null. Er hat also kaum das Wasser an die Suppe verdient. Er hatte Komplexe: »Des ka ma doch it mache, solche Rechnunge schreibe!« Und wenn die Mutter gesagt hat: »Vater, mir solltet doch höhere Rechnunge schreibe!«, dann wurde der auf der Stelle zornig und hat irgendwas zusammengeschlagen. Hat getobt und Krach gemacht und die Rechnungen mit einem Rutsch vom Tisch gewischt. Dann hat die Mutter die Rechnung halt so geschrieben, wie er's wollte. Die Laupheimer Geschäftsleute, die bei ihm haben's Auto reparieren lassen, konnten zu mir oder zur Mutter sagen: »Schreibet doch höhere Rechnunge. Mir zahlet's doch!« Er hat das nicht über sich gebracht!

Unser Vater hat öfters gesagt: »Meine Kinder sind mein Kapital!« Und ich hab jedes Mal gedacht: »Mein lieber Freund, wenn du dich da bloß nicht täuschst!« Er meinte, dass seine Kinder ihn mal finanziell versorgen.

Elisabeth Der Vater war einfach zu gutmütig, konnte nichts verlangen von den Leuten und hätt's aber verlangen können. Und die hätten auch gezahlt. Bei den Armen war er immer hilfsbereit und großzügig. Und bei den Reichen hat er sich nicht getraut, Geld zu verlangen. Die haben manchmal von sich aus Geld gegeben, sonst hätt er alles umsonst gemacht. Er hatte tausend Fähigkeiten, nur diese nicht. Aber wenn's irgendwo gebrannt hat oder Hilfe nötig war, war der Vater unablässig vorne dran. Als ein Mal 'n Haus in der Nachbarschaft im Feuer stand, hat er sich in Rauch und Flammen gestürzt und die Leut gerettet. Hat halt immer gewusst, wie man das macht. Da war er sehr mutig! Wenn er im Krankenhaus die steckengebliebenen, riesengroßen, schweren Aufzüge repariert hat, haben wir alle gebibbert. Das war gefährlich, in den Schacht reinzusteigen! Wir Kinder sind oben gestanden. Das war unheimlich, wenn's wieder hieß: »Er mueß ins Krankehaus, de Schacht mache!« Aber er hat weder Tod noch Teufel gefürchtet.

Fritz Er hätte für die eigene Familie schon auch alles getan, nur er konnte es nicht.

Emmerich Mein Vater war insofern der positive Teil von den Eltern, als für ihn wichtig war, dass die Kinder nach oben kommen. Im guten, realistischen Sinn. Pünktlichkeit bei uns – Katastrophe! Mein Vater war der, der getobt hat, wenn du nicht pünktlich und sauber in die Schule gekommen bist. Mein Vater ist nicht mal ins Auto eingestiegen, ohne dass er die Scheinwerfer und Scheiben geputzt hat.

Raphael Bei meiner Geburt war mein Vater fünfundfünfzig, aber ich hab das nicht als Nachteil empfunden. Das waren ganz andere Zeiten. Es gab viele ältere Väter. Die jüngeren Männer sind auf dem »Feld der Ehre« geblieben, es gab viele alte Leute um einen herum. Insofern ist das gar nicht aufgefallen.

Albert Der Vater war eigentlich da, damit er halt da war. Das ist's Oberhaupt. Du wusstest: »Des isch dr Vater! Do muescht folge!«

Elvira Wir haben unsere Prügel vom Vater bezogen. Die Hand saß locker! So 'ne Schar Kinder! Ich hab oft herhalten müssen und auch der Fritz und die Lotte. Wir Älteren mussten herhalten: »Des hätt it passiere dürfe!«

Fritz Ich musste mal mit, da war ich vierzehn, an 'nem Ostermontag von 'nem Franzosen 'n Motorrad abschleppen, 'ne Triumph. In der Nähe von Ringschnait bei Ochsenhausen stand die in 'nem Schloss. Der Vater hat hinten ans Auto 'n Seil hingemacht, das ans Motorrad gebunden und mich aufs Motorrad gesetzt: »So, etzt goht's los!« Ich war noch nie richtig Motorrad gefahren und ich glaub, der hat mich vergessen. Er ist ziemlich schnell den Berg runter in die Stadt reingefahren und in der Kurve hat's mich geschmissen. Ich war überall ramponiert. Dann hat er gehalten, hat das Motorrad losgebunden, hat mich verhauen und gesagt: »So, etzt schiebscht des Motorrad hoim!« Und er ist weitergefahren. Da hätt ich noch gar nicht auf 'nem Motorrad sitzen dürfen. Daraufhin hab ich's Motorrad heimgeschoben und bin ins Haus rein. In der Waschküche bin ich gleich wieder hinten zum Fenster raus und abgehauen. Bin mit 'nem Freund ins Ried gegangen, Forellen fangen. Wenn man abends gefehlt hat, das konnte der Vater nicht vertragen. Wenn er 'n Fehler gemacht hat, den konnte er nicht leicht verdauen. In so 'nem Moment hat er solche Übungen gemacht wie mit seinem Kopf an die Wand. Den Hammer Nachschmeißen hat er auch oft gemacht, aber da konnte man ja ausweichen. Das hat man dann geschehen lassen. Was Strafe als geregeltes Erziehungsmittel anbetrifft – da hatte ein Vater ja früher üblicherweise die Aufgabe, die Kinder zu züchtigen. Aber das konnte mein Vater sowieso nicht. Das war nicht sein Metier.

Christa

Wir haben halt spontan gleich mal 'n paar gefangen von den Eltern und den älteren Geschwistern. Die Kinder erziehen sich gegenseitig selber in solchen Verhältnissen.

Herta

Da gab es kein System, meine Eltern waren ja echt spontane Typen und haben aus ihrer Emotion heraus gestraft. Da war dann auch der Zorn sehr emotional. Aber das war bei uns Kleinen überhaupt nicht mehr so schlimm. Ab und an 'ne Backpfeife. Wir Jüngeren haben von den Großen eine gefangen, wenn was war. Oft hat auch einer gesagt: »Jetzt bin ich wieder bestraft worden und der andere war's!« Das ließ sich nicht so genau darstellen, wer derjenige war, der was angestellt hatte.

Siegfried

Wenn man irgendwas angestellt hat: »Nur nicht sagen!!!« Dabei konnte man gar nicht so groß rumforschen »Wer war des?« bei so vielen.

Emmerich

Wenn man was angestellt hat, hat's eigentlich gar niemand getroffen, weil sie nie so recht gewusst haben, wer was angestellt hat. Das beste Beispiel: Wenn sich jemand beklagt hat, dass man wieder mitm Motorrad zu schnell den Berg runter ist, sind Reklamationen gekommen von der Stadt. Da sind zehn Kinder, der Fritz, ich, der Karle. Dann hat man sich an den Tisch gesetzt, dann kommt der Vater und macht sich bemerkbar: »Wer ischt wieder durch d Stadt durchgfahre wie d Sau?« Dann hat jeder den Kopf eingezogen, gesagt hat keiner nichts. Es hat nie jemand gewusst, wer gefahren ist und gesagt hat auch niemand nichts.

Albert Ohne Grund hast du nicht den Frack vollgekriegt. Das war selten umsonst. Die Eltern und die Lehrer haben grundsätzlich nie umsonst zugeschlagen. Du musstest folgen. Gehorchen! Aber der Vater, die Mutter, die haben dir nichts getan. Das war gar nicht nennenswert. Den Frack voll hast du von den Geschwistern gekriegt. Die älteren Geschwister, die haben dich gerichtet und dir gezeigt, wo's langgeht.

Elisabeth Schläge hat's bei uns nicht gegeben. Selbst wenn man was angestellt hat, hat man keine Prügel abgekriegt.

Raphael Mein Vater hat mich nie geschlagen, nie! Den hab ich, was das anbetrifft, immer in guter Erinnerung! Der hat auch die Kinder nicht groß geschlagen, also weder den Albert noch die Elisabeth! Wenn's Zoff gegeben hat, dann nur zwischen Mutter und Vater. Ich hab auch von meiner Mutter nie Schläge gekriegt, nie! Das hat sie also nicht gemacht.

Elvira Unser Vater hatte auch 'ne gute Phantasie und hat uns gern erzählt. Sonntags ist er mit uns allein durch die Wälder gestreift oder raus in die Natur spaziert. Da war die Mutter froh, wenn sie mal 'n bisschen Ruhe gehabt hat. Und manchmal haben wir Picknick gemacht. Und dann konnte er erzählen. Er liebte uns Kinder alle sehr! Da gibt's gar kein Vertun.

Lotte Der hat seine Freiheit gebraucht. Und am Sonntagmorgen im Sommer, immer wenn die Walderdbeeren reif geworden sind, ist der Vater mit uns in den Schlosspark gegangen. Und dann haben wir die Erdbeerle gesammelt in kleine Töpfchen und Milchkännchen rein. Nachher hat man von der Milch den Rahm abgeschöpft, hat den geschlagen und die Erdbeerle reingetan.

Emmerich Die Spaziergänge am Sonntagmorgen waren immer prima, da sind zwanzig Kinder rumgelaufen! Da waren die ganzen Nachbarskinder mit dabei.

Herta Die schönsten Erlebnisse waren, wenn der Vater mit uns spielen ging mit unserem Hund, dem Feldmann, zusammen! Das Heu hat so wunderbar gerochen, wenn wir uns auf den Wiesen verstecken durften! Und dann hat der Feldmann uns gesucht. Oder wir sind zuhause gesessen und der Vater hat Geschichten erzählt. Von seinen Abenteuern bei der Jagd, reichlich ausgeschmückt. Auf der Jagd mit seinem Vater ist ihm mal der Hubertushirsch, der zwischen seinem Geweih ein leuchtendes Kreuz trägt, begegnet. Und als wir gelacht haben: »Des bildescht du dir bloß ei!«, ist er wahnsinnig zornig geworden.

Elisabeth

Er ist oft über Land gefahren und hat bei den Bauern die Autos gemacht. Und eines Tages hat er in den Wäldern weit drinnen Licht gesehen. Schließlich ist er da reingegangen und auf 'ne Zigeunerfamilie gestoßen …

Elvira

Die Zigeuner sind häufig gekommen mit ihren kleinen Wagen wie Zirkuswagen und haben außerhalb der Stadt campiert. Da hat man gesagt: »Bleibet do weg! Zigeuner stehlet Kinder!«

Elisabeth

… und hat sich dazugesetzt. Mein Vater hat einfach vor nichts Angst gehabt und Alt und Jung sofort gewonnen, konnte mit allen Leuten sprechen! Das gab's für ihn nicht: »Uuaaah, des send Zigeuner!« Für ihn gab's keine Schranken oder Vorurteile.

Elvira

Unser Vater hat auch noch gejagt – aber mitm Auto! Mein Lieber, mein Lieber, das war auch oft aus der Not. Wenn er nachts unterwegs war, dann konnte er mit den Scheinwerfern so fahren, dass die Rehe unterm Auto gelandet sind, wenn sie über die Straße gingen. Wir haben Wald genug hinter uns gehabt und er kannte alles. Und danach hat er das Reh hinten rein. Beim Metzger Butscherle war ein Metzgermeister und Vater verstand sich mit dem ganz gut. Dem hat er abends das Reh gegeben und der hat's ausgeschlachtet. Anschließend konnten wir's Fleisch holen, das wurde eingelegt teilweise, und dann haben wir wieder eine Woche lang Rehbraten gegessen. Klar war das Wilderei, das darf man bloß nicht so laut sagen. Das konnte Vater! Und wir waren oft froh an so 'nem Reh. Das war alles nicht so einfach. Aber das sind schon so Erlebnisse, es ist ja 'n Witz!

Karl

Ein Mal ist der Vater mit seinem Omnibus heimgekommen, da ist er durch 'n Rudel Hennen durchgefahren. Eine ist vorne auf der Achse unterm Kotflügel gehockt. Oder er hat 'n Hasen oder 'n Hirsch zusammengefahren. Die haben wir alle gerupft und ausgeweidet und gegessen.

Christa

Nachm Krieg ist der Vater mit den Amerikanern und den Franzosen auf Wildentenjagd gegangen bei Schemmerberg, 'n Ried da drüben.

Die haben ihn eingeladen, weil er die Reviere kannte. Er hat aber selber kein Gewehr gehabt. Die Deutschen durften ja kein Gewehr haben.

Herta Er hat auch Jagdbeute mitgebracht und ein Mal einen Dachs. Den kann man nicht essen, aber da hat man das Fett ausgelassen. Das war was, womit man Umschläge machen konnte. 'n anderes Mal kam er heim mit einem kleinen Rehkitz auf dem Arm, das angefahren war. Das haben wir dann großgepäppelt.

Die Mutter als Tochter – Familie Schuler

Elvira Jemanden wie sie nannte man früher eine höhere Tochter. Das sind Töchter aus wohlsituierten Familien. Die haben keinen Beruf gelernt, die heiraten sowieso. Die hat man allenfalls noch in ein Pensionat geschickt, damit sie den Haushalt lernen, aber mehr nicht. Und die waren versorgt. Zuhause war alles da. Unser Großvater Schuler führte in dritter Generation eine Eisen-, Haushaltswaren-, Fahrrad- und Kohlehandlung. Und die Mutter hat bis zu ihrem vierundzwanzigsten Lebensjahr bloß Malunterricht gehabt. Bei einem Kunstmaler, der zu ihr gesagt hat: »Fräulein Schuler, etzt kann i Ihne nix meh beibringe. Eigentlich müsstet Se an d Akademie gehe!« Das hat sie mir 'n paar Mal erzählt. Das war ihr großer Lebenstraum, ihre Begabung. Sie hat auch den Haushalt nicht gelernt.

Lotte Im Radfahrverein war sie. Sie hat Freundinnen gehabt, 'n Dienstmädchen und 'n Knecht. Auf Schulbildung haben sie Wert gelegt. Sie war intelligent, vor allem hat sie wahnsinnig viel Talent gehabt. Ihre Jugend war für sie die gute Zeit.

Die Mutter *In der dritten Schulklasse fiel bei mir der Groschen. Unser Herr Lehrer hieß uns etwas mit dem Griffel auf die Tafel zeichnen. Er machte seine Runde, unsere Arbeiten zu besehen, und rief: »Kinder, guckt nur daher, wie die Pauline den Kuckuck gezeichnet hat!« Er nahm meine Tafel, ging von Schülerin zu Schülerin und alle mussten es gesehen haben. Nun erwachte in mir die Mallust und ich fing an, mit Bleistift auf den Zeichenblock zu skizzieren. Mit dem Üben wuchs das Können. Als der Erste Weltkrieg vorbei und Nachkriegszeit war, ließ sich in unserer Stadt ein Künstler nieder. Bald hatte sich herumgesprochen, dass er auch Unterricht gibt. Das weckte auf der Stelle mein Interesse. Ich erhielt ein Mal in der Woche eine Stunde. Von Grund auf führte der Maler in die Arbeit ein. So zeichnete ich oftmals, die mittlere Reife absolviert, bis morgens um vier. Der Erfolg blieb nicht aus. Der Künstler sah sich veranlasst, mir zu sagen, dass er mich jetzt nichts mehr lehren könne. Ich müsse nach Stuttgart oder München auf die Akademie! Meine im Geschäft äußerst tüchtige Mutter aber brauchte mich dringend im großen Familienhaushalt. Ich klagte nicht. Und obwohl Mutter viel von Künstlern erzählte, ja gerade auffallend häufig von ihrer strengen Arbeit, von den großen Werken berichtete, war es für sie nicht ausdenkbar, mich in der Großstadt auf einer Akademie zu wissen, die vorwiegend Jungen besuchten. Das Thema ging in den Nebel ein. So schwer es mir auch fiel, eine weiterführende Ausbildung zu entbehren – ich musste verzichten!*

Ich liebte aber auch die Musik. Ohne Wissen meiner Eltern meldete ich mich bei einem Chormeister an und wurde alsbald zu einem Termin geladen. Herr Kantor Dworzan von der jüdischen Gemeinde empfing mich wohlwollend: »Ihre Stimme, liebes Fräulein, wollen wir jetzt hören! Singen Sie mir bitte ein Ihnen passendes Liedchen vor!« Ich sang »Sah ein Knab ein Röslein stehn«. »Gut so, gut so! Haben Sie ein Klavier?« »Nein«, musste ich ihm gestehen. »Aber das sollten Sie haben. Können Sie nicht bei Bekannten fragen, ob Sie am Klavier üben dürfen? Ohne das geht es nicht!« Nachdenklich ging ich heim. In unserer Nachbarschaft befand sich ein Restaurant mit einem großen Saal. Dort stand ein Klavier. Ich tüftelte es gut aus und bat meine Mutter dringend, zum Besitzer des Restaurants zu gehen, um ihm mein Anliegen vorzutragen. Mutter jedoch war sehr erstaunt. Sie tat mir den Gefallen nicht. Die Künstler waren und blieben indes ihr häufigstes Unterhaltungsthema. Warum rührte sie keinen Finger für mich? Ich begriff das nicht. In unserem großen Haus arbeitete ich tapfer weiter. Meiner Mutter war das recht. Sie äußerte dazu: »Du tust einfach gar alles!«

Sie konnte nicht das machen als junge Frau, was sie gern gemacht hätte. Das ist für sie 'ne sehr bedauernswerte Sache gewesen, dass ihr der Weg auf so 'ne Kunsthochschule verwehrt blieb. Siegfried

Zuweilen war ich durch meine Begabung unangenehm hin- und hergerissen und eine innere Stimme sagte mir: »So kann es doch nicht weitergehen!« Bei der vielen Arbeit blieb mir auch nur spärlich Luft für meine Entwürfe. Die Mutter

Etwas unterbrach mich im Weitermalen. Der Unterhalt meiner Familie schien gefährdet. Unsere Eltern unterrichteten uns von der finanziellen

Paula Schuler-Thiel als junges Mädchen

Friedrich Thiel sen.

Lage des Geschäftes nicht, um uns vor Unannehmlichkeiten zu bewahren. Als die Inflation vorüber war, richtete mein Vater eine mechanische Werkstatt ein. Einer unserer Mechanikergesellen brachte seinen älteren Bruder, der die Kraftfahrzeugsbranche gelernt hatte und darin außergewöhnliche Kenntnisse besaß, in den Betrieb ein. Meine Eltern waren der Überzeugung, man habe für das wohlüberlegte Autoreparaturunternehmen einen tüchtigen Geschäftsmann gewonnen. Er gab dazu seine gute Stellung in der großen Automobilfabrik im Nachbarort auf und beteiligte sich am Aufbau der Firma. Bald war bekannt, dass er nicht nur ein Fachmann, sondern ein Genie auf seinem Gebiet war. Es beehrten uns lauter gut zahlende Kunden. Die Verkehrsmittelindustrie lag im Aufschwung – für immer mehr Kauflustige näherte sich die Anschaffung eines Autos der Erschwinglichkeit. Was sich indes für das Unternehmen als Katastrophe herausstellen sollte, entdeckten meine Eltern zu spät. Der Neue, nun Leiter der Reparaturwerkstätte, war alles andere als ein Kaufmann. Meine Mutter, auf deren Achseln die Last des Geschäfts lag, krankte zusehends daran. Da man uns Kindern wiederum keinen Einblick in die Finanzverhältnisse gewährte, begann die Lage immer beunruhigender zu werden. Wie konnte ich noch mehr helfen? Der Leiter unserer Reparaturwerkstätte war wieder zu der Automobilfabrik im Nachbarort übergewechselt – unsere Firma stand vor dem Zusammenbruch. Kaum, dass man sich von der Inflation erholt hatte, kam rapide Arbeitslosigkeit in Sicht. Aus der Wirtschaftskrise erwuchs ein schleppendes Kundenaufkommen. Meine Mutter wandte sich an einen Bekannten wegen eines Barbetrags für eine dringende Zahlung. Der Geldgeber verlangte als Sicherheit für diesen Privatkredit eine Eintragung ins Grundbuchamt, wozu sich meine Mutter in ihrer Not gezwungen sah.

Eines Tages wurde meinen Eltern zugetragen, dass einer, der seinen großen Moment gekommen zu sein glaubte, in aller Öffentlichkeit verbreitete: »Ich bringe dieses Haus zur Zwangsversteigerung. Ich habe meine Hintermänner!« Der Gläubiger des geringen Betrages drohte meinen Eltern mit dem Verkauf unseres Hauses, wenn sie nicht alsbaldig zahlen wollten. Der ehemalige Leiter unseres Autoreparaturbetriebes kam infolge des Bankrotts der Automobilfabrik im Nachbarort zu uns zurück. Ich entschloss mich zu heiraten. Sämtliche finanzielle Abwicklungen fielen jetzt mir zu. Die Bank gab keinen Kredit mehr. Eingespart wurde an allen Ecken und Enden. Meine Mutter erkrankte schwer am Lungenleiden, der Geißel ihrer Generation, und bedurfte andauernd ärztlicher Behandlung. Aufgrund der sie betreuenden Pflegerin mehrten sich die Unkosten. Früher war eine Krankenversicherung in Herrschaftshäusern gleichwohl nicht üblich. Dem gesellschaftlichen Niveau entsprechend wurden anfallende Arzt-, Krankenhaus- oder Kuraufenthaltskosten vom Familienoberhaupt selbst bezahlt. Unsere Mutter war die tragende Säule unseres Hauses und konnte uns in ihrer sich zum Tode hinneigenden Krankheit nicht mehr zur Seite stehen. Ihre letzten Worte waren: »Die nehmen euch euer Haus und eure Heimat!« Und zu unserem allergrößten Leid – unsere Mutter!

Unser Besitz war nicht berechtigt zur Versteigerung. Genügend Sicherheiten waren vorhanden. Aber wie wir uns auch wehrten und anstrengten – es gelang uns nicht, die Mittel zur Verhütung der Zwangsvollstreckung in so kurzer Zeit zu beschaffen. Der Stichtag wurde bekanntgegeben. Überraschend meldete sich ein zweiter Liebhaber, ein aus der Pharmazie stammender Laupheimer. Zum anberaumten Termin erschienen der siegessichere Hauptliebhaber und sein Geldgeber. Die Kaufsumme war so niedrig angesetzt, dass kaum Schulden und Versteigerungskosten hätten gedeckt werden können. Zur selben Stunde war noch dazu der zweite Liebhaber erkrankt und musste zurücktreten. In letzter Minute eilte mein Mann zu dessen Sohn und bat ihn, die Vertretung zu übernehmen, um den Kaufpreis in die Höhe zu treiben. Vom Vater wurde für dieses Vorhaben dem Sohn die Vollmacht erteilt. Der Kaufbetrag erreichte zum Entsetzen der beiden Geier ein ungeahntes Ausmaß. Dadurch blieb uns am Ende unser Hinterhaus erhalten.

Auszug aller aus dem Stammhaus Schuler: Der Großvater Karl Schuler ins Hinterhaus in die Färbergasse, die Schuler-Geschwister in Mietwohnungen und zu Pflegefamilien, Familie Thiel bis 1934 als Mieter zu Kullerbeers in die Färbergasse, dann, bis 1936, in die Adolf-Gröber-Straße.

Emmerich Das Stammhaus Schuler, wo die Eisenwarenhandlung und's Wohnhaus drin waren, und das Haus Färbergasse, 'n ehemaliges Bauernhaus mit Stall ausm 15. Jahrhundert, waren eine Einheit. Gehörten zusammen, waren aber räumlich getrennt. Waren im Grundbuch als ein Haus eingetragen und wurden von Schulers als ein Haus genutzt. Die Färbergasse eben als Lagerhaus, das wie 'ne Art Hinterhaus hinterm Stammhaus Schuler stand. Und die Schulers mussten beide Häuser in einem Komplex zu einem Schundpreis versteigern. Und in dem Augenblick ist mein Vater vorher noch zum Knüller gegangen und hat um Hilfe gefragt. Und der Knüller war krank im Bett und hat den Sohn losgeschickt. Dann hat der gesagt: »Meine Herrn, etzt versteigre mir erscht des Vordergebäude und wenn's Geld it roicht, versteigre mir des Hintergebäude!« Die sind getrennt worden. Und's Vordergebäude allein ist zu 'nem höheren Preis verkauft worden als ursprünglich für den ganzen Komplex zusammen geboten war. Der Knüller hat sich in die Versteigerung eingeschaltet, bis die Schulden gedeckt waren. Das ist der Grund, warum die Färbergasse gerettet worden ist. Das haben wir der Firma Knüller zu verdanken. Da waren 'ne Menge Aasgeier unterwegs, die auf das Schuler-Vermögen 'n Auge geworfen hatten.

Die Mutter *Ein bei der Versteigerung anwesender Jude hatte dazu geäußert: »Wir sind froh, dass das keiner von den Unsrigen getan hat!« Er meinte damit die jüdische Gemeinde. Die Frau des amtierenden Rabbiners sagte zu mir: »Die Großeltern glaubten, sie hätten für die Ewigkeit hinein gesorgt! Es tut uns sehr leid!« Ich bekam einen Nervenzusammenbruch.*

Familiengeheimnis No. 2:
Während dieser Zeit ist auch Hildegard geboren und gestorben.

Emmerich Schon die Urgroßeltern Schuler hatten fünf Häuser aufm Marktplatz. Zwei Geschäftshäuser mit je einem Hinterhaus, die sind sich mitten in der Stadt am Marktplatz 1 gegenübergestanden. Das Stammhaus

Ölgemälde von Karl Lorenz Schulers Vater Stefan Schuler

Marktplatz Laupheim mit Eisenwarenhandlung Schuler (im Vordergrund auf der Insel) um 1900

Schuler und die Färbergasse, das Haus Tabak Morgenthau mitm Riesengarten und das Haus dahinter in der Rabenstraße und außerdem das Gartengrundstück Rabenstraße. Das haben die Ende der zwanziger Jahre alles noch gehabt. Und an den markantesten Plätzen in der

Stadt! Und Ende der zwanziger Jahre sind die Häuser dann häppchenweise unter den Hammer gekommen.

Elvira Der Großvater Schuler hat noch allein in dem zweiten Haus im Färbergässle gewohnt. Wenn ich gekommen bin, hat er sich gefreut. Aber da war ich nicht so oft drüben, ich musste ja in die Schule.

Lotte Die Elvi hat mich vom Kindergarten abgeholt und gesagt: »Lotte, etzt nehm i di mit und zoig dir, wo dr Großvater ischt, dass du de Großvater no amol siehscht!« Wenn die Elvi mich mit fünf Jahren nicht mitgeschleppt hätt, 's erste und's letzte Mal, hätt ich den Mann nie gesehen. Der saß in seiner Werkstatt drin und die Elvi hat geflüstert: »Großvater, Großvater!« Der konnte gar nicht mehr den Kopf hochhalten. Er ist halt nicht damit zurandgekommen, der war was anderes gewöhnt – Geld immer da gewesen. Da ist für ihn eine Welt zusammengebrochen.

Emmerich Jahrelang hat's in Laupheim immer wieder Leute gegeben, die gesagt haben: »Dei Großvater hot in dr Stub Fahrräder repariert, dass r it vrhungert ischt!« Das hat dir immer wieder einer von hinten links reingewürgt. Wenn du in so 'ner kritischen, sozial schwachen Situation bist, man glaubt gar nicht, wie man da mit dir umgeht, brutal und rücksichtslos.

Elvira Der Großvater ist 1936 an Herzversagen gestorben. Und dann sind wir in dieses alte, leere Schuler-Haus gezogen. Der alte Apotheker Schirmer ist immer in aller Herrgottsfrühe schon in die Messe und nachher spazieren in den Schlosspark. Und der Emmerich hat ihn manchmal begleitet. Da hat der Apotheker mal gesagt: »Noch dr dritte Generation isch des meischtens so, dass so a Gschäft eingoht.« Ich hab ja lang drunter gelitten. Ich hab mir jahrzehntelang Gedanken gemacht über diesen Konkurs. Das am Marktplatz, was einstmals Schuler war, war daraufhin der Zerr. Vorne hat die Frau Zerr den Haushaltswarenladen geführt. Als Schulmädchen bin ich manchmal zur Frau Zerr gegangen und hab geholfen, aufräumen oder was einschichten. Da hab ich oft gedacht: »Oh, wär des schön, wenn des Gschäft no uns ghöre tät!«

Emmerich Was diese Schuler-Kinder durchgemacht haben! Die Familie ist zerrissen und verteilt worden, die Jüngeren wollte man in Heime stecken. Das ist alles an meiner Mutter hängengeblieben, der Sache hinten und vorne nicht gewachsen. Das war so eine Tragik! Und obendrein noch die kritische Zeit dazu, die Hitlerzeit. Die Geschwister Schuler haben sich auch seelisch und psychisch nie erholt.

Glaub ich schon, dass das Kaufmännische im Schuler-Blut 'n bisschen verlorenging. Der alte Apotheker Schirmer hat mir das mal so erklärt. Der ist immer so philosophierend durch's Färbergässle gelaufen. Dieses kaufmännische Können reichte bei den Schuler-Generationen ja sehr weit zurück. Und wenn's bei 'ner Familie plötzlich wirtschaftlich bergab geht, setzt auch 'ne psychische Depression ein. 'ne Kurve nach unten, die ja seit den ersten Enkeln ganz deutlich wieder anfing, nach oben zu gehen. Elisabeth

Die Mutter hat unter diesem sozialen Abstieg der Schulers gelitten. Der war mir als Kind als Verlust in der Familie bewusst. Den hab ich gespürt, weil wir mehr Entbehrungen hatten als unsere Mutter als Kind. Sie hat ganz häufig von ihrer schönen Kindheit erzählt als Flucht aus unserer Realität. Der Pferdeschlitten und der kleine Schlitten zum Schieben, die Utensilien waren noch da und dann mussten wir uns das Drumrum denken. Und hinterher haben wir gesagt: »Ja, und wir?« Und sie ist oft in Träumereien verfallen, dass wir das Haus als kleines Schlösschen mit wunderbaren Gärten wieder aufbauen. Ich seh meine Phantasien heute noch, was man aus dem Haus alles machen kann! Herta

Sie hat sich geniert für den Konkurs, das war früher 'ne Schmach. 's ganze Malheur kam dadurch, dass die Schulers den Reichtum verloren haben. Die Mutter wollte den Leuten halt zeigen: »I brauch niemand!« Lotte

Den Abstieg hat man nicht zu spüren bekommen, den haben wir als Kinder auch nicht als sozialen Abstieg empfunden. Später hat man das vielleicht bedauert. Aber früher war das durch die Art von unsrer Mutter gar nicht möglich, dass wir sozial abgestiegen sind. Die war ja stolz. Christa

Ich bin im Juli 1927 geboren und im März 1927 haben meine Eltern geheiratet. Das war schon eine Mesalliance. Sie kommt aus so 'nem Haus raus und heiratet so 'n kleinen Handwerker! Elvira

Irgendwie ist das Ding da zustande gekommen, diese Ehe. Die Großeltern Schuler haben gehofft, dass er das Geschäft rausreißt, gell. 'n Techniker haben sie ja gebraucht. In 'nem alten Schuppen neben seiner ersten Werkstatt hat der Vater schon als zukünftiger Schwiegersohn im Stammhaus Schuler Erfindungsexperimente gemacht mit Raketen für Flugzeuge. Eines Tages hat's so 'ne Rakete halt mal zer- Fritz rissen. Und damit ist die Hütte weggeflogen. Aber so klug waren die, nicht allzu aggressiv tätig zu werden. Die haben eben da gemessen, wie der Rückstoß von der Rakete ist. Technisch war er schon gut!

Albert Unser Vater hätt die Firma Schuler retten sollen. Dass der mit dem Zeugs nichts am Hut gehabt hat, das haben die einfach nicht begriffen.

Lotte Die Mutter hätt genug reiche Kerle heiraten können. Die hat Chancen gehabt, in große Brauereien rein und alles, aber die hat alle bloß ausgelacht.

Emmerich Meine Mutter war 'ne sehr arrogante junge Dame. Die hat ihr Näsle ziemlich weit oben getragen. Die hatte jede Menge Chancen und hat die Leut nach Strich und Faden abblitzen lassen. Sehr wahrscheinlich hat sie sich in den Friedrich gleich verschossen, sonst wär das nicht zustande gekommen.

Lotte Unsere Eltern haben kein Hochzeitsphoto gemacht. Warum, weiß ich nicht. Die Elvi war unterwegs und somit hat man das Jawort halt so nebenher gegeben. Das war damals 'ne Schande!

Familiengeheimnis No. 1:
Die Großmutter Schuler war erkrankt und starb an ebendem Tag, an dem die Eltern heirateten. Oder heirateten die Eltern an dem Tag, an dem die Großmutter starb?

Herta Auf der Bühne, unserem Dachboden, standen noch so viele, viele Truhen vom Großvater, auch ganz wertvolle Sachen. Der war Sammler und hatte eine kostbare Schmetterlingskollektion mit unendlich vielen, wunderbaren Schmetterlingen. Er hatte oben massenhaft schöne Bücher und Bildbände, Münzen und 'n Briefmarkenalbum aus dem 19. Jahrhundert, teure Antiquitäten und Waffen und in den Kisten edle Hüte und Tücher. Da haben wir rumgestöbert, Löcher reingeschnitten und unsere Puppenkleider draus gemacht. Und wenn die Mutter kam, hat sie einen Ohnmachtsanfall gekriegt.

Lotte Zwei richtige Taucheranzüge samt riesigen Helmen mit Glas drin zum Draufschrauben und mit Schuhen dran. Damit haben wir gespielt. Auf der Bühne haben wir ja immer gespielt. Da waren unheimliche Werte da.

Albert Die Glastür an den Holzkästen mit der Schmetterlingssammlung haben wir aufgemacht. Kästen so groß wie 'n Tisch! Die wär Millionen wert gewesen, genauso wie die Briefmarkensammlung, und wir haben damit gespielt!

Emmerich
Den Schmetterlingen mussten sie ja's Leben nehmen. Die hat man mit Alkohol betäubt und mit Stecknadeln draufgespießt. Der Fritz und ich haben fleißig immer wieder welche rausgerissen, in die Tasche gesteckt und in die Schule mitgenommen.

Elisabeth
'n altes Hochrad, das schöne Holzpferd, 'n Kinderbett aus Metall und viele Puppensachen: 'ne wunderschöne Puppenwiege und Puppenstuben, 'ne große Puppenküche von der Mutter mit 'nem schönen, kleinen Esbit-Kocher drin und's Kochgeschirr in Kupfer dazu, kleine Herdchen und Kanonenöfchen mit allem Drum und Dran, alte schmiedeeiserne Schlitten, viele besondere Sachen!

Lotte
Da sind nachm Krieg halt viele raufgekommen in unser Sachlager von der Werkstatt. Und manche haben da's Zeug mitgehen lassen, gell. Ein Lehrling vom Vater hat gewusst, dass bei den Schulers was da war. Der ist immer mit auf die Bühne rauf und hat Ersatzteile und Werkzeug geholt. Der Fritz und ich, wir haben's alles wohl versteckt gehabt, aber plötzlich war das ganze Zeug weg. Die Mutter hat überhaupt keinen Sinn gehabt, dass man wertvolle Sachen zusammenhält. Die Mutter ist 'n Künstlertyp gewesen auf gut Deutsch und die Künstler haben 'n anderen Lebensstil. Sie war 'n ewiges Kind trotz ihrem Leid. Aber sie war ewig jung, 'ne tolle Oma für ihre Enkelchen.

Fritz
Das noch vorhandene Schuler-Zeugs haben wir später alles entsorgt, mit Sicherheit. Auf solche Dinge hat man zu dieser Zeit noch nicht so geachtet wie heute. Die Sachen hat man demontiert, zusammengeschlagen, aufn Müll geschmissen, verbrannt.

Elvira
Vier Mal Suppen-Exkurs: Unsere Großmutter hat 40.000 Goldmark Mitgift und 'ne ganze Aussteuer mit in die Ehe gebracht. Damals war das so: Eine Frau muss Geld hinlegen, sich lohnen und arbeiten können! Und diese Großeltern Schuler gehörten zwar zur feinen Gesellschaft, waren aber sehr sozial eingestellt. Alte Leute haben mich in meiner Jugend, wenn ich 'ner alten Frau mitm Leiterwagen über die Straße geholfen habe, diverse Male auf der Straße angesprochen: »Gell, du ghörscht Schulers Paula! Ihr seid doch so viel Kinder!« Da hat man nicht »Thiel« gesagt, weil der Thiel war 'n Zugezogener, 'n Zugereister, 'n »Reigschmeckter«. Und die Schulers waren in der vierten Generation auf dem Geschäft. »Gell, du gehörscht Schulers Pau-

la!« »Jo!!!«, hab ich gesagt. »Und? De wie vielt bischt du?« Sag ich: »I bin d Älteschte!« »Und wie viel seid ihr denn jetzt?« War eigentlich immer ganz lustig. Ich war immer 'n bisschen wortkarg, weil ich gedacht hab: »Was goht denn die des a?« Aber dann haben sie gesagt: »Ach, Kind!«, oder »Woischt, Mädle, woischt du, wenn deine Großeltern it gwese wäret, hätte mir oft nix zum Esse ghabt.« Das Dienstmädchen hat 'n paar Mal in der Woche einen Riesentopf Suppe gekocht. Und da haben die Familien bei der Großmutter in der Suppenküche ihren Hunger gestillt, weil sie sich diese Hilfsbereitschaft leisten konnte. Das war noch zu Kaisers Zeiten. Durch mein Leben geht ein roter Faden: 1939 hat Frankreich Deutschland den Krieg erklärt. Da hatten die Saarländer Angst, dass das Saarland an Frankreich geht und 'n ganzer Schub Flüchtlinge kam nach Laupheim. Und die mussten ja auch was zum Essen haben und also kam die Gulaschkanone und wer dabei war – ich war überall und nirgends –, war ich. So schnell konnte gar niemand sein. Bloß helfen, helfen, helfen, wenn irgendwo Not am Mann ist. Da hab ich als Schulmädchen geholfen, Suppe auszuteilen. Und in der Nachkriegszeit ging's uns selber schlecht. Im Spital in der blitzblanken Küche haben die Klosterfrauen in großen Kesseln Suppe gekocht für alle Heimbewohner, für viele hungernde Handwerksburschen und Landstreicher und eben für die Bedürftigen der Stadt. Und wir waren damals auch bedürftig. Ich hatte immer nur den einen Gedanken: »Deine Geschwister sollen nicht hungern!« Alles andere war mir egal. Und da bin ich gegangen und hab mit den Eimerchen Suppe für uns geholt. Da stand ich oft und oft. Und in den neunziger Jahren hab ich die Suppenküche in Estland aufgemacht und mich um die Straßenkinder gekümmert. Dafür hab ich 2005's Bundesverdienstkreuz gekriegt.

Lotte Als die Großeltern geheiratet haben, konnte gleich noch ein armes Paar heiraten, weil die Schulers alles mitbezahlt haben. Das war gang und gäbe, dass die geholfen haben.

Fritz Die soziale Verpflichtung ist bei der Mutter da gewesen, bei den Großeltern und auch beim Vater ganz extrem, gell.

Lotte Dabei haben wir andrerseits von unserer eigenen übrigen Verwandtschaft eigentlich niemanden so gekannt. Die Mutter hat uns immer abgehalten, hat uns gewarnt, dass wir da nicht hindürfen und heimlich sind wir halt doch zur Tante oder zum Onkel gegangen. Und

Josefine Schuler (1881–1927)

Karl Lorenz Schuler (1874–1936)

wenn man irgendwohin losgezogen ist, auch schon als Schulkind: »Do ghörscht du it na, du passt it zu dene Leut.« Sie ist was Besseres und sie muss drauf gucken.

Elisabeth

Einfach, um uns zu schützen, und die Mutter konnte nicht anders – sie hat eben den Trend gehabt nach der Frau Geheimrat und der Frau Bürgermeister. Da war sie sich sicher. Sie wollte auf uns aufpassen, sie hat kein Gesindel reingelassen. Die Mutter hat versucht, 'n gewisses Niveau zu halten, da hat sie uns beschützt. Aber die Gäste haben das nicht gemerkt, das war 'n offenes Haus! Aber sie hat auch sehr streng geguckt, wer da reinkommt.

Christa

Ein Mal sind wir im Sommer mit der Tante Antonie Thiel an den Rheinfall. Die Tante Tonie, 'ne Schwester vom Vater, war die mit der Perücke und dazu hat sie auch bloß noch einen Zahn gehabt. Da oben. 's können auch zwei gewesen sein. Und dann hat sie sich am Rheinfall eben 'n bisschen zu weit vorgebeugt und das Wasser hat ihr die Perücke vom Haupt gerissen. Daraufhin ist das Toupet den Rheinfall runter, war weg. Dann ist sie dagestanden mit den zwei Zähnen. Wir durften nicht lachen. Wir haben ihr nachher 'n Halstuch erstanden, da war so 'n Kiosk. Das hat sie umgetan, damit hat sie noch besser ausgesehen. Wie so 'ne Hexe. Nachm Krieg war so 'ne Perücke ja noch nicht so billig. Aber später hat sie wieder eine gehabt mit so 'nem Kranz, mit 'nem Zopf als Einrahmung.

Die Mutter als Mutter – Familie Thiel

Elvira Der Reis war matsch und die Nudeln waren matsch. Aber's hat uns trotzdem geschmeckt, wir hatten Hunger. Sie war unsere Mutter, sie war als solche estimiert! Sie hat eben die Dinge nicht so genau genommen, sie war ein Künstlertyp. Sie war keine geborene Hausfrau und das hat ihr auch nicht immer Spaß gemacht! Die Mutter war eine Bohemienne. Das war sie, da gibt's überhaupt kein Vertun. Ob da nun's Mittagessen aufm Tisch stand, ob die Kinder 'n Frühstück hatten vor der Schule, das ergab sich alles.

Lotte Sie konnte zwar rechnen und hat Sprachen draufgehabt, Realschule, zu ihrer Zeit schon 'ne Ausbildung, die sich in der Stadt sonst niemand leisten konnte, aber hat den Haushalt absolut nicht in den Griff gekriegt.

Emmerich Meine Mutter ist 'n Typ, trotz so 'ner Riesenpersonalbesetzung, da gibt's nichts, was nicht geht: Alles ist möglich, wenn es in der Phantasie existiert. Mein Vater war intelligent und meine Mutter war intelligent. Aber ohne Konzept funktioniert im Leben einfach nichts.

Christa Natürlich hat die Mutter viel gearbeitet. Wenn ich denk, wie viel Geld die immer zur Verfügung hatte! Das muss ja organisiert sein. Das, was die Mutter alles an Belastungen erleiden musste: Verlust, Geschwister, Kinder …, der Ärger, das Theater, davon können ja oft viele schon eins nicht ertragen. Die Frau war unheimlich stabil, sonst hätte die schon sehr viel früher durchgedreht.

Karl Die Mutter hat beim Essen den Topf auf den Tisch gestellt, den Teppichklopfer genommen und ist um den Tisch rumgelaufen. Und da durfte aber keins sagen: »Des schmeckt mir it.« Da hat's gestaubt. Was gesetzt. Bei uns hat man immer bloß für zwei gekocht: Für die, die's mögen und für die, die's nicht mögen.

Herta Wenn sie gekocht hat, hat sie sehr gut gekocht. Als wir keine Schuhe mehr hatten, hat sie uns Schuhe genäht. Als wir keine Strapse mehr hatten, ist ihr eingefallen, uns so 'ne Art Strumpfhose zu nähen, wo die Strümpfe direkt an der Unterhose dran sind. Hat die Strumpfhosen hochgestrickt, so dass man diese unsäglichen Kinderstrapse nicht mehr anziehen musste. Da hattest du so ein komisches Band um den Bauch. Aber auf diese Idee war man bislang nicht gekommen. Das sah entsprechend aus, aber wir waren gerettet. Im Nu saß sie da und hat das durchgezogen und hingekriegt. Aber das war nicht systematisch oder organisiert. Das ist alles spontan gelaufen.

Die Mutter hat die Strumpfhose für die Kinder erfunden. In der Handarbeit war sie spitze! Sie konnte nähen, stricken, häkeln, alles in der Richtung konnte die. Da hat sie ganze Nächte durchgearbeitet. Die Strumpfhose hat sie daraufhin in 'ner Zeitung veröffentlicht. Da sind natürlich gleich die Firmen da gewesen und haben die Idee übernommen. Aber sie konnte da nichts machen. Sie hat die ja nicht patentiert gehabt. Fritz

Klar ist das für die Mutter 'n Abstieg gewesen in dieses Haus rein. Aber sie hat uns ja viele andere Sachen vermittelt. Aus Stoffen hat sie Bälle gemacht, dass man 'n Ball zum Spielen gehabt hat. Im Krieg hat sie 'n Netz gehäkelt, seitlich zwei Meerrohre, Bambusstäbe, reingesteckt und dann mussten wir den Ball in die Luft werfen und mit dem Netz auffangen. Das war auch 'ne Idee von der Mutter. Da hat sie uns viel Anleitung gegeben. Sie konnte für unsere Bauernhöfe aus Plastilin die tollsten Figuren machen, mit denen konnten wir im Winter im Haus im Kasten sandeln. Am Abend hat man halt zusammengekehrt, wenn was rausgegangen ist. 'n ganz fortschrittlicher Gedanke! Damals musste man 'n Bezugsschein haben für Pullover und Westen. Eine Strickerei gab's und da bist du schier nicht rangekommen. Und alles hat gleich ausgesehen. Und selbst für unsre Handarbeit haben wir nie Materialien gehabt, außer alte Sachen, wo die Mutter immer gesagt hat: »Do hot's alte Sache, trennet's auf. Und noch könnet ihr selber entwerfe, was ihr wollet! Des isch anderscht, als wenn r's Gleiche hent wie de andre! Ihr müsset it des han, was de andre hent!« Und – gesagt, getan – haben die Elvi und ich, wenn wir Stoff ergattert haben, unsere eigenen Schnittmuster gemacht. Lotte

Unsere Mutter hat immer sehr viele Einfälle gehabt. Wie das möglich war in so 'nem kleinen Haus! War ja überall Platzmangel bei uns. Da hat sie 'ne Kiste auf kleinen Pfosten aufgestellt. Da war Sand drin. Die Größeren mussten 'n Bauernhof aussägen, auf die Art waren die auch beschäftigt. Unsere Mutter hat die Häuser, Stallungen, Bäume, Tiere vorgezeichnet. Und unten war so 'n Spitz dran, damit man die Teile in den Sand stecken konnte. Und bemalt hat sie die auch. Die Kiste stand in der Stube in 'ner Ecke und da konnte man spielen. 'ne Win- Christa terbeschäftigung. Wir waren immer noch 'n bisschen anders als andre Kinder. Wir waren anders angezogen, wir haben anders gefestet, gefeiert. Irgendwas hat sie da vermittelt, was nicht so nullachtfünfzehn war. Was Besonderes. Sie hat mit uns Kindern kreative Sachen gemacht. Sie hat halt ihren eigenen Stil gehabt. Sie war jetzt nicht so 'ne Hausfrau, die drin aufgeht, wenn sie von morgens bis abends putzt. Bei anderen Leuten war's vielleicht aufgeräumter, sauberer und sie sind pünktlich in die Schule gekommen. Aber's Atmosphärische und's Kreative … hat gefehlt.

Elisabeth Und wenn die Mutter mitm neuen Geschwisterchen vom Krankenhaus zurückkam, hat sie selbstgemachte, hübsche Sachen mitgebracht, wunderschön bunt gestreift! 'ne Schildkröte mit der Hand gearbeitet, ganz wunderbar aus Resten genäht, aus bunten Flicken akkurat zusammengesetzt. Jedes Spielzeug war was Besonderes!

Lotte Am Sonntag hat sie immer im Wohnzimmer schön gedeckt. Sie hat auch noch Sachen gehabt von daheim, Silber. 'ne gewisse Feinheit, 'n Stil hat sie immer gehabt. Da hat sie sehr viel Wert drauf gelegt.

Fritz Wenn sie eine Festtafel gestaltet hat, das war optimal! Das war schön, egal ob man in 'ner alten Bude war! Und sie konnte auch kochen, sie konnte aus allem was machen.

Karl Mit nichts hat die Mutter 'n Fest gemacht.

Herta Die Mutter hatte die Fähigkeit, aus nichts was zu machen! Auch Stimmung zu machen mit 'n paar Dingen. Eine weiße Tafel, Tischdecke drauf, 'n paar Ästchen dazwischen. Sie hat uns das Gefühl vermittelt, dass man was Schönes zustande bringen kann, auch wenn man nicht so viel hat!

Raphael Ich bin der Letzte, der Vierzehnte, muss man ja sagen. Nicht der Zwölfte, sondern der Vierzehnte. Und vierzehn Kinder zu kriegen, ist, schon allein biologisch, eine enorme Leistung! Das gesund zu überleben als Frau, muss irgendwo als Veranlagung auch da sein, das körperlich und geistig so durchzustehen. Und ich denk, dass da auch 'n Stück an uns weitergegeben worden ist von der inneren Kraft. Bin ich überzeugt! Und zum anderen ist es so – das erleben wir mit unseren Kindern und wir haben bloß drei –, dass die Jüngeren immer besser wegkommen. Wenn man das mal von der Elternseite her betrachtet: Meine Mutter war fünfundvierzig, als sie mich gekriegt hat, und wenn du über zwanzig Jahre Kleinkinder hast, das hältst du nicht aus, da hast du als Mensch nicht mehr die Kraft, für bestimmte Dinge hinzustehen oder entsprechende Erziehungsarbeit zu leisten. Dann läuft's, wie's läuft, teilweise.

Elisabeth

Aber sie war präsent und ich sag eben: »Eltern, Kinder, Großmütter, Tanten, Onkel sind Institutionen!« Wenn wir total k.o. vom »Räubern« gekommen sind mit wackeligen Knien, war halt eine Mutter da. Sie hat einem vor der Schule immer erst's Kreuzle gemacht, egal wie spät's schon war. Sie hat einen immer zurückgehalten und wenn's noch so pressiert hat. Da war sie einfach da, präsent! Man hat drei Kreuzle gekriegt: Auf Stirn, Mund und Herz für gutes Denken, gutes Sprechen und gutes Fühlen, fürs Aufgeschlossensein gegenüber anderen.

Elvira

Sie hatte ein unbändiges Gottvertrauen: Der Herrgott hilft ihr schon! Morgens die Frühmesse war wichtiger als's Frühstück für die Kinder vor der Schule. Wie's lief, so lief's. Und: »Was heut it ischt, des ischt ebe morge.« Abgesehen davon hat sie gern geschwätzt. Und bei meinen Freundinnen hieß es: »Mir hent dei Mutter troffe! Ach, mir hent uns so prima unterhalte!« »Jo«, hab ich gedacht, »hent ihr a Ahnung!« Wir Mädchen zum Beispiel wären auch gern mal was losgeworden. Man war verliebt, was heißt verliebt, das ist kein Vergleich zu heut. Oder man hätte mal Fragen gehabt. Man konnte mit ihr nicht reden. Ich hatte keinen Zugang zu ihr, es war ja wie fremd.

Lotte

Ich konnte nicht zur Mutter gehen und was fragen oder 'n Problem vorbringen. Ich konnte als Kind nie irgendwo hingehen zum Fragen.

Elisabeth

Ich hatte niemanden zum Reden. Wir waren zu viel!

Raphael

Nur pragmatische Alltagsgespräche. Es gab faktisch nichts zu bereden, obwohl's sicher viel zu bereden gegeben hätte.

Albert

Und darum sind wir auch so belastbar, weil wir als Kinder schon für uns selber sorgen mussten. Du musstest wirklich gucken, dass du mit dem Problem allein fertigwirst und die Dinge mit dir selber abmachst! Auf die Art und Weise hat man halt 'ne Fassade aufgebaut, als ob man eben kein Problem hätte. Das hat uns die Mutter beigebracht: »Andre Leut verzählt ma nix!« Und darum sind wir auch so belastbar. Wo die anderen schon lang's Handtuch werfen, da werden wir erst warm, da sagen wir: »Des isch 'n Pipifax! Des wirft doch mi it aus dr Bahn!« Es gibt nichts, was nur Vorteile hat und es gibt nichts, was nur Nachteile hat.

Elvira

Sie hatte auch Schwierigkeiten, Zärtlichkeiten auszutauschen, Liebe zu zeigen ihren Kindern gegenüber. Ich kann mich nicht entsinnen, dass meine Mutter mich ein Mal in den Arm genommen hat. Oft hab ich drunter gelitten. Dann dachte ich: »Was soll's! Sie isch ebe so veranlagt. Kannscht nix ändre!«

Lotte Wenn ich daheim so empfindlich gewesen wär und hätt auf Zuneigung gewartet … Ich hab nicht gemerkt, wie die Mutter zu den Kindern war. Ich hab halt gedacht: »Die hot so viel Kinder, die kann des gar it.« Ich hab die Frau bedauert für das, was sie arbeiten muss. Ich hab aber im Letzten nicht gesehen, was sie da nicht macht. Wenn ich das gesehen hätt, wär das für mich vielleicht gar nicht möglich gewesen, das alles zu schaffen!

Fritz In der Phase zwischen zwölf und zwanzig Jahren, je größer die Familie geworden ist, umso problematischer wurde das mit dieser Zuneigung! Eine richtige Zuneigung hat's bei uns nie gegeben. Bei uns hat's das gegeben, dass wir Gemeinschaftssachen gemacht haben. Wenn man mal zählt, wie oft ich in den Arm genommen worden bin von meiner Mutter als Kind! Ich kann mich überhaupt nie entsinnen, dass die ihre Liebe auf der emotionalen Ebene, in der persönlichen Wärme ausgedrückt hat. Von den Eltern ist man selten umarmt worden. Das ist bei den andren Geschwistern wahrscheinlich auch so gewesen, weil dann schon wieder eins da war, das diese Liebe mehr in Anspruch genommen hat. Aber das war auch damals nicht so üblich. Das war in allen Familien so. Die enge Bindung, die man heute hat, die hat man früher nur bis sie drei, vier Jahre alt waren gehabt. Dann sind sie reingewachsen in die große Familie und dann war die enge Bindung nicht mehr so gegeben. Aber ich zumindest hab als Kind sonst überall Zuneigung gehabt! Ich bin immer 'n lieber, braver Bub gewesen. Ich hab eben gewusst, was man tun darf und was man nicht tun darf.

Siegfried Zärtlichkeit war 'n großer Mangel! Wenn's so viele sind, kann man dem Einzelnen gar nicht gerecht werden. Ich weiß nicht, inwiefern die Mutter überhaupt Liebe geben konnte. Sie war immer beherrscht, immer bei sich.

Herta Vielleicht habe ich versucht, dadurch, dass ich so fromm war, den Blick auf mich zu wenden.

Elisabeth Ich hab halt immer gemeint, ich muss mich klein und hilflos stellen, damit man mich annimmt.

Albert Mit der Mutter hast du ab und zu geschmust, aber mit sechs, sieben, acht brauchtest du da nicht mehr hinkommen. Da war schon wieder's

Nächste da! Der Vater hat sowieso nicht geschmust. Oder dass du hättest können besonders an die Mutter hinlehnen – wenn du mal's gewisse Alter gehabt hast, war's vorbei, irgendwann war Feierabend. Zum Aufwachsen gehört halt die Liebe auch dazu, aber daran hat's gemangelt. Man hat das ausgeglichen, indem man miteinander gebubelt und rumgetan und gespielt hat. Gebubelt – gebalgt, Blödsinn gemacht, das hat sowieso dazugehört. Zuneigung kam nur ausm Gesamten, aus der Gemeinsamkeit, nicht ausm Einzelnen. Nur unter dem Schutzmantel der Zusammengehörigkeit. Aus der Atmosphäre, das Gesamte war der Mantel, wo du wieder Kraft schöpfen konntest.

Aber der Stolz, den meine Mutter hatte – die hat uns verboten, dass wir was annehmen. Es hat in Laupheim sehr viele gutsituierte Leut gegeben, die uns wirklich zugetan waren und uns zudem immer unterstützt haben. Ich war mal bei der Kronen-Brauerei Traub oben mitm Vater, der musste was machen. Auf einmal kommt die Frau Traub und bringt 'n Marmeladenbrot. Hab ich nicht genommen, hab ich nicht gegessen! In 'ner Zeit, wo keiner was gehabt hat! Emmerich

Sie hat schwierige, doppelte Botschaften gesendet: »Man soll stolz sein!« Aber worauf sollten wir denn stolz sein? Nur über Ablehnung? Ich hätte mich gefreut, wenn ich kurz nachm Krieg 'n neues Kleid gekriegt hätte von diesen Caritas-Paketen. Die hat sie gar nicht angenommen: »Das haben wir nicht nötig!« Ich hab gedacht: »Warum schickt sie die Leute weg?« Ich hätte so gern mal ein neues Kleid gehabt. Was hat das mit Stolz zu tun? Sie hat eben nicht erklärt, warum sie's ablehnt und du hast gedacht: »Ich brauch doch 'n Paar Schuh! Was soll das jetzt heißen?« Ein ganz eigener Stolz. Herta

Die Mutter war Jahrzehnte schwanger. Ich hab das lang gar nicht gesehen. Die Mutter hat uns gestillt, aber dabei war die Tür zu. Sie war auch nach kurzer Zeit schon wieder in anderen Umständen! Und zwar im Krieg, zu einer Zeit, wo's nichts gab. Da hat sie nicht mal gescheite Schuhe gehabt. Sie lief im Haus mit Holzpantinen rum. Also, wie sie das alles durchgestanden hat, war bewundernswert, denn sie kam aus einem wohlversorgten Hause! Elvira

Die Mutter hat auch schwanger immer weitergearbeitet, am liebsten nachts. Da hat sie gestrickt für die Familie, wenig geschlafen. Bis zum letzten Tag ist die umtriebig gewesen. Fritz

Lotte Dass die Mutter oft schwanger war, hab ich gar nicht gemerkt. Erst beim Raphael. Und selbst da hab ich's noch kaum kapiert. Die Mutter ist sowieso 'n bisschen breiter geworden, vorher war die superschlank. Da hat 'ne Zeitlang die Tante Berta Schuler vis-à-vis gewohnt, die Frau vom Onkel Karl. Dann sagt sie zu mir mal: »Du, merkscht it, dass dei Mutter scho wieder in andre Umständ isch?« Dann sag ich: »Ha, des ka doch it sei!« »Doch, Lotte!« Aufklärung hat's nun mal nicht gegeben. Das haben wir von anderen erfahren. Das ist automatisch gegangen. Ich hab gedacht: »Ha, sie wird halt so dicker!« Bei Raphaels Geburt war ich achtzehn und die Elvi schon einundzwanzig, da hat die noch heimlich getan. Die hat alles vor uns geheim gehalten. Keine Aufklärung, gar nichts. Ich bin lang 'n Kind gewesen. Ich hab nicht mitgekriegt, dass die Mitschülerinnen schon die Periode haben. Da hat die Mutter gesagt: »Des kriegscht.« Das hat man halt bei der Elvi und bei den andren mitgekriegt. Aber das war normal zu der Zeit. Als Binden hast du halt geguckt, dass du irgendwie 'n Lumpen hergekriegt hast. Das hat man im Wäschegeschäft gekauft. Manche haben's selber genäht. Das musstest du einweichen und waschen. Das war aus Stoff und das konntest du auch noch festknoten. Und ich hab ja auch Mutters Sach gewaschen, da hab ich's ja gesehen.

Elvira Da gab's vom Stoffgeschäft so Monatsbinden aus Baumwolle, die man waschen und wieder benützen konnte, erst von Hand eingeweicht und dann gekocht. Oh, das war immer eine Sauerei! Wir haben aber alle ziemlich spät die Regel gekriegt, ich erst mit sechzehn. Ich bin daheim auch nicht aufgeklärt worden. Das hat man im Gespräch mit den anderen in der Schule rausbekommen.

Christa Das ist ja heut noch schwierig. Das war so 'n Getuschel untereinander. Das erfährt man. Kinder unter sich.

Siegfried Ich hab nicht gewusst, wie meine Schwestern aussehen. Keine Ahnung. Bei sechs Schwestern! Ich hab lang nicht gewusst, wie 'n Mädchen aussieht.

Albert Keine Aufklärung. Überhaupt keiner, weder noch. Die anderen, die Mädle, haben auch nichts gewusst. Da hat man mal da was gehört, mal dort was gehört. In der Zeit bist du überhaupt nicht aufgeklärt worden, weder noch. »Die werret scho irgendwie amol dahinterkomme!« Auch in der Schule nicht, ho wa. Schon die kleinste Anspielung hat da die Röte ins Gesicht hochgetrieben. Der Mensch kommt hinter alles, der eine früher, der andere später.

Elisabeth
Nöööö, um Gottes Willen, Aufklärung gab's in der Zeit nicht. Da gab's nichts Aufklärung. Das hat man mehr oder weniger da oder da aufgeschnappt.

Raphael
Aufklärung gab's nicht, nichts. Gar nicht. Das hat man, wie's üblich war, über Kumpels erfahren.

Fritz
Ich bin überhaupt nicht aufgeklärt worden. Auf der Bühne hab ich bei den aufgestapelten Büchern 'n Arztbuch gefunden, das hab ich durchgearbeitet. Das war die ganze Aufklärung. Das Thema hat man bei uns im Haus total vermieden. Aber das war nicht bloß bei uns so. Ich hab das eigentlich nur ein Mal zur Kenntnis genommen, dass die Mutter schwanger war, und zwar, als sie schwanger war mitm Raphael. 'n Freund von mir wollte Priester werden. In der Zeit nachm Krieg wollten die ja alle Priester werden. Und wir sind immer miteinander spazieren gegangen am Abend. Plötzlich hat der mich so komisch gefragt, wie man in dem Alter eigentlich noch Kinder haben kann. Es gibt manchmal so Informationen, die an dich herangetragen werden, die du dann erst das Ganze nach zurück anders wertest.

Emmerich
Über die vielen Schwangerschaften bei der Mutter hat man gar nichts gedacht. Das ist genauso problemlos gelaufen wie alles andre auch. Das war halt so. Als der Raphael auf die Welt gekommen ist, sind die mittags um zwei von Laupheim zur Wallfahrtskirche Untersulmetingen rübergelaufen. Das ist ein Weg sieben Kilometer. Und abends um sechs ist sie heimgekommen, im Schlafzimmer ist ihr's Wasser abgegangen und 'ne halbe Stunde später hat sie den Raphael auf die Welt gebracht. So geht das. Zu der Zeit war einfach alles nicht so kompliziert. Aber was für eine gigantische Leistung das ist!

Herta
Sie war kurz weg und dann war sie wieder da und da stand 'ne Wiege mit 'nem kleinen Baby drin. Man hat damals versucht, 'ne Schwangerschaft zu verbergen, mit der Kleidung, und man hat nicht drüber geredet.

Siegfried
Es ist eh nicht aufgefallen, weil sie da diese lottrigen Kittel obendrüber anhatte. 's war 'n Normalzustand. 's ist alles so weitergegangen.

Elisabeth
Als 'ne Frau 'n späteren Schulkameraden von mir geboren hat, ging diese Entbindung nicht anders als höchst kompliziert vonstatten. Und im Verlauf hat die beteiligte Hebamme die Frau schließlich wissen

lassen: »Hent Se sich mol it so! Stellet Se sich amol d Frau Thiel vor, wie viel Kinder die scho auf d Welt brocht hot!«

Lotte Das ist klipp und klar, warum die Mutter so viel Kinder gekriegt hat. Ich hab mal mitgekriegt, wie 'n Internist, der war auch noch evangelisch, gesagt hat: »Frau Thiel, Sie brauchet doch it so viel Kinder! Des muss doch it sei! Solle mir it was mache?« Nachher hat sie gesagt: »Was glaubet denn die? Die könnet mir doch it vorschreibe, wie viel Kinder i han!« Erstens wollte sie's für die Kirche. Zweitens haben die Vielhabers von der Kohlenhandlung auch viel Kinder gehabt. Und die sind auch in die Kirche gegangen. Und die Butzens, der Mann war Huf- und Wagenschmied, die sind auch viel in die Kirche gegangen und haben auch viel Kinder gehabt, elf oder zwölf. Und jedes Mal wenn eins von denen 'n Kind gekriegt hat, hat meine Mutter 'ne Wut gekriegt. Wenn sie mit jemandem geredet hat oder beim Beichten war, hat sie gemurmelt und getobt. Dann wusste ich: »Do stimmt ebbes it!« Manchmal hat sie's rausgelassen: »Etzt kriegt die scho wieder a Kind! Natürlich – die mueß jo über mir stande!« Sie wollte diejenige sein, die am meisten Kinder kriegt. Und jedes Jahr wieder 'n Kind kriegt. Sie wollte die sein, die oben steht. Sie wollte ein Mal die Erste sein!

Fritz Sie wollte irgendwas beweisen.

Emmerich Die Mutter hat genau gewusst, dass sie 'ne große Familie will. Das hat auch mit der Religion zu tun. Früher hat man den Frauen klargemacht, dass sie jedes Jahr 'n Kind haben müssen.

Herta Die Schwangerschaften der Mutter – das waren alles Kinder vom lieben Gott.

Albert Sie war überkatholisch, päpstlicher als der Papst. Der Vater durfte halt hin zum Kindmachen, dann war wieder Feierabend. Die Mutter wollte zwölf Apostel. Und da waren die Butzens, elf Geschwister, und die haben auch wenig Geld gehabt. Die zwei Frauen waren sich also nicht grün. Die Mutter hat gemeint, die Frau Butz will sie übertreffen in der Kinderzahl. Wir waren schon mehr als die und älter. Bis die Frau Butz gestorben ist – daraufhin durften wir als Kinder wieder zu denen raufgehen. Dann hat die Mutter gewusst: »Etzt ka se mi nemme überhole mit de Kinder!«

Die Eltern

Die Eltern haben oft miteinander gestritten. Irgendwie konnten sie miteinander nicht reden. Die waren wie angefasst. Und dann haben sie sich angeschrien, gottsjämmerlich. Sind sich gegenübergestanden. Aber sie sind nie handgreiflich geworden. Er war einfach 'n bisschen jähzornig. Aber nie so, dass jemand verletzt wurde, das wollte er nie. Dann hab ich immer versucht zu schlichten: »Seid doch friedlich!« Und dann musste er raus: »So, und jetzt geh ich!« Und ich hab mir was drübergezogen und bin neben dem Vater her. Ich bin halbe Nächte mit dem Mann spazieren gelaufen und hab ihn schimpfen lassen. Und hab gesagt: »Vater, du musst wieder mit nach Haus! Was tun wir ohne dich?« Ich hatte da immer nur Ängste um meine Geschwister, dass die hungern oder frieren müssen! Elvira

Wir sind oft abends ausm Haus gelaufen, dahinten rumgeschlüpft und hinter Nachbars Häuser gesessen, 'ne Stunde oder zwei, bis wir uns wieder getraut haben reinzuschleichen, wenn der Streit vorbei war. Einige sind auf die Bühne rauf, andre auf die Straße. Und jedes von uns hat bloß gebetet, dass die zwei sich vertragen. Nachts bin ich oft aufgestanden und wollte Buße tun. Den Bettstein hab ich aufn Boden gelegt und meinen Kopf drauf und bin die ganze Nacht aufm Boden gelegen: »Lieber Gott, hör mi doch, dass die zwoi nemme streitet, dass's endlich Friede gibt!« Oder: »Lieber Gott, besser wär, 's ging oins von dene!« Und trotzdem haben wir zusammengehalten wie Pech und Eisen. Vielleicht wär's nicht ganz so schlimm gewesen, wenn die Mutter nicht immer zum Vater gesagt hätt: »Du bischt jo nix!«, oder »Du hoscht jo nix brocht als a Kischte mit alte Kleider!« Er war was! Er ist von Geburt her aus 'ner guten Familie rausgekommen. Der konnte ja wahnsinnig viel! Sie hat ihn auch provoziert. Hat ihm nicht mal Vertrauen gegeben. Das natürlich, was sie gebraucht hätten – der Vater wär wirklich der Erfinder gewesen in 'ner Autoversuchsanstalt und die Mutter 'ne tolle Künstlerin, mit all ihren Kindern, wenn sie zwei Dienstmädchen gehabt hätten! Dann wär das alles wunderbar flott gelaufen. Aber's ging halt nicht, geldmäßig, gell. Ich hab mal schwer eingegriffen, da bin ich ausgerastet. Da ist grad der Milchwagen gekommen. Der Vater hat getobt in unserm Zimmer mit der Lotte

Mutter! Dann hab ich ’n Besen genommen und ihm aufn Kopf geschlagen. Der ist erschrocken, dass ich das gemacht hab. Dann hat er aufgehört, aber da ist schon der Milchmann raufgekommen. Ich war auch erschrocken, hab nachher gedacht: »Warum hoscht du des gmacht? Aber so ka des doch it weitergange!«

Fritz Diese Spannung war so intensiv! Das hat man schon registriert mit vier, fünf, sechs. Auch später noch – ich war damals in Stuttgart. Es hat immer wieder Auseinandersetzungen unter den Eltern gegeben. Wenn er durchdrehte, ist er halt mitm Kopf an die Wand gesprungen und war nervlich nicht in der Lage, außergewöhnliche Belastungen zu steuern. Da ist das ganze Geschirr an die Wand und auf den Boden. Durch die Gegend geflogen. Und du hast nie gewusst: »Passiert etzt dahoim was oder passiert nix?« Wenn du nicht zuhause warst, hast du immer irgendwie in einer Angst gelebt! Auch daheim hab ich nächteweise nicht geschlafen, wenn’s nicht gestimmt hat! Und da war mal ’ne Situation, wo die psychische Anspannung sich übertragen hat bis auf die jüngsten Kinder. So extrem verkehrt. Und bei meiner Ausbildung hab ich mich entweder aufs Fahrrad oder in den Zug gesetzt und bin heimgefahren, auch wenn’s unter der Woche gewesen ist. Ich hab da nachm Rechten geschaut. Ich bin da sofort dazwischengestanden, in dem Augenblick war der Krach beendet. Ich musste bloß auftauchen, dann war das wieder ruhiger. Er hat vor mir Respekt gehabt. Ich hatte halt keine Angst! Das, was ich machen konnte, das hab ich getan.

Emmerich Die haben einander angebrüllt, danach war das wieder vorbei. Dadrauf hat man drei Tage nichts mehr gesprochen. Das ist aber insofern gar nicht zum Tragen gekommen, wenn vier und zehn und zwölf Kinder im Haus sind und die Arbeit, das sind die Zwangsläufigkeiten, die so was alles verschlucken. Die Harmonie unter den Kindern, das ist ’n Phänomen, war immer gut! Mein Vater hat halt getobt wie die Sau und meine Mutter hat’s Maul gehalten. Dem sind einfach die Nerven durchgegangen. Mein Vater konnte auch machen, was er wollte, das war nie richtig. Meine Mutter wollte immer’s Gegenteil. Unterm Krieg hat meine Mutter ’n Bezugsschein gekriegt für ’ne neue Nähmaschine. Dann ist mein Vater zur Firma Steiner gegangen und hat für meine Mutter ’ne Nähmaschine gekauft. Und der Mann hat gestrahlt wie ’n kleines Kind, dass er jetzt zu Weihnachten ’ne neue Nähmaschine präsentieren kann. Was der dann infolge erlebt hat, dass die Frau außer unzufrieden nichts war, und dass der Mann das alles falsch gemacht hat! Der konnte gar keine andre Nähmaschine kaufen, weil's nur eine gegeben hat. Anstatt dass sie dem Mann das Gefühl gibt, dass sie stolz ist auf ihn. Und nur so! Das kann nicht funktionieren!

Ich hab von der einen Seite nichts mitgekriegt und von der andren Seite gar nichts. Bin halt immer zwischendringestanden. Karl

Auch im Internat in Sießen hab ich noch häufig gedacht: »Jetzt streiten sie wieder!« Manchmal hatte ich den Eindruck, dass die Mutter den Vater richtig anstiftet und ihn ärgert. Dann haben die richtig böse Sachen gesagt, gestritten und geschrien. Und nach einer Stunde war alles wieder verflogen. Ich hab mich solange möglichst verdrückt, ich konnte ja nichts machen. Und sobald von außen 'ne Bedrohung kam, haben die zusammengehalten wie Pech und Schwefel, wie die ganze Familie. Im Grunde hat sie was von ihm gefordert auf 'ner Schiene, auf der er nichts bringen konnte. Sie hätte erkennen müssen, dass er kein Kaufmann ist und ihn auf der anderen Seite stützen. Das hat sie nicht gemacht. Da haben die sich schlichtweg nicht verständigt. Sie hat permanent verlangt, dass er Geld herbringt. Das hat meinen Vater sehr frustriert. Herta

Mitm Streiten angefangen hat immer die Mutter. Der Vater hat nie 'n Streit angefangen. Wenn er gemerkt hat, dass sie ihn reizt, ist er in die Werkstatt rüber: »I lass mi doch von dir it reize!« Gearbeitet wie 'n Seggel, wie besinnungslos, damit er nicht ihren Angriffen ausgesetzt ist. Und wie er wieder reinkam, hat sie ihm halt nichts zum Essen hingestellt. Dann ist er auch wütend geworden. Die hat den regelrecht provoziert! Die ganze Familie ist am Tisch gesessen und er hatte keinen Teller. Da musste es wieder rumsen. Und wenn's vorbei war: »So, etzt isch mir's wieder wohl! Etzt kann i wieder was tue!« Dann war sie richtig glücklich. Der Vater war 'ne gutmütige Seele! Zwei Mal im Jahr hat die ihren gnadenlosen Krach gebraucht! Und wenn sie am Heiligabend angefangen hat. Dann haben sie Geschirr geworfen und so Zeug. Und wir haben schon gewusst: »Immer wenn's auf d Vierfescht zuegoht, do wird die ...!« Weihnachten, Ostern, Pfingsten war Spannung hoch drei. Da schürt der Teufel am ärgsten. Da haben wir immer schon gewusst: »Etzt isch's so weit!« Da hat sie den Wind reingelassen. Albert

Elisabeth Es ist immer wieder eskaliert. Der Vater ist einfach ausgerastet. Und wenn der Fritz aufgetaucht ist, hat er sich ganz schnell beruhigt und hat gezittert am ganzen Leib. Der Fritz brauchte bloß auftauchen. Oder der Fritz hat ihn so in den Arm genommen und gesagt: »Komm, beruhig di!« Da war der dann immer ruhig. Das war dann immer unsere Hoffnung! Der älteste Sohn und die Ruhe vom Fritz, das hat mich auch beruhigt! Und wenn's wieder so weit war: »Hhha, da, da, da braut sich wieder was zusammen, aaahh, Fritz, Fritz, Fritz!« Der ist manchmal einfach aufgetaucht, obwohl er beim Tanzen war oder sonst wo. Der Fritz war plötzlich da!

In mir selber hab ich aber nichts gegen den Vater gehabt, ich hab das anders gesehen. Ich konnte auch meine Mutter nicht als böses Weib ansehen. Der Vater war einfach überreizt und hat Sorgen gehabt bis zum Gehtnichtmehr. Deshalb ist man ständig auf Distanz zu ihm gegangen und dabei hat er alle seine Kinder gerngehabt! Ich hab manchmal so Versuche gemacht, dass ich mich neben ihn hingesetzt hab, wenn er gezeichnet hat. Er hat sich 'n Tisch eingerichtet auf der Bühne oben, hat sich oft zurückgezogen und seine technischen Zeichnungen angefertigt. Da wär ich gern stundenlang daneben gesessen. Ich hab mal den Mut aufgebracht und hab den Hund, den ich so heiß geliebt hab, mein einziges Spielzeug, einen Terrier aus Krümmer, so lockigem Kunstpelz, auf seinem Rücken tanzen lassen. Und währenddessen hab ich gedacht: »Ob er mich jetzt wohl verprügelt?« Da hab ich ganz genau gespürt, dass es ihm gefallen hat, aber er konnte es nicht zeigen.

Raphael Es gab viel Ärger damals, als mein Vater noch da war. Da sind also richtig die Fetzen geflogen, da ging's also zur Sache! Der hat den Tisch abgeräumt, da ist Geschirr geflogen, da haben die Scheiben geklirrt. Und nachher bin ich mit der Elisabeth losgezogen, bin 'n paar Stunden spazieren gelaufen und bin wieder heimgekommen, wenn sich alles beruhigt hat. Aber der Vater hat nie seinen Kindern gegenüber so reagiert. Er hat sich ausgetobt, weil er mit unsrer Mutter nicht klarkam. Und sie hat das prachtvoll verstanden, ihn weiter bis zum Anschlag hochzuschrauben. Die hat das Thema ausgereizt bis zum Gehtnichtmehr. In so 'nem Moment sind wir geflüchtet, da sind wir ausm Haus, da waren wir weg!

Elisabeth Und dann standen wir unten im Gang. Ich war sechzehn Jahre alt und ich war auch schon in der Lehre. Und ich hab gespürt: »Irgendwas stimmt nicht.« Und auf einmal hat der Vater mir eine Schokolade geschenkt. Ich hab gedacht: »Was schenkt der mir a Tafel Schokolade? Wo bringt der bloß die Schokolade her?« Er hat ganz furchtbar traurig geguckt und … ja, … das war sein Abschied.

Raphael

Als der Vater weggegangen ist, ha, das war nicht toll! Ich war 59, 60 im Internat und als ich auf Weihnachten hin heimgekommen bin, war er nicht mehr da. »Dr Papa isch im Urlaub!«, hat's geheißen. Und anschließend bist du von den Nachbarn gefragt worden: »Jooo, isch dr Papa im Urlaub? Kommt r it hoim über Weihnachte?« Und du hast nichts gewusst. Damit hat auch 'n Spießrutenlaufen begonnen, weil es war damals nicht üblich, dass ein Ehepartner plötzlich's Weite sucht oder sich womöglich scheiden lässt. Fragt ja jeder, jeder weiß es. Unter Umständen haben's manche sogar besser gewusst als du selber. Daheim hat man das totgeschwiegen, darüber hat man nicht geredet.

Lotte

Auf jeden Fall ist der Mutter ihre Ehre geknickt gewesen bis zum Gehtnichtmehr!

Siegfried

Aber die Mutter hat später immer gut vom Vater gesprochen. Und bei seiner Beerdigung hat sie da vorne gebetet und ihm das Beste gewünscht. Da hat sie endlos in der Halle gebetet, endlos!

Raphael

Ich bin Anfang der siebziger Jahre mit dem Karle mal rübergefahren und hab ihn besucht. Der hat sich gefreut! Aber ich konnte mit der Situation nicht umgehen, konnt ich nicht! Mein Vater ist ja stiften gegangen! Ich mein, wie soll ich damit umgehen?

Karl

Dann wollte ich wissen, warum er eigentlich gegangen ist. Der Berte und ich sind öfter da hingefahren, wo er gewohnt hat. Er war der Meinung, dass er mit der Mutter zusammen nicht mehr existieren kann, weil die möchte ihn loshaben. Das war mitten in der Prärie, dieses Roggenbeuren. Unser Vater hat da auch den Strom selber erzeugt, mitm Generator, 'n Gerät, das in den Bach runtergeführt hat. Jetzt bist du da mittags gesessen, da ist der Fernseher gelaufen und irgendwann fing der an, dunkel zu werden. Dann hat's Vätterle gesagt: »Ha, mir hent koin Strom meh!« Ist raus und darauf hat's ganze Haus gewackelt. Du bist sooo hoch auf den Sofas gesessen! Da bist du auf den Sofas rauf- und runtergehüpft, bis das wieder lief. 's ganze Haus hat angefangen zu zittern. Nach 'ner Weile ist der Strom wiedergekommen und schließlich hat man den Fernseher wieder angemacht. Aber der Vater konnte das, da hat's anständig gefunkt, ho wa!

Die Geschwister

Elvira Die Mutter hat immer die Kleinsten am meisten geliebt, die Babys. Uns Große, die … »pph«. Aber wir Geschwister unter uns waren eine verschworene Gruppe mit Gemeinschaftsgefühl und Zusammengehörigkeit. Wir haben wenig miteinander gestritten, so bösartige Streitereien gab's gar nicht. Bis weit in die Ehe hinein hab ich mich um meine Geschwister gesorgt. Für meine Geschwister hab ich alles getan, ohne Rücksicht auf mich selber. Da hatten wir mal nichts mehr zum Heizen und die letzten fünf Mark hatte die Mutter. Draußen hat's gegossen und gewittert. Ich hab 'n Mantel angezogen aus Tweed, den ich geschenkt gekriegt hab und auf den ich wahnsinnig stolz war! Da drin wurde es immer kälter in der Stube und die kleinen Kinder und schließlich hab ich gesagt: »Komm, gib mir die fünf Mark! I gang zu Vielhabers nauf in d Kohlehandlung! Mir müsset Briketts han!« Ich nehm das Leiterwägelchen und lass mich durchregnen. Und ich komm zu Vielhabers und die fünf Mark sind weg. Aber man kannte mich da. Ich hab das erklärt, hab den Zentner Kohle gekriegt und bin wieder heimmarschiert, damit die daheim nicht frieren. Das sind Erlebnisse, das kann man gar nicht beschreiben.

Aber bei meinen Freundinnen waren's alles bloß zwei oder drei Kinder. Und ich hatte die Schnauze so voll. Jedes Jahr wieder 'n Kinderwagen schieben. Ich wollte so gern allein sein! Ich wollte allein sein und das ging halt nicht. Heut bin ich froh, dass wir alle da sind. Aber zu der Zeit … Ich musste ran und was musste ich …

Lotte Ich hab auch von den kleinen Geschwistern Liebe gekriegt und ich lieb heut alle noch. Ich hab mich da nicht geärgert, wenn neue Geschwister kamen. Ich hab mich schon gefragt: »Wer schafft des alles?« Aber dann ist halt wieder 'n Kind da gewesen und dann hat man wieder Arbeit mehr gehabt. Ich war halt auch immer als Kindermädchen beim Spielen dabei. Am Sonntag bin ich mit den Kleinen auf die Felder raus und dann haben wir gesungen und haben Spaß gehabt. Das war für uns Medizin, 's Singen und's Lachen und der Schlosspark! Die Elvi ist halt immer wieder ausgebüchst. Die hat ja ihre Freundinnen gehabt, so viele. Ich hab die Möglichkeit gar nicht gehabt. Und wenn ich mal jemanden hatte, haben die der Mutter nicht gepasst. Zudem

Die ersten sieben Geschwister Thiel (v. links): Elvira, Christa, Herta, Karl, Fritz, Emmerich, Lotte

hätt ich die Kinder mitnehmen müssen, die waren ja alle viel jünger. Wahrscheinlich hab ich auch nicht zu denen gepasst in der Volksschule. Ich war immer daheim mit den Geschwistern und das war gut so! Ich bin einfach mehr meinen Weg gegangen, als nach anderen zu leben. Ich hab immer gefunden: »I han die schönschte Gschwischter, wo's auf dr Welt gibt!« Aber ich hätt nicht ein Mal gedacht: »Bin ich schön?« Diese Zuwendung konnte ich von meiner Mutter gar nicht verlangen, weil so viele andere da waren.

Fritz

Jedes Kind, das da war, war für mich 'ne Freude, hat mir gefallen! Ja, ich hab gern Geschwister gehabt! Die Kinder sind, als wir klein waren, alle herzlichst aufgenommen gewesen. Das ist also nie, dass bei uns 'ne Situation entstanden ist, wo man gesagt hätte: »Oh Gott, scho wieder oins!« Alle waren mit großer Freude Großfamilie! Die Disharmonien sind ausgegangen von den Eltern. Die Auseinandersetzungen haben mit den Kindern eigentlich nie was zu tun gehabt. Das Hauptproblem waren die zwischenmenschlichen Beziehungen zwischen den Eltern. Richtige Konflikte haben wir Geschwister nie gehabt. Also, ich nicht. Wenn's ging, hab ich sie auch in meinen Bekanntenkreis miteinbezogen. Und ich bin immer für meine Geschwister auch da gewesen.

Emmerich Wer intensiv zusammengearbeitet hat, war der Fritz und ich. Wir haben zu zweit alles miteinander gemacht, viel gemacht, gut gemacht. Und davon hat die Familie auch profitiert. Die Elvi war die Dame und die Lotte hat daheim gearbeitet für drei. Der Fritz war der Herr, der hat die Verantwortung getragen und ich hab die Arbeit gemacht. Das war einfach so. Die Elvi hat die Gnade der ersten Geburt gehabt. Die Elvi ist einfach's erste Kind, die hat zwangsläufig sämtliche Vorteile genossen, die's zu genießen gibt für 'n Kind.

Bei uns gibt's zwei Schichten: Die Oberen, die das auf ihre Art erlebt haben, der Karle ist so 'n Wendepunkt, und die Unteren, die Jüngeren. Vor der Christa hat's 'n richtigen Bruch gegeben. Uns Obere hat man ganz extrem eingespannt und ab Christa war alles anders. Das haben die alles gar nicht mehr mitgekriegt.

Jeder Einzelne ist eigentlich 'n Einzelkämpfer. Und jeder hat Fuß gefasst. Alle haben aus sich was gemacht und alles aus eigener Kraft. Das ist schon beinah 'n Wunder! Ich hab lang gar nicht gemerkt, dass meine Geschwister alle die gleichen Probleme haben. Und im Lauf der Jahre hab ich gemerkt: »Die kämpfet genauso!« Und dann hat mir vieles leidgetan! Meine Verhaltensweise ihnen gegenüber. Weil ich hab darunter gelitten!

Christa Die vielen Geschwister – da lebt man damit, das war halt so. Es gibt einfach Sachen, wo man sagt: »Des isch so!« Die kannst du ja jetzt nicht auf den Mond schießen, weil du sagst: »I will etzt eigentlich bloß no drei von dene siebe!« Die sind halt da und dann musst du gucken, wie du damit klarkommst.

Durch 'ne Familienaufstellung hab ich rausgekriegt, dass ich immer in der Mitte bin. Das geht bei mir wie 'n roter Faden durchs ganze Leben. Ich bin eigentlich immer so 'n Verbindungsmensch gewesen, 'n Puffer. Dadurch kommt das, dass du selber mehr 'n Einzelgänger wirst, selbst unter zwölf Geschwistern. Aber das ist ein Script, aus dem kannst du nicht aussteigen, 'ne Rolle fürs Leben.

Karl Ja, ich bin da grad in der Mitte. Das war ganz und gar kein Problem, dass da permanent neue Geschwister eingetrudelt sind. Ich hab große Gruppen schon von Geburt an gemocht. Ich hab jeden gemocht. Ich mag heut noch jeden. Bloß wenn einer dumm tut, aber dann schnellt's, pfeift's, gibt's Zunder. Unsern Fritz haben wir mal auf den Zeiger genommen, der Emme und ich! Der ist immer ins Engelamt, 'ne

Adventsmesse morgens um fünf. Und vorher hat er noch seine Freundin abgeholt. Jetzt sind wir hingegangen und haben am Sonntag alle Uhren eine Stunde vorgestellt. Haben den Fritz geweckt: »Ha, jetzt pressiert's aber!« Dann ist der gewetzt, geflitzt und kein Mensch war unterwegs. Darauf ist der schon um vier bei der Freundin vor der Tür gestanden! Ist schließlich in der Kirche erschienen: Kein Ministrant, kein Pfarrer, keine Leut da! Unser Bruder Fritz war allein in der Kirche. Ha, den Fritz haben wir immer geärgert! Ha, der hat getobt mit uns, mein lieber Mann. Der hat sich aufgeregt, ja, haben wir gelacht! 's Fritzle hat auch ständig Pitralon-Rasierwasser benutzt. Der hat sich andauernd eingeschmiert. Das hat furchtbar gestunken, wenn du monatelang bloß dieses Pitralon nimmst. Das ist mir auf die Nerven gegangen mit der Zeit, jeden Tag Pitralon, das ist mir schon widerstanden! Heiland, bin ich mal sauer geworden! Und der Fritz hat sich aufgespielt wie 'n Flieger und ist pampig geworden. Darum haben wir, der Emme und ich, ihn uns geschnappt, mit den Füßen in der Stube unten an den Tisch hingebunden, links und rechts, die Hände zusammen und an die Türklinke geknüpft, bloß noch die Tür zugemacht, dementsprechend ist der gestreckt im Raum gehangen. Jetzt stand da 'n solides Pitralon-Lüftchen drin – vom Feinsten!!! Ha, der Fritz hat sich gehörig gewehrt, hat aber gar keine andere Wahl gehabt. In jedem Fall hatte ich ab demselben Tag meine Ruhe!

Es war schön, weil wir alle rund um die Uhr was zusammen gemacht haben, Spiele! Es war jederzeit jemand da, der einen getröstet hat. Eine große Schwester oder ein großer Bruder. Deren Ratschläge wurden weitergegeben, man konnte sich an ihnen orientieren: »Was machen die?«, hinterher hat man das nachgemacht. Sonst haben sie uns gewarnt: »Das ist gefährlich!« Auf die Kleineren mussten wir halt sehr oft aufpassen. Ich hab die Fürsorge der Großen erlebt, von der Lotte. Das war ja wirklich auffallend, wie sie die Mutterfunktion übernommen hat. Herta

Wenn du mit so vielen aufwächst, möchtest du nichts anderes, weil du nichts anderes kennst. Du hast grad gemusst. War gut, war in Ordnung! Das war natürlich 'ne feine Sache, wenn man miteinander Familienfeste hatte! Wir haben schon Feste gehabt, ha jo! Unwiederbringlich! Albert

Wir sind zwar 'ne kinderreiche Familie gewesen, nur – in der Familie drin war trotzdem jedes für sich, alle Einzelgänger. Man hat miteinander gespielt und rum und num und dies und jenes, hin und her. Gleichzeitig ist jedes für sich allein aufgewachsen, weil jedes hat ums Überleben gekämpft. Aber zwischen Brüdern und Schwestern hat's überhaupt keine Differenzen gegeben, eher sogar die Pärchenbildung. Wir Geschwister haben intuitiv Pärchen gebildet, das hat sich so ergeben. Also, zwischen den Mädchen und den Buben gab's keine Abgrenzung, das war nicht der Fall. Keine Probleme, nichts! Wir waren die Paare! Wir haben viel zusammen gemacht und haben einander verteidigt. Man ist sogar voreinander hingestanden und füreinander eingestanden! Da hat man immer gesagt: »Wenn's hart uff hart kommt, wie die zwoi zsammehaltet!« Das hat auch wieder unter den Schutzmantel gehört. Davon hat man profitiert. Dabei hatten wir Jüngere, Elisabeth und ich, Siegfried – Gertrud, Herta – Karle noch den besseren Zusammenhalt als die Großen. Die waren noch mehr Einzelkämpfer. Wir Jüngere mussten uns ja gegen die Dominanz der Älteren behaupten, da musste man 'n engen Schulterschluss haben. Die Mädchen haben auch untereinander 'ne enge Beziehung gehabt, die Herta und die Gertrud – die Lotte und die Elvi. Der Raphael war der Nesthaken, dann ist alles gesagt. Nur – wenn von außen 'n Angriff

Die jüngsten sechs Geschwister Thiel (v. links): Herta, Raphael, Albert, Elisabeth, Siegfried, Gertrud

kam, ist man sofort zusammengestanden. In dem Fall haben auch die Großen die kleinen Geschwister beschützt, egal was vorher war.

Elisabeth

Ich bin immer irgendwo hinterhergerannt und nicht mehr mitgekommen. Die waren alle viel schneller und ich stand allein in der Pampa und wusste nicht mehr weiter. Aber dann, wenn einem was zugestoßen ist oder einer einen beim Jagdspiel gefangen und eingesperrt hat, ist man zusammengestanden bis zum Gehtnichtmehr. Da durfte keiner kommen!!!

Raphael

Bei mir war's sowieso so, dass ich als Jüngster bevorzugt war. Ich war bei den Geschwistern 'n Stück weit der Liebling bis zu 'nem gewissen Alter. Aber ich hatte eigentlich den viel größeren Bezug zu meinen Schwestern als zu meinen Brüdern. Die haben mich auch entsprechend behandelt, unterstützt und verhätschelt. Die Geschwisterpärchen und Teams hatten sich allerdings schon vor mir entwickelt. Ich war alleine – ich hatte meine Mutter.

Die Lotte hat von Anfang an sehr stark 'ne Mutterrolle übernommen. Die hat sich insbesondere für die Jüngeren 'n Stück weit verantwortlich gefühlt. Der eine oder andere der Geschwister hat sich halt daneben noch berufen gesehen, die Erziehungsrolle mitzuspielen. Aber ich hab logischerweise eh immer mich dagegengestemmt, also, da war nichts zu machen! Ich hab da meinen eigenen Kopf gehabt! Da hab ich irgendwas in mir, wie so 'ne Art Überlebensimpuls! Da reagier ich ziemlich allergisch drauf, da! Da geht's bei mir dann rund! Genauso rutschst du als Letzter von so vielen ja leichter untendurch, entgleitest der ganzen Geschichte. Da kommt so 'n Nachzügler, der wird halt auch mitgezogen. Du bist als Vierzehnter bloß so nebenhergelaufen. Um diese Freiheit des Jüngsten hat mich der Siegfried dauernd beneidet: »Du konnteschț so viel mache!« Und das konnten sie nicht. Und dass du als Nesthäkchen behandelt worden bist, darauf waren die Jüngeren eben neidisch. Wobei – meine klaren Favoriten waren der Albert und die Elisabeth. Die musste aber mit mir viel ertragen. Die hab ich malträtiert. Wenn mir's nicht gepasst hat, hat sie eine von mir ins Schienbein reingekriegt, dass sie gehüpft ist wie 'n Geißbock. Und dann kam der Albert, weil die zwei haben sich noch besser verstanden. Und der ist dann hinter mir her. Da ging die Jagd los, hast du dich vom Acker gemacht, bist du ums Leben gerannt. Aber das waren so die natürlichen Abreibungen.

Eine Hildegard und ein kleines Gräbchen

Elvira Zwei von den vierzehn Kindern sind verstorben, zwei Mädchen. Zwischen mir und der Lotte eine Hildegard und die Zweitletzte zwischen der Elisabeth und dem Raphael, eine Maria.

Fritz Von der Hildegard gab's auch noch 'n Kindergräble aufm Alten Friedhof. Allerheiligen hat man da Besuch gemacht.

Emmerich Die Hildegard ist laut Aussage von meiner Mutter umgefallen und tot gewesen.

Herta Die Hildegard ist an Ernährungs- und Vitamin-D-Mangel, also an Rachitis, gestorben. Aber die Hildegard hatte noch gutes Essen. Das kann nicht stimmen. Das war eher ein plötzlicher Kindstod. Das ist schon ein bisschen mysteriös, das Ganze.

Lotte Als die kleine Maria 'n halbes Jahr alt war, so 'n herziges, goldiges Kind, hat sie die Zahnarztfrau Fürbrunn 'n paar Wochen als Ferienkind genommen, weil sie halt gesehen hat: »D Mutter wird nemme fertig.« Ihr Dienstmädchen Maria hat Patin gemacht bei dem Kind. Die hatten 'n Bad und haben sie gut gepflegt und gefüttert.

Emmerich Das dreizehnte Kind ist im Prinzip gleich gestorben wie die Hildegard. Das Kind war hechtgesund, putzmunter und hat plötzlich 'n Erstickungsanfall, Krämpfe gekriegt.

Hildegard Thiel 1930

Lotte

Das Kind ist aufgestanden, 'n bisschen gelaufen und plötzlich fällt's um. Ich hab gleich die Mutter gerufen, ich hatte ja auch schon 'n Rot-Kreuz-Kurs. Zufällig war in der Werkstatt grad der Doktor Poelchau, der Chefarzt vom Krankenhaus, mit seinem Auto: »Des isch die Blüh!«, das Blaue, wo die Kinder augenblicklich sterben, der plötzliche Kindstod.

Emmerich

Ein ganz hervorragender Arzt. Und der war auch Kunde von uns, der hat 'n DKW gefahren, Baujahr 39. Das Auto war öfters kaputt als heut, das heißt, der war auch öfters in der Werkstatt. Der hat das Kind geschnappt und im Anzug künstlich beatmet. Das Kind ist nicht mehr zu sich gekommen. Dann hat er gesagt: »Ma müeßt n Senfsame han zum Einreibe uff dr Bruscht!« Diesen Senfsamen gab's nicht. Das war 46, in der R-Marks-Zeit. Dann hat der das Kind in neunundvierzig Grad warmem Wasser gebadet und gebürstet. Das Kind ist nicht mehr zu sich gekommen. Dann hat man das Kind ins Bett gelegt. Die Klosterschwestern vom Spital haben direkt zu uns ins Haus reingesehen und die waren auch nachts unterwegs. Und wenn die gesehen haben: »Bei Thiels brennt nachts a Licht!«, sind die von selber gekommen und haben geguckt. Jetzt kommt die Krankenschwester abends um halb elf und sagt: »Frau Thiel, i han 'n Senfsame gfunde!« Meine Mutter hat den Senfsamen angerührt und das Kind eingerieben. Am nächsten Mittag hat meine Mutter das Kind aufm Arm gehabt, rechts den Kopf und ich bin genau vis-à-vis gestanden. Auf einmal macht das Kind die Augen auf – guckt meine Mutter an – guckt mich an – tot war's!

Herta

Ich bin einfach da an diesem Bettchen gestanden und konnte mit diesem ganzen Geschehen überhaupt nichts anfangen. Ich wusste überhaupt nicht, wie man so was einordnen soll und was das heißt. Und ich seh das Kind noch im Bett liegen. Wie's die Mutter in das große Bett von der Elvi gelegt, so in den Arm genommen, furchtbar geweint und gesagt hat, das sei jetzt tot. Der Arzt hat gesagt: »Da konnte man nichts mehr machen! Dem Kind hat das Calcium gefehlt!« Weil Calcium und Vitamin D nicht da war. »Das Kind hätte mehr an die Sonne gemusst und bestimmte Speisen essen.«

Fritz

An dem Tag, wo die Maria gestorben ist, war ich mitm Vater im Holzgaseromnibus unterwegs. Und wie wir den Bühl, also den Berg, hochgefahren sind, ist das Auto stehengeblieben und der Vater hat zu mir gesagt: »Jetzt isch die Maria gstorbe!« Das war tatsächlich so.

Herta Da war unser Vater nachmittags mit dem Kleinbus unterwegs. Er musste durch einen Wald fahren, keine Probleme, und plötzlich bleibt das Auto stehen. Er ist ums Auto gelaufen, er hat Störungen ja sofort gehört, und hat gesehen, dass sich unten das Gestänge für den Antrieb ausgehängt hatte. Das ist ein ungewöhnliches Phänomen, was eigentlich nie vorkommt. Und wie er das gesehen hat, hat er gesagt: »Jetzt ist die Maria gestorben!« Hat das Gestänge eingehängt, ist nach Hause gefahren und die Maria war tot.

Lotte Im Februar 46 war Beerdigung. Da durfte man noch nicht dabei sein, nicht viele Menschen.

Herta Dann hat sie ein kleines Gräbchen gekriegt. Da bin ich ganz oft hingegangen zu der Maria. Dieses weiße Kreuz von der Maria.

Raphael Öfter mal an Allerheiligen bin ich zur Maria und hab von der Schwester das Grab schön hergerichtet. Es gab nur das eine. Hab Tannen- und Reisigästchen hingelegt und den Efeu zurückgeschnitten.

Emmerich Bei uns ist alles so selbstverständlich abgelaufen, der Alltag, alles. Aber das Ganze ist alles so unnatürlich alles, das ist zu selbstverständlich irgendwo. Und ich muss immer wieder sagen: »Uns isch it schlechtgange!« Wir haben nichts gehabt, andere Leut haben auch nichts gehabt! Kein Mensch hat was gehabt.

Christa Über die Hildegard und die Maria hat man nicht geredet, man hat halt den Namen erwähnt.

Herta Früher hat man versucht, dieses Kindersterben nicht so tragisch zu nehmen. Man hat auch nicht so getrauert. Ich weiß nicht, wie die Mutter um ihre verstorbenen Kinder getrauert hat. Aber wenn noch elf andere da sind, hast du keine Zeit! Dann tröstet man sich damit: »Es sind ja noch elf da!« Das war in anderen Familien genauso. Da hat man den Spruch gesagt: »Na ja, dann haben wir einen Esser weniger!« Das war Realität. Letztendlich hat man's verdrängt. Aber natürlich, wie redest du als Kind darüber? Du stellst 'ne Frage und kriegst sie vielleicht gar nicht beantwortet. Dann verdrängst du die Sache. Ja.

Die Mutter *Die Kleinen spielten alle im Zimmer miteinander unter Aufsicht einer größeren Schwester. Das Jüngste, das Mädchen Maria, mit zartem weißem Teint, roten Bäckchen, ganz blauen Augen und schönem weißlockigem Haar, bewegte sich schon ganz sicher auf seinen Beinchen. Das Kind merkte wohl, dass ich es überaus liebte, aber eine gewisse Bangigkeit machte sich in meinem Inneren bemerkbar. So war ich eines Tages mit Hausarbeit in der*

Küche beschäftigt. Auf einmal riefen die Kinder: »Mama, Mama, komm doch, Mariale bekommt den Schnaufer nicht mehr.« Ich rannte, was ich konnte, das Kind bekam keine Luft! Alle Anstrengungen des schnell herbeigeholten Arztes halfen nichts mehr. So jung das Kind war, ließ ich den Priester rufen. Das Kind lebte noch bis zum anderen Tag. Mittags um drei ging es ein in die Ewigkeit. Mein Mann war in dieser Zeit gerade nicht anwesend. Wir umstanden den kleinen Liebling. Man konnte und wollte es nicht glauben, dass er nicht mehr war. Da schob ein Kleines sein Händchen in meine: »Mutter, musst nicht so weinen! Mariale ist bloß in den Himmel gegangen.« »Jawohl«, sagte ein anderes, »das ist wahr.« Ein Drittes schlich sich davon und kam mit dem Katechismus zurück, schlug die Seite auf, wo Gott Vater auf dem Thron sitzend von vielen Engelein umgeben ist. »Schau her, Mutter«, fragte es, »ist es im Himmel so schön wie da?« »Ja«, sagte ich, »noch viel schöner.« »Oh«, sagte er. Alle Kleinen drängten sich über das Bild. »Wenn's da so schön ist, dann möchte ich jetzt gleich ungestorben dort hingehen.« Dazwischen hinein rannen immer wieder die Tränchen. Da meldete sich wieder ein kleines Geschwisterlein: »Ja, Mutter, und der liebe Gott schickt's Mariale nächstes Jahr wieder oder ein anderes Kindlein dafür.« Mit brennendem Schmerz gingen wir nun daran, das Kind aufzubahren. Alle halfen mit. Wie es nun die letzten Vorbereitungen waren, brachte der Bub mit dem Katechismus zwei Stückchen Brot: »Mutter«, bat er, »das darf ich doch dem Mariale unters Kopfkissen legen? Bis es im Himmel ist, ist's bestimmt ein weiter Weg. Da kann es unterwegs ein wenig essen, wenn es Hunger bekommt.«

Karl

'n belegtes Vesperbrot hab ich meiner Schwester Maria für die Reise auch noch extra in Papier eingewickelt und mitgegeben, damit sie was zum Essen hat, gell.

Die Mutter

Mit grünen Pflanzen und vielen, vielen Schneeglöckchen umgaben wir das Kind. So ruhte es noch kurze Zeit in unserer Mitte, mit Gebet und Gebetchen und Tränen und Tränchen von der Familie verabschiedet.

Der Morgen war klar und kalt. Frisch gefallener Schnee lag über der Erde. Noch eine Stunde bis zur Beisetzung. In der Friedhofskapelle wohnten wir dem Messopfer bei. Und dort sah ich, wie die himmlische Gottesmutter Maria, das Kind, mein Kind Maria auf ihrem Arm haltend, auf uns zukam, während der ganzen Messe anwesend war und unser Kind mit sich in den Himmel heimnahm.

Elvira Die Lotte und ich haben ein eigenes Zimmer zusammen gehabt. Und wenn man dahcim seine Ruhe wollte, ist man in sein Zimmer, innen 'n Riegel vor: »Ich will etzt mei Ruh!«

Lotte Also, 'n Rückzugsort für mich hatte ich nicht. Die Kinder sind ja überall gewesen, zum Lernen und alles. Mein einziger Ort war's Klo. Da hab ich mir immer die Literatur von der Elvi geschnappt und bin aufs Klo gehockt, solang keiner gekommen ist, und hab gelesen. Das hat mich fasziniert! Aber ich hab bloß die Kirche oder das Spazierengehen gehabt. Da bin ich viel alleine gegangen am Abend schnell, wenn ich fertig war, hinterm Schloss hinten rum. Dann hab ich gesungen oder mal geheult. Und dann hab ich gedacht: »Und etzt muescht hoim!« Dann war das vorbei und dann hab ich schon wieder gewusst, was ich für Arbeit hab.

Fritz Der Alltagsablauf war meines Erachtens überhaupt nicht geregelt. Das ist eben gelaufen, wie's dem Einzelnen in seinen Zeitplan reingepasst hat. Da hat einen niemand geweckt. Da ist es lautgeworden im Haus und da ist man dann schon von selber aufgestanden. Wenn du um acht in der Schule sein musstest, dann ist man halt so aufgestanden, dass man grade noch richtig in die Schule gekommen ist. Die Mutter hat uns nie angetrieben. Bei mir war's so: Wenn ich da war, konnte man mit Sicherheit anfangen. Ich bin da immer so an der Grenze gegangen. Frühstück wollte man ja auch noch, obwohl's das oft nicht gegeben hat, weil's einfach zeitlich nicht mehr gereicht hat. Dann musste man sich noch waschen, so recht und schlecht. Das soll mal jemand probieren, sich zu waschen im Winter, wenn die Eiszapfen in der Waschküche am Hahn runterhängen! Da hast du dich dann entweder gewaschen oder auch nicht. Wir hatten überhaupt nur eine Zapfsäule im ganzen Haus für so viel Leut. Und wir sind nie alle gleichzeitig am Tisch gesessen, weil wir zu verschiedenen Zeiten aus der Schule kamen. Also, die Essenszeiten waren überhaupt nicht geregelt. Hausaufgaben hast du gemacht, wenn du Lust gehabt hast. Wenn du keine Lust gehabt hast, hat das niemand nachkontrolliert. Dann ist man der Depp gewesen in der Schule.

Eigentlich hat man außer seinem Schulranzen nichts Eigenes gehabt, gell. Aber ein Rückzugsort hat gar nicht gefehlt, weil man's nicht gehabt hat. Wir, der Emmerich und ich, haben später auf der Bühne oben gewohnt, die haben wir auch selber hergerichtet. Wenn's kalt war, haben wir uns zueinander ins Bett gelegt, weil da konntest du gar nicht so viel Wärme erzeugen, dass du … Da war so dick Reif an der Wand. Am Giebel war der Birnbaum, der ist bis übers Dach rausgegangen, und da haben wir uns von unserm Fenster aus immer mit Birnen versorgt. Oder wenn Feuer unterm Dach war oder wir fortwollten und hätten nicht gehen dürfen, sind wir da rausgestiegen und dann am Birnbaum entweder runter oder rauf, je nachdem. Ein Fenster, zwei Bettstellen und ein Schrank.

Emmerich

Bei so 'ner großen Familie ist das Sozialverhalten schon zwangsläufig ganz anders. Die Mutter hat ständig schon beim Essen alles aufgeteilt. Jetzt hat's bei uns jeden Sonntag 'n Braten gegeben, das waren im Regelfall zwei Hackbraten. Da hat man zur Mittagszeit 'n bisschen mehr als einen gegessen und das andere hat man abends kalt gegessen. Jetzt musste die Mutter das so aufteilen, dass jeder was gehabt hat. Das wird dir schon als Kind klar, dass's immer für jeden reichen muss, ohne drauf aufmerksam gemacht zu werden. Das nimmst du auch nicht so tierisch ernst, wenn du nichts kriegst. Da hat man nicht drum gestritten. Jedem hat alles gehört. Es gab keine Probleme, wenn ich's Deine genommen habe und du's Meine. Das war so normal. Wenn ich vom Taufpaten 'n Geschenk gekriegt hab, dann war das meins. Aber nach drei Tagen war das nicht mehr meins, dann war das unseres. Du hast dich dran gewöhnt, dass jeder das gleiche Recht hat. Das war das Gute! Aber das war so eine Selbstverständlichkeit, dass dir der Gedanke gar nie gekommen ist. Und du hast dann nicht frühzeitig gelernt, wo die Grenzen sind, weil du nicht mehr unterscheiden konntest: »Wann wirscht ausgnutzt?«

Christa

Für zwölf Kinder und zwei Erwachsene hat's dreieinhalb Schlafzimmer und einen Dachboden gegeben. 's war halt eng, aber das hat man so nicht empfunden, daran war man gewöhnt. Manchmal wollte man dann schon aussteigen. Das Gefühl: »Etzt könnet ihr mi mol alle gernhan! Etzt gang i in d Wüschte!« taucht dann schon mal auf. Aber so richtig sich zurückziehen war nicht drin! Oder ich bin zu 'ner Freundin gegangen, wo's ruhiger zuging. Aber wenn du in so 'ner Familie aufwächst, bist du diesen Umtrieb ja gewohnt. Die Geschwister waren jetzt halt da. Das hat mich gar nicht so viel gestört.

Karl Nichts Rückzug, nichts Erholung, nichts Entspannung. Der Bizze, mein Kumpel, und ich, wir haben uns gefreut! Wir haben über den Dreck auf der Straße gelacht!

Herta Ich hab bedauert, dass man so viel teilen muss und nichts Eigenes hat. Ich hatte immer nur die Kleider von den anderen. Da denkst du: »Ich möcht endlich mal was selber haben!« Ich hätte so gern ein eigenes Zimmer oder meine eigene Ecke gehabt: »Das ist mein persönlicher Bereich! Wo ich mich zurückziehen kann, wo ich meine Bücher hab, wo mich beim Lesen niemand stört!« Ich hab sehr gern gelesen. Ich hatte nur drei Bücher, »Biene Maja« und »Heidi« und noch eins. Die hab ich gehütet wie einen großen Schatz. Manchmal hab ich mir einen stillen Winkel gesucht, hab mich ins Zimmer von Elvi und Lotte in 'ne Ecke aufn Boden gesetzt und hab gelesen. Und wenn der Karl das gesehen hat, hat der mich immer gestört. Jooo, der hat mich natürlich gerne geärgert, aber nicht boshaft. Ich hatte nicht mal 'ne eigene Schublade. Das war alles immer zusammen.

Albert Die Haustür stand offen. Bei uns war's Haus nie abgeschlossen, auch bei Nacht nicht. Da hat man aufgemacht, ist rein und hat in den Gang reingeschrien. Dann ist jemand gekommen. Man hat keine Klingel gehabt und keinen Schlüssel. Nichts zwölf Schlüssel, nichts, gab's nicht. Bei uns konntest du nachts um zwei durchs Haus laufen. Da hat auch niemand was gestohlen. Du hast auch keine privaten Habseligkeiten gehabt, keinen Ausweis, kein Portemonnaie, kein Taschengeld. Ich hab keinen Ausweis gehabt, bis ich in die Lehre gekommen bin. Und wenn du mal genervt warst, bist du halt abgedüst. Oder bist in die Autos. Oder in den Schlosspark. Da hast du schon was gefunden. Oder auf die Bühne rauf, das war unser Rückzugspunkt. Oder du hast sonst irgendwo gezahnt, deinen Verdruss ausgesessen.

Elisabeth Als man noch klein war, haben wir – Buben und Mädchen – in einem Zimmer geschlafen. Wir Jüngeren haben in einem Zimmer gewohnt.

Raphael 'n eigenen Ort gab's nicht. Keinen eigenen Ort. Alles, was da war, war für alle. Keine abgegrenzten Räume, keine abgegrenzten Schubladen oder Schränke. Es gab keine Möglichkeit, irgendwo irgendwas zu verstecken, das war alles Treib- und Allgemeingut. Die Mutter hatte später ihr Schlafzimmer für sich, aber sonst hatte sie genauso wenig

Ausweichmöglichkeiten wie wir anderen auch. Für mich gab's auch nicht die Möglichkeit, mich zurückzuziehen. Zuhause war immer irgendwo irgendjemand und was los, keine Ruhe. Nachher hab ich auf der Bühne oben in dem Zimmer gewohnt, aber nie alleine. Da waren Autoreifen oben, kleinere Ersatzteile, da hat man im Prinzip neben dem Werkstattlager geschlafen. Kein schönes Umfeld. Das Haus bestand aus drei Etagen: Erdgeschoss, Obergeschoss, Bühne. Die Werkstatt nebendran hat sich bis zur Bühne oben erstreckt und in der Zwischendecke war 'ne Falltür drin, wo man Dinge durchreichen konnte. Das hat uns allen Angst gemacht! Die Bühne war auch unheimlich!

Siegfried

Ich hatte Angst, weil die Haustür Tag und Nacht offen blieb! Und weil auf der Bühne unbefestigte Bretter lagen, durch die man auf die Werkstatt in die Tiefe geschaut hat. Dass man da durchfällt! In meinem Zimmer auf der Bühne hat mir die Katze das vereiste Federbett gewärmt, wenn's im Winter kalt wurde. Aber das war 'n Zufluchtsort! Es war halt ein Raum, den ich nicht teilen musste.

Raphael

Zu der Zeit gab's viele kinderreiche Familien, also vier, fünf Kinder waren normal. Das war also nicht so, dass das total außer der Reihe war. 'n Freund von mir hatte fünfzehn Geschwister. Die waren aber besser organisiert als wir. Großfamilien sind allerdings generell in 'ner ähnlichen Situation gewesen. Haben ums Überleben gekämpft. Hatten finanzielle Schwierigkeiten. Das kann sich heut gar keiner mehr leisten. Bei drei ist schon die Schallgrenze.

Fritz

Die Leute haben uns als Großfamilie akzeptiert und gut angesehen. »Du bischt a Schuler!«, haben ältere Leute zu mir gesagt. Ich bin sozial nie irgendwie negativ behandelt worden. So war das nicht, dass man diskriminiert worden wäre, weil wir 'ne große Familie waren. Es gab viele, die uns positiv gestimmt waren. Ich hab diesbezüglich nie Probleme gehabt.

Emmerich

Uns – die Familie – hat man ja regelrecht geschnitten, praktisch jeder, außer Leute, die Persönlichkeiten waren und Verantwortung hatten. Uns hat man mit 'nem gewissen Abstand behandelt. Du warst halt »der Thiel«. Von allen Seiten, wie drittrangig.

Christa

Da war eben so 'ne Atmosphäre bei uns. Das haben unser Vater und unsere Mutter schon hingekriegt. Irgendwas war anders als bei so braven Leuten, großzügiger. Wir selbst haben das damals aber gar nicht so empfunden, dass wir beliebt und angesehen waren. Wir hatten eher

Hemmungen, weil wir so viel Kinder waren oder weil man Läuse hatte, nicht pünktlich war oder in dem engen Haus gewohnt hat, 'n bisschen anders war als die anderen. Wir alle! Das war sehr peinlich, Läuse zu haben. Das war oft so abwertend: »Die ghöret zu Thiels!« Man hatte ja schon Hemmungen zu sagen: »I ghör Thiels!« Zu meiner Zeit gab's noch viel kinderreiche Familien, aber beim Raphael kam das in Mode, dass man bei Großfamilien eigentlich abgewunken hat. Die Leute haben angefangen, Häusle zu bauen, aber Thiels haben ja kein Häusle gebaut, also gut, war das schon nichts.

Elvira Uns wurde das soziale Verhalten bereits als Kinder beigebracht, sowohl von Vater als auch von Mutter. »Die Thiels-Kinder sind alle so freundlich und so nett.« Das war in der Stadt bekannt. Ja, wir waren beliebt. Und wir hatten unsere Freunde. Ich hatte viele Freundinnen aus den ersten Kreisen der Stadt und wurde in diesen Häusern auch angenommen. Ich wusste, woher die Mutter kam und ich wusste, woher der Vater kam, aber ich war viel zu bescheiden, ich hab tiefgestapelt.

Lotte Von außen waren wir sehr beliebt und respektiert. Wir waren offen und kooperativ. Witzig war's auch! Unsre Kerle konnten witzig sein und Blödsinn machen, 'n schönen Blödsinn, 'n blöden Blödsinn! Und dann auch wieder ernst sein. Wir sind auch sehr gehorsam gewesen. Die Leut haben nicht gewusst, was sich bei uns abspielt. Kein Kind hat je nach außen was erzählt.

Herta Unsere Familie hatte so 'n bisschen Außenseiterposition: Große Familie, freche Kinder, komische Eltern. Die Mutter war sehr auffällig, wenn sie irgendwo auftrat. Sie konnte sich auch lange Zeit noch gut anziehen und hat gut ausgesehen. Und der Vater hat immer große Reden geschwungen. Jedenfalls waren wir die roten Hunde in der Stadt. Die Signalfarbe, weil man immer überall gleich erkannt wurde als Thiel: »Aha, ach so, du bischt 'n Thiel!«, wo du auch warst. Etwas herablassend im Tonfall. Wir müssen uns alle so ähnlich gesehen haben. Du bist im Verhalten 'n bisschen weggewischt worden oder man hat dich überhaupt nicht beachtet. Weil: viel Kinder und vielleicht auch arm, nicht genügend zum Essen. In der Gerüchteküche dieser Kleinstadt hatte ich als Kind immer das Gefühl: »Da ist ein Makel an uns! Wir sind Thiels!« Viele haben uns auch geneckt und ausgelacht, weil wir vielleicht nicht so flott angezogen waren wie die anderen, etwas abgetragener. Ich bin mal aufgefallen, weil wir schon ganz früh im

Jahr keine Strümpfe mehr trugen und erst wieder ganz spät. Im November war's schon saukalt und ich hatte immer noch keine Strümpfe an, weil ich keine hatte. Die anderen hatten ihre schönen, dicken Wollstrümpfe an und haben mich wahnsinnig ausgelacht und ich hab auch gefroren. Das hätt die Mutter sehen müssen, aber eigentlich wollte ich immer gerne ohne Strümpfe gehen und hab die schon ganz früh im Frühjahr ausgezogen. In der Schule sind wir öfters zu spät gekommen oder hatten die Hausaufgaben nicht richtig gemacht. Das musste man selber hinkriegen. Darum waren wir bei den Lehrern nicht so beliebt. In der Schule haben die anderen immer die besseren Hefte und die besseren Stifte gehabt. Man hat die Armut so gespürt. Der Stift war immer abgebrochen und dein Füller war leer. Die Buntstifte waren so richtig abgemalt. Du musstest immer mit so alten, kurzen, schmutzigen, ungespitzten Stiften zurechtkommen. Oder dein Federhalter hat geleckt und du hast blaue Finger gekriegt oder Tintenflecke ins Heft geschmiert und Bemerkungen vom Lehrer bekommen oder die Mitschüler haben drüber gelacht. Und wenn du nach Hause kamst, hat dir dein Bruder die Sachen – Radiergummi, Bleistiftspitzer, rare kleine Schätze, die man gehütet hat – aus dem Ranzen weggenommen, rumgestöbert und erst in der Schule hab ich gemerkt, dass das nicht mehr da ist. Für mich war das unangenehm, dass man nicht angepasst war, weil ich nicht erkennen konnte, dass das auch was Besonderes ist! Später hab ich gedacht: »Das ist eine kreative Frau, deine Mutter!« Im Nachhinein war's für mich 'ne tolle Sache, dass meine Mutter so war, wie sie ist, mit ihren außergewöhnlichen Einfällen. Für viele war unsere Familie interessant.

Albert

Die Familie war bekannt durch die Anzahl der vielen Kinder und durch das, was der Vater gemacht hat. Und bei uns ist's natürlich zugegangen, ist was los gewesen. Wenn jemand zu uns gekommen ist, war der sofort integriert. Die haben gemerkt: »Hoppla, i krieg Anschluss! I bin koi Fremder!« Da wirst du einfach anerkannt. Daher kam der Beliebtheitsgrad. Da war immer Action, lustig war's! Das Ansehen war höher als wir's selber glauben wollten. Aber als kleiner Bub hast du auf das gar nicht geachtet. Die Frotzeleien, die überall stattfinden: Wenn man mit kaputten Socken in die Schule gekommen ist, hat man dich ausgelacht. Das war in der Zeit einfach so, das darf man nicht überbewerten. Auf uns hat man auch mitm Finger gezeigt.

Aber wenn man mit denen heut spricht, haben die alle 'n Heidenrespekt und sagen: »Die send alle ebbes worre!«

Raphael Man hat von Lehrern, von Mitschülern teilweise, von deren Eltern immer das Gefühl gehabt: »Man wird nicht akzeptiert!«, weil man aus so 'ner kinderreichen Familie, eben aus »asozialen« Verhältnissen kommt. Bei uns hat man immer gerufen: »Alles, wo Thiel hoißt – hoim zum Esse!« Und dann sind abends am Haus Männer vorbeigelaufen und haben geschrien: »Alles, wo Thiel hoißt – hoim zum Fresse!« Und somit hattest du das Gefühl, man zeigt mit Fingern auf dich. Das spricht sich ja rum. Für jede Art Auffälligkeit hab ich mich geschämt! Heut weiß man, dass es 'ne Menge Leut gab, die 'ne Menge Respekt vor der Mutter und vorm Vater hatten. Bloß – wir haben damals das Gefühl nicht gehabt. Man hat quasi immer Deckung genommen und versucht, sich irgendwie anders durchzuschlängeln. So – manchmal zu versuchen, dass einen niemand als Thiel erkennt. Man hat sich eben nicht gleich als »Raphael Thiel« geoutet. Da hat sich 'ne Verhaltensweise entwickelt, die … Aber Gott sei Dank, da haben wir sicher 'n guten Schutzengel gehabt, alle miteinander. Da hätte ja alles passieren können! Man hätte auch kriminell werden können. 's hätte Entgleisungen geben können. Dass man aus diesem Gefühl heraus in 'ne andere Situation flüchtet. Und dass in der Nachkriegszeit auch andere arm waren, das haben wir irgendwie anders gesehen.

Politik und Gesellschaft II

Die Nachkriegszeit – Elend und Frieden

In der Nachkriegszeit hat's halt 'n Elend gegeben, da war nichts da. Da musste man gucken, wie man über die Runden kommt. Alle! Albert

Man hatte wirklich nichts zu essen. Wir hatten nur Haferflockensuppe und Haferflockenbrei aus Wasser und Magermilch, einmal gezuckert, einmal gesalzen. An Eiern hatte man 1946 'ne Jahresration von fünfzehn Stück. Viele haben Klee, Brennnesseln, Schnecken, teilweise Eichhörnchen, herrenlose Hunde und Katzen zu Nahrung verarbeitet. Elvira

Sofort nachm Krieg hatten wir sowieso immer Hunger. Die Mutter hat auf dem Schwarzmarkt öfters was getauscht, weil der Vater Materialien hatte, die sie gegen Essen eintauschen konnte. Herta

Von der Arbeit her war's schwierig, man hat nichts gezahlt. Und man hat nichts gekriegt, in den Läden war nichts da! Da war nur's Notwendigste da: Butter, Brot, Milch, Kartoffeln, Zucker, Schuhe, Holz. Aber alles auf Lebensmittelkarte und Zuteilung. Und da hat's auch Schwarzhandelsgeschäfte gegeben. Wenn du nichts zum Essen hast, musst du entweder zum Stehlen gehen oder du hast was zum Handeln. Dann kriegt der von dir 'n Reifen und du kriegst dafür 'n Bottich Schmalz. Haarnadeln, 'n Paar Schuhe, 'n alten Reifen hat man ausgehandelt. Auch der Pfarrer hat seinen Messwein ausgehandelt. Das galt nicht als gestohlene Ware, nicht wie heut. Da hat's die gegeben, die dich beschissen haben und die, die sich human verhalten haben. Bei uns ist das insofern immer humaner gegangen, weil man selber human umgegangen ist und weil die Bauern meinen Vater einfach gebraucht haben. Man hat so 'n bisschen umeinandergeschächert, aber nicht so richtig schwarzgehandelt. Das ist gar nicht anders gegangen. Emmerich

Und dann hat's die Schulspeisung gegeben, die Hoover-Speisung, von diesem amerikanischen Ernährungsaufbauprogramm. Da haben wir jeden Tag unser Töpfchen mitm Löffel mitgenommen und dann ist man in der Schule gefüttert worden. Ich hab das immer gerne gegessen, aber ich hatte ja auch Hunger! Einen Erbseneintopf oder 'ne Herta

Gulaschsuppe oder einen Maisbrei, den ich aber nicht mochte. Das, was man in der Militärküche gekocht hat. Ab und zu gab's kleine Schokolädchen, die ich dann gesammelt hab.

Elvira Schon im Krieg gab's die Schulspeisung von den Deutschen: 'n Becher heißen Kakao. Und 'n Brot.

Elisabeth Zur Schülerspeisung ist man mitm Henkeltöpfchen gegangen. Die Linsengerichte, die Eintöpfe mit Kartoffeln, die Suppen haben immer gut geschmeckt.

Herta Und sonst sind die Mutter und die größeren Geschwister viel zu Fuß aufs Land nach Burgrieden, nach Schemmerberg und haben bei den Bauern gebettelt, gehamstert um Milch, Eier, Zucker. Manche Bauern haben's einfach verschenkt oder meine Geschwister haben's gegen Schuhcreme oder Schuhsenkel getauscht. Als kleines Kind haben mich Christa oder Lotte oft an der Hand mitgenommen. Wenn sie kleine Kinder gesehen haben, haben sie halt eher was gegeben. Wir waren alle so hundsfadendünn und ausgehungert. Wie Dochtele! Auf den Bauerntischen sah man große Brotlaibe und die hatten ihre eigene Butter. Da sind mir fast die Augen rausgekugelt! Und in der Bauernküche hat's gerochen nach Milch, nach frischem Brot. Das war für mich ein paradiesischer Zustand! Und dann haben wir 'n Stück davon abgekriegt. Oder wenn wir mal 'n rohes Ei gekriegt haben, das war toll! Dann hat die Mutter gleich zehn Pfannkuchen draus gemacht. Wir sind auch abgewiesen worden: »Hauet ab! Zu uns kommet gnueg zum Bettle!« Es war immer eine ambivalente Situation, um was zu bitten, damit man was zum Essen hat und bei denen bricht der Tisch fast zusammen.

Albert Uns haben die Großen nachher mitgenommen: »'s kleinscht Gschwischterle! Hent Sie uns ebbes zum Esse?«

Elvira Es sind auch Bauern von außerhalb gekommen und haben bei unserm Vater was reparieren lassen. Dann sind wir auf diesen Höfen auch mal eingekehrt. Und in den Ferien haben wir dort geholfen, damit wir Kartoffeln, Getreide oder 'n bisschen Gemüse für zuhause kriegten.

Emmerich Grad mit der Landwirtschaft haben wir sowieso 'ne enge Verbundenheit gehabt, weil die hatten auch Fahrzeuge, die nicht gelaufen sind, und die hat mein Vater gemacht: Motorräder, Bulldog, Traktor, Feldmaschinen. Die Bauern im Umkreis rum, mindestens zwanzig bis vierzig Kilometer, haben meinen Vater geholt. Wenn der da hingelangt hat, ist das wieder gelaufen. Und dafür hast du dann 'n Stück Rauchfleisch gekriegt oder 'n paar Eier oder 'n Pfund Schmalz. Wir sind versorgungstechnisch nicht so schlecht dran gewesen. Die Bauern haben aber noch sehr wenig Geräte gehabt. Da hatte nicht jeder Bauer 'n Schlepper. Die waren froh, wenn sie 'ne Hacke zum Pflänzchenhacken hatten. Und mit unserm Holzgasbus hat man jeden gekannt und war mit jedem per du. 's hat ja kein anderes Auto gegeben. Dadurch hat man auch mit den Bauern Kontakt gehabt und hatte immer Schwarze Wurst und was weiß ich alles.

Wie's nachm Kriegsende bis zur Währungsreform immer schlechter wurde mitm Mehl, da hat man nicht vom alltäglichen Mehl was weggenommen, sondern da mussten wir morgens früh um sechs raus zum Ährenlesen, zur Nachlese wenn die Felder abgeerntet waren. Die Bauern hatten noch so einfache Dreschmaschinen und da ist immer viel runtergefallen und liegengeblieben. Und da sind viele Leute morgens zum Ährenlesen. In der Früh war's auch noch schön kühl, anschließend zog da Mitte, Ende August so 'n Sommernebel auf, das war typisch. 'n Frühnebel noch über den Äckern. Ab acht hat der sich aufgehellt. Und dann hat man gewusst: »Etzt kommt d Sonn durch!« Und dann war's schön! Das war immer 'ne ganz eigene Stimmung! Christa

Den gesammelten Weizen haben wir zuhause mit 'ner Handmühle gemahlen und wochenlang Magermilch – richtige Milch gab's gar nicht –, und die auch noch verdünnt, mit diesem Weizen drin gekocht. Einmal mit bisschen Zucker, einmal mit Salz. Das war unser Essen. Morgens, mittags, abends, die ersten Wochen. Elvira

Bei der Hinteren Mühle, bei der Engelsmühle und bei der Johannesmühle draußen bei Anders im Ried hab ich Mehl geholt. Beim Engel und beim Anders durfte ich immer mitfahren. Die Müller hatten so 'n Aufzug, so groß wie 'ne Palette, der ist in Seilen gehängt. Wenn man da reingestanden ist, musste man am Seil ziehen, dann ist man hoch. Wenn man runter ist, hat man die Bremse losgemacht und dann ist der Aufzug durchs Gewicht alleine gelaufen »zzzssschschsch!!!«. Damit haben die das Getreide und ihre Mehlsäcke transportiert. Der Anders ist ein Schwuler gewesen, aber er hat mich – obwohl er schon x-mal Aufzug mit mir gefahren ist – nie irgendwie beschädigt. Ich hab dem gefallen, ich war 'n netter Bub! Bei dem hab ich Ketten gegen Mehl eingetauscht. Der Herr Anders hat 'n Motorrad und ich die passenden Fritz

Motorradketten dazu gehabt. Ich weiß nicht, wie viele Motorradketten ich bei dem eingetauscht habe, die hat der nie brauchen können. Oder Eier oder Speck eingetauscht. Auch Waren hab ich 'ne ganze Menge gehabt. Mit Rauchwaren, Zigaretten und Tabak, hab ich Lebensmittel eingetauscht, weil wir mit den Franzosen an den Autos geschraubt haben. Die sind zu uns gekommen, weil wir die einzige offene Werkstätte waren. Und die haben ja Zeug und Rauchwaren genug gehabt. Denen hat das Spaß gemacht, dass wir Buben uns da so auskannten. Ich hab auch manchmal gedampft, gepafft, aber wenn ich Zigaretten hatte, hab ich's verhandelt. Ich hab auch Ähren dreschen lassen bei den Bauern von der Langgass, da bin ich immer gut weggekommen. Das hat nichts gekostet, das haben die mir so gemacht. Das haben die mitm andern Zeugs mitgedroschen und mir die entsprechende Menge gegeben, die mir zugestanden ist. Und dann hab ich 'n Sack oder zwei gedroschene Ähren – die waren immer schwer, die Säcke –, 's reine Korn zum Müller gebracht und die dann bei der Mühle gegen Mehl eingetauscht. Die hab ich gebracht und dann hat der sich das angeguckt, das gewogen und gesagt: »So, do kriegscht etzt soundso viel Mehl dafür!« Dann hat man daheim wieder Mehl gehabt. Da hab ich auch bestimmte Bauern außerhalb gehabt, da bin ich als Schüler jede Woche mitm Fahrrad losgefahren, dreißig Kilometer raus Richtung Mietingen oder Richtung Schwendi oder Richtung Oberholzheim. Eier und Milch hab ich bei den kleinen Bauern auch ohne Gegenleistung bekommen. Das hat man halt so aufs Fahrrad draufgepackt. 's hat immer gereicht bis zum nächsten Mal.

Herta Und dann gab's noch die Essensmarken. Das waren andere Essensmarken als im Krieg. Da wurde jeder Familie was zugeteilt und die Mutter hat so 'n Riesenstoß Karten gekriegt.

Emmerich Die Lebensmittel waren rationiert, du hast Lebensmittelkarten gehabt. Du konntest nicht in den Laden gehen und sagen: »I brauch etzt drei Liter Milch!« Du konntest nicht mehr Milch kaufen, als dir pro Tag vom Staat zugestanden ist. Dafür hat man ja Lebensmittelkarten gehabt, gell.

Fritz Zusätzlich gezahlt hat man das schon. Das war bloß 'n Berechtigungsnachweis für Lebensmittel, die knapp waren. Die Lebensmittelmarken im Krieg haben aufgrund dieser großen Familie ausgereicht. Wir waren vierzehn Leute und haben von allem mehr gehabt. Bei so viel Personen hat sich das summiert. Schwieriger war die Lebensmittelversorgung erst nachm Krieg. Da ist nichts mehr gelaufen. Die Lebensmittelindustrie, der Markt hat nicht funktioniert. Man hat dann eben Lebensmittel und Waren gesammelt zum Umtausch.

Herta: Fast alle hatten auch Gemüsegärtchen. Haben ihre Blumen rausgeschmissen und auf kleinster Fläche 'n paar Kartoffeln, Gurken und Bohnen oder so übliche Gemüsesorten, die bei uns im Oberschwäbischen gut wachsen, angepflanzt. Oder manche haben 'n kleines Stückchen Erde gepachtet, so im Stil von Schrebergärtchen, und Obstbäume gepflanzt, für lange Zeit. Eben so, wo man sich vorstellen konnte: »Das bringt bald was und wir haben lange was davon.«

Christa: Im Nachkrieg hat man alles ausgenützt, jedes kleine Fleckchen im Garten. Irgendwo war immer 'n Stall mit Hasen oder mit Hühnern. Einer hatte 'ne Geiß zum Melken, der andere hatte 'ne Sau! Da gab's auch die Kinderlandverschickung für die Kinder aus großen Familien oder die 'n bisschen unterernährt waren. Und ich bin da gleich nachm Krieg auch mal in dieses Raster gefallen. Und ich wollte immer weg von Laupheim. Da kam man immer auf Bauernhöfe. Die sind dann da bei Illertissen 'n paar Kilometer aus der Stadt raus bei Bauern gewesen. Und mich hat's halt getroffen, dass ich nur in die Unterstadt zu 'nem Bauern kam. Da musste ich auch in die Schule und abends wieder heim. Das war schlimm! Es ging mir da sehr gut, vier Wochen wurde ich rausgefüttert, aber ich hatte halt keinen Abstand. Und die anderen waren in Sulmetingen oder sonst wo. Die waren richtig fort. Und ich musste dableiben. Also, 's hat mir nicht so gepasst!

Fritz: Ich hab auch mal mit unserem Holzgaserbus Hamsterer transportiert, so zehn oder fünfzehn Leute, die nachm Krieg aus den Städten zu uns nach Süddeutschland aufs Land kamen und um Lebensmittel gebettelt haben für ihre Familien. Essensuchen war bei vielen Tagesarbeit. Wir hatten festgelegte Linien und wenn man Zeit hatte, hat man noch 'ne Taxifahrt gemacht. Wir hatten als öffentliches Unternehmen von denen den Auftrag, die mit unserm Bus nach Ehingen zu transportieren und dann wollten die uns aber, mir und dem Emmerich, beim Rasten in Ehingen das Auto abnehmen. Unser angestellter Fahrer hat das noch rechtzeitig gespannt und hat die kurz vor Ehingen aussteigen lassen. Aber das war ja 'n Holzvergaser, vielleicht hätten sie gar nicht damit fahren können.

Emmerich In der Nachkriegszeit ist man beim Schächern auch viel woanders hingekommen, nach Schweinfurt oder wo's eben grad zehn Reifen gegeben hat. 'n anderes Fuhrunternehmen mit Lastzügen hat die Informationen ausfindig gemacht – die sind ja überall rumgekommen – und hat uns den Tipp gegeben. Das ist immer über drei, vier Stationen gegangen und nur mündlich! Du hast ja nie gewusst, wo das Zeug herkommt! Zudem war das strafbar! Dann bist du mitm Holzgaser aberhunderte Kilometer gefahren mit zehn Plattfüßen, Reifenpannen, unter schwierigsten Bedingungen. Und musstest auch durch die Zonengrenzen. Wenn sie dich dabei erwischt haben, haben sie dich eingekastelt! Eingesperrt! Ohne Passierschein ist's ja nicht gegangen, aber fürn Schwarzhandel kriegt man ja keinen Passierschein. Aber wir haben die Amis, die Franzosen um uns rum gehabt, die uns gebraucht haben, und die haben ja immer alles gehabt. Und die Bauern haben uns auch gebraucht. Und man war unwahrscheinlich genügsam. Wenn's mal nicht gut lief, hat man das gar nicht so gemerkt. Wir haben das aus meiner Sicht relativ leicht überstanden, ohne zu kämpfen!

Haushalt und Werkstatt

Von draußen rein

Anschaffen – Aufsammeln – Einkellern – Verhungern

Ja nun, wir haben gekocht, was es gab und zwar immer der Jahreszeit entsprechend. Viel Gemüse und Salat, wenig Fleisch und 'n bisschen Fisch, weil das zu teuer war. Und natürlich viel Nudeln, Mehlspeisen, wie's bei uns in Schwaben üblich ist. Fürn Vater haben wir Backstoikässalat gemacht. Wie Romadur, 'n stinkiger Weichkäse. Es gab Stangen von Backstoikäs, eine hat zwanzig Pfennig gekostet. Und wenn man den zu lang hat liegenlassen, dann ging der spazieren. Dazu 'ne Laugenbrezel. Elvira

»Warum isch dr Käs so räs (stinkig)? Herta
Ma tuet 'n in a Kübele (Eimerchen),
verdruckt 'n mitm Fiedele (Popo),
drum isch dr Käs
so räs.«

Hefezopfbacken war jeden Samstag üblich. Die Mutter hat den Teig geflochten und dann kamen die aufs Blech. Zu der Zeit ging man noch zum Bäcker mitm Kuchen. Im Backröhrle, Ofen, hat die Mutter nie gebacken. Und dann haben wir die zu zweit zum Bäcker getragen und der hat gesagt: »In rer Stund oder zwoi könnet r wiederkomme.« Und dann haben wir die wieder abgeholt – samstags waren bis abends sieben Uhr alle Geschäfte offen. Christa

Ich hab mich immer furchtbar geniert: »A große Familie braucht so viel! Niemand vo meine Freund läuft mit so Riesebleche zum Bäcker!« Großfamilie war was, was ich am liebsten verheimlicht hätte! Da haben wir jedes Mal ausgelost, wer dran ist. Siegfried

Das war 'n Wunder für sich, wo das Essen, oft endlos gestreckt, später herkam. Und die Mutter hat trotzdem noch 'ne wunderbare Suppe gemacht. Die Mutter hatte 'n Einfallsreichtum, den man sich gar nicht vorstellen kann! Aus nichts hat die was gemacht! Elisabeth

In den fünfziger Jahren, als die Lotte bei Knüller gearbeitet hat, hat sie für die Küche 'n Elektroherd, 'n Neff, gekauft mitm Erlös von Knüller. Albert

Damals 'n Fortschritt! Davor haben wir 'n Holzherd in der Küche gehabt mit Gussringen, die man je nach Topfgröße raus- oder reingesetzt hat. Den musste man immer anstreichen mit Ofensilber. Das hat in der Bude drin gnadenlos gestunken. Und der Scheuersand und's Ofenschwarz für die Platten und die Ringe. Von dem Herd ist 'n Rohr raufgegangen durch die Stube in den Kamin rein. 's Hauptleben hat sich unten in der Küche abgespielt. Und wenn man jetzt unten in der Küche gehockt ist und einer war oben in der Stube und der Kumpel oder die Freundin ist gekommen: »Du, isch dr Karle do?« »Jo, der müeßt drobe sei!« Ja also, dann hat man mitm Glas durchs Rohr geklingelt. Hat man drangeklopft: »Karle, komm rab, dr Kumpel isch do.« »Jo, i komm glei.« Das war's Haustelefon.

Emmerich Milch haben wir literweise getrunken. Wir haben pro Tag insgesamt sieben Liter Milch zugeteilt gekriegt, Milchkannen und Flaschenmilch. Der Tagesbedarf bei vierzehn Leuten. Milch war auch wie Kartoffeln 'n Hauptnahrungsmittel. Uns sind davon vier Liter Schlossmilch – das war's Beste, was es gegeben hat – zugesprochen worden. Auf 'ner Schlossmilch war fünf Zentimeter hoch Rahm drauf, an jeder Flasche. Den konntest du beinah mitm Löffel rausstechen. Schloss Laupheim hatte 'ne Landwirtschaft, zweihundert Stück Vieh und 'ne eigene Milchküche. Und dann haben wir noch drei Liter Milch normal gekriegt, vom Milchmann. »Die offene Milch und die geschlossene Milch« hat man gesagt.

Elvira Zu der Zeit kam noch jeden Morgen zwischen sechs und sieben der Milchmann am Haus vorbei, hat draußen mit der Gendarmenglocke geklingelt und da musste man dann anstehen. Oder er hat die Kannen vor die Haustür gestellt.

Emmerich Der hat zu unsrer ganzen Kindheit mitm Gaul und mitm Wagen hintendran, mitm Pferdegespann seinen Milchbereich versorgt. Schon morgens um sechs mitm angerauchten Stumpen im Maul.

Elvira Wegstellen konnten wir nicht viel. Selbst wenn mal was weggestellt wurde in 'n Keller, hat sich irgendeiner oder irgendeine reingeschlichen und hat's ausgetrunken. Das ist weiter gar nicht schlimm, wir sind trotzdem über die Runden gekommen.

Elisabeth Der Albert und ich mussten beim Milchhändler Duchtlinger regelmäßig Milch holen in einer Zwei- und Fünf-Liter-Blechkanne. Aufm Heimweg hat der Albert mal gesagt: »Guck, ich kann dir zeigen, dass ich die Milchkanne schwingen kann, ohne dass was rausfließt!« »Ja, also zeig!« Dann hat er die geschwungen und geschwungen und geschwungen und auf einmal ist der Deckel weggflogen und die ganze Milch raus! Damit hat er seinen Beweis nicht erbracht. Das haben wir oft gemacht. Die ist sonst nie rausgekommen, die Milch, nie!

Ab Ende der fünfziger Jahre gab's beim Spritzenhaus die Milchbar. Die war in Laupheim die technische Erneuerung schlechthin! Das war total neu. Die hatten 'n Milch- und 'n Sahnespender. Raphael

Zum Kaffeetrinken hat man Malzkaffee gemahlen in kleinen Mühlen. Und damit der noch so den richtigen Geschmack kriegt, zum Vollmundiger-Machen, hat man da fünfmarkstückgroße Zichorientaler reingerieben. Die waren eingewickelt in rotem Glanzpapier mit schwarzer Schrift, in Staniol von der Firma Franck in Ludwigsburg. Schon der Anblick war schön! Viele Leute haben auch aus gerösteten Eicheln Kaffee gemacht. Wer hat sich denn 'n Bohnenkaffee leisten können? Elvira

Bevor man Zichorie gehabt hat, Lindes, musstest du dir beim »Kaffonebeh«, beim Bohnenkaffee, den Geschmack fast vorstellen. »Mutter, Mama, hoscht wieder Kaffeebohne durchs Wasser gschosse?« Dass der Geschmack hängengeblieben ist. »Ihr Malefiz, ihr elende!« Ha, den Kaffee hat man drei, vier Mal aufgegossen. Wichtig ist: »Sobald's Wasser a Farb ghet hot, no war's 'n Kaffee!« Albert

Der Keller war regalvoll mit Apfelmus, durchgetriebene Äpfel, bestimmt vierzig, fünfzig Riesengläser. Emmerich

Die haben wir draußen aufgelesen oder von jemandem Fallobst gekriegt, was es halt in den Gärten gab. Nichts Exotisches, das gab's nicht. Außerdem hat die Mutter Gsälz, Marmelade, gekocht. Und der Fritz und ich oder die Lotte und ich sind nach Nasgenstadt rübergeradelt und haben einen Zentner Zwetschgen geklaubt. Zuhause mussten die alle entsteint werden. Und da waren wir wieder am dransten. Wir mussten in die Beeren! Im Schlosspark Holder, Holunder, brocken und Träuble, Johannisbeeren, und Stachelbeeren bei Gärtnereien. 'n Korb mit zwanzig Pfund. Himbeeren waren zu teuer, das konnten wir dann schon nicht mehr. Da musste ich mit 'ner Nachbarin in den Ferien bei größter Hitze morgens um fünf mitm Rad in den Wald fahren und Himbeeren pflücken – oh Gott, es war immer sehr, sehr schwer!!! Und hinterher kam die Marmelade in 'n Keller fürn Winter. Elvira

Herta Ab und an ist so ’n eingewecktes Gefäß im Keller hochgegangen und hat geknallt. Dann wusste man: »Etzt isch wieder a Glas explodiert!« Das war halt nicht ganz zu oder ist im Winter eingefroren.

Elvira Vom Schlossgärtner oben und den Schwestern des Stadtpfarrers haben wir oft Gemüse oder Obst ausm Pfarrgarten geschenkt gekriegt. Oder Apfelabfall. Oder ’n angeschossenen Salat. Den hat sonst niemand mehr genommen. Der hat noch genauso gut geschmeckt, wie wenn er nicht in die Höhe geschossen wäre.

Karl Und beim Lindenblüten- und Spitzwegerichholen warst du auch schon wieder am Schwanz von der Familie. Die hat die Mutter auf der Bühne oben auf Packpapier trocknen lassen.

Elisabeth Wir sind geschickt worden und haben Kräuter gesucht. Also, Lindenblüten, Spitzwegerich, Breitwegerich, Hirtentäschel, Brombeerblätter, Brennnessel, Huflattich, Schafgarbe, Hagebutten, Dost, Löwenzahn, alles, was so wächst zum Tee- und Medizinmachen. Dann hat man ’ne Bockleiter mitgenommen und ’n Leiterwagen. Mich hat man auf den Leiterwagen gesetzt und die Gretl-Geiß hinten drangebunden und so sind wir losgetigert in die Wiesen. Und da hat man uns eingebläut: »Ihr dürfet jo koin Mohn esse! Do wird ma dumm!« Aber wir haben trotzdem immer Mohnkapseln gegessen. Haben gut geschmeckt, gell!

Emmerich Wir haben dreißig Zentner Kartoffeln gebraucht im ganzen Jahr. Zehn, fünfzehn Zentner im Winter. Und wir haben auch noch zusätzlich Kartoffeln geklaubt. Wenn im Herbst die Kartoffeläcker leer waren, durftest du so ’n Restbestand holen. Das haben alles der Fritz und ich gemacht. Auch die Lotte war dabei. Die Elvi war am wenigsten dabei, die ist da immer geschlupft, hat sich verdrückt. Und die anderen waren schon wieder zu jung.

Lotte Kühlschrank gab’s nicht. Vor 1960 nicht. Aber das hatte noch kein Mensch. Hinten im Erdgeschoss war ’n großer Keller zu ebener Erde. Das Haus war ebenerdig. Kein Souterrain. Unser Keller hatte noch so ’n richtigen Lehmboden, da war’s kühl. Und da hat man die Vorräte drin gelagert.

Elvira Wir haben jedes Jahr im Oktober eingewintert. Zentnerweise Kartoffeln eingekellert. In der Breite kam Stroh rein und dann wurden die Kartoffeln dort auf Stroh gelegt. In der anderen Ecke wurde das Wintergemüse in Sand gebettet und hielt sich so sehr gut. Und außerdem haben wir Filderkraut bestellt. Drei Zentner haben Thiels jedes Jahr mitm Leiterwagen abgeholt. Und darauf hat man die Krautschneiderin kommen lassen. Die ging von Haus zu Haus, hat das Kraut gehobelt und in der Krautstande, 'n Holzfass, mit Gewürzen eingelegt. Und das Kraut musste ich stampfen. Und danach musste das Kraut vier Wochen ziehen. Und dann war das Sauerkraut fertig. Meistens zum ersten Advent haben wir's erste Kraut rausgeholt. Davon haben wir gelebt bis Ende März, Anfang April. Das war der Vorrat fürn Winter. Komischerweise hat's kein Ungeziefer gegeben, mal 'ne Maus, aber die hat man dann erledigt, Fallen gestellt oder sie ist von selber wieder gegangen.

Herta — Ratten und Mäuse gab's in Keller und Küche nicht so viele, wir hatten ja immer 'ne Katze.

Albert — Der Keller war sehr gut besucht von Ratten. Da musstest du zuerst an die Tür schlagen, dann hat's 'n paar Mal gerumpelt, dann hast du gewusst: »Etzt send d Ratte weg.« Und dann konntest du selber rein.

Fritz — Wir haben in der Küche so 'n hohlen Holzboden mit Kies drin gehabt. Die Tiere, die nicht ins Haus reingehören, die sind da reingekommen und haben nachher den Boden aufgenagt.

Lotte — Da sind Mäuse gewesen, das war normal früher, wo überall Abfallhaufen waren. Aber ich hab Angst gehabt, oh, ich hab Angst gehabt! Ich hab immer die Türen geschnappt, zugeschlagen, damit die Mäuse weggehen: »Etzt werret se au fort sei!« Du bist auf der Bank in der Küche gesessen und abends hast du gehört, wie die anfingen zu nagen. Dann blieb dir nichts anderes übrig, als die Füße einzuziehen, weil du Angst hattest, dass dir plötzlich so 'n Viech über die Füße rennt! Da hat der Dietrich, 'n Jugendfreund von mir ausm Adel, mal gesagt: »Lotte, brauchscht di it geniere! Des kenne mir au von de Herrehäuser, dass d Ratte rumspringet! Des isch it's Schlimmschte.« Dann hab ich mal gesehen, dass eine die Treppe raufgeht. Hab gedacht: »Jesses, wenn die ins Schlafzimmer kommt!« Wir sind mit allem Dreck in Berührung gekommen, dass wir wirklich Immunstoffe haben bis zum Gehtnichtmehr! Dann hab ich wieder Zement angemacht, die Löcher zugemacht, Glasscherben reingestopft oder 'n bisschen Betonspeis, aber im Holzboden drüben sind sie wieder rausgekommen.

Karl — Und ich bin am Tisch in der Küche drangehockt und am alten Schüttstein, am Spültisch, sind zum Loch die Mäuse rausgekommen. Damals hab ich 'n Luftgewehr gehabt vom Kohlers Konne, bin mitm Gewehr am Tisch gesessen und hab gewartet, bis 'ne Maus oben rausguckt und hab sie abgeschossen. Großer Terrazzostein, Mordsfüße gehabt. Bei der Spüle hat sich's Geschirr selber gewaschen!

Elvira Hundert Eier waren immer eingekalkt, in »Wasserglas« eingelegt, wie man das früher gemacht hat. Die Eier sind den ganzen Winter nicht kaputtgegangen.

Emmerich Allein an den Angaben sieht man ja, dass was im Haus war. Zu meiner Zeit war das garantiert nicht so, dass irgendeins gehungert hat. Das kann der Fritz mit Sicherheit bestätigen, weil wir waren zu der Zeit irgendwo auch die tragenden Personen. Also, die Versorgung war zu unserer Zeit gewährleistet.

Elisabeth Wir hatten, als wir noch ganz klein waren, oft ganz, ganz furchtbar Hunger. Ich war dann einfach nur still: »Wenn i verhungere, no verhungere i halt!« Da stand mal so 'n Sack Zucker im alten, eichenen Wohnzimmerschrank drin und ich hab gedacht: »Wenn i bloß 'n Löffel Zucker kriege könnt!!! Bloß wenigschtens 'n Löffel Zucker!« Ich war wirklich am Verhungern. Bis wir uns händchenhaltend getraut haben, zu den Eltern zu gehen. Und der Raphael mit drei Jahren hat so geweint und sich geäußert: »Mama, i verkungere!« Und schließlich haben wir 'n Löffel Zucker gekriegt. Das war 'ne Zeit, wo wir kaum was zum Essen hatten.

Nachm Krieg fand's Laupheimer Heimat- und Kinderfest wieder statt. Und am Schluss nachm »Heimatlied« hat man immer 'n Würstchen und 'n Wecken gekriegt. Das war's Höchste der Gefühle! Alle Schulkinder haben am Festplatz 'ne Rote Wurst gekriegt. Und die hat man gleich verspeist, kalt und ungebraten, dass's einem kein Hund wegschnappt. Das hat so geschmeckt! Nachher in der Lehre bin ich morgens auch oft ohne Essen ausm Haus. Von daheim hatte ich 'n Brot mit nichts drauf. Und die andern Lehrmädchen haben mich ständig ausgelacht. Darum hab ich eben die Hand so draufgelegt und gegessen, als wär was drauf. 'n Vesper, belegt mit Daumen, Mittel- und Zeigefinger.

Raphael Da hab ich oft am Sonntag zum Fenster rausgeguckt und geträumt von 'n bisschen was zu essen. Wir haben tatsächlich gehungert. Man hat nicht mal Mehl gehabt, dass man 'n Zopfbrot machen konnte, und das hätt schon gereicht, dass du was im Magen hast. Aber nichts, null.

Du musstest warten bis am Montag, in der Hoffnung, dass irgendeiner kommt und die Rechnung bezahlt. Und in dem Augenblick ist man los und hat sich wieder was zum Essen gekauft.

Albert

Man hat mal nichts zum Essen gehabt, aber deswegen ist keins verhungert! Von uns hat keins 'n Biafra-Bäuchle, 'n Wasserbauch, gehabt! Damals gab's aber sehr viele Bettler. Und wenn die bei uns geklopft haben, hat die Mutter jederzeit was für die übrig gehabt. Denen hat sie 'ne Suppe hingestellt, manchmal 'n Vesper oder was mitgegeben. Da ist nie einer ohne was rausgegangen.

Elvira

Im Krieg haben wir nicht gehungert. Später in den Fünfzigern war mal so 'ne Zeit aus Geldmangel, weil's modernere Werkstätten gab. Das war primitivst, wie der Vater gearbeitet hat. Das konnte man ja gar nicht fassen.

Fritz

Wir hatten immer was zum Essen. Meine jüngeren Geschwister erzählen da zum Teil was anderes, aber wie das da war, kann ich nicht sagen, weil ich das nicht mitgekriegt hab.

Elvira

Aber was konnten wir denn? Wir mussten ja selber für uns auch was tun! Das war alles nicht so optimal.

Herta

Wir durften nicht in einem evangelischen Laden einkaufen. Beim Fräulein Meyse, ein schmaler Tante-Emma-Laden – die hat alles gehabt, nur kein Fleisch und Brot –, und bei der Bäckerei Kullerbeer haben wir vorwiegend eingekauft. Bei denen hat's nichts ausgemacht, dass die evangelisch waren. Aber ich hab sowieso nicht viel eingekauft. Das haben die Großen immer gemacht.

Elvira

Damals gingen die Katholischen nicht zu den Evangelischen und die Evangelischen nicht zu den Katholischen. Aber beim Fräule Meyse, dahin war's nicht weit, haben wir trotzdem eingekauft, das war unser Haupteinkaufsladen, 'n Tante-Emma-Laden im ehemaligen Haus von unsren Großeltern. Und wenn mal die Marken nicht mehr gereicht haben oder's Geld, hat sie halt aufgeschrieben. Wie oft musste ich anschreiben lassen!!! Weil's Geld nicht da war. Das war peinlich. Und zwar überall, von den Lebensmitteln angefangen bis zur Kleidung oder Haushaltssachen. Aber wir sind nirgendwo einen Pfennig schuldig geblieben. Dabei hab ich dauernd genau geguckt, gespitzt und aufgepasst, wo's am günstigsten ist. Im Krieg sind wir mitm Waschkorb gegangen, weil wir da Zucker oder Grundnahrungsmittel mit zehn und zwanzig Pfund gekauft haben. Oder mitm Leiterwägelchen oder mitm verrosteten, alten Fahrrad gelaufen, die geklappert haben hinten und vorn. Zu zweit oder zu dritt manchmal auf einem Rad. Also, ab meinem zehnten Lebensjahr hab ich beinah alles eingekauft. Die Mutter ging nie einkaufen. Ich musste alles einkaufen oder die Lotte, ob das Lebensmittel waren, ob das Kleidung war, ob das sonstige Haushaltsartikel oder Stoffe waren, weil die Mutter viel selber genäht hat. Wolle, Schuhe, was man im Alltag gebraucht hat, musste ich einkaufen. Oder ich hab's Sach zum Reparieren gebracht. Und in den Läden ist man überall an der Theke bedient worden, das waren keine Selbstbedienungsläden.

Christa Damals gab's eben außer den kleinen Geschäften nur Handwerker, wenn du was gebraucht hast. Wenn du 'n Tisch oder 'n Schrank gebraucht hast, bist du zu 'nem soliden Schreiner gegangen, wenn du 'n Seil gebraucht hast, zur Seilerei.

Elisabeth Der erste Supermarkt Gaissmaier war phänomenal, sehr fortschrittlich! Das war schon die Zeit, wo man sich vom Krieg erholt hat. Da war bereits 'n gewisser Wohlstand da. Aber es gab trotzdem noch sehr viele Tante-Emma-Geschäfte. Beim Gaissmaier hast du auch 'n Büchlein gekriegt, wo man Rabattmärkchen einklebt. Die hab ich gesammelt und gesammelt und gesammelt. Und hab mir erlaubt, mir die Heftchen untern Nagel zu reißen und davon 'n Gesangbuch gekauft.

Raphael Es war nichts zum Essen da. Bist du heimgekommen, musstest du zum Einkaufen fahren. Mich kannte man in der ganzen Stadt mitm Korb am Lenkrad, wenn ich zum Einkaufen gefahren bin. Und meistens hat's pressiert, weil man nur das gekauft hat, was man fürn momentanen Verzehr brauchte. Man hat von einem Augenblick zum anderen gelebt, oft anschreiben lassen und zum Einkaufen mich geschickt, weil ich der Jüngste war: »Do kommt dr Kleinschte!« Und dann kriegt der noch was und vor allem so kurz vor Ladenschluss! Das war durch die Bank phänomenal!

Das Riesenereignis war: als der erste Gaissmaier aufgemacht hat, 'ne Großhandelskette. Das war die Sensation! Bloß noch nicht so als Discounter, sondern noch mit schönen Regalen. Der hatte die ersten Einkaufswagen, entsprechende Kassen und alles Selbstbedienung. Da bin ich gern rein, weil das war alles neu! Das war faszinierend! Da ist man so gerne rein und wenn man bloß's Kleinste gekauft hat! Du hast immer vom Gaissmaier irgendwas gekriegt, 'n Kugelschreiber oder

Bleistifte, wo Gaissmaier draufstand. Man kannte bis dahin bloß die Tante-Emma-Läden. Da bin ich mit Vorliebe hin!

Drinnen

Die Kälte – Die Wärme – Die Katastrophe

Elvira

Ab meinem zehnten Lebensjahr war ich rund um die Uhr im Einsatz. Hab Kartoffeln geschält oder Gemüse geputzt. Kochen, das hat die Mutter immer selber gemacht. Aber vorbereitet … Wir sind ja jedes Jahr mehr geworden. Da hat man dann 'n Putzeimer voll Kartoffeln gebraucht fürs Mittagessen. Und die musste ich schälen und die Lotte hat vielleicht noch geholfen. Ich frag mich manchmal, wie viel Tonnen Kartoffeln ich in meinem Leben schon geschält hab.

Fritz

Das hat man nie gesagt, wer abspülen muss. Wenn niemand abgespült hat, hat halt niemand abgespült. Die Küche sah aus wie 'n Loch. Überall ist was rumgelegen. Mir hat das nicht gefallen! Wenn mir's gestunken hat, hab ich das oft gemacht: gespült, abgetrocknet, Boden geputzt, richtig geschrubbt. Den Schüttstein musstest du zuerst freimachen, damit du überhaupt an den Wasserhahn gekommen bist. Denn das ist der einzige Wasserhahn gewesen im ganzen Haus, außer dem in der Waschküche. Wenn gegessen war, hat die Mutter alles liegen lassen. Sie hat nicht gern abgespült, die Küche hat manchmal ausgesehen! Aber mitm Waschkessel musste sie jede Woche waschen. Da stand sie mindestens anderthalb Tage in der Waschküche. Man muss diese Belastungen, diese verschiedenen Zeitabläufe muss man 'n paar Mal durchgehen, damit man da zum richtigen Ergebnis kommt: Feuer machen, Wasser warmmachen … Betten machen – wenn man die selber nicht gemacht hat, hat dir die niemand gemacht. Aber wenn die Mutter wieder mal ins Wochenbett kam, hatten wir dann auch Leute, die uns im Haushalt ausgeholfen haben. Ein Fräulein Maria ist öfters gekommen. Und ich hab 'n paar Mal bei der Schule freigenommen und hab, bevor die gekommen ist – weil die Leut schwätzen ja – den ganzen Stock von vorne bis hinten supersaubergemacht, damit die ja nichts sagen kann.

Emmerich Meine Mutter war keine gute Hausfrau. Die hat erstklassig gekocht, aber sonst hatte sie den Kopf woanders. Was top in Schuss war, waren die Schlafzimmer, aber die Küche – Katastrophe hoch drei. Der Fritz und ich haben sehr viel Gemeinsamkeiten gehabt, wir haben beide viel gearbeitet. Aber der Fritz war immer der, der's Zeug organisiert hat, alles, mit einer Selbstverständlichkeit und mit einer Präzision und mit einer Sicherheit – und alles umsonst! Darin war er auch gut. Hätt ich nie gemacht. Wir haben das zusammen durchgezogen, aber ich bin da bloß mitgelaufen. Zum Leiterwägele-Entlehnen konntest du mich nicht fortschicken. Das hab ich nicht gemacht. Wenn man was brauchte, ist der Fritz los und hat's auch gebracht.

Christa Das Haus haben wir als Kinder mitgeputzt. Und die Holzböden gewachst. Am Samstag war Putztag. Da hatte man aber noch gar nicht so viel Putzmittel, viele altmodische, überwiegend Kernseife, Soda, Seifenpulver. Bis um vier rum war man fertig. Dann musste man die Sachen fürn Sonntag herrichten. Und selbst wenn mal fast nichts da war, am Sonntag ist halt mittags der Tisch gedeckt worden, wenn auch nicht viel drauf war. Aber das war einfach 'n Lebensgefühl. Das war auch da!

Karl Ich bin erst später dabei gewesen zum Ährenlesen oder im Wald Holzholen. Das war für mich immer 'n Heiligtum, die Familie. Da hab ich auch immer geguckt, dass es denen gut geht. Das hab ich immer gern gemacht!

Herta Das meiste haben die Großen gemacht. Ich hab sehr viel gelesen, mich oft in 'ne dunkle Ecke verdrückt. Und dann bin ich von Lotte oder Christel geschimpft worden, dass ich nicht genug helfe.

Elisabeth Als ich noch so klein war, konnte ich da nicht groß helfen.

Raphael Was das Mithelfen betrifft, hab ich 'ne gewisse Faulheit an mir gehabt.

Lotte Das war immer schön, bis alle Geschwister versorgt waren und bis alle hergerichtet waren. Dann hab ich solang die Kinder oben angezogen, bis das Wasser unten in der Küche warm war, wir hatten ja bloß kaltes, zum bisschen Waschen und Zähneputzen mit Zahnkreide. 'n Pulver, das hat man draufgetan, Zahnbürste nassgemacht und gerieben. Hat nicht ganz so geschäumt, aber war nicht schlecht. Musste ich den Ofen zuerst anheizen, dann haben sie sich in der Küche gewaschen. Und am Sonntag im Sommer mussten wir immer weiße Kleider anhaben, und die sind gestärkt und gebügelt worden und schon bald musste ich sie auch bügeln. Also, ich hab oft 'ne Wut gekriegt. Wenn die Mutter wieder im Krankenhaus war und 'n Kind zur Welt kam, haben der Fritz und ich das meiste gemacht. Oft im Sommer, wenn sie Durchfall hatten, musste man sofort alles waschen. Bei den Eisenbettchen – die waren ausgeschlagen mit 'nem ganz festen Stoff, Drill, so 'ne Art Barchent – der starke Barchent war innen mit lauter Mäschle, mit Schleifen festgebunden. Wunderschön! Und Volantvorhänge. 's hat halt super ausgesehen! Hab ich alles immer weggemacht, da bin ich schier verzweifelt. Die Kinder haben auch mal was verschmiert, 's hat ja noch nicht Pampers gegeben. Musst du alles bürsten und kochen und aufhängen und wieder hinmachen. Ich bin manchmal dagehängt und hab geheult, das weiß gar niemand. Hab gedacht: »Jesses, etzt kann i nemme. 's muss aber gange!« Dann hab ich wieder gewaschen und war wieder selig und wieder frisch bezogen. Im Zuber – man hatte ja keine Waschmaschine – hat man das alles eingeweicht, mit der Bürste gebürstet und in den Kessel in der Waschküche reingetan. Der hing so runter, saß auf so 'nem gemauerten Sockel und 'ne Feuerstelle drunter mit 'nem Türchen aus Gusseisen. Da musste man erst mächtig Feuer machen. Der Barchent war ganz steif, wenn man den gewaschen hat. Da musstest du kräftig bürsten. Und ich war klein! Ich musste auf 'n Stuhl stehen, damit ich die heiße Wäsche rausholen konnte zum Spülen und Durch-die-Winde-Drehen, damit man's nicht so lange trocknen muss. Da musste ich mit 'nem langen Holzlöffel – Zangen gab's auch – die Wäsche rausholen aus dem kochenden Kessel und rüber in den Schaff – so 'n großer Holzbottich – heben, wo man nachher zwei- oder drei Mal das kalte Wasser hat reinlaufen lassen zum Spülen. Zum Glück hatte die Mutter von ihrer Mutter daheim so 'ne Winde. Die hat man an den Schaff hingeschraubt zum Auswringen und Die-Wäsche-Durchdrehen. Dann kam sie auf der andern Seite wieder raus und war nicht mehr so nass. Die Strümpfe und die andere Wäsche musste ich alles mitm Waschbrett waschen. Da bin ich oft stundenlang gestanden, wenn die Mutter nicht konnte. Dann hat sie Rheuma gehabt, weil das Haus oft überflutet war vom Hochwasser. Und dann rausgehängt noch! Da hast du das Seil gar nicht richtig erreicht. Im Winter ist die Wäsche beim Trocknen auf der Bühne auch oft eingefroren gewesen. Der Winter 41 war 'n ganz strenger, harter Winter! Die Wasserleitungen mussten wir mitm Bunsenbrenner aus der Werkstatt auffrieren. Oder Schnee im Topf kochen und das heiße Wasser über die Leitung gießen. Und auch das Wasser und das Sach in der Waschküche ist in 'n paar Stunden eingefroren gewesen. Wenn die Mutter keine Lust hatte …, das konntest du als Kind nicht beurteilen, war's das oder hat sie 'n Tief gehabt. Wenn ich gesehen hab: »D Wäsch isch eigfrore, etzt muescht zerscht heize und wieder aufgfriere, dass de die Wäsch wasche kannscht!« Manchmal hat's mich schon geschaudert: »Was hot se etzt do wieder gmacht?!«

Elvira Und dann musste von Hand, aber elektrisch, gebügelt werden. Zwischendurch hatte die Mutter mal 'ne Büglerin und dann nicht mehr. 's war schwierig mitm Geld. Wir hatten auch 'ne Bügelmaschine, aber die ging ganz schwer. Oder wir haben's zur Heißmangel gegeben und noch mitgeholfen, damit's nicht so teuer ist.

Lotte Der Vater hat mir oft geholfen, wenn er Zeit hatte. Er hat viel mit mir gearbeitet, wenn sie im Kindsbett war, auch gewaschen. 'ne Waschmaschine hatten wir erst sehr spät, ab 55, und haben nebenher trotzdem noch den Kessel eingeschaltet bei so viel Wäsche. Also, 'ne Hausfrau ist früher vollbeschäftigt gewesen. So wie in den armen Ländern heut mit den radikalen Religionen. Das gab's bei uns früher auch.

Karl Und ich bin immer nachts um drei zu den Eltern reingerannt ins Bett. Irgendwann im Winter sagt meine Mutter zum Vater: »Du stand amol auf und guck! Do klopft's do hanne, do klopft's! Irgendwo am Haus klopft's. Do stimmt ebbes it!« Ha ja, der hat dann geguckt und bis er runter in die Waschküche gekommen ist, bin ich da mit drei Jahren unten aufm Zuber gestanden mitm Pickel in der Hand, alles pickglatt festgefroren, und wollte die Wäsche rausklopfen. War ich derjenige, der der Mutter helfen wollte.

Elisabeth Die Lotte, das war fast auch normal als kleines Kind, dass die Schwester die Kleider näht, sehr schön, und alles macht. Später hab ich das auch kapiert, dass sie lang nichts gelernt und bloß unsern Hintern geputzt hat. Und den Haushalt hat sie gemacht … Aber das war schon ausgewogen, wie die Lotte mitgeholfen hat, weil die Mutter war ja immer da, rund um die Uhr, hat gekocht und die ganzen Krankheiten versorgt.

Christa Die Lotte war 'n Kind. Und die Mutter war jetzt eben nicht bloß 'ne Hausfrau, die hatte auch noch was anderes im Kopf. Aber für ihr Alter wurde der Lotte zu viel aufgehalst. Die Elvi musste auch viel ran, die Lotte und ich.

Wer stark eingebunden war, war die Lotte, die hat's granatenmäßig getroffen. Die hat sehr viel gearbeitet, die hat sehr viel geleistet. Das, was ich beim Vater war, war die Lotte bei der Mutter. Ich war die rechte Hand vom Vater. Emmerich

Das Leben hat 'n Sinn! Dass ich 'n Mutterersatz war, war irgendwie 'ne Begabung, 'ne Fügung! Ich hab ja alle großgezogen. Ich hab sie nachts am Bett gehabt, wenn sie krank waren. Ich hab sie trockengelegt. Und dann hab ich die Kinder zu mir, trotzdem dass die Elvi noch da war, nachts im Kinderwagen neben mein Bett hingestellt und hab sie versorgt. Und dann hab ich nebenher das, neben der Schule, schon mit zehn Jahren das ganze Sach gemacht und hab oft gefehlt in der Schule. Dann hat man halt wieder geschrieben »Mutter krank – muss daheim bleiben«, gell. 's war nicht leicht, aber irgendjemand musste es ja machen! Heim, Schulranzen hingeschmissen, zuerst geguckt, dass du saubermachst, dass du 'n Essen aufn Tisch kriegst, damit man 'n Mittagessen hat. Dann bin ich wieder in die Schule gerannt. Bin heimgekommen, hab gesehen: »Da ist noch nicht gespült«, das war einfach … ich musste es machen. Und der Fritz hat mir viel geholfen und noch mitgesorgt, wir zwei haben immer alles miteinander gemacht – wenn's ging halt. Ich hab's aber immer gemacht, das war einfach meine Aufgabe. Wir waren alle immer typische Organisatoren und aus nichts was machen. Und was einbringen. Das haben wir mitgekriegt. Aber das konnte sich nicht entfalten. Das Bescheidene, dass man ja nicht auffällt. Da hab ich dann bald angefangen zu kämpfen: »Du bischt doch jemand, dr Lehrer hot's gsagt!« Mein Lehrer Schützhold hat mich aufgebaut. Ich hab wahnsinnig Mut gehabt dadurch und der Fritz auch. Lotte

Ich bin nie mit zum Schwanzen, Spazierengehen, auch wenn sie mich ausgelacht haben. Die sind halt immer weggegangen und das konnte ich nicht, das wollte ich nicht. Ich bin trotz allem froh, dass ich nicht die Gelegenheit hatte, mit den andren zum Schwanzen zu gehen. Die Schulkameradinnen wollten mich immer mitnehmen. Das war nicht! Ich bin mit meinen Geschwistern über die Wiesen und hab gesungen. Mir war's gar nicht so wichtig. 43, 44, als die Flieger nach München immer über Laupheim geflogen sind, waren die Elvi und ihre Schulkameraden meistens vorne aufm Marktplatz und haben gesungen. Da gab's die ersten Lieder von Zarah Leander, und die haben am Abend, wenn's schon dunkel war, miteinander die Lieder gesungen. Da hab ich's gelernt bei denen. Ich bin dahinter ins Gässle gestanden und hab zugehört. Und 'n anderes Mal während 'm Krieg sind sie im Schlosspark aufm Brückle gesessen oder sind rauf in den Turm beim Rosengarten. Draußen auf den Treppen war's immer schön! Und dann haben sie gesungen und gesungen. Und wenn Alarm war, ist alles heimgestöbert. Das ist ihre Welt gewesen, weil sie war Gymnasium, hat viel Freunde gehabt und war bei den Buben sowieso jemand. Sie hat Latein gemacht und sie war super! Aber das hat sie auch gebraucht. Wenn die auch so eingesperrt gewesen wär wie ich, das wär 'ne Katastrophe gewesen. Ich bin immer eher die gewesen, die im Hintergrund war! Die Elvi, den Haushalt, das wollte die gar nie. Die hat immer irgendwas gehabt. Sie ist eher der Typ gewesen für was anderes. Ich hab einfach gewusst: »Du muescht die Kinder versorge und des Sach mache!«

Ein Jahr bevor der Krieg aus war, musste unser Jahrgang in die Betriebe gehen und arbeiten, ist dienstverpflichtet worden. Die haben ja Arbeitskräfte gebraucht wegen dem Krieg. Aber die Mutter hat im Rathaus 'ne Bescheinigung geholt, dass sie mich daheim braucht wegen den vielen Kindern. Die Elvi ist ja im Gymnasium gewesen, die musste darum auch nicht in die Fabrik. Ich war ja bloß in der Volksschule.

Der Fritz und ich haben bald die Verantwortung für die Kleinen gehabt. Die Mutter muss uns das zugetraut haben, dass wir das richtig machen. Da ist nie was passiert – bis auf ein einziges Mal – und ich bin so vorsichtig gewesen! Ich hab den hohen Kinderwagen, den Chaisenwagen, 'n bisschen schräggestellt und die zwei Bollen, die Kleinen, haben geschuggelt in dem Wägelchen drin, geschaukelt, der Albert und die Elisabeth, und der Wagen rollt kopfüber in den Schlossweiher rein. Ich bin rein in den Weiher – jetzt war's da ziemlich sumpfig – und hab die zwei am Kragen gepackt und hab sie rausgezogen auf die Böschung. Die waren voller Schleim, Schlamm und Dreck und konnten nicht mehr atmen. Dann hab ich die Kinder genommen, hab sie unters Wasser gedrückt und die Näschen freigemacht. Dadurch ist das ganze Zeug rausgekommen. Erschrocken und gehandelt! Ich hatte 'ne

Gruppe Kinder dabei, welche von denen sind heim, haben die Mama geholt und dann ist sie schon gekommen und hat die saubergemacht. Das ist mir jahrelang im Traum gekommen, jahrelang hat mich das verfolgt! Sonst ist wenig passiert, ich wundre mich. Wenn ich Sachen von andren Familien hör, denk ich: »Bei uns isch doch nie was passiert!«

Fritz

Da hat sich der Kinderwagen selbständig gemacht. Aber die Mutter war immer präsent, wenn solche Dinge passiert sind. Danach ist's wieder in Ordnung gewesen, gell.

Lotte

Und man hat auch geguckt, dass alles picobello war. Bei uns war's schon reinlich. Die Mutter war von daheim her was Besseres gewohnt. Die haben ja schon ein Bad gehabt! Aber dann haben die Kinder Läuse heimgebracht. Hab plötzlich gedacht: »Jesses nei, die kratzet sich am Kopf. Bloß it kratze! Je, wenn die Leut merket, dass mir Läus hent, desch a Kataschtroph!« Dann sind die Laustanten gekommen zur Kontrolle und zur Behandlung. Die hat die Mutter rausgeworfen! Da hat man dann 'n Mittel in der Drogerie gekauft, Suprex, draufgetan und mit 'nem Kopftuch zugebunden. Und die ganzen Haare mit der Stahlbürste gebürstet. Läuse waren zwar gang und gäbe zu der Zeit, aber wir haben uns geschämt! Dann hab ich die Brüder zum Suprex-Einkaufen geschickt. Die Kinder hatten solche eitrigen Löcher in der Haut, in die die Läuse sich reingefressen hatten. Musstest du alles rausholen. Und da darf ja nichts reinkommen, das tut ja weh, das beißt, das ist ja scharf! Ich bin so drauf aus gewesen, dass die Kinder ja sauber in die Schule kommen, dass ja nichts ist! Das war mir ein Grundbedürfnis, dass meine Geschwister von solchen Sachen frei sind, unbelastet!

Elvira

Gegen die Läuse ist die Mutter manchmal gar nicht dagegen angekommen.

Lotte

Dann musste ich auch noch gucken, dass alles zum Essen da war. Ein Mal hat man Milch gekriegt von 'nem Bauern, der war Kunde in der Werkstatt. Jetzt hat der die Milch gepanscht, mit Wasser verdünnt, obwohl man's bezahlt hat. Jetzt hat doch der Bub, der Raphael, kaum 'ne richtige Milch gehabt. Ich musste wirklich gucken! Das war 'ne Zeit, wo's mitm Geschäft nicht so war. Nach der Währungsreform 1948, das war bei uns 'ne ganz arme Zeit! Da haben wir oftmals kaum Geld gehabt. Wie oft bin ich aufs Amtsgericht gegangen, wenn die

Leut die Rechnungen nicht zahlen wollten oder rausgefahren mitm Fahrrad zu den Leuten und hab die Mahnungen hingetragen, sie sollen die Rechnungen zahlen. Ich hab mich immer geschämt. Ich hab ja wieder Geld gebraucht zum Kochen. Dann hab ich gesagt: »Vater, lass doch die Leut zahle! Die kommet doch bloß, weil se bei dir nochher wieder abhaue könnet!« Aber er war einfach gut und sie war auch keine Geschäftsfrau. Das war Wahnsinn! Zuerst hab ich nach der Schulzeit nebenher Heimarbeit für die Hosenfabrik Rösch gemacht, dass Geld da war. Dann bin ich zur Firma Knüller gegangen und hab geholfen beim Doloforb-Einpacken, das Kopfschmerzmittel. Die hatten in den fünfziger Jahren so 'n bekannten Werbespruch: »Rasch verklingend in den Korb, schwindet Schmerz durch Doloforb« und »Besieg den Schmerz mit Doloforb«. Hab aber gewusst, dass ich mit der Mutter Krieg krieg, wenn ich sag: »I gang zu Knüllers!« Ich bin trotzdem runtergegangen. War der Personalchef da, den kannten wir: »Ja, Fräulein Thiel, es send soundso viel auf dr Wartelischte. I kann Sie erscht nehme, wenn Sie dran send!« Und als ich aus dem Büro rauskomm, kommt der Ernst Knüller daher: »Du bischt doch a Thiel!« »Jo, Herr Dr. Knüller!« »Was willscht du von uns?« Mir müssen die Tränen gekommen sein. »I brauch dringend Arbeit! I muss verdiene!« Dann hat er meine Hand genommen: »Mädle, du kriegscht von uns Arbeit!« Dann hab ich die Arbeit gehabt und gedacht: »Lotte, du muescht ganz schnell Akkord lerne, dass de no meh verdienscht!« Also, im Eins-Zwei-Drei ging das wunderbar! Die Mutter kann aber doch nicht zu 'nem Kind, zu mir, sagen: »Du bischt a Fabrikmensch!«, wenn ich's Geld daheim abliefere, damit mein Bruder Raphael nicht verhungert. Quasi: »I mueß mi schäme mit dir! Wie kannscht du als Fabrikarbeiterin zu Knüllers gange, wo meine Bekannte send?« Und das musst du heimlich machen und nachher kriegst du 'n Mordszirkus gemacht, wenn du zum Arbeiten gehst und deine Geschwister ernährst, damit sie nicht verhungern. Aber der Stolz nach außen! Die Fasson wahren! Aber die Eltern und die Brüder hätten halt richtig Rechnungen schreiben sollen, dann wär's Geld da gewesen. Das hat mich ja schier zum Wahnsinn getrieben, warum die das nicht machen! Also, aber das wusste ich: »Arbeite bis's Jüngschte so weit ischt und no mueß des d Mutter verkrafte, dass i geh. No will i was lerne.« Ich bin immer heim zwischendurch, wenn ich freihatte. Und was hab ich gemacht? Geweißelt, geputzt, gearbeitet wie blöde und bin wieder gegangen. Aber's war auch in Ordnung! Ich bin froh, dass's ihnen gut geht! Was wär das, wenn ich nicht geholfen hätte und müsst heut immer denken: »Warum hoscht it gholfe?!« Das wär's Schlimmere, das Nichthelfen, wenn man sieht, man müsste helfen. Darum bin ich glücklich! Mein einziger Wunsch wär noch, wenn ich noch jünger wär, mal 'n halbes Jahr in 'n richtig armes Land zu gehen. Nach Indien oder nach Afrika, richtig rein zu richtig Kranken und Armen.

Elvira

Dann ging's auch noch ums Holz. Wir hatten Ofenheizung: 'n Kanonenofen, Bullerofen, ein runder Eisenofen in der Stube und 'n Herd in der Küche, die wurden mit Eierkohle, Briketts und Holz angefeuert. Die haben ganz schön Hitze gespien und das hat auch gereicht. Früher konnte man im Forstamt einen Holzschlag kaufen. Da hat man im Wald ein bestimmtes Areal zugewiesen bekommen und konnte, was aufm Boden lag an Reisig oder Ästen, auflesen. Dann hat man sich 'n Bauern besorgt mit 'nem Wagen, nichts Pferde, Kühe davor, 'n Kuhwagen, der hat's im Hof abgeladen. Dann mussten wir das hacken mitm Beil und so Büschelchen machen. Ich hab gern gehackt, ach, ich hab gern Holz gemacht, das war ein Spaß!

Emmerich

Zwei Raummeter Holz haben wir zusätzlich zum Waldholzsammeln zugeteilt gekriegt pro Jahr, gell. Wir haben uns auch Sterholz und Brennmaterial aus den Holzwerkzeugfabriken besorgt. Und wir haben dreißig Zentner Kohle gebraucht im Winter.

Fritz

Es war grundsätzlich so, dass im Krieg am Bahnhof bei der Anlieferung der Kohlen, beim Verladen von einem Waggon zum anderen, Kohlenbriketts oder Steinkohle auf den Boden gefallen sind. Oder wenn die Kohlenhändler die Kohle aus den Waggons in ihre Wägen ausgeladen haben. Das durfte man auflesen. Nachdem wir nicht so viel Kohle hatten, hab ich halt im Winter immer aufgepasst, wann die Kohlenzüge eingefahren sind. Im Leiterwägelchen hab ich zwei Säcke dabeigehabt. Bei jedem Wetter und immer bei Tag. Als der »Kohlenklau« noch an die Waggons geschrieben war. Da ist so 'n Mann mit 'nem großen Rucksack draufgemalt gewesen und »Kohlenklau« druntergestanden. Da sind die Menschen drauf aufmerksam gemacht worden, dass sie eben Kohlen sparen müssen. War einfach 'ne Werbung. War fast an jedem Waggon dran.

Christa Im Krieg musste man in die Schule zum Heizen ein Brikett mitbringen. Wenn man eins hatte – viele hatten keins. Wir haben oft keine Schule gehabt wegen der Kälte. Da wurden Riesenplakate aufgehängt: »Kohlenklau«. »Der Kohlenklau geht um!« Da wird einer gezeigt, so schwarz mitm Kohlensack aufm Rücken und 'ner Taschenlampe, der bei Nacht Kohle klaut. Das war verboten. Aber das war alles knapp! Dann gab's im Winter Kälteferien und im Sommer Hitzeferien.

Emmerich Der Kardinal Frings aus Köln hat von der Kanzel runter gesagt: »Des ischt it gstohle!« Darum, wenn man zum Kohlenklauen gegangen ist, ist der geflügelte Spruch rumgegangen: »Mir ganget zum Fringse!«

Christa Im Sommer haben wir Moggele, Tannenzapfen, gelesen. Das war auch Heizmaterial. Und da alle Leut zum Tannenzapfenlesen gegangen sind, war das schwierig, was zu finden.

Lotte Ich hab auch geheizt mit diesen Öllumpen aus der Werkstatt. Bin heimlich hingegangen – die wussten oft gar nicht, wie ich feuere, Feuer mach –, hab sie noch in den Ölkübel getunkt, in Zeitungspapier eingewickelt, bin schnell in die Küche und hab sie in den Ofen reingeworfen. Bloß damit ich Feuer hatte und kochen konnte. Du musstest Ideen haben. Wie das oben rausgestunken hat!

Raphael Bei uns hat's durch alle Ecken gepfiffen. 's gab erst warm, wenn du richtig kräftig geheizt hast. Aber da bist du immer ganz knapp an der Katastrophe vorbei, dass das Haus in Flammen aufgeht, weil, wenn's dunkel war, hast du gesehen, wie die Ofenrohre glühen.

Karl Wenn wir im Winter am Abend ins Bett gegangen sind und eins hat sich beklagt: »'s isch zu kalt!«, dann konnten wir alle miteinander in den Schlafhemdchen den Hof entlangwetzen durch den Schnee und dann ins Bett. Aber da wirst du heiß!

Herta Wir haben in ungeheizten Zimmern geschlafen. Das war üblich! Wir hatten im Winter dicke Strümpfe an und heiße Steine im Bett. Da war das schön warm! Und wenn's ganz kalt Winter war, waren die Fenster zugefroren und dann waren wunderschöne Eisblumen an den Fenstern. Die haben wir immer betrachtet und geguckt, wie man das mit den warmen Fingern aufschmilzt, schön!

Lotte Oft sind die Wände weiß gewesen, so kalt war's. Da hat's minus 41 Grad gehabt. Die Kriegs- und Nachkriegswinter waren die kältesten überhaupt jemals. 1947 hatte man dafür 'n brüllheißen Dürresommer. In den Strengwintern hat man die großen, abgewetzten Bettsteine im Ofenröhrchen heißgemacht und die Bettdecke um den Ofen drumrum gehängt, dass die Kinder's warm haben. Und 'ne Windel über den Stein drübergewickelt, damit sie sich die Füßchen nicht verbrennen. Aber bei uns hat keins 'n Schaden davongetragen. Andere haben die Englische Krankheit gekriegt.

Albert

Im Zimmer ein Fensterglas, einfach. Da waren Eisblumen dran. Keine Heizung im Zimmer. Nichts! Die Bettdecke ist an die Wand gefroren bei Nacht. Dann hat's immer gerumpelt. Das waren rötliche Wackersteine, die Bettsteine, die hat die Mutter extra gesucht. Und dem Ersten von uns Kleinen, das ins Bett gegangen ist, hat man den Bettstein reingelegt. Dann hast du's in dem Bett richtig warm gehabt! Und der Stein blieb warm bis am anderen Morgen. Dann ist der Nächste gekommen, hat bei allen druntergegriffen: »Wer hot den Bettstoi?«, und hat 'n gesucht. »Zack« – war der Bettstein weg. So ist einer nachm anderen gekommen und überall hat man den Bettstein gesucht. Der Bettstein ist gewandert von Bett zu Bett. Dann hast du immer gewusst: »Etzt kommt der, etzt kommt der, etzt kommt der …!« Und jeder hat dadrunter rumgetastet, hat bei dir im Bett rumgefummelt und den Bettstein gesucht. 's gab ja nur zwei: Einen für die Buben und einen für die Mädchen. So hat einer nachm anderen wieder den Bettstein rausgeholt. Und der Letzte, der schließlich und endlich den Bettstein hatte – »rrrummmppupppupppummm« hat's gemacht –, der hat 'n halt morgens bloß ausm Bett rausgeworfen. Weil er kalt war. Dann ist der durchs Zimmer gerollt.

Elvira

Aber wir hatten kein Warmwasser, sondern nur Kaltwasser. Alles Wasser mussten wir erst heißmachen. Hinten in der Waschküche haben wir in 'nem großen Zinkzuber gebadet. Am Anfang war's noch 'n Holzzuber. So drei, vier der Reihe nach in einer Brühe. Von den Kleinen immer zwei in einem Zuber drin und dann die nächsten zwei. Also nein, wenn ich da dran denk! Man hat dann schon ausgetauscht und frisch gefüllt. Inzwischen wurde im Waschkessel's Wasser wieder heiß, da haben wir nachgeschürt. Aber vier Stück, so viel hat man da schon durchgezwungen in einem Wasser. Kinder, Leute!!!

Raphael

Ein Mal in der Woche bist du in 'ne heiße Wanne reingehockt, wo vorher schon zwei andere dringesessen sind.

Fritz

Die Zinkwanne in der Waschküche war ab 'nem bestimmten Alter passé. Baden konnte man auch für 'ne Mark im Gymnasium unten drin, die städtische Badeanstalt, fünf Kojen. Die wenigsten Leute hatten 'n eigenes Bad. Jede Woche am Samstag hat man im Warteraum gewartet bis man drankam. Das war wunderschön, in der Badewanne zu liegen! Da hat man nur soundso viel Zeit gehabt. Freitags und samstags war Hochbetrieb. Auch der Glaser in der Färbergasse hatte im Krieg vier öffentliche Badezimmer in 'ner Hütte hinten an seinem Haus entlang.

Herta Sonst haben wir uns in der Küche am großen Spülstein gewaschen. Da haben wir aus dem Schiffle raus warmes Wasser in die Waschschüssel geschöpft.

Christa 's Wasserschiffle aus Kupfer war im Herd versenkt mit Deckel und Wasserschöpfer, der hing da drin. Und wenn man den Herd geheizt hat, wurden diese zehn Liter Wasser automatisch mit heiß. Das musste man ständig auffüllen. Unser Warmwasserlieferant zum Spülen, Bettflaschefüllen, Haarewaschen.

Albert Ein Telefon, das hat gereicht für die ganze Nachbarschaft. Nebendran war der »Rotkreuzler«, der Krafft. Der brauchte 'n Telefon, weil der mitm Rettungswagen immer Dienst hatte. Öfter mal hat der auch bei Nacht geklopft, ist zur Haustür rein und hat ins Haus reingeschrien: »Emmerich oder Karle, i brauch euch zu ama schwere Unfall!« Der hat Telefon gehabt. Und die, die schon auswärts waren, haben beim Krafft angerufen. Und dann hat der Krafft übern Zaun rübergeschrien: »Telefo!« Und dann ist man hinten rum zum Krafft, hat da »tefloniert« und ist wieder gegangen. Das war jahrelang so Usus. Der Krafft hat eben's Telefon gehabt und wir die Benutzung.

Raphael Auf der Bühne hatten wir 'n Stromzähler. Und irgendwann war 'n Münzautomat dran und man musste Geld einschmeißen. Und wenn du kein Geld hattest, hattest du kein Licht.

Herta Und die Sicherung ging öfters raus. Die haben der Vater und die Brüder dann mit Metalldraht wieder funktionsfähig gemacht, was nicht erlaubt war, denn die Sicherung reagiert ja bei zu hoher Spannung nicht mehr.

Fritz Unsre Mülltonnen aus Zink sind geleert worden von der Müllabfuhr, 'n Pferdewagen vom Bauern mit 'nem Spezialaufbau drauf, immer samstags. Nicht über die Stadt, der Bauer hat kassiert.

Elvira Hochwasser, ooh, das war toll!!! Das war natürlich für Kinder interessant und toll! Ein Nachbar hat uns mitm Bottich, mitm Waschzuber, ausm Haus gepaddelt, weil wir nicht mehr laufen konnten vor lauter Wasser. Das war Abenteuer pur!

Da bist du nicht ins Bett gegangen. Das Wasser stand auf den Böden im Parterre kniehoch und der Schlamm fünf Zentimeter. Da hat man die Nächte durchgearbeitet und musste sämtliche Räume auf der Stelle leermachen und putzen, sonst hast du den Muff nicht mehr rausgekriegt. Dann hat man wochenlang Tag und Nacht Fenster und Türen offengelassen. Und in dem Moment, wo's aufgehört hat zu regnen, war das Wasser zwei Stunden später wieder abgelaufen. Da hat die ganze Nachbarschaft zusammengeholfen. Emmerich

Dann hat man halt wieder gemeinsam saubergemacht. Da hat's aber keine Zuschüsse gegeben vom Staat. Wir sind brave Bürger gewesen und haben das durch eigene, manuelle Arbeit in Ordnung gebracht. Fritz

In den unteren Stock kam das Wasser. Die Türen hat man dichtgemacht, aber's Wasser ist nachher übern Boden rein, hat sich innen durchgedrückt. Und dann kam die Badewanne aus der Waschküche angeschaukelt. Wie an 'ner Anlegestelle sind wir von der Treppe aus eingestiegen und los, in der Wohnung rum- und zur Tür rausgefahren. Elisabeth

Dann mussten wir Kinder ausquartiert werden. Gegenüber wohnten der Onkel Paul Schuler und die Tante Luise. Die haben uns aufgenommen für eine Nacht oder zwei. Dann wurde man angezogen und schnell, schnell in Wolldecken gewickelt und da rübergetan. Das war immer ganz schön, weil alles so blitzesauber war und so warm. Die war halt sehr streng und wir durften uns überhaupt nicht rühren. Das war für uns 'n Horror! Da konnten wir zwar durchs Küchenfenster gucken, ob's Wasser noch da ist, aber wir durften nicht raus. Dann sind wir halt morgens gleich abgehauen und barfuß in dem abfließenden Wasser rumgetappt – Gummistiefel hatten wir ja keine – und auf den Holzstegen umeinandergehüpft. 'ne aufregende Geschichte! Und die Erwachsenen haben uns nie weggescheucht. Nie: »Lass! Gang! Due!« Dann ist das alles rausgeschöpft und abgepumpt worden und dann war die Welt wieder in Ordnung. Christa

Anfang der fünfziger Jahre gab's noch keine richtige Kanalisation. Wirklich behoben hat man das erst, als man Geld hatte. Emmerich

Nebendran

Holzvergaser – Feuerstühle – Werkstattkinder

Elvira Es gab im Krieg schon kein Benzin und kein Diesel. Da kamen nachm Krieg diese Holzvergaser auf. Die Autos mussten laufen, die wenigen, die's gab.

Fritz Mitm Holzvergaser haben wir die erste Buslinie nachm Krieg gemacht, Ulm-Laupheim. Sind mit dem einen Bus Linie gefahren und haben auch die erste Konzession für Laupheim-Schwendi, Schwendi-Wain, Laupheim-Biberach und Laupheim-Riedlingen gehabt. Später ist noch Laupheim-Tübingen dazugekommen. Die Bus- und Taxikonzession haben wir von 'ner deutschen, amtlichen Stelle in Tübingen bekommen. Die war fürs ganze Land, für diesen ganzen Bereich Oberschwaben, Württemberg. Und der Vater hätte die besten Verbindungen gehabt. Nachm Krieg sind viele Leute reich geworden. Das hat er eben nicht gekonnt.

Karl Aber jeder, der da in Oberschwaben angefangen hat mit Bus- und Taxifahren, musste den Vater fragen, ob er's machen darf.

Fritz Unser Holzvergaserbus war 'n Mercedes-Geländewagen im Krieg. Und nachm Krieg hat man den vom Bergungsamt abgekauft und umgebaut, gell. Und dann ist er rot-gelb angestrichen worden, wie die Post damals. »Weil etzt dr Krieg vorbei ischt, mueß ma wieder Farbe bringe!«, hat der Vater gesagt. Wir, die Elvi und ich, haben protestiert. Wir haben gemeint: »Der spinnt!« Da hat man gedacht: »Ma blamiert sich!« In der Nazizeit sind die Fahrzeuge, die fahren konnten, bloß mit Tarnfarbe gestrichen worden.

Herta Wir hatten einen kleinen Bus für zwölf Personen und einen großen für zwanzig Leute. Den kleinen hat der Vater in der Zeit, wo die Franzosen bei uns waren, mit seinem Freund, einem Karosseriebauer, bleu-blanc-rouge angestrichen und alle haben gesagt: »Der Herr Thiel spinnt wieder!«

Emmerich Jedenfalls der große war 'n Kübelwagen vom Militär mit Allradantrieb, das hat's zu der Zeit im Privatleben noch gar nicht gegeben. Den hat man zu 'nem Bus umgebaut, 'n Blechdach drauf und 'n Holzgaser hinten hingebaut. Wir haben mit dem Bus unheimlich viel Zeugs gefahren. Da war jahrelang 'ne Donaubrücke, eine Zugbrücke, gesprengt, auf der Bahnlinie Ehingen-Riedlingen. Die Strecke sind wir lange Zeit gefahren. Die Arbeiterlinie, da hatten wir 'n Vertrag: die Arbeiter von Laupheim und Ulm nach Großschafhausen zur Holzfabrik Firma Laupichler, am Tag zwei Mal, morgens um sechs hin und abends wieder holen, und auch die Schüler nach Laupheim in die Schule.

Mit unserem Holzgaser bin ich nach Gutenzell und Biberach Linie gefahren. Ich musste mit neunzehn, zwanzig die Buslinie fahren, den Holzvergaser, mein Lieber! Und da bin ich morgens um fünf aufgestanden. Mindestens eine Stunde bevor man wegfahren wollte, musste der gezündet werden. Elvira

Da musste man immer daneben stehen. Man hat auch die Motorhaube rausgemacht, damit man die nicht immer heben musste. Fritz

Am Freitag nach Himmelfahrt bin ich oft mitm Holzvergaser nach Weingarten zum Blutritt. Hab ich die Leut hinkutschiert. Oder bin am Wochenende mit zwanzig Paar Ski aufm Dach und zwanzig Leuten im Wagen nach Meierhofen im Allgäu zum Skilaufen gefahren. Ich bin da nicht Ski gelaufen, aber die Leut. Ich – solang gewartet und abends wieder heim. Ich als zwanzigjährige junge Frau! Also, den Holzgaser hab ich nie allein gefahren. Da war immer entweder der Fritz oder der Emmerich dabei. Die Jungs kannten sich aus und konnten schon genauso gut Auto fahren wie ich, haben nachgestochert oder nachgefüllt. Die Holzstückchen haben sich nämlich auch verkantet, so dass im Kessel, im Tank, ein Hohlbrenner entstand. Elvira

Dann hat das Auto nicht mehr gezogen. Da musste man dann anhalten und nachstochern. Fritz

Und oben aufm Dachgarten, aufm Gepäckträger, waren immer ein oder zwei Säcke Holz als Reserve. Da musste man raufsteigen, den Deckel vom Kessel aufmachen und Holz reinschütten – das war natürlich Männerarbeit, das war für Frauen nichts. Elvira

Unser Fahrer musste das meistens alleine machen. Ich musste oft mitfahren zum Tankholzeinfüllen nach der Schule. Das war gut, wenn man dafür zu zweit war, das war 'n mühsames Geschäft, das Einschütten. Fritz

Vor der Währungsreform 48 am Karfreitag in Unteressendorf: Bei dem Unfall hat's den ganzen Bus von oben zusammengedrückt. Der Vater ist sowieso gleich ausgestiegen und ich bin dann auch raus und bin ums Auto rumgesprungen und bin wieder eingestiegen da in das verdatschte Auto. Da war's Dach schon kaputt. Bevor's in die Kiesgrube runtergegangen ist, wollte ich das noch anhalten über die Bremse, aber es ist mir nicht gelungen. Und als das dann abgestürzt ist, bin ich raus. Der Vater muss eingeschlafen sein. Ich weiß bloß, wie wir plötzlich über die Straße rüber sind und wie's das Dach runtergedrückt hat. Und zwar ist er unter 'nem Apfelbaum durchgefahren, das hab ich also nachher geguckt. Dann ist das Auto weitergelaufen und ist abgestürzt und ist unten drin auf allen vier Rädern gestanden. Da war beim Holzgaser oben dann das Dach weg. Eine Windschutzscheibe war dran und sonst nichts und innen die Sitze. Mindestens 'n halbes Jahr haben wir die Personen transportiert ohne Dach, ist alles gegangen.

Karl Das Dach vom Holzvergaserbus hat der Vater verloren. Da ist er 'ne Kiesgrube runtergefahren und dann ist da so 'n blöder Baum gestanden und hat das ganze Oberdach mitgenommen. Und der Vater ist untendurch gefahren und drüben wieder rauf und ist weitergefahren. Und die Passagiere hat der Vater alle heimgebracht. Wenn man die Fußballspieler von Untersulmetingen am Sonntag gefahren hat, sind die im Bus rumgehockt und haben außenrum die Füße rausgehängt. Und wenn's anfing zu regnen, haben die ihre Schirme aufgespannt, und der Bus ist dahergekommen wie 'ne bunte Raupe in der Landschaft. Und das Auto hat sich schön mit Wasser gefüllt wie 'n Boot. Dann haben sie Fußballlieder gesungen und dann ist man zum Fußballspielen. Und unterwegs, wenn's Holz ausgegangen ist, ist man durch den Wald durchgefahren, hat anständig an den Bäumchen geschüttelt, den Holztank mit Tannenzapfen gefüllt und ist heimgefahren. Und im Auto hat's schön gerochen nach Tannenwald!

Emmerich Dann ist mein Vater krank geworden, das war winters, und dann mussten die Elvi und ich die Linie fahren. Ich bin morgens um fünf, halb sechs aufgestanden, hab den Holzgaser geheizt, weil um sieben mussten die Arbeiter schon in Großschafhausen sein. Und wenn die Elvi nicht konnte, dann bin ich eben selbst gefahren. Ich bin aufm Sitz auf der Kante gehockt. Und das war sowieso nicht so einfach, so 'n Hobel zu fahren! Das sind keine Autos gewesen, schon die Lenkung und die Schaltung war 'ne Kraftanstrengung. Die Pedale sind zu der Zeit nicht so leicht gegangen wie heut, ist alles schwer gegangen. Du hast auch 'n gewaltiges Feingefühl gebraucht für diese Hebel, mit denen du die Zufuhr vom Gas reguliert hast. Und ich musste unterm Lenkrad durchgucken, damit ich überhaupt rausgesehen hab. Das war etwa

45, 46. Mit zwölf! Dann war ich immer von Natur aus klein. Mich hat man mit achtzehn Jahren noch als fünfzehnjährigen Buben angesehen. Aber das waren jeden Tag die gleichen Leut im Auto, die hatten keine Angst, dass ich jetzt den Graben runterfahr. Das war für die 'ne Selbstverständlichkeit. Die Eltern hatten gar keine andere Wahl, da war alles nicht so kompliziert. Wenn beim Holzgaser am Motor mal was passiert ist, war der Bus abends schon wieder gemacht, weil wir Linie fahren mussten. Wenn 'n Auto auf der Straße verreckt ist, das konntest du nicht abschleppen. Das musstest du an Ort und Stelle machen, egal ob's zwanzig Grad minus hatte! Was man da alles für Gewaltakte gemacht hat! Kein Mensch hat sich aufgeregt. In der ganzen Schwierigkeit, in dieser ganzen Enge, in dem ganzen Kampf um den Alltag war jeder froh, wenn's weiterging, egal wer oder wie man's zustande gebracht hat. Und es ist jedem so gegangen.

Als es 'n bisschen besser wurde mit der Versorgung, hat der Vater 'n System entwickelt, das war damals einmalig: Hat den Bus umgebaut, kombiniert Benzin und Holz. Da hat er zusätzlich 'n Benzintank dringehabt und 'n Hahn zum Umschalten. Wenn's Gas ausgegangen ist oder den Berg rauf, da waren wir die Einzigen, die umstellen konnten auf Benzin. Das hat kein anderer gehabt. Immer wenn's den Berg raufging, wenn's steil geworden ist, hat der Holzgaser keine Kraft mehr gehabt. Wenn der jetzt von Untersulmetingen gekommen ist oder den Bronner Berg rauf oder bei Burgrieden oder Rot da hinten, da hat's so Steigungen gegeben, hat er umgeschaltet auf Benzin, bis er den Berg oben war. Und oben hat er wieder umgeschaltet auf Gas. Dann ist der wunderbar raufgekommen, da brauchten die Arbeiter nicht mehr aussteigen. Die mussten vorher den Berg rauflaufen. Die mussten sogar schieben nach Oberholzheim, weil er's nicht mehr verzogen, geschafft hat. Albert

Den Berg rauf am Gasthaus Mohren in Laupheim, da sind wir immer unten hingestanden. Bierdeckel in der Tasche oder so Pfropfen von den Fässern. Und am Ton hat man das schon gehört, ob's 'n Holzgaser ist oder nicht. Und wenn's 'n Holzgaser war, … Der Holzgaser vom Bartholomäus aus Wain, auch 'n Omnibusunternehmer, ist immer vom unteren Marktplatz zum oberen Marktplatz hochgefahren, am »Mohren« vorbei. Und der hatte feste Abfahrtszeiten. Dann haben wir uns am oberen Marktplatz um vier hingestellt, dann ist der gekommen. Da war so 'ne Arkade, da war die Karre am langsamsten.

Und die hatte hinten so 'n Loch zur Luftzufuhr fürs Feuer und 'n Kläppchen dran. Und da haben wir die Bierdeckel draufgehalten oder 'n Pfropfen in das Loch reingesteckt und durch das Ansaugen von der Luft fürs Feuer ist der gebäbbt. Kleben geblieben. Durch den Sog hat der Bierdeckel gehalten. Und wenn der Karren gestanden ist, weil er keine Luft mehr gekriegt hat, ist der Bierdeckel runtergefallen und weggerollt. Und der Holzgaser – »bböbbööbböbböbböppp« – und gescheppert. Der ist noch eine Straße weitergekommen und dann war's rum. Karre ist gestanden. Der Bierdeckel ist weggefallen und die haben nie gewusst, warum der Karren stehen geblieben ist. Und geflucht haben sie und wir haben die größte Freud gehabt! Das war der Siegfried und ich, wir zwei waren das. Und der Karle hat uns das beigebracht, der hat uns immer so 'n Blödsinn beigebracht. Bis sich mal einer hinter den Pfeiler vom »Mohren« gestellt und gewartet hat, was da los ist. Dann sieht der uns zwei rennen mitm Bierdeckel. Dann haben sie uns am Wickel gehabt. Und der Siegfried und ich haben den Frack vollgekriegt und der Karle und der Emme haben gelacht, ha wa! Dann hat der Bartholomäus den Vater angerufen und zum Vater gesagt, dass der uns so 'n Blödsinn beibringt! Dann hat's geheißen, das hat uns der Vater beigebracht. Aber der Vater hat das nicht gemacht, der Karle und der Emme waren das. Dann hat der Vater den Emme und den Karle verseggelt, verhauen, die sollen ihren kleinen Brüdern nicht so 'n Blödsinn beibringen. Aber dann hat man halt 'n andren Blödsinn beigebracht, ist doch egal!

Die Omnibuskonzession hat der Vater dann wieder abgegeben. Der konnte auch die Fahrschule abnehmen, 'ne Zeitlang. Alles wieder abgegeben. Der Vater hätte's Geld lieber verschenkt als kassiert.

Emmerich Die Konzession hat mein Vater, nachdem 1948 die DM gekommen ist, zum Nulltarif an den Busunternehmer Herzog gegeben. Da hätte er normalerweise 20.000 oder 30.000 Mark kriegen müssen. Dann ist der Vater Thiel in der Krawatte mitm Herzog nach Tübingen gefahren und hat die ganzen Unterlagen unterschrieben. Dann sind die von Tübingen heim, sind noch schön eingekehrt und der Herzog hat 'ne Konzession gehabt, 'ne sehr wertvolle, und der Vater Thiel hat gestrahlt wie 'n Hund, dass er 'n anständiges Essen gehabt hat.

Karl Wir haben bekanntlich alles gemacht und wir haben auch das meiste umsonst gemacht. Da ist man gern zu uns gekommen. Du hast auch nie gewusst, wie viel Geld im Haus ist, ob wir überhaupt eins haben. Nicht mal das Finanzamt hat's gewusst.

Der Vater hätte auch besser verdient, wenn er Rechnungen geschrieben hätte. Und wenn jemand kam: »Herr Thiel, i han koi Geld!«, dann hat's der Herr Thiel umsonst gemacht. Unser Büroangestellter nachm Krieg sagte: »Der mueß genau eitrage, wie viel Stund r gschafft hot.« Wenn der Vater 'ne Rechnung geschrieben hat, haben die halben Angaben gefehlt. Dabei liefen die Reparaturwerkstatt und die Buslinie da richtig gut, aber der Vater hat sich alles aus der Hand nehmen lassen. Herta

Unser Vater hat jedem Simpel geholfen und am liebsten umsonst. Wir waren übersozial! Lotte

Der Vater hat sich nicht getraut, Geld zu nehmen für das, was er geleistet hat. Schon allein vom Hören des Motorgeräusches konnte ich erkennen, was kaputt ist. Das konnte der Vater auch, bloß hat er eben kein Geld dafür genommen. Normalerweise muss so 'n Auto drei Stunden in der Werkstatt stehen und's kostet 280 Mark. Und der Vater war halt so ehrlich und hat gesagt: »I han jo koi Zeit dofür braucht!« Siegfried

Bei uns wurde alles repariert. Mein Vater hat alles gemacht, auch Motorräder. Wir waren in der Werkstatt nicht auf einen Fahrzeugtyp spezialisiert. Vom Auto, der Kabinenroller Messerschmitt, die VW-Käfer, über Motorräder, Hercules, Imme, Dürkopp, Zündapp und Motorroller wie Vespa und Heinkel, der schönste Roller, bis zu kleinen LKWs. Bunt gemischt. BMW, Mercedes, DKW, Borgward, Goggomobil, so 'n Volksfahrzeug, Topolino, 'n Italiener, 'n kleiner Lieferwagen, der hatte außen Beschläge aus Holz, die BMW-Isetta, die vorne aufging, der Opel-Blitz, auch 'n kleiner Lieferwagen, der hatte Propangas-Flaschen dran. Und die Konkurrenz hat das dann gecheckt, dass man sich auf Marken spezialisieren sollte. Raphael

Die Automarken von vorm Krieg und nachm Krieg konnte mein Vater alle reparieren. Er war 'n guter Techniker, hat das Kraftfahrzeughandwerk schon in den Anfangszeiten richtig gelernt. Er hatte eine offene Werkstatt, keine Autovertretung, was schon von vorneweg mit Sicherheit immer falsch war, sondern er hat alle Autos repariert, egal was das für welche waren, gell. Aber er konnte es ja. Und in die Werkstatt in der ehemaligen Scheune vom Haus Färbergasse hat der Vater Fritz mich und den Emmerich schon ganz früh einbezogen. So positiv war das nicht! Der Emmerich musste noch mehr mithelfen als ich, ich hab mich wahrscheinlich nicht so geschickt angestellt. Ich bin dann so ganz natürlich in den Autoberuf hineingewachsen: Die Reparaturen, die unterm Krieg zusätzlich gemacht werden mussten – wenn der Vater bei Herlitz, der Rüstungsfirma in Burgrieden, wo er dienstverpflichtet war, Nachtschicht hatte, konnte man das Fahrzeug bei Tag instand setzen, und wenn er Tagdienst hatte, musste das eben am Abend gemacht werden. Wenn welche dann allerdings bei Tag Probleme hatten, sind sie oft in eine andere Werkstatt gefahren. Aber da eben, wenn's Nacht wurde, mussten wir zünden. Zünden, leuchten. Da haben wir so 'ne Handlampe bekommen und mussten immer genau so leuchten, dass er nicht geblendet wird. Wenn er geblendet wurde, war Feuer unterm Dach! Wenn bei 'nem Bauern unterm Krieg der Bulldog nicht gelaufen ist – also, die Zugmaschine –, dann hat der Vater das repariert. Weil eben keine Fachkräfte da waren, gell. Die waren ja alle im Krieg. Er konnte halt alles machen und deshalb ist er auch überall gerufen worden. Bei den Busunternehmen waren wir oft unterm Krieg und haben Motoren instand gesetzt, weil bei diesen Holzgasern hat's halt immer wieder Probleme gegeben. Und dadurch, dass er einer von den wenigen Fachleuten war, der unterm Krieg und auch kurz nachm Krieg alles reparieren konnte, hatte er zum Beispiel im Krankenhaus den Auftrag, die Aufzüge, Waschmaschinen, Bügelmaschinen, die Röntgengeräte, die Geräte im OP-Saal, die Geräte für Elektroschock, die Heizung mitten in der Nacht, alles bis rauf zum Kamin zu reparieren. Er ist einfach der Feuerwehrmann gewesen, weil er vielseitig war. Und so hat er noch zusätzlich was verdient. Und in der Gewerbeschule haben wir die Schreibmaschinen gepflegt. Der Vater ist auch geholt worden, wenn beim Arzt in der Nacht das Auto nicht anlief. Bei Schaiblishausen standen unterm Krieg so festinstallierte Radarstationen im Freien, mit denen man die Flugzeuge orten konnte. Die sind vom Dieselmotor mit Strom versorgt worden und wenn's kalt war, waren die ganz schwer anzutreiben. Und der Vater musste diese Dinger immer, auch wenn Feiertag war, über 'ne technische Überwachung in Schuss halten. Das hat Spaß gemacht, gell! Man hat dann was gesehen und man konnte wegfahren. So ist das nicht als belastend gesehen worden.

Da ist man reingeboren. Uns hat man einfach hingestellt zum Arbeiten. Den Fritz und mich hat man einfach dazu gezwungen. Von selber haben wir das schon nicht gemacht. Wir sind schon in der Schulzeit mehr in der Werkstatt gewesen als in der Schule und haben gearbeitet wie die Brunnenputzer. Mein Vater ist viel aufm Flugplatz gewesen, wenn 'n Raupenschlepper oder 'ne Zugmaschine stecken blieb. Und da hat der immer jemanden gebraucht als Handlanger oder zum Zünden. Mein Vater hat halt mich mitgenommen. Den Fritz hat er nie mitgenommen. Der Fritz hat die Verantwortung getragen und ich hab die Arbeit gemacht. Ich war immer dabei und wenn's nachts um drei gewesen ist. Ohne mich ist der Vater nicht fortgegangen. Auf der einen Seite war der Werkzeugkasten, auf der andren Seite war der Emmerich. Das war nicht geknebelt. Das war selbstverständlich! Da hat man mich abends um neun mit ins Krankenhaus genommen zum Arbeiten bis nachts um zwölf, am andern Morgen musste ich um acht in der Schule sein. Das war die Arbeitsweise. Man hat nicht abends um sechs aufgehört, man hat halt weitergearbeitet. Emmerich

Wir haben 'n Zylinderkopf aufn Motor draufgemacht, wir haben Bremsbacken belegt, wir haben 'n Kompressormotor auseinandergebaut, das Ventil eingestellt, wieder zusammengesetzt … Aber probieren, ob was geht, hat's bei uns nicht gegeben! Das hat man zusammenmontiert, dann musste das laufen! Jetzt, wenn wir 'n Motor überholt gehabt haben – ob das 'n Motorrad- oder 'n Automotor war –, mussten wir den Motor einfahren. Und danach hat der Kunde erst das Fahrzeug gekriegt. Weil damals kam die Gefahr auf, dass sie's überheizen. Die Horex zum Beispiel, das Motorrad, die galt als Todesmaschine, weil wenn du die 'ne Weile gefahren hast, ist die zu heiß geworden und hat 'n Kolbenklemmer gekriegt. Und ich hab das damals beherrscht. Wenn die Horex geklemmt hat, das hat man gemerkt. Musst halt beim Fahren 'n Gefühl haben und hören, was läuft, weil das pfeift auch 'n bisschen. Dann hab ich schnell die Kupplung gedrückt, dann konnte der Motor machen, was er wollte und's Getriebe auch, weil das voneinander getrennt war. Dann hab ich ihn halt rollen lassen, bis er sich abgekühlt hat, hab ihn kurz losgelassen, dann hat's 'n Schlag getan und der Kolben war wieder frei. Aber das musste man können, nicht bloß wissen. So war das mit unsrer Fahrerei. Wenn man bei meiner Horex den Auspuff perfekt gemacht hat – das war dann 'n Karl besonderer Auspuff mit 'nem besseren Ton –, hat die Feuer gespien wie Elefantenzähne! »Zack, zack, zack«, so hat's das Feuer oben rausgehauen.

Mitm Emme hab ich mal die Herta besucht im Internat, 1950 'ne Tour Richtung Saulgau gemacht. Da hat der Emme die Hinterradfederung, die heute ganz normal ist, grad entwickelt gehabt. Damals hatten wir 'n DKW-Motorrad, die NZ. Und da haben wir hinten auf den Kotflügel 'n Sozius, 'n Hintersitz, draufgeschraubt, damit ich auch Platz hatte. Ha ja, dann bin ich aufm Sattel hinten draufgehockt und der Emme ist gefahren. Bis wir heimkamen, haben wir 'n nageldünnen Reifen gehabt. Da war kein Profil mehr drauf und nichts. Jetzt hat die Schraube von dem Sitz von oben den Reifen abgewetzt, so 'ne breite Spur fast bis aufn Schlauch. Wir haben eine bisschen zu lange Schraube reingemacht, und jedes Mal, wenn ich durchgefedert bin – »dzzschschtt-dzzschschtt« –, hat die in den Reifen reingeschlitzt. Aber wir sind den Autos hinterdrein, ha ja, da hättest du keine Zeitung mehr dazwischenschieben können! Wie sich's gehört hat!

Da haben wir mal konstruiert, der Fritz, der Emme und ich. In der Werkstatt auf den Autos gehockt. Und vorne an der Werkbank dran ist der Vater an der Schleifmaschine gelehnt. Und ich komm an den Schleifbock dran und hab ihn plötzlich aus Versehen eingeschaltet – »ratsch«. In der Oberhose und in der Unterhose so 'n langer Riss. Da hast du alle Farben gesehen! »Etzt han i 'n scho wieder nabrocht, de Arsch!« Den Spruch kannten wir ja. Aber da hättest du 'n Mercedes oder 'n BMW mit 600 oder 800 PS nehmen können, da wärst du nicht schneller zum Loch rausgekommen als wir rausgekommen sind. Zuerst gelacht und dann musstest du aber eilen. Wuselig wie ich war, hab ich halt den Schleifstein angeschaltet und dann war Polen offen!

Albert Wenn der Vater in der Werkstatt wütend geworden ist, den Vorschlaghammer, so 'n Kaventsmann, hat der dir hinterhergeworfen. Dann musstest du aber laufen! Man hat's auch gewusst. Man hat gewusst, wo man hinrennen muss. Bloß, wenn's vorbei war, war's vorbei. Der hat nie was nachgetragen. Wenn der Vater den Dorn, 'n langes Eisenwerkzeug, gehalten und 'ne Kurbelwelle aus 'nem Lager rausgetrieben hat und du musstest mitm Hammer draufhauen – und du hast anstatt den Dorn den Daumen erwischt –, die Zeit hast du immer gehabt. Aber in der Zeit musstest du außer Schussweite sein, sonst hast du gefehlt, warst du dran! Weil das ist 'ne Weile gegangen, bis er das wahrgenommen hat. Und dann ist aber schlagartig …, so blitzartig wie du ihn am Daumen getroffen hast, so ist der explodiert. Aber 'n Toleranzspielraum hattest du. Man muss sich mal den Weg vorstellen vom Daumen bis hier rauf zum Hirn. So kurz ist der dann auch nicht. Deine Fluchttoleranz hast du gehabt. Aber wehe, du hast die nicht genutzt! Draußen standen die Kumpels und du wolltest raus zum Spielen. Du musstest aber dem Vater helfen. Da hast du halt unterm Schlägern, beim Hämmern, geguckt, ob die Kumpels noch da sind.

In der Werkstatt mussten wir noch mehr helfen als im Haus, die Mädchen auch, alle. Da warst du schon früh eingespannt. Du hast Kinderwagen geschmiert und den alten Weibern die Fahrrädchen aufgepumpt. Lauter so Zeugs. Eine ist immer gekommen: »Herr Thiel, tätet Sie mir's Fahrrädle aufpumpe?« Und der Vater hat gesagt: »Komm, Albert, pump derre Frau's Fahrrädle wieder auf!« Da hast du deine Pistole gehabt – »ppschsch« – dann ist's wieder gegangen. Anschließend hab ich ihr's Fahrrad bis nach vorne an die Apotheke geschoben. Und die hat mir jedes Mal zehn Pfennig versprochen und jedes Mal hat sie's vergessen. Und also bin ich hin und hab der das Fahrrad so aufgepumpt, dass es, wenn sie aufs Fahrrad draufhockt, 'n Schlenker gemacht hat. Daraufhin ist die umgedreht und hat das dem Vater gesagt. Und ich bin verhauen worden von ihm und die zehn Pfennig hab ich trotzdem nicht gekriegt. Da konnte man 'n Schlauch reinmachen, selbst den hat sie nicht bezahlt.

In die Fahrradreifen haben wir Gartenschläuche reingebunden und 'n Draht durch den Schlauch gezogen zum Befestigen, so sind wir gefahren. Auch für die Kinderwagen. Da waren die Frauen froh, dass mein Vater überhaupt auf so was gekommen ist. Ha, der hat sich schon zu helfen gewusst. Oder man ist halt mitm Hanfseil Fahrrad gefahren. Das war 'n Überbleibsel von früher, von noch früher. Karl

Wir hatten auch Autos, alte Vorkriegsmodelle, die hinterm Haus stillgestanden sind. Unser Adler hat 1,1 Liter und 32 PS gehabt. Und 'n Maybach. Und 'n Opel-Admiral, blau, mit Ersatzrad hinten drauf, der war zu diesem Zeitpunkt das teuerste Opel-Auto. Den hätten sich in Laupheim bloß zwei Leute leisten können. 3,6 Liter, 90 PS, 6 Zylinder und vier Türen hatte der und innen war er rot gepolstert, 'n Auto, das heut 100.000 Euro wert wär. 'n Generalstabsauto, noch 'n Rest- Emmerich stück vom Bergungsamt. Die Fahrer sind zu Laupheim gefangengenommen worden, dann ist das Auto einfach stehen geblieben.

Herta Der Admiral hatte sein Reserverad hinten und da haben wir oben vom Dach runter »zack-zack« Rutsche gespielt. Das Rad war mit 'nem Pinn befestigt, der 'n bisschen rausstand. Das war 'ne Herausforderung, um den herumzufitschen! Wir mussten immer neben diesem Pinn vorbeischlittern! Und ein Mal ist der Karl direkt in den reingeschossen und hat seinen Hintern aufgerissen. Das ist ganz häufig passiert, dass wir genäht werden mussten. Die kannten uns schon im Krankenhaus, weil fast jede Woche jemand zum Nähen kam von den zwölfen. Da wurde man zusammengeflickt und dann ging's wieder weiter.

Albert Der Vater hat denen dann unentgeltlich den Lastenaufzug oder die Waschmaschine repariert, weil wir nicht versichert waren. Das hat man dann verrechnet mitm Arm oder mitm Bein. Wenn der Chefarzt vom Krankenhaus was zum Reparieren hatte, wusste er: »Gang zum Vater Thiel, der macht des und do muescht nix zahle! Weil des goht it lang, no kommt der mit de Kinder doher, weil se's Fell verrisse hent.«

Elvira Medizinische Versorgung war gut, die Familie war in der staatlichen Krankenkasse, da gibt's überhaupt kein Vertun! Wir waren ohnehin kaum krank. Außerdem waren wir in einem Familienkrankenverein für Katholiken, da musste man pro Jahr zwölf Mark bezahlen. Die Schwester Rhomedia war eine von den Reutemer Franziskanerinnen im Spital, 'ne ausgebildete Krankenschwester. Und wenn man krank war, kam die Rhomedia und hat einen kuriert. Die war mehr als zackig, aber sie war gut! Dann brauchte man nicht zum Arzt. Und wenn man die Rhomedia im Städtle getroffen hat, musste man »Gelobt sei Jesus Christus« sagen. Das hat man auch zum Pfarrer gesagt. Dann haben die geantwortet: »In Ewigkeit, amen!« Und wenn man gesehen hat: »Oh, da kommt d Schweschtr Rhomedia!«, hat man sich schnell 'n andren Weg gesucht. Weil sie gesagt hat: »So? Hoscht die Arznei au gnomme? Und wie goht's dr etzt? Du muscht des halt soundso mache!!!« Vor der Rhomedia haben wir Angst gehabt, mein lieber Freund! »Du nimmscht des etzt glei, damit i des seh!« Sie mochte uns, oh ja, wir waren auch überaus höflich zu ihr. Oder sie kam einfach vorbei: »Etzt muss i mol gucke, ob's euch alle guet goht! Ob des etzt erledigt isch mit dr Erkältung!«

Zum Arzt sind wir sehr wenig gegangen. Man ging nur, wenn was war. Auch zum Zahnarzt ist man immer nur dann gegangen, wenn's geplagt hat. Obgleich wir ja Mitglied in der Krankenkasse gewesen sind und auch die Beiträge bezahlt haben. Fritz

Wir sind weder krankenkassenversichert gewesen noch sonst irgendwas. Aber wir hatten auch keine Zeit zum Kranksein. Karl

Hinterm Haus haben wir Ölfässer stehen gehabt. Wenn man Ölwechsel gemacht hat, hat man da's Öl reingeschüttet. Und in der Werkstatt gab's 'n Sägemehlofen. Mit dem haben wir im Winter geheizt. Den hat man angezündet mit 'ner Riesenlötlampe, Petroleum. Die musstest du unter Druck setzen, wie 'n Flammenwerfer. Und gehörig aufpassen, weil dir das gigantisch um die Ohren fliegen konnte! Und da hab ich die Zwei-Liter-Lötlampe ordentlich aufgepumpt. Ich wollte die in die Werkstatt tragen, damit wir's warm haben. Ha, und beim letzten Stoß ist mir die Lötlampe explodiert. Ich hab 'n Hechtsprung in den Schneehaufen reingemacht und als ich rausgekommen bin, haben praktisch nur noch die Füße gebrannt. Die hab ich gleich in den Schnee reingesteckt, dann war's schon vorbei. Anschließend bin ich nach vorne gelaufen und die haben alle die Hände überm Kopf zusammengeschlagen. Ich hab gedacht: »Was hent denn die?« Durch die Brille waren meine Augen geschont. Aber ich hatte 'n Overall an, der hat Feuer gefangen und jetzt hab ich alles andere verbrannt, so große Blasen gehabt, und hinter den Ohren, am Haaransatz, alles, Haut, alles weggehabt. Doktor ist gekommen: »Mache mir a Feuchtbehandlung oder mache mir a Trockebehandlung?« Da hatte ich schon 'n paar Sanitätskurse hinter mir. Hab ich zu ihm gesagt: »Also, a Feuchtbehandlung wär mir scho sympathischer!« »Also, isch in Ordnung. I schreib Ihne a Flüssigkeit auf, des Tuech leget Se druff und passet Se uff, dass des it abachet!« Das durfte nicht ankleben! Und dann haben wir so große Leintücher draufgelegt mitm Loch drin, wo ich die Nase rausgestreckt hab, dass ich atmen konnte.

Ich bin von der Schule gekommen. Und irgendwie merkst du das ja gleich, wenn du ins Haus reinkommst, dass irgendwas nicht in Ordnung ist. Und dann hat man nachgefragt. Dann ist meine Mutter mit rauf und mit mir rein und hat gesagt: »Erschrick it! Do hanne isch dei Bruder Karl. Der hot schwere Verbrennunge.« Und hat's Leintuch angehoben. Der lag da, wie wenn du 'n Toten zudeckst. Und dann hab ich eigent- Raphael lich bloß verbrannte Haut gesehen, keine Haare aufm Kopf, nichts, null. Und das war das Phänomenale an unserer Mutter: Wir hatten keine Krankenversicherung, meine Eltern haben nicht in die Krankenkasse eingezahlt, dass man gesagt hätte: »O.k., der Bue muss ins Krankehaus! Der muss entsprechend behandlet werre!« Was ich heut als Glück empfind, weil die hat den so gepflegt – der hat keine einzige Brandnarbe am ganzen Körper, keine einzige! Und wenn man das später gesehen hat, was der für Wasserblasen hatte! Solche Dinger da dran! An den Händen, alles verbrannte Haut, wenn sie sich neu bildet, so rosarot. Und dann – total normal, normalen Haarwuchs, normalen Bartwuchs. Permanent hat die feuchte Umschläge gemacht und den Kerl selber behandelt, so lang bis der wieder auf die Beine gekommen ist. Und der hatte manchmal Schmerzen wie 'n Ross. Hat natürlich auch entsprechend geschrien. Du hattest ja nicht die Schmerzmittel zur Verfügung. Das war schon happig! Man muss sagen: »Oft genug Schweineglück!« Im Grunde genommen haben wir alle 'n guten Schutzengel gehabt!

Elisabeth Da hat unsre Mutter ganz viel gemacht, mein Gott! Sie hat immer mit der letzten Kraft und Aufopferung geheilt! Die Mutter war 'ne begabte Heilerin, wusste noch viele alte Kräuter, die alten Hausmittel, die Schmalz- und Kohlwickel, 's Kamillenkissen, ihre Extrakte, Spitzwegerichsirup und Saft aus Tannenzweigspitzen, die Salben geheimnis- und erfolgreich anzuwenden. Im Übrigen hat sie uns gern frühmorgens ausm Bett gescheucht. Im eiskalten Schlafzimmer raus ausn Strohbetten, waschen unter eiskaltem Wasser, rein in die Kleider und ab in die Kirche. Die Devise: »Was dich nicht umbringt, macht dich stärker!« war eben unsere Abhärtung.

Albert Aber wenn du krank warst, ist dir's gutgegangen. Da hat sich alles um dich gekümmert. Das hast du genossen! Wenn du Wochendippl – das hängt mitm dicken Hals zusammen –, Mumps, hattest oder die roten Flecken, die Windpocken – wenn's einer hatte, hatten's alle. Bei den Windpocken haben gleich drei, vier, fünf Stück ausgesehen wie die Fliegenpilze. Wenn eins krank geworden ist, waren alle krank. War egal! Aber durch sind wir! Da hat man die anderen, die Gesunden noch mit ins Zimmer reingeworfen, dann hat die Mutter die Arbeit bloß ein Mal gehabt.

Lotte Bei den Kinderkrankheiten war die Mutter speziell. Die war medizinisch 'n Käpsele, 'ne ideenreiche Naturbegabung!

Lotte war Krankenschwester, Christa hat immer mit eigenen Heilmitteln rumgebastelt, Karl hat sich mit Heilkunde und Reiki beschäftigt, Herta ist Ärztin geworden, Siegfried hat 'n Heilpraktiker gemacht und ich auch. Elisabeth

Und in der Zeit von Karls Verbrennung, 49, 50, hat der Vater auch 'n Unfall gehabt. Da hat er seine drei Finger verloren. Am Sonntagmorgen kamen immer dieselben, die sonst nie in die Werkstatt kamen. Und der Vater konnte nicht »nein« sagen. Hat gesagt: »Jo, des mach i!« Er hat zwar innerlich gekocht, aber nie »nein« gesagt. Wie der im Hof rumgetanzt ist! Zuerst haben wir gelacht und nachher nicht mehr. Das war so 'n alter Fiat mit 'nem Holzaufbau von 'ner Bäckerei. Der musste am Sonntag Brot ausfahren. Dann ist er halt grad noch bis zu uns runtergerollt. Und der Vater hat zu dem gesagt: »Sitz nei, aber dreh de Zündschlüssel erscht rum, wenn i dir's sag!« Und das war so 'n kleines, quirliges Männchen, der hat keine Ruhe im Hintern gehabt und am Anlasser rumgemacht. Und mein Vater hat vorne durchs Lüfterrad durchgegriffen, das waren früher Metallblätter. Dann hat er ihm zugerufen, er soll auf die Kupplung drücken und in dem Moment hat der aufs Gas gedrückt! Und dann hat's rechts schlagartig alle drei Finger abgehauen. Den Daumen hat er noch gehabt und den kleinen Finger. Raphael

Rechts die ersten drei waren weg, Daumen, Zeigefinger, Mittelfinger. Der Mittelfinger war noch so 'n halber Stummel. Elisabeth

Daumen und Zeigefinger waren dran. Da kannst du noch viel damit machen. Er konnte. Albert

Und die ganze Arznei, die ich gegen die Brandschmerzen gekriegt hab, hab ich alle meinem Vater gegeben. Ich hab überhaupt keine Tablette genommen. Ich bin daheim gelegen und meine Kumpels sind gekommen und meine Freundin, deren hab ich mehrere gehabt. Die Vicky, die Angelika, der Steebs Männe, Dischingers Bernhard, der Öttingers Waldi und der Bizze und der Wolfgang, Hofoertels Günter, Otts Günne, Kohlers Konne, alles Laupheimer. Und die haben mir immer so Schnapsfläschle unten reingeschoben und die Sache war o.k. Und irgendwann hab ich wieder eine Haut gehabt. Doktor kommt – guckt mich an – und geht auf mich los wie 'n Elefant: »I han gsagt: ›Dohoim im Bett bleibe‹!« Hab ich das ganze Gesicht erfroren und lauter blaue Flecken gehabt. Und zwar bin ich zum Reiten gegan- Karl gen und bin den ganzen Tag durch den Wald geritten. Hab ich alles erfroren gehabt, weil die Haut noch so dünn war. Erst verbrannt, dann erfroren. Darauf hat der Doktor gesagt: »Und etzt kannscht du mi am Arsch lecke! Etzt komm i gar nemme!« »Doch!«, hab ich gesagt. Hinterher bin ich sehr brav gewesen.

Albert Der Vater hat Sonntagsarbeit gemacht ohne Genehmigung. Der hätt Bereitschaft einreichen müssen, dass er Pannenhilfe macht. Das haben wir doch damals nicht gekannt! Und der hat nichts bezahlt gekriegt. Der Bäcker hat nichts gezahlt.

Raphael Weiterreparieren konnte der Vater nur schwer. Er hat sowieso auch die Hände gehabt mit der Sehnenverkürzung, ganz extrem. Er hat sich halt 'ne Fertigkeit zugelegt. Da musste ich viel helfen deswegen.

Emmerich Anno 53 waren der Karle und der Fritz und ich voll Action drin und haben Tag und Nacht gearbeitet. Da haben wir auch viel Werkzeug und Gerät gekauft. Und wir hatten in der Werkstatt bloß 'n Lehmboden drin, keine Grube. Unter den Autos haben wir aufm Boden gearbeitet. Da hat man halt 'n Wagenheber gehabt, und nicht mal 'n ordentlichen, damit hat man das Auto angehoben und sich druntergelegt. Nichts Rollwägele. Deswegen wollten wir 'ne Grube reinmachen, aber mein Vater war gegen 'ne Grube. Dann haben wir uns 'n Lastwagen geliehen und bei Nacht mit Pickel und Schaufel zu dritt 'ne Grube gegraben. Bis der Vater aufgewacht ist, haben wir 'n Loch drin gehabt!

Karl Unsere Werkstattgrube war ziemlich breit. Da hat schon bei den normalen Autos der halbe Reifen reingeguckt, ist übergestanden und der andere war draußen. Und bei dem schmalen Goggo musstest du genau einweisen, dass er nicht in die Grube runterfällt. Der hat gerade haargenau draufgepasst. Mir ist mal 'n Goggo in die Grube reingerutscht, Wahnsinn, in 'nem Affenzahn! Konntest du die Karre wieder rauspulen. Das Goggole war so schmal. Der hatte auch noch die Füße so schräg, 's Fahrgestell. Dadurch ist er runtergeflogen ins Loch! Ist nicht bloß einer runter. Den haben wir halt wieder rausgehievt. Der war nicht schwer. Und bei diesem Einweisen bist du ja immer rückwärts gelaufen und dann kam's vor – da hat auf einmal der Einweiser gefehlt – »zack« – aber senkrecht runter! Da ist nie einem was passiert! Nichts. Dann bist du halt hinten wieder rauf und hast wieder eingewiesen.

Der Fritz und ich, wir waren am Anfang viel zu jung. Trotzdem: Wenn einem abends um neun die Karre verreckt ist, konntest du nicht sagen: »I mach die dem it!«, wenn er's am andern Morgen um sechs braucht! Wir hatten in der Färbergasse den ersten motorisierten Milchmann, den Stotzes Wyse. 'n ganz eigenwilliger Mann. Der hat nichts geschwätzt. Gerade dass er noch »Grüß Gott« und »Pführ di Gott« und was die Milch kostet gesagt hat, war alles. Der hatte zuerst 'n Handkarren und 1951 'n neues Dreirad-Tempo mit 250 Kubik. Und wenn der das Auto mittags um zwei zu mir hinstellt, muss das morgens um halb fünf wieder fertig vor der Tür stehen. Wenn der mittags um zwei sagt: »Mei Kupplung goht nemme!«, muss ich den Motor ausbauen und muss, bevor's sechs ist, mitm Auto zu Ulm sein, damit ich noch 'ne Kupplung krieg! Du hast ja nicht mal 'ne Schraube gekriegt zu der Zeit! Heim und den Motor einbauen, dass der sein Auto wiederkriegt! Wir sind am Tag vier Mal die 24 Kilometer nach Ulm gefahren. Nach Ulm hab ich auf der alten B 30 Rekordzeit zwölf Minuten gebraucht, zwanzig Minuten zum Einkaufen, zwölf Minuten zurück, jetzt kann man mal's Rechnen anfangen! Auf der neuen B 30 waren's noch neuneinhalb Minuten. Und wir sind auch in der Stadt nicht langsamer gefahren als auf der Landstraße. Wir sind durch die Ortschaften durch normal mit 100. Sonst hätt man ja in zwölf Minuten nicht auf Ulm fahren können! Da bist du durch fünf Ortschaften durchgekommen, alles voll Rohr! Und nie was passiert.

Aber ich bin auch nicht der Kaufmann, sondern ich bin einfach der Fachmann. Meine lieben Eltern hatten unwahrscheinlich viel Fähigkeiten, aber eins haben sie nie verstanden – Geld zu verdienen. Damit wär schlicht und einfach alles gesagt. Da hat man fünfzehn Talente und zwanzig will man ausüben. Die konnten viel und konnten's nicht in Geld umsetzen. Und wir haben damit zu kämpfen, uns klar zu werden, was wir wert sind mit unserem sozialen Fanatismus, mit unsrer angeborenen Gutmütigkeit! So waren die Großeltern Schuler schon! Die halbe Stadt ist schon bei denen eingekehrt und hat 'n Marmeladebrot gegessen, weil der Rest nichts gehabt hat. Das ist nichts Schlechtes, aber die waren einfach nicht in der Lage, das eine vom andren zu unterscheiden. Es gibt Leut, denen muss man einfach helfen, aber es gibt auch Leut, die nützen so was aus! Die Mutter hat von 'nem Büro nichts verstanden. Ahnung minus hundert. Die Eltern haben sich nie mit Buchhaltung beschäftigt. Aber wenn man am Abend feststellt, dass man bloß dreißig Mark in der Kasse hat und den ganzen Tag gearbeitet, muss man gucken, warum das nicht stimmt. Und wenn dann der Vater Thiel anstatt fünf Stunden drei Stunden aufgeschrieben hat, muss der Buchhalter dem auf die Schulter klopfen und sagen: »Freund, so goht des it!« Das Traurige daran ist ja: Da hat man fünf Stunden gearbeitet und andre haben acht Stunden gebraucht und dann hat man drei Stunden verrechnet, weil man die eigene Leistung nicht einschätzen konnte. Ich hab's selber so praktiziert, ich hab das geerbt von meinen Eltern.

Lotte Die Eltern waren begabt, beide, die hätten Millionäre werden können, aber sie waren sozial und nicht kaufmännisch ausgerichtet.

Raphael Das kommt aus der sozialen Einstellung, dass man bestimmte Dinge nicht tut. So auch: Geschäfte betreiben. Man ist übermoralisch, was auch hinderlich ist, um sich selbst zu achten. Und der Vater und meine Brüder waren alle technisch begabt. Man hat zwar Rechnungen geschrieben, man hat sie vielleicht sogar verteilt, aber dann haben die Leut nicht gezahlt. Aber du kannst auch nicht erwarten, wenn du am Freitag 'ne Rechnung ins Haus bringst, die haben da unter Umständen auch kein Geld im Haus, dass du gleich spontan's Geld aufn Tisch kriegst. Du musst auch 'ne gewisse Vorlaufzeit haben. Es war praktisch alles Chaos und man hat nur spontan gehandelt und spontan reagiert. Der Fritz ist oft genug gekommen und hat am Samstag angefangen, Rechnungen zu schreiben, dass wenigstens die Rechnungen geschrieben waren. Und das macht bei der Kundschaft schneller die Runde, als man denkt. Dann heißt's: »Gang zum Thiel, do kriegscht es umsonscht!«

Fritz Die Eltern waren beide hochintelligente Menschen und jeder von den zweien hat irgendwelche Visionen gehabt und in diesen Visionen haben sie gelebt. Die hatten gute Ideen, konnten die aber nicht so in ein Lot bringen, sagen wir Schwaben.

Emmerich Die Ideen, die die gehabt haben und was die geleistet haben – mit nichts und wieder nichts! Diese Extreme, die sind so gewaltig, das kann man sich nicht vorstellen! Schlicht und einfach hat's Konzept gefehlt.

Elisabeth Wir haben ja nicht umsonst Hunger gelitten. Wir hätten gar nicht Hunger leiden müssen.

Bei der christlichen Einstellung hat man um Gotteslohn gearbeitet, bis mir der Kragen geplatzt ist. Und dann hab ich die Kunden, die das ausgenutzt haben, deren gab's ja mehrere, alle rausgeworfen. Karl

Und 57 hab ich den Kanal vollgehabt und bin weggegangen. Und 59 ist der Vater weggegangen. Und da haben die den Karle in die Werkstatt reingedrückt, die der Vater in den zwanziger Jahren eröffnet hatte. Die lieben Geschwister haben den in der Notlage geschnappt, einfach da reingesetzt und sitzenlassen. Aber der Karle war 'n anderer Typ als ich, der war lebenslustig. Emmerich

1960 bin ich wieder heimgekommen. Ich hab zu der Zeit bei Porsche in Stuttgart gearbeitet und 'ne sehr gute Position gehabt. Ich hab als einer von vieren Rennmotoren instand gesetzt. Wir waren zuerst am Serienmotor und zum Schluss bei den Carrera-Motoren. Das war's Höchste! Eigentlich wollte ich das der Reihe nach durchmachen, weil das für mich unheimlich wertvoll gewesen wär. Aber das hat sich so zugespitzt … Es waren so katastrophale Zustände in der Werkstatt in Laupheim, dass das für mich nicht mehr zu verantworten war, das so laufenzulassen. Ich hab das gesehen, hab mich beurlauben lassen und bin heim. Ich hab gesagt: »Ich komm für a Vierteljohr!«, und hab noch's Weihnachtsgeld vorzeitig ausbezahlt gekriegt. Die haben sogar die Arbeitsstelle für mich freigehalten und ich hab erst 'n Dreivierteljahr bei Porsche gearbeitet. Am 16.12.60, Freitag, war ich wieder da. Dienstagnachmittag um zwei hab ich den Karle's erste Mal gesehen. Der sah aus, wie wenn er seit drei Tagen bloß auf der Straße übernachtet hätt. Ist im Haus rumgelaufen, kein Wort gesagt, und war wieder weg. Von da an hab ich den Karle nie mehr daheim gesehen. Und ich bin allein dagestanden. Irgendwann ist der Gerichtsvollzieher gekommen. Das war die Situation. Im Anschluss hab ich rund um die Uhr gearbeitet. Ohne jegliche Unterstützung. Und der Betrieb hat sich daraufhin noch erweitert.

Ich hab daheim gearbeitet von 58 bis 60. Dann ist mein Vater Ende 59 gegangen und danach bin ich gegangen. Der Emmerich ist gekommen und ich bin direkt vorm Emmerich gegangen. Damals sind wir beieinandergesessen und haben besprochen, was wohl geschieht: »Weil so ka's it weitergange, gell!« Und dann hat der Emmerich gesagt: »I bhalt d Hoimet und des bleibt a Zentrale.« Ich hab gar nichts ge- Karl sagt. Ich hab das Waldsee vorbereitet. Ich hab die Anni kennengelernt und folglich bin ich auf Waldsee gegangen.

Lotte 1960 hab ich zur Mutter gesagt: »Bitte, lass den Emmerich nicht in die Werkstatt! Der hot do unte in Stuttgart a Mordsstell! Der soll sich weiter raufschaffe. Do hanne mache mir den Schuppe dicht! Und i guck, dass ihr die Schulde wegkrieget!« »Nein!« Sie hat ständig gemeint, 's kommt vom Himmel irgendwo 'n Wunder!

Emmerich Ich hab immer alles anders gesehen als meine Geschwister. Darum mag man mich nicht, weil ich meine Meinung gesagt und dazwischengefunkt hab. Unterm Strich hat sich allerdings bestätigt, dass das richtig war, so wie ich das gemacht hab. Ich hab ja den ganzen Laden aufgebaut. Aber das Geschäft ist von Anfang bis Ende auf meine Eltern gelaufen, nie auf mich. Und schließlich bin ich derjenige, der jahrzehntelang zum Nulltarif daheim gearbeitet hat. Ich bin halt nun mal derjenige, der das ausgebadet hat, über Jahrzehnte hinweg. Ich nehm das nicht übel und ich kann auch nicht sagen: »I verzeih des!«, aber so geht's nicht!

Raphael Er hat ja's Familienleben übernommen, als der Vater weg war. Dann war der Emme der Federführende in der Werkstatt. Der Emme hat sich auf Porsche spezialisiert. Zu dem kamen oft zwei Rennfahrer mit ihren Porsche. Die sind Bergrennen gefahren, so wie man heute DTM, Deutsche Tourenwagen-Meisterschaft, fährt, nur nicht mit so aufgemotzten Fahrzeugen, und haben vor den Rennen ihre Porsche herrichten lassen. Ich bin natürlich auch schon immer da drin gewesen und hab da rumoperiert. Und wenn du's nicht gemacht hast, hast du eine geschmiert gekriegt. Aber ich wollte mit der Werkstatt eigentlich nichts zu tun haben, denn der Siegfried, der Albert und ich, wir wären nur als billige Hilfsarbeiter benutzt worden, wenn wir noch länger dageblieben wären. Das gab's früher häufig auf den Bauernhöfen. Da hat man die Geschwister mit eingespannt. Ganz schlimm war's für die, die 'ne Macke hatten. Die wurden total missbraucht als Knecht.

Freizeit und Spiel

Der Schlosspark

Für uns war der Schlosspark die Spielwiese schlechthin! Der war so genial, wie man wahrscheinlich selten irgendwas findet!!! Raphael

Unser wildromantischer Schlosspark grenzte ans Färbergässle und gehörte zu Schloss Laupheim. Jede Jahreszeit hatte da ihren besonderen Reiz. Am Rand der fünf glasklaren Weiher standen Weiden, die ihre Äste ins Wasser runtergehängt haben. Da lief man unten durch am Weg. Und an diese Äste haben wir uns gehängt und geschaukelt. Wer Pech hatte, ist in den Weiher geflogen. Ich kam mal dazu: »Du darfscht glei schaukle!« Das war aber gar nicht so selbstverständlich, da musste man anstehen! Da war ich sofort sehr hellhörig. Die wollten mich mit aller Gewalt an den Ast treiben und ich bin halt nicht hin. Der war nämlich abgebrochen. Christa

Ausm Bächle bei den Thujas hinten konntest du saufen. »Gold- und Silber-Quell« hat man da gesagt. Da drin waren Forellen und 'n Eisengitter, damit die Forellen nicht abhauen, dass das Bächle aber durchs Gitter durchkann. Auf die Art haben die Forellen jederzeit frisches Wasser gehabt. 'n Forellenzüchter hat den Karle immer mitgenommen und er hat dem geholfen mit den Reusen. Der Karle hätt gern selber im Schlossparkweiher mit Fischen was gemacht. Da hatte er 'n Faible, 'ne andre Welt. Albert

Wenn wir aufwachen mussten, ha, da haben wir einfach's Fenster aufgemacht. Um fünf ist's Froschkonzert losgegangen, um halb sechs haben die Vögel gepfiffen. Da konntest du danach gehen, alles ganz genau. Karl

Von den Thujas ist man in den wilden Rhabarber rein. Da haben wir die Frösche gefangen, 'n Strohhalm ins Fiedle hintenreingesteckt und den Frosch aufgeblasen, bis er so groß war. Nachher haben wir den Strohhalm rausgezogen, losgelassen, springen lassen, dann hat's den Frosch nach hinten geschnellt. »Pakkk«, die sind gehüpft!!! Da ist hinten der Dampf raus! Albert

Wir haben Seifenkistenautos mit Bolzen oder Achsschenkeln oder 'ner Schnur zum Lenken gebaut und die haben keine gescheite Bremse Fritz gehabt. Aber damals ist halt noch nicht ein Auto am andern gekommen wie heut. Da fuhr kein Auto und gar nichts. Da sind am Tag vielleicht zehn Autos gefahren. Unser Lehrer hat uns erzählt: »In Amerika hat jeder Fünfte 'n Auto!« Das war unvorstellbar. Das konnten wir uns nicht vorstellen! Wenn man dann vom Schlossbergweg – der war kurvig und steil – unten auf die Straße rausgeflitzt ist, 'n Rad verloren hat oder an den Randstein hingefahren ist, war das nicht so schlimm.

Emmerich Unterm Krieg hat man für die gefallenen Soldaten aus Birkenbaumstämmchen Kreuze gemacht und aufm Heimatfriedhof aufgestellt. Diese Kriegsgräberkreuze hat man immer aufs Grab von 'nem Familienangehörigen mit draufgetan. Die Leichen sind nie zurückgekommen. Die Gefallenen waren da nicht mit drin vergraben. Und die Birkenbaumstämmchen sind im Schloss oben zugesägt worden. Jetzt lag da so 'n Berg Reststämmchen. Und wir am Weißen Sonntag in den blauen Bleyle-Anzügen auf Achse gewesen, fünf, sechs, sieben, da war der Fritz auch dabei, und haben die Stämmchen gesehen. Also ist da jemand auf die Idee gekommen: »Lasse mr Schiffle fahre!« Jeder so drei, vier Dinger in den Arm genommen, sind wir an die Quelle im Schlosspark und haben da unsere Holzstämmchen reingeworfen. Dann läuft da 'n Bächle vor zum anschließenden Weiher und wieder 'n Bächle raus zum nächsten Weiher bis nach ganz vorne. Jetzt mussten wir ja bis ganz nach vorne erst sämtliche Fallenstöcke ziehen, damit die Schiffe durchkonnten. Haben wir auch gemacht.

Am Montagmorgen komm ich um zwölf, halb eins von der Schule, lauf durchs Gässle direkt zu uns in den Hof rein. Und was sieht mein müdes Auge? Die Polizei steht an der Haustür und spricht mit meiner Mutter. Ich denk: »Polizei isch nix Guets – gohscht wieder!« Bin ich gegangen und dann auch lang nicht mehr heimgekommen, hab das dann ausgedehnt, irgendwo in der Stadt rumgestolpert. Wie ich heimkomm, hab ich erfahren, dass die in einem von diesen Weihern für 6.000 Mark junge Fische ausgesetzt hatten. Und die sind in den andern Weiher, wo die großen Fische drin waren und die haben die jungen Fische alle gefressen – Fischzucht war weg. Daraufhin hat man überlegt, wer das wieder angestellt hat. Und ist natürlich gleich zu Thiels gegangen. Passiert ist nichts. Die Polizisten sind an der Haustür gestanden – nachgeforscht – Eltern haben gesagt: »Mir wisset des it!« Konnten sie ja auch nicht wissen. Das haben die auch nie rausgekriegt. Und das hat für mich noch mal 'n Vorteil gehabt: Der Bleyle-Anzug war versaut und ich musste den nie mehr anziehen. Den hab ich gehasst wie's Feuer!

Und das war so wunderschön! Also, das Wasser und der Schlosspark war für uns eine Welt! Wie unser Paradies! Und in dieser besonderen Welt konnten wir sehr vieles verarbeiten. Das hat zu uns gehört. Den ganzen Sommer war das unser Revier. Das war für uns einfach ein Garten. Die Damen vom Schloss haben da noch im Goldfischweiher gebadet, da war so 'ne Umkleidekabine, danach sind die wieder hoch den Weg zum Schloss. Wenn wir das gesehen haben, haben wir gespickt und gekichert. Oder wir sind in die alten Reifen rein und die Berge runtergerollt. Was Kinder gemacht haben früher, ist unfassbar! Das Spielen im Schlosspark war unsere Freiheit! Die Freiheit, die uns ermöglicht hat das andere, die Streitereien von den Eltern, zu ertragen. Beim Spielen hatten wir 'ne wahnsinnige Freiheit! Die Mutter hat sich nicht groß gekümmert. Die Mutter war selber 'n großes Kind. Wenn die so genau gewesen wär ... Das war 'ne verrückte Zeit! Aber das haben nicht viele erlebt. In Laupheim, die in meinem Alter, die haben immer erzählt, was sie bei uns erlebt hätten, das hätten sie nie erlebt, wenn sie nicht bei uns aus- und eingegangen wären. Lotte

Wir sind die Färbergasse vor und direkt aufm Marktplatz gelandet. Und da gab's die Seitenstraßen. Und da hat sich alles abgespielt: die Kapellenstraße und die König-Wilhelm-Straße, die Mittelstraße und rauf zum oberen Marktplatz vor der Schranne und in die Langgass. Das war der Verteiler, das war so unser Haupteinzugsgebiet, gell. Und da und im Schlosspark waren wir eben. Gegen den Judenberg und gegen die Unterstadt haben wir »Kriegerles« geführt. Die Rottum, der Bach, war die Grenze. Wer über der Rottum drüber war, gehörte zur Unterstadt und wir waren Oberstadt, richtig die Stadtmitte. Die Unterstadt kannten wir eigentlich von der Schule, aber die gehörte eben nicht zur Oberstadt. Die hat man vertrieben mit Stöckchen und Steinen. Aber der Judenberg schräg gegenüber, die waren unsere wahren Feinde. Mitm Judenberg war's heftig, weil die wollten auch in den Schlosspark und der war nämlich eigentlich unser Terrain. Und wenn wieder Krieg war, wurde 'n Zelt aufgebaut an unserem »Rot-Kreuz-Platz«, 's »Feldlazarett«. Die Buben haben sich Gewehre und Säbel geschnitzt. Und die Anneliese aus der Straße und ich, wir waren die Christa

Rot-Kreuz-Schwestern. Wir bekamen 'n weißes Tuch aufn Kopf und 'ne Schürze und sollten in dem Zelt an unserem Standplatz am Rand vom Schlosspark bleiben. Und das war uninteressant, da war ja nichts! Dann sind wir halt des Öfteren mal aufs Schlachtfeld und haben eins aufs Dach gekriegt. Ich hab geprügelt, ich hab ordentlich … das waren harte Kämpfe, also's Kriegführen war 'ne wichtige Sache.

Karl Judenberg und Schlosspark haben sich gehörig bekriegt. Aufm Judenberg haben ganz früher die Juden und auch Laupheimer gewohnt. Aber nachdem die Judenverfolgung war, haben da hauptsächlich Zigeuner gewohnt und mit denen sind wir auch ganz gut ausgekommen, gell. Ha, die Judenbergler hat man sich geangelt, ihnen anständig den Frack verhauen und sie ins Kästchen gesperrt oder an 'n Bäumchen hingeschnürt. Aufm Judenberg sind die Häuser so nah gestanden und da in 'n Gässchen rein haben wir unsere Gefangenen gebunden, in der Hoffnung, dass sie irgendwann mal einer findet, gell. Wir waren echte Indianer! Ha, Indianerhosen angehabt, da hast du daheim kein Sofa mehr gefunden mit Fransen! Die haben wir alle weggeschnitten, weil wir die brauchten zum Hosenmachen. Indianerschmuck, Federn bis ans Fiedle, an 'n Hintern, runter und Tomahawks. Messer hab ich scharf geschliffen in der Werkstatt, damit hätt man einen totschlagen können. Gegen die Unterstadt haben wir mal Krieg geführt, da hat die Polizei die Hauptstraße oben und unten abgesperrt. Das war regelrecht organisiert. Die Tomahawks und Messer musste man alle links und rechts aufm Trottoir ablegen und die Polizei hat gesagt: »So, etzt könnet r uffanandr los!« Sind die Alten links und rechts gestanden und die Polizei oben und unten und wir haben miteinander Krieg gespielt. Und wenn wir heim sind vom »Indianerles«-Spiel, hab ich das Rot-Kreuz-Köfferchen aus Blech getragen. Mit dem bin ich den steilen Weg von der Kirche hinten runter, in den Sanitätskasten reingehockt und »jjjuuiiipp« auf der Rinne runter. Ha, das war 'n Hochgenuss!

Herta Ich hab geprügelt, wenn's drum ging, dass wir uns wehren. Wir haben uns von den Jungs in der Schule nichts gefallen lassen. Oder wenn uns die Freunde vom Karl blöd kamen, haben wir einfach zugeschlagen! Die waren frech und haben die Mädchen ausgelacht, also haben wir denen Zunder gegeben! Als ich elf war, hat die Gertrud mal gesagt, dass zwei sie besonders ärgern, der Robert Stürmer, mein Klassenkamerad, ein ganz starker Kerl, ich soll ihr mal helfen! Wir haben als Strategie ausgemacht, dass ich oben zuschlage und sie unten, gegen's Schienbein. Sie war ja 'n bisschen kleiner als normal. Am nächsten Morgen um acht sind wir in die Schule gegangen, die zwei kommen auf uns zu und fangen wieder an, die Gertrud zu necken mit Auslachen und Beinchenstellen. Und dann hab ich einfach ausgeholt – »zack« – hat der einen in der Nase sitzen gehabt! Ich war halt schnell und flink. Phänomenal war, dass dem das Blut aus der Nase lief. Das sah wahnsinnig aus! Und alle, die in die Schule kamen, haben mitbekommen, dass dieser starke Junge von mir eins draufgekriegt hatte. Das ist wie 'n Lauffeuer rumgegangen: »Leget euch mit dene boide it a! Dr Stürmer ischt von dene gschlage worre!« Ich hab mich auch mit den Jungens gemessen, im Schnelllaufen und im Baumklettern, weil ich oft mit dem Karl zusammen war. Und der hatte immer Jungens um sich, und ich musste zusehen, dass die mich respektieren. Da haben wir uns angestrengt, dass wir das besser konnten. Und dann hab ich denen gezeigt, dass ein Mädchen das genauso kann wie ein Junge! Wir waren ja auch dünn und klein und leicht und wendig. Als der Karl kurz nachm Krieg mit seiner Clique in die große weite Welt auf den Heuberg auf der Schwäbischen Alb zum Bärenfangen wollte, wollte ich mit! Da hat er sich ein richtiges Wämslein geschnürt und umgeschnallt mit was zum Trinken, gesammeltem Brot und ein Messer als Waffe. Aber die haben mich nicht mitgelassen und ich hab gesagt: »I gang aber mit!« Ich hab genau gemerkt, wie er aufgestanden ist, bin bis zum Stadtrand mitgewandert und dann war's mir zu viel. Dann bin ich umgekehrt. Ich hab gedacht: »Hoffentlich kommet die wieder zrück und werret it von de Bäre gfresse!« Den Eltern hab ich nichts erzählt. Da petz ich doch nicht, wenn jemand so was Großes vorhat!

Die Herta und ich, wir zwei haben gehörig geschlegelt! 's Hertele, die hab ich immer rechts und links hier dran dabeigehabt. Die war immer bei mir. Karl

Was die Phantasie betrifft, haben der Karl und die Herta bei der Verteilung wohl am lautesten geschrien. Die waren die Anführer der Färbergassen-Bande. 'ne hochkulturelle Angelegenheit. Elisabeth

Ganz hinten stand das Viadukt. Da ist kein Mensch raufgekommen – wir schon! Wir haben uns 'n Einbaum gebaut: 'n Baumstamm genom- Karl men und Äste oder Nägel reingehauen und damit ist man rauf. Die Nächsten hat man mitm Seil raufgezogen. Und oben haben wir's wieder eingezogen. Da oben sind wir gehockt mit Pfeil und Bogen. Da konnte uns keiner was anhaben. Wenn die andren gekommen sind, sind sie nicht raufgekommen. Dann hat man von oben runtergelacht und runtergeschossen. Nachher haben wir Speere geworfen. Bolzengerade Stecken geschnitten, scharfe Spitzen drangemacht und ins Wäldchen rein. Unten war der Wassergraben, dann die Hecken und dann die Wiesen vom Schloss. Da sind wir den Baum rauf und auf den Wipfeln von Baum zu Baum und Gipfel zu Gipfel gegangen bis nach hinten wie die Affen. Jeder hatte 'n Speer aufm Rücken. Wie die Waldmenschen sind wir da rauf. Da ist's hinten so den Hang hochgegangen. Und wenn welche was wollten von uns, wie das halt so war, wenn wir Krieg geführt haben, sind wir da durchgekrochen und im Hang dringehockt. Ha, da hat uns von unten keiner gesehen. Und wir haben uns ja dazu noch gut ausgekannt. Und außerdem konnten die gar nicht abhauen, weil die eine Seite zu den Wiesen, da war 'ne Hecke, da konntest du sowieso nicht durch und auf der anderen Seite ist's gleich den Berg raufgegangen, da war 'ne Böschung und 'n Graben. Die konnten nicht mehr weg! Jetzt waren die gezwungen, auf den Wegen zu laufen. Ha, die sind an uns natürlich nicht vorbeigekommen! Die haben wir bloß 'n Stück reingelassen und – »zack«, die Lanzen geworfen, haben die angespickt. Die haben wir zugerichtet! Einem hab ich fast's Auge rausgeschossen, den mussten sie nähen. Der nächste Fluchtweg: Querrunter vom Krankenhaus sind am Weg große Betonrohre gelegt worden. Da konnte man den Schieber anheben oder runterlassen, so haben die's Wasser reguliert. Und wenn uns welche verfolgt haben, sind wir in die Rohre reingeschlüpft. Wir haben uns oft 'n halben Tag da drin aufgehalten. Uns hat niemand erwischt. Und wenn uns einer gejagt hat, direkt auf den Fersen war, das war immer's Schönste! Dann hat man das so gemacht: 's Anlägle, 'ne kleine Grünanlage, da drin war 'n sternförmiger Brunnen und der Weg außenrum scharfkantiger Split, da konnten die andern barfuß nicht mehr laufen. Und wenn uns einer nachgejagt ist, sind wir bloß ins Anlägle rüber, dann sind die stehen geblieben. Ha wa, wenn's Frühjahr losgegangen ist, waren wir barfuß bis im Herbst! Wir hatten so viel Hornhaut, da hättest du Sohlen draufnageln können! Wenn wir durchs Anlägle gerannt sind, mussten die andern anhalten. Die konnten nichts mehr machen!

Färbergassen-Clique haben wir gehabt, klar! Das war schon fast Tradition. Die Färbergasse hatte das Gefühl: »Dr Schlosspark ghört uns!« Wir waren Färbergasse und Schlosspark! Den haben wir also vehement verteidigt mit allen Mitteln. Und wer da reinkam, hat Probleme gekriegt! »Kriegerles«! Da haben wir alle möglichen Schlagwerkzeuge gebastelt, man musste ja Stärke demonstrieren. Innerhalb von Sekunden ging das durch wie 'n Lauffeuer: »Dr Judeberg kommt in de Schlosspark!« Und dann stand das Spitz auf Knopf, dass man sich mal anständig verprügelt. Beim Judenberg war 'n Sohn von 'nem Alteisenhändler dabei, der hatte richtig scharfe Degen. Dann kamen die runter und haben da rumgefuchtelt. Und einem von denen, dem Späher, hab ich mit meinem Schwert dermaßen auf die Finger geklopft – kurz vorher noch frisch schön mit Silberbronze gestrichen – und der hatte die Bronze an den blutenden Fingern und ist rumgerannt: »I krieg Blutvergiftung, i krieg Blutvergiftung!« Eines Tages bin ich auf die Idee gekommen – und Gott sei Dank haben wir immer 'n guten Schutzengel gehabt – und hab alte Zündkerzen an 'ne Geißel vorne hingemacht und im Kreis gedreht, wie 'n Morgenstern. Das war die wirksamste Waffe. Raphael

Die Sommer im Krieg: Nachm Ährenlesen durfte man seine Sachen zusammenpacken aufn Leiterwagen und dann haben wir die Kleinen mitgenommen und sind Richtung Schwimmbad. Das Vertrauen, dass man uns da einfach hingeschickt hat! Der Bademeister Herr Ohngemach hat halt auf die Kinder aufgepasst. Wir haben viel allein gemacht und wir hatten eine Heerschar von Schutzengeln! Wir durften nicht ins öffentliche Schwimmbad, wenn Erwachsene dort waren, nur wenn überwiegend Kinder dort waren. Und das war vormittags. Um zwölf oder spätestens ein Uhr mussten wir wieder daheim sein, weil dann die Erwachsenen kamen, die so knappe Badeanzüge anhatten. Das Schwimmbad war ja nicht nach Männern und Frauen getrennt. Aber für die Erwachsenen gab's auch getrennte Badezeiten. Das war 'ne ganz hochgeschraubte, moralische Sache. Und die Tochter vom Herrn Ohngemach, die Helma, war immer mit uns zusammen. Die hatte natürlich den Vorteil: Die wohnte im Schwimmbadturm, im Wohnturm, und konnte jederzeit ins Bad, das hab ich beneidet! Und Christa kam zudem immer braungebrannt. Was mich auch lang beschäftigt hat: dass die ’n Korken, ’n Schwimmgürtel aus Kork, hatte. Wir hatten keine Schwimmgürtel, das hab ich immer am meisten bedauert, weil nämlich die andren Mädchen so Korken hatten. Und ich konnte zwar schon mit sechs Jahren schwimmen, aber trotzdem hätt ich furchtbar gern so ’n Korken gehabt!

Im Winter

Raphael Wir haben tolle Winter gehabt! Abends sind wir mit den Schlitten am Fußweg zur Schlosskirche runter. Und wenn man da nicht fahren konnte, ist man in der rechtwinkligen Kurve zwischen den zwei Pumpwerken ins Geländer reingerauscht und anschließend hat’s gekracht. Aufgrund dessen haben wir abends, wenn’s dunkel war – da brannte nur eine Lampe da dran – mit Schubkarren und Wannen allen Schnee zusammengescharrt und dem kurvigen Geländer entlang ’ne große Schneemauer gebaut, damit man so richtig mit Schwung reinfahren, wie auf ’ner Bobbahn durchrauschen konnte und unten auf die Straße raus. Und am nächsten Morgen war die Mauer zerstört, weil irgendeiner gesagt hat: »Do derfscht du it fahre!« Und dann ist man hin und hat die wieder ausgebessert abends. Und damit der Sperr vom Pumpwerk die nicht kaputt macht, haben wir noch Wasser drübergeleert. Und weil’s nachts kalt war, ist das schön fest zu Eis geforen. Der Sperr hat natürlich sofort wieder gestreut und wir haben übers Gestreute sofort wieder Schnee drüber.

Christa Da hat man am Schlossberg ’ne Eisschanze gebaut. Den Schnee festgeklopft und noch Wasser drübergeschüttet abends, wenn’s dunkel war. Und dann hat man das ’n paar Mal gemacht, weil mitm ersten Wasser ist der Schnee zusammengerutscht. Am nächsten Tag wieder Schnee drauf und die Prozedur so zwei, drei Mal. Und zum Schluss hatte man so ’ne richtig schöne Schanze. Und wenn man von oben kam, oft lagen wir zu viert auf einem Schlitten, musste man gucken, dass man das Gefährt gleich rüberzog, sonst ist man auf die Hausmauer drauf. Das war’s Spannendste! Da konnten Fremde eben nicht runter.

Das war zu schnell. Die, die das nicht konnten, sind am Abgang runter. Der Schlossgärtner Weiß hat die Schlittenbahn für uns präpariert. Und der Sperr vom Pumphäusle hat gestreut, damit die Frauen den Schlossberg hochkonnten in die Kirche. Und nachher hat der Gärtner Weiß wieder Wasser drüber. Und die Schanze war im Sommer immer noch da. Im Mai hat's schon überall keinen Schnee mehr gehabt – am Weg war immer noch die Schanze. 'n Eisbrocken.

Albert

Die Wirtin vom Hotel Am Schlosspark konnte gute Brödle machen, Weihnachtsplätzchen. Und die Bäckerei Kullerbeers Tine musste immer vom Hotel die Kuchenbleche holen zum Backen im Ofen und nachher hat man's wieder raufgebracht. Da kommt die Tine daher und wir sind grade Schlitten gefahren. Dann sag ich zur Tine: »Komm, du brauchscht des Blech it do nabschleppe. Mir fahret mitnander nab!« Sie hockt vorne drauf und ich hinten hab gelenkt. Die Tine war im Alter von der Lotte und ich 'n Schülerbub, 'n Wicht, ich bin 'n bisschen weniger gewesen. Die war schwerer als ich. Und jetzt hab ich die unten nicht mehr um die Kurve rumgekriegt. Und wir geradeaus in das Geländer rein mit den Plätzchen und abwärts! Dann sind wir hingegangen, haben die Plätzchen aufgeklaubt und sie wieder schön aufs Blech draufgelegt. Jetzt war natürlich 'n Haufen Sand und Zeug in diesen Plätzchen drin. Und die Tine ist wieder weitergelaufen und hat die in den Ofen reingeschoben. Nachher erzählt sie, manche Leute hätten gefragt, was da mit diesen Plätzchen passiert sei, das sei so sandig und körnig gewesen.

Elisabeth

Den steilen Weg vom Salzbüchsle, dem Schlossturm, sind wir auch runter. Da haben wir so Nora-Schuhe, rote Gummisandalen, und dicke Socken angehabt. Dann sind wir in die Hocke und über die Stufen runter wie der Teufel: »Wupp-wupp-wupp-wupp-wupp«. 's gab ja nichts anderes, die Sandalen sind gut gerutscht. Das war 'n Fest! Vor allem musste man unten gucken: 's ging übers Brückle mit den hohen Geländern und das war nicht besonders breit. Und wenn man neben dem Brückle durchgezielt hat, ist man im Bach gelandet. Mitm Affenzahn runtergekommen und »sssssuittt« 's Brückle entlang. Das war gekonnt!

Emmerich

Am Kronen-Keller, von der Kronen-Brauerei der Bierkeller, war noch 'ne alte Straßenbefestigung, viel steiler als heut und ganz eingewachsen mit Bäumen. Das hat alles gehörig gefährlich ausgesehen und war schon richtig außerhalb der Stadt! Dann hat's geheißen: »Do isch 'n böser Ma drinne und guckt zum kleine Fenschterle ganz obe im Giebel raus!« Daneben in die Gartenwirtschaft sind die Leut im Sommer nachm Arbeiten im Arbeitsanzug noch hingehockt, haben ihr Bier getrunken und gebinokelt oder »66« gespielt. Binokel, das spielt man mit zweiunddreißig Karten mit und ohne Siebener. Da hat man immer 'n Bogen drum gemacht, die Straßenseite gewechselt, weil man fürchterlich Angst hatte! Das war auch unsre Schlittenbahn. Von dort bist du bis an den Marktplatz gekommen. Man hat bei den Bauern so 'n Schlitten geholt und ist mit den Bauernschlitten, wo man sonst vorne 'n paar Gäule dranhatte, runter. Vier, fünf, sechs waren vorne an der Deichsel mit den Schlittschuhen, haben gelenkt und hinten drauf sind zwanzig Leut gehockt. Das war auch immer 'ne Mordsgaudi bis nachts um elf!

Albert 's Gasthaus Pflug war direkt neben uns. Und da hat jeder geraucht und zwar gar nicht wenig. Jetzt, wenn wieder die ganze Bude voll war mit Nebel, hat der Wirt den Ventilator eingeschaltet, dann hat der den Rauch abgesaugt. Und wenn der Rauch draußen war, hat der den Ventilator umgeschaltet und dann hat's von außen Luft reingezogen. Und das hast du von draußen gesehen. Und der Siegfried und ich, wir haben das natürlich auch geblickt als Buben. Nachher haben wir im Winter immer drauf gewartet, bis der den Ventilator umstellt, dass's wieder Frischluft reinwärts bläst. Dann sind wir hingegangen, haben 'n schönen Schneeball gemacht, uns bewaffnet, aufgerüstet – und haben die Kugeln in den Ventilator reingeworfen. Und bei denen im Lokal hat's dann geschneit! Wir zwei haben eine Freud gehabt, haben die Bälle gemacht und reingeworfen. Und auf einmal von hinten eine Hand ins Genick und schon hat's gnadenlos gescheppert! »Ihr Heidesapperment, ihr zwoi send des! Soll i des 'm Vater sage!?!« Und dann hat er uns abgezogen, vermöbelt. Und dann sind wir heimgegangen. Oder zum Gasthaus Wyse rüber. Da hat's geschneit in dem Lokal drin!

Fritz Die Brauereien mussten im Winter Eis erzeugen für die Kühlung vom Bier im Sommer. Die Schlossbrauerei hatte das Recht, das Eis im Schlosspark zu ernten. Die Weiher sind mindestens zwanzig, dreißig Zentimeter tief zugefroren. Und wenn die Männer von den Brauereien geeist haben, fünf bis zehn Leute, haben die ausm Eis mit Äxten Schollen geschlagen, so viereckige Platten, die Eisschollen über 'ne

Rampe mit spitzen Haken wie Enterhaken oder Eiszangen rausgezogen und in den Eiskeller direkt am Weiher geschoben. Und zum andren haben sie's verladen auf Fuhrwerke mit Kaltblütlern, die das Eis den Schlossberg raufgezogen haben. Das Eis war nachher im Keller ein Brocken, den musste man im Sommer wieder raushauen.

Elvira

Große Brocken, kleine Brocken. Wenn die Brauereien im Sommer ihre Getränke an die Wirtschaften ausgefahren haben, hat der Wirt immer schon gesagt: »I brauch soundso viel Eis!« Und dann haben die die Blöcke rausgeholt und das Eis gleich mitgeliefert. Den ganzen Sommer hat's da drin Eis gehabt.

Raphael

Wenn die von der Brauerei mit ihren Riesenäxten kamen, das war unerfreulich, weil für uns war ab dem Moment's Schlittschuhlaufen vorbei! Und da musstest du immer damit rechnen: Die kommen und machen dir's Eis kaputt. Aber auf der andren Seite war's faszinierend! In der Zeit, wo die die Bahnen ins Eis geschlagen haben, sind die ganz Mutigen her und sind Floß gefahren mit den Eisschollen. Zu dritt auf 'ner großen Eisplatte und geguckt, dass sie durch die anderen durchkommen. Meistens sind sie abgerutscht und ins Wasser geschossen. Von so 'ner Scholle hat's den Albert mal geschleudert und drunter. Da hättest du ertrinken können. Einer von den Arbeitern ist geistesgegenwärtig in den Weiher reingelaufen, hat mitm Enterhaken druntergefasst, ihn am Kittel gepackt und wieder unten rausgezogen. Und so sind viele reingebrettert und waren klitschenass. Kalt war's wie die Sau! Daraufhin sind sie zum Bäck Kullerbeer, Klamotten runter und haben sich auf die Bank gesetzt. Das konntest du machen! Die Kullerbeers haben eine Freud gehabt und haben denen noch 'n Wecken geschenkt. Das war schön! Da hat uns die Bäckersfrau getrocknet am Ofen dran.

Karl

Ein Mal haben wir 'ne Wette veranstaltet: Man ist von Scholle zu Scholle gesprungen. Wir haben immer gewartet. Den einen hast du aufm Stecken, aufm Kieker, gehabt und der dich auch. Und dann hat der Anlauf genommen, und in dem Moment, wo der gesprungen ist, hast du der Scholle 'n Schubs gegeben, und »zack« ist der dringeflackt. Dringelegen. Das war überhaupt das Höchste!

Fritz

Ich bin nicht reingeflogen, ich bin immer vorsichtig gewesen! Ich war aber an und für sich viel aufm Eis. Man ist auch unten im Schwimmbad Schlittschuh gelaufen. Das hat man auch gefrieren lassen.

's andere Eis: Bei der Schlossbrauerei, der Rössle-Brauerei und der Kronen-Brauerei im Hof standen gigantische Eisgerüste. Da haben sich Eiszapfen gebildet und die hat man auch geerntet. Wenn sie groß genug waren, wurden die abgeschlagen und kamen in die Eishäuser. An den Eisgerüsten waren oben Rohre dran, wo man die Hähne aufgemacht hat, wie bei 'ner Sprenkelanlage fürn Garten. Das Wasser hat man den ganzen Winter Tag und Nacht laufen lassen, das ist ganz langsam eingestellt gewesen. Zuerst hat's 'n ganz kleinen Zapfen gegeben und dann ist der gewachsen und dann war der so groß, wie du selber warst. Da hingen Eiszapfen, die hätten dich totschlagen können. Das war 'ne romantische und spannende Sache, zwischen diesen aberhunderten von Eisgebilden durchzusteigen! Das sah aus wie 'n Labyrinth. 'ne Tropfsteinhöhle.

Im Färbergässle

Emmerich Wir haben eine schöne Jugendzeit erlebt! Wir haben diese Kriegsarmut, diese Eingeschränktheit gar nicht zu spüren gekriegt. Unsre Färbergasse war 'n romantischer, ruhiger Winkel mit 'n paar alten Handwerksbetrieben, zu Zeiten meiner Mutter vor allem Stofffärber und -drucker. Die Leut sind mit kommoden, also bequemen Hausschuhen ihrem Tagwerk nachgegangen. Daraufhin war's die »Kommodschuhgasse«. Heut ist alles abgerissen, flächengepflastert, mit Tiefgaragen bebaut.

Elvira Schuhmacher Mayers Flora, das war sein Papagei, den durften wir angucken. Der Herr Mayer hat in der Nachbarschaft im Keller seine Werkstatt gehabt. »Flora, Flora, Flora!!!«, hat der Papagei immer gerufen. Der war in so 'nem Gatter drin. So 'ne richtige Bude, da hat's ausgesehen! Das war so 'n richtiger Kruscht-, Gerümpelladen wie bei allen Schuhmachern.

Fritz Der war 'n Schäftemacher, 'n sehr guter Fachmann. In 'nem kleinen, alten Häuschen hatte der seine Werkstatt. Als Bub hab ich überall reingeguckt, wo's was Interessantes gab. Nach der Schule bin ich oft zu dem gegangen. Da war's warm und der hatte 'n gusseisernen Ofen, da war immer Sauerkraut drin, das hat man bekommen. Nachm Krieg hab ich auch mal Schuhe selber gemacht für mich und der hat mir das gezeigt, wie das geht. Ein Paar, dann hab ich keine Lust mehr gehabt.

Elvira

Zwischen Wachszieher Mayer und Schreibwarengeschäft war auch Garten. Das war gar nicht so dicht bebaut. Eigentlich ganz 'n nettes Viertel! Beim Wachszieher hab ich zugeguckt, wie der wirklich Kerzen gezogen hat. Da wurden auch Kerzen fürn Weihnachtsbaum und fürn christlichen und jüdischen Gottesdienst gezogen. Überall durfte man rein. Ich hab immer einen Grund gesucht, dass ich bloß beim Goldschmied Herrn Dursch was reparieren lassen kann, damit ich in die Werkstatt reinkann und gucken, wie der da arbeitet, dass ich wusste, wie's da aussieht, wie's da riecht, was man da tut. Das war hochinteressant! Der Holzdrechsler Stöberle, der Schmied, das war ja offen, da konnte man überall von der Straße aus reingucken, die Schlosserei Münch, die Tischlerei, 'n Bauernhof, die Molkerei! Überall waren Kinder und alles hat miteinander gespielt und dann hat man wieder gestritten und dann hat man wieder miteinander gespielt und miteinander gefeiert. Die alte Gutwenzlere, die Mutter vom Friseur Gutwenzl, Frisör mit ö, mit 'nem Bänkle vorm Haus, hat ständig für ihre Hennen Kartoffeln gekocht. Und da hab ich mich immer aufs Bänkchen gesetzt ganz übermütig: »Frau Gutwenzl, i möcht a Kartoffel.« Dann hab ich die dreckigen, heißen Kartoffeln mit der Schale gegessen. »Kind, jo, du kriegscht oine.« Das ist unser kleines Viertel.

Emmerich

Bei dem hat man uns mit der Zange die Haare geschnitten. Drei Haare sind halt noch da gewesen. Der hat so rumgezwickt mit 'ner Zwicke! Und da hat man uns gerupft. Dann hast du vier Wochen die Kappe nicht mehr abgesetzt, weil du dich geschämt hast. Der Fritz war der erste Rebell, der nicht mehr bereit war, sich so 'ne Frisur machen zu lassen. Dann haben wir natürlich auch nachgezogen, gell. Auf einen Schlag war das vorbei, dann hat man sich anständig frisieren lassen. So lang und grad nach hinten gekämmt. War Mode! Aber das Gelumpe hat nicht gehalten. Als Patentrezept hat man halt entweder Bier draufgeschmiert oder Schmalz. Wie das ausgesehen hat! Die Mädchen haben ihre Frisur auch immer mit Bier gestärkt. Was die alles angestellt haben!

Fritz

Die Nachbarn hat man gern geärgert, aber die hatten für uns 'n großzügiges Herz. Die Streiche, die wir ausgeübt haben, haben die meistens großzügig geschluckt.

Emmerich 's Haus vom Fräulein Dochle, Fräule Renzi hat man bloß gesagt, hat direkt an unser Grundstück gegrenzt. Oben gleich rechts war der Abort mit 'nem schmalen Fensterchen und 'n Mückengitter drauf. Da haben wir den Schnee reingeschmissen! Das hat das Mückengitter auch nicht permanent ausgehalten! Wir haben ja gehörige Winter gehabt!

Fritz Heut organisieren die Fußballspiele die Erwachsenen. Wir haben einfach geguckt: »Wo stehen Kinder rum?«, und haben Fußball gespielt. Bei der Frau Karpf nebendran hat man immer die Fußbälle reingekickt, die musste man dann wieder holen.

Emmerich Die Kullerbeers Tine war die Einzige, die 'n richtig schönen, farbigen Spielball hatte, 'n Mädleball. Und eingeweiht hat man den bei Thiels im Hof, weil da gängigerweise dreißig Kinder waren. Und der Ball war noch nicht recht eingeweiht, dann ist er schon bei Karpfs im Garten gewesen. 'n Bilderbuchgemüsegarten. Da hast du auch nicht den Schneid, reinzugehen, weil da musst du ja ins Beet hüpfen. Und wenn die Frau Karpf 'n Ball erwischt hat, hast du den nie mehr gesehen, die hat den nicht mehr rausgerückt. Und man hat ja keinen zweiten Spielball gehabt. Das war für so viele Kinder 'n Ärgernis! Den Ball hat die Tine dann immer an Ostern neu gekriegt. Und irgendwann hat man wieder gespielt und – Ball in Karpfes Garten. So schnell wie der Ball drin gewesen ist, war ich auch drin und der Ball wieder draußen. Ich war mit dem Ball im Garten! Und von dem Tag an hat die Frau Karpf nie mehr von uns 'n Ball erwischt. Dann hat sie den Zaun mit Lättchen erhöht und oben Stacheldraht drauf. Aber wir sind trotzdem drübergehüpft.

Karl Die hat unsere Bälle gesammelt, die alte Karpfe. Aber wir haben ja auch unseren heiligen Zorn gehabt! Das hat Krieg gegeben. Unter den Umständen hat man einfach so Strümpfe hinten und vorne abgeschnitten, vorne 'n Knoten hingemacht, gefüllt mit Apfelbutzen, hinten 'n Knoten hingemacht, übern Zaun rübergekickt, dann konnte die anfangen zu sammeln! Dann ist die gerannt und hat's eingesammelt. Die hat so viel gesammelt, dass sie den Schrank nicht mehr aufmachen konnte, da ist alles rausgeflogen. Die hat's auch nicht leicht gehabt mit uns hier. Der Karpf war obendrein direkt an unser Haus angebaut und zwar so nah, da hat bloß 'ne Wand uns getrennt aus Lehm und Geflecht. Wenn uns 'ne Mücke gestochen hat, hat man den Lehm genommen und draufgebätscht, aufn Stich geklatscht. Mit der Zeit war halt in der Wand 'n Loch drin, aber das hat nichts ausgemacht. Und neugierig wie man war, hat man durch das Loch bei denen in der Stube drin alles gesehen. Da hat man durchs Geflecht durchgegriffen und hat denen's Zeug stibitzt. Oder im Winter haben wir 'n Schneemann gebaut und schief an Karpfes Haustür hingelehnt. Bei diesen alten Häusern bist du zur Haustür reingelaufen gleich in die Küche. Denen haben wir 'n Schneemann schief an die Haustür gelehnt, gell. Und wenn die morgens die Tür aufgemacht haben, ist der Schneemann reingefallen. So haben wir die geärgert. Ha, die haben wir gehörig geärgert!

Die Karpf, die war 'n Drachen. Die hatte Haare auf den Zähnen bis hinter den Rachen. Die hat man gefürchtet. Die hat die Bälle zusammengestochen oder behalten. Die waren ja wertvoll! Albert

Die war 'n bisschen wenig fröhlich. Christa

Und beim Ursprung nebendran hat man 'n süßen Sprudel gekriegt und zwar 'n roten oder grünen. Oder 'n Jurasilber, 'ne Literflasche. Das war die beste Limonade, die's gab! Der Ursprung hatte 'n DKW-Lieferwagen und hat Sprudel vertrieben. Und wenn eines von uns Erstkommunion hatte, hat's Kommunionkind von dem 'ne Kiste voll sortierter Limonade gekriegt, zehn, zwölf Flaschen. Das war 'n Vermögen! Das hat man wie Gold behandelt. Bloß ganz sparsam durfte jeder trinken. Emmerich

An der Kopfseite von seinem Haus hat der Ursprung 'n Spalierbaum mit wunderschönen Birnen gehabt. Große Birnen, ha, die waren fein! Bei dem Hunger, den wir hatten, haben wir halt die Birnen immer geklaut. Und wenn der ernten wollte, waren keine Birnen mehr da. Kurz bevor der gestorben ist, hat er mal furchtbar schlagig getan, war stinkesauer: »Ihr verwöhnte Affe, ihr oifältige! 's ganz Johr hent ihr meine Birne klaut und jetzt langt's koi Mensch meh a!!!« Hat geschimpft wie 'n Elefant mit uns: »Ha, seid ihr z blöd zum Klaue?« Hat sich beklagt, weil wir die Birnen nicht geklaut haben. Der hat geschimpft, ist reingegangen und hat drin gelacht. Der Ursprung, ha, das war der Größte. Wenn der nicht mehr geschimpft hätte, dann hätten wir's auch nicht mehr geklaut. Da wär ja der Reiz weggewesen. Und als der gestorben ist, hat's geheißen: »Den trage mir aufs Grab!« Zu viert mussten wir den tragen. Da ist der Zerrs Franz nicht lange von der Gefangenschaft Karl zurück gewesen. Ha, der hat gesagt: »Des bring i dir bei, wie ma mit so ama Zuig umgoht, wie ma de Schirm und de Sarg trägt.« Musste mitmarschieren. Der hat mich trainiert, wie man 'n Chapeau Claque aufmacht und aufsetzt. Da hab ich's erste Mal 'n schwarzen Anzug angehabt. Und 'n großen Kragen hat man umgelegt, 'n Plastikkragen, weil man keine weißen Hemden hatte, bloß so 'n Latz da vorne runter und 'n Kragen obenrum. Jetzt fängt das bei der Beerdigung an zu regnen wie aus Kübeln. Und ich mach den Schirm auf, der eine schreit: »Grad stande do!«, und, ach, Jesses Gott, wie ich nach hinten schiel, fliegt mir die Kiste runter. Die anderen haben sie gerade noch gehalten. Bei Regen musste ich den Schirm und die Kiste tragen. Mordsding!

Eines Tages bin ich mal von der Schule gekommen. Da ruft der Hirschwasser hinten, ich soll hier den Kopf von der Henne halten, die muss er einmetzgern! Schlachten. Und ich hab gehalten und er hat draufgeschlagen. »Des Mensch, des legt nemme! I woiß au it, was die hot. Uff oimol legt se nemme!« Dann bin ich wieder weitergelaufen. Auf einmal fällt mir ein: »Ha, der han i jo mit dr Schleuder ins Gnick neigschosse, weil se bei uns ins Gärtle ischt!« Und dann hat sie kein Ei mehr gelegt und ich musste den Kopf halten. Ich bin gerannt, dass mir grad der Schulranzen fortgeflogen ist! »Zack!«

Emmerich Wir sind bei uns im Hof gestanden und haben über unser Hausdach die Steine rübergeschmissen. Die haben wir so weit geworfen, dass die Steine beim Hirschwasser die Dachplatten zusammengeschlagen haben. Die haben mich geärgert, aber ich hab sie dann auch geärgert, dann hat's wieder gepasst, so ist das nicht! Der hat 'ne Küferei gehabt und hat morgens um fünf schon seinen Hammer springen lassen. Der hat die Fassdauben zu 'nem Fass zusammengemacht und hat die Stahlreifen mit 'nem Ringhammer, den er auf den Ring draufgesetzt und mit dem andren Hammer draufghauen hat, millimeterweise drüber runtergeklopft. Drei Ringe auf der einen Seite und dann dreht er's Fass um. Der hat den einen Hammer springen lassen wie auf 'nem Amboss. Das sollte man mal hören morgens um fünf – ein Gedicht, so 'n schönen Klang hat das! Musik ist das! Wie wenn 'n Specht am Baum »pppphhrrrrt« macht! Das ist so was Schönes, das glaubt man nicht! Das Eichenholz, aus dem man die Fassdauben gemacht hat, haben die jahreweise den Ring rum aufgestapelt. Türme, fünf bis zehn Meter hoch. Der hatte da im Schnitt zwischen vier und acht Türme stehen. Die sind jahrelang gestanden, damit das Holz, wenn man's verwendet, nicht mehr arbeitet. Und da konnte man rein und innen raufsteigen. Da sind wir natürlich rein, haben oben rausgeschaut und Kapitän oder Panzer oder U-Boot gespielt und runtergeschossen mit den Schleudern. Und wenn der Hirschwasser gekommen ist, hat der fürchterlich geschrien und geschimpft. Aber wir sind trotzdem da rauf. Zwischendurch ist er wieder gekommen und hat 'n heftiges Geschrei gemacht, aber der hat einen nie geschlagen. Die Leut waren dir nie bös, die haben halt geschimpft, weil's sein musste. Von dem haben wir im Krieg so alte Dauben gekriegt und mitm Zieheisen – 'n uraltes Schreinerwerkzeug, 'n Messer leicht durchgebogen mit zwei Griffen – Skier draus gemacht. Die hat man vorne zugespitzt und 'n Lederriemen untenrum, dass du stramm dringestanden bist und dann ist man hinten den Schlossberg runter voll Rohr! Das war 'ne tolle Sache!

Christa
Der Herr Kronen-Apotheker Schirmer, 'n ganz magerer Mann – wenn er den Mantel angezogen hat, hast du gemeint, 's steckt 'ne Latte drin –, hat das ganze Jahr im Keller selber die Sälbchen zusammengemixt. 's Apothekers. Man hat nie Schirmer gesagt. Die Auslage in Apothekers Schaufenster war faszinierend! Da gab's Fensterbänke zum Drauflehnen und Naseplattdrücken in niedriger Höhe. Und im Fenster waren so Kulissen aufgestellt: Der gute Weg und der schlechte Weg. Der gute Weg war breit und steil mit Hindernissen und am Ende hat die Sonne gescheint, der schlechte Weg war schmal und gewunden mit Verlockungen und ging ins Nichts. Da konnte man drüber nachsinnen. Das war die Morallehre bei Apothekers.

Albert
Die große Schwester hat mir mal aufgetragen: »Etzt gohscht in d Apothek und kaufscht a Päckle Haumiblau!« Und dann bin ich hin und hab zum Herrn Schirmer gesagt: »Mei Schweschter hot mi gschickt, i sott für fünf Pfennig Haumiblau han.«

Karl
Am ersten April bin ich immer bei sämtlichen Bekannten vom Vater im Ring rumgegangen. Hier der Zimmermann, da der Maurer, bis ich den Chef erwischt hab: »Grüß Gott, dr Vater lässt grüeße und froge, wie's euch goht?« »Mir könnet it klage.« »Danke vielmals, guet. Und euch?« »Und grüeß de Vater au, ma sieht sich!« »Danke, gleichfalls.« »Grüeß an de Vater!« »Ebeso!« »Vergelt's Gott!« »Und? Wie goht's 'm Vater?« »Ha, fabelhaft!« Und dann hab ich allen bestellt: »Ihr sollet bis um zwoi im Gaschthaus Zur Sonne sei« – der Sonnen-Wirt war auch

schon 'n alter Handwerker –, »do isch a wichtige Versammlung!« Und die haben alle gesagt: »Jo, isch in Ordnung!« »Und? Wie goht's dr Mutter? Au 'n Grueß!« Dann musste ich die Grüße an die Eltern alle ausrichten. Und die Eltern haben mich wiederum beauftragt: »Wenn de se triffscht, sag au 'n Grueß zrück!« Aber nachher war da hinten die ganze Bude voll. Die haben sich alle gegenseitig gegrüßt, gelacht und sich einen angezwitschert. Und ich hab mich gefreut, dass ich die in den April geschickt hab. Und die haben sich gefreut, weil sie in den April geschickt worden sind. Was zum Anstellen war, hat man angestellt!

Albert Immer wieder mal musste man dem Vater 'n Bier holen. Der Vater ist kaum in die Wirtschaft gegangen. Gasthäuser waren aber was Wichtiges! Zu Zeiten meiner Mutter hat's in Laupheim bei 5.000 Einwohnern über sechzig Wirtschaften gegeben. Und bei der Pflug-Wirtin vorne, der Frau Pflug-Schwur, haben wir Bier geholt, die Elisabeth und ich. Dann ist man rüber. Da war's Fällele dran, in der Tür 'n Kläpple, 'n Schiebefenster, wo man's Bier rausgegeben hat. Alle Wirtschaften haben früher so 'n Fensterchen gehabt zum's Bier über die Straße Verkaufen. An der Tür oder nebendran. Da hast du geschellt. Du durftest ja als Kind nicht in die Wirtschaft rein. Dann ist sie gekommen und hat dir 'ne Halbe Bier fürn Vater gegeben, dann hast du halt's Geld, dreißig, vierzig Pfennig, reingeschoben. Und wenn sie grad am Ausschenken waren, hast du gewartet. Da hat's nichts anderes gegeben. Dann hast du deine Halbe gekriegt im Krug, im Stein, kein Glas, und der war offen. Und oben war der Schaum. Und dann bist du heim und hast den Schaum mitm Finger abgeschleckt, abgeschaumt. Hat der Vater schon gewusst. Da hat man aufgepasst, dass man nicht gestolpert ist. Und daheim hat er immer gesagt: »So, ihr Heideblitz, hent ihr wieder älles ragschlotzt? Oh, was isch au a Bier ohne 'n Schaum?!« Dann haben wir halt gelacht, die Elisabeth und ich. Und den leeren Krug hast du wieder rübergebracht. »Und a Zigarr kriegt dr Vater no.« Die hast du auch in der Wirtschaft gekriegt. Mit der konnten wir aber nichts anfangen. Oder hinten bei der Küferei Hirschwasser hat man Most geholt, auch im Stein.

Elisabeth Bei dem Fahrradgeschäft in der Rabenstraße, die hatten die »Königin der Nacht« im Schaufenster ausgestellt, 'ne Blume mit 'ner großen, weißen Blüte. Das haben wir nie verpasst! Die blüht nämlich nur ein

Mal im Jahr und noch dazu in der Nacht. Das hat die Frau vom Fahrradhändler genau gewusst: »Heut nacht goht d ›Königin dr Nacht‹ auf!« Da haben wir einen vom Färbergässle abgestellt und aufgepasst. Und der kam plötzlich geschossen: »Schnell, alle hin!« Dann sind wir gerannt und haben im Schaufenster zugeguckt, wie die langsam aufgeht. Das war faszinierend, dass man da zugucken konnte!

Raphael

Unter der Treppe hat man in vielen Häusern die Eierkohlen und Briketts aufbewahrt. Und man hat mit der Kehrschaufel reingefasst, hat sich 'n Kübel vollgefüllt und zum Ofen getragen. Da war keine Tür, da war auf, das war bloß so 'n Bretterverschlag. Und bei uns in der Nachbarschaft gab's 'n Laden, die so religiöse Gegenstände, Devotionalien, vertrieben haben: Bilder, Kreuze, Weihwasserkessel, Kerzen. Die Frau Schafheutle hatte das Geschäft. Und der Tochter, Amanda, hab ich mal eine geschmiert. Ich hab mit ihr gesprochen und da ist mir das einfach übergekommen. Da gab's 'n blöden Spruch dazu, das war so 'n Gag. Da hat man die bekreuzigt und ihnen eine geschmiert. Das hat dazugehört. Das hieß Backpfeifensegen. Ich wollt ihr eigentlich keine schmieren, sondern nur so vorbei, hab sie aber voll getroffen, richtig eine gelatscht. Ich bin selber erschrocken und die ist heulend heimgerannt: »Dr Raphael hot mi gschlage!« Der Vater war Berufssoldat bei der Marine und kam alle halbe Jahr nach Hause und genau in der Zeit war der zuhause. Und ich bin zu uns reingerannt, weil ich gewusst hab: »Wenn die etzt hoimgoht, noch kommt der ihr Vater und's gibt Zoff!« Und hab mich gleich versteckt genau da in dem Kohlenreservoir. Unter der Treppe auf die Kohlen draufgesetzt. Durch die Spalte von der alten Treppe konnte man zur Haustür durchsehen und ich hab gedacht: »Jetzt, irgendwann kommt was!« Und tatsächlich kam der ihr Vater im Unterhemd und Hosenträgern und hat rumgebrüllt: »Wo isch dr Raphael? Der soll rauskomme! Der hot mei Tochter gschlage! Der ka was erlebe!« Und mein Vater hat halt gesagt: »Was möchtescht du? Verschwind und dr Raphael kommt it raus!« Das hab ich eigentlich toll gefunden, wie er das dann gemacht hat! Jedenfalls wollte er die Haustür zumachen und der Herr Schafheutle hat den Fuß in die Tür gestellt. Dann hat zuerst mein Vater richtig zugedrückt, dann hat der den Fuß eingeklemmt und hat »au« geschrien. Dann hat mein Vater die Tür wieder aufgemacht, hat da rausgelangt und den an den Hosenträgern gepackt. Und der Herr Schafheutle ist rückwärts gelaufen, mein Vater den Hosenträger im Griff. Der Herr Schafheutle ist immer weiter zurückgewichen und mein Vater hatte wie gehabt die Hosenträger in der Hand. Und irgendwann – hat er losgelassen. Und der: »Ooouuuh!!!« Dann ist er gegangen. Und das Thema war erledigt. Und mein Vater hat das gespannt gehabt, dass ich auf den Kohlen hock und hat gesagt: »Kannscht ruhig wieder rauskomme!« Das hat er gemacht. Das war auch bei meiner Mutter so, die haben uns im Prinzip schon verteidigt. Ich bin natürlich einige Tage, wenn nicht sogar Wochen, in großem Bogen um das Haus rum.

Emmerich In der Höchstzeit waren wir im Winkel zweiunddreißig Kinder. Abends um sechs hat's Gebet geläutet – da hast du niemand mehr gesehen. Und die Eltern von denen – die Frau ist aufm Bänkle gesessen und hat gestrickt und der Mann hat seine Pfeife geraucht und 'n Most getrunken. Das war noch alles so heimelig! Die Kinder haben rumgebrüllt wie verrückt und kein Mensch hat gesagt: »'s isch z laut!« Wenn die Kinder nicht geschrien haben, dann waren sie krank. Und heut protestieren sie, wenn 'n Frosch im Wasser quakt. Früher war alles viel familiärer und persönlicher.

Fritz Welchen Freiraum wir als Kinder hatten, das war enorm! Wir haben außerm Haus miteinander Spiele gemacht, da war die ganze Nachbarschaft dabei, da war der Hof und die Werkstatt voll. Man ist eben bei uns zusammengekommen, weil wir Platz hatten und viele Kinder waren. Da ist immer irgendwas los gewesen.

Albert Bei uns war der Treffpunkt. Thiels waren der Mittelpunkt vom Färbergässle, auch schon geographisch. Die Kinder sind halt reingelaufen und haben gefragt: »Isch dr Albert do oder d Lisabeth oder dr Karle? Und wa demmir heut?« Da hat niemand geklopft, die sind halt reingelaufen.

Elisabeth Unser Haus hat den Kindern gefallen. Innen war's nett eingerichtet. Wir haben kein gescheites Klo gehabt und keine Dusche, aber das war für Kinder spannend! Die sind am liebsten bei uns am Tisch gesessen und haben mitgegessen. Dann hat man's eben geteilt. Die haben sich da wohlgefühlt! Und die Mutter hat die nie weggejagt. »Wenn wir schon so viele sind, machen 'n paar mehr oder weniger auch nichts aus!« Das war die Devise und die Eltern haben's auch nicht so eng gesehen. Wenn du damit aufwächst, dass da immer so viel Leut sind, meinst du, 's ist normal! Ich hab unser Haus »Das Haus von Rocky Docky« getauft. ’n Schlager ausn Fünfzigern: »Das Haus von Rocky Docky hat vieles schon erlebt, kein Wunder, dass es wackelt, kein Wunder, dass es bebt!«

Bei uns waren immer alle. Wenn deren Mutter gearbeitet hat, hieß es: »Ganget zu Thiels!« Da war auch die Kunigunde Sperr, ’n Einzelkind. Die war zu jedem Geburtstag bei uns, aber wenn die ’n Festchen gefeiert hat, ist man nicht eingeladen worden. Aber sonst war sie ständig bei uns. Da merkt man die Einstellung von den Leuten: »Ach, do send viel Kinder und die sollet froh sei, wenn mir unser Kind zu ihne zum Hüte bringet!« Und unsere Mutter war ’ne beeindruckende Frau, die was gleichgesehen, nach was ausgesehen hat. Und dann muss man der doch zeigen, dass man mit einem Kind was anderes ist als wir mit vielen. Lotte

Hinz und Kunz ist zu Thiels in die Küche reingelaufen, an den Tisch hingehockt und nicht mehr gegangen. Der Pfarrer von Laupheim oder der Kammersänger, das war für die’s Größte. Bei uns waren die ganzen Kumpels und Freundinnen alle daheim. Wenn die gekommen sind und man ist grad am Tisch gesessen, haben die sich dazugesetzt und mitgegessen. Den Käs haben sie aufn Tisch geworfen. Ha ja, da ist man mitm Messer reingefahren, hat ’n Stück rausgeschnitten und ’n paar Kartoffeln dazu und dann war die Sache geritzt. Wir haben mal eins von ’nem Flüchtling aus der Nachbarschaft am Tisch gehabt. Das war so empfindlich, so ’n bisschen verwöhnt. Jetzt hat die Frau das Kind zur Mutter gebracht: »Wisset Se, Frau Thiel, des Kind isst bloß des und des und auf des und des müsset Se achte!« Die Mutter natürlich: »Jo, jo, mir krieget des scho na. Etzt ganget Se weiter!« Bei uns hat’s halt Linsen und Spätzle gegeben. Jetzt hat das Kind gefressen wie ’n Scheunendrescher. Wenn die Mutter gesehen hat, dass ’n Kind keinen Appetit hat, hat sie nicht nachgegeben: »Kind, iss, wenn dr’s schmeckt.« Und nachher ist die Frau wiedergekommen und hat das Kind geholt. »Jo, was hot’s gebe?« »Linse und Spätzle!« Und das Kind hat gesagt: »Mama, so guet han i no gar nie gesse wie bei Thiels.« Albert

Bei der Nachbarin in dem langen Haus waren auch Flüchtlinge. Und die sind ernährt worden von Schokolade und Bonbons. Da hatte eins schon ’ne Hühnerbrust, ’ne spitze Brust. Und wenn man unsere Mutter kennengelernt hat: »So was goht natürlich it. So ka ma it lebe.« Ha, die Kinder mussten zu uns kommen zum Essen. Da haben die alles gegessen. Die sind gleich gesund geworden. Ja freilich, ha wa! Da Karl durften alle kommen, offene Tür. Manche Leut hätten sogar bezahlt, wenn sie bei uns hätten essen dürfen.

Albert Im Schuhgeschäft, die hatten 'ne Tochter. Ein Mal haben wir zu ihr gesagt, sie müsste, damit sie 'n größeren Busen kriegt, vorne Honig und hinten Mist hinschmieren. »Dr Mischt, der schiebt und dr Honig zieht!«, dadurch kriegt sie 'n größeren Busen. Das hat sie brav daheim gemacht, dann war der Teufel los! Die hatte 'ne Hennenbrust wegen 'nem Nahrungsfehler, aber das wussten doch wir Buben nicht.

Herta Wir hatten wenig richtiges Spielzeug, wir haben viel draußen ohne was gespielt. So mit unseren Puppen. Wir haben kleine, grüne Kartoffeln genommen, das war der Kopf. Für die Augen haben wir Steinchen rein und den Mund ausgeschnitzt. Für den Körper haben wir Stroh oder Heu genommen und haben das umwickelt. Das waren lustige Puppen! Einen Tag lang konnte man damit spielen. Das war eine ganz andere Art, die Zeit zu erleben. Man war ganz intensiv ins Spielen vertieft. Man durfte sich so lange damit abgeben, wie man wollte, und ist nicht so viel gestört und korrigiert worden. Man war nicht in einen Zeitplan eingebunden. Man hat erlebt: »Jetzt geht die Sonne unter, jetzt wird es Abend, jetzt gehen wir nach Hause!« Das war ein anderes Zeitgefühl.

Elisabeth Spielzeug war nicht da. Wir haben im Schlosspark geguckt, was wir da an Naturalien finden. Fürs »Fangerles« hat man sich im Kreis abgezählt:

»Ene mene duppe dene,
duppe dene dalia,
mene bene duppe dene,
bio bio buff!«

Und mit »buff« hat man den rausgestoßen!

Emmerich Mit so Holzscheitchen zum Heizen hat man »Städele« aufgebaut, zu 'nem Zelt zusammengestellt und »Verschlupferles« getan. Das war 'n Massenspiel für zwanzig Kinder, alles, was auf der Straße war. 'ne Heidenaction! Oder beim »Natzen«, auch 'n »Verschlupferles«-Spiel, Verstecken und Fangen mitm Ball, ist's immer feurig zugegangen!

Elvira Spechten, das hab ich gern getan! Wir haben Spechte, lange Holzprügel, in die Erde reingehauen. Und dann musste man den ersten Specht raushauen mitm eigenen. Mit einer Hand hat man seinen Specht möglichst nah dagegengespechtet, dass der andere umkippt. Da haben wir gespechtet wie die Blöden!

Die Kullerbeers Tine hatte außer dem Ball unterm Krieg auch's erste Fahrrad im Winkel, 'n Herrenrad. Da war 'n ganz kurioser Mann im Gässle, 'n Österreicher oder 'n Franzose oder sonst so 'ne skurrile Gestalt, dürr, groß, 'n langen Zinken, Nase, die blonden Haare ganz nach hinten gekämmt und mit Bier angeklebt. Dann ist der auf seinem blauen Rennrad gehockt und ist auf seinem Rad beinah rückwärts gefahren statt vorwärts, so langsam. Vor dem Mann hat man Respekt gehabt. Irgendwann ist der weggezogen und hat dem Bäck Kullerbeer sein Fahrrad verkauft. Das Fahrrad war schon allein deswegen kurios. Kullerbeers waren auch die Einzigen im ganzen Winkel, die mehr als zehn Pfennig hatten. Auf jeden Fall war man stolz, wenn man zehn Meter rück- oder vorwärtsfahren durfte. Emmerich

Der Siegfried war fußballbegeistert und da war er auch gut! Bei der A-Jugend von Olympia-Laupheim, die waren als Oberschwabenmeister bekannt. Raphael

Ich war mal Stürmer und dann Torwart. Aber wenn von daheim's Hemd oder die Hose nicht gewaschen war, konnt und wollt ich nicht gehen! Und beim nächsten Mal wieder: »Typisch Thiel!« Unter diesen Sprüchen haben nicht nur ich, sondern auch andre gelitten, wenn »Thiel« mit Was-nicht-haben-Können in Verbindung gebracht wurde! Alle hatten frische, weiße Hemden an und ich 'n ungewaschenes, das ich mir schnell von wem genommen hab. Aber ich war da trotzdem gerngesehen. Wenn ich in der Zeitung stand, hat ja alles von mir gesprochen. Siegfried

Bei Schlechtwetter haben wir, weil wir keine Spielkarten hatten, »Schiffe versenken« oder »Henkerles« mit Streichhölzern gespielt. Dazu hat man auch gesagt: »De Jud aufhänge!« Als Kind hast du ja nichts gedacht dabei. Und mit 'ner Fadenrolle, wenn sie leer war, 'ner Holzspindel von der Mutter, hat man Panzer laufen lassen und Rennen gemacht. Und damit das 'n bisschen schneller läuft, hat man noch Schmierseife hingetan. »Panzer-Rennerles« hat man auch gesagt. Oder man hat Pfennigschießen gespielt. Albert

Wir hatten Kinderbetten aus Eisenrohr mit Seitenteilen zum halb Runterklappen. Da waren schöne Kreisel und Figuren drin. Wenn wir im Bett gelegen sind, haben sich so Schatten an die Decke oder an die Wand geworfen. Und da haben wir mit den Bettteilen Schattenspiele gemacht und Geschichten dazu erzählt. Das hat uns der Karl beige- Herta bracht: Wurde 'ne Kerze auf den Boden unters Bett gestellt, die Flügel hochgeschlagen und die Ornamente an der Decke verändert, mit den Händen oder mit Spielzeug was darübergeblendet.

Elisabeth Wir haben immer Häusle gebaut, überall, drinnen, draußen. Am schönsten war's im Kinderzimmer. Die schmiedeeisernen Betten konnte man so raufkippen rechts und links, so Gitterklappen mit Verschluss, wie zwei Flügel. Das hat man alles mit Decken und Betten zugehängt, ist unters Dächle druntergekrochen und hatte da sein Reich für sich.

Zweibeiner – Vierbeiner

Karl Wir hatten einen Jagdhund, den Feldmann, 'n braun-grauer mit schwarzen Punkten. Und wenn der Vater von Burgrieden vom Arbeiten gekommen ist, sind wir dagestanden als wenn nichts wär, wenn was gewesen ist, der Fritz, der Emmerich und ich. Dann hat er das Mostschlägele genommen, hat uns drei abgezogen, vermöbelt und hat den Schlägel wieder hingehängt. Und wir haben uns immer gewundert, woher der das weiß. Der hat kein Wort gesagt, der hat uns halt abgezogen und nachher war die Sache erledigt. Später haben wir das erst mitgekriegt: Da hat die Mutter dem Hund ans Halsband 'n Zettel hingemacht und hat'n losgelassen. Dann ist der – »ppssschittt« – von Laupheim hintenrum nach Burgrieden gelaufen, das ist keine Strecke, und ist zum Vater gegangen. Und der hat dann den Zettel gelesen und da stand drauf, dass wir den Hintern vollkriegen, wenn er heimkommt. Und das ist solang gegangen, bis der Vater gesagt hat: »Wenn i dene Kerle de Ranze verschlag, no sott i scho wisse, warum!« Jedenfalls hat das schlagartig wieder aufgehört.

Christa 'ne Zeitlang hatten wir eine Geiß unter der Treppe, da waren auch die Kohlen. Die hat gestunken. Da ist immer 'n Jäger gekommen zum Melken.

Karl Dann hab ich zu meinem Schulkameraden, zum Türmers Erwin, gesagt: »Du horch, i han heut mittag koi Zeit. Duescht du mei Goiß uff d Weid und am Obend wieder hoim?« Lange Stricke gehabt. Hat der gesagt: »I guck noch deiner Goiß und du guckscht noch meine Hase!« Hab ich gesagt: »Guet, o.k., des Gschäft gilt.« Gesagt, getan. Ich komm am Abend auf die Weide – keine Geiß da! Hab ich geguckt, wo sie ist. Ha, jetzt hat die sich losgerissen gehabt! Jetzt ist die da hinterm Schloss in den Feldern umeinandergesprungen. Jetzt – bis ich die Geiß wieder gehabt hab … Hab ich gedacht: »Di verdwisch i scho!« Der Türmers Erwin hatte 'n gigantischen Hasenstall hinterm Haus. Sein Vater war Eisenbahner und wenn der am Abend heimkam, hat der die Hasen gefüttert. Dazu musste immer 'n Riesensack Hasenfutter dastehen. Hab ich das ganze Hasenfutter der Ziege gegeben, um sie einzufangen. Und den leeren Sack gefüllt mit Brennnesseln. Da hat der alte Türmer am Abend reingegriffen, hat sich den ganzen Arm verbrannt und ist gleich rein in die Stube und hat den Erwin am Wickel gehabt.

Der Siegfried war mit Tieren der absolute Spezialist. Das Geißböckle hat dich umgerannt! Aber sobald du aufn Boden gehockt bist, hat's dir nichts getan. Und das hat der Siegfried rausgehabt! Der hat das auf sich zukommen lassen – »zack« – hat er sich fallenlassen und's Geißböckle hat die Bremse reingehauen und blieb stehen. Aber wehe, du bist auf den Füßen gestanden! Da ist das plötzlich von allen Seiten gekommen – da bist du geflackt, gelegen, das hat dich umgenietet! Albert

Das war Siegfrieds Ziege und die hieß Gretl. Die hat die besten Kekse gekriegt, die Gretl war Siegfrieds Ein und Alles. Der hat immer nach ihr geschaut und's Fressen gebracht und mit ihr gesprochen. Die haben sich gut verstanden. Die hatte hinten drin abgeteilt in der Waschküche 'n kleinen Stall. Da war 'n Fensterchen und das war sauber, das hat nicht gestunken. Die Ziege durfte auch raus, ist draußen rumgerannt. Elisabeth

Die Albertine, 's Rickele, 'n altes, verhutzeltes Weible im Altersheim oben, im Spital nebendran, ganz verwachsen, aber 'ne liebe, fröhliche, hat am laufenden Meter für uns gestrickt. 's Rickele, das war ursprünglich 'ne Magd aufm Hof. Die hat sich krumm und bucklig gearbeitet. Der hab ich immer Angst gemacht mit der Geiß. Und die Mutter, obwohl sie wirklich bei so vielen Leuten in der Werkstatt keine Zeit hatte, für die Albertine hat sie Tag und Nacht Zeit gehabt und hat sie erzählen lassen. Da war die total glücklich! Bei der Albertine hab ich 'ne Mordsnummer gehabt. Und ich hab aber die Albert

Albertine nicht gemocht. Wenn die kam, hab ich die Geiß auf sie losgejagt – obwohl die mit ihren krummen Beinen absolut nicht rennen konnte. Da hat sie jedes Mal mit der Mutter furchtbar geschimpft. Und die Mutter hat halt auch geschimpft, aber gelacht: »Die Buebe kennscht jo!«

Die Mutter *Ich besuchte unsere Albertine, eine Insassin im Spital, an Händen und Füßen seit Geburt schwerbehindert, im Sprechen schlecht verständlich. Ich kannte sie schon von Kindheit an. Sie humpelte mühsam, auf einen Stock gestützt, durch die Straßen. Nach langen Jahren wurde Albertine in die Ewigkeit heimberufen. Unsere Familie war darüber sehr betroffen. Wir alle hatten Albertine lieb. Ihr offenes, kindliches Wesen hatte uns bei ihren Kurzbesuchen immer sehr erfreut. Als unser Junge, der ihren Namen trug, von der Schule zurückkam, den Ranzen noch auf dem Rücken, beide Hände in den Hosentaschen, sprach ich ihn an: »Denke dir nur«, ich musste die Tränen unterdrücken, »unsere Albertine ist gestorben.« Ein langgezogenes, wehes »Oh« kam zutiefst erschrocken aus seinem Mund: »Unsere Albertine? Wie konnte sie nur? Warum ist sie denn nicht vorher zu uns gekommen und hat gesagt ›Ich muss jetzt sterben‹? Da hätten wir doch bestimmt alle zusammen gesagt ›Albertine, du darfst noch nicht sterben, du musst noch bei uns bleiben!‹ Nicht wahr, dann würde sie bestimmt heute noch leben?«*

Herta Wir haben alle Haustiere gehabt, die man sich denken kann. Das erste war ein kleiner Kurzhaardackel von unserem Vater, der auch mit auf die Jagd ging. Der hat die Elvi immer beschützt, als sie noch ganz klein war, der ist nicht von ihrer Seite gewichen. Bei uns gab's Katzen, bei uns gab's Raben, 'n Ringelraben. Der hatte den Fuß gebrochen und darum hat ihn der Karl von jemandem geschenkt gekriegt. Der hat auch geredet. Die Tiere haben alle bei uns im Haus gewohnt. Und irgendwann hatten sie auch noch ein Schwein, das sie durchgefüttert haben mit unseren Resten und schließlich ist es geschlachtet worden. Hasen im Stall hinterm Haus hatten wir noch, die man auch gegessen hat. Und der Siegfried hat in einer Tour Tiere mitgebracht. Wie liebevoll er die gehütet und gefüttert hat! So angedötschte Raben oder andere Vögel, wenn die Verletzungen hatten, hat der Siegfried die aufgepäppelt und in unserem Puppenwägelchen spazieren gefahren. Der Rabe blieb aber nur drin, weil er 'n gebrochenes Bein hatte, das war geschient. Die anderen blieben ja nicht drin. Und die Schmetterlinge haben sich auf seine Finger gesetzt.

Siegfried

Im Hof hab ich geschockte Amseln und Meisen aufgesammelt. Manchmal ist's mir gelungen, dass ich sie großgekriegt hab. Die Nachbarn im Gässle haben mir alle jungen Vögel gebracht, wenn sie ausm Nest gefallen sind oder auf der Straße lagen. Und sobald sie selbständig waren, hab ich sie wieder in die Freiheit entlassen.

Elisabeth

Beim Siegfried und mir war's so: Uns sind alle Katzen nachgelaufen. Wir haben auch alle Katzen zu uns nach Hause geschleppt, die leiden mussten. Der Siegfried war da besonders! Da war 'n Zahntechniker und da haben wir vermutet, dass der seine Katze nicht richtig behandelt, aufm Dach einsperrt und vielleicht sogar quält. Auf jeden Fall hat sich das so dramatisiert, dass wir in das Haus eingebrochen sind und die Katze rausgeholt haben, mit Siegfried und Co. Die hat man dann untersucht und sie hat was gehabt und dann hat man sie zum Tierarzt geschleppt. Eine hatten wir, den Peter, die hat bei uns richtig gut gelebt und immer wieder Junge gekriegt. Peter und Minka hatten wir. Die Minka war 'ne Persönlichkeit!

Karl

Unsere Minka, die hat zur Familie gehört. Gefischt hat die, Forellen gefangen. Und die ist jede Nacht den Baum hinten rauf ins Bett gekommen und ist einem um den Hals rumgelegen.

Raphael

Haustiere haben wir gehabt: Ratten.

Die Musik

Elvira

Ich hab Geigenunterricht gehabt bei einer Sießener Klosterschwester, der Musikschwester. Bei der hatten alle meine Jugendfreunde Klavier- oder Geigenunterricht. Ich musste Geige spielen, die wurde extra gekauft im Musikaliengeschäft, weil wir noch kein Klavier hatten. Und ich hätte gern Klavier gespielt. Da hab ich drunter gelitten! Die haben alle so schön gespielt! Auf der Geige hab ich nur rumgequietscht. Dieses Gekratze und Geschärre ging mir irgendwann so aufn Geist. Nach vier Jahren hab ich gesagt: »Etzt will i nemme!«

Lotte

Unten drin im Wohnzimmer standen die Sofas und das Öfele. Und als ich noch klein war, hat man sich auf die Sofas und auf den Boden gesetzt, den Kohlenofen geheizt und unten aufgemacht, damit man's

Feuer sieht, und die Lichter aus. Und dann hat Mutter ihre Gitarre geholt und Geschichten erzählt, mit uns gespielt und gesungen. Da saßen wir alle um den Ofen rum aufm Boden. Das war richtig romantisch! Da haben wir romantische Singstunde gehabt. Das hat zu ihr gepasst. Das war wunderschön! Das war eine Atmosphäre! Später hab ich's nicht mehr erlebt, aber als wir noch kleiner waren. Wir Großen haben versucht, das den Kleinen weiterzugeben. Wir hatten oft kaum ein Essen! Aber wenn man kein Essen hatte, hat man gesungen. Volkslied, Wanderlied, Studentenlied, »Lindenwirtin, du junge!« A capella. Und der Vater hat abends Mundharmonika gespielt. Wir waren alle im Schulchor oder im Kirchenchor. Unsere Mutter konnte sehr gut singen. Die hatte 'ne tolle Sopranstimme und ich hab auch Sopran gesungen. Und die anderen zweite und dritte Stimme. Wir haben viel gesungen. Dann haben wir keinen Hunger gehabt.

Albert Ich hab mit Klavier angefangen beim Fräulein Just, 'ne ganz elegante, zierliche Frau. Da musstest du die Fingernägel zeigen, ob alles in Ordnung ist. Mit dreckigen Fingern durftest du nicht spielen. Dann musstest du hinhocken im Wohnzimmer. Anschließend hat sie die Noten hingestellt und 'n Stückchen vorgespielt, diese klassischen Etüden, und ich hab ihr das nachgespielt. Oder hab zu ihr gesagt, sie soll mir's bitte noch mal vorspielen. Hinterher hab ich's nachgespielt. Ich hab ihr halt auf die Finger geguckt und übers Gehör. Das ist 'ne Weile so gegangen. Und sie ist neben dir gehockt mitm Stöckchen. Wenn du 'ne falsche Taste gespielt oder 'ne falsche Handhaltung gehabt hast, »patsch«, hast du eins auf die Finger gekriegt. Auf einmal hat die geblickt, dass ich die Noten gar nicht lesen kann, sondern bloß ihre Handbewegungen nachmach. Daraufhin hat sie mir nicht mehr vorgespielt: »Albert, so nicht! Mit mir nicht! Du nimmscht etzt die Note und lernscht! Freundle, du spielscht d Note vom Blatt!« Die hat 'n Jahr lang nicht gemerkt gehabt, dass ich gar keine Noten kann! Aber dann bin ich dagestanden! Das war 'ne Strenge von Schemmerberg. Die musste man holen und wieder heimbringen, das war auch so 'n Problem. Da musstest du übern Berg drüberfahren und dafür hatte man auch nicht immer die Zeit, der Vater oder die Brüder. Ein Mal ist sie zur Mutter gegangen: »Musikalisch hochbegabt. Do könnt ma meh draus mache!« Nur konnte man die Fräulein Just halt nicht mehr zahlen.

Das Klavier von der Mutter gab's nicht mehr. Ich hab später 'n Klavier gekauft für die Kleinen, das hab ich selber abgestottert. Da hatten die Gertrud, der Albert und der Raphael Unterricht beim Fräulein Just. Lotte

Mir hat man die Geige von der Elvi untern Arm gedrückt, mich zum Geigenunterricht geschickt, aber ich hatte vor dieser Nonne wahnsinnig Angst! Da dacht ich immer: »Wie kannscht des aufhöre?!« Eines Tages saß ich auf 'nem hohen Holzgestell, wo im Werk die neuen Motorroller zum Transport reingestellt wurden. Wir haben auch Autos und Roller verkauft. Diese Holzgestelle durften wir oft nehmen zum Häuslebauen. Wenn wir drei davon aneinandergestellt haben, gab's drei Zimmer! Mit Säcken und Lumpen zugemacht, raufgeklettert in den ersten Stock und alle hatten ihre Wohnungen in den Hochhäusern! Plötzlich ist der Albert gekommen: »So, etzt hau i do drauf, noch fällscht runter!!!«, und hat mitm Beil draufgeschlagen. Bin ich runtergepurzelt. Hinterher seh ich, dass an meiner Hand 'ne klaffende Wunde ist, ganz durch, die man nähen musste. Und so hab ich das eben als Grund genommen, dass ich nicht mehr Violine spielen kann. Elisabeth

Die darstellenden Künste

Ich hab sehr gern Theater gespielt, in der Schule, in der Gemeinde. 'n Bischof hat mich mal geholt. Ha, und dann ist's auf den Saal gegangen! Wir hatten 'ne Jugendgruppe bei Kolping Laupheim, 'ne Schauspielertruppe. Da bin ich gefahren mit den Kulissen im Hänger drin. Ulm hatte 'ne traumhafte Theaterbühne, eine Stiegenbühne schräg rauf. Ein Mal hieß es am Sonntagmorgen: »D Ulmer hent agruefe, die hent heut Elternobend und dene fehlt a Programm für zwoi Stund.« Zu unsrer Zeit gab's kein Jung-Kolping, nur Alt-Kolping. Da konnte man unter achtzehn gar nicht eintreten oder als Geselle. Und bei so 'nem Elternabend haben die Kinder von den Kolpingsleuten halt was vorgetragen. Die Eltern sind auch geschult worden von 'nem Referenten, in Kindererziehung zum Beispiel. Und wenn das ausgefallen ist, hat man sich ausgeholfen, ist mit 'nem Programm eingesprungen. Öttingers Waldi war unser Boss, der hat gesagt: »Ha, selbverständlich, mir Karl kommet!« Zu Mittag hab ich den Bus hergerichtet, Mädle, Kerle, die mitgespielt haben, in den Bus, unterwegs hat er die Heftchen ausgeteilt: »Des spiele mir!« Von Laupheim bis Ulm hat man das gelernt und als man da war, konnte man das. Wir brauchten keinen Souffleur. In Ulm haben wir die Kulissen aufgestellt und geguckt, was noch so rumliegt, damit wir zu Klamotten gekommen sind. Alles Stegreif.

Die Mutter *Vor etwa zwei Monaten im Oktober war Passion. Zwei Münchner Schauspieler leiteten die ganze Sache. Karle durfte den Tiberius, einen reichen Römer, spielen. Es war wirklich eine Glanzrolle für ihn. Außerdem musste er noch den rechten, dann den linken Schächer machen. Im Ganzen wurde die Passion sehr gut dargestellt. Zwischenzeitlich hat Karl in einem Lustspiel einen Engel gespielt.*

Elisabeth Wir hatten 'n sehr großen Dachboden, da hat man Theater gespielt. An den alten Balken hingen Schaukeln, auf denen haben wir Kunststücke vorgeführt. Bänke hingestellt, die Nachbarschaft und die Erwachsenen eingeladen, der Eintritt hat fünf Pfennig gekostet. Hauptsächlich haben wir draußen in den Gärten Theater gespielt. Abends mit Beleuchtung. Weiter hinten im Schlosspark stand 'ne alte Hütte. Die war geheimnisvoll! Die war abgeschlossen, verriegelt, vernagelt! Das hat uns keine Ruhe gelassen. Schließlich haben wir sie aufgebrochen und ausgeräumt und ausgeräuchert. Alles zugestellt und voller Spinnen! Da haben wir Theater gespielt mit der Färbergasse und die ganze Nachbarschaft ist zum Zuschauen gekommen. Ein Mal haben wir unten im Wohnzimmer Theater gespielt. Wir waren unterwegs und da stand 'ne Familie aus Heidelberg am Straßenrand. Das Auto war kaputt, die kamen nicht mehr weiter. Und unser Vater hat immer alle mitgenommen, die Anhalter gemacht haben. Mein Vater hat die in sein Auto reingedrückt, mit heimgenommen und das Auto abgeschleppt. Und gesagt, er richtet das Auto her und sie können solang bei uns übernachten. Im Wohnzimmer haben wir für die 'n Lager gemacht. Und mit denen – die waren Lehrer – haben wir, ab Karl und Herta abwärts, 'n Stück erfunden und im Wohnzimmer ein Theater eingeübt: »Schmuddelchen und Anton«. Ich musste's »Schmuddelchen« machen. Immer bloß in der Mitte sitzen. Ich war vier Jahre alt, ich hab das gar nicht kapiert.

Albert Ende der vierziger Jahre hatten so bessergestellte Leut 'ne Panne. Das hat sich um 'n Ersatzteil gedreht. Fast 'ne Woche haben die bei uns gewohnt. Da hat man kurzum's Wohnzimmer unten umgemodelt und die Leut da reingestopft. Das war 'ne Mordsgaudi! Wir haben 'ne Mordsfreud gehabt mit den Kindern! Die wären schier dageblieben!

Elvira

Nachm Krieg bin ich in Filme mit der Christina Söderbaum oder mit der Hildegard Knef, »Die Mörder sind unter uns« oder so leicht anrüchige Filme, »Die Sünderin«. Vorher durften wir nicht hin. Da haben wir uns halt reingeschlichen, haben getan, als wenn wir schon erwachsen wären. Und sind immer in die letzten Bänke, damit uns niemand sieht, weil wir vor Angst beinah gestorben sind. Waren schon spannende Zeiten!

Lotte

Ich bin nie in ein Kino gekommen. Und wenn ich endlich 'ne Mark gekriegt hab, bin ich drei Mal ums Kino rumgelaufen, bin heim und hab am nächsten Morgen Brot gekauft.

Fritz

Da hat's ja noch keinen Fernseher gegeben. Ich bin auch einer gewesen, ich hab oft Filme angeguckt, wo ich hätte älter sein müssen dafür. Kriegsfilme: »Die Brücke am Kwai«, der Colonel-Bogey-Marsch, das Lied, war die Hauptsache. Die Franzosen haben auch solche Filme gedreht. Schnulzen, Heimatfilme hab ich mir angeguckt. Problemfilme konnten die am Anfang gar nicht machen, wenn die vorher alle den Arm hochgehalten, den Hitlergruß gemacht haben. Dann können die nicht von heut auf morgen sozialkritische Filme drehen.

Emmerich

Wir hatten zwei Kinos: 's Lämmle-Kino und's Kino Specht. Da gab's wunderbare Filme, schwarz-weiß, das war spannend, so Art Krimifilme. Auch von Amerika: Western war hoch im Kurs. Oder klassische Filme, die im Theater verfilmt worden sind. Oder »Vom Sande verweht«, das war was Gigantisches! Wenn man wusste: »Der isch nui!«, hat man außen an den Bilderkästen geguckt. Zu der Zeit sind auch zu jedem Film an der Kasse noch Programme aufgelegen. Zeitweise ist man ein Mal in der Woche abends um acht gegangen und zu zweit ein Eis, das hast du grad so vermocht, dir so leisten können. Das Kino hat 'ne Mark oder achtzig Pfennig gekostet. Und dann musstest du noch gucken, dass du erwachsen bist, was du auch noch nicht ganz warst.

Christa

Ins Lichtspielhaus haben wir uns heimlich reingeschlichen. Da waren wir noch nicht vierzehn. Und der Film war erst ab achtzehn: »Das Bad auf der Tenne«, das war ganz sündig, da zieht die sich ja aus. Dann sind die dahintergekommen, dann haben wir Prügel gekriegt, weil wir am Sonntag in diesen anstößigen Film sind. Wir hatten auch 'n furchtbar schlechtes Gewissen. Man hatte eigentlich von dem Film gar nichts, weil man pausenlos Angst hatte, man wird entdeckt. Aber ausprobiert hat man's.

Albert Der Siegfried und ich sind mal mitm Fahrrad nach Ulm ins Kino gefahren und haben 'n Ritterfilm angeguckt. Und der war in amerikanischer Sprache und wir haben kein Wort verstanden. Und ich hab mitm Siegfried geschimpft wie 'n Rohrspatz.

Raphael Ins Kino konnt ich nur in auserlesene Filme gehen. Zu der Zeit gab's auch noch viel strengere Regeln. Da konnte nicht jeder Jugendliche in jeden Film gehen. Da war die Messlatte noch wesentlich höhergesetzt. Und die Filme, die angeboten wurden, hatten bei Weitem nicht den Inhalt wie heute, grad in Richtung Gewalt. 's gab 'ne Westernserie »Fuzzy«. 'ne lustige Gestalt wie der Sam Hawkins in den Karl-May-Filmen. So 'n wuscheliger Bart und hat immer auf 'ne lächerliche Art die Probleme gelöst, zusammen mit seinem Kumpel, der der große Star war, Lassy La Roc, den hat der Lash La Rue gespielt. 'n Cowboy, schwarz gekleidet mit 'ner Peitsche und 'm Hengst. Das hat man gern angeguckt! Als »Ben Hur« kam Mitte der fünfziger Jahre, so Römerfilme, viele Western, die konnt ich sehen. Kriegsfilme gab's, aber die waren altersmäßig begrenzt. Aufarbeitung »Drittes Reich« gab's nichts, null. Die Mutter ist gegen Aufarbeitung absolut nicht gewesen, weil sie ja keine Befürworterin des »Dritten Reiches« war. Aber man hat vom Angebot her ganz bewusst in 'ne andere Richtung gesteuert, als Ablenkung für die Gesellschaft.

Jahrmarkt

Elisabeth Vier Mal im Jahr kam der Jahrmarkt aufn Marktplatz: Ostermarkt, Sommermarkt, Martinimarkt im Herbst und Nikolausmarkt. Der Jahrmarkt war höchst spannend! Da gab's so originelle Marktschreier. Und diese Leute, die solche Blättchen in den Mund gelegt und wie Vögel gezwitschert haben. Und einer kam mitm Bär und 'ner Drehorgel und hat den Bären tanzen lassen. Auf die Karussells haben wir sehnsüchtig draufgeguckt, aber nie fahren können. Deswegen haben wir bei uns am Klofensterchen einen stationiert zum Gucken, wann die letzte Runde ausgerufen wird. Die war umsonst! Und wenn die letzte Runde dran war, sind wir alle nach vorne gerannt, haben uns in diese kleinen Dinger im Kettenkarussell reingesetzt und sind noch 'ne Runde mitgefahren. Das waren noch richtige Märkte!

Raphael

Das war immer 'n Großereignis, wenn in Laupheim Jahrmarkt war! Da warst du den ganzen Tag aufm Jahrmarkt, wenn du auch nichts kaufen konntest, aber du warst dabei. Und hast alles bewundert. Ein Karussell, eine Schiffsschaukel, ein Schießstand, Hau-den-Lukas, eine Losbude, Würstlesbude, Zuckerwatte, gebrannte Mandeln, Magenbrot, das war's dann. Von der Schießbude gab's die neuen Schlager. Da ist die Jugend auf- und abpromeniert in den fünfziger Jahren, das war die Sensation schlechthin! Da ist man mit den Kumpels rumgelaufen, hat geguckt und Musik gehört. Es gab auch Händler, wie 'n »Billigen Jakob«, fahrende Händler, die Bürsten, Socken, Faden, Textilien, Tücher, alles Mögliche verkauft haben. Bei denen bist du billig zu Klamotten gekommen. Und die haben technische Neuerungen fürn Haushalt, Apfelschneider oder Hobel, präsentiert. Das gab's im Geschäft noch nicht und das war da auch viel billiger. Da sind dann die Bauern zum Einkaufen gekommen. Maggi hat damals schon Riesenwerbung gemacht. Maggi ist immer mit 'nem Fahrzeug mit 'ner Lade zum Hochklappen aufn Jahrmarkt gekommen. Innen war's Bedienungspersonal drin mit weißen Schürzen. Da konntest du becherweise umsonst Fleischbrühe holen. Der Hammer war, das war echt 'n Gag: Die hatten auf der Rückseite 'ne Mattscheibe auf dem Omnibus! Da bist du davorgestanden und plötzlich siehst du, wie da gezeichnet wird. Du konntest aber niemanden entdecken. 's hat sich keiner sehen lassen. Und wenn da jetzt irgendjemand daherkam, der besonders auffällig war oder blöd geguckt hat, ist der plötzlich auf dem Fenster als Malerei erschienen. Da ist einer verborgen hinten dringehockt und hat durch 'n Loch durchgeguckt. Das war nichts anderes als 'n Karikaturist, der unheimlich schnell und super zeichnen konnte. Das war mir 'n bleibendes Erlebnis, gigantisch! Das ganze Volk ist drumrum gestanden und hat sich totgelacht. Am Ende kam der aus der Luke raus mitm Papierfetzen und hat 'n demjenigen geschenkt. Das Transparentpapier von der hinteren Windschutzscheibe. Das war genial gemacht zu der Zeit schon!

Zirkus

Fritz Wir mussten in der Nachkriegszeit in Ulm Ersatzteile holen für die Werkstatt, Zündkerzen und Glühbirnen und so Zeug. Das konnte man in Laupheim nicht kaufen, sondern das musste man im Großhandel in Ulm holen. Wir haben nachher schon Gepäck zu schleppen gehabt. Da sind wir zuerst zum Einkaufen gegangen, dann noch in die Au an der Donau und dort sind wir dann in den Zirkus. Der Zirkus Holzmüller, das war so 'n Viermast-Zirkus. Der erste Zirkus, der nachm Krieg wieder in Ulm stationiert war. Der Zirkus war schön, für die damalige Zeit sowieso und die letzte Nummer war: »Mit der Kanone 'n Mann rausschießen«! Das war spannend! Da hat man den Artisten ins Kanonenrohr reingeschoben, als Nächstes rausgeschossen und der ist mit den Händen und dem Kopf nach vorne in so 'n Netz gefallen. 'n paar Meter nach der Kanone. Da hat man auch keinen Salto gebraucht. Das war halt 'ne Sensation! Das hab ich in Laupheim unterm Krieg schon mal gesehen und das wollte ich noch mal sehen. Die haben im Krieg dieselbe Nummer gebracht wie nachm Krieg! Ich wollte unbedingt die letzte Nummer noch sehen!!! Der Emmerich war etwas vorsichtiger: »Mir ganget etzt, sonscht roicht's nemme auf de Zug.« Ich hab gesagt: »Des kriege mir scho irgendwie na!« Und wir haben's ja auch hingekriegt. Auf Gleis acht ganz hinten um sechzehn Uhr wär der letzte Zug nach Laupheim gegangen. Vom Zirkus sind wir raus in die Linie Eins, mit der Straßenbahn zum Bahnhof, das konnte man zu Fuß nicht gehen – Hin- und Rückfahrkarte hatten wir ja. Und dann waren wir so spät dran, dass wir den Zug wegfahren sahen, aber wir konnten nicht mehr einsteigen. Wir haben bloß noch die Rücklichter gesehen. Und ich wollte unbedingt den Schluss vom Zirkus sehen. Dann haben wir uns gedacht: »Mir haltet a Auto a und die werret uns scho mitnehme, gell.« Weil, wenn wir mit unseren Autos unterwegs waren, hat man, wenn irgendwo jemand gestanden ist, den immer mitgenommen. Das war selbstverständlich. Zuerst standen wir 'n paar Stunden an der Straße nach Laupheim, an der B 30, und haben versucht, 'n Auto anzuhalten. Da haben wir kein Glück gehabt. Daraufhin sind wir halt zu Fuß Richtung Laupheim marschiert. Blieb uns gar nichts andres übrig. Da ist keiner gekommen und hat uns aufgelesen. Wir haben so etwa drei Stunden gebraucht und auf einmal hatten wir Hunger. Wir haben ja nichts gegessen gehabt, wir sind ja schon morgens mitm Zug nach Ulm gefahren. Ich weiß heut noch das Bauernhaus, wo ich rein bin und hab was zum Essen geholt. Da hab ich halt gefragt. Ich hab gesagt: »I han Hunger, mir send soundso lang unterwegs, des und des ischt passiert.« Ob sie uns nichts zum Essen hätten. Dann sind die gegangen, haben ein Brot geholt, haben uns das gegeben und dann sind wir weitermarschiert. Ich mein, wenn ich da nichts gekriegt hätt, wär ich halt zum Nächsten rein, gell, also, da hab ich keine Hemmungen gehabt. Wir sind nach der Sperrstunde, die war um neun, erst nach Hause gekommen. Also, wir konnten nicht durch die Stadt gehen, sondern wir mussten versteckt uns … Darum sind wir über die Äcker, über den Grund und übern Schlosspark, sind wir heim mit unsren Ersatzteilen und sind nicht erwischt worden.

Ein Mal im Jahr kam der Zirkus, da durfte man immer hin. Die sind auch vorher durch die Stadt und haben 'n Werbezug gemacht, ihre Tiere mitgeschleppt und 'n bunten Ausrufer vorneweg mit der Glocke. Wir wurden schön angezogen, ordentlich gewaschen und gestriegelt und dann war's schön warm! Wir sind also in den Zirkus. Und dann war Fliegeralarm. Dann ist man in den Luftschutzkeller gerannt, dann war sofort Entwarnung, dann ist man wieder in den Zirkus. Bis die Leut dann wieder alle da waren … Und dann mussten sie weitermachen. Und dann war gleich wieder Alarm, dann sind wieder alle abgehauen. Nach zehn Minuten wieder Entwarnung und bis die dann endlich … bis alles wieder weitergehen konnte …, ein Mordschaos! Affen, Dromedare. Ein Rein und Raus, auch mit den Tieren. Kaum hat die Vorstellung angefangen, ist man die Straße runtergerast, dann ging man wieder hin, alle sind ja gegangen. Es blieb ja niemand im Keller. Und man war ja auch extra hergerichtet. Das ging 'n paar Mal. Bis die dann endlich wieder da waren, zurück und die vielen Lichter wieder an waren und alle an ihren Plätzen … dann aber endlich alles wieder auf seinem Platz saß und die Tiere sich alle zusammengefunden hatten … bis die die Tiere überhaupt dazu bewegen konnten umzukehren … Da ging nichts mehr! Dann hat man halt den Schluss nicht mehr gesehen. Christa

Gab's daheim. Raphael

Tanzen

Elvira Wir hatten gleich nachm Krieg 'n Tanzkurs oben im Schlosshotel im Saal bei Ohngemachs, die haben das bewirtschaftet, bei 'nem Tanzlehrer. Und der Klavierspieler hieß »Dille«, der Herr Dirlewanger. Das war 'n Friseur, der auch beinah manchmal nicht's Wasser an die Suppe verdient hat. Und der »Dille« hat für uns gespielt. Der hat überall gespielt, Geige und Klavier und alles. 'ne Ein-Mann-Kapelle. Der hat über Jahre überall musikalisch begleitet! Aber wenn wir Tanzstunde hatten, waren wir um zehn auch alle zuhause, da gab's kein Vertun! Wir haben alle klassischen Tänze getanzt. Und 'n Schieber, den tanzt man heut nicht mehr. 'n Schieber, das ist klasse! 'n Schieber, das ist mit Marschmusik und das ist toll! Mein Gott, den hab ich gern getanzt! Da schiebt man so richtig vor sich hin und dann macht man wieder Drehungen und so. Rechts, links, da schiebt man, da haut's dich um. Und Swing durften wir wieder tanzen mit unseren Tanzpartnern, die Klassenkameraden aus Laupheim, die Jahrgänger. Die Tanzstunde war ja so was wie 'ne Einführung in die Gesellschaft und 'ne Erweiterung des männlichen Bekanntenkreises. Das war ja wichtig! Dann wollten wir schön sein zum Abtanzball. Die Ingeborg Knüller hatte als Einzige aus alten Kleidern ihrer Mutter 'n neues Ballkleid, dunkelblau mit roséfarbener Blende und Puffärmeln. Und ich hab bei 'ner Freundin 'n bordeauxrotes Kleid aus Tüll mit kurzen Ärmelchen geliehen und die Schuhe bei 'ner andren Freundin. Mein Vater hatte 'n Lehrling, der hat wohl 'n bisschen auf mich 'n Auge gehabt, das hab ich gar nicht gemerkt. Und der hat in der Stadt verbreitet, ich hätt meinem Vater Geld gestohlen und hätt in Ulm aufm Schwarzmarkt für sechshundert Mark das Ballkleid gekauft. »Aber was mache mir beim Abtanzball?« Da gab's ja die Sperrstunde von neun Uhr abends bis morgens um sechs. Da durfte man nicht ausm Haus, weil die Besatzung Angst hatte, dass die Bevölkerung aufmuckt, Revolution macht. Und nun war Sperrstunde, aber wir wollten 'ne richtig schöne Ballnacht machen. – Und wir haben eben einfach durchgetanzt bis morgens um sechs. Haben unsere Ballnacht durchgemacht, weil wir dann wieder heimdurften.

Also, bei mir war die Mutter sehr streng. Ich durfte nirgends hin ohne den Fritz und den Emmerich und so. Aber ich war halt auch nicht so ungeschickt und bin schon öfters durchs Fenster. An der Fasnacht oder wenn 'n Fest war mit Tanz oder der Fritz zur Landjugend ist, haben mich die Brüder mitgenommen, damit ich überhaupt irgendwo hinkomm. Sonst wär ich gar nicht rausgekommen. Wenn du tanzen kannst, dann läuft das von selber. Ich hab aber auch 'n Tanzkurs gemacht im Schlosshotel! Da waren von meinem Jahrgang und auch von der Elvi aus der Oberschule Buben dabei, lauter grundanständige Leut. Die Elvi hat gesagt: »Du muescht au oin mache! Später kannscht koin meh mache.« Und meine Brüder: »Mir verkaufet Alteise, no hoscht du's Geld!« Aber davon hat die Mutter nichts gewusst, weil sie immer Angst hatte, ich büchs aus und das heißt, sie verliert mich. Ich musste beim Fenster rausgehen. Und nachts haben sie offengelassen, dass ich wieder reinsteigen konnte. Und jedes Mal nachm Tanzkurs bin ich sofort gegangen, damit, wenn die Tanzkollegen den Berg runterkommen, ich schon drin bin und die nicht sehen, dass ich durch die Fenster reingeh. Das war schön da oben! Wir haben den ganzen Saal mit Weinblättern dekoriert. Da bin ich immer dabei gewesen, wenn's was zum Herrichten gab. Aber nachher war ich überall weg, wenn was zum Feiern war. Den Abschlussball hab ich nicht mehr mitgemacht. Lotte

Die Lotte, als die den Tanzkurs gemacht hat, das hab ich gewusst. Da hab ich die Lotte immer in der Küche zum Fenster rausgehievt, dass sie gehen konnte und die Mutter nichts merkt. Das durfte die Mutter gar nicht erfahren. Karl

Wir haben's Tanzen gelernt in einer Schreinerei bei der Landwirtschaftslehre und sind aber nie viel zum Tanzen gekommen. Das haben wir uns gegenseitig beigebracht. Aber den Walzer hab ich allein im Kuhstall gelernt. Da standen die Tiere rechts und links gegeneinander und in der Mitte war der Fütterungstisch. Und das Gras und das Heu und die Rüben wurden dann auf diesem Tisch verteilt und dann konnten die Tiere das wegnehmen. Das haben die gemocht, das war 'ne Delikatesse. Und am Sonntagmorgen waren unsere Tiere immer im Freien. Da hab ich dann allein im Stall auf diesem Tisch Walzer geübt. Fritz

In der Metzgerlehre in Ehingen hab ich 'n Tanzkurs gemacht, das durfte daheim auch niemand wissen. Erstens mal hatte ich keine Kla- Karl motten. Hab ich zu meinem Kumpel gesagt: »I sott deine Klamotte han zum Tanzkursmache.« »Die send dir doch z groß!« »Ha, des kriege mir scho na!« Jetzt haben wir die Hose hochgezogen und so 'n geflochtenen Gummigürtel drum und 'n blaues Westchen drüber. Und Schuhe hab ich auch von dem gekriegt. Damals war die Kreppsohle große Mode, aber du kannst ja mit dem Gummizeug nicht tanzen. Also hab ich halt unten überall Reißnägel rein, damit's gelaufen ist. Dann musste ich nur noch Bratwurst bringen für die Organisatoren, weil ich kein Geld hatte zum Zahlen.

Elvira Getanzt hat man sonst nur, wenn die Vereine Feste gemacht haben oder auf Bauernhochzeiten. Beim Heimat- und Kinderfest gab's in der Turnhalle Tanz oder beim Fasching den großen Faschingsball im »Raben«. Tanzstunde war im Bahnhofshotel und im Schlosshotel.

Emmerich Tanzlokale hat's in Laupheim nicht gegeben, nur Sonderveranstaltungen. Tanzengehen konntest du dir entweder nicht leisten oder du brauchtest 'n Auto. Wir hatten halt immer die Möglichkeit, weil wir motorisiert waren. Als ich 1949 meinen ersten Führerschein Klasse Vier für achtzehn DM gemacht hab, sind wir in den Ratskeller nach Waldsee. Noch kein Tonband, alles Livekapelle. Klassischer Tanz. Aber da konntest du ohne Krawatte nicht rein. Und später konnte man in Dellmensingen ins »Rote Haus«, nachher hat's »Rote Henn« geheißen. In Ulm hat's auch 'ne Möglichkeit gegeben. Da durftest du bloß gestylt rein. Dass man so richtig aufn Wackel gehen konnte, hat's nirgendwo gegeben. Tanzengehen, beim Tanzen wackelt man ja.

Albert Ich hab keinen Tanzkurs gemacht. Dafür hatten wir kein Geld und keine Klamotten. Ja, ja, aber man ist durchgekommen. War trotzdem schön! Man hat sich noch an Kleinigkeiten gefreut! Bei der Bundeswehr bin ich in Sigmaringen zusammen mitm Kumpel, auch 'n Gefreiter, zum Tanzen gegangen. Bin ich zu 'nem Mädchen hin und hab gesagt, dass ich sie bitt. »Aber tanze kann i it!« Sagt sie: »Guet, noch bring i dir's bei!« Bin ich ihr halt am Anfang auf den Zehen rumgestanden, aber irgendwie ist's nachher gegangen. Hab ich 'n Mädchen zum Tanzen geholt und konnte gar nicht tanzen.

Elisabeth In Stuttgart war ich eher beim Tanzen. Da ist man ins Tabaris am Bahnhof unten. Und eins gab's überm Café Marquardt gegenüber von der Eberhardskirche. Und der Killesberg oben. Livemusik, so Twist und diese Schlager in den Sechzigern, »Marina, Marina, Marina«, dazu hat man getanzt. 's gab einige Tanzlokale. Aber da haben viele wieder zugemacht, weil's in den siebziger Jahren überging in die Discos. 'ne ganz neue Art mit bunter Beleuchtung und anderer Musik.

In Laupheim gab's zum Tanzen in den fünfziger, sechziger Jahren das Studio B mit Musikbox, wo die Halbstarken mit aufgestelltem Kragen und Schmalzlocken hin sind und Elvis Presley und Rock 'n' Roll gehört haben. Da war ich aber noch 'n kleiner Junge. Später gab's samstags Tanz in der Brauerei Krone im großen Saal mit Livebands. Und ab den sechziger Jahren kamen die ersten Diskotheken auf. Raphael

Schwarze Fahrten – Gefahrenscheine

Meinen Führerschein hab ich 1946 in Laupheim bei 'ner Fahrschule gemacht mit noch 'n paar Schulkameraden. Die waren ein Jahr älter und ich als einziges Mädchen. Der Fahrlehrer hatte einen DKW, einen »Leukoplast-Bomber«, aus Sperrholz und so am Rand, am Lenkrad, so 'ne Schaltung. Damit konnten wir den Benzinführerschein machen. Den Holzgasführerschein hab ich auf unserem Auto gemacht. Auf jeden Fall hab ich meinen Führerschein mit Holzgas und mit Benzin gemacht. Und den haben mir meine Eltern bezahlt. Ich hatte ja kein Geld. Der Ingenieur Kipf, der Chef vom TÜV von Württemberg in Stuttgart, hat die Prüfung abgenommen, der war mitm Vater befreundet. Die haben immer technische Probleme zusammen gelöst. Und der Herr Kipf kannte uns von klein auf und hat bei der Prüfung gesagt: »Mädle, du brauchscht de Kessel it ausräume. I woiß jo, dass du's kannscht, wenn du's mache muscht.« Die Jungs mussten alle den Kessel ausräumen. Meine Brüder sind natürlich Auto und Motorrad gefahren schon vorm Führerschein, mein Lieber! Ich nie! Elvira

Als ich den Führerschein gemacht hab, musste ich mit meinem Vater im Holzgaserbus das Fahren üben und schwierige Operationen machen. Rückwärts an 'ne Kiesgrube fahren, aber die optimale Grenze musste ich erreichen. Wenn man bei Nacht Leute weggefahren hat, dann musste ich fahren, egal wie's Wetter war, ob Sturm war. Der Va- Fritz ter war da sehr streng. Und deshalb hab ich nur die theoretische Fahrschule besucht. Die praktische musste ich nicht machen, weil ich schon fahren konnte. Und den Führerschein hab ich schon mit sechzehn gemacht, Motorrad und PKW. 'ne Ausnahmegenehmigung. Beziehungen! Die Eltern haben das bezahlt. Beim Ingenieur Kipf aufm eigenen roten Motorrad die Klasse Eins. Das war kein Problem. Die Klasse Drei noch mitm Holzvergaser.

Lotte Das war alles ein Glück, dass die Mutter da nicht die Schraube anziehen konnte. Das war für die Brüder was Wichtiges, 'ne Erleichterung, dass sie rauskonnten, dass sie schöpfen, sich erholen und wieder vergessen konnten! Und ich durfte den Führerschein nicht machen, da hieß es: »Ma hot koi Geld für so Sache!«

Fritz Wir, der Emmerich und ich, sind immer zu zweit fort gefahren. Wenn der Emmerich und der Bernhard Dischinger miteinander mitm DKW-Motorrad auf die Strecke wollten am Sonntagmorgen nach der Kirche, sind wir ins Kolpingsheim, und dann hat mich der Emmerich gefragt, ob er 'ne Runde fahren darf. Da hatte er noch lang keinen Führerschein und ich hatte ihn schon. Und dann hab ich gesagt: »Jo, komm!« Da hat man gar nicht viel geschwätzt, der ist einfach gefahren. Und ich hab Tischtennis gespielt von morgens neun bis abends um sechs. Ich hab halt gewartet. Bloß, ich hab mir manchmal schon Sorgen gemacht, denn – das hab ich auch erst später erfahren – wo die überall rumgefahren sind, im Allgäu, in den Wäldern. Zu der Zeit gab's in Laupheim keine zehn schweren Motorräder. Es gab viele kleine Motorräder, Klasse Vier. Die hatten aber nicht die Jugendlichen, sondern das waren Arbeitsgeräte. Der Pater Harriolf, der war unterm Krieg als Krankenhausseelsorger in Laupheim, hatte 'n kleines Leichtmotorrad, so 'ne NSU-Quick mit hundert Kubik, 'n halbes Fahrrad. Mit dem ist er in der Gegend rumgerast.

Emmerich Dann hat der Fritz mit sechzehn den Führerschein gemacht. Da musste er zuerst zum Doktor, 'n ärztliches Attest holen, weil er erst sechzehn war. Das hat fünf Mark gekostet. Sieben Mark fünfzig haben die amtlichen Bescheinigungen gekostet. Und bei uns im Hinterhof hat der Fritz die Prüfung gemacht um fünfzehn Mark. Somit hat der ganze Führerschein 27,50 gekostet. Da ist man nicht gefahren, in zehn Minuten war alles vorbei. Das war 'n Klacks. Der Kipf hat das schon gewusst: »Der ka scho mit vor.« Da ist man hintenrum, übern

Führerschein hat man da gar nicht gesprochen, und dann war man dort. Fertig. So ist das bei uns gelaufen. Und ich hab noch keinen gehabt. Und wenn ich mitm Motorradl unterwegs war mitm Bernhard, hat der Fritz für mich's Motorrad mit, und solang ich fort war, konnte der auch nicht heim. Da hat er auch einiges mitgemacht. Wenn ich nachts um zwei heimgekommen bin, sind wir miteinander nachts um zwei ins Bett. In dem Fall sind wir hinten den Birnbaum rauf, dass man unten nicht gemerkt hat, dass wir noch weg waren. So ist das gegangen. Das war schon was Besonderes für uns, das Motorrad! Da hat ja niemand 'n Motorrad gehabt außer uns, auch kein Auto. Ich bin sehr wahrscheinlich schon mehr ohne Führerschein gefahren als andere Leut mit.

Das waren noch die Schutzmänner vom alten Schlag bis 1950, die ihre Runden gedreht haben. Zu der Zeit hat die Polizei und der Lehrer und der Doktor und der Pfarrer 'n ganz anderen Stellenwert gehabt als heut. An denen hast du raufgeguckt. Das war extrem anders. Aber die Wachtmeister in Laupheim waren alle human. Wir waren auch im Schnitt immer schneller als die. Hinterhergelaufen sind die uns nie. Da war's auch egal, ob man am Fahrrad 'n Licht hatte oder keins oder 'n Kotflügel oder keinen. Und wenn dich die Polizei erwischt hat, hat er gesagt: »Wenn i di's nächscht Mol verwisch, no wirscht eigsperrt!« Das hat er hundert Mal in der Woche zu uns gesagt, logisch.

Auf jeden Fall, die Mädle, die haben mir alle poussiert. Wollten mit mir anbändeln. Bei den Laupheimer Mädchen war ich populär. Schwamm drüber. Ja, aber da ist der Emme und der Fritz mitm Motorrad umeinandergefahren und da musste ich froh sein, wenn ich's zwischendurch mal gekriegt hab! Also, wenn ich zwischendurch auch mal gefahren bin, das war schon zu viel. Ha, aber ich hab alle Mädle gehabt! Karl

Unser Vätterle hat uns's Autofahren beigebracht. Wir mussten Achter fahren. Da hat er Steine gelegt. In der Gegend rumgefahren mit ihm. Da war er streng. Der hat uns sonst nie was getan, der hat halt ab und zu gebulkt, geschrien, geschimpft. Und der konnte im Auto zu einem sagen: »So, du fahrscht etzt!« Und er hatte eben die Gnade – er konnte an der Kapelle ans Eck hinfahren: »Weg vom Steuer, etzt komm i!« Ist rum ums Eck und dann ist die Polizei dagestanden mit der Kelle. Die Gnade hat er gehabt.

Emmerich Der Karl war so 'ne Koryphäe. Der hat's Motorrad immer krumm heimgebracht. Der Karle hat im Jahr allein mehr Unfälle produziert als der Fritz und ich zusammen im ganzen Leben. Der Karle hat Metzger gelernt in Ehingen und ist jeden Samstagmittag heimgekommen. Dann ist der Karle am Samstag mitm Motorrad zu Nasgenstadt den Steig runter voll Rohr. Auf der Straße ist grad 'n Bauer gelaufen mit 'ner Kuh an der Hand und der Karle kommt ums Eck rum und kriegt die Kurve nicht mehr. Und da ist der zwischen dem Bauern und der Kuh einfach zwischendurchgefahren. Passiert ist nichts. Das hat der alles nicht so ernstgenommen.

Albert Du hast genau gewusst, wenn der Emme mitm Auto fort gefahren ist: »Etzt kommt r mit ama heane Auto zrück oder mit ama Strofzettel!« Unser »Gläserner Johann«! Irgendwas war immer.

Lotte Wenn die Polizei zum Emmerich gesagt hat: »Du bischt falsch gfahre!«, hat der der Polizei erzählt: »Noi, i bi recht gfahre!«, und hat denen das so bewiesen, dass die's geglaubt haben. Die konnten nichts machen. Wenn ich 'n bisschen Geld gehabt hab, musste ich's immer hergeben für seine Polizeischulden. Da hieß es: »Ma muss de Strofzettel zahle, sonscht muss r ins Kittchen.« Ja, alles was du verdient hast, war immer weg.

Christa Ich bin auch schwarzgefahren, so mit neunzehn. Die haben alle gesagt, ich müsst jetzt einfach ohne Führerschein fahren. Ich sollte 'n Auto von Ulm rausfahren. Der Anspruch von meinem lieben Bruder Fritz war eben so: »Wenn ma von Thiels kommt, ka ma Auto fahre! Des ghört sich so.« 's war schwierig: Er ist immer vor mir gefahren und ich ganz langsam hinterher. Ich weiß nicht, ob ich über 40 rausgekommen bin, aber ich hab das neue Auto heil nach Laupheim gebracht. Das war damals das Doppelkuppeln. Ich hab's auch noch so gelernt. Da musste man Hebel – entkuppeln, Gang rausnehmen – neu einkuppeln, Gang reinnehmen – und danach weiterschalten. Und dazwischen hat man noch Zwischengas gegeben. Unser Vater hat auch noch mit Zwischengas gekuppelt, obwohl die Autos inzwischen synchronisiert waren und man's nicht mehr musste. Die alten Füchse haben das alle noch so gelernt. Er hat gesagt, es wär ihm angeboren. Das ist 'n modernes Gelumpe, das macht er nicht. Bei dem hast du gar nicht gesehen, dass der zwei Mal kuppelt. Das war bei dem so eingefleischt. Das hat der locker gemacht. Aber wenn du das nicht richtig erwischt hast, dann ist er dir mitten auf der Kreuzung abgestorben.

Der Vater ist mit mir 'n paar Mal Motorrad gefahren. Ein Mal – ich war noch relativ klein, so acht – hat er die Tante Rosa in Singen besucht und ich durfte hinten aufm Motorrad mit. Der ist richtig flotti gefahren und ich hab mich so steif draufgesetzt. Darauf hat er geschimpft: »Du behinderst mich! Ich will jetzt schön schnell fahren! Du musst dich mit mir in die Kurve legen! Das ist so beim Schnellfahren, sonst passiert 'n Unfall!« Anschließend hab ich immer versucht, mit ihm in die Kurve zu gehen. Ha, da hab ich wahnsinnige Angst gehabt und gedacht: »Der ist Rennfahrer und das kannst du nie!« Er hat darin gelebt, er war ein leidenschaftlicher Autofahrer! Herta

Schwarzgefahren bin ich mit sechzehn mitm Roller, als mich der Emmerich mit der neuen Vespa – das war große Masche damals – im Internat in Sießen besucht hat: »Komm, das kannst du auch, setz dich drauf!« Dann hat er mir gezeigt, wie man Gas gibt und ich bin in der Klosterschülerinnentracht losgefahren über Land. Aber das war geheim, die Nonnen sollten mich nicht sehen.

Wir sind alle schwarzgefahren vorm Führerschein, aber gnadenlos! Mit zehn, zwölf bin ich schon Auto gefahren. 'n Thiel, der nicht mit zehn Auto gefahren ist, das war kein Thiel! Gefahren bis morgens um drei. Und hinten hatten wir 'n Birnbaum. Der war direkt am Haus dran und ist bis übern Giebel rausgegangen. Da ist man immer bei Nacht so fünf, sechs Meter den Baum raufgeklettert. 'n starker Ast reichte bis unters Zimmer und auf dem ist man rübergelaufen und oben ins Zimmer auf der Bühne rein. Die haben nie gewusst, wann man heimkommt, ha wa, ha wa! Tarnen und Täuschen war sehr wichtig!!! Albert

Und der Stadtpfarrer Löblein hat 'n VW-Käfer gehabt und hat immer gemeint, ich hätt den Führerschein: »Du bischt 'n Thiel. Also, Thiels hent de Führerschei, du darfscht fahre!« Und wenn wir zum Pfadfindertreffen irgendwo hinmussten, hat er gesagt: »Albert, kommscht!« Auf uns Pfadfinder ist der gestanden. Dann hab ich von dem den VW gekriegt. Wir sind zu viert und zu fünft in die Karre reingehockt und ich bin gefahren. Dann sind wir mal zum Pfadfindertreffen nach Biberach, Pfadfinderklamotten angehabt. Bei Warthausen – Polizeikontrolle gewesen. »Stop! Polizeikontrolle! Raus!« Ich komm hin, Pfadfinderkluft angehabt. »Hoi«, sagt der Polizist, »send Pfadfinder unterwegs? Wo fahret r na?!« »Oh, Pfadfindertreffe in Birkehard! Mir kommet vom Stamm Kon-Tiki – Laupheim!« »So«, hat er gesagt, »wenn ihr mein Bue treffet, der isch au dort. Der und der. Des isch 'n Hurespitz, 'n Mordsschlawiner, passet auf den a bissele auf, gell! Also, fahret zue und guete Fahrt!« Haben wir gesagt: »Au guete Fahrt!« Hat er uns aus der Kolonne rausgezogen – weitergefahren. Keiner 'n Führerschein in der Tasche gehabt! Wenn wir mitm VW fort sind, immer in der Pfadfinderuniform. Da sind wir, weiß Gott, wo wir da rumgefahren sind – und nie in die Kontrolle gekommen. Nie. Das haben die schon gewusst, dass wir keinen Führerschein haben. Das war doch scheißegal! Wir brauchten doch zum Autofahren keinen Führerschein damals. Der, der einen gehabt hat, der war der Blöde, nicht der, der keinen gehabt hat! Dann haben wir dem Pfarrer sein Ding wieder zurückgebracht: »So, Buebe, send r gfahre?« »Jo!« »Tanket hent ihr bestimmt it?« »Geld hemmir koins!« »Isch jo in Ordnung! Wie war's? War's schee?« »Doch!« »Also, in Ordnung! Und wenn r 'n wieder brauchet, no kommet r halt!« Der Stadtpfarrer hat vollgetankt, dem haben wir den Tank leergefahren und wieder hingestellt.

In Laupheim bei der Fahrschule Knobloch hab ich den Führerschein gemacht, Eins und Drei, der hat damals gekostet 120 Mark. Musste ich selber zahlen. Eine Stunde Auto, eine Stunde Motorrad, die Prüfungsgebühr und der Käs war gegessen. Und am selben Tag, wo ich den Führerschein gemacht hab, bin ich noch schwarzgefahren. Morgens haben wir den Dreier gehabt und mittags sind wir mitm Einser drangekommen. Das war so 'ne 125er-DKW und da musste man was bei uns in der Werkstatt reparieren. Nachher sagt der Fahrschullehrer: »Etzt gohscht hoim zum Mittagesse und nochm Mittagesse bringscht du des Motorrad her. Aber des schiebscht du mir!!!« Hab ich gedacht: »Herkules, aber au!« Sag das mal 'nem Kerl mit zwanzig, er soll's Motorrad durch die Stadt schieben. Ha, das glaubst du auch, dass der das tut! Nachm Mittagessen – Motorrad hinten ausm Hof rausgeschoben, am Gasthaus Pflug bin ich schon draufgesessen und die Rabenstraße runtergefahren. Da hab ich Vorfahrt gehabt. Und von der Parallelstraße zur Rabenstraße gab's 'ne Verbindungsstraße, die war nicht vorfahrtsberechtigt. Und wie ich da runterfahr, kommt von der Verbindungsstraße die Fahrschule Knobloch – Lehrer mitm Prüfer hintendrin. Und die mussten halten und mir Vorfahrt gewähren. Ich bin ja mitm Motorrad dahergekommen. Musste der mich fahren lassen! Bin ich da runtergefahren – »zack« – Gas gegeben,

Karre hingestellt. Prüfung gewesen, musstest du Achter drehen, rumkurven. Und nachher beim Führerscheinausteilen, sagt der Prüfer zu mir: »I han di doch heut scho gsehe!« Dann sag ich: »Ja, selbschtverständlich hent Sie mi heut scho gsehe. Heut morge han i de Dreier gmacht!« Sagt er: »Jo, jo, jo, des woiß i scho. Aber in ama andre Zusammehang!« »In welchem???« Sagt er: »Bischt etzt du it heut mittag mitm Motorrad vo do obe herkomme?!?« »I??? Mitm Motorrad?!? I, i, i han doch gar koin Führerschei, i darf doch gar it fahre!!!« Dann sagt er: »Freundle, i bi mir bloß it ganz sicher. Wenn i mir sicher wär, tätescht du von mir koin Führerschei kriege!!!« Dann hat er gegrinst, der hat's schon gewusst!

Das erste Mal verliebt

Verliebt hab ich mich mit fünfzehn das erste Mal, in einen Flakhelfer aus Biberach. Die hatten ihre Flakstellungen um unsere Stadt und kamen zu uns auf die Oberschule. Hatten da zwischendurch normalen Unterricht. Aber das war alles platonisch. Da war auch 'n Gymnasiast dabei, 'n großer, stabiler Bursche. Der wollte sich an mich ranmachen, da hab ich dem eine geknallt. Freunde hatte ich immer, 'n ganzen Schwarm, allgemeine. Aber so spezielle – das geht niemand was an. Elvira

Als die Elvi's erste Mal von so 'nem Flakbuben 'n Blumenstrauß heimgebracht hat, hat die Mutter die Haustür aufgemacht, hat sie reinlaufen lassen und hat ihr eine gescheuert, dass sie mitsamt dem Blumenstrauß hinten an der Gartentür gelandet ist. Karl

Ein Mal hab ich 'n Freund gehabt von 'nem großen Bauernhof. Der ist zu den Buben gekommen mitm Auto zum Reparieren. Der hat's Abitur gemacht und war in Ulm bei der Post was Höheres. Dem sein Bruder war mit der Elvi im Gymnasium. Der wollte halt mit mir anbändeln. Ich hab das nie begriffen. In dem Moment, wo die Mutter gemerkt hat, dass er mehr will, hat sie den knallhart rausgeekelt. Ich hab keine Freundin gehabt, ich hatte keinen Freund, das hätt ich mir gar nie erlauben können. Die haben's probiert, die sind bei mir gar nicht rangekommen. Herkules, das war auch nicht schlecht! Wer Lotte weiß, an was ich geraten wär! Verlieben hab ich mir gar nicht getraut! Das hab ich auch gar nicht so wahrgenommen. Ich hatte gar keine Zeit. Für mich hat's bloß die Familie gegeben und: »Ohne Geld und ohne Beruf heirat i nie! I lass mi it kleinmache! I bin wer und Schluss!«

Albert Der Dietrich von Nathusius, 'n Jugendfreund von uns, ist 'ne Zeitlang der Lotte nachgestiegen. Der hätt die Lotte gern gehabt. Und wenn der ins Haus kam, hat die Mutter das insofern akzeptiert, weil sie halt gemeint hat, der kommt zum Emmerich. Der war 'n Lutherischer. Oder man hat auch bei uns gesagt: »A Wüschtgläubiger!« Ein Wüstgläubiger. Einer, der nur Wüstes glaubt. Das waren die Evangelischen! Der Dietrich ist immer mitm Emmerich Kumpel gewesen. Gut, da hat sie nichts dagegen gehabt, da war nichts einzuwenden, bei dem hat sie's noch akzeptiert. Bis sie das mal geblickt hat, dass der Dietrich gar nicht wegen dem Emme kommt, dass der Emme bloß der Vorwand ist! Und als sie auf einmal gemerkt hat, dass der mehr zu der Lotte hintendiert, da hat sie schnell den Riegel vorgeschoben. Dann war der Teufel los! Wenn's 'n Lutherischer war, der die Mädle wollte, da mochte sie gar nicht weiter, war finito. Da hat sie aber dazwischengefunkt!!! Das konnte sie aber!

Fritz Ich hab vor meiner Ehe keine Freundschaft gehabt bei Frauen. Und da bin ich treu geblieben. Das war meine Auffassung. Vielleicht auch 'n Erziehungserfolg. Ich hab mit anderen Mädchen nichts zu tun gehabt. Ich hab mich auch immer zurückgehalten und vorsichtig war ich immer. Ich hab immer was zu beschäftigen gehabt, da hab ich nicht – wie's heut ist – schon an die Mädchen gedacht.

Emmerich Das kann ich so nicht sagen. Ich hab mich immer zurückhaltend verhalten. Und aufgrund der familiären Situation war das auch nicht so ganz einfach. Man ist jeden Tag mit vielen gleichaltrigen, seriösen, auch gebildeten Mädle zusammengekommen. Da hat man sich natürlich schon ab und zu verguckt, aber so richtig verliebt – damals war man einfach vorsichtiger. Heut verbindet man sich, aber man heiratet nicht, dadurch ist das alles viel fließender geworden. Heut sind sie ja noch stolz aufs Nebenrausgehen. Zu unserer Zeit, wenn man sich verliebt oder gepaart hat, hatte das schon 'n richtigen Bestand. Da hat sich jeder ganz krass an die Spielregeln gehalten. Und wenn du mal zugegeben hast, dass du verliebt bist, dann war das schon beinah wie verheiratet. Rumgeplänkel oder Mädchen Ärgern, diese Dinge hat man schon gemacht. Hast ja auch Schneid dazu gebraucht. Aber man hatte Respekt vor den Mädle. Und man hatte auch direkten Kontakt mit ihren Familien. Im Regelfall haben sich aber eher die Mädchen in dich verguckt und du hast dann zu wenig reagiert, weil du's nicht wolltest. Da hab ich mehr Anträge gekriegt als umgekehrt. Aber der Bernhard und ich, wir waren natürlich so Patrioten. Da ist man nachts um zwei mitm Motorrad bei 'nem Mädle aufgetaucht, hat geschellt und die verrückt gemacht. Danach hast du dich halt wieder sechs Wochen nicht blicken lassen. Feste Freundinnen hab ich in der Jugend nicht gehabt, man ist einfach mit allen gut zurechtgekommen. Wir hatten unsre Clique und da waren mindestens so viel Mädle wie Kerle dabei. Das war 'ne tolle Sache!

Christa

Also, das ist 'n Thema, das wird ja alles zerhackt und zerkaut. Ich war so 'n Spätzünder im Verlieben. Ich hab mich gar nie so auf die Burschen gestürzt, weil ich wollt immer was lernen. Ich war so wissbegierig! Der eine, Hartmut, 'n Arztsohn, das war in der Melkerschule. Der hat viel gelesen, ging in die Oper, war halt gebildet und hat mir einiges vermittelt. Der zog dann nach Kanada. Ich hätt schon noch heiraten können, aber's hat einfach nie gepasst. Hab gedacht, dass ich ab dem Moment keine Zeit mehr für die Familie hab. Hab gedacht: »Nee, später dann!«, und irgendwann ist's vorbei.

Karl

In Burgrieden kannte ich 'n Mädchen, die Goggi, die hatte 'ne Freundin. Und die Goggi war Kundschaft bei Thiels mitm Goggo. Die hat immer ihr Auto in die Werkstatt gebracht. Und ein Mal auch die Anni, mein Weib. Die hat da grad Friseurlehre gemacht. Die haben sich endlos neue Kreationen auffrisiert und geschminkt, mit der Asche von den Streichhölzern die Augenbrauen bemalt, so Zeug. Und in der Zeit hat man von der Dauerwelle noch blaue Haare gekriegt. Da hat sie an sich Testversuche durchgeführt und irgendwas ist anscheinend schiefgelaufen. Wie ich sie's erste Mal gesehen hab, hatte sie ganz blaue Haare, ausgesehen wie 'ne Wasserfee. Und die Goggi hat sich ab dem Tag, sobald die Anni da war, an den heißen Draht gehängt, bei Thiels antelefoniert: »Am Goggo isch was kaputt, dr Karle mueß donoch gucke!« Dann haben die mich gerufen: »Dei Typ wird verlangt!« Also ist meine Wenigkeit immer zu denen nach Burgrieden rüber.

Herta

Als die Freundschaften losgingen, waren die Brüder eifersüchtig. Die größeren Brüder bei der Elvi, die haben das dann ständig lächerlich gemacht. Bei mir fiel Rumkokettieren mit Freunden alles flach. Mit dreizehn hab ich mich in unseren hochstehenden, unerreichbaren Vikar verliebt, hab für den aus der Ferne geschwärmt. Platonische Schwärmerei. Das war's dann lange Zeit. In 'nem bestimmten Alter haben wir uns immer gemeinsam in einen verliebt, Gertrud und ich. In den Semesterferien war ich mal zuhause und wir waren in Ehingen auf der Tanzfläche, sind extra mitm Auto da hingefahren. Das war lustig! Da war 'n junger Student, der abwechselnd mit uns getanzt hat und in den haben wir uns an dem Abend unglaublich verliebt. So 'ne Abendfreundschaft. Daraufhin wollten wir uns mit dem verabreden, aber dann war die Frage: »Wie kommen wir wieder nach Ehingen?« Wir hatten uns das Auto nur geliehen und das haben uns doch der Karl und der Emmerich nicht oft gegeben. Und außerdem hatten wir das Problem: »Wer fragt jetzt eigentlich?« Den Mut hatten wir gar nicht richtig. Nachher haben wir das dem Karl erzählt und der hat nur gespottet.

Siegfried Meine Jugendliebe kannte ich schon aus der kirchlichen Jugendarbeit mit siebzehn. Das Mädchen, Gabriele, hat mich total in Beschlag genommen und am Familienleben teilgehabt. Aber ich war noch nicht so weit, total überfordert. Ich war beliebt bei Mädchen, aber da war 'ne Diskrepanz: Zu Frauen hingezogen zu sein und gleichzeitig die Vorstellung, Familie zu gründen – 'n Horror! Voneinander loszukommen war sehr schwer. Als unsre Hochzeit Anfang der sechziger Jahre beschlossen und geplant war, hat sich das bei mir so zugespitzt, dass ich in der Kirche überhaupt nicht mehr atmen konnte! Ich hab da durchgedreht! Und dann hab ich die Hochzeit abgesagt.

Christa Zu seiner ersten Hochzeit bin ich hingefahren und plötzlich hat man uns gesagt: »D Hochzeit findet it statt!« Die Mutter von der Freundin wollte unbedingt ihre einzige Tochter verheiraten, um jeden Preis. Der Siegfried war ja bei den Mädchen sehr begehrt! Die haben ihn vor vollendete Tatsachen gestellt.

Albert Das war's Höchste, wie der Siegfried die Hochzeit abgesagt hat! Alles ist da gewesen, bloß kein Brautpaar. Im Lokal war's Essen bestellt, das Buffet stand schon da. Jetzt, was tut man? Pfarrer und Kirche war kein Problem, aber die Wirtschaft. Dann ist man rüber und hat sich mit denen arrangiert: »Pass auf! Mir kommet und jeder zahlt sei Esse selber.« Das hat funktioniert. Aber's Brautpaar hat gefehlt! Der Siegfried war verschwunden! Jetzt hat man die gesucht. Hat gesagt: »Mir müsset d

Polizei eischalte!« »D Polizei wird it eigschalte! Mir werret wohl in dr Lage sei, die zwoi selber zu finde. Die Blamage gönnen wir uns nicht!«, hat die Mutter gemeint. Also hat man sich wieder zusammengesetzt, hat beraten. Und auf einmal sagt einer: »Menschenskindle, die war doch in Bad Boll in dr Lehr?« Das war 'n Durcheinander, das glaubt man nicht! »Wer fährt noch Bad Boll nab?« »Karle, Emmerich, Fritz!« Dann fahren die durch Bad Boll und sehen die zwei händchenhaltend durch Bad Boll laufen: »Jo, mir hent's uns anderscht überlegt. Mir trennet uns. Und etzt hemmir des grad mitnander besproche!« »Was soll's!«, so ungefähr. Wenn der Karle und der Fritz nicht dabei gewesen wären, hätt der Emme die beiden auf der Straße verdroschen.

Ich selber???!!??? Oh, Jesus Gott, das weiß doch ich nicht mehr! Das weiß ich nicht mehr. Das war wie bei den andren auch. Da gibt's keine Unterschiede. Bist halt recht schärrig, nervös, und empfindlich. Da hat sich heut noch nichts geändert, das bleibt auch so. Vor meiner Exfrau hab ich Freundinnen gehabt, ho wa! Wer kennt die Zahl, wer nennt ihre Namen? Zu Tettnang. Tettnang war 'ne schöne Zeit. Mein Kumpel Guido und ich, Beutlers Guido, wir zwei. Im »Rosengarten« zu Tettnang, im Café Mack in Langenargen, im Ratskeller in Lindau und im Bürgerkeller in Bregenz hat man die Mädle beim Tanzen kennengelernt. Alles Livekapelle, nichts »Los Cassettos«. Man ist auch mal leger dahergekommen, aber sonst mit Krawatte zum Paartanz. Da hat's dann aber auch schon Rock 'n' Roll, Beatles, Rolling Stones gegeben. Zu Cannstatt nach der Lehre hab ich drei Freundinnen gehabt. Und als ich nachher gegangen bin, hab ich alles eingepackt und hab alle drei um die gleiche Zeit an den gleichen Platz bestellt. Bin ich mitm Auto vorbeigefahren, hab gehupt, die haben mir noch gewunken und ab an den Bodensee. Danach hat man mich zu Stuttgart nicht mehr gesehen. Hab ich gedacht: »Mensch, was wär passiert, wenn mir etzt do hanne d Karre verreckt wär?«

Den einen oder andern hab ich angehimmelt. Aber das durfte man eigentlich nicht! Die Christa hat genauso wie ich immer gemeint, sie müsst alle Leut fragen, ob das jetzt der Richtige ist. Der Fröhlings Hans in Laupheim und einige andere, die haben so um mich rumgeschwärmt. Ich hab das überhaupt nicht kapiert als Teenager. Ich war sowieso der totale Spätzünder. Einer wollte unbedingt mit mir gehen, 'n Schulkamerad vom Albert, der war hartnäckig. Da war ich mal im Elisabeth

Wohnzimmer und dann kam er und hat sich mitm Albert unterm Fenster unterhalten. Hat gesagt: »Wo isch etzt dei Schweschter?!« »Die isch it do!« »Dei Schweschter isch im Wohnzimmer, des woiß i ganz genau!« »Noi, mei Schweschter isch it do!!!« Was sie verhindern konnten, haben sie verhindert, der Albert und der Siegfried! Da haben die dann Stein und Bein geschworen: »Die isch it do!« Fertig, Schluss! Wenn sie beim Tanzen gesehen haben, da steuert einer auf mich zu, haben die mich ganz schnell aufgefordert. Oder wenn ich mit einem abgezischt bin zum Rendezvous, sind die hinterhergeschlichen! Die waren eifersüchtig und wollten auf mich aufpassen! Das ging dann aber übers Aufpassen hinaus. Die lagen im Gebüsch. In Laupheim sind sie mir immer hinterhergeschlichen, wenn ich mit einem ausgegangen bin. Bei meinem späteren Verlobten in der Schweiz konnten sie nichts mehr machen, aber ich hatte keinen eigenen Willen. Ich wusste nicht, dass du auch sagen darfst: »Des schmeckt mir it!« 1968 war die Hochzeit schon geplant und schließlich hab ich die abgesagt.

Albert Eifersucht haben wir nach meiner Erkenntnis eigentlich kaum gekannt. Elisabeths erste Freunde hab ich gar nicht mitgekriegt. Du hast selber nach den Mädle geguckt! Du hast nachher nicht mehr so nach der Schwester geguckt. Eifersucht hab ich gar nicht gekannt. War kein Grund da. Wieso sollte sich jetzt da eine Eifersucht bilden?

Raphael 's erste Mal hab ich mich erst in Tettnang während der Lehre verliebt, so 65, 66. Mit der war ich dann auch befreundet. Die hab ich beim Jugendtanz kennengelernt im »Adler«. Mit meiner Clique, der KJG Tettnang, bin ich zu der Veranstaltung. Es war üblich, dass die Jugendverbände das in den einzelnen Ortschaften veranstalten. Jugendtanz war damals große Mode, weil's da noch keine Diskotheken gab. War auch nicht Musik aus der Dose, sondern da hat 'ne Band gespielt. Klassischer Paartanz. Und das war unsere Musik, alles, was nach Elvis kam, Beatles und so. Deutsche Schlager waren absolut verpönt, absolut! Der deutsche Schlager hat bei uns keine Chance gehabt. Peter Kraus hat uns schon nicht mehr interessiert. Aber sie hat mich interessiert und da war einer dabei, der war mit mir in der Lehre und kannte die von den Leiterkreisen. Dann hab ich gesagt: »Wer isch die?« »Des isch die und die!« Ja, und daraufhin hab ich mich halt rangemacht. Sie zum Tanzen aufgefordert, logisch! So, wie sich's halt gehört hat!

Auf Reisen

Ich hab nie Zeltlager mitgemacht, weil meine Mutter das alles nicht erlaubt hat. Die Jungs haben öfter Zeltlager mitgemacht, aber wir Mädchen ... Ich bin als Schülerin nie verreist. Elvira

Mit den Eltern sind wir nie in Urlaub gefahren. Ich hab nur ein Mal nachm Krieg eine Woche ein Zeltlager am Bodensee mitgemacht von der Katholischen Jugend aus. Da mussten wir's Zelt mitm Zug transportieren nach Fischbach. Ein Zelt für alle. Das war's einzige Mal, wo ich mit anderen weg war. Aber das hat mich nie gestört, weil ich mich immer beschäftigen konnte. Die Lotte ist viel weggekommen und die Elvi auch, aber ich ... Fritz

Fortgehen mitm Zeltlager, das haben die Buben gemacht. Wenn's woanders hingegangen ist, hab ich Angst gehabt. Zur Kindererholung in die Ferien hat man uns von den Nazis aus nach Jagstfeld verschickt. Da musste der kleine Bruder Fritz mich an der Hand nehmen. Das war für mich fremd. Da waren die Schleusen am Neckar und da hast du's Wasser gesehen, wie's da runtergeht. So was hat man noch nie gesehen! Aber der Fritz und ich, wir haben immer zusammengehalten! Der hat genau gewusst, er muss auf mich aufpassen! Das war so wichtig! Lotte

Im Sommer 1947 war ich im letzten Schuljahr und da hat die Lotte gesagt: »I mach mit euch 'n Ausflug!« Sie, ich, die Gertrud, die Herta und der Karl. »Mir fahret noch Singen mitm Zug mit Abwechslung, mit Unterbrechunge auf dr Mainau und in Friedrichshafe.« Jetzt hatten wir ja nicht so eine Ortserfahrung. Aber die Lotte hat mit einem ungeheueren Schneid das alles geplant. Mit siebzehn. Vorher hat sie noch Kleidchen genäht aus den karierten Bettbezügen vom Militär. Und wir haben bloß so Holzsandalen angehabt, deswegen musstest du immer 'n Hammer dabeihaben, wenn mal 'n Nägelchen rausgestanden ist. Die Tante Rosa, die älteste Schwester vom Vater in Singen, hat man angerufen, dass wir irgendwann kommen. Wir wussten ja nicht, wie lang wir unterwegs sind. Jetzt sind wir los und jeder hatte 'n Rucksack. Fürs Essen gab's Lebensmittelmarken. Am Anfang hatten wir noch Proviant, Kartoffeln, dabei und 'n bisschen Geld. Und es war die ganze Zeit schön! Eine Woche. Badesachen dabei, ganz wichtig. Als Erstes ist man bis Friedrichshafen. Die Lotte musste immer gu- Christa cken, dass sie uns alle in den Zug reinkriegt, wir waren ja noch klein. Sie musste uns reindrücken, weil die Züge so voll waren. Und von Friedrichshafen sind wir mitm Schiff nach Konstanz. Da sind wir zum Baden in den Rhein. Wir hatten aber nur eine Badekappe für alle und jeder hätt 'ne Badekappe aufsetzen sollen. Schließlich hat sie der Karle aufgesetzt und der hat sie fast verloren. Dann hat er erst von uns den Hintern vollgekriegt. Damals hat's in diesen Bädern nur Herren- und Damenbad gegeben, das war das Gravierende. Darum war der immer allein und wir immer zusammen und das war schon 'n bisschen beängstigend. Der hätt ja genauso 'ne Aufsicht gebraucht, der war ja noch klein. Außerdem ist der Karl auch noch aufs Konstanzer Münster. Und wir haben ihn nicht mehr gefunden und mussten ihn suchen. Hinterher sind wir von Konstanz auf die Mainau gelaufen, die war damals noch ganz urwüchsig. Da gab's Gurkensalat im Gasthaus. Es gab nicht viel zum Essen, es gab Maisbrot, was wir gar nicht kannten. Aber wir haben Hunger gehabt und Gurkensalat gegessen bis er zu den Ohren rausgekommen ist. Und dann haben wir uns halt 'n bisschen vertan in der Zeit. Sind von der Mainau wieder über die Brücke rübergelaufen Richtung Konstanz. Wir wollten ja auf den Zug. Aber es fuhr kein Zug mehr, 's war Abend. Wegen der Sperrstunde kamen wir nicht mehr weiter. Daraufhin sind wir die Straße lang und haben die Leut gefragt. Die sind alle – wie das früher so war – vorm Haus gesessen aufm Bänkchen und haben sich gewundert, ja, wo wir denn um die Zeit noch hinmöchten. »Jo, mir hättet etzt no noch Singen welle und mir wisset halt gar it, wo mir übernachte könntet!« Auf der Stelle hat uns die Frau vom Gasthaus Zum Frieden aufgenommen: »Des goht jo it! Ihr bleibet bei mir!« Wir waren ruckzuck in drei Häusern verteilt. Immer zu zweit. Ich lag unter 'nem riesigen Federbett, ich konnte gar nicht rausgucken, alles duftend frisch. Die haben uns gefüttert und uns gewaschen und am andern Morgen haben wir 'n tolles Frühstück gekriegt. Und dann sind wir los! Zu Fuß nach Radolfzell. Wir sind viel gelaufen. In Radolfzell gleich wieder zum Baden. Was war? Frauen – Männer. Jetzt haben wir gesagt: »Ha, du kascht jo it immer alloi bade!« In dem Bad führten Stege auf so Pfosten in den Bodensee rein, die das Bad getrennt haben, Pfahlbauten mit Umkleidekabinen. Jetzt ist halt der Karle immer da unten durchgeschwommen und zu uns rüber. Und der Bademeister hat das gesehen. Jesses, hat der mit uns getan, geschimpft, weil der kleine Bub ins Frauenbad geschwommen ist! Das war ein Unding! Das hat uns auch wieder gereicht und postwendend sind wir ganz nach Singen. Kommen in Singen an und die Tante Rosa fällt aus allen Wolken. Wir haben halt nicht angekündigt, wann genau wir eintrudeln. Wir konnten ja nicht telefonieren. Die Tante Rosa hat jedenfalls 'n Riesenschreck gekriegt. Der Vater hat versprochen, dass er die Tante anruft und hat's wohl nicht gemacht. Und wenn nichts passiert ist, hat man auch nicht telefoniert. Das war nicht üblich. Wir sind dann untergebracht worden im Juhe, im obersten Dachzimmer, 'ne Abstellkammer mit Betten drin. Die hatten 'ne Villa und da war alles belegt. Jedes freie Zimmer musste man im Krieg und im Nachkrieg vermieten. Vom Einwohnermeldeamt aus durften soundso viele Personen nur soundso viel Platz beanspruchen. Und die hatten oben drin noch mal 'ne Wohnung, in der hat eine Gräfin von Pommady und Indessen gewohnt. 'ne Zwangseinweisung, weil sie 'n Flüchtling ausm Osten war. Die haben sie aufgezogen: »Komme aus dem Osten, hab verloren meinen Posten, Papiere sind verbrannt, habe Hitler nie gekannt!« Und aufm Dachboden hat das Fräulein Sudele gewohnt. Und im Nebenzimmer die Klausenitzkys. Die haben mit Kurzwaren gehandelt und sind mitm Bauchladen von Haus zu Haus. Und ein Dachzimmer hat die Tante für sich behalten. Am nächsten Tag sind wir auf den Hohentwiel und dort in die Aach, den Bach, weil's Schwimmbad haben die Franzosen belegt. Da konnten keine Deutschen rein. Und in der Aach waren lauter Kaulquappen, uuähähä, lauter Kaulquappen in den Badeanzügen drin! Dann waren wir noch drei Tage in Singen, dann hat uns die Tante 'n bisschen Geld gegeben und dann sind wir mitm Zug wieder zurück. Und man musste immer umsteigen. Man konnte nicht durchfahren. Gegen Abend waren wir in Aulendorf und es ging kein Zug mehr. Wir hocken in Aulendorf abends um acht: »Jo, etzt stande mir wieder do!« Und die Bahnhofsmission: »Jo, do brauchet ihr euch it aufrege, ihr kommet zu uns!« Die hatten lauter so Pritschen, blütenweiß bezogen, alles sauber und schön. Wir Kinder sind beduddelt worden in dieser Bahnhofsmission, wir haben's gut gehabt! Geschlafen wie die Könige. Am andern Morgen haben wir ein Frühstück gekriegt, dann haben die uns in den Zug gesetzt und dann waren wir wieder daheim! Da haben wir eine richtige, tolle Urlaubsreise gemacht! Das war schon ungewöhnlich. Normalerweise sind alle anderen Leut zuhausegeblieben. Reisen gab's noch nicht. Erst ab den fünfziger, sechziger Jahren. Und auch nur für 'n paar absolute Exoten, abenteuerlichst nach Italien, die ersten Touristen. Manche sind in Skiferien gefahren mitm Motorrad, die Skier hinten aufm Rücken. Lifte waren keine vorhanden. Die mussten den Berg rauflaufen. Die Lotte, die war immer mutig! Wir haben uns einfach so durchgewurstelt und das hat funktioniert.

Politik und Gesellschaft III

Auf – Auf – Auf! Aufschwung – Aufbau – Aufarbeitung!

Elvira

Und dann wurde es besser nach und nach. Und darauf kam die Währungsreform und das war nicht so schön! Wir haben bei der Währungsreform pro Person vierzig DM gekriegt. Wir selber hatten sowieso nicht viel, aber wie viele Leute hatten was auf der Sparkasse und das war nichts mehr wert. Wir haben 1:10 umgetauscht. Das war hart! Und jetzt bei der Wiedervereinigung 1:1 und 1:2. Da hat man schon 'n bisschen 'n Zorn gekriegt. Die, die Geld hatten, hatten plötzlich nichts mehr. War alles entwertet, ungültig. Aber was half's! Man hat eben versucht weiterzukommen. Und am nächsten Tag waren die Schaufenster voll, war über Nacht wieder alles da. Das war positiv, man hat sich bloß gewundert: »Wo kommt das so Knall auf Fall her?!«

Emmerich

Die D-Marks-Zeit war sowieso nur Aufwärtswind! Von dem Tag X an, wo D-Mark kam, sprich Juni 48, konntest du alles kaufen. Ab dem Augenblick hat sich's nur darum gedreht, ob du Geld hattest oder keins.

Christa

Das war spannend! Man hatte pro Person bloß noch vierzig Mark, da waren die Preise auch entsprechend. Aber ab 48 ging's aufwärts, der Anstieg begann.

Herta

Das war ein richtiges Ereignis. Man wusste: »Über Nacht ist alles Geld wertlos und man kriegt pro Kopf neues Geld!« Aufgrund dessen hieß es: »Die Thiels sind die reichsten Leute der Stadt!« Damals hab ich mir gedacht: »Wenn wir jetzt so reich sind, müsste man doch was damit anfangen können!« Aber das Kopfgeld war natürlich ganz bald weg. Danach ging es wirtschaftlich aufwärts. Die Leute waren nicht mehr so bedrückt, es war ein Stimmungsumschlag. Mit dem neuen Geld hat man auch das Gefühl vermittelt bekommen: »Jetzt fängt 'ne ganz neue Ära an! Jetzt wird alles gut!« Das hat man als Kind gespürt.

Fritz

Schon bald hat man am Ende vom Jahr gesagt: »Etzt kann's nemme besser werde! Uns goht's jetzt scho so gut! Jo, wie goht des wohl weiter?« Man war so zufrieden, dass man gar nicht geglaubt hat, dass es noch besser werden kann. Gleichzeitig hat man wieder gedacht: »Menschenskind, etzt isch's aus! Ab erschte Januar gibt's nix meh zum

Verkaufe, weil alle versorgt send mitm Nötigschte!« Und nachher ist's wieder ein Jahr weitergegangen und von Monat zu Monat hat sich die Wirtschaftssituation nach oben verbessert. Daraus hat man in der Folge gelernt: »Von dem, was im erschte Vierteljohr erreicht werde ka, isch's ganze Johr grettet!« Und dass die Angst, die man hat, unbegründet ist. Die Angst aus der Nachkriegszeit: »Des goht wieder schief! Mir hent bald nix meh zum Esse, nix meh zum Arbeite!«

Elvira Den Aufschwung hat man gelesen, gehört und erlebt und alle wollten dran teilhaben. Man hat geguckt, dass man 'ne Stelle findet, wo man verdient, wo man sich hochsparen kann. Es war nicht schwierig, 'ne Stelle zu finden, wenn man was gelernt hatte. Überall waren Arbeiter gesucht. Viele Firmen waren im Eimer, aber es wurde wieder aufgebaut.

Emmerich Zwanzig Stunden Arbeit. Arbeit – Arbeit – Arbeit. Hervorragend. Jeden Tag 'n Zehnerle mehr gehabt.

Christa Viel Arbeit, sparen, man konnte langsam wieder was kaufen. Ich hab nur Stoff, Wolle oder Schuhe gekauft, sonst nichts. Man hat gestrickt und genäht. Es war angenehm, dass es wieder alles gab, 'ne Wunderwelt. 'n Telefon plötzlich. 'ne große Erleichterung, dass es vorwärts ging, dass man mit dem Geld, das man hatte, auch was machen konnte. Du konntest eben in den Laden gehen und was kaufen, du hast 'ne bessere Auswahl gehabt. Auch an Möbeln. Man hat auf Ratenzahlung 'n Sofa gekauft, sehr vorsichtig. Die Taschenbücher kamen auf, von Amerika her, diese einfach gebundenen. »Ich spucke gegen den Wind«, 'ne amerikanische Schriftstellerin, das hat mir damals der Hartmut, mein Freund, aus Kanada geschickt, auf Deutsch. Die ersten Seidenstrümpfe hat man gekriegt. 'ne Freundin hatte Verwandte in Amerika, die hat mir 'n beiges Paar geschenkt. Das war so was Wichtiges! Das hab ich gehütet wie 'n rohes Ei! Man hat sogar Handschuhe angezogen, um die Strümpfe anzuziehen! Ganz vorsichtig gewaschen! Die hat man nur am Sonntag getragen oder wenn man zum Tanzen ist! Und wenn 'ne Laufmasche runter ist, hat man die für zehn Pfennig aufmaschen lassen bei extra Frauen mit so 'ner Spezialnadelmaschine zum Maschenauffangen.

Elvira Den Aufschwung hat man an gar allem gemerkt. Bei den Lebensmitteln war's Sortiment größer, bei der Kleidung, den Büchern, den Zeitschriften.

Plötzlich gab es mehr zu essen, mehr Auswahl in den Läden, die ersten Orangen, die ersten Bananen. Da hat man nur gestaunt: »Die darfst du überhaupt nicht anfassen. Die musst du ein paar Tage anschauen!« Die ersten Seidenstrümpfe hat mir die Lotte zu Ostern geschenkt, mit fünfzehn, als ich im Internat war. Schwarz und 'n bisschen dicker, nicht die dünnsten. Das war toll! Die hab ich bloß sonntags angezogen. Luxusartikel, Schminke, Parfum, Schmuck wurden nicht angeboten, Deo tauchte erst in den fünfziger Jahren auf. Wenn Männer von der Arbeit kamen, hat es nach Schweiß gerochen. Daran war man aber gewöhnt. Herta

Die Leut haben noch keine Waschmaschine vermocht. Konnten sie sich nicht leisten! Wir hatten auch länger keine. In Laupheim hat einer fünf Stück Waschmaschinen stundenweise vermietet. Die hat man gebracht, zu zweit gepackt und ins Haus reingestellt. Da war man nicht so zimperlich. 'n Schlauch hin und 'n zweiten in den Küchenausguss gehängt. Nachher hat man sie wieder abgeholt. Emmerich

Es wurden auf einmal neue und größere Autos auf den Markt gebracht. Herta

Direkt nachm Krieg ist noch nichts produziert, sind noch keine Autos gebaut worden. Die Betriebe waren alle zerstört, den Unternehmen haben Rohstoffe gefehlt und Kapital, und zudem haben die Russen die Maschinen konfisziert. 's hat nur gebrauchte Autos gegeben. Aber die Leute hatten sowieso kein Geld. Bald nach der Währungsreform haben die Firmen wieder aufgerüstet. Und als ab 50 der Kleinwagenmarkt aufkam, ist dafür der Motorradmarkt zusammengebrochen. Die Leut haben in den fünfziger Jahren besser verdient und konnten sich 'n Kleinwagen leisten. Auch 'n Statussymbol. Da ging's aufwärts. Fritz

's Allerwichtigste war, dass die Bautätigkeit in Schwung gekommen ist. Viele Familien haben mit eigener Hände Arbeit gemeinsam 'n Haus hochgezogen, zuerst für die eine Familie, anschließend für die nächste. Überall. Elvira

Man hat vom Staat Zuschüsse bekommen, um die Häuser in Ordnung zu bringen. Besonders ist es mir aufm Land aufgefallen, wie man betoniert und gestrichen und schöne Gärtchen angelegt hat. Wie alles plötzlich so schmuck aussah! 'n richtiger Boom! Alles war im Aufbruch, überall hat man zugepackt! Der Aufschwung beim Erhard. Diese Aufbruchsstimmung in der Zeit mitm Lübke, das waren ge- Elisabeth standene Politiker, mitm Heuss, mitm Adenauer, mit der Parallelfigur, dem Schuhmacher von der SPD, mitm Carlo Schmid, einer der Väter des Grundgesetzes. Ungeheure Persönlichkeiten! Das waren noch Menschen mit hochkarätigem, politischem Geist.

Lotte Man war froh, dass jemand da war, der dem Land wieder was gebracht hat. Da konnte man nicht hinstehen und sagen: »Isch der besser oder der?!?« Da ging's ums Überleben.

Albert Damals hatte man einen Gedanken: Deutschland wieder aufzurichten. Die Politiker waren eigentlich Nebensache.

Christa In Laupheim war nichts kaputt, dann gab's auch keinen Wiederaufbau.

Fritz Als die Häuser überall in Deutschland neu aufgestellt wurden, hat's in Laupheim angefangen mitm Kino am Marktplatz, 's Lämmle-Kino, die erste größere Baustelle. Da hab ich 'n paar Tage gearbeitet, in der Stunde eine Reichsmark zwanzig verdient. 'n Riesenloch, das man mit der Hand ausgeschachtet, sich von Stufe zu Stufe hochgearbeitet hat. Maschinen gab's noch keine dafür.

Elvira In Ulm hat man die Ruinen noch gesehen, aber die Straßen waren schon frei und die Leute haben an den Plätzen aufgeräumt und aufgebaut, wer überhaupt das Geld dazu hatte.

Emmerich Da bist du überall in der Innenstadt an den Schutthaufen vorbeigelaufen und zwischen den Schutthaufen alles provisorische Baracken und da waren die Geschäfte drin. 'n Alltagsbild, dass grad wieder aufn Lastwagen Schutt aufgeladen wird, mit Hand und Schaufel, Männlein und Weiblein, abends um neun noch. Das hat sich am Anfang alles sehr langsam vollzogen. Das ist 'ne jahrelange Entwicklung gewesen. Man konnte ja bloß den Schutt als Baumaterial einsetzen. Und irgendwann ist das zügiger gegangen. Man hatte Geld und schlagartig waren die Straßen sauber, du konntest wieder Auto fahren, die Fußwege waren frei, man hat Grünanlagen angelegt.

Raphael Schutthaufen und zerbombte Häuser. Und überall Amis, überall! Amerikanische Armeefahrzeuge, Panzer und Militär, die gigantische Garnisonsanlage Neu-Ulm, immer die Amis. Die waren überall präsent. Ich hatte vor denen keine Angst! Die haben uns aus dem Elend befreit und geholfen. Die waren auch sehr hilfsbereit und freundlich, zu Kindern sowieso. Von denen hab ich mal Schokolade geschenkt gekriegt. Und man war berührt davon, dass was Neues entstand, wie die Ruinen Stück für Stück verschwunden sind! Jedes Mal, wenn man da hinkam, war was Altes aufgebaut oder was Neues errichtet. Der Wiederaufbau hat mich unheimlich beeindruckt! In einer Art beängstigend beeindruckt. Die Infrastruktur lief seit Neuem. Die permanente Veränderung war gigantisch!

Fritz

Und die deutschen Kriegsgefangenen hat der Adenauer im September 55 freibekommen. Der ist nach Moskau und die Russen, die trinken viel, grad wenn sie Geschäfte machen. Da musste der Adenauer auch mithalten. Deswegen hat er Olivenöl getrunken, um durchhalten zu können. Und auf die Art hat er sich gut geschlagen. Er ist nicht unter den Tisch runtergesoffen worden.

Elisabeth

Durch die Rückkehr der deutschen Kriegsgefangenen war der Krieg noch sehr präsent. Das war bedrückend! Wie wenn noch was in der Luft hängt! Man hat sich noch nicht ganz erholt. Man hat das überall noch gespürt, den Krieg! Manche Mitschüler haben gesagt: »Dr Papa isch nemme hoimkomme.« Und die Lehrer hatten Kopfschüsse oder bloß noch ein Bein. Und als die ersten Russland-Gefangenen um 1953 heimkamen, war eine Wahnsinnsspannung in der ganzen Stadt, ein einziger Aufruhr! In der Zeit sind immer mal wieder welche gekommen. Die kamen in Schüben zurück, je nachdem, wann sie freigelassen wurden. Die Spatzen haben das vom Dach gepfiffen. In jedem Haus hat man Kerzchen, so Teelichter, ins Fenster gestellt, weil man sich gefreut hat, dass sie wieder da sind. 'n unglaublich starker Eindruck, sehr ergreifend! Ein Mal, als die am Bahnhof angekommen sind, war alles auf den Füßen an dem Abend. Vor allem, weil sie gesagt haben: »Dr Zahnarzt Doktor Fürbrunn kommt zrück!« Das hat uns alle besonders interessiert, weil wir den kannten. Das war 'ne unglaubliche Spannung, als der Zug einfuhr! Drei Gefangene zusammen mit normalen Fahrgästen. Dieses Leid, was er erleben musste, hat mich da erfasst! Der sah sehr mitgenommen aus und hatte so alte Klamotten an. Und seine Frau war sehr attraktiv und aufgeputzt, das hat nicht zusammengepasst. Wenn die sich nach zehn Jahren wiedergesehen haben, waren sie ja nicht mehr dieselben. Was mich besonders beeindruckt hat: Der hat nicht links und nicht rechts geguckt! Man sah ihm richtig an, wie peinlich ihm das war, dass so 'n Drumrum gemacht wurde.

Raphael

Ein tiefgreifendes Erlebnis war's erste Mal, als die Kriegsgefangenen, hauptsächlich aus Russland, heimgekommen sind, 53, wo man überall in die Fenster Lichtchen gestellt hat. Die hat man mit »Halali« und »Humtäterä« empfangen! Und die Angehörigen haben sich gefreut. Aber für mich war das 'ne bedrückende, beklemmende Stimmung durch die Erzählung der Eltern vom Krieg.

Herta Die einen waren glücklich und die anderen waren unglücklich. Viele tausend Deutsche sind bis heute in Russland vermisst.

Fritz Nach dem Krieg ist es lang gegangen, bis die politischen Entwicklungen kamen. Es sind am Anfang nur wenige gewesen, die diesen Staat auf die Beine gestellt haben. In den Ländern gingen die politischen Auseinandersetzungen ja erst ab 48 los. Danach kam die Verfassung, anschließend kam der Adenauer und immer ist's nur aufwärts gegangen. Laut Grundgesetz von 49 sollte das Bundesgebiet neu gegliedert werden. Bis Baden-Württemberg 1952 als letztes Land überhaupt gegründet werden konnte, gab's allerdings spannende Situationen. In der baden-württembergischen Verfassung kommt übrigens das Menschenrecht auf die Heimat und das Recht auf eine der Begabung entsprechende Erziehung und Ausbildung vor. Demokratie mussten wir aber auch erst lernen, bevor wir richtig politisch mitmischen konnten. Da hat man noch gar nicht so genau gewusst, was Demokratie ist. Durch die Wahlauseinandersetzungen ist der Bürger erst dazu erzogen worden: Ohne Parlament geht nichts!

Emmerich Zukunft absolut offen. Es kann nur besser werden. Keine Angst vor 'nem politischen Rückfall.

Herta 1955 ist mit den Pariser Verträgen das Besatzungsstatut erloschen. Dass man wieder reisen, sich frei zwischen den alliierten Zonen innerhalb Deutschlands bewegen konnte, hab ich als totale Öffnung empfunden. Das war ein Gefühl wie bei der »Wende«, wo die Mauer weg war. Ein befreiendes Gefühl!

Lotte In den fünfziger Jahren waren wir arm wie die Kirchenmäuse. Ich kann nicht sagen, dass ich jemals daheim 'n Aufschwung erlebt hätte. Da hat man von der Hand in den Mund gelebt. Das, was es dann gab, konntest du auch nicht kaufen. Die Nachkriegszeit war nicht schlimmer als der Krieg. Erst später, als es anderen Leuten gut ging, ging's uns schlecht. Da hat man bei uns so rumgewurstelt. Ich hab beim Knüller im Akkord gearbeitet von sieben bis um zwölf und von eins bis um fünf. Und dafür hab ich fünfzig Mark in der Woche gekriegt. Aber da hast du nicht gejammert, da warst du glücklich!

In der Familie hat die Fähigkeit gefehlt, aus dem Aufschwung geschäftlich wirklich was draus zu machen. Raphael

Mein Stundenlohn am Anfang bei VW in Stuttgart war 1,85 DM plus Abzüge. Ich hab 230 DM netto gehabt im Monat, 50 DM Miete, 48 DM Straßenbahn, 30 DM Abendschule und 8 DM Rückfahrkarte nach Laupheim. Bei Porsche hatte ich anfangs 2,60 DM in der Stunde und zuletzt 3,38. 'n guter Verdienst, da konnte man gut leben. Emmerich

Bei VW in Waldsee hab ich 1,90 DM in der Stunde gehabt. Karl

Fürs Studium ist mir ein Honnef-Stipendium gewährt worden, 240 DM im Monat. Dafür musste man Begabtenprüfungen machen und die wirtschaftlichen Verhältnisse von zuhause vorlegen. Herta

Im ersten Lehrjahr hatte ich 30 DM im Monat, im zweiten 40 und im dritten 50. Und die Monatsfahrkarte hat 26 DM gekostet. Den Rest hab ich teilweise bei der Mutter abgeliefert. 'ne Brezel hat 0,20 DM gekostet. Heut kostet 'ne Brezel 0,50 Euro und die haben 18, 20, 25 Euro Stundenlohn. Im Verhältnis war damals's Leben teurer als heut. Der Friseur hat 0,50 DM gekostet. Das Geld hast du nicht gehabt! Da waren 0,50 DM viel. Albert

Bei der Schneiderlehre hab ich im Monat 21 DM verdient. Davon hab ich mir die Fahrkarte gekauft und vom Rest beim Bäcker Schneckennudeln. Und in mich reingestopft, was nur ging! Elisabeth

In Stuttgart hatte ich als Kontoristin grad 135 DM im Monat. Elvira

Hitler hatte als Kanzler 'n Jahresgehalt von 29.200 RM, dazu 'ne Aufwandsentschädigung von 18.000 RM. Ab dem Tod vom Hindenburg auch noch's Reichspräsidentengehalt. Hat aus »Mein Kampf« abgesahnt. Das Buch wurde ab 1939 jedem Paar aufm Standesamt geschenkt. Musste die Gemeinde zahlen. Hat die Tantiemen für die Hitlerbriefmarke kassiert. Und sich die »Hitler-Spende der deutschen Wirtschaft« untern Nagel gerissen. Und – um das Maß voll zu machen – keine Steuern gezahlt. Der Hitler und seine Nazi-Hierarchie: ein einziges System von Bereicherung und Korruption. Ganz schlichte Verbrecher.

Nach dem Krieg wurden die Nazis aus Ämtern und Posten entlassen. Das ist offiziell immer vom Kreis Biberach aus gemacht worden. Im Anschluss mussten Leute gefunden werden, die für diese Arbeitsfelder überhaupt kompetent sind und 'n anderer Bürgermeister. Wir kannten die ehemaligen Nazis in Laupheim, logisch. Die kannte doch jeder in der Kleinstadt. Nazis waren die Parteimitglieder, wo klar war: »Der ist ein harter Nazi oder in führender Position gewesen!« Die haben sich ja produziert. Die wurden natürlich zu Gerichtsverhandlungen vorgeladen.

Emmerich Wer in Laupheim Nazi war, hat man gewusst, aber das waren auch bloß 'ne Handvoll. Das riecht man, das ist eigenartig. Die Nazis hat man schon in der Nazizeit gekannt, denen ist man ausm Weg gegangen.

Fritz Wir waren im Bilde darüber, wer in Laupheim früher Nazi war, sicher! In so 'ner kleinen Stadt ist das nicht so 'n großes Problem. Als die Führungsspitze der Nazis von Biberach – etwa zehn Leute – entnazifiziert wurde, hat uns die Polizei beauftragt, die mit unserem Holzgasomnibus nach Rottenburg zu überführen. Da sind die eingesperrt worden. Die Nazis sind ausm Amt entfernt oder 'n paar Wochen inhaftiert worden und wenn sie wieder eingegliedert wurden, haben sie in dieser Richtung nichts Negatives mehr gemacht, sondern man hat gemeinsam aufgebaut. Das sind aber bloß die schwierigsten Fälle gewesen. Nur – einfach war das nicht in der damaligen Zeit. Man brauchte Fachkräfte, viele waren gefallen und Stellen waren nicht besetzbar ohne die gewesenen Nazis. Das Naziregime hat ja achtzig Prozent der Bevölkerung betroffen, weil die blind mitmarschiert sind. Und das nachher aufzuarbeiten war sicherlich nicht einfach. Aber die meisten Nazis waren keine wirklichen, überzeugten Nazis.

Emmerich Richtige Nazis sind in richtige Straflager und zu richtigen Gerichtsverhandlungen gekommen. In Mengen bei Sigmaringen und in Biberach gab's Lager für Altnazis. Bloß Sammellager, damit man da feststellt, was die getan haben. Das war aber nur im ersten Jahr extrem. In der Nazizeit ist ja jeder Nazi gewesen. Ohne Parteibuch hast du keine gescheite Arbeit gekriegt, keine Lehrerstelle, keine führende Position. Deswegen waren die nicht alle Lumpen. Da waren ein oder zwei Prozent wirkliche Nazis. Das ist heut auch nicht anders. Deutschland war vorher nie so radikal. Ab 1918 sind unheimliche politische Fehler gemacht worden, die dem Hitler den Weg geebnet haben. Das hat man zu spät gemerkt, dann war's 'ne Diktatur. Für die Leut war's in der Nachkriegszeit eben schwierig zu unterscheiden, ob du wirklich so 'n Schwein vor dir hast oder ob sie gar nicht anders konnten! Du konntest für die Ämter und die Posten bloß die Leute nehmen, die fachkundig waren. Das war wichtiger und das hat funktioniert. Man muss ja unheimlich vorsichtig sein mit Verurteilungen. Auch in Laupheim hat's 'n paar Nazis gegeben, vor denen man sich in Acht nehmen musste. Aber Angst haben sie alle gehabt vor der Diktatur. Aber gut, da war jeder auf jeden noch viel mehr angewiesen als es heut ist.

Einige Nazis haben den Vater nachm Krieg denunziert. Wohl, um sich zu retten. Sie wussten, er weiß viel. Aber die konnten ihm nichts anhaben. Das wussten zu viele, wie der Vater wirklich war. Lotte

Die Nazis haben den Vater nachm Krieg denunziert, weil er Parteigenosse gewesen war. In das Haus sind wir öfter gekommen. Die Frau war 'n Vollnazi, die bis zur letzten Stunde an den Sieg geglaubt hat. Die hat ihn denunziert, obwohl sie ganz genau wusste, was er für eine Einstellung hat, weil er nie mit seiner Meinung hinterm Berg gehalten hat. Bei den Amerikanern musste er daraufhin vorreiten und dort hat man abgeklärt, dass er nicht zu belasten war. Das war so offensichtlich und den maßgebenden Leuten und den zuständigen Stellen bekannt, dass er kein Nazi war. Komisch – bei den Nazis früher hat man ihn nicht verpfiffen, weil er kein Nazi mehr war! Fritz

Nachm Krieg sind viele beschimpft worden und bestraft, weil sie zu den Nazis gehörten und in Wirklichkeit ist es gut gewesen, dass sie da überhaupt so 'ne Position hatten, um anderes Unheil zu verhindern, gell. Nicht jeder, der Nazi war, war 'n Verbrecher, das möcht ich damit vielleicht sagen.

Die haben bei der Überprüfung sehr schnell gemerkt, dass der Vater kein Nazi war. Wir wussten, mit welchen Leuten er zusammenkam und das waren keine Nazis. Und er hatte sehr schnell Kontakt mit den Alliierten. Christa

Auch bei den Nürnberger Prozessen waren die Urteile alle in Ordnung, aber nicht immer ganz gerecht in Bezug auf die Opfer. Denn das, was die angestellt haben, kann man gar nicht sühnen. Es wurde nicht ausreichend Strafe verhängt. Elvira

Das war selbstredend angemessen! Für alles, was in der Nazizeit abgelaufen ist, gibt's keine Rechtfertigung. Ein Tier macht so was nicht, das macht nur der Mensch. Albert

Der Eichmann-Prozess war schlimm! Ganz furchtbar, wie dieser Mann in seinem Glaskasten so wenig Unrechtsbewusstsein hatte, Herta das Gesicht immer steifer wurde und die Juden ihre ganzen Erinnerungen vorgebracht haben. Wahnsinnig schlimm fand ich das!!! Viele Nazi-Verbrecher sind nicht adäquat verurteilt worden. Welche sind durchgeschlüpft, nicht erfasst worden und nachher im System wieder aufgetaucht.

Raphael Man hätte den Entnazifizierungsprozess noch gründlicher begehen sollen, wenn man überlegt, dass es heut nach wie vor welche gibt, die irgendwo leben. Wenn du siehst, auf welchen Fluchtwegen, den so genannten Rattenlinien, und unter welcher Mithilfe die Nazis das Schiff verließen, kriegst du die Krise. Aber das ist in jeder Diktatur so. Die Entnazifizierung hat bloß in den Köpfen stattgefunden, weil die wurde eigentlich verdrängt. Auch in Laupheim, wo ja viele Juden gewohnt haben, die umgebracht wurden, hatten sicher viele Bürger Schuldgefühle, weil Laupheim ja durch die Juden geprägt war. Und die Nazis sind nicht aus den Ämtern entfernt worden. Im Gegenteil. Die gleichen »Zigeuner« kamen wieder in Amt und Würden und viele wussten, dass die Dreck am Stecken haben. Die konnten zwar nicht mehr so ihr Unwesen treiben, aber man musste sie dulden. Die Mutter jedenfalls kannte die Nazis und hat gesagt: »Do ganget ihr it na, des isch 'n ehemaliger Nazi!« Diesbezüglich war sie sehr allergisch angehaucht! Aber nichts, wurde alles in der Öffentlichkeit überhaupt nicht diskutiert, war höchst geheim. Man hat sich nicht getraut, darüber zu reden. Erst ab Ende der sechziger Jahre. Erst im Geschichtsunterricht vom Lehrer Rudolf Knobloch, der war hervorragend, hat man das von A bis Z besprochen. Der hat uns Schellack-Platten mit Reden vom Hitler und Gerichtsverhandlungen vom Freisler vorgespielt. Ab dem Moment wusste man Bescheid.

Herta Die Mutter hat oft gesagt: »Das war ein Nazi, da geht ihr nicht hin!« Und hat uns erklärt, was die getan haben.

Elvira Aber die Nazizeit war vorbei. Wir hatten 'ne neue Sicht der Dinge. Uns haben neue Dinge interessiert. Man wollte wieder normal leben. Und wir mussten sehen, dass wir 'ne Ausbildung kriegten und Geld verdienen konnten. Dass das Leben weiterging. So Aufarbeitungsdiskussionen haben wir nicht geführt. Man wollte ein freies Leben.

Lotte Für uns war's wichtig, dass das vorüber war. Wie gerecht oder ungerecht die Bestrafung von den Nazis war, dafür hat man sich nicht mehr so interessiert. Das kam erst später.

Diskutiert wurde nicht so viel. Viele Leute sind ja vorher bei der Bande dabei gewesen, deswegen hat man das Thema so weit wie möglich übergangen. Wir sind in der Schule auch nicht darüber aufgeklärt worden, viele Lehrer waren ja Betroffene. Das war eher ein Nach-vorwärts-Schauen, weil wieder aufgebaut werden musste. Direkt nachm Krieg hat man da nicht drüber gesprochen. Da waren viel zu viele Leute befangen. Fritz

Die Nazizeit hat man nie verschwiegen, weil das hat dich ja nicht mehr belastet. Und das hat man in den Griff gekriegt. Da ist noch viel im Argen geblieben, es sind auch einige durchgeschlüpft. Aufarbeiten muss man aber immer die Spitzenleute. Emmerich

Die Aufarbeitung hat für uns keine Wichtigkeit gehabt. Wir waren froh, wenn wir in die Schule gehen konnten. Albert

»Ri-ra-rot,
Der Hitler, der ist tot,
Wir haben ihn begraben
In einem Puppenwagen,
Wir haben ihn bekränzt
Mit lauter Rattenschwänz.«

Das haben wir in der Nachkriegszeit gesungen. In der Schule durften wir über den Hitler nicht sprechen, die Wunden waren noch zu frisch.

Schule und Ausbildung

Realität – Alte Antworten

Ab dem Einmarsch der Franzosen bis Ende 45 hat in Laupheim kein Schulunterricht stattgefunden. Da sind wir zuhause geblieben und haben uns da nützlich gemacht. Fritz

In der Zeit hab ich mit 'n paar Freundinnen bei 'nem ehemaligen Studienrat, 'n alter Nazi, der keine Stelle als Lehrer mehr gekriegt hat, Französisch gelernt, denn wir waren französische Besatzungszone. Da war ich aber sowieso schon aus der Schule raus. Wir wussten ja nicht, wie's weitergeht und dachten: »Das hilft uns vielleicht!« Elvira

Alle Schüler in der französischen Zone mussten Französisch lernen, ich auch. Nach einem Jahr ist das wieder ganz gestrichen worden. Fritz

Beim Lehrer Surrhimmel haben wir in der Schule Französisch gelernt wegen der Besatzung und darum haben wir ihn »Le Surrere« getauft. Karl

Ich war auf der Volksschule in Laupheim und in der fünften Klasse hatten wir 'ne Lehrerin aus St. Pölten, Fräulein Pfahl. Nach einem halben Jahr sagt sie: »Mädle, du ghörscht doch it doher, du ghörscht doch aufs Gymnasium.« »Die Oberschule« hat das geheißen. »Ja«, sag ich, »Fräulein Pfahl, i möcht, aber i darf it.« Sagt sie: »Des werde mir jo sehe! I geh zu deine Eltre.« Und der hab ich das zu verdanken, dass ich aufm Gymnasium gelandet bin. Der Rex, unser Direktor Geray an der Oberschule in Laupheim, hat immer gesagt: »Warum kommet von dene Thiels it meh Kinder aufs Gymnasium? Die könntet doch alle?« Unsre Eltern wollten das nicht. Schließlich bin ich mit dem jüngeren Jahrgang ein Jahr später nach der fünften Klasse auf die Oberschule Laupheim gekommen. Da musste man 'ne Aufnahmeprüfung machen und die hab ich bestanden. Die hätt ich auch ein Jahr früher schon bestanden. Ich hab Arme voll Bücher aus der Schulbücherei mit heimgeschleppt. Gekostet hat's nichts. Karl May, Jules Verne, Zukunftsromane hab ich gelesen. Alles, was »in« war. Der alte Praeceptor Xapp – der hätt längst im Ruhestand sein müssen, aber im Krieg ging's nicht – hat mich mal vis-à-vis vom Lehrerzimmer angehalten. Da hatte ich mal wieder so richtig die Arme voll. Und er kam Elvira ausm Lehrerzimmer und hatte auch 'n Buch in der Hand. Er sieht mich: »Mädle, also woischt, isch jo guet, wenn ma liest. Aber's wär besser, du tätscht was anders lese als die ganze Roman!!!« Ja, wir haben Ehrfurcht gehabt: »Ja, ja, Herr Praeceptor, isch scho recht! I bring's jo au wieder zrück!« Der hatte so 'n Doppelkinn und da hat er immer drübergestrichen. Bei dem hatten wir Latein und Rechnen, mein Lieber, und zwar gewaltig! Wir sind als Mädchen zu zweit in Latein gegangen. Und der hat uns Mädle sekkiert: »Was wellet ihr dumme Weiber do?« Als ich »Hannibalem« falsch ausgesprochen hab, hab ich von ihm richtig mitm Buch ins Gesicht reingeschlagen gekriegt: »Du blöde Kueh!« Mädchen und Latein war ihm suspekt. Rechnen ging.

Lotte Auf der Bühne, unserm Dachboden, hat's so viele Bücher gegeben. Da bin ich halt manchmal rauf. Oder ich hab was von der Elvi ergattert. Das war hochinteressant! Als ich mir dann Bücher kaufen konnte, das war enorm! Und ich musste der Elvi immer Englisch abhören, ob sie's richtig sagt.

Fritz Gelesen hab ich »Wilhelm Tell«, Karl May, die ganzen Bände sind oben im Regal dringestanden, Abenteuer- und Rittergeschichten, deutsche und griechische Heldensagen.

Emmerich Gelesen hab ich nicht viel. Ich hab mir auch schwergetan beim Lesen, das hat mich unwahrscheinlich angestrengt. Aber wenn ich gelesen hab, dann nicht über Technik. Mich haben die Geschichten von der Pearl S. Buck beeindruckt. Die hatte auch das Pech, 'ne erstklassige Kinderschwester zu sein, aber kein Diplom zu haben. Und aus diesem Grund ist sie angegriffen worden. Und Kriegsgeschichten, da geht's um was, um Leben und Tod und Verrücktheit. Rittergeschichten sind mir allerdings gegen den Strich gegangen, solche Machtgeschichten. Das ganze Adelszeug war mir zuwider.

Christa Wir hatten eigentlich nicht viel zum Lesen. Die Bücher hat man sich gegenseitig rumgegeben. Die Elvi hat ab und zu so Bücher angeschleift und die hat man dann gelesen. Man hat sich gegenseitig Märchen erzählt und Geschichten.

Karl Ich hab gelesen, das Übliche, aber eher wenig. Oder die Älteren haben vorgelesen. Ich war nie groß der Leser, eher der Sprecher. Ich hab oft mitgehört, was der Vater und die Mutter erzählt haben, beide waren gute Erzähler. Ich bin 'n Träumer gewesen.

Stefan Zweig, Adalbert Stifter, Romantik. Ich hab Friedrich II., den Stauferkaiser, sehr verehrt. Der kannte sich in allem aus und war in allem perfekt! Und die tollen Comics, Prinz Eisenherz und Rittergeschichten, hab ich als Kind gelesen. Da konnte ich mich in die Zeit reinvertiefen. Das war aufregend, dieses Leben und jeder Typ auf sich gestellt! Dieses Etwas-unter-Beweis-stellen-Müssen. Ich hab sowieso den Hang zu Jahrhunderten, die vorbei sind. Ich würde viel lieber in der Ritterzeit leben. Die heutige Zeit ist mir viel zu schnelllebig und oberflächlich. Siegfried

Der Siegfried hat furchtbar gern Biographien, »Prinz Eisenherz« und »Tarzan« gelesen. Der hat alle Hefte heimgeschleppt, wo er bloß konnte. Und ich fand das unmoralisch und hab ihm die Hefte weggenommen und versteckt, weil der Tarzan so nackt war und bloß so 'n Fell um sich rumgebunden hatte. Das war aber ganz harmlos. Da ist der Siegfried immer ganz schön wütend geworden! Elisabeth

Beim Schuhgeschäft Agenpflücker am Marktplatz, das Haus hat früher auch den Großeltern gehört, gab's jeden Monat ein Mal eine Salamander-Zeitschrift »Lurchi«, wie Comics. Die Feuersalamanderfamilie, die unter den Wurzeln gelebt hat mit den Käfern und wo auch die Wurzelkinder in die Schule mussten. Der »Lurchi« war der Chef. Da sind wir gerannt, wenn wir wussten: »'s gibt a neues Salamander-Heftle!« Da waren wir die Ersten! Jeder hat dem andern weitergesagt: »Pass bloß auf, wenn des Heftle kommt!« Und sofort sind wir da reingestürzt und haben's auch gekriegt, ohne dass wir Schuhe gekauft haben. Somit hatten wir unsere Monatszeitschrift. Ich hab auch sehr viel Heiligengeschichten gelesen. Von Märtyrern, Mystikern und Missionaren gab's von der Kirche Missionsheftchen mit den ersten Berichten aus Afrika oder China. Die haben wir verschlungen! Und Märchenbuch, das ganz dicke von Gebrüder Grimm. Da hab ich mich wie in eine andere Welt begeben und hab gelesen und gelesen und gelesen.

Es gab in Laupheim kein weiterführendes Gymnasium, nur in Ulm und in Biberach. Nach Biberach waren die Anbindungen nicht sehr gut und nach Ulm hatten wir unser Bähnchen, den »Rottalmolle«. Und ich bin zu guter Letzt gegen Kriegsende mitm Jahrgang 1928 nach Ulm aufs Mädchengymnasium gekommen, »Fahrschülerin« geworden. Jeden Morgen von Laupheim mitm Zug nach Ulm gefahren und mittags wieder heim. Die letzten Monate vor Kriegsende sind wir Elvira nicht mehr hin. Ulm wurde bombardiert und die Züge fuhren nicht mehr regelmäßig. Oft bin ich schon morgens um fünf, halb sechs aufn Bahnhof, um einigermaßen pünktlich zu sein. Und wenn wir in Ulm waren, sind wir in die Schule gerannt. Und wir waren noch nicht recht in der Schule, gingen die Sirenen, konnten wir uns gleich in den Keller setzen, weil schon wieder Fliegeralarm war. Unsere Eltern haben gesagt: »Mir wisset jo it, ob unsre Kinder no mol hoim kommet oder unter de Trümmer bleibet!« Wir durften ab Ende 44 nicht mehr zur Schule. Von heute auf morgen bin ich zuhause geblieben. Ich war sozusagen bei Mutter die Haushaltshilfe. Das Notabitur konnte der Jahrgang über mir noch machen. Wenn ich nicht 'n Jahr später auf die Oberschule gekommen wär, hätt ich's auch noch machen können.

Lotte Ja, die Mutter ist in die Kirche gegangen und ich, schon klein, bin aufgestanden und hab, bevor ich in die Schule gegangen bin, geheizt überall, damit die's, wenn sie aufstehen, warm haben. Und das Frühstück gemacht und geguckt, dass die Kinder gewaschen sind und alles. Das hab schon meistens ich gemacht. Und dann bin ich in die Schule gerannt, gerannt in die Schule, in die Schule gerannt und ungegessen meistens. Wir sind ständig nur zu spät und ohne Frühstück in die Schule gekommen. Um halb zehn war Pause, und dann ist man von der Schule unten wieder heimgerannt. Um dreiviertel zehn saß die Mutter mit den kleinen Geschwistern am Tisch dran, hat erst mal gemütlich was gegessen. Und wir haben schnell was geschmiert und sind wieder müde in die Schule gerannt, weil wir im Laufen erst gefrühstückt und das gefuttert haben. Also, immer, immer auf Dampf, immer auf Dampf! Die Mutter hat uns nie pünktlich in die Schule geschickt: »Des roicht no, des roicht no!«, und deshalb sind wir immer zu spät in die Schule gekommen. »Du kommscht no recht, du kommscht no recht!« Da bist du draußen mit der Zeit. Und das hat uns derart fertiggemacht, dass keins sich mehr zugetraut hat vor anderen, dass wir auch wertvoll sind. Und viele Geschwister. Und zweitens die Eltern daheim immer gestritten. Und immer zu spät in die Schule, obwohl jedes intelligent war. Überall haben wir allmählich Hemmungen gekriegt. Nicht den richtigen Schwung, um aus uns rauszugehen und unsere Kenntnisse anzubringen. Selbst wenn wir's besser gekonnt haben. Wenn die Lehrer nicht für uns was übriggehabt hätten, wär's noch viel schlimmer gewesen. Und wenn ich also ins Schulzimmer reingekommen bin und es hat schon angefangen und ich hab mich schier nicht reingetraut bei der Tür, hat der Lehrer Schützhold geguckt und gesagt: »Oh je, etzt kommt's Thielchen! Etzt könne mir weitermache.« Ich hab nie bei den Streichen mitgemacht. Ich war froh, wenn ich meine Ruhe hatte, dass ich wenigstens in der Schule mein Sach einigermaßen konnte. Da war ich so schüchtern vor lauter immer Zuspätkommen! Du bist irgendwie schon gebrandmarkt gewesen. Da hast du dir gar nichts mehr erlaubt. Ja, ich musste sogar oft daheimbleiben. Und dadurch bin ich im Stoff nicht nachgekommen! Und wenn ich die Hausaufgaben nicht gemacht hab, weil ich immer alles gearbeitet hab, bin ich morgens – da lag die Mutter oft noch im Bett – im Schlafzimmer gestanden an dem breiten Fenstersims mit meinen Rechenaufgaben und hab gesagt: »Mutter, wie mueß ma des rechne?« Dann hat sie's mir immer gesagt. Und ich hab gesagt: »I gang it in d Schuel ohne meine Aufgabe! I ka des it!« Und hab da morgens, bevor ich in die Schule bin, noch die Hausaufgaben gemacht und bin in die Schule gerannt. Darauf war ich immer glücklich, wenn's gestimmt hat. Und in Deutsch, ich hab mich nie gemeldet, weil ich gedacht hab: »I ka's jo doch it.« Ich war zu schüchtern zum Aufzeigen! Und obgleich sich alle anderen gemeldet haben, hat der Lehrer Schützhold gesagt: »So, kein Mensch zeigt auf. Ich weiß genau, die Lotte kann es!« Anschließend hat er mich abgefragt und ich hab's gewusst. Dann hat er gesagt: »I woiß doch, dass du's kannscht!« Nebenher ist er immer zu uns gekommen und hat WHW, Winterhilfswerk, eingesammelt, das war unterm Krieg. Da hat jeder Haushalt Geld gegeben für die Soldaten an die Front. Das war von den Nazis, von der Ortsgruppe aus, meistens Samstagmittag, und da hab ich gerade immer geputzt, die Treppe runtergeputzt, den Hausgang geputzt, Ordnung gemacht. Wenn der Lehrer kam, wollt ich oft weglaufen. Aber du konntest ja nicht weglaufen, die Tür war offen, wenn du geputzt hast. Oh, hab ich mich geschämt! Und dann ist er hingestanden, mein Lehrer Schützhold, und hat immer gesagt: »Ah, Mädle, i muss dr scho eins sage: Ich kann's einfach it verstande, was du schaffscht. Du bischt so gscheit, aber des, was du machscht, des kann koi Mensch. Dahoim schaffe und in dr Schuel dabei sei. Aber ich weiß, du kannscht's, du bischt gscheit!« Das hat mir fürs ganze Leben jede Situation gemeistert. Bloß, dass der Lehrer diesen Satz gesagt hat. Mein Lehrer Schützhold – das war mein Sprungbrett fürs Leben – hat mich aufgebaut! Das hat mein ganzes Leben geprägt, das hab ich nie vergessen! Und ich denk vielmals an ihn und sag: »Mann, wie viel Lehrer könnten einem Kind so die Chance gebe, bloß offe die Chance gebe und sage: ›Mensch, du kannscht!‹«

Wir mussten mit der Schule 'n halbes Jahr früher aufhören wegen dem Krieg. Wir sollten in die Fabrik gehen zum Arbeitsdienst. Ich hab bloß siebeneinhalb Klassen gemacht. Den Volksschulabschluss haben wir trotzdem normal gekriegt. Und als das Schulzeugnis kam und die Schulentlassfeier war, hab ich nicht gewusst, was anziehen. Ich hab kein ordentliches Kleid gehabt und keine guten Schuhe. Von der Tante Julie Schuler war noch 'n wunderschönes weißes Sommerpiquékleid da. Das hab ich mir 'n bisschen hergerichtet, hab gedacht: »Etzt kannscht du gange.« Und ich hatte 'n furchtbares Zeugnis, weil ich so oft gefehlt hab. Zuletzt hab ich gedacht: »Oh, mit so ama Zeugnis! I muss mi schäme!« Und dann bin ich nicht gegangen.

Fritz 1938 bin ich in die Gemeinschaftsschule von den Nazis gekommen. Die katholische ist aufgelöst worden. In der ersten und zweiten Klasse hatte man den Lehrer Hungerbühler, das war kein Nazi. Bei dem hab ich 'ne gute Nummer gehabt. Der hat sich sehr um mich angenommen. Ganz plötzlich ist der verunfallt und konnte nicht mehr Schule halten. Daraufhin ist unsere Klasse in die Klasse vom Lehrer Hauschildt mit übernommen worden, weil keine andren Lehrer mehr da waren. Der hat alle Fächer unterrichtet. Bei dem hab ich mich nicht so wohlgefühlt. Der hat manchmal vier gute Schüler aus den Bänken geholt: »Rauskommen! – Ihr wisst ja, der Wagen steht hinten!« Danach sind die losgezogen und haben die Rossbollen, die Pferdeäpfel von den Fuhrwerken auf der Straße aufgelesen für ihn. Dafür war ich aber nie würdig genug, in diesen Genuss bin ich nie gekommen. Um diese Arbeit haben sie sich gestritten, das war ja während 'm Unterricht. Der hat dann den Pferdemist in seinen großen Garten als Dünger in die Rosen eingearbeitet.

Bei uns hat's noch Prügel von den Lehrern gegeben. Diese Tatzen waren aber nicht so, dass sie arg geschmerzt hätten. Die Lehrerinnen, 's Fräulein Hummer ab der fünften Klasse, haben sowieso nicht gern Tatzen ausgeteilt. Ich hab's bestimmt keine fünf Mal gekriegt. Der Hosenspanner war die mildere Bestrafung, der hat noch weniger wehgetan. Oder man musste Strafarbeiten machen. Oder ausm Raum raus und in der Ecke stehen.

Emmerich

Ich bin jeden Tag zu spät in die Schule gekommen. Hausaufgaben hab ich auch keine gemacht. Sauber hergerichtet warst du auch nicht. Der Fritz hat 'ne andere Mentalität als ich, der ist hingehockt und hat eifrig gelernt, was ich nicht gemacht hab. Dem Fritz ist es im Prinzip nicht besser gegangen, bloß der hat sich besser geschlagen, hervorragend war der. Oder die Elvi hat das alles mit links gemacht. Die Elvi hatte sowieso alle Vorteile. In der Schule war die einsame Spitze. Zu Laupheim in den besten Häusern ist die verkehrt. Bei mir war's genau's Gegenteil. Wer mein Zeugnis sehen würd, dem würd's schlecht werden. Ich bin nicht jeden Tag in die Schule gegangen, ich hab auch Angst gehabt! Ich bin morgens um acht zur Schule und abends um fünf heimgekommen. In der Schule war ich nicht, daheim war ich ebenfalls nicht. Ich hab ja oft mutterseelenallein Autos gemacht, sogar mein Vater war oft nicht da. Noch dazu hab ich das Pech gehabt, dass ich vier Jahre lang den Lehrer Schmer hatte, der mit mir nicht gut umgegangen ist. Von dem hab ich mit der Tatzenstange den Arsch vollgekriegt, dass's gepfiffen hat. Sechzig Rechenaufgaben auf einen Aufschlag aufgekriegt und die hab ich genauso wenig gemacht, folglich hatte ich am nächsten Tag achtzig zu machen.

Fritz

Der Lehrer Schmer hatte 'n Vogel. Der war hart! Seitenweis Rechnungen musste der Emmerich machen, darum kann der auch so gut rechnen. Die Mutter hat da viel geholfen. Stundenlang hat die sich zu ihm hingesetzt. Das war so viel!

Albert

Die haben also wirklich gelitten unterm Schmer. Der war 'n halber Nazi, aber das war nicht das Problem. Der hat 'n Kopfschuss und 'ne Stahlplatte oben drin gehabt. Und wenn der Planet gestochen hat auf die Stahlplatte, hat der durchgedreht und die Kinder geschlagen, dass es gepfiffen hat. Wenn der Kopfschmerzen gekriegt hat von der Hitze, war der unausstehlich. Dann hat man den aber frühzeitig ausm Schuldienst entlassen, weil die Beschwerden sind einfach gekommen. Der wusste oft nicht mehr, wen er abzieht. Auch die Braven und die Klassenprimusse. Der Klassenprimus war schon was anderes als wir Schlitzohren! Dafür sind wir alle was Besseres geworden als die Klassenprimusse. Mit so 'nem Klassenprimus kannst du nichts anfangen. Der ist später nicht belastbar. Nicht so wie Thiels.

Raphael Der Schmer hatte 'ne Moshe-Dajan-Klappe am Schädel hinten dran. Und immer, wenn's Wetter umgeschlagen ist, war der entsprechend empfindlich und nicht genießbar. Selbst die Kinder von der Familie Schirmer, die Regina, hat der geschlagen und zwar mitm Zollstock. Mit den Vierkantzollstöcken, einen Meter lang, auf die Köpfe eingeschlagen!

Emmerich Mein Lehrer Schmer wollte mal von meiner Mutter Zucker haben und ihr dafür Kartoffeln geben. Mit dem Zucker wollte der zu den Bauern gehen und den einhandeln, tauschen. Und meine Mutter hat gesagt: »I brauch mein Zucker für meine Kinder.« Und dafür hab ich am andern Tag vom Lehrer wieder den Arsch vollgekriegt. Aber meine Mutter war eben auf ihre Art und Weise eigen. Ihren Stolz und ihre Persönlichkeit hat sie immer bewahrt. Die hat sich behauptet.

Ich konnte laut Lehrer Schmer nicht singen. Die ganze Klasse ist vor den Schulbänken gestanden und beim ersten Ton, den man gesungen hat, hat der Lehrer Schmer geschrien: »Wer brummt do? Thiel – sitz na!« Das hat er in einem Atemzug gesagt. Und so ist das geblieben. Ich kann eigentlich schon singen, bloß wenn du nie singst, kann auch nichts rauskommen.

Wir sind mit gemischten Klassen in die Volksschule gekommen. Und nachm »Umsturz« wurden Mädchen und Buben getrennt, weil's die katholische Schule wieder gab. Da hat man zwei Jahrgänge zusammengelegt und dadurch bin ich mitm Fritz zusammen beim Fräulein Hummer in die Klasse gekommen, eine Ruhrgebietlerin aus Essen, eine erstklassige, strenge, gerechte Lehrerin. Und wenn ich nicht dagewesen bin, hab ich halt gesagt: »I han Halsweh ghet!« Und die Lehrerin: »Mach's Maul auf!«, reingeguckt, gesagt: »Isch recht!« Das wusste die so gut wie ich! Eine super Lehrerin! Die hat mich nie geschlagen, mich nie geschimpft! Wenn ein Lehrer dich nicht dauernd vor den andern niedermacht, ist das für dich schon 'n Weltereignis! Aber als Kind registrierst du das nicht bewusst. Du spürst bloß, dass du nicht dauernd Schläge kriegst.

Christa Meine Lehrerin, die Fräulein Glenk, hat die Tante Jule so verehrt, die war ihre Lieblingsschülerin. Wenn ich in der Schule nicht gespurt hab, hat sie gesagt: »Wenn des dei Tante Jule wisse tät, die wär bitter enttäuscht von dir!« Die hat sie mir ewig vorgehalten.

Der Lehrer Hänsel hatte 'n Zeigestab, 'n angespitzten Schaufelstiel. Den hat er einem immer ins Kreuz geschlagen. Und der Lehrer Surrhimmel hat mich beim Äpfelklauen erwischt. Ich bin aufm Baum oben gehockt und der ist dahergekommen. Ha, der hat bloß gegrinst und ist weitergelaufen. Am andren Tag hat er zu mir gesagt: »So, Äpfelklauer, wie goht's?« Der mochte seine Schüler. Karl

Wenn ich mal nicht aufgepasst hab, frech war oder die Hausaufgaben nicht hatte, musste ich vor alle hinstehen und die Hand ausstrecken – »zack« mit der Haselrute. Und hab Striemen drangehabt oder es war angeschwollen. Ich bin oft in die Schülerbibliothek gegangen. Und die Fräulein Glenk hat gemerkt, dass ich gern lese und hat mir von ihren großen Stößen an Missionarszeitungen regelmäßig welche abgetreten. Fräulein Glenk hat mich im Lesen gefördert, aber andererseits war sie zu uns Thiels besonders streng. In der Volksschule hab ich auch keine Streiche gespielt, da war ich so verschüchtert. Vor den Lehrern hat man so 'n Respekt gehabt. Wir haben allenfalls die Zöpfe von denen, die vor einem saßen, ins Tintenfass gesteckt. Das hat man in der Pause mit den Löschblättern aus den Haaren gesaugt. Wenn man erwischt wurde, musste man nachsitzen oder mehr Hausaufgaben machen. Und unsere Familie wurde ja manchmal doch diskriminiert und entwertet, das hab ich ganz früh gespürt. Ich hab meinen Mitschülern immer eingesagt, wenn die nicht weiterwussten, beim Doppelungsdiktat zum Beispiel. Ich hab die verzweifelten Augen der Schulkameradin gesehen und hab immer, wenn der Konsonant doppelt war, zwei Finger gehoben, und wenn's einfach war, einen. Dafür hat mich die Fräulein Glenk mal furchtbar beschimpft, was ich nicht begriffen habe: »Warum soll i der it helfe? Des ischt so was von ungerecht!« Und ein Mal war ich's gar nicht und die hat gesagt: »Das kannst nur du gewesen sein!« Herta

Während der Volksschule war ich im Turnverein TSV Laupheim, Leichtathletik und Geräteturnen, und hatte Erfolg, durfte mit zu Sportfesten außerhalb, wo nur die Besten hinkamen. Und als ich ins Internat wollte, hat mein Sportlehrer zur Mutter gesagt: »Des Mädle ka doch it ins Kloschter gange!« Mitm Volksschulabschluss bin ich ins Klosterinternat gegangen, 'ne reine Mädchenschule, weil ich Nonne werden wollte. Wenn man Nonne werden wollte, kostete das auch nichts. Es war manchmal schwierig! Weil ich nicht konform lief, was angestellt hab, bin ich von zwei Nonnen ’n bisschen drangsaliert worden. Wir sind mal nachts aufn Klosterfriedhof ausgestiegen, weil ich geträumt hab, dass da eine Schwester rumgeistert und wir wollten rausfinden, ob das stimmt. Um zwölf sind wir ausm Fenster gestiegen und das hat jemand beobachtet. Und weil ich das angestiftet hatte, war das ganz schlimm! In der Folge mussten wir Rechenschaft ablegen bei der Kandidatinnenmeisterin. Die konnte so was nicht verstehen: »So darf man von toten Nonnen nicht denken! Das ist ein Sakrileg! Die sind alle bei Gott!« Wir wollten auch alle unbedingt wissen, wie man ausschaut und sich fühlt, wenn man ein Nonnengewand anhat. Und ein Mal hat eine Nonne, die draußen aufm Feld gearbeitet hat, ihr Gewand in einer Kammer gelassen. Auf der Stelle sind wir rein und haben diese Nonnenkleidung anprobiert, den schwarzen Schleier, die weiße gestärkte Haube und den Habit. Aber das darf man auch nicht, weil das geweihte Kleidung ist. Beim Anprobieren sind wir wieder von ’ner Nonne erwischt worden und mussten wieder zur Kandidatinnenmeisterin.

Eines Tages musste ich Kühe hüten. Die hatten ja auch ’ne Landwirtschaft dabei. Und ich hatte vor den Kühen so Angst! Dann sind mir die Kühe abgehauen. Ich hab sie irgendwie eingefangen und bin geschimpft worden. Aber ich konnte das nicht und vor lauter Angst hab ich angefangen, beim Kühehüten Gedichte zu schreiben. Und an einem Gedicht hab ich ganz lange rumgemacht und die Situation im Sommer ins Schöne überhöht. Ein paar Wochen später mussten wir in der Schule Gedichte schreiben, da hab ich das vorgelegt. Aus heiterem Himmel hat die Nonne mich geschimpft: »Das ist ganz unmöglich, dass du so ein Gedicht schreibst. Das hast du irgendwo abgeschrieben!« Dann ging’s los: »Wo hast du das abgeschrieben?« »Ich hab’s nicht abgeschrieben! Ich lüg doch nicht!« Das hat die mir einfach nicht geglaubt und sich geweigert, das zu benoten. Es gab aber auch sehr gute, menschliche Lehrerinnen. Wir hatten ’ne Nonne als Sportlehrerin, die war klasse! Die ist mit ihrem Habit übern Barren rüber und hat einen Schwung gemacht mit ihrem langen Kleid. Noch vor dem Abitur hab ich schließlich gemerkt: »Das ist nicht mein Weg!« Ich hab ganz tolle Frauen erlebt, aber auch das Gegenteil! Die sind an diesem System nicht gereift, sondern in ihrem Charakter verkrustet. Hab auch Ängste gekriegt: »Ich verhungere geistig in diesem bösartigen, übertrieben kleinlichen Milieu, wo doch die Reflexion über deine eigene Persönlichkeitsentwicklung und die Spiritualität was sein sollten, was man sehr hochhält!« Die Gelübde, der Gehorsam, das erschien mir plötzlich alles viel zu eng. Ich wollte freier leben! Das hatte ich mir sehr kindlich vorgestellt: »Ein geordnetes Leben, du bist versorgt und hast die Möglichkeit, dich von tollen Menschen umgeben zu bilden.« An der Berufung, das heißt, dass Gott will, dass ich dieses Leben führe, daran hab ich gezweifelt.

Ich hatte während der Volksschule durch ein Geschwister die Möglichkeit, nach Ottobeuren ins Klosterinternat zu wechseln und hab mich in dieser gehobenen, feierlichen Atmosphäre bei den Mönchen sehr wohlgefühlt. Hab auch Klavierunterricht bekommen. Schwierigkeiten hatte ich in Latein, ich war ja gegenüber der Internatsschule etwas zurück. Und es musste monatlich eine Gebühr von fünfundzwanzig Mark bezahlt werden und das Geld kam auch nicht regelmäßig. Deswegen wär ein Gespräch nötig gewesen mit der Mutter oder dem Vater. Der Kontakt zwischen Ottobeuren und daheim hat aber gefehlt. Daher hat der Abt, an dem ich sehr hing, meinen Eltern geschrieben: »Er packt das Latein nicht. Aber er kann sich mit Gärtnerei und Musik einen eigenen Schulweg erarbeiten.« Ich stand so unter Druck und Anspannung, dass ich jetzt vielleicht wieder nach Laupheim muss! Und in der Konzentration war ich ständig hin- und hergerissen: »Wie goht's wohl grad dohoim?« Von dort kam keine Antwort und hierauf hieß es: »Jetzt wirst du abgeholt!« Ich war wieder in Laupheim. Das war bedrückend! Von der Ordnung zurück in die Unregelmäßigkeit. Inzwischen hatte nach den Ferien die Schule wieder begonnen und alle wussten, ich war in Ottobeuren und haben mich beneidet. Jetzt tauch ich wieder auf: »Hoi, wo hot's denn gfehlt?« Darum hab ich mich eben zuhause versteckt und zugeschaut, wenn die anderen in die Schule gingen. Ich bin nicht mehr in die Schule gegangen, hab nicht mal meinen Volksschulabschluss gemacht. Hab heimlich in der Werkstatt geholfen und nicht gewusst: »Was wird denn jetzt aus mir?« Siegfried

Ich hab das erst mitgekriegt, als der Siegfried mir's, kurz bevor er gestorben ist, erzählt hat: »D Mutter hot gsagt, sie ka's it zahle!« Jetzt hat der Siegfried als kleiner Bub gehofft, dass ich die Schule zahlen kann, weil ich bei Knüller arbeit: »Lotte, wenn du bloß des Ottobeure zahlt hättscht! Du wärscht de Oinzig gwäe, wo mir gholfe hätt!« Dann hab Lotte ich gesagt: »Siegfried, i han des it gwisst!« So haben die Geschwister gemeint, dass ich helfen kann und ständig Geld hab, wenn man's braucht! Was der in sich reingedrückt hat! Sehr ernst, sehr sensibel! Der ist ja auch nie aufs Klo groß gegangen, schon als Kind. »Geischtliche müeßet gar it uffs Klo«, hat er gedacht. Aber der Siegfried konnte nichts sagen und hat sich viel eingeschlossen. Als er von Ottobeuren heimgekommen ist, hat ihn die Mutter nicht wieder zur Schule angemeldet. Und der hat oben wochenlang, monatelang bloß gelegen. Er war 'n sehr stilles, schüchternes Kind.

Fritz Im Kloster Ottobeuren hätt er bleiben können, wenn die Eltern etwas unterschrieben hätten und das haben sie nicht getan. Er wollte da's Abitur machen und das ist ihm verdorben worden. Die Eltern hätten nichts bezahlen müssen. Dagegen ist gestanden: Mutters Ideologie oder ihre Vision von der heilen Familie. Aber von diesen Auseinandersetzungen hab ich damals überhaupt nichts gewusst. Das hätt ich ohne Zweifel ins Lot gebracht, das weiß ich gewiss! Da hätt ich 'n Weg für den Siegfried gefunden! Wir hätten in jedem Fall durchgesetzt, dass die Mutter unterschreibt. Der Siegfried hatte viele Qualitäten und ist mit Sicherheit Opfer dieses Privatierspleens unsrer Mutter.

Christa Dass man ihn wieder von Ottobeuren weggenommen hat, war für ihn ganz schlimm. Der Abt wollte, dass der Siegfried drinbleibt. Er hätt halt 'n bisschen mitverdienen müssen, indem er Gartenarbeit oder mal Küchendienst macht. Und das hat die Mutter nicht zugelassen, weil sie 'n Wahnsinnsstolz hatte. Das hat den großen Bruch in seinem Leben gegeben.

Albert Beim Siegfried hat der Abt eigentlich gesagt: »Dobleibe! Den Bue nehme mir!« Nach Ottobeuren hätt ich auch gehen können. Wenn wir den Siegfried besucht haben, musste ich jedes Mal mit. Dann ist der Abt gekommen: »So, desch schön, dass ihr mein Bue mitbringt!« Der Abt hat mir immer den Arm um die Schultern gelegt. Ich war dem Abt »sein Bub«. Der war wie 'n Vater zu mir. Und hat gesagt: »Gebet den ins Kloschter! Wenn der ins Kloschter will, soll r komme.« Die hätten mich übernommen und die Familie hätt nichts zahlen müssen aufgrund der Anzahl von den Kindern. Aber die Mutter hat gekontert: »Dr Kirch nimmt ma it, dr Kirch gibt ma!« So hat die das abgeblockt. Damit musst du jetzt halt einfach leben und vor allen Dingen darfst du niemandem 'n Vorwurf machen, weil das einfach so war. Die Vergangenheit sollte man abstreifen und die Gegenwart nutzen und sich dran erfreuen. Was war, ist gewesen. Du bringst keine Stunde zurück.

Mein Lehrer Gerber, 'n guter Lehrer, ist jeden Morgen gekommen, hat 'n Zettel dabeigehabt und 'n Mäppchen. Jeden Tag ist ein andrer Schüler fällig gewesen, ins Städtle rein. Täschle dabeigehabt und einkaufen für die Frau. Hat dir's Zettelchen gegeben und genau hingeschrieben, wo du was kaufen musst. Der Schüler ist ins Städtle rein und hat für den Herrn Lehrer eingekauft. Der Lehrer hat Schule gehalten und du hast nachher deine fünfzig Pfennig gekriegt. Obwohl du hättest gern auf die fünfzig Pfennig verzichtet, weil in der Zeit warst du ja nicht in der Schule. Das war's schon wert. Und wenn du später zurückgekommen bist, bist du später gekommen. Mit den fünfzig Pfennig ist man zum Pfennigweible rein und hat die beschissen. Die hat man ständig beschissen. Das hat die auch gewusst. 's Zählen konnte sie, aber wir haben halt mehr mitgenommen als wir bezahlt haben. Der eine hat vorne gezahlt und der andre ist ums Regal rumgelaufen und hat noch 'n paar Bonbons eingeschoben, in die Tasche gesteckt. 'n seelengutes Weible war die. Hat man »Bärendreck« gekauft, Lakritzstangen. Da hast du 'ne schwarze Gosche gehabt, wie wenn du in 'ne Kohle reingebissen hättest. Oder man ist ins Kino.

Jede Woche war 'n anderer dran zum Tafelputzen. Und wenn du die Tafel picobello geputzt hast, musstest du die Hausaufgaben nicht machen. Und nachher hab ich zum Karl gesagt: »Morge bin i dra zum Tafelputze!« Und daraufhin hat er gesagt: »Do han i dr ebbes! Des duescht uff de Schwamm, noch wird die Tafel picobello sauber!« Jetzt war das Glysantin-Frostschutz. Das hab ich nicht gewusst. Und der Karl hat mir 'n Fläschle mitgegeben: »Des nimmscht mit und duescht's in de Schwamm eireibe!« Und ich hab das halt auch gemacht, ist ja klar. Dann hab ich die Tafel geputzt – die Tafel war dir picobello sauber! Und der Lehrer Gerber sieht die Tafel: »So! So a Tafel han i doch noch nie ghet. Albert, du brauchscht koi Hausaufgab mache!« Na ja, damit ist man gegangen. Am andren Tag ist man in die Schule gekommen. Jetzt wollte der Lehrer auf die Tafel schreiben, jetzt hat das Glysantin-Ding die Kreide nicht angenommen. Das war 'ne Art Fett. Nachher hab ich den Frack vollgekriegt und die Aufgaben vom Vortag musste ich nachholen. Konnte die Tafel putzen, musste Wasser holen, hab 'ne Reiberei gehabt. Da lebt man als Sieger und nachher bist du der Seggel! Der Blöde! Die Lehrer hat man geärgert, aber im Rahmen der Zumutbarkeit. Die Lehrer haben uns geärgert und wir haben die geärgert. Kriegst du halt dementsprechende Noten! Und Tatzen, Kopfnüsse, Hosenspanner hast du gekriegt. Musstest 'n Buckel machen und der Lehrer mitm Stab aufn Arsch. Abwinkeln und dann »gib ihm«! Mein Schulfreund Manfred Armbruster, der Manne, der war ein Gehöriger, ein Frühaufgeklärter – wir haben's bloß niemandem gesagt. Der kommt zu mir: »Du, Berte, im Kino spielt der und der Film! Do gemmir nei!« Der hat immer gnadenlos gestohlen: »I han wieder Alteise auftriebe!« Das hat der verkauft. Der hat ja gewusst, dass wir kein Geld haben. Kein Taschengeld, nichts. Wir sind ohne durchs Leben gekommen, zumindest durch die Hälfte. Sag ich: »Du kascht doch etzt it in de Film gange. Erschtens mol han i koi Geld und zwoitens hemmir heut Mittag Schuel!« Sagt er: »Des loscht mi mache!« Mittags um halb zwei hatten wir Schule. Hat er gesagt: »Komm, etzt demmir de Lehrer Gerber ärgre! I han a Salz dabei! Mueschт halt uff d Zähne beiße!« Dann hat der mir Salz auf die Finger vorne drauf: »Und guet eireibe!« Anschließend haben wir den Lehrer geärgert, bis er uns rausgeholt hat. Zwei Tatzen gekriegt … sind die Finger vorne granatenmäßig angeschwollen! Steht der Manne auf und geht zum Lehrer raus: »Herr Lehrer, gucket Se amol mei Hand a! Sie hent so fescht druffgschlage, wisset Se was? Des sag i meim Vater!« »Jo, Albert, komm mol raus, lass mol deine Finger sehe. Ha, so fescht han i doch gar it welle zueschlage! Ja, wa demmir etzt?« »Ha, wenn i hoimkomm und mei Vater sieht des, wa glaubet Sie, was der duet? Der kommt in d Schuel!!!« »Äh, äh, äh, etzt passet auf, mache mir's so: Ihr könnet jo momentan nix schreibe!« »Noi, i ka nix in d Hand nehme!« Der war am Anschlag, bis zum Gehtnichtmehr! Daraufhin hat der Lehrer uns schulfrei und jedem fünfzig Pfennig gegeben, wenn der Manne dem Vater nichts sagt! »Noi, i sag meim Vater nix!« Bei mir hat er sowieso gewusst, dass ich nichts sagen darf, da hättest du gleich wieder eine gescheuert gekriegt. Aber bei dem, dem sein Vater war 'n Choleriker und die haben nicht weit weg vom Lehrer gewohnt. Und nachher sind wir ins Kino gegangen! Du darfst halt nicht blöd sein! Aber weh hat's getan! Das hat dir schon die

Tränen ins Auge getrieben! Aber was man nicht alles tut fürs Kino! Heidending!!!

Elisabeth

's Schönste war Singen und Zeichnen, da war ich gut! Dann war ich beim Lehrer Schmer und der hat verlangt, dass man jeden Tag 'n weißes, frisch gebügeltes Taschentuch mitbringt. Das musste man aufs Schülerpult legen und wehe, wenn man das nicht gebracht hat! Von dem hab ich ganz böse Tatzen gekriegt. Der war sehr ungerecht, auch den Mädchen gegenüber. Der hat furchtbar zugeschlagen! Die Lotte hat uns aber bei den Lehrern verteidigt, wenn sie gemerkt hat, dass wieder einer zu weit gegangen ist, wenn 'n Lehrer so viel Tatzen gegeben hat, dass die Hände schon geschwollen waren. Da hat die ganze Schulklasse schon geheult und der hat fleißig weitergeschlagen. Mit 'nem Meerrohrstöckchen »batsch, batsch, batsch«. Bin ich heim, hab nie was gesagt. Hab bloß so mitm Ellbogen die Türe aufgemacht. Das hat die Lotte gesehen: »Was isch 'n do los?« Hab ich bloß die Hände gezeigt: »Wer hot des gmacht?« »Dr Lehrer Schmer.« Gut, justament ist sie zu dem hin und hat den fertiggemacht nach Strich und Faden. Und sie war auch erst neunzehn Jahre. Da hat sie uns beschützt. Sie hat nach einem geguckt.

Lotte

Die Mutter hätte nur das eine machen sollen: dass sie die Kinder pünktlich in die Schule schickt und guckt, dass sie die Aufgaben machen. Wären alle superintelligent und die Lehrer haben's auch ausdrücklich erwähnt. Aber wenn die Lehrerin bestellt hat, sie soll mal in die Schule kommen, sie möchte mit ihr reden, ist sie nie gegangen: »Des hab i nicht nötig, dass i mit dene sprech.« Ich bin oft um den Tisch gerannt, wenn sie mich verhauen hat. Ich hab gesagt: »Ha, Mutter, des ischt it richtig! Du muescht in d Schuel gange wege de Kinder!« Dann hat sie verlangt: »Sei still!«, und ist mir nachgerannt, hat mir eine geschmiert, bin ich wieder unter den Tisch runter. Sie ist nie zu 'nem Lehrer. Der Vater ist immer gegangen, wenn Elternsprechtag war. Wenn er's ihr erzählt hat, hat sie getobt. Sie wollte nicht wissen, was die Lehrer gesagt haben. Darüber ist sie erhaben. Und später bin ich hingegangen.

Elisabeth

Ich war auch sehr gut im Turnen, bloß das Handicap mit den Händen war extrem! Die Sehnenverkürzung. Und das war damals so, dass du gedacht hast: »Des darfscht it sage!« Beim Klettern, beim Reck, beim Barren oder wenn man sich am Bock abgefangen hat und drübergesprungen ist, konnte ich mich nicht richtig halten und hab's trotzdem gemacht. Mit Todesängsten! Und nicht getraut zu sagen, warum mir das schwerfällt. Aber Turnen hab ich sehr gern gemacht, ich war schnell wie 'n Wiesel!

Raphael Ich hatte im ersten Schuljahr noch Tafel, Griffel und Putzläppchen. Das hing im Ranzen drin. Die Buchstaben hat man alle wieder ausgewischt, alle wieder vernichtet. Und ich bekam den Lehrer Alpschlager. Was der mich verprügelt hat, das ging auf keine Kuhhaut! Irgendwann hat man das daheim erzählt, dann ist meine Mutter mal wieder hin und hat mit dem geredet, hierauf ging's wieder vier oder sechs Wochen gut. Und mir nichts, dir nichts hat er wieder zugelangt. So 'n kleiner Giftzwerg, kaum größer als wir Erstklässler. Der ging mir jahrelang nach! Ich glaub, wenn ich den später erwischt hätt, ich hätt 'n an die Wand geklebt. Aber so war eben die Zeit nachm Krieg – groß hat damals niemand was dagegen gemacht. Da hat sich kaum jemand über solche Dinge aufgeregt. Hintenrum schon, man hatte aber den Mut noch nicht. Die Bevölkerung musste zuerst ihr eigenes Selbstbewusstsein wieder aufbauen. Es war auch die Zeit nicht, dass man aufmüpfig war. Nicht mal gegen Behörden. Früher gab's den Bürgermeister, den Pfarrer, den Lehrer und den Doktor. Das waren die angesehenen Bürger. Persönlichkeiten! Vor denen ist man aus Hochachtung fast in die Knie gegangen. Da hat man also pünktlich die Verbeugung gemacht, gleichermaßen vor Klosterschwestern, das war gang und gäbe. Vor den Wachtmeistern, noch die alten Schutzmänner, die würdig durchs Städtle gegangen sind, hatte man 'n Riesenrespekt. Die haben den Kindern gesagt, wo's langgeht. Man wurde auch von fremden Erwachsenen angesprochen, wenn man was angestellt hat und zwar ganz massiv! Es konnte sein, dass du eine geschmiert gekriegt hast. Und bist du heim und hast das erzählt: »Der wird scho gwisst han, warum!« Schläge waren noch 'n legales Erziehungsmittel. Wenn der Lehrer damals streng war in der Schule, hat man sich für gewöhnlich gar nicht getraut, das daheim zu sagen. Heut – wehe, der Lehrer macht irgendwas, dann ist der Teufel los! 's ist ja wichtig, sich als Lehrer Respekt zu verschaffen. Damals hatten die mindestens fünfzig Kinder in einer einzigen Klasse. Dieser Liberalismus ist wunderbar, nur – es müsste jeder auch um seine Pflichten wissen und sie wahrnehmen. Auf jeden Fall hab ich über die ganzen Jahre hinweg in der Schule ziemlich viel

Schläge eingesteckt. Und es haben auch gewisse andere Nachteile auf mich eingewirkt. Weil, wenn eins meiner Geschwister Streiche gespielt hat – man kam ja aus 'ner kinderreichen, »asozialen« Familie –, haben das blöde Lehrer auf mich umgemünzt. Bei mir gab's mit Lehrern keine Streiche, höchstens Tatzenstreiche. Das hat man sich gar nicht getraut. Da hätt's dann geraucht! Im Großen und Ganzen war man außerdem anständig zu den Erwachsenen. Man hatte noch 'n wesentlich größeren Respekt, der ja elementar ist. Und ich bin in der Schule immer schlechter geworden und die Lotte hat mir die Chance ermöglicht und mich ins Internat gesteckt. Aber ich hab den Kopf fürs Lernen absolut nicht freigehabt, hatte zum Teil Ängste, bin schließlich wieder nach Laupheim zurück und hab meine Volksschule fertiggemacht. Und zuhause wollten die, dass ich dableib. Das war das Ziel von unsrer Mutter: möglichst daheim arbeiten für Gotteslohn. Damals gab's auch den zweiten Bildungsweg noch nicht. Letztendlich hat sich wieder meine Schwester Lotte drum gekümmert und für mich 'n weiterführendes Internat in Österreich gefunden. Da musste ich zwei Klassen Latein nachholen in einem Jahr. Das hab ich nicht ganz geschafft, weil ich 'n fauler Hund war. An dem, was daheim abgelaufen ist, hatte ich zu nagen! Dann bin ich noch mal auf die Schnauze geflogen.

Traum und Sehnsucht – Neue Fragen

Raphael

Folglich hat man in Laupheim gewartet, dass ich wieder heimkomm und die Lotte hat gesagt: »Und der kommt weg!« Und die haben gesagt: »Und der bleibt do!« Und sie hat gesagt: »Nein, und er bleibt nicht do, den nehm i mit!« Der Superior hat daraufhin eine Empfehlung ausgesprochen, ich soll 'ne Graphikausbildung machen, weil er gemerkt hat, dass ich malen kann. Aber ich hatte überhaupt keine konkreten Vorstellungen mehr, was ich überhaupt machen soll. Ich war immer mehr oder weniger fremdgesteuert, auch lang mit meinen Meinungen. Entweder hatte ich überhaupt keine Meinung oder ich hab gemerkt, dass ich keine Meinung hab, konnte mir aber keine bilden.

Am Ende war's wieder die Lotte, die mir die Lehre als Maschinenschlosser verschafft hat. Da hab ich angefangen mit fünfzig Mark Verdienst im Monat. Das war aber nicht mein Berufswunsch. Ich wollt Architekt werden.

Elvira Wie sie nach und nach alle ausm Haus und zu ihren Berufen gekommen sind … Die Mutter hatte eine Idee: Sie wollte ein Kollektiv machen. Sie wollte, dass wir alle als Hilfsarbeiter in die Fabriken gehen. Also, ich hab das nie verstanden, wo die Frau doch aus einem alteingesessenen, großzügigen Kaufmannshaus rauskam, das vier Generationen in der Stadt war. Sie wollte, dass wir jede Woche das Geld in der Tüte nach Hause bringen und ihr in eine Kassette abliefern. Und dann bauen wir zusammen ein Haus, jeder kriegt sein Zimmer und sie führt und leitet das Ganze. Diese Idee hat in ihr weitergelebt bis Ende der sechziger, Anfang der siebziger Jahre. Das war eine fixe Idee, die sie umsetzen wollte.

Siegfried Sie hat immer in ihrer Gedankenwelt erwartet, dass man von den vielen Kindern Geld abzweigen und dieses alte Schuler-Haus als Familienmittelpunkt umbauen kann, wo sie wohnt und wo man sich regelmäßig trifft. Sie wollte, dass das Haus erhalten bleibt: »Des muss doch klappe bei so viel Kinder, dass oiner sein Urlaub opfert und Hand alegt!« Dass die Bedürfnisse überhaupt nicht die und die Erinnerungen nicht so goldig waren, dass die meisten schon selber Häuser hatten, hat sie nicht gesehen. Das war eben ihr Traum!

Das Haus ist 83 von 'ner Bank gekauft und abgerissen worden. Da war ich doch wehmütig! Ich bin hingefahren, hab's noch mal gesehen. Und als ich's nächste Mal kam, war's weg. Plötzlich war das Haus einfach aus unserem Leben weg. Das war 'ne Erschütterung, weil das doch 'n gewisses Zuhause war! Da hatte ich das Gefühl: »Jetzt fehlt der Mittelpunkt mit der Mutter!«

Elvira Elisabeth hab ich hundert Mal gefragt: »Was willscht denn werde?« Sie sollte als Hilfsarbeiterin irgendwo ans Band. Die Elisabeth haben wir buchstäblich gekidnappt, damit sie in Ulm ihre Schneiderlehre anfangen konnte. Sie sollte das nicht. Ich hab ihr 'ne Lehrstelle gesucht und der Fritz hat sie gebracht. Sie hat zuerst bei meinem Mann und mir in Ulm gelebt. Und nach vierzehn Tagen konnte sie wieder heim und jeden Tag zu ihrer Schneiderlehre fahren.

Christa

Die war's »Mägdle«. Die Elisabeth war die Jüngste, wurde immer geschont und musste weniger helfen. Und unsere Mutter wollte nicht, dass die Elisabeth in 'ne Ausbildung geht. Ich hab diese Lehrstelle für sie gesucht und die Elvi hat mich unterstützt. Wir haben halt gesagt: »Des goht it! Des Mädle muss raus!« Die Mutter hat die noch total wie in so 'nem Kokon gehalten und nicht rausgelassen. Aber das war eigentlich bei jedem so. Ich war die Erste, die überhaupt wegging. Ich bin früh rausgekommen. Ich war schon 'ne Weile lang unzufrieden und renitent. Und mit dieser pubertierenden Rebellion ging ich denen so auf die Nerven. Ich wollte keine Lehrstelle in Laupheim, aber ich wusste eigentlich selber gar nicht, was ich will. Mir haben sie irgendwann diese Lehrstelle für ländliche Hauswirtschaft aufm Birkhof gesucht und mich hat man da auch hingefahren. Weit weg von daheim. Das war mir gar nicht so unrecht. 'n total anderes Leben. Für mich war alles, was neu war, spannend und interessant! Ich wollt zeitlebens viel erleben und erlernen. Und aufm Birkhof hab ich mich wohlgefühlt! Da bin ich in 'ne zweite Familie reingekommen. Da war ich 'ne Tochter. Die Pubertät hat man ja damals nicht so streng, so rasant getrennt von der Kindheit. Ich war bei fremden Leuten und musste mich erst recht anständig benehmen. Da konntest du nicht so pubertierend tun! Du hast geguckt, dass du folgst.

Fritz

Die Elvi und die Lotte – aber aus freien Stücken mussten die gucken, dass sie Land gewinnen, gell.

Emmerich

Die Elvi hat sich regelrecht rausgestohlen. Dass meine Eltern gesagt hätten: »Mensch, Mädle, du muescht ausm Haus! Du hoscht a Schuel, also, guck wie's weitergoht!« Ha, die wär nicht zum Haus rausgekommen. Das Gleiche beim Fritz. Und, Gott sei Dank, haben die die Kraft aufgebracht und haben das gemacht. Das haben die nicht gegen ihre Geschwister gemacht. Wie der Fritz sich freigeschwommen hat, das war gewaltig! Und der Fritz hat drei ausgelernte Berufe. Die Mutter war einerseits wie 'ne Henne, 'ne Glucke, die ihre ganzen Küken unter den Flügeln hat, damit ja nichts passiert. Das hat mit dem überdimensionalen Beschützen zu tun. Und andererseits die Freiheit: Die hatte keine Angst, wenn wir, als wir dann älter waren, bis zwei morgens fort waren. Meine Mutter ist für mich immer noch 'n Rätsel auf verschiedenste Weise. Solang die Kinder, die Einzelnen, unter den Flügeln von der Henne waren, war alles super. Das war die »Normalität«. Aber erst von dem Augenblick an, wo der Einzelne aus der Familie ausgebrochen ist, hat sich alles wirklich normalisiert. Wie sich da jeder aus der Familie rausgekrampft hat, das ist bewundernswert! Aber die Schwestern waren fortwährend besser, die haben sich viel besser durchgesetzt und behauptet.

Elvira Zu meiner Ausbildung gleich nachm Krieg musste ich jeden Tag übern Ulmer Hauptbahnhof und vom Bahnhof weiter mit der Straßenbahn in die Handelsschule in Behelfsräumen. Aber irgendwann hat man die Zerstörung nicht mehr gesehen, weil man jeden Tag denselben Weg gefahren ist. Mit achtzehn, neunzehn war ich fertig und musste wieder zuhause bleiben. Und angeblich Buchhaltung und ach, all so 'n Scheißdreck, und da helfen im Haushalt und so! Ach Mensch, das war ja so … Man muss doch's Arbeiten lernen! Das hab ich bis zweiundzwanzig ausgehalten und dann hab ich gedacht: »Jetzt muss ich raus!!!« Ich hab auch kein Geld gekriegt, wir haben kein Taschengeld gekriegt! Der Vater hat alles bei der Mutter abgeliefert, eine gutmütige Seele! Ich hab mich heimlich rausgestohlen. Hab hintenrum 'ne Annonce aufgegeben, dass ich 'ne Kontoristinnenstelle suche – den Zusagebrief hab ich an meine Freundinnen schicken lassen – und mit zweiundzwanzig Jahren bin ich endlich ausm Haus gekommen. Kurz vorher gesagt, Koffer gepackt und abgehauen.

Lotte Ich bin mit neunundzwanzig erst ausm Haus und so lang hab ich umsonst gearbeitet. Ich hab gesagt: »I will Krankeschweschter lerne!« Das war mein Wunsch. Was mit Menschen muss ich zu tun haben. Zu dem Zeitpunkt hab ich's aber der Mutter noch nicht gesagt gehabt. Die hat's nicht ernstgenommen. Das war eine Katastrophe, die wollte mich nicht gehen lassen! Aber ich hab gewusst: »Du muscht aktiv werre und auf die Art schaffscht du's!« Ich musste überall mit List und Tücke durch, aber ich bin auf die Leut zugegangen und immer hab ich Glück gehabt! Meine Brüder haben gesagt: »Lotte, mir krieget des Geld zsamme für die Fahrt!« An dem Morgen haben sie mich zur Bahn gebracht. Hab ich »Ade« gesagt. Meine Mutter lag im Bett und hat nicht mal »Ade« gesagt vor lauter Trotz, dass sie's Dienstmädle verliert.

Fritz Nach der Volksschule wusste ich: »Du muscht was tun, du muscht di unabhängig mache!« Ich hab mich stets für die Landwirtschaft interessiert und auf dem Tätigkeitsfeld hab ich 'ne Lehrstelle gesucht und eine gefunden.

57 wollte ich weg, da war ich vierundzwanzig. Aber man hat nicht gewusst, wo man jetzt hingehen könnt und 'ne Lehrstelle kriegen. Als Erstes bin ich halt in Stuttgart gelandet, da kannte ich einige Leute. In Stuttgart bin ich im Juli abends um zehn angekommen, per Anhalter, die Nacht durchgemacht. Da haben mich gleich 'n paar warme Brüder angesprochen, die hab ich der Reihe nach auflaufen lassen. Damals war das sehr gefährlich für die. Und auf Anhieb zu VW. Bei denen war 'ne Stelle frei und ich wollte auf alle Fälle ins Autofach. Ich hab nie eine Ausbildung genossen, so alt ich bin, aber ich bin auf meinem Fach schon Experte. In Laupheim ist daraufhin alles durcheinandergeraten, und überall hat man angerufen, weil ich hab kein Lebenszeichen von mir gegeben. Emmerich

51 bin ich in die Metzgerlehre gekommen nach Ehingen. 's hat geheißen: »Do ischt a Stell frei und do gohscht na!« Da hat kein Mensch gefragt, ob dir's passt oder nicht. Ich bin 'n Weißer Jahrgang und musste nachher nicht zum Militär. Ha, ich bin haarscharf am Einsatz vorbei, Jesses Gott! Und permanent nebenher beim Vater in der Werkstatt gearbeitet. Hab nicht mal Trinkgeld bekommen! 1957 ist mein Kumpel Steebs Männe in die Schweiz gegangen und hat geschrieben: »I han für di a Stell in dr Schweiz.« Und die Post aus der Schweiz hat die Mutter abgefangen, bis ich's gemerkt hab. Die wollte nicht, dass ich geh. Und als ich morgens um fünf aufn Zug bin, ist die Mutter plötzlich dagestanden und hat 'n Bündel Geld in der Hand gehabt. Hab gesagt: »I brauch nix.« Die konnte bloß vermuten, wo ich hingeh. Im Jahr drauf hat die Mutter 'n Brandbrief geschrieben, und folgsam wie ich war, bin ich halt wieder heim. Dummerweise. Dann musste ich den Papa machen, den Vater vertreten. Bin ich hängengeblieben in dem Beruf. Das wollte ich nie. Ich wär am liebsten Förster geworden wie der Großvater. Ich hab meinen Schwestern reihenweise Blindschleichen unters Kopfkissen geschoben. Karl

Über Nacht hab ich gedacht: »Ich studiere Medizin!« Wusste ich plötzlich. Da ist mir unser Großvater, der Förster, eingefallen. Der wollte Medizin studieren und durfte das nicht, weil er diese krummen Finger, die Sehnenverkürzung hatte. Er konnte seine Finger nicht gerade ausstrecken, wie ich auch. Zu Großvaters Zeiten waren die bei der Herta

Zulassung zum Studium noch viel strenger. Er hätte mit seinen Fingern nie 'ne Leber abtasten oder perkutieren können, wo der Finger richtig aufliegen muss. Das war 'ne ganz wichtige Sache. Heute würdest du den Patienten in den Computer schieben, aber vor hundert Jahren musstest du alle Organe abtasten können. Die mussten damals überhaupt noch viel mehr können. Mein alter Chefarzt später konnte sogar noch Diagnosen durch Riechen stellen. Bestimmte Krankheiten haben einen bestimmten Geruch. Und er hat uns vorgestellt, wie es riecht bei Zuckerentgleisung, bei Ruhr, bei Leberschaden. Der Großvater war zeitlebens traurig, dass er nicht Chirurg werden konnte. Und plötzlich hab ich gedacht: »Der Großvater will, dass ich Medizin studiere! – Gut, mach ich!«

Siegfried Das Schlimmste war die dreijährige Lehrzeit zum Automotorenschlosser! Der Beruf, den ich gar nicht wollte. Ich wollte einen anderen Weg nehmen! Was auf geistiger Ebene. So verschiedene Welten: das Kloster, das Nicht-in-die-Schule-Gehen und das derbe Umgehen unter Handwerkern. Beim Bund hab ich als Ausbilder junge Leute unter mir gehabt. Und die waren begeistert. Das hat mir den Beweis geliefert, dass ich mit jungen Menschen umgehen kann und mich bestärkt: »Ja, der Lehrerberuf ist's!« Das war mein eigentliches Ziel. 1963 bin ich kurzerhand weg von zuhause und hab in Stuttgart Kurse genommen. Ich hab versucht, die Bildung nachzuholen. Das war neben dem Berufsalltag das A und O in meinem Leben!

Elisabeth Er hat unaufhörlich gesucht, wo er hingehört und angestrebt, den Lehrer zu machen auf der Pädagogischen Hochschule in Weingarten. Und als das nichts war, ist er nach Stuttgart gegangen ins Kaufmännische.

Raphael Wenn er den Lehrer geschafft hätt und hätt noch 'n Instrument dazugelernt, hätt er wahrscheinlich 'n Chor geleitet, da wär er bestimmt der richtige Mann gewesen! Hundertprozentig!

Albert Ich hab auf die Berufswahl gar keinen Einfluss gehabt. Mich hat der Karle zu 'ner Autoelektrikfirma geschickt, als er aus der Schweiz rausgekommen ist, weil der Emme noch draußen war. Überhaupt musstest du das nehmen, was es gegeben hat. Der Hintergedanke war auch: nachher in die Firma einsteigen. Den Gedanken haben der Emmerich und der Karle gehabt von der großen Familienautofirma Thiel. Siegfried hat bei 'ner Motorinstandsetzung in Biberach gelernt, nachdem die Brüder anvisiert haben: »Dr oi macht d Motorinstandsetzung, dr ander macht d Elektrik.« Der Gedanke als solcher war schon nicht von der Hand zu weisen: »Und dr Fritz macht's Kaufmännische und's Lager.« Bloß – 's hat nicht funktioniert. Theorie und Praxis. Bis ich bei der Bundeswehr zur Panzerinstandsetzung gekommen bin. Da hat man alles gelernt, was dazu dient, den Menschen zu töten. Als ich Musterung hatte, wollte die Familie, dass ich freigestellt werd und in der Werkstatt bleib. Das wollte ich partout nicht: »In dem Lade bleib i it dinne!« Dann hat der mich bei der Musterung gefragt, was ich eigentlich will. Ich hab gesagt: »I will uff jede Fall weg von dahoim!« Er: »No isch des in Ordnung, des regel i scho!« Die Familie hat 'n Antrag eingereicht, der ist in kürzester Zeit abgelehnt worden. Irgendwann waren wir bei der Bundeswehr mal besoffen und hätten beim Kompagniesport mitmachen sollen. Mit anderen Kompagnien hat man sich da gemessen. Und wir sind in der Kantine gehockt und hätten 5.000-Meter-Lauf machen sollen. Wir sind nicht 500 Meter weit gekommen. Wir waren doch besoffen, wir waren doch fix und fertig. Wie hätten wir das auch machen sollen? Hat man halt 'n Nachtausgang oder's Wochenende gesperrt. War doch egal! Daheim hat dich sowieso nichts Besonderes erwartet. »Zack«, ha wa! Beim Besoffensein gibt's 'n Nickel, 'n Schwips, 'n Rausch, 'n Belle und im weiteren Verlauf gibt's 'n gehörigen Belle, 'n Vierfesttäglichen. Wenn dir der Film gerissen ist, hat dir vier Tage lang der Schädel gebrummt. Hattest du Vierfesttage. Nachm Bund musste ich wieder heim. Da hab ich gesagt: »Des hot für mi koin Wert. I muss weg.« Und Arbeit haben wir schon gehabt für mich. Vorher sind wir mal mitm DKW–1000-S vom Emmerich nach Stuttgart runtergefahren, der Siegfried und ich, haben 'ne Arbeit gesucht, alles unter Dach und Fach gebracht. Nachher hab ich meine Klamotten gepackt und bin in 'ner Nacht-und-Nebel-Aktion morgens um sechs zum Fenster rausgehüpft, oben übern Birnbaum runter und zum Bahnhof. Nach der Meisterschule, den Meister haben bloß ich und der Karle, hab ich angefangen, 'n Motor zu entwickeln, der mit Pressluft fährt. Aber weil sich das nicht verkaufen lässt – ich bin nicht viel besser als der Vater und kassieren tu ich genauso gern –, hab ich 'n gas- und wasserstoffbetriebenen Kreislaufmotor erfunden. Der Motor wird alle halbe Jahre getestet: Sobald der nachm Plan gefräst ist und läuft, jagen wir den in der Werkstatt hoch, bis es ihn zerreißt. Und dann wird er zerlegt und dann gucken wir, wo die Schwachstelle war. Und der ist jetzt fertig.

Elisabeth Das waren alles keine gewählten Berufe. Nur, damit man überlebt. Diese vielerlei Veranlagungen. Malerei, Bildhauerei, Restauration wär's Richtige gewesen. Ich hatte oft die Phantasie, dass man mir die Arme abgehauen und mich in die Arena gestellt hat. Wenn sich's auch blöd anhört: Ich hab mal gelesen, dass es das gibt, dass die Seele vor Schreck davonfliegt.

Lotte Ich hab gesagt: »Mutter, schick doch die Kinder, glei wenn se aus dr Schuel kommet, in d Lehr!« Aber sie wollte in Laupheim keine in der Lehre haben, weil sie ja über den Leuten steht, bei denen sie in die Lehre gegangen wären. Ihr Stolz hat das nicht zugelassen. Sie hat das nicht erlaubt, das war unter ihrer Würde. Überall hätten sie uns händeringend genommen. Wir waren ja bekannt dafür, dass wir arbeiten können. Aber da war alles daheim und hat in der Werkstatt gearbeitet. Die Mutter wollte zeigen: »Ich brauch niemand!«

Kein Thiel-Kind hat in Laupheim seine Ausbildung gemacht.

Politik und Gesellschaft IV

Neue Fronten – Neue Pakte – (K)Alter Krieg!

… um die Menschen auf die Anrufe Gottes aufmerksam zu machen und den Weg zu Ihm und damit die Rettung vor dem drohenden Unheil zu erreichen. Wir wollen doch nicht erleben, dass wir durch unser eigenes Versagen im Gottvertrauen und Gebet vor dem Kommunismus kapitulieren müssten. Die Mutter

Der Adenauer hat gezeigt, dass man sich gegen Leute, die mit Gewalt ihre Macht ausüben, Stalin, Ostblock wehren muss. Er hat durchgesetzt, dass wir selbstständig bleiben und nicht unter russische Verwaltung kommen. Wir hatten eine Demokratie und dass die Demokratie der bessere Weg ist, das hat man schon gewusst. Fritz

Die Teilung Deutschlands 1949 hätte man nicht aufhalten können. Nur wenn die drei anderen Staaten verzichtet hätten: »Jetzt kriegt alles Russland!« Aber zu dem Zeitpunkt sind wir ja schon wer gewesen! Gnade Gott – dann wären wir heut noch Ostzone! Das lag nur in deren Hand. Emmerich

Wir Deutsche haben da keine Macht gehabt. Das ist von den Alliierten bestimmt worden. Lotte

Das wär die Aufgabe von den Alliierten gewesen. Die haben 'n goldenen Mittelweg gesucht, weil sie die Konfrontation mit Russland gescheut haben. Albert

Das hätte zu dem Zeitpunkt einen Krieg herausgefordert, Berlin war besetzt, die UdSSR auf der anderen Seite. Raphael

Und deshalb musste ein Gleichgewicht durch die Remilitarisierung wiederhergestellt werden. Wir hatten oft Angst vor einem weiteren Krieg. Dank der Demokratie ist es nicht wieder dazu gekommen, weder zu einem Krieg, noch zu einer Diktatur. Elvira

Die Gründung der Bundeswehr 1956 war notwendig, sonst wären wir nicht frei geblieben von der Unterdrückung der Kommunisten. Der General Ridgway von der NATO hat schon 1953 die sofortige Aufstellung deutscher Streitkräfte gefordert. Das Kräftegleichgewicht zu halten, ist gelungen. Wenn wir die Rüstung nicht gemacht hätten, Fritz wären wir in dieser Zeit ganz schnell überrollt gewesen. Das hat sich auch bestätigt.

Lotte Wenn man gar keinen Schutz hat ... 'n gewissen Schutz braucht man ja. Jetzt haben wir schon über sechzig Jahre keinen Krieg mehr – das ist ein Wunder!

Emmerich Man kann einfach nicht so naiv sein, dass der Nachbar dir freundlich gesinnt ist und du keinen Schlüssel an der Tür brauchst. Damals hat uns die USA geholfen mit Schokolädle und so, jetzt haben wir halt auch 'ne Verpflichtung gegenüber schwächeren Staaten. Helfen kann doch bloß der Stärkere!

Elisabeth Es geht schlicht und einfach gar nicht, kein Militär zu haben. Alle Welt ist eben nicht gut. Das waren ganz, ganz heiße Situationen. 'n Staat ohne Armee, so weit sind wir nicht. Um den umzusetzen, muss erst 'n neues Zeitalter eintreten. Man braucht 'ne Abwehr und 'ne Abschreckung!

Raphael Erstens aus ideologischen Gründen: Marxismus-Kommunismus oder freiheitliche Demokratie, zweitens: Rüstung kurbelt die Wirtschaft an.

Herta Der Kalte Krieg und das Wettrüsten wirkten auf mich sehr bedrohlich! Unser Standardspruch war: »Die Russen kommen!« Die haben Frauen und Mädchen vergewaltigt, Gräueltaten und Vandalismus verübt in den eroberten Dörfern und Städten, Kinder umgebracht, alles was glitzert und glänzt mitgenommen. Sehr viel Leid hinterlassen. Das hatten wir als Feindbild: »Ha, die holen sich alles noch!« Der Gedanke: »Wir sind das naheliegendste Volk, ein Schritt und dann sind sie da« hat eine ständig spürbare Kriegsangst ausgelöst. Man hat oft überlegt: »Wie schnell sind die Russen in Westdeutschland?« Und schließlich kam noch die Atombombe dazu unter Chruschtschow mit seinen Drohungen. Ab Kennedy etwa wusste man: »Wir sind durch die USA geschützt«, aber man hat dem Laden trotzdem nicht getraut. Man hatte das Misstrauen, dass dieses Volk eins ist, das willkürlich Verträge bricht. Bis zur Perestroika. Erst Gorbatschow hat die echte Entspannung bewirkt.

Elisabeth Man hat furchtbare Angst gehabt, eine Unsicherheit ohnegleichen. In den sechziger Jahren hieß es, dass die von Russland aus Raketen auf uns gerichtet haben, vollausgerüstet mit Waffen. Wir hatten aber 'n gewissen Schutz von den Amis, weil die uns gerettet haben im Gegensatz zu den Russen. Das hat man als 'ne absolut feindliche Gesinnung wahrgenommen. So waren die Gespräche und auch die unterschwellige Stimmung. Dass bei den Russen unablässig höchste Feinfühligkeit und Diplomatie nötig sind, kein schnelles Vorgehen, kein falsches Wort. An was ich mich sehr stark erinnere, ist der Kennedy-Mord 1963 in Texas. Ich war mitm Albert unterwegs auf der Mittelstraße und irgendjemand hat gerufen: »Kennedy isch ermordet worre!« Wir sind schnurstracks umgedreht und heimgelaufen. Die hatten's inzwischen auch schon gehört. Das war wie 'n Bombeneinschlag, obwohl er so weit weg war! Kennedy war 'n eindrucksvoller Mann, der einem das Gefühl von Schutz gegeben hat. Ganz langsam hat sich die Angst erst ab 1970 abgemildert mit Brandts Kniefall in Warschau, ist mehr und mehr gewichen. Der Sechs-Tage-Krieg 67, der Jom-Kippur-Krieg 73, es gab einige bedrohliche Situationen, wo man nicht wusste, ob wieder 'n Weltkrieg ausbricht.

Man war überhaupt sehr ängstlich, weil man nicht wusste, was passiert. Man hatte als Kind richtig Panik davor, was kommt. Die ganzen fünfziger Jahre bis Ende der Siebziger war dieser Eiserne Vorhang zu spüren. Die »rote Gefahr« hieß das. Man wusste eben nicht, wie die Russen ihre Politik betreiben, konnte dem anderen nicht in die Karten gucken. Die Öffentlichkeit wurde von beiden Seiten angelogen, auch von den Medien. Es gab den Wettlauf erstens um die Eroberung des Weltraums mit Sputnik, 'n ganz unheimliches, unsicheres Gefühl, dass die Russen so 'ne Technik haben, und zweitens um die Rüstung. Als die Welt 1962 kurz vorm Dritten Weltkrieg stand, war ich bei den Pfadfindern. Unser Gruppenleiter hat gesagt: »Wenn mir Pech hent, goht heut Nacht dr Dritte Weltkrieg los!« Die russischen Schiffe lagen kurz vor Kuba und der John F. Kennedy hat das Ultimatum gestellt: »Wenn ihr weiterfahret, knallt's!« Daraufhin hat er dem Chruschtschow klar seine Grenzen aufgezeigt. Das haben wir durchs Radio gehört und von den Pfadfindern aus Nachtwache gehalten. Die ganze Nacht waren Friedensgebete in der Kirche, wie so 'ne Ewige Anbetung. Die Kuba-Krise ging nachher, Gott sei Dank, glücklich aus. Beim Vietnam-Krieg ab 65 gab's Freiheitsbewegungen für Abrüstung, die haben Parolen rumposaunt, hatten so 'n blinden Spruch: »Lieber rot als tot!« Die hätten auch unter russischer Regie gelebt. Aber das hätten die ganz schnell gemerkt, was da wirklich läuft, denn

Raphael

die Imperialismuskritik war an den Russen genauso vorhanden. Entspannt hat sich das alles erst mit Gorbatschow. Für die ganze Welt ein Riesenglück! Die Abrüstungsgespräche in den achtziger Jahren, als man selber die internationalen Beziehungen einschätzen konnte und außerdem wusste, dass die Russen erstens Vernunft walten lassen und zweitens gleichfalls nur mit Wasser kochen.

Fritz Nach der Kuba-Krise wurde die Rüstung wahnsinnig nach vorne getrieben, um das Gleichgewicht zu halten. Das war Tag für Tag im Kopf: »Der Überlegene kann den Krieg beginnen!« Und die Kommunisten hatten die Weltrevolution zum Ziel, die wollten keinen Frieden.

Albert Bei Kuba war man gespannt, aber das war zu weit weg. Das hat uns hier unten gar nicht betroffen. Wir waren ja in der »heilen Welt«.

Elvira In dieser Zeit hatten wir ganz schöne Ängste, dass irgend 'n neuer Krieg ausbrechen könnte. Aber man war im Aufbau, das hat man vielleicht auch bisschen verdrängt.

Lotte In so Sachen hast du dich gar nicht eingelassen. Ich bin nicht politisch gewesen. Man hat die Schnauze vollgehabt vom »Dritten Reich«! Wir haben gelernt, dass man beten muss, wenn so was ist. Nur das hilft! Sonst kann man nichts machen.

Religion und Feste

Die Kirche

Wir sind in der Kirche großgeworden. Am Sonntag ins Amt um neun oder in die Schülermesse um halb zwölf. Denn's Amt war für uns zu lang. Da musstest du knien und nüchtern sein. Und um zwei war Andacht und abends noch 'n Rosenkranz. Und wehe, wenn man nicht hinging. Wurde man natürlich geschimpft. Aber es hat uns gar nichts geschadet, dieses strenge Katholizismuspraktizieren. Und wenn wir keine Lust hatten, sonntags zur Schülermesse, sind wir in die Heilige Sankt Nebenkirche in 'n Schlosspark und haben die Probleme der Welt gewälzt oder saublödes Zeug geschwätzt. 'n Pavillon aus Birkenholz mit Bänkchen drin. Unser Sammelplatz. Und einer musste hinten rein in die Kirche, von da aus konnte man 'n bisschen auf die Kanzel gucken. Und dann wusste man, wer gepredigt hat und worüber. Dann waren wir nicht ganz dumm, wenn wir zuhaus gefragt worden sind. Elvira

Kircheschwänzen, 'ne riskante Sache, hab ich mich gar nicht getraut. Christa

Die Mutter hat uns in die Kirche geschickt, aber darauf hab ich innerlich nicht reagiert. Ich brauchte die Kirche zum Auftanken und Kraftschöpfen. Eine Welt für mich! Lotte

Die Kirchgänge waren mir nicht zu viel. Bloß, wenn meine Mutter gesagt hat: »Du gohscht etzt zur Kommunion!«, dann bin ich sicherlich nicht gegangen. Fritz

Wenn die Mama gesagt hat: »Etzt gohscht in d Mess!«, bin ich in die Messe gegangen. Als braves Büble hab ich mir darüber kein Urteil erlaubt. In der Kirche saßen die Frauen links und die Männer rechts. Wir kleine Buben zumindest durften mit der Mutter in der Reihe sitzen. Karl

Am heiligen Sonntag war uns Fernsehen, Kino und Sport nicht gestattet. Das passte nicht ins religiöse Weltbild und war tabu. Ein Mal war ich in der Adventszeit bei 'nem Schulkameraden eingeladen. Die haben sonntagnachmittags »So weit die Füße tragen« angeguckt. 'ne tolle Schwarz-Weiß-Serie aus den fünfziger Jahren über 'n Kriegsge- Raphael fangenen, der aus Russland geflüchtet ist. Ich hatte 'n Riesenkampf, dass ich dort hindurfte! Fürn normalen Christen und Kirchgänger war's aus moralischen Gründen verwerflich, 'ne Sportart zu betreiben, weil die Spiele sonntags stattgefunden haben. Der Siegfried hat als Einziger Fußball gespielt. Und ich wollt auch gern in 'n Sportverein wie Siegfried. Aber da gab's zwei Handicaps: meine Sehnenverkürzung und meine Mutter. Es galt als unzüchtige Sache, halbnackt in der Gegend rumzurennen. Nichts, null, keine Chance gehabt.

Elvira Bei dreißig Grad durften wir sonntags nicht zum Schwimmen gehen. Man musste brav zuhause bleiben oder mit der Familie spazieren gehen, den Sonntag heiligen.

Siegfried Die Kirche hat mir den gepflegten, feierlichen Rahmen mit Ausstrahlung gegeben, den ich mir gewünscht hab! In der Kirche, in der Schola hab ich Anerkennung bekommen und daheim überrollten einen die Probleme! Wenn ich von so 'ner tollen Messe zurückkam, bin ich vom Himmel in die Hölle gefallen, aufn Boden geknallt!

Lotte Bei uns ist's festlich zugegangen in der Kirche! Die Eucharistie und die Aufmachung war einmalig!

Herta Die Feste durchs Kirchenjahr waren besondere Höhepunkte in der Familie. Und die Mutter hat's immer geschafft, dass wir gewaschen und frisch ausstaffiert in den Gottesdienst kamen. Die herrliche Barockkirche, den duftenden Weihrauch, die faszinierende Musik, die Gemeinschaft hab ich auch sehr sinnlich erlebt!

Elisabeth Die Mutter und ebenso die Pfarrer in unserer St.-Peter-und-Paul-Kirche, die einzige katholische Gemeinde in Laupheim, haben es unglaublich verstanden, das liturgische Jahr zu feiern. Das war sehr einprägsam und wunderschön!

Albert An die Kirchgänge hast du dich gewöhnt. Die sind nicht's Schlimmste. Und wenn du am Sonntag nicht in die Messe bist, hast du auch nichts zum Mittagessen gekriegt. »Wer it in d Kirch goht, der braucht au nix esse.« Da war die Mutter konsequent.

Fritz Das Kirchenjahr hat die Mutter gesteuert. Das Religiöse ist ja allezeit im Vordergrund gestanden. Solang die Mutter gelebt hat, hatte die einen ganz klaren Standpunkt zu ihrem Glauben. Den wollte sie auf die Kinder übertragen und das ist ihr zum Teil gelungen und zum Teil auch nicht. Die hatte eine gerade Linie zu Gott. Dem musste sich alles unterordnen.

Wir haben als Kinder miteinander gebetet, vorgeschriebene Gebete. Jedes Jahr gab's ganz gewaltige Gewitter. Da hat uns die Mutter nachts ausm Bett gescheucht, überall Kerzen angezündet und Rosenkranz gebetet. Wir mussten so viel beten, dass wir froh waren, wenn wir den Mund halten konnten. Albert

Vor und nachm Essen haben wir gebetet, ob Nachbarskinder bei uns waren oder nicht. Vorher durfte man nichts anrühren. Ohne Tischgebet – kein Essen, ohne Dankgebet – kein Verschwinden! Die Mutter hat außerdem nie 'n Brot angeschnitten, bevor sie's nicht mitm Messer gesegnet, auf der Rückseite 'n dreimaliges Kreuzzeichen drübergestrichen hat. 'n Riesenbrotlaib! Ergänzend hing fast in jedem Zimmer 'n Weihwasserkesselchen aus Keramik an der Wand, aus dem wir uns automatisch ein Weihwasser genommen haben. Und mittags um zwölf und abends um sechs hat man den »Engel des Herrn«, den »Angelus«, gebetet. Wenn die Bauern auf den Feldern gearbeitet haben und das »Angelus«-Glöckchen hat geläutet, haben die ihren Rechen weggelegt, die Hände gefaltet und den »Angelus« gebetet. Und wir – wie der Blitz heimgerannt und den »Angelus« gebetet. 's war ganz wichtig, das »Gegrüßet seist du, Maria«! Da war so ein Rhythmus drin! Jeden Tag! Elisabeth

Zur Kommunion ging man damals bloß ein Mal im Monat. Das strenge Nüchternheitsgebot hat mir nichts ausgemacht. Ich bin bis um vier beim Tanzen gewesen und wenn ich am andern Tag zur Kommunion wollte, hab ich aber vor zwölf Uhr meinen letzten Alkohol getrunken und nichts mehr gegessen. Bin heim ins Bett, rechtzeitig aufgestanden und morgens um sieben nüchtern in die Frühmesse. Während meiner Landwirtschaftslehre musste ich jeden Sonntag den Pfarrer von 'ner andren Ortschaft zum Gottesdienst abholen. Ich bin bei dem zuerst beichten gegangen und er ist in den Beichtstuhl und ich bin auch in den Beichtstuhl. Und ich weiß nicht, wie lang das gedauert hat in dem Beichtstuhl. Ein Mal haben wir unser Gespräch, das wir vorher im Auto hatten, da weitergeführt. Ich weiß nicht, sind's zwanzig Minuten gewesen, auf jeden Fall war ich lang da drin in diesem Beichtstuhl. Ich bin rausgekommen, der hat seine Messe angefangen und nachher fand die Kommunion statt. Und ich bin nicht zur Kommunion gegangen. Und alle haben mich ganz blöd angeguckt. Das war ja aufm Dorf. Morgens beim Zähneputzen hab ich nämlich Fritz

Wasser geschluckt versehentlich und dann hab ich den Pfarrer gefragt, ob ich jetzt kommunizieren darf oder nicht. Hat er gesagt: »Nein, des darfscht du nicht!« So streng war das. Man hat sich an die Regeln schon gehalten.

Elvira Also irre! Wenn wir 'n Tropfen Wasser vom Zähneputzen geschluckt haben, hatten wir Angst: »Jetzt kann ich nicht mehr zur Kommunion gehen.« Und jede Woche mussten wir zum Beichten. Sind Schlange gestanden und hatten alle unser Beichtzettelchen geschrieben. Das haben wir im Beichtstuhl runtergelesen. Man musste ja was sagen. Wir haben Respekt gehabt vor diesen Geistlichen! Der Hochwürden war die Persona grata, der Herrgott in Person! Gott sei Dank ist das vorbei! Und wie oft wusste man gar nicht: »Was soll ma denn druffschreibe?« Man hat doch nichts angestellt! Jede Woche hab ich gebeichtet: »Ich war unmäßig im Essen und Trinken.« Und die Pfarrer haben einen doch gekannt. Als ich mal begriffen hatte, was ich da für 'n Quatsch gesagt hab, hab ich gedacht: »Do hätt doch mol dr Pfarrer sage könne: ›Mädle, des kann doch gar it sei!‹« Im Beichtstuhl hat man mehr gelogen als sonst was. Und durch das Zweite Vatikanische Konzil ab 62 hat sich vieles zum Positiven verändert. Es war ein Segen!

Lotte Das ist mir bald schon aufgegangen, dass da was nicht stimmt. Die Pfarrer haben früher die Leut von der Kanzel aus auch manipuliert. Das Evangelium als Erziehungsmittel gebraucht: »So was ist bös! Gott straft euch! Ihr kommt in die Hölle!« Meistens waren's bestellte Missionsprediger aus Klöstern. Die haben eine Woche lang jeden Abend in der Kirche so richtig reingepfeffert. Und die Leut waren so hörig. Das ist nicht normal, dass man alles, was 'n Pfarrer sagt, auf sich bezieht.

Elvira Vor allem wenn in der Fastenzeit eine Woche »Mission« war, wurden wir als letzte Heuler von Menschen hingestellt. Und für uns steht nur die Hölle offen, wenn wir nicht noch mehr beten und öfter in die Kirche gehen. All so 'n Schmarrn! Wir mussten da hin, da gab's gar nichts. Dafür hat die Mutter gesorgt und es gab keine Widerrede. Die anderen aus der Klasse und ausm Freundeskreis kamen auch alle, denen ging's nicht besser. Dann ist man halt aufgetaucht, da reingehockt und hat sich das angehört. Mich hat's immer innerlich auf die Palme gebracht! Ich hab gedacht: »Des stimmt it. So send d Mensche it!«

Der Katechismus, das geistliche Pack, das Tamtam war für mich belanglos! Bei mir war's Innere wichtig! Ich hab gesehen, was gelaufen ist, das Schleimige hab ich gesehen. In der Christenlehre hatte ich Holzschuhe an und hab mich geschämt. Und am Schluss, beim Namenaufrufen, bin ich nicht mal genannt worden. Oder bei der Erstkommunion: Wenn 'n Kind ein Wässerchen an die Zunge gekriegt hat, durfte es nicht mehr beim Weißen Sonntag mitmachen. Bei den Reichen wär's nicht passiert, aber 'n Armen hat man fallenlassen! Das ist mir mal aufgegangen, als ich's mitgekriegt hab. Von da an war für mich so vieles faul in der Kirche! Ich hätt sie am liebsten am Kragen gepackt und geschüttelt: »Des hot mitm Herrgott nix zu tun!!!« Der Herrgott muss eine wahnsinnige Geduld haben und zugucken, was die Studierten in seinem Namen machen. Bei der Theologie fehlt ja eine Mystik. Und obwohl ich noch so jung war, musste ich sagen: »Dr Heilige Geischt kommt it über 'n Geischtliche. Dr Herrgott hot a Verbindung mit jedem Mensche und der schickt de Heilige Geischt jedem so, wie er's will und it, wie's von obe rab gsagt wird!« Das war für mich als Kind so klar, durch meine Beobachtungen. Das kann ich jedem sagen. Ich hab vor niemandem Angst! Lotte

Bis ich mal geschnallt hab, wo's längsgeht. Der Kaplan Thöny, der ist viel zu uns ins Haus gekommen, ist bei der Christenlehre mal hinter mich hingestanden und hat zugeguckt. Und neben mir ist der Männe gehockt und hat's Käsperle getrieben und ich war anständig. Auf einmal kommt der Kaplan nach vorn, lässt mich rauskommen und will mir 'ne Ohrfeige geben: »Du hoscht 'n Blödsinn gmacht!« »Des isch it wahr!« »Etzt lügscht mi au no a!« Und will mir eine schmieren. Hab ich mich geduckt und er hat obendrüber geschlagen. Bin schnurstracks heim. Seitdem hab ich mich nicht mehr in der Kirche blicken lassen. Wenn die Pfarrer ungerecht waren, das konnte ich sowieso nicht leiden. Man hat halt von Lehrern, Eltern, Pfarrern so lang den Frack vollgekriegt, bis man's nicht mehr geglaubt hat. Da hat nur eins geholfen: Die Fliege machen – »sssssssst!« Karl

Als einer meiner Brüder 'ne Lehrstelle gesucht hat, hab ich mal den Kaplan Thöny angesprochen, ob er uns nicht helfen kann. Und der hat gesagt: »Woischt Mädle, die Thiels, die send it zuverlässig. I ka dir do it helfe.« Das ist mir ein Leben lang nachgegangen. Und wir sind ganz bestimmt absolut zuverlässig. Dem Thöny war ich lang böse. Elvira

Lotte Ein so 'n Vikar hab ich mal im Beichtstuhl fertiggemacht. Ich hab um was gefragt, um 'ne Stelle für 'n Bruder, ob er mir hilft. Daraufhin hat er sich rausgeredet. »Mein lieber Mann, mit mir nicht!«, hab ich gesagt. Wenn's um meine Geschwister ging, durfte mir niemand dumm kommen. Da hatte ich Mut.

Karl Und dann bin ich dahintergekommen, dass die Mutter sehr viel Geld in die Kirche getragen hat. Die Kirche brauchte das Geld nicht holen, das hat sie hingetragen. Dass sogar die Pfarrer aufgekreuzt sind und gesagt haben: »Also, bei aller Liebe!«

Albert Die Mutter hat der Kirche Geld gespendet, obwohl sie selber keins mehr hatte. Und die Kirche wollte das gar nicht. Stadtpfarrer Löblein ist angerückt und hat sie bearbeitet: »Frau Thiel, bhaltet Se Ihr Geld für sich! Sie hent a Familie zu versorge!« Die hat das raufgetragen im Umschlägle und er hat sie wieder fortgeschickt. Da ist sie fuchtig geworden. Deswegen hatte sie 'n paar Mal gehörig Ärger mit den Großen und mitm Pfarrer. Nachher hat sie's halt zur Caritas getragen. Eines Tages gab's 'n Pfarrerwechsel und der Neue wusste das am Anfang nicht. »Autohaus Thiel Laupheim«, hat man gesagt, »do isch a Geld do!« Bis er von den Großen aufgeklärt worden ist.

Herta Die Mutter war halt sehr religiös. Ist morgens um sieben in die Frühmesse gegangen und mittags in die Andacht. Und unter Umständen abends noch 'ne halbe Stunde in den Rosenkranz. Als ich noch klein war, mussten wir mit der Mutter in der Kirche in die erste Reihe. Sie wollte, dass alle mit nach vorne kommen. Und sie hat ihre schönen, großen Hüte aufgehabt. Die standen ihr toll. Nur hat sie dabei laut gesungen und Aufsehen erregt. Das hat mir ein Unbehagen bis zur Scham bereitet. Darum hab ich mich in andere Bänke verdrückt oder 'ne spätere Messe besucht! Die Größeren haben das irgendwann nicht mehr mitgemacht, als Thiels 'ne ganze Bank zu besetzen, wenn's geht noch erste, zweite Reihe.

Siegfried In der Kirche nie in die erste Reihe. Die Mutter ist nach vorne und ich ganz nach hinten, wenn's geht letzte Reihe und Stehen. Bei der Mutter war das geradezu 'n Bedürfnis, sich zu präsentieren und zu demonstrieren, dass sie mit dem Pfarrer eins ist.

Lotte Ich war auch mit von der Partie, aber ich hab halt zuerst das Wichtige getan. Das Kinderversorgen musste alles sein, während die Mutter in der Kirche war. Das ist genauso Gottesdienst, wenn du für andere was tust. Aber du kannst eben nicht ’n Schaffer, ’n Arbeiter, mit ’nem Dichter vergleichen, der geistig arbeitet. Wenn die Mutter in die Kirche gegangen ist, das war gut. Sie brauchte die Kirche, damit sie Ruhe und Kraft schöpfen konnte. Trotzdem kannst du deine Kirche genauso woanders leben, zum Beispiel, wenn du deine Familie richtig versorgst. Das ist für mich Religion pur! Und wenn das stimmt, dann kommt’s andere dazu.

Meine Mutter hat sich wegen der Überforderung mit ihrer Schuler-Familie so an die Religion gebunden. Aber man darf eben im Leben nicht an Wunder glauben, weil’s die nicht gibt, sondern man hat Realist zu sein. Das geht einfach nicht, dass man sagt: »Dr Heilig Geischt reguliert des scho!« Ho wa, die Mutter hat nicht mal den Doktor beehrt, wenn er nicht in die Messe pilgerte. Der durfte an sie nicht ran, der war unwürdig. Emmerich

Die Kirche war ihre einzige Freizeit. Die einzige Nische. Den heutigen Freiraum gab’s damals für die Frauen überhaupt nicht. Es war ihre Rettung, dass sie diese Momente für sich beansprucht hat, sonst hätte sie das alles gar nicht gepackt. Christa

Der Vater war gläubig, wollte allerdings nicht mit der Mutter in die Kirche gehen. Hat auf ’n Sprung reingeschaut, sich heimlich hinten hingestellt und ist wieder raus. Der wollte nicht mit ihr nach vorne laufen. Lotte

Er hat ab einer bestimmten Zeit demonstrativ nicht mehr am Gottesdienst teilgenommen. ’ne Abwehrhaltung gegen unsere Mutter, weil die so fromm war. Herta

Unser Vater hat nie getan, was er hätte tun sollen. Der hat auch bei den Nazis nicht mitgespielt. Er war schon ’n bisschen gegen alles, so grundsätzlich. Auch politisch, gegen die Obrigkeit war er auf jeden Fall. Gegen die Kirche war er zudem, nicht gegen den Glauben, sondern gegen die Feudalherrn. Mitm Herrn Pfarrer wollte er nichts zu tun haben. Karl

Der Glaube

Elvira Als Kind glaubst du ganz anders. Mit der Zeit zweifelt man manchmal an diesen Sichtweisen. Aber im Prinzip steh ich fest in meinem Glauben. 'n Schutzengel zum Beispiel, der ist nicht ans Individuum gebunden, kann jeder sein, auch 'n Mensch. Nicht überzeugt bin ich von einer Hölle in der Form. In unserer Zeit war das ganz, ganz schlimm. Die Sünde dagegen gehört zu unserem Credo. Die Zehn Gebote kennt man und an die sollte man sich halten. Die sind im Prinzip nicht schlecht.

Lotte Ich glaub heut noch genauso wie als Kind. Für mich war's bald klar, dass ich die Zuneigung daheim nicht krieg und dass meine Geschwister das brauchen. Das hab ich dann gemacht. Unbewusst. Selber hab ich nie drauf gewartet. Das hab ich mir in der Kirche geholt. Ich hab zur Muttergottes gesagt: »Du bischt mei Mutter!«, und zum Herrgott: »Du bischt mei Vater und ihr seid jetzt für mi verantwortlich und wenn i was hab, komm i zu euch!« Davon hab ich gelebt. Das hat mir Nahrung gegeben: bloß die Kirche und der Herrgott. Und hab meditiert schon als Kind. Sonst hätt ich das gar nie geschafft.

Fritz Das Beten hat mir von Anfang an oft geholfen, das kann ich also mit Sicherheit behaupten. Bestimmte Gebete und auch Zwiegespräche mit Gott, die ich führe. Und seitdem hat sich meine Religiosität nicht gewandelt. Ich hab so viel positive Schutzengel gehabt, dass das gar nicht möglich ist. Das, was mir alles schon passiert ist und ich bin trotzdem noch da! Die Hölle hab ich gar nie zur Kenntnis genommen. Den Teufel kann man zur Kenntnis nehmen, aber der war bei mir zu keiner Zeit im Mittelpunkt. Dass es 'n Teufel gibt, das wissen wir ja, aber unter diesen Umständen muss man sich entsprechend verhalten: Die Sünde beachten. Ich hab mein Leben nach den Zehn Geboten ausgerichtet.

Emmerich Bei mir hat sich seit der Kindheit nichts verändert. Ich geh in die Kirche aus Überzeugung, nicht wegen meiner Mutter. Ich bin allerdings nicht fanatisch. Die Kirche ist eine Institution, nicht mehr und nicht weniger. Die ist aufgeteilt in Papst und Kardinäle so wie in jedem Betrieb. An Schutzengel glaub ich, aber 'n eigenen hab ich nicht. Der ist für alle da. Der hat mich schon manches Mal vorm ewigen Leben gerettet. Ist das ein Wunder? Wenn etwas für den menschlichen Verstand nicht nachvollziehbar ist, würd ich das akzeptieren als Wunder. Jetzt kann der Herrgott mir aber hier nicht die Stube ausputzen, weil ich's selber nicht mehr pack. Das gibt's ja nicht. Und trotzdem gibt's eine Gotteskraft! Im wahrsten Sinne des Wortes. Da fährst du mit 220, 230 über die Autobahn. Und du kriegst in der Firma keinen Fuß auf den Boden. Und du bist grad dabei, 'n Lastzug zu überholen. Jetzt hast du plötzlich zwei, drei, vier Gedanken, 'n Einfall. Die Gedanken dauern nicht länger als das Überholen. Zehntel Sekunden. Diese Gedanken, die in einer unglaublich kurzen Zeitspanne dir durch den Kopf fahren. Aber du hast nicht bloß den Einfall: »Mensch, so kommscht aus deim Dilemma raus!«, sondern du hast zu jedem Gedanken eine Lösung, 'n Weg dahin. Und wenn du am andern Morgen aufwachst, hast du das noch genauso klar im Kopf wie in dem Augenblick, als dir der Gedanke gekommen ist. Messerscharf. Und wenn du das machst, ist das erfolgreich! Das ist für mich Gotteskraft. Ob's eine Hölle gibt oder nicht, weiß ich nicht, ob's 'n Herrgott gibt oder nicht, weiß ich genauso wenig. Etwas muss es geben, was über uns ist, egal wie das heißt. Jeder glaubt auf seine Art und Weise und das ist auch o.k. so für mich. Ich bin katholisch erzogen und mir kann das niemand austreiben. Ich akzeptier, wenn jemand nicht in die Kirche geht. Was ich nicht akzeptier: Wenn jemand meint, er müsste mich auslachen, weil ich katholisch bin. Ich kann nicht auf eine Kraft Gottes hoffen, wenn ich auf der andren Seite nicht bereit bin, das zu glauben.

Glaube ist natürlich 'n Prozess. Wenn du so durchs Leben gehst, führt das dazu, dass du dir eine eigene Meinung bildest. Aber von Kind auf hab ich 'ne religiöse Prägung. Hab mit Gott Gespräche geführt. Hab die Hölle für wirklich gehalten. Heut nicht mehr. Es gibt die Hölle auf Erden. Wenn Menschen so viel Unglück erleben – warum, weiß keiner –, ist das 'ne Hölle! Und mit der Beziehung zum Schutzengel bin ich aufgewachsen. Ich kannte keinen Namen, ich hab mir den nicht vorgestellt, es war eben klar: Der gehört zum Alltag. Ich hab jeden Tag zu ihm gebetet, diese festgelegten Gebete. Ich hatte so oft im Leben 'n Schutzengel, dass ich weiß, dass der existiert. Von Situationen, aus denen ich ohne ihn nie gut rausgekommen wär. Christa

Als Kind hab ich diese Gebete gesprochen, die man so drinhatte. Später kam der Austausch mit Gott dazu. Ich hatte zuerst Angst, dass Herta

Gott genau auf mich guckt, was ich sündige, wie uns das von der Mutter und den Erwachsenen, Lehrern, Kirche eingebläut wurde. »Der liebe Gott sieht alles!« war allgemein 'ne moralische Aussage in den Predigten. Eine strenge Überwachung. Die hab ich mit der Zeit abgelehnt, weil mir das unwahrscheinlich und blöd erschien: »Wenn es Gott gibt, ist er ein liebender Gott.« Unsere Mutter hat uns erzählt, dass böse Menschen in die Hölle und vors Letzte Gericht kommen und die Seelen mancher Menschen, bis sie gereinigt sind, ins Fegefeuer. Wir sollten für die Armen Seelen beten. Auf der anderen Seite hat sie gesagt, dass Gott lieb ist und seine Schutzengel schickt. Mein Schutzengel, ein zu meiner Person gehörender, war nur für mich da. Und durch die Religiosität unserer Mutter, mit der sie das alles durchlebt hat, hat man gedacht: »Wenn sie so an Gott glaubt, gibt Gott einem Kraft, hilft einem und baut einen auf.« Heute glaube ich ganz anders. Das ist 'ne schwierige Kiste für mich, aber ich glaube im Prinzip immer noch.

Siegfrieds Witwe Siegfried war ein tiefgläubiger Mensch. Ganz zum Schluss hat man das gemerkt, als er sehr krank war. Die Darmkrebserkrankung hat er zunächst für sich behalten, aber ich hab irgendwie gewusst: »Da stimmt was nicht mit ihm!« Er hatte sehr viel Schmerzen, nur hat der ja nichts gesagt. Ich hatte so enorme Mankos und Nicht-Information. 1998 war das erste Mal das Wort »Krebs« ausgesprochen. Jeder Monat früher wär 'ne Chance gewesen, den Krebs in den Griff zu kriegen. Wenn der andere stirbt, denkst du nur: »Du bist schuld!« Einigen Dingen in der Kirche stand Siegfried sehr kritisch gegenüber, aber er wusste, dass man nur mit Gott verbunden sein kann, wenn zwei oder drei in seinem Namen zusammenkommen und das heißt, wenn man in die Kirche geht. Siegfrieds Verhalten Menschen und Tieren gegenüber hat gezeigt, dass er ein Christ war. Die Wertschätzung für den Menschen, egal, wer es oder wie er ist. Ohne Profitdenken. Das war in ihm drin!

Albert Wir haben alle Schutzengel, auch heut noch! Den brauchen wir! Ohne den bist du verratzt und verkauft. Wenn ich unterwegs war mitm LKW mit 42 Tonnen Gesamtgewicht bei Eis und Schnee, wie oft hätt ich schon tot sein können. Wenn ich ihn gebraucht hab, war er da! Persönlich hat er sich mir allerdings noch nicht vorgestellt! Ich hab keine Ahnung, ob er mit zum Einkehren geht. Bisher musste ich den

Wein immer alleine aussaufen. Mitgetrunken hat er nicht! Und wenn's 'n Himmel gibt, gibt's zugleich 'ne Hölle. Da hat man uns Angst gemacht. Wenn du nicht gehorcht hast: »Kommscht in d Höll!« 'n gängiger Slogan. Ich seh das heut halt 'n bisschen realer. Als Kind hast du dir darüber keine Gedanken gemacht groß. Der Glaube und ebenso die Kirche muss sein, der ist 'n Stützpfeiler von der Gesellschaftsmoral. Und der Mensch muss wissen, dass über ihm noch jemand steht, ob das nachweisbar ist oder nicht. Das hält ihn auch nach wie vor etwas in Grenzen. Sonst würd der Mensch ja ganz überschnappen.

Das Beten, gebräuchliches Gebet und Gespräch mit Gott, war mein roter Faden als Kind, hat mir Halt verliehen. Unsere Schutzengel haben mir dutzendfach geholfen, Wesen, die nicht nur auf einen einzigen Menschen bezogen, Verstorbene, die einem gutgesinnt sind. Der Geist lebt ja weiter, man weiß nur nicht, wo. Die Spiritualität war uns natürlich mitgegeben. Aber irgendwann ist mir klargeworden, dass es nicht stimmen kann, wenn man einen strafenden und einen liebenden Gott behauptet. In der Bibel steht: »Das Himmelreich ist in dir!« Und dauernd wird einem gesagt: »Der Himmel ist da oben!« Jesus hat deutlich gemacht: »Ich bin der Weinstock, ihr seid die Reben!« Das ist praktisch eins. »Ich und der Vater sind eins.« Aber wenn man so was geäußert hat, ist man zum Gotteslästerer erklärt worden. Dass das Göttliche in einem drin ist, unwiderruflich, haben die Mystiker und Zen-Lehrer selber erlebt. Unsere Mutter hat immer jeden »Kind Gottes« genannt. Gertrud von Le Fort schreibt: »In jedem Menschen gibt es eine Stelle, die unberührt ist und gar nicht befleckt werden kann.« Das ist unser wahres Zuhause! Wie der verlorene Sohn, dem es möglich ist, zum Vater heimzukehren. Dahin müssen wir zurück, in unser wahres Zuhause da innen! Gott ist keine Persönlichkeit weit weg im Himmel, die ständig auf der Welt rumguckt, ob einer 'ne Sünde begeht oder seine Gebote befolgt. Das ist eine Kraft, eine Urkraft, das Numinose, Unnennbare. Die Hölle gibt's nicht. Dass der den einen raufschickt und den andren runter. Diese Furcht können wir wirklich loslassen, die Angstmacherei vorm Tod. Wir leben in einem großen Umbruch des Denkens, des ganzen Mysteriums Glauben. Und die wird da genommen, die Angst. Elisabeth

In der Lehre und bei der Bundeswehr war ich kein so 'n aktiver Christ. Raphael
Ich brauchte den Abstand. Während der Jugendarbeit bin ich in die

Kirche gegangen, aber nur, wenn's unbedingt erforderlich war und mit allen zusammen. Ohne eigenen, überzeugten Antrieb. Als Kind hab ich an 'n Schutzengel geglaubt, an meinen. Wie 'n persönlicher Assistent. Mit dem hab ich eher so floskelhaft geredet, nicht direkt. Ich bete sowieso mehr rituelle Gebete. Gespräche mit Gott hab ich noch nie geführt. Die Hölle liegt mir inzwischen vollkommen fern. Die Auffassung von der Hölle und vom Fegefeuer ist uns von Seiten der katholischen Kirche stark vermittelt worden, aber nicht von unserer Mutter, nie mitm Zeigefinger: »Du kommscht in d Höll, wenn de des it machscht!« Das hat sie nicht getan! Im Gegensatz zur Kirche, hoho! Du brauchtest bloß in den alten Gesangbüchern in den Beichtspiegel reingucken. Da konntest du durchgehen, welche Sünden auf dich zutreffen. Die konntest du im Beichtstuhl dann auch runterlesen. Manche haben sich die Stellen sogar markiert. Und wenn einer nachher das Gesangbuch gefunden hat, hat er gewusst, was der beichtet.

Die Mutter *Das Christkind nahm schon als kleines Mädchen bei mir einen besonderen Platz ein. Nichts war so ungreifbar und doch so vorhanden, nichts so selbstverständlich und doch so unfassbar – ein beglückendes Kinderland-Etwas, ohne das zu leben undenkbar schien. Mein Beten war keine Belastung für mich, sondern ein großes Hinwenden, ein freies, frohes Sprechen mit Gott. Nie fiel mir aber ein, um etwas zu bitten. Was sollte ich auch? Ich hatte ja alles. Es hatte mich auch niemand gelehrt, an einem heiligen Ort um Hilfe zu ersuchen. Als ich schließlich den Kinderschuhen entwachsen war, erkannte ich: Die Kirche ist nicht bloß der Papst, Bischof oder Priester, die Kirche ist das ganze Volk. In jedem Menschen begegnet dir Gott. Und der Christ muss Gott gegenüber leben wie ein freier Vogel – uneingeschränkt für Gott bereit. So bist du im Licht. Du kannst alles in Dem, Der dich stärkt.*

Die Evangelischen

Christa Nach der Nazizeit wurden wir Katholischen in der Schule von den Evangelischen getrennt, Mädchen und Buben gemischt. Und ich hatte eine wichtige Freundin, die war evangelisch. Die hab ich immer so beneidet, weil die mir erzählt hat, dass ihre evangelische Kirche geheizt ist. Und wir hatten so eine kalte Kirche. Da hab ich vorgehabt, dass ich jetzt evangelisch werd, damit ich endlich auch in die geheizte Kirche kann. Aber's ist mir natürlich nicht gelungen.

Herta

Ich wollte unbedingt mal in die evangelische Kirche rein! Die wollt ich dringend sehen, weil die evangelischen Kirchen dauernd abgeschlossen sind! Also hab ich mit dem Karl zusammen mit viel Gucken und Tricks und Abwarten aufgepasst: »Wann ist die Türe offen?« Und hatte ein furchtbar schlechtes Gewissen: »Es passiert was Schreckliches, wenn ein katholisches Kind da reingeht. Womöglich fällt dir 'n Balken aufn Kopf!« Sehr merkwürdig und geheimnisvoll! Obwohl doch die Evangelischen in der Schule eigentlich ganz nett waren! Endlich haben wir's geschafft, in die evangelische Kirche reinzuschleichen – es war enttäuschend: Hat nicht so gerochen wie bei uns und war so nüchtern im Gegensatz zu unserer Barockkirche!

Elisabeth

Schlimm war der Schäferhund von der Barbara Gessler von der Schlossgärtnerei am Ende vom Färbergässle. Die ist permanent durchs Färbergässle zum Schlosspark raufgelaufen und wenn wir unterwegs waren, hat die ihren Hund auf uns gehetzt: »Lauf! Pack!« Der Hund ist uns hinterher! Bin ich 'n paar Mal ums Leben gerannt. Die hätt auch durchn Schlosspark gehen können. Die Gesslers waren die einzige evangelische Familie in der Färbergasse, alle anderen waren katholisch. Von den Büschen bei der Gärtnerei aus haben wir so 'n Spottsprüchle gerufen:

»Dr Luther und sei Käther (Katharina)
sitzet hinterm Hennegätter (Zaun),
leget Oier, brütet's aus,
no schlüpfet junge Luther raus!«

Und sind weggerannt! Das ist schon eigenartig! Sind die da hinten noch evangelisch. Dafür haben die uns »Christen-dumm« geschimpft. Stand 'ne Wand dazwischen! Die haben nicht zu uns gehört, obwohl die Leute nett waren. Zwei Welten! Wir hatten ja sogar 'ne evangelische und 'ne katholische Schule. In der katholischen saßen 64 Kinder in einer Klasse, ein Lehrer, keine Sekretärin, in der evangelischen 20 Schüler und ein Lehrer. Die einen haben halt auf Katholisch rechnen gelernt, die anderen auf Evangelisch. Und der evangelische Pfarrer in Laupheim hat gepredigt, dass die Gläubigen nur bei Evangelischen einkaufen sollen. Dabei war der mit 'nem katholischen Pfarrer verwandt! Irgendwie! Da war man erstaunt. Erst durch die Heimatvertriebenen kam das, dass sich das aufgelockert hat.

Emmerich Zu der Zeit waren die Katholischen und die Evangelischen noch wie Katz und Maus. Am Sonntag, wenn man in die Kirche gegangen ist, war man auf einmal nicht mehr Freund. Die Paula Thiel hatte ihre Kinder an der Hand, ist in die Kirche und nicht links und nicht rechts geguckt und Kullerbeers, Evangelische, mit ihren Kindern an der Hand in ihre Kirche, nicht links und nicht rechts geguckt. Man ist aneinander vorbeigelaufen und jeder hat sein Christenheil rausgehängt. Das hast du als Kind schon kapiert, dass das was ist, was nicht so gut ist. Und wenn alles vorbei war, war man wieder dick Freund! Wenn's nicht anders ging, ist man wieder mal zu einem ins Geschäft reingegangen. Aber beim Bäck Kullerbeer haben wir ja jeden Tag vierzig Brezeln gekauft. Die Kinder waren im gleichen Alter, mit denen wir Tag und Nacht zusammen gespielt und miteinander gekickt haben. Die Kullerbeers Tine hat mich unterm Krieg in der Schule mit Süßigkeiten versorgt. Täglich hat die drei Schneckle mitgebracht, 'n halbes hat sie gegessen und den Rest hab ich gekriegt. Da konnte man gar nicht ausweichen. Man muss allerdings 'n ganz gewaltigen Unterschied machen zwischen dem Verhältnis Katholiken-Evangelische und dem Verhältnis Katholiken-Juden. Das sind so verschiedene Dinge von der Verhaltensweise her. Wenn die Juden ihren Sabbat hatten, hat jeder Katholik seine Arbeit ausschließlich im Haus verrichtet, die Katholischen haben den Sonntag als höchsten Feiertag, in dem Fall sind die Juden nicht ausm Haus. Man hat die Festtage gegenseitig mit Ehrfurcht geachtet. Die Juden haben außerdem vor der Verfolgung in der Wirtschaft dominiert und deshalb konnte man mit denen schon gar nicht so umgehen wie mit den Evangelischen.

Bei katholischen Jugendgemeinschaften

Als Jugendführerin bei der Katholischen Jugend war ich ein Mal eine Woche bei 'ner Freizeit in Vorarlberg und hab mir Sorgen um meine Geschwister gemacht: »Oh je, i bin it dahoim. 's wird au gange!?« Ich hab seit je Heimweh gehabt wegen meinen Geschwistern! Diese Reise war zum Großteil von der Kirche bezahlt. Aber das Fräulein Heinrich, die Seelsorgshelferin, hat mir erzählt, dass die Schulungen für die Jugendführer regelmäßig bezahlt werden. Somit haben sich die, die Geld hatten, das zahlen lassen und mich haben sie nie mitgenommen. Dann hab ich's durchschaut gehabt. 's kommt nicht immer aufs Christliche an, 's kommt auch drauf an, wie man sich verhält. Lotte

Ich war Ministrant und Gruppenleiter bei der Katholischen Jugend. Das hat mir viel bedeutet! Ein ganz erhebendes Gefühl, diese Jungs zu leiten und die Verantwortung für sie zu haben! Ich fand's besonders schön, wenn der Raphael dabei war. So 'n liebenswerter Bub! Die anderen haben gesagt, dass ich das so erzähl, als ob's gar nicht mein Bruder wär. Siegfried

Der Siegfried hat sich in den fünfziger Jahren sehr stark um die Jugend angenommen. Etwas, womit sich heute vollausgebildete, studierte Sozialarbeiter, Profis befassen! Das hat er ohne Ausbildung fertiggebracht! Er ist in die Familien rein und hat die Kinder in Jugendgruppen gesammelt. Bei der KJG, der Katholischen Jungmännergemeinschaft. Sehr schön war's mit ihm auf Zeltlager, als ich 'n kleiner Pimpf war. Das war immer spitze! Das hat der super gemacht! Der Siegfried war jetzt nicht der große Spaßvogel, dazu war er zu ernst. Aber so 'ne zuverlässige Fürsorger- und Vorreiterrolle. 'ne tolle, erlebnisreiche Zeit! Raphael

Die Marianische Jungfrauenkongregation, der »Blaubändeles«-Verein – wenn 'n Fest war, sind die in weißen Kleidchen mit blauen Bändern, weißen Blusen und mit der blauen Schärpe gelaufen. Die Elvi und die Lotte war 'ne Zeitlang dabei. Das kann man vergleichen mitm Kolpingverein – Pfadfinder für die Mädle. Die haben sich in der Freizeit getroffen oder Fronleichnam und Primiz vorbereitet. Albert

In der Schola waren wir zwölf ausgesuchte Sänger. Alles auf Lateinisch. Wir hatten Gewänder an, so silberweiße Seide mit zwei roten Bändern. Und große Ärmel noch. Da musstest du die Arme reinstecken. Zwölf Apostel! Die Ministranten waren neidisch, weil die Schola bei Pontifikal- und levitierten Hochämtern vorne gesungen hat und mitm Kirchenchor zusammen: »Laudate Populi«, 'n »Offertorium« vom Michael Haydn, »Missa Brevis« vom Mozart oder sonstige Messen. Wir waren die absoluten Kings! Der Siegfried war nicht so lang, ich war länger dabei. Raphael war bei den Pfadfindern, der Siegfried ganz kurz und ist gleich wieder zurück zur KJG. Ich war am längsten von allen bei den Pfadfindern. Und Emmerich, Fritz, Karle waren bei Kolping. Den »Gesellenverein« hat man's geheißen.

In Weißenbronnen bei Wolfegg in der »Hölle« haben wir Pfadfinderlager gehabt. 'n Bimssteingebiet mit 'nem Wasserfall, da war auch der »Schwarze Vere«, der Räuberhauptmann. Und am Herlazhofer Weiher bei Leutkirch hatte der Siegfried grad Zeltlager mit der KJG. Und der Wimpel von der Gruppe musste rund um die Uhr draußen bleiben, das Banner durften die nicht reintun. Obendrein mussten die das bewachen, weil das geklaut wurde. Also haben die vorne alles abgeriegelt. Aber nicht damit gerechnet, dass wir übers Wasser kommen. Wir von den Pfadis sind bei Nacht durch den Weiher geschwommen, haben sie überfallen und denen das Banner gestohlen. Bei Nacht sind wir durch. Im Wasser drin haben wir uns nachher bemerkbar gemacht, sind laut geworden. Da war's aber schon zu spät. Und die KJG-ler sind bei Nacht nicht ins Wasser. Die waren halt keine Pfadfinder, keine Bock-Wulle, keine starken Wilden. Wir waren so richtig räs und abenteuerlustig und belastbar und hatten vor nichts Angst. Die waren halt Weicheier. Und dann mussten sie ihr Banner bei den Pfadfindern auslösen gegen 'n Kasten Bier.

Raphael Mit der KJG haben wir in Eintürnenberg bei Bad Wurzach gezeltet. Da war der Siegfried als Jugendführer aktiv. Und irgendwie wussten wir schon, dass 'n paar spezielle Pfadfinder aus Laupheim in der Nacht 'n Überfall machen wollen, unser Wimpel klauen. Das war ja so üblich, immer. Folglich haben wir uns überlegt: »Wie deichsle mir des?« Zum Zeltlager gab's nur einen Weg. Und auf dem haben wir Schnüre gespannt und mit Laub zugedeckt. Wenn man auf beiden Seiten gezogen hat, sind die Schnüre hoch. Und wir hatten vorher schon gute Spione. Die Pfadfinder kamen nachts angeschlichen und wir – die Stricke gestrafft. Und die – hat's voll auf die Schnauze gehauen! Dann haben sie gleich das Weite gesucht. Und einem hab ich, damit er nicht mehr wegfahren konnte, sämtliche Zündkerzenstecker entfernt. Der hatte dermaßen Muffe: »I woiß nemme, wie die draufghöret. Wenn ma die falsch rum neistöpselt, explodiert dr Motor!« Noch dazu haben wir denen Tannenzapfen in 'n Auspuff gesteckt und die Karre ist abgesoffen. Das verbrannte Abgas strömte nicht raus, sondern blieb im Motor hängen. Und schlagartig hat's den Auspuff zerrissen, 'n zünftigen Knall gemacht. Wir haben uns gewehrt!

Ich bin im Nachhinein doch zu den Pfadfindern gewechselt, weil bei denen war's interessanter! Hatten gesellschaftlich 'n höheren Stellenwert. Wie bei VW und Porsche. Das hat mich halt angemacht. Die waren andere Jungs, durchweg härter im Nehmen und die meisten aufm Gymnasium. Und Albert hat als stellvertretender Stammesführer beim Stamm Kon-Tiki fungiert. Mit schöner Regelmäßigkeit waren wir in den Ferien beim Zelten.

Taufe – Namenstag – Erstkommunion – Firmung

Firmung hat sich im ganz kleinen Kreis abgespielt. Erstkommunion fand als bedeutenderes Fest statt. Von den Nachbarinnen gab's größere Geschenke. Die Taufpaten kannst du bei uns vergessen, von denen hat sich kaum jemand gekümmert. Und wir haben nicht die Geburtstage gefeiert, sondern die Namenstage. Die hatte die Mutter alle im Kopf. Zum Namenstag wurden Bonbons oder 'ne Tafel Schokolade spendiert. Süßigkeiten konnten wir sonst nicht kaufen. Die Mutter hat versucht, die gerecht zu verteilen. Ich hab meistens verzichtet, weil ich Mitleid mit meinen Geschwistern hatte: »Die brauchet's, i muss des it han!« Im Verzichten war ich groß, heut noch, wenn's sein muss! Elvira

Paula Charlotte, aber man hat Lotte gesagt. Paula ist vom männlichen Paul abgeleitet, Peter und Paul. Ich hatte mit der Mutter zusammen Namenstag, am 29. Juni. Klar, dass die Mutter gefeiert wird. Als Kind bist du immer 'n bisschen dahintergestanden. Da hat man Blumen gekriegt oder 'n Kuchen oder jemand hat einem was genäht. Lotte

Unsere Geburtstage sind insofern ganz nüchtern abgelaufen, als meine Mutter 'n Kuchen gebacken hat, man hingehockt ist, eine Milch ge- Emmerich kriegt hat oder 'n Kakao und dann war die Geschichte als solches erledigt. Und so war's auch bei den Namenstagen. Wer mein Taufpate war, weiß ich nicht mehr. Und oft ist einer bei fünf Stück Pate gewesen. Mein Zweitname kommt in jedem Fall nicht vom Winter-Johannes, vom Apostel, sondern vom Sommer-Johannes, von Johannes dem Täufer. Man hat halt »Johannes« gefeiert, weil das heiliger ist als »Emmerich«. Die Mutter hat den am 24. Juni als »Wasserjohannes« gefeiert. Ich selber hab den sowieso nicht gefeiert.

Christa Meine Namenspatronin ist die heilige Christina. Und der Namenstag »Christina« ist am 24. Juli. Bei mir war das 'ne verkappte Geschichte. Wir hatten einen Vikar, ich war so drei Jahre alt, der fand, dass man den Namen »Christa« an Weihnachten feiern sollte. Das wär doch würdiger. Und unsere Mutter war in der Beziehung 'n bisschen arg obrigkeitshörig und hat meinen Namenstag auf den Weihnachtstag verlegt. Und da wird man ja immer vergessen! Da war genug Trubel! Und irgendwann hab ich rebelliert mit Rabatz. Dann hat's halt 'n paar Ohrfeigen gesetzt und ich musste am hochheiligen Weihnachtsmittag ins Bett. Und hab somit nie mehr meinen Namenstag erwähnt.

Unsere Nachbarin Fräulein Renzi hatte unter ihrer Haustreppe drei Hühner, vielleicht waren's auch vier. Und die hatte viele Eier. An meinem offiziellen Namenstag im Juli ruft die Fräule Renzi mal: »Chrischtele, komm amol her! Du hoscht doch heut Namenstag. Heut kriegscht du a Oi vo mir!« Und ich – so ehrlich wie wir erzogen sind: »Noi, i han an Weihnachte Namenstag und it heut!« »Ach«, hat sie gesagt, »des isch schad. Noch kriegscht halt des Oi it!« Jetzt hätte ich's erste Mal ein Ei für mich gehabt, ganz allein!!! Irgendwann hab ich mal mit 'ner Schleuder nach ihr geschossen. Also, mit meinem Namenstag hab ich nicht viel Glück gehabt.

Albert Mein Taufpate war der Herr Grau in der Mittelstraße. Die Mutter hat nur solche genommen, die sich nicht in die Familie eingemischt haben. Mit dem hatten wir nie groß Kontakt. Der war Beamter, was Gehobenes. An Weihnachten und an der Kommunion hat man sich angezogen und ist da hingegangen. Die wollten mich mal adoptieren. 'n paar von uns wollte man adoptieren, ho wa! Große Familie nachm Krieg, man hat nichts zum Essen gehabt und gedacht: »Ma nimmt ihne a paar Kinder ab!« Aber: »Do wird koins hergebe!«

Fritz

Der Vater hätte uns Kinder alle ausgeliehen in andere Familien, weil wir so viele waren. Das hat die Mutter verhindert. Dass man die Kinder in andere Familien gibt, zum Wohnen, Essen und Mithelfen, als Kindsmagd oder Pflegekind. Für die Lotte hatte er schon was. Die Mutter war dagegen. Die wollte grad das Gegenteil. Die wollte eine Familie, in der sitzt sie als Bienenkönigin drin und alle fliegen drumrum. Und keiner braucht 'n Beruf lernen und gar nichts. An der Stelle muss man eben die Lebensphilosophie meiner Mutter ins Kalkül ziehen. Die wollte überhaupt nicht, dass wir was lernen. Die wollte so als Chefin mit der Familie leben. Alle als Privatiers. Der Vater ist ja selber weggegeben worden als Kind, das ist wahrscheinlich die Einstellung, warum er das für seine eigenen Kinder auch so vorgesehen hatte. Wenn man für so 'ne große Familie verantwortlich ist, versucht man schon Lösungen zu finden, die machbar wären.

Raphael

Ich kannte meinen Paten groß nicht. Ich hab's nur vom Namen her gewusst. Meine Mutter wollte sich nicht dreinreden lassen. Als die Christa in der Schweiz war, hat sie mir zur Erstkommunion eine meterlange Schokoladentafel geschickt. Die Sensation! Aus dem Grund war der Siegfried stinkesauer. Die waren auch neidisch, weil die haben so was nicht zur Erstkommunion gekriegt, das waren andere Zeiten. Da gab's halt nicht solche Geschenke. Mir blieb von der Tafel gerade noch ein Rippchen, alles andere hat der Siegfried gegessen.

Nikolaus

Elvira

Der Nikolaus kam jedes Jahr nach Haus mit seinem goldenen Buch am 6. Dezember abends, wenn's dunkel war. In dem stand drin, was sie alles so angestellt haben. Entweder einer aus der Gemeinde oder ich hab den auch mal gemacht und Lob und Tadel aufgezählt. Sagt der Emmerich: »I kenn di, Nikolaus, du bischt jo d Elvi!« Hinterher sag ich: »An was hoscht du mi erkannt?« »An deine Zähn!« Trotz Bart hat der Bengel mich an den Zähnen erkannt. Und der heilige Nikolaus hatte den Knecht Ruprecht dabei. Der trug den Rupfensack samt Schleckereien: Nüssen, Apfelsinen, Äpfeln und einem aus Hefeteig gebackenen Nikolaus mit der weißen Pfeife.

Fritz Zum Nikolaus hab ich gleich nachm Krieg Mehl gesammelt, Milch, Butter, Eier. Davon haben wir so Kloosemänner backen lassen bei 'nem bestimmten Bäcker, beim Bäck Häberle für alle Kinder. Der hat die malerischsten Nikoläuse gemacht! Wie 'n Pater von der Seite, der seine Kapuze hochgezogen hat. 'n besonders schöner Nikolaus!

Christa Man hat bei dem auch den Berches gekauft, 'n jüdisches Brot. Der Häberle war der Berches-Bäcker. Obwohl keine Juden mehr da waren, wurde diese Tradition wieder aufgenommen.

Emmerich Der Fritz hat das geholt und wir haben auch jede Menge Bärte und Perücken gehabt. Im Organisieren war der Fritz einsame Spitze!

Fritz Diese Kleidung fürn Nikolaus, den Umhang, die Mitra, den Bischofsstab haben wir selber gebaut. Das war eine schöne Sache, wenn's ein Fest gegeben hat! Da waren alle dabei, die schon mitreden konnten, da haben die geholfen und gut organisiert, die Kleinen. Und obwohl du selber bei der Vorbereitung dabei warst – wenn ich am anderen Abend als Nikolaus gekommen bin, haben die Geschwister mich nicht erkannt. Dass die das Zeug alles mitgemacht haben, so begeistert waren die da! Für meine Geschwister hab ich einige Male den Nikolaus gespielt. Ausm Buch hab ich gar nicht so viel rausgelesen, du hast ja was auf Lager. Außerdem bin ich dafür gewesen: »Wenn dr Nikolaus kommt, isch der nett zu de Kinder und it bös.« Das hab ich nicht brauchen können! Ich hab die Kinder beten lassen und man hat sie gelobt. Bei fremden Nikoläusen hat die Mutter entsprechende Vermerke gemacht für die Liste mit Lob und Tadel. Diese Liste hat man ja nicht gebraucht, wenn ich der Nikolaus war. Man hat sich gemeinsam vorbereitet und das sind die schönen Dinge, die in so 'ner Familie stattfinden.

Es gab ein Brauchtum, da haben die jungen Männer zum 6. Dezember den Strohklaus gespielt, 'ne Art böser Ruprecht. Haben 'n weites Gewand und 'n Strohgürtel angezogen, Kapuze tief ins Gesicht runter und die Gegend unsicher gemacht. Ausm Versteck raus den Leuten 'n Schrecken eingejagt oder mit langen Ruten auf sie eingeschlagen. Das ist eine Gruppierung gewesen, die nicht dem Nikolaus beigestanden ist. Das war spannend, so 'n Kloos hat man nie gesehen!

Herta Die Großen haben versucht, uns lange an den Nikolaus glauben zu lassen. Der Fritz war 'n strenger Nikolaus. Irgendwann haben wir kapiert, dass der Fritz dahintersteckt und haben uns halb schiefgelacht.

Mal der Fritz oder der Karle oder der Emmerich. Die haben sich verkleidet bis zum Gehtnichtmehr. Die hast du nicht mehr gekannt. Die Mutter hat oft nicht gewusst: »Wer isch dr Klaus? Ischt do oinr vo meine Buebe dobei?« Aber ein Mal, als der Niklaus rausgelaufen ist, sagt der Raphael als Knöpfle: »Des isch dr Fritz gwäe!« Albert

Weihnachtszeit

Wir hatten im Advent Herbergssuche. Da trägt man eine Muttergottesstatue von einem Privathaus zum anderen. Man startet in einem Haus, zündet im Herrgottswinkel eine Kerze an, hält eine kleine Andacht und dann tut man eine Decke über die Statue und trägt sie ins nächste Haus. Wie 'ne Staffel. Und am Schluss kommt sie wieder dahin zurück, wo sie hergekommen ist. Elvira

Schon Wochen vor Weihnachten haben wir Älteren Spielzeug gebaut, Laubsägearbeiten, gebastelt für die Kleinen. Den ganzen Winter ist was veranstaltet worden. Aus unserem Holz fürn Ofen haben wir Klötzchen ausgesucht in verschiedensten Formen und Größen, abgeschmirgelt und mit Farbe lackiert. Und anschließend haben wir Säckchen genäht und jedes der Kinder hat zu Weihnachten 'n Säckchen mit Bauklötzchen gekriegt. Hat also kaum was gekostet. Wir hatten kein Geld, um große Geschenke zu kaufen. Wenn man was gekauft hat, war's Kleidung.

Die Älteren haben auf Weihnachten für uns unglaublich viel gebastelt: Burgen, Puppen, Kleidchen, Hüte, Puppenstuben. Das war immer ganz schön, was die da so zusammengebastelt haben, das war ganz schön! Herta

Und in den ersten Adventstagen haben der Fritz und ich unser Apfelschimmel-Schaukelpferd aufn Leiterwagen geladen und 'ne Decke drüber und sind zum Maler Barthel aufn Judenberg. Der hat bei uns jedes Jahr getüncht. Und er wusste schon Bescheid: »Kinder, ihr kommet noch jo wieder!« »Jo, mir kommet dann so am Tag vor Heiligobend.« »Jo, isch in Ordnung! Dr Gaul isch dann fertig!« Der wurde frisch gestrichen, 'n neuer Schwanz, 'ne Mähne dran, für die Nächs- Elvira ten, die so weit waren, dass sie da drauf reiten konnten. Und in der Adventszeit, der Fastenzeit haben wir keine Bonbons gekriegt. Die haben wir sowieso nicht oft gekriegt, aber irgendwas Besonderes gab's nicht.

Fritz Nachm Krieg gab's von der Schule Schokolade für die Kinder, Schulschokolade. In der Adventszeit musste die der Mutter übergeben werden und wurde gesammelt. Es gab nie das Problem, dass irgendjemand die Schokolade nicht abgeliefert hat. Erziehungstechnisch sind das Einflüsse, die sich im ganzen Leben positiv auswirken: bereit zu sein, auf etwas zu verzichten.

Elvira Gleich am ersten Advent hat man eine leere Krippe aufgestellt und mit Moos eingedeckt. Die Mutter hat kleine Steinchen mit Goldbronze angemalt und wenn man bewusst auf etwas verzichtet oder eine gute Tat getan, geholfen hat oder nett war, hat man ein goldenes Steinchen bekommen. Die hat die Mutter für jeden in einem extra Glas gesammelt. Und diese Steinchen haben wir gemeinsam an Weihnachten gezählt und mit denen einen goldenen Weg zur Krippe gestaltet, durfte jedes als Belohnung einen Stein rausnehmen und auf den Weg zum Jesuskind legen. Oder Strohhälmchen hat man gekriegt, die waren fürs Christkind in die Krippe. Die Figuren haben wir erst an Weihnachten aufgestellt.

Raphael Solche Ideen hat sie immer gehabt, pädagogisch eine tolle Geschichte!

Elisabeth So konnte man sehen, ob gute Werke gemacht wurden, weil der Weg sollte voll sein mit goldenen Steinchen. Dafür haben wir uns angestrengt! Manchmal hat man so getan als ob, schnell noch 'n paar Steinchen angemalt und die so dazugelegt. Das hat die Mutter aber gewusst! Die hat das schon durchschaut gehabt. Man hat sich auf diesen Tag hin den ganzen Advent vorbereitet, die ganzen vier Wochen. Versucht, jeden Tag was Gutes zu tun, Lieder und Gedichte eingeübt. Die Mutter hat Guetzle und Früchtebrot aus unseren gesammelten Früchten, mit diesen Trockenfrüchten gebacken, Weihnachtsgebäck, das war spannend! Die sind bis Weihnachten in wunderschöne, runde Schachteln verpackt worden. Vorher durfte man keine essen. Und wenn du 'n Plätzchen geklaut hast, hattest du 'n furchtbar schlechtes Gewissen.

Herta An einem Advent hab ich die Schokolade von der Schulspeisung gesammelt und hinter meinem Bett versteckt: »Z Weihnachte han i ganz viel Schoklad!« Und an Weihnachten war meine Schokolade weg. Der Karl hat alles aufgegessen. Da war ich so zornig und enttäuscht, dass der so was macht! Bin zur Mutter gegangen und hab geweint. Der Karl wurde geschimpft, aber sie konnte die Schokolade nicht mehr herzaubern.

Laupheim, Weihnachten 53 Elvira

Liebes Christele!

Vater und Mutter haben gestern Mittag den Siegfried aus Ottobeuren geholt. Die Patres betonen jedes Mal, dass man ihn recht gernhat. Im Deutsch sei er prima, hat gestern der Pater Präfekt der Mutter gesagt und überall muss er dran: beim Vorlesen in der Kirche, beim Singen und Theaterspielen. Er war der König Balthasar und hat seine Sache ziemlich gut gemacht. Er macht jetzt so einen gepflegten und ruhigen Eindruck. Fritz ist immer auf der Achse und versucht zu verkaufen. Wenn alles klappt, haut er im Frühjahr eine ordentliche Anzahl Roller los. Vor einigen Tagen hat sich Emmerich einen neuen Vertreter eingestellt. Vom »Mechaniker« wurde er zum »Außendienstassistenten« befördert. Der wird seine Sache schon machen, denn er ist nicht so schüchtern und akkurat wie der Fritze. Ansonsten ist mit ihnen schon auskommen. Sie machen halt manchmal auch ihren Blödsinn. Den Fritz haben sie vorgestern mal wieder nachts um zwei Uhr aus dem Bett gejagt und ihm den Bären aufgebunden, es sei schon einviertel acht Uhr in der Früh. Frag nicht, welchen Hallo das wieder gab. Wir haben uns alle schiefgelacht. Auch unser Fest bei der Marianischen Kongregation war ganz schön. Ich konnte nur morgens die Generalkommunion und abends die Feier im Gemeindehaus mitmachen. Wir Jungen, eben so in meinem Alter, und Lotte saßen natürlich alle beisammen und es war recht lustig. Nachher schleppten wir noch ein paar von den älteren Semestern mit und da fiel einer der älteren Damen ein, dass man mich eigentlich zur Präfektin machen könnte!!! Darauf habe ich bloß gewartet. Nu, ich könnte das ja rein vom Können aus gesehen schon, aber man braucht halt Zeit und zuhause soll man auch helfen. Um einviertel elf Uhr war die Feier aus und anschließend haben wir noch die Agnes nach Haus gebracht mit einem langen Schwanz, der ganzen Meute, und bis zwölf Uhr alle zusammen an allen Ecken geschwätzt. *Diese Art der Begleitung, die man »Hoimduerles«, Nachhausetuerei, nannte, war sehr beliebt.* Und nun ist morgen schon

Weihnachten. Lotte, Fritz, Emmerich und ich waren am Sonntagmittag mit dem Wagen in Ulm und haben die Geldbeutel geschröpft. *Im Advent waren an ein oder zwei Sonntagen nachmittags die Läden geöffnet.* Frag mich nicht!!! Wenn man mit der Lotte einkaufen geht, wird man das Geld unbedingt los. Herta haben wir bei Wöhrl ein sehr schönes Kleid gekauft, Mama eine wunderbare schwarze Weste aus reiner Wolle, die ihr bestens steht. Vater hat 'nen Schal gekriegt, die Buben Handschuhe, Hemden, Raphael und Albert haben wir um vier Mark fünfzig eine Eisenbahn gekauft. Das wird so ein Rennen geben. Und der Elisabeth eine Puppe. Diese Augen von ihr, wenn sie sie sieht. Die wird einen Luftsprung machen vor lauter Freude. Gertrud kaufte ich eine Wäschegarnitur und der Lotte auch und noch ein Parfum. Siegfried bekommt außerdem Handschuhe, die ihm Mama gestrickt hat und sonstige Kleinigkeiten. Und die Herta, die hat den Vogel abgeschossen, die bekommt zu ihrem neuen Kleid dazu 'ne Armbanduhr um fünfundachtzig DM, die ihr Mama gekauft hat. Ein wunderschönes Sportührle mit allem Komfort. Der Heilige Abend wird wieder wie üblich verlaufen und unsere beiden, Siegfried und Gertrud, werden heftig Musik machen, nachdem Siegfried jetzt auch Unterricht erhält in Ottobeuren. Und nun, liebe Christa, wünsche ich Dir im Namen der ganzen Familie ein recht frohes und gesegnetes Weihnachtsfest und ein glückliches und erfolgreiches neues Jahr! Hoffentlich ist der Brief auch lang genug!!!!!

Mit den herzlichsten Grüßen
Deine Elvi

Albert Die ganzen Vierfeste waren sehr feierlich! Traumhaft! Die kirchlichen Hochfeste, die vier Festtage hintereinander haben. An Ostern ist es Gründonnerstag, Karfreitag, Ostersonntag, Ostermontag. An Weihnachten ist es Heiligabend, erster, zweiter Feiertag und Dreikönig.

Emmerich Der Heilige Abend war schon in sich ein unheimlich explosiver Tag! Da war eine solche Spannung in der Luft über den ganzen Tag weg, das kann man sich gar nicht vorstellen. Dass du dachtest: »Dr Teufel ischt persönlich unterwegs!« Irgendwann hat's furchtbar gekracht im Karton zwischen den Eltern. Das war jedes Mal das Gleiche und dann war's vorbei. Zunächst mal 'n stinknormaler Tag. Man musste für den Festtag alles vorbereiten – es war nichts vorbereitet. Der Druck war schon aus dem Grund hoch. Die Werkstatt ist normal weitergelaufen. Der Vater hat gearbeitet bis zur letzten Sekunde. Feierabend hat man gemacht, wenn man fertig war. Irgendwas war immer. Ein Mal hat er für den Bischof von Rottenburg bis abends um neun's Auto repariert. Nichts im ganzen Haus hat auf was Feierliches überhaupt hingedeutet. 's Einzige, was von Weihnachten gezeugt hat, war der Christbaum, der im Hof lag. Das war die Situation.

Der Vater hat den Christbaum geholt mit den Buben. Den hat er geklaut im Wald. Oder er hat den Förster gekannt. Die Kinder haben oft was ausgemacht: »Sie mit Ihre viele Kinder! Kommet Se!« 'ne stubenhohe Fichte. Um sechs hat man nachtgegessen in der Küche, das hat auch ausnahmslos geklappt. An Heiligabend gab's vor der Bescherung Sauerkraut mit Saitenwürstchen. Das war was ganz Besonderes! Und beim Einkauf hab ich immer so 'ne ganze Schnur von diesen kleinen Würstchen dazugekriegt von der Metzgerei Butscherle. Ach, das war immer schön!!! Und dann hat man noch 'n paar dazugekauft und die gab's an Heiligabend zum Sauerkraut. Am ersten Weihnachtstag, und was übrig blieb am zweiten, hatten wir ein Traditionsessen, viel zu teuer für uns: entweder gefüllte Kalbsbrust oder 'n Nierenrollbraten. Den musste ich in der Metzgerei bestellen und zwar fünf Pfund! Und soundso viel Hackfleisch. Daraus wurde 'ne Hackfleischmasse mit viel Wecken gemacht, damit's reicht, und die Kalbsbrust hat die Mutter gefüllt und zugenäht. Auf die Art und Weise hat das noch besser gereicht, oh Jesus!!! Aber schön! Elvira

Sauerkraut und Würstchen war 'n richtiges Festessen! Und das ist in einer solchen Ruhe abgelaufen. Jetzt ist die neue Spannung gekommen. Das Explodieren war wie weggeblasen. Das war die Erwartungsspannung, was Positives. Den Endspurt mitm Christbaum-Aufstellen und -Schmücken hat der Vater gemacht. Und meine Mutter hat das Wohnzimmer hergerichtet. Die Christbäume waren nicht schön, üblicherweise Krücken, nicht gleichmäßig gewachsen, du musstest halt nehmen, was du gekriegt hast. Ehe du drei Mal »papp« sagen konntest, hat der Vater Thiel 'n paar Löcher in den Stamm reingebohrt, Äste reingesteckt und du hast den schönsten Weihnachtsbaum gehabt! Emmerich

In strahlendem Lichterglanz stand er da. Den mussten wir jedes Jahr festbinden. Haben wir den an der Wand festgenagelt – Knall auf Fall Elvira hat er sich gelöst, ist umgekippt und hat gebrannt. Und alles war kaputt – mussten wir wieder neuen Schmuck kaufen und 'ne Spitze fürs Stammende. Und immer richtige Kerzen.

Wenn's zur Bescherung ging, haben wir uns alle feingemacht. Erst mal gebadet die ganze Bagage im großen Zinnzuber, nach Größe. Das mussten wir Großen alles schaukeln. Und Haare fein gebürstet und gestriegelt und sauber anziehen. Und dann standen sie. – Draußen stand man wie die Orgelpfeifen in einer Reihe und hat mit Spannung gewartet, bis da drin das Glöckchen klingt.

Emmerich Und in der Zeit nachm Essen – noch nirgendwo nichts vorbereitet bis abends um acht, halb neun – hat meine Mutter das Zimmer toll geschmückt mit Wachskerzen und die Dekoration hergerichtet. Am Kreuz im Herrgottswinkel hat eine Kerze gebrannt, am Tisch hat eine Kerze gebrannt, jedes Detail war absolut gekonnt dekoriert. Bei der Mutter gab's grundsätzlich 'n weißes Tischtuch, 'ne Kerze, 'n Ästchen, selbst wenn du sonst nichts hattest. Vorm Christbaum lag ein Unberg Weihnachtsgeschenke, ein Unberg! Jedes Päckchen ganz akkurat, blitzsauber verpackt mitm Zettelchen dran. Hier eine Sektflasche, da eine Weinflasche. Das war eine Feierlichkeit, das war alles so unwahrscheinlich feierlich! Und jetzt ist man vor der Tür gestanden, die ganze Batterie vor der Tür gestanden, mindestens eine halbe Stunde noch. Vorher bist du in die Stube gar nicht reingekommen, bis da drin das Glöckchen geklingelt oder die Weihnachtstrompete geblasen hat. Und in dem Moment durften wir rein. Jetzt ist man da im Gänsemarsch rein. Da war eine Hitze drin, mit eins achtzig Deckenhöhe und 'nem Kanonenofen, der gebrannt hat und noch der Christbaum in der Ecke. Und überall haben die Kerzen geleuchtet. Und jetzt ist man da rein. Und jetzt hat man die ganze Clique vorm Christbaum aufgestellt. Und dann ist der Countdown gelaufen. Zuerst hat man das Evangelium verlesen, dann hat man das Vaterunser gebetet und dann hat man Krippenspiel gemacht.

Lotte Wir haben den ganzen Abend wirklich nur gestaltet: gebetet, Lieder gesungen, drei- und vierstimmig, und Gedichte vorgetragen, bisschen Theater vorgeführt. Geschenke waren Nebensache.

Elisabeth Geschenke waren zweitrangig. Die Überraschung war: Du hast 'n Paar Handschuhe oder 'n Schal gekriegt, und darüber hast du dich gefreut!

Zum Essen oft bloß 'ne Linsensuppe. Da musstest du in der Familie daheim gucken, dass du zu Linsen kommst. Da hat's nicht mal 'n Würstchen reingegeben. Das war Weihnachten und trotzdem standen die Leute bei uns vorm Haus und haben zugehört, wie wir Weihnachten feiern. In einer Hütte. Die Mutter hat wirklich verstanden, einen gewissen Zauber auszulösen in ihrer Art. Lotte

Wenn wir reindurften beim Christkind, hat der Vater das Fenster aufgemacht und ein goldenes Haar am Fensterkreuz baumeln lassen: »Guck mol, do ischt dr Engel durchgfloge! Etzt hot der doch sei bissle Engelshoor verlore!« Blondes Haar, mit dem man die Engel ausgestattet hat, 'n echtes Haarbüschel. »Etzt hot sich dr Engel am Fenschterbrett verfange!« Ich hab mir einen mächtigen Engel, keine Putte, vorgestellt: »Der Riesenengel und das kleine Fenster? Wie kommt der da mit den langen Haaren durch?« Der musste schnell verschwinden und darum ist er hängengeblieben. Herta

Inzwischen waren zwischen einer und anderthalb Stunden vergangen. Um halb zehn bist du zu den Geschenkchen gekommen. Das war natürlich die Überraschung immer! Die Älteren mussten in die Kirche und du musstest auch zum Kommunizieren. Das heißt im Klartext: Dein Päckchen konntest du gerade noch auspacken und danach durftest du nichts mehr essen. Und um dreiviertel zwölf ist man in die Mitternachtskirche gegangen. Am ersten Weihnachtstag um fünf, sechs war's Engelamt, um neun's levitierte Hochamt, ein Pontifikalamt mit drei Priestern, einem Diakon und Subdiakon, den Ministranten mit den Weihrauchfässern und der Schola, eine enorm feierliche Orchestermesse, und abends die Vesper. Aber zwei Mal Kirche hat gereicht. Die Mitternachtskirche war was Besonderes, da durften die Kleineren erst gar nicht hin. Um halb zwei bist du von der Kirche gekommen und dann hat man sich hingesetzt und Kaffee gedeckt. Und um halb sechs ist man aufgestanden und putzmunter ins Engelamt gegangen. Ich würd jedem wünschen, dass er so was mal erlebt. Emmerich

So schön geheimnisvoll! Wenn wir in der Heiligen Nacht in die Mette gingen, in der Weihnachtsnacht durch den schillernden Schnee gestapft sind … so 'ne märchenhafte Stimmung! Herta

Die Christbaumbeleuchtung hab später ich gemacht. Das ist dann so was, wo die Konflikte entstehen. Nachm Krieg hat's noch keine Bir- Fritz nen gegeben. Deshalb hab ich von Motorrad- und Autolichtern die Dinger zusammengesetzt mit ’nem Kabel dazwischen und in den Baum gehängt. Und die Schwester Elvi ist einfach nicht ins Bett gegangen, sondern hat sich bis morgens aufs Sofa gelegt und beim Christbaumlicht gelesen. So lange haben die Birnen das nicht vertragen und sind kaputtgegangen. Und ich musste die wieder flicken. Das sind so kleine Nebenerscheinungen. Die Lotte hat mal an Weihnachten Benzin in den Ofen reingeleert, der ist explodiert und die ganze Stube hat gebrannt »pfffffschsch«. Haben wir selber gelöscht.

Raphael Das schönste Erlebnis war Weihnachten, wenn alle da waren. Wenn alle Geschwister da waren! Das hat was Faszinierendes an sich gehabt! Und unserer Mutter ist es gelungen, selbst wenn man nichts hatte, was draus zu machen! Das war das besonders Reizvolle und Fabelhafte an Weihnachten und Feiertagen! Man hat groß keine Geschenke gekriegt, aber die Mutter hat es geschafft, den Rahmen und die Stimmung entsprechend zu gestalten! Das war viel bezaubernder als die Geschenke! Es war einfach schön, beieinander zu sitzen! Dann hat man Geschichten erzählt. Die älteren Geschwister haben uns in die Kriegs- und Nachkriegszeit eingeweiht. Das hat man hauptsächlich in der Weihnachtsnacht erzählt. War toll!

Silvester und Neujahr

Fritz Raketen gab’s nicht zu kaufen. Wir haben’s selber krachen lassen: Wir hatten das rote DKW-Motorrad. Ich hab an Silvester den Emmerich hintendrauf gehabt und wir sind in der Stadt gefahren, eine Runde nach der andren. Bis es uns dämmerte, dass das noch zu leise ist. Also haben wir die Schalldämpfer ausgebaut. Das hat prächtige Musik gemacht! Als Nächster ist der Emmerich gefahren, der hatte aber keinen Führerschein. Wir sind nachts um zwölf mit Vollgas in der ganzen Stadt umeinandergekurvt, und wie! Plötzlich sehen wir oben am Marktplatz die Polizei. Wir haben kurz vor denen gehalten und sind abgestiegen. Und wir sind so abgestiegen, dass die nicht erkennen konnten, ob jetzt ich gefahren bin oder der Emmerich. Ich hab gesagt:

»I bin gfahre!«, und uns ist nichts passiert. Dann mussten wir unsere Schalldämpfer wieder einbauen und sind weitergefahren.

Der Fritz und ich sind nachts mitm Motorrad den Marktplatz rauf und ich bin gefahren. Steht die Polizei am Marktplatz und hält uns an. Wir sind da unten rrrrrauf und rechts ums Eck rum, dass beinah der Auspuff auf der Straße gestreift hat. Wir – gehalten – gestanden – beide vom Motorrad unten gewesen – nebeneinander gestanden. »Zack!« Kein Mensch hat gewusst, wer vorne gehockt ist. Sagt die Polizei: »Etzt bischt du doch grad do vorne dran ghocket!?!« Sag ich: »Des sieht r jo!« In dem Moment, wo der ausgestiegen ist, waren wir vom Motorrad unten. Dann konnte er auch bloß grinsen. Emmerich

Jahresausklangsbomben haben wir eigenhändig fabriziert. Mit Carbid, das brauchte man zum Löten. Wir hatten kleine Farbbüchsen mit 'nem Deckel und Bund zum Draufstecken. In so 'ne Büchse hat man Carbidbrocken reingetan, mit Wasser beträufelt oder reingespuckt, im Anschluss haben sich da Gase entwickelt. Und den Deckel zugemacht. Oben war 'n Loch drin, dadurch hat man das Gas angezündet, dann hat's 'n Riesenknall gegeben und den Deckel weggerissen. Den Deckel hat man mit 'ner Schnur festgehalten, sonst musste man den wieder suchen. Danach konnte man das wieder neu laden. Wenn wir so fünf, sechs Buben waren, sind wir rumgelaufen bis zwei, halb drei, das hat 'n ganz schönen Krach gemacht. Das war unsere Silvesterschießerei. Fritz

Böller hat man auch selber gebaut, aber das war eine hochgefährliche Sache! Die haben wir aus 'nem Eisenrohr gedreht, in den Hohlraum 'ne Zündschnur eingelegt, Schwarzpulver rein und gestopft mit feuchtem Papier. Darauf hat man die Zündschnur angezündet und – »bums!« – hat's einen ungeheuren Donnerschlag produziert! Einen Böller hat's uns mal zerrissen. Die Eisensplitter sind in der Gegend rumgeflogen bis zum Marktplatz vor und unter die Leut und nichts ist passiert. Wie oft wir 'n guten Schutzengel hatten, kann man gar nicht sagen!

Wir haben uns eigene Silvesterknaller gedreht. Jetzt, da brauchte man natürlich auch seine Erfahrung, ist ja klar. Und zwar haben wir 'ne Feldflasche mit Pulver gefüllt, 'n Elektrozünder reingesteckt und das vergraben auf 'nem Acker. Da hing 'n Kabel raus, das ist durch 'n paar Häuser durchgegangen. Musstest du können. Von den Hausfrauen Karl haben wir 'ne Schokolade gekriegt. Hast halt 'ne Story erzählt. Die hatten freilich keinen Schimmer. Und als wir das losgelassen haben – das hat 'n Rumpler getan und in den Acker 'n Bombentrichter gerissen, da konntest du verschwinden drin. Bis der Bauer gekommen ist, waren wir schon wieder weg.

Elvira Bei den Freunden der Großeltern Schuler, alles alte Geschäftsleute, haben wir Neujahrsbesuche gemacht. Wir haben ja selbst keine Großeltern mehr gehabt. Das hat man zu der Zeit einfach getan. Bei denen haben wir immer Weihnachtsplätzchen gekriegt. Die hatten natürlich noch viel bessere Guetzle als wir. Früher haben die ja Plätzchen gebacken, das kann man sich ja gar nicht vorstellen! Zimtsterne, Ausstecherle, Springerle, Vanillekipf, Butterkeks, Haselnusshäufele, eine Guck voll. Ganze Tüte voll. Und Hutzelbrot. Das war super!

Sternsingen

Emmerich Bei den ersten Sternsingern zu Laupheim war ich schon dabei. Ich selber hab nie mitgesungen, sondern ich bin halt mitgegangen und hab die Taschen getragen, weil zu der Zeit hat man kein Geld gekriegt, sondern Plätzchen und Süßigkeiten.

Elisabeth Der Siegfried hat die Sternsinger aufgebaut und gesanglich ausgebildet, hat zu den Liedern Zweitstimmen geschrieben und mit Blaupause vervielfältigt. Beim Dreikönigssingen sind sie über die Dörfer gelaufen. Nicht gefahren, gelaufen und weit gelaufen, durch den Schnee. War ja eiskalt!

Albert Bei den »Heiligen Drei Königen« waren wir eine auserlesene Gruppe zu dritt: alle Sänger im Schülerchor und ich als Einziger auch in der Schola bei den Chorknaben. Da sind wir 'n paar Mal in der Woche zusammengekommen und der Kaplan Thöny hat uns die Lieder eingeübt. Das Sternsingen ging am zweiten Weihnachtsfeiertag schon los bis Dreikönig. Wir »Heilige Drei Vier« sind dahergekommen, absolut toll! Die verkleideten Sternsinger, drei Könige mit einer Begleitung. Die brauchten wir, weil wir Perücken aus echtem Haar draufhatten von der Haarveredelung Fischbach und Miller. Die haben uns in der Haarfabrik geschminkt und uns die wertvollen Perücken aufgesetzt. Da haben die drauf bestanden, dass 'ne erwachsene Begleitung von der Pfarrjugend dabei ist, damit man den Buben die Perücken nicht stiehlt. Und immer wenn wir abends heimgekommen sind, ist man zum Fischbach rein, hat sich ausgezogen und die Perücken abgegeben. Am andern Tag ist man wieder hin und hat sie wiedergeholt. Mit unserm Neger haben wir mal was erlebt, mitm »Melchior«. Der hat seine Negerperücke draufgehabt und der Stadtpfarrer Löblein hat uns Buben abgefüllt. 'n Wein haben wir gekriegt, 'n Viertele. Bei uns hat's ja nicht viel gebraucht. Und der »Melchior« – der hatte normalerweise schöne, volle Haare – war auf einmal derartig niedergeschmettert. Unser Mohr hat angefangen durchzudrehen, ihm hätt man die Haare geschnitten, wo seine Haare seien und wenn das die Mutter sieht! Jetzt hat der 'n Zinnober gemacht! Wir haben ihm gesagt: »Du, des isch jo a Perücke!« Das hat der nicht mehr geschnallt in seinem Nickel, seinem Schwips drin! Der Stadtpfarrer hat schier in die Hose gemacht vor Lachen. Und die Haushälterin hat geschimpft. Irgendwann hat ihn der Pfarrer heimgefahren. Nachher hat man zum Pfarrer gesagt: »Herr Stadtpfarrer, wie könnet Sie des mache? Do hanne do die Buebe abfülle!!!« Sagt der: »Ab und zue derf ma au amol a Sünd mache! Und i han so a Freud ghet an dene vier Buebe, wie die 'n Rausch ghet hent! So schee han i's in meim Pfarrhaus no gar nie ghet!«

Darüber, welcher der Drei Heiligen Könige – Kaspar, Melchior oder Balthasar – der Schwarze war, sind sich sowohl Wissenschaft als auch Volksweisheit durchaus im Unklaren.

Das Geld hat die Diözese für gute Zwecke verwendet, für die Mission, viel für Afrika. 'nem Pfarrer in Brasilien haben wir 'n VW geschenkt. Wir haben zum Teil noch reine, echte Goldtaler von den Bauern draußen gespendet gekriegt für »Die Heiligen Drei Vier«. Mitm Bus hat man uns auch raus in die Umgebung gefahren und abends wieder eingefangen. Sind wir durch die Lande gezogen, haben im Umkreis von siebzehn bis zwanzig Kilometer sämtliche umliegende Ortschaften abgeklappert bis Mittelbiberach und Schwendi, weil Biberach keine eigenen Sternsingergruppen hatte. Um zehn, halb elf sind wir noch in die Bauernhäuser rein. In Großschafhausen sind wir mal an ein Haus gekommen, da hat's grad jesusmäßig gerumst, Streit gegeben wie bei

Thiels. Und die andern haben gesagt: »Komm, do gange mir weiter!« Ich hab gesagt: »Nein, do gemmir nei!« Ich war ja in dieser Sache kampferprobt! Dann sind wir da rein! »I gang it voraus!« Hab ich gesagt: »I gang voraus. I woiß, wie ma do duet!« Wir stehen da drin und er und sie grad 'n Mordszoff und die Kinder mittendrin gehockt und geplärrt. Die sehen uns: »D Sternsinger! Ruhe!« Die sind zueinander hingestanden, nebeneinandergestanden, als ob's noch gar nie 'n Krach gegeben hätt. Ein Herz und eine Seele! Und wir haben unser Repertoire runtergespult, unsre Liedchen geträllert und was in die Kasse gekriegt. Und kaum draußen gewesen, hat's wieder gerumst. Aber in der Zeit haben wir Frieden gebracht!

Blasiussegen und Lichtmess

Elisabeth Am Tag des heiligen Blasius am 3. Februar hat der Pfarrer zwei lange, brennende Kerzen, die die Mutter uns mitgegeben hat, über Kreuz über uns drüber oder unter unsern Hals gehalten, damit wir geschützt sind vor Krankheiten, besonders vor Halskrankheiten, und hat seinen Segensspruch gespendet. Oft hat man das auch im Anschluss an den Gottesdienst an Lichtmess am 2. Februar gemacht.

Herta »Lichtmess – bei Tag ess!« Ab Anfang Februar wird's wieder heller. Zum Vesper um sechs braucht man schon kein Licht mehr.

Fasching

Elvira In der Kirche und bei den Vereinen wurde in Laupheim traditionell Fasching gefeiert. Als Kinder haben wir uns mit selbergenähten Sachen verkleidet. Die Mutter hat uns mit Zichorie, das hat man sonst zum Kaffeefärben genommen, die Backen rot gemalt, uns angezogen als Rotkäppchen und dann sind wir losgezogen.

Elisabeth Bei den großen Umzügen haben wir als Mäschkerle, maskiert, mitgemacht und in der Schule durften wir auch als Käschperle kommen.

Unsere Mutter hat jedes Jahr bei uns ’ne Kinderfasnacht gefeiert mit vielen Kindern.

An der Fasnacht sind wir am Schreibwarengeschäft vornedran gestanden, haben »Armer Sünder« gespielt und ’n Sprüchle aufgesagt: Emmerich

»I bin a armer Sünder
Han neunaneunzig Kinder
Han it amol a Unterhos
Gib mir au a Almos!«

Dafür hat man vom Fräulein Klopfer so ’n kleines Spiel bekommen, ’n Spiegel mit Kügelchen drin oder ’n Malbüchle.

Geld haben wir gesammelt bei Nachbarn und Geschäften. Unser Sprüchle aufgesagt und wenn man eine Larve, Gesichtsmaske, aufhatte, haben sie die Larve gehoben und reingeguckt, wer da zum Betteln kommt. Anschließend hat man ’n Fünferle oder ’n Zehnerle gekriegt. Fritz

Die Mutter durfte das ja nicht wissen. Wie der Fritz mal mit ’ner Handvoll Fünferle aufgetaucht ist, hat sie’s gesehen: »Woher hoscht du des?« Das musste er zurückbringen. Hat er aber nicht gemacht. Lotte

In Laupheim ist der Fasching nie auf die Füße gekommen. Jahrelang hat man versucht, ’n Fasching hinzukriegen. Jetzt war die Fasnacht unterm Krieg auch noch verboten. Und nachm Krieg hat man einfach den Einzug zum Kolpingsball zusätzlich als Festzug auf die Straße verlegt. Auf die Art hat man ’n Fasching gehabt. Es gab jährlich vier riesige Bälle. Alle im Raben-Saal, bis an die Decke gerammelt voll und ’ne Bombenstimmung. Jede Woche war ein Faschingsball und alle anderen Vereine haben ihre Bälle am Samstag veranstaltet, weil man vor zwei nie heim ist. Aber dadurch, dass man als katholischer Verein vom Samstag nicht in den Sonntag reinfeiern durfte, fand der Kolpingsball immer als letzter am Faschingssonntag statt. Und hat als Einziger mit ’ner richtigen Eröffnungskolonne begonnen. Das war im Gesellenverein, bei Kolping, machbar, weil da lauter Handwerker mitgewirkt haben, die alles selber herstellen konnten und das hat nichts gekostet. Den Aufwand hätt kein Mensch zahlen können. Beim Kolpingfasching sind die Leut granatenmäßig durch den Kakao gezogen worden, der Bürgermeister, alles was Rang und Namen hatte. Emmerich

In Laupheim wurde wöchentlich am Dienstag Abendmesse abgehalten. Und der Kaplan Thöny ist zur Fasnachtszeit 1952 am Dienstagvormittag mit seinem neuen VW in die Schweiz gefahren, 'ne Spritztour gemacht, und dann ist Nebel aufgekommen und er hat nicht mehr heimgefunden. Obendrein hat er in der Schweiz auch noch 'n Unfall gebaut und sich 'ne Delle eingefangen in den Kotflügel vorne rein. Jetzt war die Kirche voller Leut und der Kaplan Thöny in der Schweiz und in der Kirche kein Pfarrer. Am nächsten Tag kommt der weltliche Präses, der Senior von Kolping, zu mir: »Ha, mir solltet über die Sach vom Thöny ebbes mache! Woischt, wenn ma 'n VW baue könnt ...!« Hab ich gesagt: »I han 'n ›Holländer‹!« 'ne vierrädrige Draisine für die Straße. Als Erstes bin ich aufn Schrottplatz nach Burgrieden, hab Stahlröhrchen gesucht fürs Gestell und 'n ganzen Berg umsonst gekriegt. Daraufhin haben der Bernhard und ich angefangen, Auto zu bauen. Am Samstagmorgen hat der Sattler, 'n Kolpingsbruder, das Ding mit Rupfensack überzogen und am Samstagabend hat man's zum Schreiner Brück gebracht, auch 'n alter Kolpingsbruder, hat das gespritzt und lackiert und bemalt. Und geheizt, dass schier die Decke runtergekommen ist! Der VW war am andern Tag immer noch tropfnass. Jetzt, was tut man jetzt? Jetzt hat man gesagt: »Mir brauchet no a Standarte!« Und für die braucht man 'ne Messingstange! Wo kriegst du am Sonntagmorgen 'ne Messingstange her? Auf einmal sagt der Brück: »Du, i han am Fenschter an de Vorhäng Messingstängle!« Also hat man die ausgehängt und 'ne Standarte gebogen. Sie, die Frau Brück, hat noch 'n Fähnchen dazu genäht und am Abend hatten wir auch noch 'n trockenes Auto. Haben wir vom Mittwochabend bis zum Sonntag nachts das Auto gebaut. Und der Karle hat den Kaplan gespielt in der Kutte. Um halb acht hat der Sprecher den Ball eröffnet: »Mir könnet it afange, dr Kaplan ischt it do!« Der ist zuvorderst gehockt, in der ersten Reihe gesessen, die ganze Geistlichkeit mit Bürgermeister, die komplette Prominenz. 'n paar Minuten gewartet und mäuschenstill gewesen im Saal. »De wichtigscht Person ischt it do!« Der Kaplan war zugleich der geistliche Präses. Und der weltliche Präses hat den Verein geführt. »Jo, dr Kaplan ischt immer no it do!« Gewartet. In dem Augenblick haben wir hinten auf die Hupe gedrückt – alles ist aufgesprungen. Und dann ist der Karle mit seinem VW nach vorne und hat 'ne Einführungsrede gehalten. Eine gigantische Stimmung! Am Dienstag beim Stadtumzug haben wir von Kolping schon allein den halben Aufmarsch gestellt, so viel Zeug hatten wir. Alles umsonst und alle haben zusammengeholfen! Die Frau Brück hätt die Bettlade auseinandermontiert, wenn wir's gebraucht hätten. Zwei Fahrräder haben wir noch nebeneinandergeschweißt und der Stadtpfarrer Löblein musste fahren, der Vikar auf die andre Seite hocken und die Pfarrhelferin dazwischen aufs Brettchen, alle drei 'n solches Kaliber. Das haben die mitgemacht. Alle haben mitgemacht! Das war eine Gaudi!

Anno 51 haben wir nur für den Straßenumzug 'ne Altweibermühle gebaut. Die war riesengroß, über zwei Meter fünfzig hoch, und stand auf 'nem großen Brückenwagen. Beide Bordwände hat man nach außen gekippt, hinten 'ne Treppe, wo man raufgestiegen ist. Da sind die alten Weiber rein und mussten jung rauskommen. Über 'ne seitliche Rutsche sind die in einem Mordsschwung runtergezwitschert auf die Straße. Da ist man gestanden und hat sie aufgefangen. Und oben ist Konfetti rausgesprudelt mit 'nem Holzgasgebläse. So was hat's schon nicht mehr gegeben. Das hab ich beim Autofriedhof geschenkt gekriegt. Jetzt war die Frage: »Wie kriegt ma die Öffnung an dr Rutsche zue?« 'ne Falle oder Automatik sind zu gefährlich. Dann hatte der Emmerich wieder 'n Blitzgedanken: An den ganz alten Autos waren im Boden um die Pedale Öffnungen, wo du rausgucken konntest. Im Winter hat's dich schier unten rausgezogen. Da haben die gegeneinander Kokosbürsten drangehabt, durch die ist das Pedal durchgeschlüpft und das Loch war einigermaßen zu. Hab ich gesagt: »Mensch, desch des Rätsels Lösung! Dreißig Zentimeter num und rum, links und rechts, des Loch ischt zu, ischt absolut ungfährlich und sieht no dazue bombig aus!« Im Kolpingsverein war noch 'n Bürstenbinder. Hab ich gesagt: »Du, horch her, i brauch des!« Das hat der mir fachmännisch gemacht. Ein Riesenzauber! 'n Bauerngespann mit vier Gäulen vorne dran. Die sind im Treck gefahren und die Mädels sind während der Fahrt aus der Altweibermühle rausgeschossen.

Die Fasnacht in Laupheim haben wir eingeführt und seitdem organisiert. 1951 hat bei Kolping der erste Ball stattgefunden. Da sind wir mitm Zweiräderkarren reingefahren, Mostfass draufgehabt. Ich bin oben aufm Fass gesessen und hab das Eisenbahnschild getragen: »Nach Köln und zurück!« Der Emme hat das Fass gezogen. In der Nachbarschaft wohnte 'n Dentist, der hat uns falsche Zähne draufgemacht. Der Sohn vom Schreiner Brück war damals Präses von Kol- Karl ping und ist dauernd zwischen Köln und Laupheim hin- und hergefahren. In Köln hat der seine Lehrzeit gemacht. Und sein Papa hat ihm am laufenden Band 'n Fässchen Most hinterhergebracht. Also haben wir ihn durch den Kakao gezogen im Raben-Saal und die Polizei musste absperren vor lauter Leut.

Und's Jahr drauf kam das mitm VW. Wir haben den VW nachgebaut, 'ne Delle reingemacht und aufn Kotflügel geschrieben »Schwyzer Delli!«. Und ich musste den Kaplan spielen. Bin ich zur Pfarrhaushälterin raufgegangen: »I brauch die Klamotte!« »Überhaupt koi Problem!« Danach hab ich von ihm den Hut gehabt, den Talar gehabt und die Sonnenbrille gehabt. Der hat bloß Sonnenbrille getragen. Alles von ihm gehabt. Bei unsrer Faschingsveranstaltung ist's zugegangen! Da sind die Leut auf den Tischen gestanden! Und 'n paar Tage später hat man damit 'n Umzug gemacht: Am Bahnhof oben haben wir uns aufgestellt. Ich bin in den VW reingehockt und dann ging's ziemlich steil bergab. Und das ist so schnell gegangen, dass ich gar nicht mehr nachgekommen bin. Ich hab nicht aufgepasst, bin schneller geworden und fast auf die Mauer draufgeflogen. Bin da unten ums Eck rum, das hat bloß so gefiefert, gewitscht und getan, gefiept, gequietscht und gescheppert. Ha, ich konnte die Karre bei so 'nem Zacken, bei dem Tempo nicht mehr halten. »Ppschschsch« geschleudert und »zack« ist 'n Rädchen ab. Ha, das haben wir gleich wieder repariert.

Fackelfeuer

Elvira Der Funkensonntag am ersten Sonntag nach Aschermittwoch war was Schönes! Da fängt die Fastenzeit vor Ostern an.

Fritz Als Bub war ich bei solchen Sachen immer mit dabei und hab geholfen, bei den Bauern's Holz zu sammeln fürs »Facklefuir«. 'n großes Lagerfeuer, das Fackelfeuer. Die Christbäume haben wir auch gesammelt. Die werden ins Feuer eingebaut.

»Holz her zum Facklefuir
Oder a Büschele Stroh
Oder mir hänget d Läde (Fensterläden) aus,
Des tuet's oo!«

Das tut's auch. Drei Riesenscheiterhaufen zum Winteraustreiben wurden auf der Höhe vor der Stadt aufgebaut, so dass man's weit genug gesehen hat. Und je nachdem, bei welcher Gruppe man mitmachte, hat man Holz gesammelt. Da war die Konkurrenz groß, wer jetzt den größten Holzstoß hinkriegt! Diese »Funken« sind ja von Jahr zu Jahr größer geworden. Anfangs waren sie nicht so groß, ist man eine Stunde gestanden. Aber später, als es mehr Autos gab, haben wir noch alte Reifen reingestellt, damit der Haufen noch höher wird und extralang brennt. Bei den »Funken« ging's natürlich darum, wer wen übertrifft. Von den Baustettern haben mal welche bei Nacht unseren Brandstoß schon vorher angezündet. Also musste man Wache halten, damit der Holzstoß noch vorhanden war.

Am Funkensonntag war's eiskalt und hat noch Schnee gehabt. Sobald's dunkel wurde, war Kirche. Danach ging man zum Fackelfeuer und hat sich um den »Funken« rumgestellt. Und wie er so langsam abbrannte und zusammenfiel, haben die Buben mit Stangen in den Haufen reingestochen. Oder haben was rausgezogen, um ihre Hände schwarz zu machen. Und dann sind sie den Mädle hinterhergerannt und haben die Hände an ihnen abgerieben! Da sind wir gelaufen, dass sie uns nicht erwischen. Daheim – die Mutter hatte schon »Verzogene«, schmalzgebackene Küchle, und Glühmost hergerichtet – ist man später zusammengesessen und hat gscharlart, sich lustig unterhalten, wer welches Mädle erwischt hat. Bei der Jagd ist's rundgegangen! Die Kerle haben natürlich nicht so schnell Ruhe gegeben. Manchen Mädle ist's auch recht gewesen, wenn sie erwischt wurden, aber dann bist du halt schwarz angemalt worden. Elisabeth

Fastenzeit – Karwoche – Ostern

In der Fastenzeit von Aschermittwoch bis Karsamstag haben wir alle Süßigkeiten, die wir geschenkt kriegten, abgeliefert. Die hat die Mutter in 'ne Dose reingetan und an Ostern hat sie's verteilt. Am Palmsonntag beginnt schließlich die Karwoche vorm Ostersonntag, da wurden die »Palmen« geweiht. Die alte Frau Karpf nebendran hat da- Elvira für's ganze Jahr die Eier ausgeblasen, gefärbt und wunderschöne »Palmen« gebastelt. Die hat sie in so 'nem uralten, hohen Kinderwagen aufm Markt verkauft. 'n zauberhafter Anblick, das Gebinde aus Weidenzweigen mit den aufgefädelten, bemalten Eiern und dazwischen eingeflochten gefaltetes Krepppapier, bunte Fäden und Buxbaumbüschel. Das hat man aufn Besenstiel draufgesetzt und in der Karwoche in 'n Garten vor die Haustür in die Erde gesteckt.

Herta Die »Palmen« haben wir auch selber gemacht. Mit den Festen hing immer was Kreatives zusammen.

Elisabeth Am Palmsonntag hat man aufgepasst, dass man nicht der Palmesel wurde. Wer als Letzter aufstand, war der Palmesel und ist verspottet worden: »Langschläfer, du!!!« Dem haben meine Schwestern 'ne Kappe mit Eselsohren übergestülpt.

Elvira Am Aschermittwoch hat man kein Fleisch gegessen und von Gründonnerstag zwölf Uhr bis Karsamstag zwölf Uhr auch nicht. Freitags gab's sowieso nur Fisch. Oder 'ne Süßspeise, 'n Ofenschlupfer, ein Freitagsessen, für das man das alte Brot verwertet hat, mit Blümchentee. Aber die Karwoche war besonders streng, mussten wir viel beten.

Elisabeth Die Karwoche ist sehr ernst gefeiert worden. Man war zugleich stark eingebunden in die Rituale. Das ist was Schönes! Am Karfreitag mussten wir zum »Ölberg« an der Friedhofskapelle auf den Kreuzweg, um dort die Stationen der Passion Jesu nachzuvollziehen.

Emmerich Am Karsamstagmorgen nachm Hochamt um halb elf, wenn die Glocken geläutet haben, in dem Augenblick durftest du wieder Fleisch essen.

Elvira Da sind wir alle wie die Blöden aus der Kirche gewetzt, um irgendwo 'n »Palmen« ziehen zu können und zehn Pfennig zu verdienen oder 'n Marmeladebrot. Die »Palmen« hat man aus der Erde gezogen und geklingelt und ins Haus gebracht. Das war so Brauch. Außerdem war's 'n Wettrennen unter uns Kindern: »Wer ist der Schnellste?«

Karl Wenn's auf Ostern zugegangen ist, haben wir die »Palmen« geholt und reingetragen. Dann hat's 'n Fünfzigerle gegeben oder 'n Ei. Jetzt, mit dieser Karpf haben wir gestritten's ganze Jahr, aber von Palmsonntag bis Karsamstag hat die die betörendsten »Palmen« in den Garten gesteckt, damit wir kommen und die ziehen.

Albert Und wenn die Karpfe's ganze Jahr mit den Kindern geschimpft hat und grimmig war, aber am Karsamstag war die Frau wie 'n umgedrehter Handschuh. Nachm Kirchgang hat man da drin so 'n kleines Gedichtle gesagt und 'ne Schokolade oder Bonbons gekriegt.

Elvira

Die Frau Karpf, die hat auch Warzen besprochen. Dann gehen sie weg! Das gibt's tatsächlich! Das konnte Frau Karpf auch noch außer Palmenbasteln.

Lotte

Mit der Frau Karpf hat die Mutter immer gehadert: »Die due i wegbete!« Sie hat gedacht, wenn sie 'n Zettele schreibt, in den Bach wirft und betet, ist die weg. Krankheiten hat man gleichfalls weggebetet.

Emmerich

Die Ostermesse war früher am Karsamstagmorgen um neun. Danach war die Fastenzeit vorbei. Das gibt's ja nicht mehr: Die Mitternachtskirche ist jetzt am Samstagabend.

Christa

Am Ostersonntag morgens um fünf musste man zur Auferstehung, noch mal zum Hochamt um neun, zur Andacht mittags um zwei und abends noch zu 'nem Abschluss.

Herta

Die Osternacht hat um fünf mit dem Osterfeuer begonnen und einige Stunden gedauert. Die Jungs waren schon oben und haben geholfen, das Feuer vorzubereiten. Alles war dunkel und alle standen ums Feuer herum, während es angezündet wurde. Das Knistern der Flammen und die Liturgie, bei der der Pfarrer seine Gebete und Weihen spricht und einen auf die Auferstehung hinleitet, waren toll! Jeder hat seine Kerze am Osterfeuer entzündet, ist in die Kirche reinmarschiert und hat schließlich diesen unglaublichen Augenblick erlebt, wo das »Exsultet!« und das »Gloria« gesungen werden, wo plötzlich das Licht angeht und alle Kerzen brennen. In dieser Minute bricht der Jubel in der Kirche aus, im Gegensatz zur Fastenzeit, wo alles still und ungeschmückt und bedeckt war. Die Orgel hat gejauchzt und der Chor hat Händels »Halleluja« gesungen: das Frohlocken der Auferstehung! Ein unbeschreibliches Hochgefühl: »Alle freuen sich! Etwas Wunderbares ist passiert!«

Raphael

Und um sechs sind die Turmbläser oben auf der Schlosskirche rausgetreten und haben mehrstimmig gespielt: »Christus ist erstanden!« Das hat man bis weit in die Stadt rein gehört. Da hast du schon drauf gewartet, dass das tatsächlich stattfindet. Ostern war 'n Höhepunkt, der zum einen von der Mutter und zum andern von der Kirche eindrucksvoll gestaltet wurde!

Christa

Nach der Kirche haben wir Ostereier gesucht, die Mutter hat gekocht und der Vater ist mit uns gegangen. Und die Tante Jule ist voraus und hat hinter den Bäumen im Schlosspark oder auf der Insel vom Goldfischweiher Eier und Süßigkeiten versteckt. Und rosa, weiße oder hellblaue Socken, vom Rickele im Spital gestrickt, waren mit im Osternestchen. Oder es gab Malhefte oder rote Zuckerhasen von der Zuckergießerei für jeden.

Christi Himmelfahrt

Elisabeth Himmelfahrt ist »Ösch«, um die Äcker zu segnen, damit sie gute Ernte tragen. An vier Tagen vor Himmelfahrt sind wir morgens um sechs über die Felder, übern Ösch gelaufen. 'ne Flurprozession an drei Orte außerhalb und ein Mal in die Kirche. An Himmelfahrt selbst war keine Prozession. Man ist mit Kreuz und Fahnen losmarschiert: vorneweg das Kreuz und der Priester im Talar, danach Ministranten, Schulkinder und die ganze Stadt. Nach Achstetten, nach Burgrieden, nach Bronnen. Oder auch nach Bühl, nach Baustetten. Da hat man jährlich gewechselt. Und währenddessen haben wir gebetet und gesungen. Die Kirschen fingen an zu blühen. Wenn die Kirschen schon reif waren, haben wir nebenher Kirschen gepflückt. In dem anderen Ort hat man eine kurze Messe gelesen und die Buben sind zum Bäcker. Und sobald die Kirche aus war, sind sie wieder mit zurückgelaufen. Sechs oder acht Kilometer raus und wieder zurück. Anschließend sind wir ohne Frühstück in die Schule gegangen. Das war eindrucksvoll, morgens in der Früh mit den idyllischen Liedern über die Fluren zu laufen!

Mai

Elvira Am Vorabend des Ersten Mai haben junge Leute am Marktplatz die Maibäume aufgestellt, oben mitm Kranz rum, der an Bändern hing. Und dann ging man zum Maitanz, wo 'ne Dorfkapelle gespielt hat, humpa-humpa. Auf den Dörfern haben die Wirtschaften im Garten 'n Tanzboden aufgebaut. Mit Gittern drumrum, damit niemand runterfällt. Wir sind aufs Rad gehockt und ins nächste Dorf geradelt, drei, vier Kilometer, zum Maitanz im luftigsten Sommerkleid und barfuß in den Schuhen. Jaha, da war bei uns schon richtig Sommer.

Am Ersten Mai sind wir mit der Jugend morgens um fünf oder sechs zu 'ner Maiwanderung, gell. Und abends sind wir in die Maiandacht. Und das war immer so schön, wenn man hinterher noch zum Strielen oder Strawanzen ging! Rumgezogen ist und sich vergnügt hat. Das ist was ganz Typisches in Oberschwaben. Da musste man nicht gleich heim, sondern man durfte noch bis neun oder zehn mit den ganzen Jugendlichen in 'n Schlosspark oder man ist aufm Mäuerle gehockt oder hat was angestellt. Das war immer schön, dass man noch Zeit hatte, mit den anderen was zu machen! Die Maiandacht war am schönsten! Christa

Der Mai ist der Marienmonat. Da geht's um die Muttergottesverehrung. Vom Ersten bis zum letzten Mai hat man zwei Mal in der Woche abends die Maiandacht besucht. Und die Klosterschwestern haben den Marienaltar in der St.-Peter-und-Paul-Kirche mit weißen Hortensien geschmückt. Ein ganzer Wald von Hortensien, stufenweise, und dazwischen Kerzen. Elvira

Im Mai haben wir zuhause unser eigenes Maialtärchen errichtet. Dafür haben wir Vergissmeinnicht gesucht, haben die am Rand außen rum in einen Teller gelegt, ein kleineres Tellerchen drauf, haben den, wenn wir gehabt haben, mit 'nem schönen Stein beschwert und am andern Tag standen die Vergissmeinnicht alle senkrecht. Das sah hübsch aus! Zwischen die Blümchen auf dem Teller haben wir eine Muttergottesstatue gestellt und vor unserem eigenen Marienaltärchen gebetet und Kirche gespielt. Herta

Wie so 'n Altar in der Kirche: In unserm Kinderzimmer war 'ne weiße Kommode. Darauf haben wir 'n echtes Altartuch, bestickt mit IHS, drapiert und 'n goldenes Kreuz draufgesetzt. Den ganzen Mai über blühten frische Blumen in den Vasen auf dem Altar. Manchmal haben wir auch Messe gelesen: Stühle hingestellt und der Siegfried war der Priester und hat die Maiandacht abgehalten und der Albert musste ministrieren und ich war's Publikum. Aber voll ernst! Wasser in so Töpfle rein und Hostien, die Oblaten von der Bäckerei geholt oder Weihnachtsplätzchen. Wir haben richtig zelebriert. Das hat der Mutter besonders gefallen! Elisabeth

Pfingsten

Lotte An Pfingsten hat man nichts Spezielles gemacht. Nicht wie an Ostern und Weihnachten. Da ist man wie beim Patrozinium mitm Zylinder in die Messe gegangen.

Herta In der Kirche kam der Heilige Geist plötzlich am Faden, am Seil runtergeschwebt. Eine weiße, künstliche Taube hat der Messmer vom Himmel heruntergelassen.

Fronleichnam

Elvira Zur Fronleichnamsprozession wurden wunderschöne Altarteppiche gestaltet. In der Nacht vor Fronleichnam hat man innerhalb der Stadtmitte unter freiem Himmel extra Altäre aufgebaut und richtige Birken. Vier Evangelien – vier Altäre. Direkt vorn Altar ist ein Blumenteppich gelegt worden. Wir von der Jungfrauenkongregation haben geholfen. Erst sind wir Tage vorher morgens um vier raus auf die Wiesen und es gab noch Blumen! Wäschekörbe voll Margeriten, Kuckucksblumen, Schlüsselblumen haben wir gepflückt. Flieder wurde aus den Gärten zu den Sießener Klosterschwestern gebracht. Und hinterher mussten wir zum Blumenzupfen kommen. Da saßen wir draußen im Klostergarten und haben bei den Margeriten zunächst mal die weißen Blättchen abgezupft und dann den gelben Stempel, alle Staubstängelchen einzeln zusammengedrückt in eine extra Schüssel. Und so eine Blumensorte nach der andern. Jede einzelne Blüte musste abgezupft werden. Die Klosterschwestern hatten ein religiöses Motiv für den Teppich und wussten, welche Farben sie brauchten. Und als Dankeschön haben wir 'n selbergemachtes Marmeladebrot von den Klosterschwestern gekriegt. Das war ein Fest! Das Höchste der Gefühle! Dann bist du glücklich! Das ist unfassbar, wie bescheiden und zufrieden wir waren! Den Teppich haben die Klosterschwestern in der Nacht gelegt. An Fronleichnam war morgens erst 'ne Messe und danach ging die Prozession los mitm Allerheiligsten, das bot der Priester der ganzen Stadt dar. Alle Hauptstraßen waren gesperrt, das wär heut gar nicht mehr machbar. Vier Männer im Frack hielten einen Baldachin und unter diesem Baldachin lief der Priester. So zog man von einem Altar zum anderen, hat Blumen gestreut und der Priester ist mit der Monstranz ein Mal über den Teppich gelaufen. An jedem Altar hat er aus je einem der Evangelien einen Abschnitt gesungen, Gebete gesprochen und danach mit der Monstranz den Segen gegeben. Die Stadtkapelle schritt vorneweg, der folgten die Gruppen. Die Mädchen und Buben, die in diesem Jahr Erstkommunion hatten, trugen ihre weißen Kommunionkleider und haben aus ihren Körbchen Blüten vor den Altar gestreut. Zum Schluss hat man noch 'n Segen gekriegt und dann war's erledigt.

Herta
Man war sehr darauf bedacht, dass man bei der Prozession aktiv mitmachen durfte, eine Fahne tragen oder ein Kisselchen mit Symbolen der »Sieben Marterwerkzeuge Christi« oder Schärpen, das war eine Auszeichnung!

Elvira
Die Fronleichnamsprozession war 'ne Modenschau für die Gläubigen, die Teilnehmer! Da hat man sich schickgemacht, da hat man einen Hut aufn Kopf gesetzt. War immer witzig! Unsre Mutter hatte sowieso jeden Sonntag 'n eleganten Hut und so edle, weiße Handschuhe an.

Siegfried
Die Hüte sind 'n Thema für sich: Mutter und ihre Hüte. Sie hat sich einfach aus Stoffresten so komische Sachen gedreht und so 'ne Form oben an den Hut hingenäht oder gesteckt. Das hat dann aber zusammengepasst.

Christa
Da kommt so eine Kreativität durch: Sich nicht dafür zu genieren, sondern das überzeugt zu tragen und in dem Moment akzeptiert man das auch.

Herta
Was ganz lustig war, dass die Mutter eben ständig zu den Prozessionen ging und auch immer mit so Hüten! Und ein Mal hat sie gesagt: »Jetzt hab ich keinen Hut für die Fronleichnamsprozession!«, hat rumgesucht und 'n Strohhütchen gefunden, an dieses Strohhütchen frisches Gemüse, Petersilie, Karotten, Gewürz ausm Garten hingemacht und ist mit diesem frischdekorierten Hütchen zur Fronleichnamsprozession gegangen. Was das in dieser Kleinstadt für 'ne Verwunderung ausgelöst hat, kann man sich vorstellen! Wenn nicht gar: »Die Frau hot jo it alle Tasse im Schrank!«, oder »Des isch wieder die gspinnerte Frau Thiel!« Und die Mutter hat den Hut mit Würde zur Prozession getragen!

'n Hutvogel von großer Tragweite

Er war unleugbar absolut
ihr allerliebstes Attribut
selbst wenn man sie hat ausgebuht
mit diesem ganzen Konvolut,
da blieb sie schlichtweg resolut
aus ihrer tiefsten Feuersglut
und kündet' ihren Mut zum Hut,
es gab für ihn kein Substitut,
entbot der Stadt so den Salut –
er stand ihr auch sehr gut!

Der Herbst

Kinderschreckbräuche – Erntedank – Rosenkranz – Allerheiligen – St. Martin

Elvira Aus Jux und Dollerei haben wir im Herbst Futterrüben, wenn sie reif waren, auf den Äckern geklaut: den Deckel ab, ausgehöhlt, gegessen, Augen, Mund und Nase reingeschnitten, 'ne Kerze rein, aufn Besenstiel und die kleinen Kinder nachts erschreckt. Haben die Rübengespenster auf der Straße rumgetragen und von außen in die Fenster gehalten. Und sind geschimpft worden, weil die Kinder nicht schlafen konnten.

Herta Zum Erntedankfest und zum Martinsfest haben wir aus ausgehöhlten Zuckerrüben Geistergestalten, Köpfe mit Gesichtern, gemacht, auf 'ner Stange vor uns hergetragen und in der Nacht die Leute erschreckt. Gertrud und ich sind ein Mal am Rathaus entlanggegangen. Da war 'ne wunderbare Weinrankenhecke, ganz dicht! Auf einmal hören wir die Polizei und denken: »Oh, das dürfen wir jetzt nicht mit den Rüben!«, haben die Köpfe in der Hecke versteckt und sind weggelaufen. Das sah schön aus, aber jemand hat geschrien: »Feurio! Do brennt's«, und plötzlich kam die Feuerwehr. Wir haben in dem Trubel die Köpfe gepackt und sind weggerannt. Erwischt hat uns niemand, wir waren zu schnell.

Zu Erntedank Ende September, Anfang Oktober hat man für die Ernte und's tägliche Brot gedankt und um Gnadenfrüchte und ewige Güter gebeten. Der Hitler hat den Reichserntedanktag als nationalen Feiertag eingeführt, natürlich nicht als christlichen. Die Erntefeste gibt's ja schon so lange wie den Ackerbau, nur hat die Kirche diese alten Opferfeiern durchs Erntedank ersetzt. Da hat man den Altar mit Getreidegarben, Brot und Weintrauben geschmückt und das nachher an die Armen verteilt. Elisabeth

Der Oktober ist der Rosenkranz-Monat. Da sind wir zwei Mal in der Woche abends in den Rosenkranz. Oh, das war schlimm! Das war besonders diszipliniert, eine Pflichtübung für uns. Man hatte zu knien und zu beten und aufzupassen, dass man nichts Falsches sagt. Und viel Rosenkranz in der Familie abends. Eine sehr strenge, katholische Erziehung! Wir waren mehr in der Kirche als sonst wo und trotzdem haben wir allen Unfug getrieben. Elvira

Allerheiligen am 1. November feiern wir als Toten- und Heiligengedenken. Da besucht man den Friedhof und richtet die Gräber für den Winter her und schmückt sie. Mit der Kirche begehen wir die Gräber und beten gemeinsam für die Verstorbenen.

Laternenumzug am 11. November gab's nicht. Das gesamte Martinsbrauchtum ist bei uns untergegangen oder auch unterdrückt worden, haben wir nie gekannt. In der Nazizeit sowieso, 'n Soldat, der sich für Nächstenliebe einsetzte, passte ja nicht zur Ideologie. Und unterm Krieg durfte man wegen der Verdunklung erst recht keine Martinsfeuer anzünden. Das hat sich alles erst nach 45 langsam wieder eingestellt.

Am Christkönigsfest im November, dem letzten Sonntag im Kirchenjahr, ist die Katholische Jugend zusammengekommen zum Festen. Zum Feiern. Und am ersten Advent, dem ersten Sonntag im Kirchenjahr, beginnt der Weihnachtsfestkreis wieder.

Das Kirchenjahr ist eine wunderbare Zeiterfahrung! Ein sinnvoll gegliederter Ablauf mit Ruhe, Verzicht und Freudenhöhepunkten aufs Kalenderjahr verteilt, wo man an der Christusgeschichte teilhat und auf sie hinlebt.

Politik und Gesellschaft V

Die Achtundsechziger – Heiße(r) Sommer!

Meine Haltung zu den Achtundsechzigern ist nicht sehr positiv. Die hab ich auch nur am Rande miterlebt, weil ich mich gar nicht drum gekümmert hab. Ich war beschäftigt, ich hatte zu tun. Elvira

Ach was, das ist was, wo wir gedacht haben: »Des isch 'n Witz!« Das war ein einziger Krampf, da haben wir bloß den Kopf geschüttelt. Dass was geändert werden musste im sozialen Bereich, war klar, aber das ist in jedem Zeitalter's Gleiche. Lotte

Meine Einstellung zu den Achtundsechzigern ist negativ. In jedem Fall hab ich sie nie akzeptiert, weil sie mit Gewalt ihre politischen Ziele verfolgen wollten. Das war der Hauptgrund. In Karlsruhe, in Frankfurt haben sie Anschläge gemacht, überall, die RAF. Die andern Achtundsechziger hat man nicht so arg beobachtet. Die sind dann zu den Grünen gegangen und haben sich mit der Zeit moralische Grundsätze angeeignet. Diese Auseinandersetzungen, die Gesellschaft zu verändern, waren unter diesen Bedingungen nicht notwendig. Fritz

In der Uni haben sie alles boykottiert und die Professoren rausgeschmissen. Deswegen war ich kritisch. Das hab ich als Revolte und Krachmacherei empfunden, ohne hinreichend zu reflektieren. Alle Traditionen über den Haufen zu werfen, geht nicht. Man kann nicht alles für falsch erklären und gegenseitig keinen Respekt mehr haben. Ich hab mal einen antiautoritären Kindergarten besucht. Das war unmöglich! Ein Chaos von morgens bis abends. Die Kinder haben gemacht, was sie wollten, denen wurden keine Grenzen gesetzt. Das ist nicht Erziehung. Man muss andere respektieren, bei aller Freiheit, die man einem Kind lässt. Ich habe mich sehr mit Summerhill auseinandergesetzt, konnte mir aber nicht vorstellen, dass das gutgeht. Die Kinder durften einfach nur alles. Herta

Da können wir heute froh sein, dass es so war! Die Studentenbewegung war ja nicht terroristisch, die hat auf breiter Basis was bewirkt. Sie wollten wachrütteln, raus aus dem Nachkriegsmuff im Beamtenwesen, in der Justiz. Viele Junge aus diesen Bereichen sind ja im Krieg Siegfried geblieben. Für die notwendigen Veränderungen im Bildungssektor, in der Frauenbewegung, in der Kultur, in der Politik, für die Grünen hatte und hab ich großes Verständnis. Bei den radikalen Worten wurde einem zwar manchmal mulmig, die erinnerten mich wieder an die Nazizeit, trotzdem musste es sein. Mich selber hat es allerdings nicht geprägt, auf gar keinen Fall. Stuttgart war involviert, aber wir haben für unsere kleinen Ziele gearbeitet, hatten beruflich so viel zu tun. Von morgens um sieben bis abends um acht. Das schwäbische Leben war wie immer. Das haben wir alles nur am Rande mitbekommen.

Albert Miterlebt hab ich die nicht, weil ich war schon drüber hinaus, aber verfolgt hab ich's. Aber was die da aufzogen und trieben konnten wir damals nicht gutheißen. Das Antiautoritäre, diese Erziehung. Es gibt überall Begebenheiten, selbst in der Tierwelt, wenn was nicht funktioniert, kriegt man 'n Rüffel. Es gab 'ne Gruppe, wo die Kinder alles tun durften, was sie wollten. Und wenn sie was falsch gemacht haben, hat man sich bloß hingesetzt und hat's erklärt. Die leiden heut drunter. Und diese Kinderkrippen, Tagesstätten, Massenschulen sind wie 'ne Fabrik. Das Persönliche war da nicht gegeben. Die Schule gehört aufs Dorf und die Kinder heim zum Mittagessen.

Elisabeth Bei den Achtundsechzigern hab ich nicht mitgemacht, hab aber die ganze Szenerie beobachtet. In Stuttgart hab ich das durch die WGs, durchs Zeitunglesen, durch Demos mitgekriegt. Bin mit den Leuten unwillkürlich zusammengekommen. Und man hat diskutiert und diskutiert und diskutiert und psychologisiert. Alles musste endlos ausdiskutiert werden und das wurde kaputtgeredet. Da hat diese Weichheit eingesetzt, dieser Überliberalismus. Wenn man nur das Kleinste gegen 'n Ausländer gesagt hat, ist einem auf der Stelle »Fremdenfeindlichkeit« untergeschoben worden. Man durfte überhaupt den Mund nicht aufmachen. Dadurch ist sehr viel an Werten, Standpunkten, Moral, Richtlinien, gesellschaftlichem Halt aufgeweicht. Alles war gleich »Diskriminierung«! Das war was, was die als »Erstarrung« gesehen haben. Flower-Power, LSD, Ausflippen, Individualität-Ausleben, die Protesthaltung Gegen-alles-Sein fing schon früher an. Ausgelebte Szenerie und Ideologie! Hinsichtlich der Äußerung elementarer Emotionen wurde alle Scheu abgelegt. Auf der Autobahn hat mal jemand 'n nackten Hintern ausm VW-Bus zum Fenster rausgestreckt. Mangel an Schamgefühl chic. Beweis für Unabhängigkeit und Toleranz. Daraus ist »Null Bock« entstanden, gegen die so genannte Spießigkeit. Die Haltung: »Der Staat isch selbschtverständlich für alles verantwortlich und hat für alles zu zahlen!« Nur Rechte – keine Pflichten. Große Rücksichtslosigkeit. Alles wild umgedreht, nichts damit gemacht, Hauptsache umgedreht! Turbulenzen und Chaos in Gang gesetzt, alles von unten nach oben gestülpt, nicht zu Ende geführt. Aufgewühlt – aufn Kopf gestellt. Effekt sieht man in Politik und Spaßgesellschaft. Englische Begriffe wie »fun« kamen auf. Keine Verantwortung tragen, sich's lockerer und leichter machen, nicht mehr korrekt und zuverlässig sein. Sprengenwollen: Freiheit. In den »Kommunen«: dreckig und unordentlich. Jeder hat seine Tür offen, jeder darf zu jedem rein, Schallplatten holen, wann er will, essen, wann er will. Ordnung – nicht großgeschrieben. Nichts mehr zurückgeben. Alles »Bürgerliche« – verpönt: »Was dir ghört, ghört au mir, aber was mir ghört, goht di nix a!« Keine Bindungen, freier Sex, sich Kinder machen lassen wegen dem Geld. Keine Haare waschen, stinken. Unausgegoren die Welt verbessern. 'ne merkwürdige, aufgesetzte Coolness. Sprücheklopfen. Absolut impulsiv. Wie 'n Kleinkind das tun, was einem gerade einfällt, 'n Ideal. Leben, wie man lustig ist. Selbstverwirklichung und Esoterik, Umwelt und Öko sind zur »Welle« geworden. Naturpullover tragen, barfuß gehen. Man hat Länder aufgesucht wie Indien, um aus der Gesellschaft »auszusteigen«, ist zu den Hare-Krishna-Jüngern gegangen. Die Anspruchshaltung hat sich eingeschlichen. Leute, die die einfachste Arbeit verrichteten, haben geschimpft, dass der Chef 'n Parkplatz hat und sie nicht. Wenn einer was an der Bandscheibe hatte, hat er 'n orthopädischen Stuhl gekriegt. Die Leute haben wahnsinnig viel krankgemacht, sich früh berenten lassen. Man musste ja nicht mehr sparen. Firmen ausnehmen: »Mitnehmen, was geht!« Hat ja funktioniert. Wir sind ja in das »Wirtschaftswunder« reingerutscht. Gab's nicht mehr, dass man so streng war. Die Chefs waren selber so: mehr Freizeit, Tennisspielen und, und, und. Hat sich 'ne andere Einstellung zur Arbeit ausgebreitet. Mitnahmegesellschaft. Waren auch keine Familienfirmen mehr, sondern Konzerne, wo mehrere Chefs was zu sagen hatten. Das Alternative und Antiautoritäre ist entstanden. Später grüne Szene draus entwickelt. Besserwisserei, Forderungen an alles und jeden, nur nicht an sich. In 'nem Laden hat mal 'n kleiner Junge 'nem alten Mann vor sich in die Knie reingehauen. 'n junger Mann hat die Mutter drauf aufmerksam gemacht, dass sie ihren Sohn ein bisschen herannehmen soll. Die Mutter hat gelacht: »Nee, der wird antiautoritär erzogen!« Junger Mann nimmt aus ihrem Korb 'n Glas Honig raus, macht's auf, stülpt's dem Jungen übern Kopf: »Ich bin auch antiautoritär erzogen!« Manche Kinder haben ewig studiert. Kinder allgemein gegenüber Eltern mehr Rechte. Jeder wollte Soziologie, Sozialarbeit, Sozialpädagogik studieren. Machtgefühl auch: an sich selbst nicht arbeiten, seine Fehler beim andern kurieren, Welt heilen. Bei 'ner Vorlesung Studenten reingestürmt, alles niedergehauen, Professorin besudelt: »Alles verkrustet, sowieso nichts, was die da vorn erzählt, muss sich alles ändern.« Verblendet! Extreme Ausuferung über normales Befreien hinaus.

Man trifft viele junge Leute, die Verantwortung tragen. Und die freie Meinungsäußerung und das kritische Hinterfragen waren positiv! »Die Jugend steht auf gegen die Älteren.« Es war 'n Aufbruch und 'n Versuch, sich freizuschwimmen. Der Feminismus, die Bildungsreform, der Antifaschismus und der Antiamerikanismus. So 'n Neubeginn war nötig, um alte Verkrustungen und Muster aufzulösen. Die Emanzipation, dass Frauen selbständiger sein können, auch im Beruf, dass man unverheiratet zusammenleben darf, dass die Lehrer nicht mehr zuschlagen dürfen, dass ein sozialeres Bewusstsein eingetreten ist, war sehr gut! Aber inzwischen wär's gut, wenn wieder Ordnung, Klarheit, Respekt reinkäme. Der Respekt ist ganz verlorengegangen.

Raphael Die Achtundsechziger haben mich sicher beeinflusst, obwohl ich abseitsstand. Ich war nicht aktiv involviert. Die katholische Jugendarbeit war beeinflusst von den Achtundsechzigern: die Filme über sexuelle Aufklärung von Oswalt Kolle. In Friedrichshafen im Cinema-Kino haben wir Podiumsdiskussionen geführt über »Petting«. Solche Dinge haben mich geprägt. Unsere KJG war allerdings mehr kirchlich eingestellt und die CAJ, wo meine Freundin dabei war, mehr politisch, wesentlich fortschrittlicher in ihrer Gedankenwelt. Christliche Arbeiterjugend, 'ne Untergruppierung von der Gewerkschaft parallel zur kirchlichen Jugendarbeit. Diese Riesenaktionen, Demonstrationen, Veranstaltungen in Berlin haben nicht nur dort stattgefunden, sondern bis runter in unsere Reihen gewirkt. Das hat man übernommen, versucht zu leben, sich auseinandergesetzt. Das waren Vorzeigegeschichten, Vorbilder. Die haben mich in ihren Zielen beeindruckt: Die Nazis noch mal überprüfen und kritisch durchleuchten. Wenn allerdings die Nachfahren fragen: »Wieso hast du dich davon nicht distanziert?«, das ist leichter gesagt als getan. Krieg führen überhaupt, der Vietnamkrieg, ein Riesenthema. Die sozialen Entwicklungen, Tarifverhandlungen, Streiks, was auch immer das war, generell. Denn ich bin 'n sehr politischer Mensch. Damals hab ich aber noch nicht mitgemischt. Wir als Lehrlinge durften da gar nicht dran teilnehmen, in so 'nem Fall wären wir rausgeflogen. Der ganz normale Arbeitskampf ist ja gerade erst aufgekeimt. Die Jugendvertretungen, die Jugendschutzgesetze sind mit der Neuformierung und Festigung der Gewerkschaften nach 1949 entstanden. Brandt hat mir sehr imponiert, sein berühmter Kniefall in Polen. Brandt hat die jungen Leute angesprochen. Herbert Wehner, die Reden im Bundestag. Der war als Giftzwerg verschrien, aber 'n Vollblutpolitiker. Die SPD, die große Koalition, die Linke an der Macht, das hat der Jugend Selbstbewusstsein gegeben. Die ersten Kriegsdienstverweigerer hatten's wirklich schwer! Sind von der Bevölkerung als Aussätzige behandelt worden. Wurden wegen der Kampagne »Ohne mich!« die »Ohnemichels« genannt. Als wären sie Feiglinge und Drückeberger. Obwohl das seit 1946 in der BRD ein Grundrecht war, weil die im »Dritten Reich« hingerichtet wurden. Die haben das durchgestanden, aber in ihrem beruflichen Werdegang Schwierigkeiten gekriegt! Das stand ja aufm Lebenslauf. Ich hab mich 1968 für vier Jahre freiwillig zur Bundeswehr gemeldet! Wir als angehende Zeitsoldaten sind erst nach vier Monaten vereidigt worden. Und nach drei Monaten ist mir das Ganze derart lächerlich vorgekommen. Im Gänsemarsch zu marschieren war für mich so absurd!!! »Noi, i halt's koine vier Johr bei dr Bundeswehr aus!« Und du lernst mit der Zeit Menschen kennen, Vorgesetzte, wo du sagst: »Solche Arschlöcher, so blöde!« Im Grund genommen menschliche Versager, die ihr Heil im Heer suchen, weil da haben sie Aufstiegsmöglichkeiten. Na, ich weiß nicht! 's gibt 'ne gewisse Art von Menschen, wenn du denen 'ne Uniform anziehst, kehrt sich der Charakter um. Dann ist man ja wer, hat Befehlsgewalt über andere, schreit rum, hat 'n Kommandoton an sich. Dass dir von morgens bis abends gesagt wird, was du zu tun hast, hat mich rasend gemacht! Du bist ja Befehlsempfänger! Ich bin halt so veranlagt, dass ich mir nicht gern was sagen lass. Und wenn's ungerecht wird, gleich zwei Mal. Da bin ich ganz allergisch! Noch vor der Vereidigung hab ich gekündigt. Die waren stinkesauer! Das ist so, wie wenn du ausm Verein austrittst. Plötzlich wirst du als Aussätziger behandelt.

Und die Achtundsechziger haben einiges in Bewegung gesetzt. Die Auseinandersetzung mit den verstaubten Talaren. In der Rechtsprechung, in der Emanzipation. Die Wandlung in eine andre Richtung war wichtig! Und die musikalische Entwicklung, »Woodstock«. Das hat alles zusammengepasst. Zur Laupheimer Zeit hab ich viel klassische Musik gehört, weil der Siegfried in den Bücherbund gegangen ist, sich die ersten klassischen Schallplatten gekauft hat und so 'n billigen Plattenspieler. Aber richtig gefallen hat mir erst später die Musik von den Beatles oder vom Cliff Richard, wie ich in Tettnang oben war mit den Kumpels. Der Harald, mein bester Freund, hat ständig die aktuellsten LPs gekauft: Beatles, Rolling Stones, The Who oder Monkees. Die ganzen Beatgruppen haben wir bei ihm gehört. 's Erste, was er gemacht hat, wenn wir nachts heimgekommen sind, war 'ne Platte auflegen. Der brauchte immer seine Musik. Und gegenüber war's Schlafzimmer von den Eltern. Und die haben gegen die Wände gepocht. Und der hat dann trotzdem seine Musik abgespielt.

Rauschgift, hab ich miterlebt, dass es welche genommen haben. In der Lehre haben sie in Laupheim gemeint, ich sei verschollen. Haben mich schon in der Drogenszene gesehen. Es wär für mich ein Leichtes gewesen, in die Drogenszene abzurutschen, weil das waren die Achtundsechziger und wir waren entsprechend aufmüpfig. 'n Kumpel von mir war so leicht in der Drogenszene daheim. Der ist dauernd gekommen und hat Haschisch mitgebracht. Klar, in Friedrichshafen und drunten im Dreiländereck sowieso. Ich hab zwar geraucht wie 'n Schlot, aber ich hab nie Rauschgift genommen.

Für mich war an Achtundsechzig alles positiv, wobei die Gewalt konnte ich nicht befürworten. Die haben auch Autos umgeschmissen und angezündet, dafür hatte ich keinen Sinn. Ich bin sicher nicht der Radikale gewesen, weil ich war immer auch 'n vorsichtiger Mensch.

Leben früher und heute

Heimat – Ich bin eher der Mensch in der kleinen Stadt. Das ist was, was ich auf der einen Seite nie verstehen konnte, aber auf der andern Seite immer bewundert hab: dass man eine Tendenz in die Großstadt hat. Ich – nie! Ich hab einige Kumpels gehabt – damals bestand ja noch die DDR –, die sind nach Berlin abgehauen, dadurch mussten sie nicht zum Bund. Und die sind auch dort hängengeblieben, beziehungsweise, wenn sie zurückkamen: Die haben's in der Kleinstadt nicht mehr ausgehalten. Die mussten dringend in die Großstadt. Das hab ich nie gehabt, nie! Eine Kleinstadt ist überschaubar, nicht so anonym, preiswerter. Trotzdem gute Verkehrsverbindung. Und man ist schneller in der Natur.

Was früher schlechter war – Dieses Obrigkeitsdenken war sehr stark ausgeprägt. Wenn einer Arzt war, musste man zu seiner Frau auch »Frau Doktor« sagen oder »Frau Oberamtsrätin«. Aber sie war nicht berechtigt, den Titel zu tragen. Man hat sich verpflichtet und gedrängt gefühlt, das so zu sagen, weil man hätte ja sonst unter Umständen irgendwelche Nachteile in Kauf nehmen müssen. Am Komfort hat's grundsätzlich gefehlt! Die Heizung, die sanitären Anlagen waren schlecht. Das hat existentiell richtig gefehlt.

Was früher besser war – Die Möglichkeiten waren erst wieder im Aufbau. Vieles gab es nicht mehr oder noch überhaupt nicht und dadurch wurden Visionen und Zukunftsaussichten geschaffen. Man war nicht satt. Man hatte größere Sicherheit über längere Zeit, zum Beispiel Arbeitsplatz. Alles ist heut kurzlebiger und wesentlich hektischer. Und man tut sich schwer, sich so oder so festzulegen, weil es eine Vielfalt an Dingen gibt. Das ist mit Sicherheit nicht immer positiv! Die Gesellschaft war anders geprägt. Man hat viel mehr zusammengehalten, weil man aus dieser Not nachm Krieg rauskommen musste. Und heut ist es genau das Gegenteil. Im Moment hat man das Gefühl: »Dieser Liberalismus, diese Autonomie, des isch Gift!« Der Individualismus ist Egoismus. Egomanen, wo du hinguckst, was die Gesellschaft nicht besser gemacht hat, eher komplizierter! Der Parallelprozess zum Neokapitalismus in ganz Osteuropa. Daraus ergibt sich halt, dass man mehr hat, als man braucht und Überdruss empfindet. Unser Energieproblem – wir hatten damals technisch gar nicht die Möglichkeit, Energie zu verschwenden. Heut sind wir technisch sehr weit und verplempern dabei eine Menge Energie, obwohl man sich ein Wissen erarbeitet hat, das einzuschränken. Aber man tut's nicht, weil das Ganze opfert man dem Kapitalismus, dem schnöden Mammon. Das Problem ist der Mensch. Wie geht er damit um? Die, die Geld haben, müssten kürzertreten oder die Angebote gibt's einfach nicht aufm Markt. Indem man einerseits gesetzlich tätig wird und andrerseits nachhaltig denkt. Wenn man nicht permanent persönliche Konsumbedürfnisse stillt, steckt da 'n Stück Ethik mit drin. Dann tu ich der Natur und dem Mitmenschen was Gutes.

Elisabeth **Was früher besser war** – Dass man nicht so viele Informationen hatte. Technik, Medien überrollen einen. Zu viele Leute haben zu viele Rechte, sehr mies an die Öffentlichkeit zu treten. Dadurch wächst die Gewalt. Die Menschen waren mehr bei sich. Heute fallen sie aus sich raus in die Welt. Es geht um die Dosierung bei dieser wahnsinnsschnellen Flut von Veränderung. Die Angstmacherei, der Terror vor Krankheiten. Platon sagt: »Die größte Behinderung des Lebens liegt darin, ständig auf die Gesundheit zu achten.« Die Pharmaindustrie, die jagt die Leut im Viereck rum, dass's bloß so knallt. Es wird einem in einer Tour aufoktroyiert: Nur mit Geld kann man die Welt retten. Früher hatte man keine Klamotten, kein Geld, die Armut. Bei uns war's Eis an den Wänden, aber die Eisblumen waren wunderschön! Wie 'n Wunder. Da hast du die Kälte vergessen. Der Kapitalismus, die Wirtschaft, die Gewerkschaft benutzen und beeinflussen die Menschen. Die Politiker sollten sich 'n bisschen anstrengen, dass mehr Ausgleich geschaffen wird zwischen Arm und Reich. Und dass die Kriege aufhören. Nachm Krieg ist die Schere zwischen Arm und Reich nicht so aufgefallen. Aber diese Schere entwickelt sich. Ich wünsch mir, dass die Rechtschaffenheit Oberhand bekommt und die Habgier nachlässt.

Albert **Heimat** – In der Großstadt wollt ich nicht leben. Nicht gestorben möcht ich da sein! Die Anonymität! Am Land lieb ich das Offene, das Grüne, die Luft. Wenn ich zum Baden will, lauf ich zum Weiher hinter der Werkstatt runter und hüpf da rein und schwimm mit den Fischchen. In den Großstädten gibt's halt 'n Hallenbädchen voll mit Chlor. Frei lebt, wer aufm Land lebt. Man kennt einander. Man hilft einander. Morgens wirst du nicht von der Straßenbahn geweckt, sondern vom Vogelgezwitscher. Wenn wir Föhn haben, siehst du Österreich, die Schweiz, die Berge. Wunderschön! Hier oben ist's schön. Die Heimat ist da, wo du dich wohlfühlst! Hier herum bin ich integriert, da hüpf ich auch in die Kiste.

Was früher besser war – Man hat nicht viel gehabt und das ist es eben: Je weniger die Leut haben, desto mehr halten sie zusammen, desto mehr kommen sie aufeinander zu, desto mehr kommunizieren sie miteinander und organisieren sich. Und je mehr die Leut haben, umso schlimmer wird's. Früher hat man was füreinander übriggehabt, hat einander geholfen, wenn was gewesen ist. Nicht so: Zuerst komm ich – dann kommt 'ne Weile nichts – dann komm noch mal ich – und dann kann kommen, wer will. Das hat's halt nicht gegeben. Man war auch bereit, einander was zu gönnen. Mitm Wohlstand hat sich ganz viel versteift, man ist nicht mehr persönlich. Nach Feierabend hat man sich zueinander hingesetzt unter den Kollegen, noch 'n Bierle getrunken, miteinander geschwätzt: »Wie isch heut dr Tag gloffe und was macht ma morge?« Heut nur: Hupen und weg sind sie. Wenn der nächste Weltkrieg kommt – und der kommt bestimmt – und der Mensch am Boden ist, dann lernt er wieder sein Handwerk, nämlich: die Menschen kennen.

Siegfrieds Witwe

Heimat – »Ich bin stolz, ein Schwabe zu sein!«, hat Siegfried oft gesagt.

Was früher besser war – Wir hatten weniger, aber waren glücklicher. Wir haben in uns geruht, während man heute wahnsinnig abgelenkt ist durch die Medien. Die Verantwortung liegt bei dir, was auszusuchen. Man glaubt, man hat keine Zeit, aber man hat Zeit. Wenig-Haben war mehr! Freizeit war Entspannung. Und das Wort »Stress« hat man nicht gekannt. Den Drang, mehr und mehr haben zu wollen. Man hat ja schon alles!

Was heute besser ist – Siegfried hat Berlin und die Misere der Zonenstrecke kennengelernt. Darin haben sich die Diktaturen der DDR und der Sowjetunion manifestiert. Über den Verfall des Ostblocks war er froh! Die Demokratie hat er wertgeschätzt. Gas und Strom sind heute selbstverständlich. Du gehst an den Schalter – und »peng«! Das ist toll, weil ich die Stromsperre aus der Nachkriegszeit kenne. Da hatte man nur in einem Zimmer Licht. Wir haben einen Sozialstaat, den's auf der Welt sonst nirgendwo gibt. Mit dem sollte man verantwortlich und bewusst umgehen. »A bissle Luxus isch schön, aber ohne den ka ma au lebe!«, war Siegfrieds Einstellung. Siegfried hat sich gerne gut gekleidet. Als er jung war, hat er bei Mey und Edlich in Stuttgart einen Nadelstreifenanzug mit Weste gekauft. Dafür hat Christa das Geld vorgeschossen. Den Anzug hatte er schon zehn Jahre getragen als wir uns kennenlernten. Unser Leben lang haben wir noch mal nach so 'nem ähnlichen Anzug gesucht, weil ihm der so gut stand. 1998 haben wir einen gefunden. Da war er aber so dünn inzwischen und hatte gar kein richtiges Interesse mehr daran. Den hat er nie getragen. Der hing dann im Schrank. Ich glaub, der ist immer noch da.

Herta **Was früher schlechter war** – Man ist in einer Kleinstadt auf dem Serviertablett. Jeder kennt und beobachtet jeden. Du hattest nicht diese Unabhängigkeit. Es war eng und wenn du 'n bisschen anders warst, bist du zum Außenseiter gestempelt worden. Man hat über dich gesprochen und die Gerüchteküche mit dir gefüllt, ob es wahr war oder nicht. Ich konnte dieses miefe Kleinstadtmilieu viele Jahre nicht ertragen!

Heimat – Da, wo ich später gelebt hab, hab ich mich immer heimisch gefühlt. Ich lebe gern in einer mittelgroßen Stadt, wo Kultur ist, wo was los ist, wo man Freunde hat, wo man einem aber nicht dauernd auf den Frühstückstisch sieht. Das finde ich goldrichtig für mich.

Was früher besser war – Man hat freier gelebt, konnte freier entscheiden. War nicht so zwanghaft an Dinge wie den Fernseher oder das Auto gebunden. Wir sind mit dem Rad gefahren oder gelaufen und haben damit die Umgebung anders wahrgenommen. Damals hab ich die Zeit weniger hektisch und schnell vergehend empfunden. Die moderne Technik kann aus Sicht eines Mediziners zur Bedrohung werden, wenn sie in falsche Hände gerät. Das muss mit großer Verantwortung und Gewissenhaftigkeit behandelt werden. Der Mensch kann in die Schöpfung eingreifen, aber deshalb ist er noch kein Gott.

Karls Tochter **Was heute besser ist** – Für meinen Vater war's noch nie 'n Spaß, 'n Auto zu machen. Er hat immer geflucht wie 'n Rohrspatz. Das war bloß 'n Job zum Geldverdienen, nicht seine Erfüllung. Wie er die Heizungssteuerung erfunden hat, hat er richtig aufgelebt. Und seine überalterte Werkstatt hat er aufgelöst und abgemeldet. Seit er den Konkurs mit der Heizsteuerungsfirma gemacht hat, war er nicht mehr derselbe. Für ihn 'ne totale Niederlage, das hat er nie verkraftet. Sein Lebensprinzip war ja: »Was han i zu leischte? D Familie versorge!« Beim Krebs ist dann alles hochgekommen. Das hat er schon lange gewusst, hat aber lang nichts gesagt. Erst im Februar 2006. Wie ich mal gekommen bin, denk ich: »Der hot a spitzige Nas, ganz markante Gesichtszüg, wie ausgmergelt. Der hot Krebs!« 'n Jahr vorher hat er schon Blut im Stuhl gehabt, hat uns erzählt: »Noi, oifach Kontrolluntersuchung.« Und meine Mutter hat irgendwann Blut im Klo gesehen. Er hat keinen Kampfgeist mehr entwickelt, gegen diese Krankheit anzugehen. So ist's, wenn du meinst, du kannst allem davonlaufen, irgendwann überrollt's dich.

Was früher besser war – Das Miteinander! Man war auf Gemeinschaft ausgerichtet, weil man aufeinander angewiesen war. Hat 'n engeren Kontakt zueinander gehabt. In der Familie und auch außerhalb. Man hatte kein Auto zum Abhauen, kein Fernsehen, man hat sich schon miteinander beschäftigen müssen. Das war was Sinnvolles, dass man abends zusammengesessen ist und nicht jeder allein für sich in der Ecke! In unserer Kleinstadt gab's das Gefälle Reich und Arm nicht. Es ging allen mehr oder weniger gleich. Dadurch war ein Zusammenhalt da. Als die Autos aufkamen, hat sich die Gemeinschaft gespalten. Jetzt war man beweglich, konnte in andere Dörfer, andere Städte, war nicht mehr auf den Ort angewiesen, wo man lebte. Dadurch ist man auseinandergerissen worden. Und der eine hatte plötzlich mehr Geld als der andere oder war besser ausgebildet. Durch den Wirtschaftsaufschwung verschwand die Zugehörigkeit, wie sie in unserer Jugend existierte, und das ist ja bis heut so. Christa

Was früher schlechter war – Viele sagen: »Jaaa, d Erziehung und d Kirch!« Nur – wir sind in 'ner Notzeit aufgewachsen. Was sicher schlechter war: dass du nicht die Schulbildung hattest. Das war allerdings allgemein der Fall. Aus unserm Jahrgang haben lediglich zwei, drei studiert. Der Komfort ist heut sehr viel angenehmer. Aber du hast nichts anderes gekannt und gar nicht die Ansprüche gestellt. Das hab ich jetzt nicht als Mangel erlebt. Und dann war das auch noch spannend, da war was los, im Krieg! In der Zeit, in der man lebt, kann man sich den Bedingungen unter- oder einordnen. Da ist heut eher die fehlende Menschlichkeit 'n Mangel.

Emmerich **Was früher besser war** – Was besonders gut war: Die Zusammengehörigkeit war gewaltig. 's ist immer nur miteinander gegangen! Mitm Wohlstand verliert sich das, die Leute werden bequem. Die ersten fünfzig Jahre des 20. Jahrhunderts waren 'n gewaltiger Fortschritt. Die zweiten fünfzig Jahre nur eine Weiterentwicklung und Verbesserung. In der heutigen Technik gibt's nichts, was es nicht längst vorher gab. Noch heut lebt man von diesen Erfindungen! Aber irgendwo ist eine Grenze, weil der Rohstoff … Höher – schneller – weiter, irgendwann ist das nicht mehr machbar, weil die Natur eine ganz zwangsläufige Grenze setzt und an der sind wir angelangt. Mit der Geschwindigkeit sind wir schon wieder am Rückwärtsschrauben. Eine Flasche Bier ist 'ne Medizin, zwei Flaschen Bier sind ein Mittagessen, bloß ein Kasten Bier ist das Problem! Das Überziehen. Da muss man Maß halten.

Was früher schlechter war – Die Armut war schon nicht gut. Die Möglichkeiten, sich weiterzubilden waren sehr mäßig. Heut gibt's den zweiten und dritten Bildungsweg. Wenn ich sagen würd, ich wär zufrieden, wär das gelogen, aber ich bin auch nicht unzufrieden. Den Wunsch hätt ich, dass ich 'ne normale Entwicklung gehabt hätte, wobei ich dann viele Qualitäten, die ich hab, nicht hätt, weil du die in der Schule nicht lernst. Ich bin ein Mensch der Hoffnung, ich lebe für die Zukunft. Und die kommt!

Heimat – Heimat ist etwas, das ich nicht vermissen möchte. Die Erinnerungen, die man als Kind hat, die lassen sich ja nicht wiederholen. Man spürt das. Die Heimat ist die Kindheit. Wenn die Heimat wegfällt, umfällt, indem, dass du wegziehst, wird das Neue nie mehr Heimat werden.

Fritz **Was früher besser war** – Früher waren die Leut zufriedener. Man hat sich gefreut an dem, was man erreicht hat. Ein ganz wichtiger Punkt. Heut können sich viele nicht mehr freuen an dem, was sie geleistet haben. Das ist eine Entwicklung, die viel von außen her, von den Medien bestimmt wird: dass man nur meckert und heult. Das ist saumäßig gefährlich! In der Weimarer Zeit sind die Leute auch nicht zufrieden gewesen und dann haben sie ’n solchen Verbrecher gewählt. Unzufriedensein macht immer unglücklich. Man sollte mal’s Positive in den Vordergrund stellen und sich an der Politik beteiligen mit dem Ziel, dass’s dem Bürger besser geht. Der Fortschritt zum Beispiel, vor allem in der Technik, ist optimal. Den muss man als Wachstum bezeichnen, das stattfinden muss, sonst geht die Gesellschaft vor die Hunde. Nachm Krieg sind fünfzehn Millionen Flüchtlinge aufgenommen worden. Alle hatten beschränkte Verhältnisse. Alle hat man irgendwo untergebracht in einer Zeit, wo der Lebensstandard auf ’nem ganz niedrigen Niveau war. Ohne irgendein Murren oder Meckern. Da müssen viele Völker kommen und das mal nachmachen. Auch die Übernahme der DDR. Das ist eine Leistung! Deshalb behaupt ich fast, dass unsere heutige Jugend nicht so schlecht ist, wie man sie hinstellt. Ich bin der Meinung: »’n Großteil der Jugend ist o.k.!«

Was früher schlechter war – Wir haben hoffentlich nie mehr so eine Zeit, wo’s zu einem Nationalismus kommen kann. Aber das glaub ich nicht, weil der Föderalismus das gar nicht zulässt. Die Macht ist eben ziemlich stark geteilt.

Heimat – Ein Heimatgefühl hab ich zur Familie sowieso und zu Laupheim auch. Durch eine kluge Politik im Kreis haben wir, von einer rein landwirtschaftlichen Region herkommend, eine Industrie und ein Handwerk aufgebaut, das sich sehen lassen kann. Wenn wir heut bei zwei Prozent Arbeitslosen sind, ist das nichts. Das spricht für eine Gemeinde. Laupheim ist die Heimatstadt, wo ich aufgewachsen bin, wo man alles gemacht hat. Ich hab mich da immer richtig wohlgefühlt, gell, weil ich da eben auch die Freunde meiner Kindheit bis heute kenn. Mit Oberschwaben, mit Laupheim ist man immer verbunden. Ich bin ein richtiger Laupheimer.

Lotte

Was früher schlechter war – In meinem Leben hat alles geklappt, wie’s sein musste, Knall für Knall! Das muss man wie ’n Berg sehen: Wenn ich die eine Hürde nicht schaff, schaff ich die andren auch nicht. Herkules und sapperlott, wenn ich im Nachhinein denk, denk ich: »’s isch ’n Film!« Die Freiberufler sind halt früher blöd dagestanden ohne Rente. Und heut kann man den jungen Leuten nichts mehr vormachen, weil sie reisen. Die haben ’n viel weiteren Horizont, mehr Wissen als wir. Uns hat man gesagt, wo's langgeht und wir kannten uns nicht aus. Wenn mal wieder 'ne Not oder 'n Krieg kommen sollte, dann wissen die jungen Generationen, selbst wenn sie noch nie 'n Krieg erlebt haben und verwöhnt sind, wie sie damit auf ihre eigene Weise zurechtkommen! Die machen's halt anders als wir. Aber gewisse Schranken und ethische Grenzen gehören beim Fortschritt her. Ich möcht nicht wissen, wie viele Forscher und Mediziner in ihren Kellern Sachen machen, die nicht mehr zu bändigen sind. Wie viel Ärzte haben kein Gewissen? Wenn man's Geld richtig verwalten und verteilen würd, würd's für alle reichen! Dann bräuchte man nichts Neues. Das ist die Gefahr heut, dass wegen dem Geld alles machbar ist.

Was früher besser war – Wir hatten weniger, aber geistig war mehr los. Früher musste man halt alles miteinander bewältigen. Die Leut haben sich untereinander geholfen und waren genügsamer. Man hat keine Ablenkung gehabt. Und heutzutage – ist man einsam. Die Leut lassen sich manipulieren durchs Fernsehen. Das ist bequem: da hockt man hin, da braucht man bloß gucken und frisst alles rein, was gut und schlecht ist. Und nachher kommen die psychologischen Störungen zum Vorschein. Mir tut's weh, wenn die Nachbarn sich einkuscheln und zurückziehen. Die versuchst du halt rauszuholen. Durch das Miteinanderreden kommt der Mensch wieder auf sich zurück. Das ist das, was ich anderen Menschen zeigen will: dass das Leben wertvoll ist. Mit jedem Gespräch.

Elvira **Was früher schlechter war** – Bis heute kann ich diese Holocaust-Filme nicht angucken, bis heute kann ich in kein Konzentrationslager gehen, weil ich weiß, was passiert ist. Ich verkrafte es psychisch nicht. Es geht mir zu sehr unter die Haut! Dann denke ich: »Ich wusste ja alles!« Ich hab viel gelesen und muss das nicht vertiefen und ausdiskutieren. Über die Kriegs- und Nachkriegszeit hab ich nicht oft gesprochen. Es ist schwer, mit der jüngeren Generation darüber zu sprechen, weil wir beschuldigt werden, mit daran schuld zu sein. Und wir können nicht daran schuld sein, wir waren Kinder und Schüler. Man muss mal zurückrechnen, wie alt wir waren. Wir konnten uns weder dagegen auflehnen, noch sonst irgendwas tun. Das war unmöglich. Das wird von den Generationen nach uns meistens nicht berücksichtigt.

Sondern sie kommen mit der Frage: »Warum habt ihr nichts dagegen getan?« Das ist eigentlich 'ne Unverschämtheit! Solche Fragen zu stellen. Auf 'ner großen Delegiertenversammlung hat mal eine junge, promovierte Theologin, Mitte dreißig, unseren Arbeitskreis geleitet und fing auf diese Art und Weise an. Dann bin ich geplatzt und hab der so die Meinung gesagt, dass die Frauen neben mir Angst hatten, dass ich 'n Herzinfarkt krieg. Ich hab gesagt: »Sie brauchen sich nicht wundern, dass mit Ihrer Generation niemand reden will! Sie stellen die Fragen falsch! Deswegen trauen sich viele meiner Generation nicht, über ihre Erfahrungen in dieser Zeit zu sprechen. Sie müssen anders fragen, dann gehen die Leute aus sich raus!« Wir können nicht schuldig sein und konnten nichts dagegen tun, weil wir vom Alter her gar nicht dazu in der Lage waren. Unser Vater hat, was in seiner Macht stand, dagegen getan.

Was früher besser war – Wie bequem haben wir's heute! Es ist unvorstellbar, was wir hinter uns haben! Ich habe zwei Drittel des Jahrhunderts erlebt. Heute denkt man moderner, das ist gut. Man beurteilt freier, anders und offener. Aber die menschliche Wärme, die Menschlichkeit, das Einhalten von ethischen Grundsätzen war für uns damals selbstverständlich. Darüber hat man nicht gesprochen, diese Geisteshaltungen hat man ausgeübt. Solche Eigenschaften müssten wieder stärker ins Blickfeld gerückt werden. Früher hat man eben mehr zusammengehalten. Mussten wir ja. Da ist der Mensch auch dran gewachsen.

Wenn ich einmal im Lebensland,
im Gelärme von Markt und Messe –
meiner Kindheit erblühte Blässe:
meinen ernsten Engel vergesse –
seine Güte und sein Gewand,
die betenden Hände, die segnende Hand, –
in meinen heimlichsten Träumen behalten
werde ich immer das Flügelfalten,
das wie eine weiße Zypresse
hinter ihm stand …

Nachwort

Im Jahr 2000 las ich in der Autobiographie eines älteren Schauspielers von Kinderstrapsen. Als ich meinen Vater fragte, ob er so was auch getragen habe, sagte er: »Ha, natürlich!« Dieselbe Antwort von meiner Mutter. Meine Eltern wurden mir fremd – eine Kluft tat sich auf. Eine ganze Altersgruppe voller Erfahrungen und Erlebnissen, von denen ich nichts wusste, forderte meine Neugier heraus. Wie lernt man Menschen kennen, die man kennt?

Mit dieser »Initiationszündung« begann mein Weg durch die quälende und exzeptionelle Kluft zwischen zwei Folgegenerationen. Eine derartig große Differenz zwischen Eltern und Kindern wird in der westlichen Überflussgesellschaft nie mehr zu finden sein.

Damit erwachte mein historisches Interesse. »Wie konnte es zum Nationalsozialismus kommen?« Obrigkeitshörigkeit, ungeheure Verunsicherung wegen Armut und ständig wiederkehrender Notverordnungen und Auflösungen des Reichstags, Glaube an die Möglichkeit der Begrenzung der NSDAP, »Ermächtigungsgesetz«, Hitler zunächst nicht ernstgenommen, Reichstagswahlen im März 33 nicht mehr unter den Bedingungen freier Wahlen, dennoch: 56 % der Wähler stimmen nicht für Hitler, Passivität und Fehleinschätzungen des Auslands, Hitler 1938 »Mann des Jahres« im US-Magazin »Time«. Die Frage aber blieb bestehen: »Wie verhielt sich meine Familie währenddessen?« Durch Andeutungen hatte ich bereits mitbekommen, dass mein Großvater Friedrich Thiel sen. zunächst Mitglied der NSDAP war und später jüdischen Deutschen zur Flucht verhalf.

In pro Person mindestens fünf mehrstündigen Einzelgesprächen befragte ich ab 2000 meine Mutter, meine Tanten und Onkel zu ihren Erlebnissen als Kinder und Jugendliche zwischen 1930 und 1970. Wie hat es sich angefühlt, in dieser Zeit zu leben? Wie sahen Dynamik und Hierarchie, Konkurrenz und Zusammenleben, individuelle Chancen und Lebenswege in einer Großfamilie aus? Im Verlauf der Gespräche versuchte ich, beim Gegenüber das Bedürfnis zu entwickeln, in die Rolle des einstigen Kindes zu schlüpfen.

Bei Oral History geht es darum, wie Ereignisse ihren Niederschlag im Bewusstsein der Berichtenden gefunden haben, um Emotionen und Standpunkte, wie sie in anderen Quellen wenig vorkommen. Alltagsgeschichte stellt den Anspruch, die Geschichte aus der Perspektive und den Begriffen der Macher und Mächtigen herauszulösen und die Erfahrungen und Handlungsmöglichkeiten Einzelner beispielhaft hineinzuholen. Das Auswahlkriterium ist hierbei nicht Objektivität, sondern Authentizität. (Harald Jacob)

Unwillkürlich stößt man dabei auf die Frage: Wie erinnert sich der Mensch? Erinnerung ist ein Prozess, eine Aktivität, die sich ab dem Datum des Geschehens bis zur Erzählung mehrfach wandelt. Auch die nachfolgenden Erfahrungen, die sich angesammelt und das Gedächtnis beeinflusst haben, müssen berücksichtigt werden. Wenn also zwölf Geschwister Rückschau halten und damit mehrere Zeugen ein und desselben Vorganges vorhanden sind, mag dies bei gleichbleibenden Fragestellungen Widersprüchliches, Disparates zur Folge haben. Die bruchstückhaften Aussagen und Wissenskomponenten der Einzelnen ergänzen und bestätigen sich dabei aber auch und ergeben allmählich eine gemeinsame Erzählung. Die Wahrnehmungen und Erfahrungshorizonte aus dem Inneren einer beispielhaften Gruppe liefern (durch die Gliederung nach Themen, die der anfänglichen Gliederung nach Personen wich) zudem einen Querschnitt durch drei bzw. vier Generationen einer einzigen Familie (Erste-Weltkriegs-Generation, skeptische, ernüchterte Generation, Trümmerkinder- und Wirtschaftswundergeneration, Achtundsechziger) und lassen dennoch verschiedene Lebensläufe, Rollen, Umgangsweisen, Charaktere deutlich hervortreten. Die Varianten und Gegensätze subjektiver Erinnerung bilden auf diese Weise das Profil einer Gruppenbiographie.

Ein »historisches Ereignis« kann in der wirklichen Wirklichkeit, also im privatesten Leben der Menschen, fast unregistriert bleiben – oder es kann dort Verheerungen anrichten. Die wissenschaftlich-pragmatische Geschichtsdarstellung sagt über diesen Intensitätsunterschied des Geschichtsgeschehens nichts. (Sebastian Haffner)

Mit meinem Buch möchte ich den Leser einladen zu Geschichtsbetrachtung durch Empathie. Der Erzähler wird bei diesem personenzentrierten Ansatz als »Experte« für seine Person aufgefasst. Hier ist Subjektivität nicht in ihrer Negativ-Assoziation als Voreingenommenheit oder Unsachlichkeit gemeint.

Während ich bei den Befragten auf möglichst große Subjektivität abhob, verlangte ich mir selbst Neutralität gerade in der Einschätzung von Verwandten ab. In der Ausbildung zur Schauspielerin am Mozarteum in Salzburg lernte ich, private Emotionen für die künstlerische Umsetzung zu nutzen, die dadurch eine persönliche Form erhält. Die Differenzierung zwischen dem mich betreffenden Privaten, der nicht für die Öffentlichkeit bedeutsamen Sphäre, und dem Persönlichen, also der künstlerisch-originären, nicht allgemeinen, sondern spezifisch von mir abhängigen Transformation, schuf die notwendige innere Distanz.

Im Ruhrgebiet zweisprachig (Schwäbisch und Hochdeutsch) aufgewachsen kenne ich beide Welten, habe aber von der Familiengeschichte und ihren Mythen immer schon weniger erfahren als »einheimische« Familienmitglieder. Mir wurde von Grund auf erzählt wie einem nichtschwäbischen Leser der jüngeren Generation, ich war jemand, der viele Informationen brauchte, um sich ein Bild machen zu können. Andererseits musste ich wichtige Informationen hinzufügen, die bei mir als Nichte vorausgesetzt wurden.

Trotz dieser Kombination aus Wissen und Nichtwissen bleibt der Schwabe an sich ein fremdes Wesen für mich. Schwaben – ein besonderer Volksstamm und daher zu Unrecht im kulturellen Bewusstsein der deutschen Öffentlichkeit unterrepräsentiert. Nicht nur die Bauernkriege und Julius Cäsars Respekt vor ihnen beweisen, dass die schwäbischen Weltbürger, Erfinder, Dichter, Sturköpfe eigenständig denkende Menschen sind. Nicht zuletzt zeigt der Schwabe, der Oberschwabe in DIE UNENTWEGTEN ein Gesicht, das in keiner Weise seinem gängigen Klischee von Spießigkeit, Geiz und Eigenbrötelei entspricht.

Der Einwandererstatus meiner schwäbischen Eltern im Ruhrgebiet bewirkte in mir Zerrissenheit. Offenbar kommen auch regionale, nicht nur nationale Migrationshintergründe und Integrationsschwierigkeiten vor. Durch die Arbeit über meine Familie, meine Wurzeln habe ich diese Schwierigkeit für mich gelöst. Habe meine (innere) Heimat, eine klarere Identität gefunden.

DIE UNENTWEGTEN ist jedoch weder ein Heimatbuch für Schwaben – Laupheim stellt hier die Metapher einer Kleinstadt dar – noch eine Familienchronik, sondern eine sich an den gesamten deutschsprachigen Raum richtende literarische Gruppenbiographie für Leser von 9 bis 99. Deshalb habe ich aus der zunächst schwäbischen, laupheimerischen Transkription durch sanfte Übersetzung in beide Richtungen (manche der Befragten sprechen inzwischen Hochdeutsch; dieses war in die schwäbische Mundart zu übertragen) eine Balance entwickelt, die für den hochdeutschen Leser verständlich ist und für den Schwaben akzeptierbar. Die Erzählertexte sind nun in Hochdeutsch gehalten, die direkte Rede im Dialekt. Dieser wurde so weit wie möglich an die hochdeutsche Schreibweise angeglichen, das unterschiedliche Dialektniveau der Einzelnen bewahrt. Ein Schwäbisch-Hochdeutsch-Glossar hielten wir aus diesen Gründen nicht für notwendig. Für den absoluten Notfall steht es auf der Internetseite www.miriam-eberhard.de zur Verfügung.

Nicht nur aus Erinnerungen der Geschwister Thiel ist das Familienpanorama komponiert, auch die verstorbenen Eltern wollte ich auf ihre Kinder antworten lassen. Glücklicherweise konnte ich einen Schatz an Aufzeichnungen Paula Schuler-Thiels (Lebensbericht, Tagebücher, Briefe) und anderer z.T. in Sütterlinschrift aufspüren, was bei Friedrich Thiel sen., mit Ausnahme einer Kurzdarstellung der Försterfamilie durch Isolde Schinle, leider nicht der Fall war. Die Ergebnisse einer detektivischen Recherche in privaten und öffentlichen Archiven, in der Sekundärliteratur sowie aus Gesprächen mit Laupheimer Altersgenossen und weiteren Familienangehörigen und schließlich mein Beitrag sind in Kursivschrift gesetzt, haben aber, dem Sachzwang geschuldet, zum Großteil keinen Eingang gefunden. Die Geschichte dieses Making-ofs würde ein eigenes Buch füllen.

Immer wieder will man von mir wissen, wie ich die Gespräche zustandegebracht habe. Vor allem Jüngere wundern sich darüber, dass Ältere so bereitwillig Auskunft erteilen. Eltern und Großeltern antworten nicht gern, sagt Walter Kempowski. … aber wenn, wie geschehen, eine Freundin meiner Generation erklärt: Du hast mich inspiriert! und ein Aufnahmegerät zu ihrer Tante mitnimmt, ist eine meiner Hauptintentionen schon verwirklicht. Also, FRAG DEINE TANTE!

DIE UNENTWEGTEN ist ein Mitmach-, kein Zurücklehn-Buch. Es soll dazu anregen, sich für andere Lebenswelten zu öffnen. Zu entdecken, wie sich welche Muster in Familiengenerationen weitertradieren, wie sich welche Geschwisterrollen und Familienkonstellationen auf

Charakter und Persönlichkeit auswirken können. Und umgekehrt. Einige Zusammenhänge muss sich der Leser ebenso wie ich selbst erschließen. Manche, zwangsweise nur anklingende Themen (etwa die Geschichte der Medizin, des Lesens, des Wetters oder der Wandel des Umgangs mit der Zeit) sollen Interesse wecken weiterzuforschen. Das Buch ist kein Lexikon, daher wurde, anders als im Rohmanuskript, auf ein Sachregister verzichtet. Dem Leser sei es anheimgestellt, das Projekt auf seine eigene Weise weiterzuverfolgen. Noch besser – wenn Du etwas nicht weißt, mach's wie ich: FRAG DEINEN VATER!

DIE UNENTWEGTEN – Eine Aufforderung zu einem Kontakt mit der Vergangenheit, der erkennt: *Vergangenheit wie Zukunft sind nur Formen der Gegenwart.* (Christian Morgenstern) Und: Geschichte lebt und wirkt in uns.

Umsetzung in den literarischen Text

Zu Beginn hatte ich keine Veröffentlichung zum Ziel, sondern dachte an ein begehbares Bühnenbild bzw. eine Installation, eine Theaterinszenierung oder einen Dokumentarfilm. Dann erfuhr ich derart bemerkenswerte Dinge, dass sich plötzlich die Möglichkeit einer literarischen Verarbeitung als Romanbiographie eröffnete. Erst nach Preview-Lesungen im Jahr 2009 entschied ich mich für die dialogische Darstellungsform, eine Art Drehbuch. Dies ist nun keine Wiedergabe der mehrjährigen Einzelgespräche in ursprünglicher Abfolge, sondern ein aus Monologen in vermeintliche Dialoge gestaltetes Buch. Die Stimme des jeweiligen Erzählers soll zu hören sein. Auf diese Art ist er zu spüren und, vor allem bei der Vielzahl, schneller und intensiver kennenzulernen. Gestische Sprache besitzt Lebendigkeit, Sinnlichkeit. Die Sicht der Geschwister Thiel wird unterstrichen. Durch die Präsenz des Sprechers entsteht ein Präsens, ein Gegenüber und mithin erhöhte Glaubwürdigkeit: Die ganze Person steht für etwas. Die Vielstimmigkeit des (drei Generationen umspannenden) Geschwisterchors mit seinen Wiederholungen ist gewollt. Erst die Pluralität erbringt das vollständige Tableau.

Die Fakten sind authentisch und – soweit möglich – überprüft, Dramaturgie und Literarisierung der Umgangssprache stammen von der Autorin. Die Transkription der Einzelgespräche bildete als Rohmaterial die Vorlage für den in zwölf Fassungen überarbeiteten oder neu geschriebenen Text. Oft liegen Jahre zwischen einzelnen Sätzen, die sich jetzt innerhalb eines Blocks befinden. Aus kleinteiligen Antworten, oft sehr fragmentarischen und spontanen Aussagen waren selbständige Erzähleinheiten zu schaffen. Eine bloße Übertragung der Äußerungen in die Schrift wäre, zumal ohne die betreffenden Fragen, äußerst kompliziert und anstrengend zu rezipieren. Allgemeines Charakteristikum von Umgangssprache ist ihre Holperigkeit, Unklarheit, Ungenauigkeit, Umständlichkeit. Meistenteils recht weitschweifig, spannungsarm und unchronologisch erzählte Geschichten waren in ihrem dramatischen Potential zu erkennen und in ein lesbares, packendes »Drama« zu verwandeln, ohne die Fakten und Duktus, Diktion, Wortwahl des Erzählers zu verändern (Frauen- und Männersprache, Jugendsprache der fünfziger Jahre, das Unprätentiöse, aber Liebliche des Schwäbischen, der lässig-gewitzte Überlebenshumor, das Understatement der Familienmentalität), so dass Alltagssätze Aussagekraft und Intensität erhalten.

In diesen sind nicht die majestätischen »Hauptworte« ausschlaggebend, nicht die oberhofmeisterlichen Verben oder die zofenhaften Adjektive – es ist das unauffällige Fußvolk dazwischen, das Sinnzusammenhang und emotionalen Gehalt ausdrückt: die den Kleister der Sprache darstellenden Bindeglieder der Konjunktionen, Präpositionen und Adverbien. Jede veränderte Stellung dieser Worte im Satz kann zu völlig neuen Aussagen, Konnotationen und Rhythmen führen.

Bis hin zur Satzzeichen- und Absatzpositionierung und -wahl habe ich darüber hinaus versucht, der Redeweise eine Poesie, einen Klang oder Ton abzugewinnen, der das Hintergründige der Familie und ihrer Umwelt berührt. Jede Sprache ist auch Gesang, die Sätze müssen schwingen, federn.

Manchmal war es schwierig, Zentrum und Essenz der alltagssprachlichen Botschaft auszumachen. Die tiefsten Dinge werden im leichtesten, banalsten Gewand vorgebracht. Durch eine Verstärkung des schwebenden Stils wird der Gegensatz zum Inhalt deutlich wahrnehmbar. Nichts ist selbstverständlich, was selbstverständlich klingt.

Der Gestaltung expressiver Sprechakte als einzigem Ausdrucksmedium der Dramatis Personae kommt besondere Bedeutung zu im Entwurf scharf konturierter und plastischer Charakterstudien. Der

Schreiber muss die Wahrheit heraushören, sich die Situation vorstellen, sich in die Erlebenden hineinversetzen, die manchmal auch untertrieben oder übertrieben berichten, nicht auf Fragen antworten oder das Thema wechseln.

Welche Form brauchen Inhalt und Zielsetzung?

Beim wiederholten Durchlaufen der Fassungen, der Lebensgeschichte jedes Einzelnen, seinen Verknüpfungen mit der Familie bin ich auf Muster gestoßen. Aus Leitmotiven, Topoi und den Clustern meiner Interviewstrategie wurde ein flexibles Strukturgerüst kreiert. Ein und dieselbe Geschichte kann zudem in mehrere Kategorien passen, denn die Themenstränge, verborgenen Tiefenstrukturen, Interdependenzen und Querverbindungen werden über Jahrzehnte und große Kapitel hinweg wieder aufgegriffen. In der Regel richtet sich die Reihenfolge der Abschnitte nach der historischen Chronologie, nach dem Alter der Kinder und natürlich nach dem Inhalt und dessen Relevanz. Gebrochen und umgekehrt im Fazitkapitel, das Selbstdeutungen, erstaunlich identische Vergleiche und Vorschläge bietet.

Die zwölf gaben mir ein Bild von ihren Leben, ich gebe den Lesern ein literarisches Bild von diesem Bild, das Spannungsbögen inszeniert, Bedeutungsebenen und -spektren betont, Pointen zuspitzt, Details ineinander verschränkt und aufeinander bezieht, Übergänge glättet oder gegenüberstellt, kleine und große Zusammenhänge erkennbar macht.

Die Kürzung der vorsichtig geschätzten 1.500 Manuskriptseiten auf etwa ein Viertel bestand in der Einschmelzung und Verdichtung der Parallelerzählungen, der Klärung der Anschlüsse und Bezüge, der Prüfung der Balance und Musikalität der Kapitel. Passagenkürzungen waren hier kaum möglich. Am Ende mussten Pseudonyme für fast alle außerfamiliären Figuren erfunden werden. Die Entscheidung für ein oder mehrere Wortführer öfters geschilderter normaler oder außergewöhnlicher Ereignisse, von Individual- oder Kollektiverlebnissen, einmaligen Vorgängen oder sich wiederholenden Ritualen, fiel nach dem Kriterium der eindrücklichsten, persönlichsten, typischsten und abenteuerlichsten sowie wohl wahrhaftigsten Berichte. Zu den nur ungern gestrichenen Episoden zählen »Kleidung: Flicken – Tauschen –

Auftragen«, »Nebeneinkommen und Ferienarbeit«, »Straßenverkehr in den Fünfzigern«, »Der Feldschütz« sowie »Scham ist o.k.« und »Gerüche«. Schließlich mussten auch hunderte von Bildern weichen.

Das Kapitel »Politik und Gesellschaft« ist chronologisch fortschreitend über den Gesamttext verteilt. Es stellt kein Hauptthema des Buches dar, sondern bildet lediglich die Matrix, den Prospekt, vor dem sich das Leben der Familie abhebt. *Nicht in erster Linie die Faktizität des Vergangenen, sondern die Darlegung von Sinnzusammenhängen begründet die Deutung gegenwärtiger Erfahrung als sinnstiftende Orientierung*, so Jörn Rüsen.

Die Vergangenheit geht immer noch vorbei

Die von der Vergangenheit geprägten Gedanken beeinflussen aktuelle Handlungen. Vergangenheit ist nicht abgeschlossen. Erinnerung verbindet die jetzt Lebenden mit den Toten, interveniert in die Vergangenheit. Umgekehrt wirkt Vergangenheit über Generationen in die Gegenwart hinein und bestimmt diese.

Die Unentwegten beschreibt nicht die Außensicht des Historikers, sondern die Innensicht des Individuums. Diese soll sowohl die Epoche erklären, wie auch die Epoche die Individuen erklären soll. Hätten sie in einer anderen Zeit gelebt – wären sie dann andere Menschen geworden? Wie haben sie auf ihre Zeit eingewirkt? Jeder ist Zeichen seiner Zeit und setzt diese. Die Hauptrolle hat der private Mensch, der mündige Bürger. Schon seit der Aufklärung entfaltete sich in der Kunst die Absage an die Darstellung der Staatsaktion und der öffentlichen Sphäre zugunsten der Vorgänge des bürgerlichen Alltags und der Einfühlung in diese.

Wie konnte man während der NS-Zeit überhaupt »normal« leben? Kinder wurden ins Bett gebracht, das Klo explodierte, Juden wurden abtransportiert. Diese Verschränkung, das Nebeneinander von »großer« Politik und individueller Lebenswelt soll das Buch gleichfalls begreifbar machen.

Mitten im rasanten 20. Jahrhundert, im Jahrhundert der zeitlichen Beschleunigung und der größten Veränderungen der Menschheitsgeschichte haben die Thiels ihren Weg erfahren. Die Unentwegten, die unbeirrt ihren Lebensweg, und zwar ihren eigenen, gehen und nicht von diesem Weg, ihrer Lebenseinstellung abkommen, d.h. sie entwegen nicht. Im Gegensatz zu den ENTWEGTEN , die ohne eigenen Weg sind. The Undiswayed – The Alwayed – Die Immeren. Deswegen schreibe ich das Buch: Wegen ihrer und unserer WEGE.

Auch Hans Eberhard, mein Großvater väterlicherseits, war Schwabe, stand als Mitglied der katholischen Jugend auf der Schwarzen Liste der Nazis, wurde von der Hitlerjugend brutal zusammengeschlagen, bekam »Mein Kampf« nicht zur Hochzeit geschenkt, wie es allen Standesämtern angeordnet war, wurde aufgrund seiner »dicken Augengläser«, wegen Untauglichkeit, nicht einmal beim Arbeitsdienst angenommen, bis er trotz alledem auf Betreiben eines Kreisleiters zur Wehrmacht eingezogen und nach Russland abkommandiert wurde und dort 1941 mit vierundzwanzig Jahren fiel. Sein Sohn war sieben Monate alt. Als die Todesnachricht eintraf, sagte der Kreisleiter zu seiner Frau: »Etzt hot er falle könne auch ohne ›Mein Kampf‹!«

Auch hier stoße ich wieder auf das Beispiel eines deutschen Leidtragenden der NS-Diktatur, ja der Unterdrückung und Ausmerzung katholischer Jugend in der Dramatik eines totalitären Systems. Was denn bedeutet eigentlich Diktatur? Wie sieht die ganz alltägliche Bedrohung für den Einzelnen aus?

Hinstehen – nicht nur: sich hinstellen/aufstellen, sondern auch: für jem./etw. einstehen, geradestehen, hinter jem./etw. stehen, sich (groß) aufbauen, sich positionieren, sich schützend/abwehrend vor jem./etw. stellen, mit Mut seine Meinung vertreten, egal welche Konsequenzen folgen, auch in gefährlichen Situationen, aufrecht stehen, seinen Kopf hinhalten. Die Lebensdevise Friedrich Thiels sen. und seiner Frau. So war ich also gewiss: Opa war kein Nazi!

Wer und was ist ein Nazi? Um den NS-Überzeugungsgrad zu messen und differenziert zu beurteilen, bräuchte man so etwas wie einen Nazi-Barometer: Für die unmittelbaren Zeitzeugen scheint die Definition eines Nazis noch einfacher gewesen zu sein als für Entnazifizierungskommissionen und Nachfahren. *Wie sollte man feststellen, wer Nazi gewesen war und in welchem Grade er sich schuldig gemacht hatte? Man hatte es mit einem unendlich komplizierten, breiten Spektrum mit fließenden Übergängen zu tun, und die Parteimitgliedschaft erwies sich schon bald als unzulängliches Kriterium. Die Fragen, die diese Spuren aufwerfen, stellt man heute auf der Grundlage eines Wissens, das die Zeitge-*

nossen noch nicht hatten, und von einem Standpunkt aus, den sie nicht einnehmen konnten, weil sie die Folgen nicht kannten. Die Frage ist, was sie wissen und sehen konnten. Auf der ihnen bekannten Vergangenheit beruhte ihre Vorstellung von dem, was möglich war. (Hermann von der Dunk)

Schuld ist noch dazu nicht übertragbar. Das gibt es nur in Diktaturen. Nichttäter, die Unschuldigen brauchen kein Verzeihen. Zum Einlassen auf gegenseitiges Verständnis führen echte Anteilnahme, Identifikation und Verantwortung. Es ist die alte Frage, wie man mit Splittern und Balken in eigenen und fremden Augen umgeht.

Kollektive Gedächtnisleistungen können dazu beitragen, dass eben nicht *jeweils das in die Geschichte als Tatsache eingeht, was die Mehrheit derer, die sich gegenseitig Kompetenz zuschreiben, für das Zutreffendste hält.* (Wolf Singer)

Wenn wir uns nicht selbst erinnern, ist der Irrtum der Historiker vorprogrammiert. (Roland Mey)

Seit 1949 regiert das Volk. Und damit im Gedenken an die Emanzipation der Hinsteher, Zeichensetzer und Menschen von der Straße unentwegt auf's Neue – Auftritt: die Könige.

Miriam Eberhard, 2010

Nachtrag

Anlässlich des nicht ungewöhnlichen Wunsches meiner Tante Gertrud Freymuth-Thiel habe ich auf die Darstellung ihrer Person verzichtet.

Danksagung

Mein herzlichster Dank für die mannigfaltige Unterstützung bei der Arbeit an diesem Buch gilt allen Gesprächspartnern und außerdem Professor Ernest L. Bergman, Anita Birkle, Bärbel Bösking, Ewald Kleck, Volker Kühn, Elisabeth Lincke, Evi Marquart, Ralph Müller, Josef Pfaff (Bürgermeister Burgrieden), Hans Sarkowicz, Roland Schinle, Karl-Josef Sickler, Dr. Izhak Steiner, Andrea Thiel, Christa Thiel, Christine Thiel, Judith Thiel, Martin Thiel, Stephanie Thiel, Dr. Detlef von Kalckreuth, Abt Paulus M. Weigele, den Archiven Miller und Raff Laupheim, dem Bistumsarchiv Trier, dem Bunkermuseum Emden, dem Deutschen Historischen Museum Berlin, dem DRK Biberach, der Gemeinde Deggenhausertal, der Gesellschaft für Geschichte und Gedenken Laupheim e.V., der Firma Iveco Magirus Ulm und München, dem Kinopolis Management, den katholischen Pfarrämtern Empfingen, Dettingen und Laupheim, den Staatsarchiven Stuttgart und Sigmaringen, dem Stadtarchiv, Gewerbeamt und Standesamt Laupheim, der Württembergischen Landesbibliothek, Professor Hermann Bausinger, weiterhin meinen Freunden und
– nicht zuletzt, sondern vor allem –

meinen Eltern.

Bildnachweise

Cover: Paula Schuler-Thiel mit unbekanntem Verehrer in Bregenz, 1924

Vorsatz: Stadtplan Laupheim aus dem Jahr 1955.
Kartografie: © Städte-Verlag E. v. Wagner & J. Mitterhuber GmbH – 70736 Fellbach, www.1001-stadtplan.de (Württembergische Landesbibliothek/ Karten und Graphische Sammlungen, 24Cg/1137)

S. 91, Förster Emmerich Thiel: Staatsarchiv Sigmaringen FAS DS 92 T 9 NVA Nr. 19102, die Veröffentlichungs- und Vervielfältigungsrechte liegen beim Landesarchiv Baden-Württemberg

S. 109, Marktplatz Laupheim mit Eisenwarenhandlung Schuler um 1900: Archiv Miller, Laupheim

alle übrigen Photos stammen aus dem Privatarchiv Thiel-Eberhard

Textnachweis

S. 365, Wenn ich einmal im Lebensland: aus den Engelliedern von Rainer Maria Rilke, 1898 (zitiert nach Rainer Maria Rilke: Die Gedichte. Insel Verlag Frankfurt/Main. Zehnte Auflage 1998.)

Die Familie T

Stefan Schuler, Kaufmann
ⓞⓞ
Pauline Schuler, geb. Hänle

Johann Schönle, Metzger
ⓞⓞ
Josepha Schönle, geb. Maucher

Karl Lorenz Schuler
Kaufmann
07.10.1874 - 12.02.1936

ⓞⓞ

Josefine Schuler
geb. Schönle
30.05.1881 - 26.03.1927

Hochzeit: 30.04.1900 in Laupheim

Paul Schuler (1902-1957)
Stefan Schuler (1909-1999)
Johann/Hans Schuler (1912-1937)
Karl Schuler (1914-1942)
Julie/Jule Theresia Schuler (1917-1940)
Josef Schuler (1919-1919)
Anton Schuler (1920-1920)
Gertrud Maáchi, geb. Schuler (*1922)

Pauline/Paula Thiel
geb. Schuler
Künstlerin, Hausfrau
04.08.1903 - 17.04.1992

Hochzeit: 26.0

Elvira Müller
geb. Thiel
*11.07.1927
ⓞⓞ
Alfred Müller †
(Dipl.-Ing. Maschinenbau)

Hildegard Thiel
06.05.1929 -
07.12.1930

Charlotte Weiße
geb. Thiel
*08.06.1930
ⓞⓞ
Otto Weißer
(Bankkaufmann)

Dr. med. Herta Eberhard
geb. Thiel
*01.02.1937
ⓞⓞ
Prof. Winfried Eberhard
(Historiker)

Gertrud Freymuth-Thiel
*12.03.1939
ⓞⓞ
Rüdiger Freymuth
(Dipl.-Ing. Garten- u. Landschaftsbau)

Siegfried Thi
15.07.1940 -
11.07.2000
ⓞⓞ
Marianne Thiel
(Grafikerin)